DEBORAH HEWITT
Soulbird
Das Geheimnis der Nacht

GOLDMANN
Lesen erleben

Deborah Hewitt

Soulbird
Das Geheimnis der Nacht

Band 2

Roman

Aus dem Englischen
von Anna Julia Strüh

GOLDMANN

Die englische Originalausgabe erschien 2021
unter dem Titel »The Rookery« bei Pan Books, an imprint of Pan Macmillan,
a division of Macmillan Publishers International Limited.

Sollte diese Publikation Links auf Webseiten Dritter enthalten,
so übernehmen wir für deren Inhalte keine Haftung,
da wir uns diese nicht zu eigen machen, sondern lediglich auf
deren Stand zum Zeitpunkt der Erstveröffentlichung verweisen.

Penguin Random House Verlagsgruppe FSC® N001967

1. Auflage
Deutsche Erstveröffentlichung März 2022
Copyright © Deborah Hewitt 2021
Copyright © der deutschsprachigen Ausgabe 2022
by Wilhelm Goldmann Verlag, München,
in der Penguin Random House Verlagsgruppe GmbH,
Neumarkter Str. 28, 81673 München
Umschlaggestaltung: UNO Werbeagentur, München
Umschlagmotive: FinePic®, München
Redaktion: Waltraud Horbas
KS · Herstellung: ik
Satz: Uhl + Massopust, Aalen
Druck und Bindung: CPI Books GmbH, Leck
Printed in Germany
ISBN: 978-3-442-49045-5
www.goldmann-verlag.de

Besuchen Sie den Goldmann Verlag im Netz

Für Seb und Archie –
bis in alle Ewigkeit und darüber hinaus

Prolog

Doctor Burkes Schreibtisch glich einem Friedhof für zerbrochene Brillen. Kaputte Gestelle waren unter Ordnern begraben oder lagen neben leeren Tassen. Als er blind nach einer griff und sie aufsetzte, fiel ihm eins der Brillengläser in den Schoß. Seufzend spähte er durch das verbliebene Glas auf die Ergebnisse von Alice' Bluttest.

Nach einem Moment öffnete er den Mund, als wolle er etwas sagen, leckte sich aber nur den Daumen und blätterte um. Er war ein kleiner, aber robust wirkender alter Mann, schrumpelig wie etwas, das man zu lange in der Sonne hatte liegen lassen, mit weißen Haarbüscheln, die aus jeder Körperöffnung wuchsen.

Alice wandte sich ihrer Mutter zu und zog beim Anblick von Doctor Burkes ungewöhnlicher Wanddekoration verblüfft die Augenbrauen hoch. Hinter dem Kopf ihrer Mutter spielte ein Eichhörnchen Geige. Daneben saßen zwei Füchse in Latzhosen auf einem Miniaturtandem. Doch das alles war nichts im Vergleich zu der ausgestopften Eule mit Doktorhut, die vor einer winzigen Tafel hockte. Ihre riesigen, glasigen Augen starrten Alice verdrossen an, als wäre sie Spott gewohnt. Sämtliche Regale waren mit potthässlichen Tierpräparaten vollgestellt. *Nicht gerade ein ermutigender Anblick in einer Arztpraxis.*

Zum Glück wusste Doctor Burke nicht, dass sich ein lebendiges Tier direkt vor seiner Nase befand. Ein kleiner brauner Vogel saß

auf seiner Schulter, doch er konnte ihn nicht sehen, denn Nachtschwalben waren nur für Aviaristen wie Alice sichtbar. Sie war eine
von höchstens einem Dutzend Aviaristen auf der ganzen Welt.

Alice wandte sich von der makabren Ausstellung ab und betrachtete stattdessen die Nachtschwalbe des Arztes. In der finnischen Mythologie war sie als *Sielulintu* bekannt: ein mythischer
Vogel, der die Seele bewacht. Jeder hatte einen, ob er sich dessen
bewusst war oder nicht. Ihre Mutter, der menschliche Wirbelwind
namens Patricia Wyndham, ahnte nichts von der Nachtschwalbe,
die auf ihrem Knie hockte.

Kurz tauchte das Bild einer ausgestopften Nachtschwalbe vor
Alice' geistigem Auge auf, und ihre Lippen verzogen sich vor Abscheu. Doctor Burkes Seelenvogel war winzig. Über seinen Rücken
zog sich ein verblasster kupferbrauner Streifen, und sein schlamm-
farbenes Gefieder wirkte unscheinbar, aber er sah ziemlich zer-
fleddert aus. Seine glänzend schwarzen Augen musterten Alice mit
ernstem Blick.

»Nun«, sagte Doctor Burke schließlich. »Etwas ungewöhnlich.«

»O Gott«, murmelte ihre Mutter. »Haben Sie schlechte Neuigkeiten? Ich wusste, wir hätten schon früher einen Termin ausmachen sollen.«

Er legte die Bluttestergebnisse weg und blickte zu Patricia
Wyndham auf, der die Nervosität deutlich anzusehen war. Nach
einer kurzen Pause wischte er ihre Ängste vom Tisch. »Kein
Grund zur Sorge«, sagte er, und Patricia ließ sich erleichtert auf
ihren Stuhl zurücksinken.

»Da sind wir aber froh«, sagte sie und wandte sich an Alice.
»Nicht wahr?«

Alice ignorierte das beruhigende Lächeln des Arztes und beobachtete stattdessen seine Nachtschwalbe, die am ganzen Körper
zitterte. Ihre Füße krallten sich in einem hektischen Rhythmus in
seine Schulter und ließen wieder locker, und ihre Flügel bewegten

sich rastlos – beides deutliche Anzeichen von Unbehagen. Alice'
Alarmglocken läuteten.

»Was genau meinen Sie mit ›etwas ungewöhnlich‹?«, fragte sie
und sah dem Arzt fest in die Augen.

Doctor Burkes Blick schweifte erneut zu den Testergebnissen.
»Nun«, sagte er sichtlich nervös, »Sie haben eine geringe Sauer-
stoffsättigung und eine leichte Anämie.«

»Ich sage dir schon seit Wochen, dass du zu blass bist«, rief ihre
Mutter aufgebracht.

»Und der Test, den die Krankenschwester letztes Mal gemacht hat«, hakte Alice nach. »Der niedrige Blutdruck – hängt
das zusammen?«

Doctor Burke zögerte und schob seine kaputte Brille höher.
»Wenn Sie möchten, dass ich Sie an einen Facharzt überweise, ein
Freund von mir arbeitet in dem großen Krankenhaus in Castle-
bar...«

»Nein«, entgegnete sie entschieden. »Danke, aber nein. Mir ist
nur ein bisschen schwindlig. Das wird schon wieder.«

Sie hasste Krankenhäuser. Jedes Mal, wenn ihr der Geruch nach
Desinfektionsmitteln in die Nase stieg, stürzten Erinnerungen an
die Nacht, in der ihre beste Freundin von einem Auto angefahren
worden war, auf sie ein. Diese Nacht hatte alles verändert. Noch
Monate später hatte Alice geglaubt, Jen liege im Koma, und das
sei ihre Schuld. Die grauenhafte Vorstellung, wie Jen in einem
Krankenhausbett dahinvegetierte, hatte sie Tag und Nacht verfolgt. Doch das alles war nur eine Lüge gewesen. Eine List.

Doctor Burkes röchelndes Husten riss Alice aus ihren Gedanken. Sie war dankbar für die Ablenkung.

»Eisentabletten«, sagte er, steckte das Taschentuch, das er sich
vor den Mund gehalten hatte, zurück in seine Anzugtasche und
griff nach einem Stift. »Das lässt sich mit Eisentabletten leicht beheben.«

Er lächelte sie strahlend an, und sie warf erneut einen Blick auf seine Nachtschwalbe. Dem geübten Aviaristen zeigten Nachtschwalben, was sich in der Seele ihres Besitzers verbarg, offenbarten Gedanken und Gefühle, Einsichten und Lügen. Alice war noch nicht so bewandert darin, das Verhalten eines Vogels zu lesen, wie sie gehofft hatte, aber sie lernte schnell. Lügen machten Nachtschwalben unruhig.

»Eisentabletten und gute Landluft«, sagte Doctor Burke, »dann haben Sie nichts zu befürchten.« Doch die Flügel seiner Nachtschwalbe zitterten, während er sprach, und ihr Kopf ruckte aufgeregt hin und her.

Alice wurde flau im Magen. Manchmal wünschte sie, sie wäre kein Aviarist. Manche Lügen waren tröstlich.

Der Kofferraum krachte mit solcher Wucht zu, dass der Nissan Micra ins Wanken geriet.

»Vorsicht«, mahnte Alice. »Sonst verlierst du noch einen Finger.«

Ihre Mum grinste. »Das wäre es wert«, erwiderte sie mit Blick auf den mit einem Geschirrtuch bedeckten Teller in ihrer Hand. »Wart's nur ab, bis du das probiert hast. Breda Murphys Treacle Bread. Anscheinend ist das ein irisches Geheimrezept. Breda will mir nicht verraten, wie man es macht, bevor ich nicht mindestens ein Jahrzehnt hier gelebt habe.«

Sie gingen die Auffahrt zu ihrem weiß getünchten Cottage hinauf und machten nur kurz halt, um den frisch gemähten Rasen zu bewundern.

»Ich fasse es nicht«, murmelte Patricia und ließ den Blick über den Garten schweifen. »Er will mir ein Schnippchen schlagen, indem er den Rasen mäht, bevor ich deswegen rumjammern kann.«

Die treffende Einschätzung der Situation brachte Alice zum Lachen.

»Na dann los«, sagte Patricia mit einem amüsierten Kopfschütteln. »Klopf du. Du bist musikalischer als ich.«

Die Eingangstür war verriegelt und mit mehr Schlössern versehen als Fort Knox. In diesem kuriosen kleinen Cottage gab es keinen Schlüssel unter der Fußmatte und keine offene Haustür. Wahrscheinlich war es das einzige Haus in County Mayo mit einer Alarmanlage, die mehr kostete als das Auto in der Einfahrt, und unter dem Efeu an den Wänden verbargen sich Überwachungskameras.

Sicherheitsvorkehrungen hatten für Alice höchste Priorität gehabt, als sie hergezogen waren. Zusätzlich zu den Schlössern und der Alarmanlage hatte sie darauf bestanden, ein geheimes Klopfzeichen zu vereinbaren, mit dem sie einander wissen ließen, dass sie die Tür gefahrlos öffnen konnten. Das war ein bisschen zu viel des Guten und mittlerweile eine Art Running Gag, aber niemand hatte vorgeschlagen, damit aufzuhören. Deshalb klopfte sie fast zwei Minuten lang den Takt von *Greensleeves* an die Tür, bevor sie endlich aufschwang.

»Ich habe gewartet, bis du zum Refrain kommst«, erklärte ihr Vater grinsend. »Aber du hast die zweite Strophe ausgelassen, und dann ist alles den Bach runtergegangen.«

Michael Wyndham war ein Schrank von einem Mann mit schütterem Haar, freundlichen Augen und einem Lächeln, das kaum je verblasste. »Und?«, fragte er. »Was hat der Arzt gesagt?«

Als Antwort hielt Alice die Packung Eisentabletten hoch. »Eine leichte Anämie. Er meinte, das wird wieder.«

Es hätte keinen Sinn, ihren Eltern zu erzählen, dass die Nachtschwalbe des Arztes seiner Aussage widersprochen hatte. Darüber würde sie später nachdenken.

»Wie ich sehe, warst du auch nicht untätig«, sagte Patricia und schloss die Tür hinter ihnen. Michael warf ihr einen selbstgefälligen Blick zu, und Alice sah zu, wie die beiden einander herausfordernd taxierten. Patricia war die kleinste, bemerkenswerteste Frau, die Alice kannte. Ein Meter fünfzig, wenn es hoch kam, mit einem grauen Bob und einer runden Brille auf ihrer Nasenspitze.

»Tee?«, fragte ihr Dad – wie fast immer gab er als Erster klein bei.

»Oh, gern. Und wenn wir fertig sind, kannst du noch das Stück Rasen an der Wand mähen, das du übersehen hast.«

Alice prustete vor Lachen, wurde jedoch von einem lauten Aufruhr im Flur abgelenkt. Trippelnde Pfoten hasteten auf sie zu und schlitterten in ihrer Eile über den Boden. Zwei weiße Fellknäuel, die aufgeregt um sie herumrannten und mit den Schwänzen wedelten: ihre Westies Bo und Ruby. Als sie sich hinkniete, stürzten sie sich auf sie, wanden sich in ihren Armen wie Aale, sprangen ihr ins Gesicht und leckten ihre Hände, während sie nur hilflos lachen konnte.

»Wir haben übrigens einen neuen Postboten«, sagte Patricia. »Hab ich dir das schon erzählt?«

Alice' Lachen verstummte abrupt. Mit einem mulmigen Gefühl im Bauch richtete sie sich auf und schüttelte den Kopf.

»Wie sieht er aus?«, fragte sie zaghaft.

»Oh, er ist etwa neunzig«, antwortete Patricia. »Völlig harmlos. Ich habe ihn überprüft. Wir haben all deine Anweisungen genauestens befolgt.«

»Keinerlei Unachtsamkeit«, sagte Alice.

»Keinerlei Unachtsamkeit«, wiederholte Patricia und marschierte in die Küche, wo Michael immer lauter und beunruhigender mit den Tassen klapperte. Sie scheuchte ihn weg und füllte den Kessel.

Alice beobachtete die beiden mit sorgenvollem Gesicht. Sie wünschte sich nichts mehr, als dass sie in Sicherheit waren. Sie hatten all ihre Freunde zurückgelassen, um nach Irland zu ziehen – auch Jens Eltern, die Parkers, die zwanzig Jahre lang ihre Nachbarn gewesen waren. Für kurze Zeit hatten sie in Dublin gewohnt, dann waren sie nach Glenhest gezogen, wo die Wahrscheinlichkeit, entdeckt zu werden, geringer war. Doch nicht nur ihre Eltern waren in Gefahr, sondern auch Alice selbst.

Seelen zu lesen und Lügen erkennen zu können war eine wundervolle Fähigkeit, aber die Nachteile konnten tödlich sein. Es gab Leute, die alles tun würden, um ihre Gabe zu kontrollieren, und andere würden alles tun, um sie zu vernichten. Alice war schon mehrfach mit einer solchen Gruppe aneinandergeraten, die von einem Regierungsagenten namens John Boleyn angeführt wurde. Sein Handlanger Vin Kelligan hatte schon einmal Jagd auf ihre Eltern gemacht, und sie würde kein Risiko eingehen, wenn ihr Leben auf dem Spiel stand – doch die traurige Wahrheit war, dass ihre Eltern ohne sie sicherer wären.

Also würde sie gehen. Schon bald. Ihr war eine Stelle als Forschungsassistentin in der Naturwissenschaftlichen Fakultät der Goring University angeboten worden – in Londons magischer Zwillingsstadt, der Rookery. Ihr Umzug war nur aufgeschoben worden, bis sie das Ergebnis der Blutuntersuchung hatte. Patricia hatte unmissverständlich klargemacht, dass sie ihre Tochter nicht gehen lassen würde, solange sie nicht kerngesund war. Die dunklen Ringe unter ihren Augen und ihre Atemprobleme bei ihren täglichen Spaziergängen durchs Dorf bereiteten ihren Eltern Sorgen.

»Willst du auch Treacle Bread?«, rief ihre Mutter ihr zu.

Alice sah zu, wie die Nachtschwalben ihrer Eltern durch die Küche flatterten, nie mehr als ein paar Zentimeter voneinander entfernt. Sie waren perfekt im Einklang – das Ergebnis einer dreißigjährigen Ehe zwischen Seelenverwandten.

»Vielleicht später«, antwortete sie und spürte einen Stich im

Herzen. Die Nachtschwalben ihrer Eltern zu beobachten erinnerte sie jedes Mal schmerzhaft daran, dass sie Crowleys Seelenvogel trotz ihrer Gabe nicht gesehen hatte, bis es zu spät war. Ihre Nachtschwalben waren nie im Einklang gewesen, weil Crowley nie ehrlich zu ihr gewesen war – sie hatte nicht einmal gewusst, wer er wirklich war.

Mit einem Kopfschütteln wandte Alice sich ab, doch bei der Bewegung wurde ihr schwindlig, und sie geriet ins Wanken. Halt suchend stützte sie sich an der Wand ab und kniff die Augen zu, bis der Schwindel nachließ. Die Abstände zwischen ihren Schwindelanfällen wurden immer kürzer. Tief ein- und ausatmend richtete sie sich auf, die Packung Eisentabletten immer noch fest umklammert. Bo und Ruby flankierten sie wie eine persönliche Leibgarde; irgendwie schienen sie immer zu wissen, wenn es ihr nicht gut ging.

Auf ihrem Bett lag ein Paket. Bei dem Anblick blieb sie wie angewurzelt stehen, dann schlich sie vorsichtig darauf zu wie auf eine Bombe, die jeden Moment hochgehen könnte. Auf dem Etikett standen ihr Name und ihre Adresse, aber außer ihrem neuen Arbeitgeber wusste nur eine einzige Person, wo sie wohnte: Crowley.

Alice' Blick wanderte über die vertraute Handschrift; sie war genauso scharfkantig wie er. Plötzlich überkam sie eine heftige Nervosität. Er wollte, dass sie in die Rookery zurückkam, damit er alles wiedergutmachen konnte – er hatte ihr sogar die Stellenanzeige für den Job an der Universität geschickt, weil er wusste, dass sie einer solchen Chance nicht widerstehen könnte –, doch es war zu spät. Sie hatte ihm gesagt, dass er sie nicht noch einmal kontaktieren sollte, also warum schickte er ihr ein Paket?

Crowley hatte ihre Angst ausgenutzt, als sie geglaubt hatte, Jen liege im Koma und ihre Nachtschwalbe sei verschwunden. Er hatte ihr eine Möglichkeit angeboten, ihre Freundin zu retten und ihren Seelenvogel zurückzuholen. Doch Jen hatte nie im Koma gelegen – es war ihm die ganze Zeit um eine andere Frau gegangen, die bewusstlos im Krankenhaus lag: Estelle Boleyn, Crowleys Schwester. Er hatte sie mit einer List dazu gebracht, Estelles Nachtschwalbe zu retten – doch letzten Endes waren sie beide gescheitert. Estelle lag immer noch im Koma, und Jen war tot.

Er hatte versucht, es ihr zu erklären, und beharrlich behauptet, er habe geglaubt, dass Jen dasselbe Schicksal erlitten hätte wie seine Schwester und dass Alice als Aviaristin ihre Seelenvögel ausfindig machen und beide Frauen retten könnte. Doch in seiner Verzweiflung hatte er mit der Scharade weitergemacht, als er erfuhr, dass Jen wohlauf war. Bis zuletzt hatte er beteuert, dass es eine Notlüge war und er nichts Böses beabsichtigt hatte. Aus Liebe zu seiner Schwester war er im wahrsten Sinne des Wortes über Leichen gegangen, und sie hätte das Gleiche für Jen getan. Doch seine Lügen wogen zu schwer. Selbst sein Name war eine Lüge. In Wahrheit hieß er Louis Boleyn und war der Sohn von Sir John Boleyn, dem Anführer der Beaks; dem Mann, der erbarmungslos danach strebte, die Rookery und Alice zu vernichten, der Jens Entführung angeordnet hatte, damit Alice für ihn arbeitete – wegen dieses Mannes klopften sie jedes Mal *Greensleeves* an die Tür, wenn sie nach Hause kamen. Und dennoch … angesichts ihrer eigenen sonderbaren Situation konnte sie es Crowley kaum verdenken, dass er die Identität seines Vaters geheim gehalten hatte.

Alice riss das Paket auf und starrte den Inhalt verdutzt an: ein halbes Dutzend Ausgaben vom *Rookery Herald* und ein Bewerbungsformular. Warum Crowley ihr die Zeitungen geschickt hatte, wurde ihr sofort klar. Hastig klemmte sie sich alle sechs unter den Arm, trug sie in den Garten und lud sie unter dem Vogelbeerbaum in der Ecke ab. Im Sommer saß sie oft hier und malte, weil die Äste des Baums ihr Schatten spendeten.

Jetzt setzte sie sich im Schneidersitz auf die Wiese und nahm den ersten *Rookery Herald* zur Hand. Die Zeitung hatte ein großes Format, und auf jeder Seite drängten sich Artikel mit sensationsgierigen Schlagzeilen wie: »*Mitglied von Haus Ilmarinen leugnet Brandstiftung! Behauptet, Feuer sei auf einen Sambuca-Unfall zurückzuführen!*«, »*Chancellor Litmanen erwägt, nationalen Feiertag nach sich selbst zu benennen*« und »*Versuch, eine Wasserfall-Attraktion in der Themse zu installieren, endet in einer Katastrophe!*« Zwischen den Artikeln prangten Werbungen für Oxo Chocolate und Lauriston's langlebige Kerzen. Alice sah sie von vorne bis hinten genau durch, dann nahm sie die nächste Zeitung und inspizierte sie ebenso gründlich. Ein Artikel über einen Nekromanten, der verhaftet worden war, weil er auf Beerdigungen aufgekreuzt war, um die verbitterten Botschaften der Verstorbenen zu übermitteln, ließ sie verblüfft innehalten. Es war seltsam, Geschichten aus einer anderen Welt zu lesen – einer Welt der Magie –, während ihre Eltern über das Rasenmähen stritten.

Aus den Augenwinkeln nahm sie eine Bewegung wahr. Ein winziger, spitzer Schnabel, rasiermesserscharfe Krallen und elegante Schwingen glitten vorüber. Alice' Nachtschwalbe. Sie legte die Flügel an und stieß im Sturzflug herab, fing sich jedoch im letzten Moment, wobei sie theatralisch den Kopf zurückwarf. Alice seufzte. »Hast du nichts Besseres zu tun?«

Nachtschwalben hatten eine wichtige Funktion: die Seele ihres Besitzers zu schützen. Sie brachten die Seele bei der Geburt in den Körper und bewachten sie ein Leben lang. Wenn ihr Besitzer starb, kehrte die Nachtschwalbe mit der Seele ins Sulka-Moor zurück, das Totenreich. Doch Alice' Nachtschwalbe war anders. Sie beschützte nicht ihre Seele, sie beschützte andere *vor* ihrer Seele. Eine Lektion, die sie auf schmerzhafte Art gelernt hatte, als sie beinahe die Stadt zerstört hätte. Ihre Nachtschwalbe war kein Wächter, sie war ein Gefängniswärter.

In diesem Moment schwang das Küchenfenster auf und riss Alice aus ihren düsteren Gedanken.

»Du hast deinen Tee vergessen«, rief ihre Mutter. »Soll ich ihn dir bringen?«

Alice schüttelte lächelnd den Kopf. »Ich komme gleich. Zur Not stelle ich ihn kurz in die Mikrowelle.«

Ihre Mutter wirkte entsetzt. »Ich habe hoffentlich keine Barbarin großgezogen«, erwiderte sie und zog das Fenster wieder zu.

Alice sah ihr mit liebevollem Blick nach. Die Wyndhams hatten sie großgezogen und liebten sie über alles. Sie waren ihre Eltern im wahrsten Sinne des Wortes – doch sie hatten nicht dieselben Gene. Was sie miteinander teilten, war so viel wichtiger, doch in den letzten Monaten hatte sich Alice eine ständige Erinnerung an ihre Andersartigkeit angeeignet: ihren außergewöhnlichen Seelenvogel.

Normalerweise konnten Aviaristen ihre eigene Nachtschwalbe erst kurz vor ihrem Tod sehen, doch da Alice mit dem Tod bestens vertraut war, besaß sie die seltene Fähigkeit, die ihre jederzeit sehen zu können – und was sie sah, war unvergleichlich.

Für gewöhnlich waren Nachtschwalben braun, doch ihre war schneeweiß. Ihr Seelenvogel war eine unablässige Mahnung, dass sie auf die schlimmste Art besonders war.

Nur zwei andere hatten jemals weiße Nachtschwalben gehabt – und beide waren Fürsten des Todes, die Lintuvahti. Alice hatte den derzeitigen Todesfürsten, einen jungen Mann mit schneeweißen Haaren, zweimal getroffen. Sein Vorgänger, der seinen Posten als Herrscher über das Sulka-Moor aufgegeben hatte, war ihr leiblicher Vater, Tuoni. Jemand hatte einst zu Alice gesagt, sie sei aus Tod gemacht. Und das war sie – wortwörtlich.

Das bleiche Gefieder von Alice' Nachtschwalbe leuchtete im Sonnenlicht, und ihre Flügel schlugen kraftvoll, während sie in all ihrer Pracht um Alice' Kopf herumflog. *Diese Selbstdarstellerin ...* Wie üblich ignorierte Alice sie.

Den Kopf leicht geneigt, sodass der Vogel aus ihrem Sichtfeld verschwand, blätterte sie die Zeitungen weiter durch. Sie suchte nach etwas ganz Bestimmtem und hoffte, sie würde es nicht finden. Nachdem sie den dicht gedruckten Text eine Weile studiert hatte, stieß sie auf einen Begriff, der ihr Herz schneller schlagen ließ: *Marble Arch.*

Mit zitternden Fingern umklammerte sie die Seite und fing an zu lesen. *Gasleck sorgt für Chaos am Marble Arch! Nachdem es gestern Abend Berichte über ein gefährliches Leck gegeben hatte, evakuierten die Bow Street Runner den Bereich um den Marble Arch und verursachten eine Menge Ärger für die Anwohner und Geschäftsinhaber, die ihre Läden vorzeitig schließen mussten. Heute früh kam die Entwarnung. Ein Sprecher von Radiance Utilities warf den Runnern vor, übertrieben auf den Vorfall reagiert zu haben, der sich inzwischen als falscher Alarm herausgestellt hat: »Das harte Vorgehen der Runner wirft einen Schatten auf unseren guten Ruf. Es ist ein Skandal, dass sie unseren Aufruf, die Ermittlungen in aller Ruhe durchzuführen, missachtet haben. Wir können Ihnen versichern, dass Sicherheit und Effizienz für uns nach wie vor an erster Stelle stehen.«*

Um Stellungnahme gebeten, erklärte Kommandant Risdon lediglich: »Die Runner nehmen jede Bedrohung ernst und werden weiterhin für die Sicherheit in dieser Stadt sorgen.«

Unterdessen konnten wir in Erfahrung bringen, dass der Tod einer unbekannten Außenweltlerin, die in London auf der anderen Seite des Marble Arch gefunden wurde, nicht mit dem Gasleck in Zusammenhang steht und nun Sache der London Metropolitan Police ist. Jetzt möchten wir unsere Leser fragen: Gehören Sie zu denen, die unter der Überreaktion der Runner zu leiden hatten? Oder sind Sie Opfer anderer Fehler der Institution geworden, die behauptet, uns zu beschützen? Rufen Sie unsere Hotline an, erzählen Sie uns Ihre Geschichte!

Alice schluckte schwer. In jener Nacht war die Welt, wie sie sie kannte, untergegangen. Jen war von John Boleyns Männern entführt worden, und Alice hatte versucht, sie mithilfe der Runner zu retten. Das Gasleck war nur ein Vorwand gewesen, um die Gegend um den Marble Arch zu evakuieren.

Schaudernd überflog Alice den Artikel noch einmal, fand jedoch nicht den geringsten Hinweis auf den Albtraum, der in jener Nacht Wirklichkeit geworden war. Jen war nur ein Bauernopfer gewesen. Eigentlich hatte Sir John Boleyn es auf Alice abgesehen, weil er ihre wahre Identität herausgefunden hatte und die Wahrheit über ihre tödliche Seele kannte – dass sie, wenn sie freigelassen wurde, alles Leben in der Rookery auslöschen würde.

Alice blickte zu ihrer Nachtschwalbe auf. Eine pulsierende, hell leuchtende Schnur war an das Bein des Vogels gebunden und wand sich um Alice' Handgelenk. Der Lichtstrang verband sie mit ihrer Nachtschwalbe – mit ihrer Seele –, doch in jener schrecklichen Nacht hatte John Boleyn das Band durchtrennt. Ihre Nachtschwalbe war davongeflogen, und ohne ihren Wärter war ihre Seele entkommen und hätte beinahe die gesamte Rookery vernichtet. Reuben Risdon, der Kommandant der Runner, hatte Jen die Kehle durchgeschnitten, um die Stadt zu retten. Er hatte ihre beste Freundin auf dem Altar des Marble Arch geopfert und Jens Blut benutzt, um Alice' Seele daran zu hindern, in die Rookery einzudringen – wie das Lammblut an den Türen der Ägypter zum Schutz vor der zehnten Plage.

Zittrig atmete Alice ein und fuhr mit dem Finger die Worte gegen Ende des Artikels nach: *der Tod einer unbekannten Außenweltlerin.* Jen war gestorben, um die Stadt zu retten, und sie kannten nicht einmal ihren Namen. Alice Wyndham wurde auch mit keinem Wort erwähnt – anscheinend war ihre Anonymität gewahrt worden. Vielleicht hatte Crowley eine Abmachung mit Risdon getroffen, um sie aus der Sache herauszuhalten; oder vielleicht war das Risdons Versuch, wenigstens einen kleinen Teil seiner Schuld an Jens Tod wiedergutzumachen.

Alice schob die Zeitung weg und lehnte sich mit geschlossenen Augen an den Baum. Crowley hatte die Zeitungen geschickt, um ihr zu beweisen, dass sie gefahrlos zurückkehren konnte, und dass niemand außerhalb ihres kleinen Freundeskreises wusste, wer oder was sie war. Doch *sie selbst* wusste es.

»Hier, bitte«, erklang eine schroffe Stimme.

Alice' Augen öffneten sich schlagartig. Ihr Dad beugte sich mit einem Teller Treacle Bread und einer Tasse Tee zu ihr herunter. »Wenn du das Brot nicht bald probierst, gerät Patricia noch völlig außer sich. Selbst wenn es dir nicht schmeckt, wirst du ihr sagen, dass es das Beste ist, was du je gegessen hast.«

Lächelnd nahm Alice die Gaben entgegen. »Verstanden. Danke.«

»Die weht bei dem Wind im Nu weg, wenn du nicht aufpasst«, sagte er, bückte sich nach einer Zeitung, die über den Rasen driftete, und reichte sie ihr, bevor er ins Haus zurückging.

Gedankenverloren sah Alice ihm nach und zuckte zusammen, als ihre Nachtschwalbe über ihren Kopf schoss, so aerodynamisch wie eine Pistolenkugel. Sie warf dem Störenfried einen bösen Blick zu. Der kleine Vogel belästigte sie schon seit Wochen. Alice wusste genau, was er wollte: einen Namen. Aber er war kein Haustier, und wenn sie ihm einen Namen gab, würde sie ihm auch eine eigene Identität geben, sodass sie ihn nicht mehr ignorieren konnte.

»Deine prahlerischen Vorführungen grenzen an Selbstherrlichkeit«, teilte sie ihm mit. »Und ehrlich gesagt denke ich, das ist unter deiner Würde – immerhin bist du der Wächter meiner Seele.«

Die Nachtschwalbe warf ihr einen schuldbewussten Blick zu und verschwand.

Mit einem zufriedenen Nicken nahm Alice das Bewerbungsformular zur Hand, das Crowley ihr geschickt hatte. Das Baumsymbol auf dem Briefkopf stand für Haus Mielikki: eine Gemeinschaft von Leuten mit speziellen magischen Fähigkeiten. Ohne nachzudenken, grub Alice ihre Fingerspitzen ins Gras, bis sie auf Erde stießen. Eine prickelnde Wärme durchströmte ihre Handfläche und brachte sie zum Vibrieren, als wäre etwas unter ihrer

Haut gefangen – die Magie wie ein Juckreiz, der nur durch Kratzen gelindert werden konnte. Alice atmete langsam aus, und das Gras raschelte, als sie den Druck verstärkte. In Sekundenschnelle sprossen zwischen ihren Fingern ein halbes Dutzend Gänseblümchen hervor, deren winzige Blütenblätter sich im Wind bewegten.

Die Mitglieder von Haus Mielikki hatten Macht über Pflanzen und Tiere. Alice' Blick fiel erneut auf das Formular. Sie hatte sowieso vorgehabt, sich um eine Mitgliedschaft zu bewerben, auch ohne Crowleys Drängeln. Als sie in die Rookery gekommen war, hatte Crowley sie ermahnt, sich darauf zu konzentrieren, ihre Fähigkeiten als Aviarist zu meistern und sich nicht von ihrem Talent für Naturmagie ablenken zu lassen. Er hatte gesagt, dem könne sie später noch nachgehen, wenn sie es wollte – und in Irland hatte sie genau das getan. War dieses Formular ein weiteres Friedensangebot?

Alice seufzte schwer. Der Wunsch, ihre anderen Talente zu erforschen, war nicht der einzige Grund, warum sie sich bewerben wollte. Haus Mielikki beizutreten würde ihr auch helfen, ihre beängstigende Herkunft zu verleugnen. Die Magie von Haus Mielikki war die Magie des Lebens. Alles, wofür es stand, war das genaue Gegenteil ihres wahren Wesens, das ihre Nachtschwalbe widerspiegelte: Tod.

Mit der Zeit hatte sie eine seltsame, widerwillige Bindung zu ihrem Seelenvogel aufgebaut, doch manchmal konnte sie den Anblick seines bleichen Gefieders immer noch kaum ertragen: eine weiße Nachtschwalbe für die Tochter des Todes. Doch sie wusste, dass sie mehr sein könnte, und das würde sie beweisen.

Plötzlich flog die Hintertür des Cottage auf, und Alice zuckte erschrocken zusammen, ihre Finger verkrampften sich im Gras. Zwei weiße Schemen schossen fröhlich bellend aus der Küche, und Alice entspannte sich. Wachsam zu bleiben zahlte sich aus, aber ständig mit Gefahr zu rechnen, war ermüdend.

Während Bo und Ruby sich auf den Stapel Zeitungen stürzten und sie überall auf der Wiese verteilten, sah Alice zu Boden. Zwischen ihren Fingern begannen die frisch aufgeblühten Gänseblümchen bereits zu welken. Ihre Blüten wurden schwarz und trieben davon, und die mattgelben Köpfe fielen in sich zusammen. Innerhalb weniger Sekunden waren sie alle verrottet.

Entmutigt starrte Alice sie an, und eine heftige Übelkeit stieg in ihr auf. Über ihr tauchte ihre Nachtschwalbe wieder auf, wild mit den Flügeln flatternd, doch Alice wandte den Blick nicht von den toten Gänseblümchen im Gras ab.

Ich kann mehr sein.

1

Jemand folgte ihr, da war sich Alice vollkommen sicher. Den Blick starr zu Boden gerichtet hielt sie aus den Augenwinkeln nach Bewegungen Ausschau. Ihre Nerven lagen blank, und die Anspannung ließ jeden Schatten, der ihren Weg kreuzte, beängstigend groß erscheinen. Der Wind wehte ein weggeworfenes Bonbonpapier über die Pflastersteine, und ihr Herz setzte einen Schlag aus, als es unter ihrem Stiefel knisterte. *Müll. Nur Müll.* Schweiß lief zwischen ihren Schulterblättern hinunter und klebte ihr Hemd am Rücken fest. Mit zitternden Händen zog Alice es aus ihrem Hosenbund und schüttelte es aus, um sich kühle Luft zuzufächeln. Sie hatte schon seit Wochen Fieber; das machte sie unachtsam und träge, und sie konnte sich keins von beidem leisten. Nicht heute Nacht.

Ein Rascheln hinter ihr ließ sie aufhorchen. Sie warf einen Blick über die Schulter, konnte aber nichts Ungewöhnliches sehen. Nur die kurze, schmale Straße, gesäumt von einer Reihe georgianischer Häuser mit Terrasse. Eine Handvoll altmodischer Autos parkte davor, ihre Lackierung im Licht der Straßenlaternen glänzend.

Dieser Teil der Stadt war ruhiger; hier gab es weniger Pubs und Bars, die zu einem Besuch nach Mitternacht einluden. Das erleichterte es ihr, den weit entfernten Stadtlärm auszublenden und auf Geräusche zu lauschen, die nicht hierhergehörten: ein gedämpftes Keuchen, das Flattern eines Mantels im Wind, schwere Schritte, die in einem anderen Rhythmus über den Asphalt donnerten als ihre. Wenn sie langsamer lief, wurden die anderen Schritte ebenfalls langsamer. Wenn sie stehen blieb – Stille. Angestrengt spähte sie in die Dunkelheit, aber da war niemand. Die Straße war leer.

Ein seltsames Gefühl der Enge schnürte ihr die Brust zu, und ihr Atem klang in ihren Ohren zu laut. Die Dunkelheit zog sich um sie zusammen und erinnerte sie daran, dass sie allein war. Zwischen den Gebäuden und hohen Mauern eingezäunt. *Gefangen.* Schweißperlen sammelten sich auf ihrer Stirn, doch sie wischte sie mit einem grimmigen Lächeln weg. Nein. Da sprach nur das Fieber aus ihr. Nur vom Fieber angefachte Paranoia – die plagte sie schon seit Monaten. Es hatte bereits in Irland angefangen, und seitdem war es schlimmer geworden, nicht besser. Alice knöpfte ihre Bluse noch weiter auf und gab sich einen Ruck. Sie sollte im Bett sein und sich ausruhen, doch stattdessen hatten die Umstände sie gezwungen, mitten in der Nacht durch die Rookery zu wandern. Sie hoffte inständig, dass es die Mühe wert war. Als sie die Straße überquerte, beschleunigte sie ihre Schritte und konzentrierte sich auf ihre anstehende Aufgabe.

Zur Nekropolis konnte es nicht mehr weit sein. In den privaten Club kam man nur mit Einladung, und sie war gewarnt worden, dass er beim ersten Anzeichen von Ärger abgeriegelt wurde. Ärger in Form der Bow Street Runner. Die Polizei der Rookery versuchte verzweifelt, in den Club zu gelangen und ihn dichtzumachen. Zum Glück würden sie den geheimen Eingang ohne Einladung nie entdecken.

Hinter ihr wurden die Schritte lauter, und Alice' Adrenalinspiegel schoss in die Höhe. Das waren definitiv *keine* Wahnvorstellungen, sondern echte Schritte, die von den Mauern widerhallten – und sie kamen um die Ecke direkt auf sie zu. Was, wenn sie ein Runner verfolgte? Ihr Fuß setzte auf dem Bordstein an einer Kreuzung auf, und im selben Moment fällte sie eine Entscheidung. Blitzschnell bog sie in die Gasse ein und drückte sich mit dem Rücken an die Wand. Die rauen Backsteine scheuerten an ihrem Mantel. Die Gasse war verlassen und stockfinster; der ideale Ort, um sich auf die Lauer zu legen.

Fröstelnd zog sie ihre klammen Hände aus den Taschen und ballte sie zu Fäusten, ohne den Eingang der Gasse auch nur eine Sekunde aus den Augen zu lassen. Die Schritte hielten abrupt inne, und Alice versteifte sich. Sie hatte sich das Ganze nicht nur eingebildet. Jemand folgte ihr – und wer immer es war, hatte gesehen, dass sie einen anderen Weg eingeschlagen hatte –, er wusste genau, wo sie war. Worauf wartete er dann noch? Das gedämpfte Keuchen war nur noch leise zu hören, und Alice konnte das Zögern ihres Verfolgers fast schmecken. Wenn er den Gehweg am Ende der Gasse überquerte, würde sie vielleicht sein Gesicht im Licht der Straßenlaterne sehen. *Komm schon*, drängte sie ihn innerlich. *Geh ins Licht.* Sie verlagerte das Gewicht, um besser sehen zu können, ihre Haut vor Aufregung kribbelnd.

Flügel. Ein Schimmer knochenweißer Federn am Rand ihres Blickfeldes lenkte ihre Aufmerksamkeit auf einen Stapel Transportpaletten auf dem Bürgersteig. Dort, prekär mit den Klauen ans Holz geklammert, saß ihre Nachtschwalbe und putzte sich seelenruhig das Gefieder. Wer nicht richtig hinsah, hätte sie für eine weiße Taube halten können. Doch Tauben waren groß, mit eleganten Hälsen und Schnäbeln und perfekt proportionierten, runden Köpfen. Dieser Vogel war untersetzt, mit aufgeplusterter Brust, keinem sichtbaren Hals und großen Augen. Sein Schnabel war kurz und dünn, mit Borsten zu beiden Seiten, und seine langen Flügel waren spitz wie die eines Falken.

Die Nachtschwalbe bewegte den Kopf ruckartig in ihre Richtung und blickte von ihrer behelfsmäßigen Sitzstange zu ihr herunter. Sie zwitscherte tief in der Kehle – ein sich wiederholendes Trällern , und plötzlich wusste Alice, was sie zu tun hatte.

Mit einem raschen Blick die Gasse hinauf und hinunter winkte sie ihren Seelenvogel heran, und er flog zu ihr. Sie zuckte zusammen, als er auf ihrer Schulter landete.

»Zeig mir die Gasse von oben«, flüsterte sie ihm zu.

Die Krallen ihrer Nachtschwalbe stachen ihr in den Arm, und im nächsten Moment breitete sie ihre prachtvollen Schwingen aus und erhob sich in die Lüfte. Trotz ihrer schwierigen Beziehung hatte Alice monatelang mit dem Band zwischen ihnen herumexperimentiert. Es war eine Offenbarung, als sie erkannte, dass sie, wenn sie sich konzentrierte, die Welt durch die Augen ihres Seelenvogels sehen konnte. Die Augen waren ein Fenster zur Seele – also warum nicht auch andersherum?

Alice stützte sich an der Wand ab, atmete tief durch und umfasste die Schnur, die ihr Handgelenk mit dem Bein ihrer Nachtschwalbe verband. Eine überwältigende Euphorie durchflutete sie, und sie blinzelte heftig, um die Konzentration zu wahren. Die Schnur pulsierte sanft, und ihre Handfläche prickelte. Licht drang durch die Lücken zwischen ihren Fingern, als sie fester zupackte und direkt in die strahlende Helligkeit sah. Ein weißer Lichtblitz … dann fuhr Alice' Geist durch den Strang wie ein Stromstoß und katapultierte ihr Bewusstsein in ihre wartende Nachtschwalbe.

Ihre Sicht änderte sich unvermittelt. Sie sah ihren Kopf und ihre Schultern von oben: ein Gefühl, bei dem ihr im ersten Moment immer schlecht wurde. Durch die Augen ihrer Nachtschwalbe zu sehen bedeutete, buchstäblich den Boden unter den Füßen zu verlieren und ihren Körper aus Fleisch und Blut zu verlassen. Sie zwang ihren Geist, sich der Flut von Bildern zu öffnen, die durch die leuchtende Schnur strömten. Währenddessen schwebte sie ein Stück über ihrem Kopf und widerstand dem Drang wegzufliegen. Zwischen zwei Körpern gefangen suchte sie die Gasse von oben ab: die Transportpaletten, die Mülltonnen, die ramponierten Pappschachteln … alle weit unter ihr.

Mit einem kräftigen Flügelschlag katapultierte sich Alice durch die Luft, glitt über die Gasse hinweg und bog am anderen Ende scharf ab. Um die Ecke lehnte ein Mann an einem Eisenzaun – von der unsichtbaren Präsenz ihrer Nachtschwalbe bekam er nichts mit. Eine selbstgedrehte Zigarette hing zwischen seinen Lippen, und er zündete ein Streichholz an, doch der Wind blies es sofort wieder aus. Mit einem frustrierten Knurren warf er das Streichholz auf die Straße, dann versuchte er es erneut. Diesmal schaffte er es, die Zigarette anzuzünden, und lehnte sich mit einem selbstzufriedenen Grinsen zurück. Seine strohblonden Haare leuchteten im Licht der Straßenlaterne.

»Alice?«, flüsterte er. »Versteckst du dich dahinten?«

Alice' Geist kehrte abrupt in ihren Körper zurück, und sie richtete sich mit einem Ruck auf, völlig desorientiert.

»August?«, fauchte sie und rappelte sich auf. »Warum zum Teufel verfolgst du mich?«

Als er um die Ecke kam, fiel ein langer Schatten in die Gasse, in der sie sich versteckt hatte. Alice atmete tief durch im Bemühen, die Anspannung in ihren Schultern zu lockern. *Verdammt noch mal, August...* Doch es war schön, ihn zu sehen. Eine Zeit lang hatten sie zusammen in einem Haus gewohnt, das Crowley gehörte: Coram House, das Juwel des Bloomsbury-Pendants der Rookery, ein Zufluchtsort für Waisen und Streuner. August war einer der Wenigen – wie auch ihre anderen früheren Mitbewohner Sasha, Jude und natürlich Crowley –, die die ganze grausame Wahrheit über sie kannten. Sie waren in jener schrecklichen Nacht alle am Marble Arch gewesen, und dennoch hatte keiner von ihnen danach sein Freundschaftsangebot zurückgezogen.

Jetzt musterte sie August von Kopf bis Fuß. In den vielen Monaten, seit sie sich zum letzten Mal gesehen hatten, hatte er etwas von seinem charakteristischen Vogelscheuchen-Look verloren. Sein wilder Haarschopf war gebändigt worden, und auch wenn seine Cordhose und sein ausgebleichter Pullover so schäbig aussahen wie eh und je, waren sie zumindest sauber. Er hatte auch etwas zugenommen – die harten Kanten waren weicher geworden, und jetzt wirkte er groß statt dürr.

»Ich war früh dran«, sagte er, »darum dachte ich, ich hole dich ab. Aber ich war nicht sicher, ob du es bist, und wollte keine Aufmerksamkeit erregen, indem ich nach dir rufe.« Er blickte sich um. »Wir können zusammen hingehen. Kommst du?«

Alice nickte. August hatte die Einladung zur Nekropolis – nicht sie. Er war ein Mitglied des exklusiven Clubs – nicht sie. Sie gehörte nirgendwohin.

Rauchschwaden waberten durch das Clubhaus, wanden sich zwischen den besetzten Tischen und abgedunkelten Sitznischen hindurch und umwogten die zu verschwörerischem Geflüster gebeugten Köpfe. Sandelholz- und Kiefernweihrauch, der von dem brennenden Schilf auf dem Bartresen aufstieg. August zufolge war das eine Sicherheitsmaßnahme: Der warme, moschusartige Rauch war für seine beruhigende Wirkung bekannt – so wie diese Spelunke für Unruhen bekannt war. Viel Weihrauch, wenig Vertrauen.

Alice sah zu, wie die gekräuselten Schwaden näher kamen. Der Rauch war kein Beruhigungsmittel – niemand wäre so leichtsinnig, an einen solchen Ort zu kommen und sich die Sinne betäuben zu lassen –, aber sie musste wachsam bleiben, zumal sie noch gegen die lähmenden Nebenwirkungen ihres Fiebers ankämpfte.

»Mit dir stimmt irgendwas nicht«, meinte August und musterte sie argwöhnisch, »und es ist kein Heuschnupfen oder die Grippe oder was immer du mir sonst für einen Bären aufbinden willst.« Er trommelte mit den Fingerspitzen auf den Tisch und verteilte Asche auf dem polierten Holz. »Verrätst du mir, was los ist?«

Sie trank einen großen Schluck Gin und schüttelte den Kopf.
»Nein. Verrätst du mir, was dein geheimer neuer Job ist?«

»Das ist nicht wichtig«, antwortete August achselzuckend.

Alice zog eine Augenbraue hoch. »Deswegen bist du in den letzten Monaten kein einziges Mal mitgekommen, wenn ich mich mit Sasha und Jude getroffen habe. Für mich klingt das ziemlich wichtig.«

Er warf ihr einen verschlagenen Blick zu. »Wenn ich irgendjemandem davon erzähle, bin ich erledigt. Gefeuert. Das haben meine geschätzten Arbeitgeber mehr als deutlich gemacht.«

Alice' Augen wurden schmal. »Du arbeitest wieder für die Gemeinschaft der Bleichen Feder?«

Er verschluckte sich fast an seinem Drink. »Was, denkst du etwa, ich hätte einen einstelligen IQ?«

Als sie sah, wie empört er war, entspannte sie sich etwas. Die Gemeinschaft der Bleichen Feder war ein Todeskult, angeführt von einer sadistischen Hämomantin namens Marianne Northam. Alice verachtete sie zutiefst, und das Gefühl beruhte auf Gegenseitigkeit.

»Hör auf, das Thema zu wechseln«, sagte August. »Du siehst nicht gut aus. Erzähl mir, was los ist.«

Alice seufzte. »Nein.«

»Warum?«

»Weil du so subtil bist wie ein Stadtschreier.«

Mit einem verschmitzten Grinsen lehnte er sich zurück und fuhr sich durch die Haare. »Autsch.« Dann fügte er hinzu: »Du machst dir Sorgen, dass ich es Crowley sage?«

»Nein.« Alice seufzte erneut und strich geistesabwesend mit dem Finger durch eine kleine Gin-Pfütze auf dem Tisch. »Okay, vielleicht.« Seit ihrer Rückkehr in die Stadt hatte sie ihr Bestes getan, Crowley aus dem Weg zu gehen. Sie war noch nicht bereit, ihn wiederzusehen – vielleicht würde sie das niemals sein –, und er versuchte, ihre Wünsche zu respektieren. »Ich will nicht, dass wir uns nur deshalb ...«

»Du willst kein Mitleid«, vermutete August. »Das verstehe ich.«

»Nein. Und niemand darf erfahren, dass wir hier waren. Noch nicht.«

Er grinste. »Heimliche Treffen spätnachts ... Drinks in verruchten Kneipen ... Die Leute werden reden.«

Sie drückte das Glas an ihre Stirn, um sie zu kühlen, und schloss vor Erleichterung die Augen. »Wenn sie das tun«, murmelte sie, »sag ihnen einfach ... sag ihnen, du hast alle Erwartungen übertroffen und dich endlich als nützlich erwiesen.«

Etwas streifte ihre Hand, und Alice öffnete schlagartig die Augen.

»Hier«, sagte August, nahm ihr das Glas ab, umschloss es mit beiden Händen und atmete darauf. Ein lautes Knacken ertönte, und plötzlich war das Glas mit Reif überzogen. Er reichte ihr den Drink zurück. Unter dem Gin war eine dicke Eisschicht zu erkennen.

»Danke.« Sie hielt einen Moment inne. »Ich dachte, deine Magie gibt dir Macht über Wasser, nicht über Gin. Ich bin beeindruckt.«

Er grinste. »Das kann ich nur, weil sie ihn mit Wasser verdünnen. Vertrau nie einer Bar, die von Nekromanten geleitet wird.«

»Du *bist* ein Nekromant«, entgegnete sie und presste sich das eisige Glas an die Stirn.

»Genau.«

Am anderen Ende des Raums zerbrach ein Glas, und ein kollektives Johlen ging durch das Clubhaus. Eine Frau schob ihren Stuhl zurück und wischte sich seufzend die Splitter von ihrem Rock. Auf dem Tisch vor ihr lag ein poliertes Ouija-Brett. Die Frau nahm ein anderes leeres Glas, drehte es um und ließ es langsam von Buchstabe zu Buchstabe wandern. Dabei bewegten sich ihre Lippen lautlos.

30

Alice ließ den Blick durch das Clubhaus schweifen, betrachtete die blutroten Ledersofas, die grünen Samtsessel und die Gaslampen und nicht zusammenpassenden Bilderrahmen an den Wänden. Irgendwie wirkte die ungewöhnliche Dekoration – die gigantische Uhr, die verrosteten Metallschilder und der Ticketschalter – in einer solchen Spelunke nicht fehl am Platz. Steinbogen, getäfelte Wände und Säulen teilten den Raum ordentlich in Sektionen auf. Die Nekropolis war früher ein Bahnhof gewesen, deshalb führte der hintere Teil des Gebäudes zu einem bröckelnden Bahnsteig und einer stillgelegten Dampflokomotive auf einem Gleis ins Nirgendwo.

Am Ende des neunzehnten Jahrhunderts, als London so überbevölkert war, dass es nicht mehr genug Platz gab, um die Toten zu beerdigen, hatten die Zuständigen eine makabre Lösung gefunden: Transportsärge und speziell modifizierte Züge, die die Trauernden zu einem Friedhof weit außerhalb der Stadtmauern fuhren. Die London Necropolis Railway war jedoch sehr kurzlebig – im Blitzkrieg wurde sie von einer Bombe getroffen. Doch in der Rookery, Londons magischer Zwillingsstadt, waren die Station an der 121 Westminster Bridge Road und ein verbliebener Zug äußerst passend umfunktioniert worden: Es gab keinen besseren Ort für einen Club exklusiv für Nekromanten. Ihre Magie war in der gesamten Stadt verboten, weil sie als unnatürlich galt, doch hier waren sie unter Freunden.

Drei Tische weiter erhob sich plötzlich aufgeregtes Gemurmel, und Alice wandte sich um, um zu sehen, was dort vor sich ging. Eine Gruppe bärtiger Männer beugte sich abwechselnd über kleine Objekte, die sie auf den Tisch geworfen hatten. Würfel vermutlich.

»Hier ist Glücksspiel erlaubt?«, fragte sie verwundert.

»Nein«, antwortete August mit einem gequälten Lächeln. »Sie werfen Orakelknochen und versuchen, in die Zukunft zu sehen.

Schon komisch, dass keiner von ihnen vorhersagen konnte, dass die hübsche Ouija-Lady da drüben ihr Glas zerbrechen würde.«

Selbst in einer Stadt wie der Rookery begegnete man Wahrsagerei mit Skepsis. Alice glaubte selbst nicht daran. Doch vor einem Jahr hatte sie auch noch nicht an Magie geglaubt – und jetzt war sie hier, in einer Bar, die man nur durch eine verzauberte Tür erreichte. Sie öffnete sich lediglich einmal die Woche und auch nur dann, wenn man wusste, wonach man suchen musste.

Seufzend rieb Alice sich die Schläfen, wo sich ein leichter, aber hartnäckiger Schmerz festgesetzt hatte. Sie griff nach ihrem Glas und trank noch einen angenehm kühlen Schluck. Vielleicht würde der Gin das Pochen in ihrem Schädel lindern. Oder wenn nicht, würde er ihr vielleicht wenigstens dabei helfen, das Problem zu vergessen, das sie hierhergeführt hatte. Sie ließ die Schultern kreisen und versuchte, es sich auf ihrem Stuhl bequem zu machen. Der Weihrauch war keine Hilfe – im Gegenteil: Er verdrängte die frische Luft und verbreitete eine Hitze, die ihr Unbehagen noch verstärkte. Dicker Qualm driftete vorbei. Blinzelnd blickte sie auf und sah zu, wie er dünner wurde, je höher er stieg, bis er sich schließlich unter den perlenbesetzten Lampen an der Decke auflöste.

Ganz in der Nähe räusperte sich jemand demonstrativ, und Alice zuckte zusammen, als ihr gegenüber ein Stuhl geräuschvoll zurückgeschoben wurde. Eine Frau ließ sich darauf nieder, warf einen ramponierten Fedora auf den Tisch und musterte Alice prüfend. Eris Mawkin war die einzige rechtmäßige Nekromantin der Rookery – die Einzige, der es gestattet war, von ihrer dunklen Magie Gebrauch zu machen, weil sie sie im Namen ihres Arbeitgebers einsetzte: der Bow Street Runner. Sie beugten gerne hin und wieder das Gesetz, wenn es ihnen passte. Die Scheinheiligkeit der Runner war nur einer der zahlreichen Gründe, warum Alice sie hasste.

»Du bist überhaupt nicht, wie ich mir dich vorgestellt habe.«

Mawkin stellte ihr Whiskyglas neben ihrem Hut ab, schüttelte ihre kinnlangen braunen Haare aus und lehnte sich zurück, die Beine ausgestreckt und ihre staubigen Stiefel überschlagen.

»Du bist … genau, wie ich mir dich vorgestellt habe«, murmelte Alice.

Mawkins Augen glitzerten amüsiert. Sie wandte sich August zu und schnaubte, als sie den absurden Erdbeer-Wodka in seiner Hand sah – er war mit Schirmchen, Lametta und einer kandierten Kirsche an einem Cocktailspieß verziert.

»Frag mich nie wieder, warum ich nicht deine Mentorin werde«, sagte sie, als er die Kirsche vom Spieß zog und sie frech angrinste.

»Ich weiß, ich weiß«, erwiderte er, warf sich die Kirsche in den Mund und steckte das Schirmchen gut sichtbar in seine Haare. »Mit meinem guten Aussehen und meinem sonnigen Gemüt strahle ich nicht den düsteren Glamour eines Nekromanten aus.«

»Nekromantie ist ein ernstes Geschäft, das von ernsthaften Leuten betrieben wird«, meinte Mawkin, »und das ist kein ernster Drink.« Sie griff nach ihrem Whisky und schwenkte das Glas zwischen den Fingern. »Aber das blaue Schirmchen bringt deine Augen zur Geltung.«

Sie wandte sich an Alice. »Also, raus damit«, kam sie direkt zur Sache. »Du wolltest Informationen von mir, aber du hast schon einen Nekromantenfreund. Was weiß ich deiner Ansicht nach, das er dir nicht sagen kann?«

Alice schwieg einen Moment und ließ sich ihre Antwort durch den Kopf gehen. »Augusts Wissen über Nekromantie ist … begrenzt. Er weiß, was er persönlich erlebt hat, aber abgesehen davon …« Sie verstummte.

Mawkin zog hämisch eine Augenbraue hoch und wandte sich August zu, um zu sehen, wie er reagierte.

Doch August zuckte nur die Achseln. »Zu meiner Verteidigung, ich bin ein Mann der Tat. Praktisch veranlagt. Handwerklich begabt.« Er zwinkerte ihr zu, und Mawkin schnaubte abfällig. »Bücher und Theorie liegen mir nicht so. Ich flüstere bestimmten Leuten bestimmte Dinge zu und lausche an den richtigen Türen«, setzte er hinzu.

Damit hatte er vollkommen recht. Er gelangte an Informationen, indem er unlautere Mittel einsetzte; Informationen aus zweiter Hand waren ihm lieber als der Aufwand, den es erforderte, sie aus erster Hand zu erhalten durch Recherche, Bücher und viel Lesen. Genau aus diesem Grund hatte sich Mawkin, die zwanzig Jahre älter war als er und der Inbegriff kampferprobter Weisheit, standhaft geweigert, seine Mentorin zu werden. Und dennoch konnte August Dinge tun, zu denen Mawkin nicht fähig war. Alice' Fragen hatte er allerdings nicht beantworten können. Vielleicht würde sie bei Mawkin auch kein Glück haben, aber sie musste es wenigstens versuchen.

Alice beugte sich vor. Ihre Hände zitterten vor Nervosität. Dies war der Moment, auf den sie so lange gewartet hatte. Gleich würde sich entscheiden, ob sie sich von ihrer Bürde befreien und alles wieder in Ordnung bringen konnte. »Ich will wissen, wie ich es loswerden kann.«

Mawkin blinzelte sie verdutzt an. »Ich verstehe nicht ganz«, sagte sie schließlich. »Was loswerden?«

»Ich will wissen, wie ein Nekromant sein Vermächtnis loswird«, erklärte Alice und hörte selbst, wie verzweifelt sie klang. »Es ... es deaktiviert. Alle Fähigkeiten, die mit dem Tod zu tun haben, beseitigt.«

August warf ihr einen mitfühlenden Blick zu. Deshalb hatte er sie hergebracht: Er wusste, dass sie das Vermächtnis ihres Vaters loswerden wollte. Er hatte miterlebt, wie sehr sie Jens Tod getroffen hatte.

»Du willst wissen, ob sich ein Nekromant von seinen Gaben trennen kann?«, hakte Mawkin nach.

»Ja«, antwortete Alice erleichtert, »ganz genau.«

Mawkin sah von Alice zu August und wieder zurück. »Und das ist was? Eine Theorie? Du bist keine Nekromantin, Wyndham, also warum interessiert dich das?«

Einen langen Moment herrschte Schweigen. So wenige Leute kannten die Wahrheit, und dieser kurzen Liste konnte sie Mawkin nicht hinzufügen. Als Tochter von Gevatter Tod höchstpersönlich war Alice nicht direkt eine Nekromantin, aber nah dran. Plötzlich hatte sie einen dicken Kloß im Hals.

»Ich glaube, sie ist ein Spätzünder«, sagte August. »Du kannst spüren, dass sie etwas an sich hat, oder? Etwas leicht Morbides.«

Alice zuckte bei der Beschreibung zusammen, doch Mawkin antwortete nicht.

»Sie ist eine Nekromantin mit einer unterdrückten Gabe«, log August geschmeidig. »Deshalb habe ich sie zu dir gebracht.«

»Und – nur damit ich das richtig verstehe – du willst nicht, dass ich ihre Mentorin werde, um ihr Talent zu fördern? Ich soll ihr sagen, wie sie es loswird?«, fragte Mawkin und wandte sich wieder an Alice. »Das soll ich euch abkaufen?«

Alice hielt ihrem herausfordernden Blick stand.

»Wenn du wirklich eine Nekromantin bist«, fuhr Mawkin nach einem Moment fort, »und deine Gabe bisher unterdrückt hast, entweder mit Absicht oder durch Zufall, warum willst du sie dann nicht … erkunden? Ohne dass die Runner etwas davon mitkriegen?«

Alice schüttelte ungeduldig den Kopf. Mawkin verschwendete Zeit mit der Lüge, die sie ihr aufgetischt hatten.

»Ich will sie nicht«, murmelte sie, und ihr Gesicht nahm einen gequälten Ausdruck an. »Ich will kein Todesvermächtnis. Ich kann spüren, wie es unter meiner Haut herumkrabbelt, und ich will es nur endlich los sein.«

Sie sah Mawkin flehend an. Irgendwie musste sie die Nekromantin dazu bringen, ihr zu glauben. Sie musste das tödliche Vermächtnis ihres Vaters im Keim ersticken und sich von seinem Einfluss befreien.

»Ein Nekromant zu sein ist nichts Verwerfliches«, sagte Mawkin, und Alice hielt den Atem an. Hieß das, dass Mawkin ihr glaubte? Sie wagte es nicht, August anzusehen.

Mawkin machte eine ausladende Geste, die das gesamte Clubhaus einschloss. »Sieh hin. Diese Leute sind zufrieden. Sie wissen, wer sie sind, sie haben akzeptiert, wozu sie fähig sind. Für Nekromantie braucht man sich nicht zu schämen.«

»Aber sonst akzeptiert sie niemand«, erwiderte Alice mit Nachdruck. »Sie verstecken sich hier und hoffen, dass die Runner nicht eines Tages hereinstürmen und sie ins Newgate Prison werfen. Der Rat akzeptiert Nekromantie nicht; er hat sie für illegal erklärt. Und ich muss dieses Los auch nicht akzeptieren. Ich will es nicht.«

»Nekromantie ist illegal«, stimmte Mawkin zu und trank einen Schluck Whisky. »Aber Nekromanten sind es nicht.«

Alice atmete tief durch, versuchte, sich gelassen zu geben, und griff nach ihrem Drink. Ihre Hände zitterten, und sie war sich nicht sicher, ob das am Fieber lag oder an ihrer Nervosität. »Das ist doch Wortklauberei.«

»Nein«, widersprach Mawkin. »Das ist der Unterschied zwischen Freiheit und Verfolgung. Wir suchen uns die Gaben nicht aus, mit denen wir geboren werden. Nur wenn man sie einsetzt, macht man sich strafbar.«

»Du nicht«, erwiderte Alice. Schließlich hatte Mawkin die Erlaubnis, ihre Todesmagie zu wirken, wenn sie für die Runner arbeitete. Es war ein Wunder, dass sie in der Nekropolis überhaupt willkommen war; sie arbeitete für die Leute, die die übrige Kundschaft schikanierten. Doch Mawkin war gut in diesem Spiel und benutzte die Runner, um den anderen Nekromanten zu helfen, wenn sie konnte.

»Verstehe«, sagte Mawkin und warf Alice einen listigen Blick zu. »Du bist kein Nekromant, Wyndham.« Alice setzte schon zum Protest an, aber Mawkin fuhr fort: »Nein, bist du nicht. Du riechst nicht wie eine von uns. Aber du hast etwas an dir...« Ihre Augen wurden schmal.

»Dann kannst du ihr nicht helfen?«, unterbrach August ihren Gedankengang.

Alice lächelte ihm dankbar zu. Sie wollte nicht, dass Mawkin sie zu genau unter die Lupe nahm – eine erfahrene Nekromantin konnte womöglich die unglaubliche Wahrheit spüren, die sie verbarg.

Mawkin tunkte einen Finger in ihren Drink und malte einen Whiskykreis auf den Tisch.

»Nein«, antwortete sie. »Tut mir leid, euch zu enttäuschen.«

Alice versteifte sich. August hatte gedacht, es bestehe eine Chance, und sie hatte sich an die Hoffnung geklammert, aber wenn Mawkin die Wahrheit sagte... Auf der verzweifelten Suche nach Klarheit sah sie auf Mawkins Handgelenke hinunter und beschwor ihre Aviaristen-Sicht, sie jetzt nicht im Stich zu lassen... *Dort.* Die Lichtschnur, die die Nekromantin mit ihrer Nachtschwalbe verband, leuchtete plötzlich vor Alice' Augen auf. Ihr Blick schweifte von dem pulsierenden Band um Mawkins Handgelenk, das niemand außer Alice sehen konnte, zu der kleinen Nachtschwalbe, die sich an ihren Hals schmiegte.

Die mahagonibraunen Federn von Mawkins Seelenvogel waren teils schlicht, teils auffallend gemustert, aber sie schienen an den Rändern ausgefranst. Sein Schnabel war spitz, und seine glänzend schwarzen Augen blickten sie starr an. Er beobachtete Alice argwöhnisch wie ein General, der den Feind aus der Ferne im Auge behielt. Alice inspizierte ihn ihrerseits, und ihre Verzweiflung wuchs. Mawkin sagte die Wahrheit.

»Nekromanten können sich entscheiden, ihr Vermächtnis nicht

einzusetzen«, sagte Mawkin, die nichts von Alice' Bestürzung mitbekam, »aber egal, was die Runner behaupten, wir können es nicht amputieren.«

Alice wandte den Blick ab und atmete tief durch – Frustration wallte in ihr auf. Als Tochter des Todesfürsten verfügte sie nicht einfach über Todesmagie; sie war eine Personifikation des Todes. Ihr Vermächtnis nicht einzusetzen reichte nicht. Es war ein Teil von ihr, den sie loswerden musste. Es musste einen Weg geben.

»Ich dachte, Crowley hätte dich auf dem Dachboden eingesperrt«, sagte Mawkin zu August.

»Ich habe heute Freigang wegen guter Führung«, erwiderte er mit einem trägen Grinsen.

Bei der Erwähnung von Crowleys Namen spannte sich Alice an. Natürlich hatte sie nicht vergessen, dass Mawkin eine seiner wenigen Freundinnen war – oder vielleicht war Freundin das falsche Wort. Vertraute. Verbündete. Ihre Wege kreuzten sich hin und wieder in der Bow Street Station. Crowley war ein Verbrecherjäger, der ein ausgesprochenes Talent dafür hatte, gestohlene Waren zu finden. Die Runner heuerten ihn an, wenn sie nicht weiterwussten.

»In letzter Zeit habe ich ihn kaum gesehen«, sagte Mawkin. »Ist bei ihm alles in Ordnung?«

»Alles beim Alten«, erwiderte August mit einem Achselzucken.

Mawkin nickte nachdenklich und wandte sich zu Alice um. Nachdem sie sie einen weiteren Moment betrachtet hatte, trat ein finsterer Ausdruck in ihre Augen. »Mach dich nützlich, Rhone«, blaffte sie August an. »Hol uns noch eine Runde Drinks.«

»Du hast deinen Whisky noch gar nicht ...«, protestierte er.

»Die Erwachsenen wollen sich unterhalten«, entgegnete Mawkin, kippte den Whisky in einem Zug hinunter und drückte ihm das leere Glas in die Hand. »Gib uns zwei Minuten.«

August zögerte, aber als Alice zustimmend nickte, ging er.

»Ich wusste doch, dass du merkwürdig riechst«, sagte Mawkin.

»Weiß er es?« Sie deutete auf August, der mit dem Wirt redete.

»Weiß es irgendwer? Crowley?«

Alice schüttelte den Kopf. »Nein. Und ich will auch nicht, dass sich das rumspricht ... bitte.«

Mawkin seufzte und fuhr sich mit der Hand durch die Haare. »Scheiße.«

Einen Moment herrschte angespanntes Schweigen, dann wagte Alice noch einen Versuch. »Und du bist sicher, dass es keine Möglichkeit gibt, dieses Vermächtnis herauszu...«

»Dem Tod kann man nicht entrinnen«, sagte Mawkin.

Alice schluckte schwer. »Aber vielleicht, wenn ...«

»Dem Tod kann man nicht entrinnen«, wiederholte sie nur. »Es tut mir leid, aber ich kann dir nicht helfen. Du brauchst keinen Nekromanten, sondern einen Arzt.« Sie hielt inne, und ihr Gesicht nahm einen sanfteren Ausdruck an. »Hast du Angst? Dafür gibt es keinen Grund. Ich habe eine bessere Vorstellung davon, was auf dich zukommt, als die meisten anderen. Wenn du darüber reden willst ...«

»Nein«, unterbrach Alice sie hastig.

Mawkin zog die Stirn kraus. »Manchen Leuten hilft es, ihre Angelegenheiten in Ordnung zu bringen, sodass ...«

Alice sprang auf. »Dafür habe ich keine Zeit«, stieß sie bitter hervor.

Mawkin nickte langsam, bedächtig. »Dann tut es mir leid. Hör mal, wenn dir mein Rat irgendetwas wert ist ...« Sie seufzte. »Sag ihnen die Wahrheit. Lass sie sich um dich kümmern.«

Alice presste die Lippen aufeinander und schüttelte den Kopf. Sie wollte nichts mehr hören. Plattitüden und Mitleid nutzten ihr nichts. Mawkin konnte ihr nicht helfen. Jetzt hatte sie nur noch eine Option.

»Danke«, sagte Alice und nahm ihren Mantel, »dass du dir die Zeit genommen hast.«

Ihr Kopf dröhnte. Sie nickte Mawkin zu und marschierte davon, vorbei an August, der ihr verblüfft nachsah.

Dem Tod kann man nicht entrinnen.

Was in Irland begonnen hatte, befiel sie nun immer stärker und häufiger. Das Zittern ihrer Hände. Unablässige Atemnot. Ihr Gleichgewichtssinn ließ sie im Stich, Räume drehten sich wie Tänzer in einem Ballsaal, sodass sie sich auf einen Stuhl sinken lassen und den Kopf in den Händen vergraben musste, bis die Welt wieder stillstand. Sporadische Schwindelanfälle, die anfangs alle paar Wochen auftraten, aber immer häufiger wurden und sich zu Fieber, Kopfschmerzen und der schrecklichen Gewissheit auswuchsen, dass ein Teil ihrer Genetik fehlerhaft war.

Ihr Leben war zu turbulent, hatte Doctor Burke bei ihrem zweiten und dritten Termin gesagt. Sie sollte noch mehr Eisentabletten nehmen und es langsam angehen. Aber das tat sie ja – dennoch schlug selbst ihr Herz unregelmäßig, wie ein Drummer, der nicht mit dem Leadsänger mithalten konnte. Am schlimmsten waren die Tage, an denen alles zu anstrengend war. Wenn die Müdigkeit so tief saß, dass sie einfach aufgeben und sich davon überwältigen lassen wollte. Obwohl sie ihren Eltern nicht gesagt hatte, wie schlecht es ihr ging, hatten sie sich irgendwann solche Sorgen gemacht, dass sie sie gedrängt hatten, in die Rookery zurückzukehren, um ein Heilmittel zu finden. Aber stattdessen hatte sie eine eindeutige Diagnose bekommen.

Dieses Ding in ihr – das Vermächtnis ihres leiblichen Vaters, ihre DNA, oder was immer es war – überwältigte sie. Richtete sie zugrunde. Er hatte ihr so viel Tod aufgeladen, dass es sie umbrachte. Und Mawkin hatte ihre vorletzte Hoffnung zerschlagen. Sie konnte dieses tödliche Vermächtnis nicht loswerden; sie wurde von seinem Gewicht erdrückt. Sie *starb.*

Dem Tod kann man nicht entrinnen?

Mit einem tiefen Seufzen trat Alice in die Nacht hinaus.

Das wollen wir doch mal sehen.

2

Die Stadt verschwamm vor Alice' Augen, so schnell rannte sie. Um es den Runnern unmöglich zu machen, ihren Standort herauszufinden, blieb der Eingang der Nekropolis nie lange am selben Ort. In der Rookery führte eine Tür nicht in einen anderen Raum, sondern in Tausende verschiedene Räume, je nachdem, wohin man wollte. Manche der öffentlich betriebenen Türen führten je nach Tageszeit oder Wochentag an unterschiedliche Orte – und Reisen war manchmal, als warte man auf den richtigen Bus.

So fand sich Alice in einer anderen Nachbarschaft wieder als der, in der sie das Clubhaus betreten hatte. Hier gab es weniger Wohnhäuser und mehr mit Rollläden verschlossene Geschäfte. An der Ecke lag einer der bekanntesten Pubs der Rookery, und Alice machte an der Kreuzung halt. Das raue Gelächter, das aus *Rook's Nest* drang, stand in scharfem Kontrast zur Heimlichkeit der Nekropolis. Hier hatte niemand Angst, von den Runnern erwischt zu werden.

Eine Frau, die mit einem Glas Wein vor der Tür stand und rauchte, sah ärgerlich zu einer Laterne an der Hauswand des Pubs, die unnütz flackerte. Mit einem genervten Augenrollen kippte sie den Wein hinunter und legte ihre Hand über das leere Glas. Die Luft darüber flimmerte vor Hitze, und im nächsten Moment züngelten Flammen über ihre Hände. Sie stellte das Glas voll Feuer auf das Fensterbrett, wo es die weiße Wand des Pubs in einen sanften Schein tauchte. Als die Frau merkte, wie Alice sie anstarrte, nickte sie mit trunkener Zufriedenheit, sichtlich stolz auf ihre selbst gemachte Laterne.

Alice senkte den Kopf, eilte über die Straße und bog in eine schmale Seitenstraße ein, wo sich noch mehr vornehme Geschäfte drängten. Sie kam an den dunklen Schaufenstern von E. M. Saphier: Shoemaker, dem Belladonna Bookshop sowie Dashwood's Fireplaces vorbei, das mit einem auffälligen Schild warb: *»Kohle zu unschön? Feuerholz zu qualmig? Elektrizität zu teuer? Heizen Sie Ihr Zuhause mit unseren Kaminen ohne Brennstoff! Feinste Haus-Ilmarinen-Handwerkskunst – schon ab fünfzig Sovereigns!«* Das Letzte in der Reihe war Barretts's Musical Instruments, ein Musikladen, der potenzielle Kunden mit einer vor der Tür angeketteten Reklametafel lockte: *»Selbstspielende Instrumente für beschäftigte Musiker. Für jedes magische Vermächtnis ist etwas dabei – Klarinetten, Gitarren, Okarinas und Regenmacher –, fragen Sie einfach!«*

»Alice, warte!«, schrie August hinter ihr. »Um Himmels willen, ich bin Raucher. Ich habe nicht die Lungenkapazität für eine stadtweite Verfolgungsjagd.«

Ohne innezuhalten, bog sie erneut ab und fand sich vor Mowbray's Perfumery wieder. Die Reihen von Glasfläschchen im Schaufenster schimmerten im Mondlicht, und ein großes Schild darüber versprach Rabatt auf Mowbray's berühmtes Mohn- und Lavendelwasser für Mitglieder von Haus Mielikki. Typisch. Selbst die Läden betrieben Vetternwirtschaft.

Seufzend lehnte sich Alice mit dem Rücken ans Schaufenster, ihren Mantel im Arm. Trotz ihrer Macken und Eigenheiten war ihr diese seltsame Stadt ans Herz gewachsen. Die Rookery war als Zufluchtsort für die Väki gebaut worden: ein magisches Volk, das vor der Verfolgung in ihrem Heimatland Finnland während der Kreuzzüge geflohen war. Ihre Nachkommen hatten diesen Ort für sich beansprucht und eine eigene Stadt gegründet. Im Lauf der

Jahrhunderte, während die Stadt immer weiterwuchs, hatten sie ihre Architektur der von London angepasst, bis in die 1930er-Jahre. Gebäude, die in London längst zerstört worden waren, existierten in der Rookery weiter. Newgate Prison, Christchurch Greyfriars, Baynard's Castle … Die Rookery beherbergte die Backstein-Geister aus Londons Vergangenheit.

Alice warf einen Blick auf das Schild der Parfümerie – *10 % Rabatt für Mitglieder von Haus Mielikki!* – und schüttelte den Kopf. Die vier finnischen Baumeister, die die Rookery erschaffen hatten, hießen Ilmarinen, Pellervoinen, Ahti und natürlich Mielikki. Jeder von ihnen verfügte über eine magische Begabung und hatte ein Haus für Leute gegründet, die ihr Vermächtnis teilten. Jene, die im Umgang mit Wasser bewandert waren, traten für gewöhnlich Haus Ahti bei. Pellervoinen hieß die Architekten willkommen, die Meister von Stein und Mörtel, und besonders talentierte Reisende. Haus Ilmarinen war für Metallarbeiter und Feuermagier, und Haus Mielikki nahm jene auf, die auf Flora und Fauna spezialisiert waren.

Mowbray's Mohn- und Lavendelwasser war berühmt, weil seine Wirkung durch die Magie von Haus Mielikki verstärkt worden war. Angeblich war der Geruch so beruhigend, dass die Runner es getestet hatten, um sicherzustellen, dass es sich dabei nicht um ein illegales Rauschmittel handelte. Die Verkaufszahlen hatten unter dem Vorfall nicht etwa gelitten, sondern waren durch die Decke gegangen.

»Was hat Mawkin gesagt?«, keuchte August völlig außer Atem, als er sie endlich einholte.

»Nichts«, antwortete sie und stieß sich von der Wand ab. Einen Moment wurde ihr schwindlig, und sie klammerte sich Halt suchend an der Hausecke fest. »Mawkin kann mir nicht helfen«, sagte sie und lief weiter die Straße hinunter. »Das Ganze war reine Zeitverschwendung.«

August rannte voraus, wirbelte herum und versperrte ihr den Weg.

»Alice, die Sache mit deinem Vater… Hör zu, deine DNA ist der unwichtigste Teil von dir«, sagte er und legte ihr die Hände auf die Schultern. »Was für Dämonen du auch bekämpfst, du …«

»Ich *bin* der Dämon«, erwiderte sie mit einem grimmigen Lachen, machte sich von ihm los und stolperte weiter. Augusts Ratschläge halfen ihr nicht weiter. Er wusste nicht, dass die Gene ihres Vaters sie im wahrsten Sinne des Wortes vergifteten – das tat niemand. Sie brachte es nicht über sich, ihm davon zu erzählen, denn wenn sie es ihm sagte, würde auch Crowley davon erfahren. Crowley hatte seine Schwester für Alice geopfert – und wofür? Alice starb trotzdem.

»Wenn du weiter wegläufst, werde ich irgendwann aufhören, dir hinterherzurennen«, rief August ihr nach.

Sie ignorierte ihn und bog in eine Wohnstraße ab. Zwischen zwei Häusern eingeklemmt lag ein kleiner Tabakladen mit einer grünen Tür, die sie zu öffnen gedachte.

Hinter ihr erklang ein gedämpftes Fluchen, dann Schritte, die sich rasch näherten. August schloss zu ihr auf, schnaufend wie ein kaputtes Akkordeon. Sie machte am Gitterzaun eines Hauses halt und lehnte sich dagegen, taumelte jedoch hastig zurück, als ein scharfer Schmerz in ihren Arm schoss, und rieb sich mit einem ärgerlichen Zischen den Ellbogen.

August deutete mit einer Kopfbewegung auf das Gitter. »Sadistische Bastarde, was? Haus Ilmarinens neueste Sicherheitsvorkehrung – elektrisch aufgeladene Zäune. Sie halten nur Nichtmitglieder ab.«

Alice nickte, hörte aber nicht richtig zu. Ihr Atem ging zu flach, und ihre Zunge fühlte sich an wie ein Nadelkissen. Kein gutes Zeichen. Für gewöhnlich hieß das, dass sich ein Schwindelanfall anbahnte. Sie wandte das Gesicht von August ab und schloss die

Augen, versuchte, die Benommenheit abzuschütteln. *Tief durch-atmen.*

»Was verschweigst du mir?«, wollte er wissen.

Als sie die Augen wieder aufmachte, begegnete sie seinem besorgten Blick.

»August«, murmelte sie erschöpft, »es gibt eine Menge, das ich dir nicht gesagt habe. Weil ich es nicht muss. Ich bin nicht dein Vermieter, und du wohnst nicht in meinem Kopf.«

Er nickte und griff nach seiner Tabakdose. »Wo wir gerade von Vermietern reden – Crowley …«

»Nein«, unterbrach sie ihn. »Kein Wort über Crowley. Das hast du mir versprochen.«

Er seufzte. »Na schön. Dann lass mich dich zurück zur Universität bringen.«

Alice zog spöttisch eine Augenbraue hoch. Sie wohnte schon seit Monaten in einer Unterkunft für die Belegschaft der Goring University und brauchte ganz sicher nicht Augusts Hilfe, um dorthin zurückzukommen. Wenn sie unterwegs eine Pause einlegen, sich hinsetzen und verschnaufen musste, bis keine Lichtpunkte mehr vor ihren Augen tanzten, wollte sie keine Zuschauer. Sie hatte ihre Schwächeanfälle bei ihren monatlichen Treffen vor Sasha und Jude geheim gehalten, und sie hatte nicht vor, sich jetzt einen Fehler zu erlauben. Es hatte keinen Sinn, irgendjemand damit zu belasten – niemand konnte ihr helfen.

Doch August ließ nicht locker. »Was?«, hakte er nach. »Lass mich dich begleiten. Es ist spät, es ist dunkel, und diese Stadt ist kein bisschen sicherer als London.«

Ihr Mundwinkel zuckte. Er machte sich Sorgen um ihre Sicherheit?

»Ich weiß nicht, wie ich dir das sagen soll, August, aber vor einem Jahr hätte ich fast diese Stadt und all ihre Bewohner vernichtet«, erinnerte sie ihn, und in ihrer Stimme schwang ein bitterer Unterton

mit. »Wenn mir in einer dunklen Gasse der Rookery der Tod auf-
lauert, begegne ich ihm nicht mit einem Schrei, sondern mit mehr
als zwanzig Jahren ohne Grußkarte zum Vatertag.« Sie bemühte
sich um einen flapsigen Ton. Wenn sie sich fröhlich gab, konnte sie
sich manchmal davon abhalten, sich in Schuldgefühlen wegen dem,
was am Marble Arch passiert war, und Jens Tod zu verlieren.

August zündete sich eine Zigarette an und wedelte den Rauch
mit der Hand weg. »Also gut«, sagte er. »Dann bring du mich zur
Uni zurück.«

Grinsend zog er die grüne Tür des Tabakladens auf, und ein
kalter Windstoß fegte ihnen entgegen. Die offene Tür führte nicht
etwa ins Innere des winzigen Ladens, sondern in die Leere: einen
dunklen, kargen Ort zwischen den Welten – wie ein Windkanal
zwischen den Zwillingsstädten London und der Rookery. Im ersten Moment atmete Alice erleichtert auf. Doch die Kälte war zu
viel für ihren vom Fieber geschwächten Körper. Fröstelnd schlang
sie ihren Mantel um sich und trat durch die Tür.

Der Wind peitschte ihr entgegen, drang ihr wie Nadelstiche
unter die Haut. Sie schüttelte ihren Mantel aus und vergrub die
Arme tief in den Ärmeln, während August die Tür hinter ihnen
schloss. Dunkelheit umfing sie, und als sie die Hand ausstreckte,
war die Tür, durch die sie gekommen waren, verschwunden. Blind
legte August ihr eine Hand auf den Ellbogen und tastete mit der
anderen nach einem Türgriff. Heftige Böen zerzausten ihr die
Haare, und sie senkte den Kopf, stemmte sich dagegen. Ein leises
Klicken ertönte, und die neu entstandene Tür flog auf, umrahmte
August, als er aus der Leere auf einen ausgetretenen, grasigen Pfad
trat. Alice wartete einen Moment, bis sie wieder sicherer auf den
Beinen war, dann folgte sie ihm.

»Jetzt hab ich eine Zigarette verschwendet«, murrte August und
wischte sich die Asche vom Pullover. »Verdammt. Na, dann komm.«

Überall um sie herum standen ordentlich aufgereihte Feigen-

47

bäume; an ihrem Fuß wuchsen violette Geranien und Blauglöckchen. Die Gärten der Universität erstreckten sich weit in alle Richtungen, ein farbenfrohes Meer aus Wildblumen und gepflegten Bäumen.

Die Tür, durch die sie gekommen waren – eine glänzend schwarze Tür mit einem schweren Eisenring –, gehörte zu einem Geräteschuppen, der meilenweit von dem Tabakladen entfernt lag. Alice fand es seltsam, dass das Reisen durch die Rookery keinen Eindruck mehr auf sie machte. Die Fähigkeit, von einem Ende der Stadt zum anderen zu springen, innerhalb kürzester Zeit meilenweite Strecken zurückzulegen... Es war merkwürdig, wie schnell sich ihr Geist erweitert und das zu einem Teil ihrer normalen Realität gemacht hatte.

»›Dann komm‹? Ist das dein Ernst?«, erwiderte Alice mit einem müden Grinsen. »Deine Nacht endet hier. Du kannst nicht in mein Zimmer mitkommen.«

»Warum?«, fragte er verwundert. »Ich hab nicht vor, dir die Unschuld zu rauben.«

»Die Regeln der Belegschaftsunterkünfte«, erklärte sie. »Keine Besucher auf dem Campus und keine Untermieter.«

Er verdrehte die Augen. »Na ja, ich hab mich nie an die Regeln gehalten, und ich habe nicht vor, jetzt damit anzufangen.«

Sie schüttelte entschieden den Kopf. »Gute Nacht, August.«

»Kommst du klar?«, fragte er, sichtlich besorgt.

Sie zögerte, dann rang sie sich zu einem matten Lächeln durch. »Natürlich. Danke, August. Für heute Abend – für den Versuch.«

»Du hast es selbst gesagt: Es war die reinste Zeitverschwendung«, sagte er und fuhr sich durch seine strohblonden Haare. Dabei stieß er auf das blaue Papierschirmchen, das immer noch hinter seinem Ohr steckte, und zog es heraus.

»Ja«, sagte Alice. »Aber ich musste es hören. Ich musste wissen, was meine Optionen sind.«

Jetzt habe ich nur noch eine.

August blickte zu dem hoch über ihnen aufragenden Universitätsgebäude auf. »Du könntest mit mir zurückkommen. Zu Coram House. Du könntest einfach ... nach Hause kommen.«

Alice' Herz machte einen Satz. Nach Hause? Wie sonderbar. Sie hatte jedes Zuhause verloren, das sie je gehabt hatte: ihre alte Wohnung in London mit Jen, das Haus ihrer Eltern in Henley, wo sie aufgewachsen war, das Cottage in Mayo, wo ihre Eltern jetzt wohnten.

Nein. Alice wandte sich abrupt ab. Sie hatte kein Zuhause.

»Gute Nacht, August«, sagte sie und machte sich auf den Weg über die Wiese. »Danke für alles.«

Der Campus der Goring University bestand aus imposanten Steinbauten und gepflasterten Terrassen neben weitläufigen Rasenflächen und Maulbeergärten. Alice arbeitete im Magellan-Institut im Erdgeschoss des Cavendish Building: eins der vier Gebäude, die ein Rechteck um den großen gepflasterten Platz bildeten. Die anderen Universitätsgebäude waren Sydenham, Whiston und Arlington.

Arlington, die Fakultät für Geisteswissenschaften, war der erste Ort, den sie in der Rookery gesehen hatte: ein Kalksteingebäude mit einem Kuppeldach und zwei vorspringenden Flügeln. In einem der Seitenflügel befand sich eine zweistöckige Bibliothek, im anderen ein Speisesaal im Erdgeschoss und die Belegschaftsunterkünfte im ersten Stock. Sie hatte das große Glück gehabt, eine Unterkunft angeboten zu bekommen, als sie den Job angenommen hatte. Freie Wohnungen waren so schwer zu finden wie Gold, aber der Vormieter war vor Kurzem gestorben, und sie hatten schnellstmöglich einen Ersatz gesucht.

Ein unschöner Gedanke schoss ihr durch den Kopf, bevor sie ihn auslöschen konnte ... Wie schnell würden sie einen Ersatz finden, wenn *sie* starb? Bedrückt ließ sie die Schultern hängen und schleppte sich weiter – sie konnte es kaum erwarten, ihre schmerzenden Gliedmaßen auszuruhen und diese Nacht endlich hinter sich zu bringen.

Alice umklammerte das Waschbecken so fest, dass ihre Knöchel weiß hervortraten. Die Übelkeit nahm zu; ein leichter Schmerz in ihrem Bauch, der sich zu heftigen Krämpfen steigerte. Sie kniff die Augen zu und biss die Zähne zusammen. *Inzwischen sollte ich doch daran gewöhnt sein.* Ihre Muskeln versteiften sich, als die nächste Welle über sie hereinbrach. Ächzend krümmte sie sich zusammen und umfasste das Waschbecken noch fester. *Gleich geht es los.* Der Schmerz durchbohrte sie, überwältigte ihre Sinne. Ein Keuchen kam ihr über die Lippen, und ihre Augen öffneten sich schlagartig. Die Toilettenkabine drehte sich. Ihr Magen krampfte, und Alice übergab sich. Schweißperlen traten ihr auf die Stirn, und sie schnappte nach Luft. *Und noch mal.*

Sie würgte und würgte, doch ihr Magen war leer. Schließlich drehte sie mit zitternden Fingern den Wasserhahn auf und spülte das Erbrochene weg. Erschöpft richtete sie sich auf und lehnte sich gegen den Badezimmerspiegel, fühlte die angenehme Kühle des Glases an ihrem Rücken.

Das Schrillen der Türklingel kündigte einen frühen Besucher an. Alice wischte sich den Mund mit einem Waschlappen ab, taumelte in ihr Schlafzimmer, zog ihren Pyjama aus und warf einen Blick auf die Uhr. Gerade einmal acht.

»Moment!«, brachte sie heraus, schlüpfte in eine Arbeitshose und ein schlichtes T-Shirt, wankte zur Tür und öffnete sie.

Eine junge Frau – athletisch, mit platinblonden, zu einem Pferdeschwanz zusammengebundenen Haaren – stand mit gelangweiltem Gesicht vor der Tür. Ihre Hose im Matrosenstil und ihre eng anliegende geblümte Bluse kamen Alice vor wie eine Aufmachung, die ein Model aus der Vorkriegszeit an ihrem freien Tag trug. Neben Alice' zerknittertem Outfit wirkte sie makellos.

»Ich wollte mein Buch holen«, sagte sie.

Alice runzelte irritiert die Stirn. »Holly?«, murmelte sie. »Was machst du denn …?«

Die Besucherin nutzte ihre Verwirrung, um sich an ihr vorbeizudrängeln. Neugierig blickte sie sich in Alice' Apartment um.

Wie die anderen Belegschaftsunterkünfte in diesem Teil des Gebäudes war es klein, mit einer Wohnküche, die direkt ans Schlafzimmer angrenzte, und der Inbegriff von zweckmäßig. Die magnolienfarbenen Wände waren kahl, die Holzmöbel robust und schmucklos. Am Fenster türmten sich alte Küchengeräte; das vergilbte Plastik ließ vermuten, dass sie in den 1970er-Jahren gekauft worden waren und damit im Vergleich zu allem anderen in der Rookery geradezu neu waren.

Als sie eingezogen war, hatte sie keinen Esstisch gehabt, also hatte sie den Hausmeister Eugene Reilly überredet, ihr den kaputten Schreibtisch mit ausklappbarer Platte zu überlassen, den er in seinem Schuppen gelagert hatte. Die einzigen Besonderheiten des Raums waren das riesige Fenster, das die Gärten in der Nähe des Whiston Building überblickte, ein kleines Regal für ihre Skizzenbücher und der avocadofarbene Teppich, der so üppig war, dass sich ihre Zehen darin verloren. Außerdem hatte sie das Glück, eine eigene Toilette zu haben – obwohl sie ins Gemeinschaftsbad musste, um zu duschen. Die Enge und die grauenhaften Möbel störten Alice nicht. Sie liebte die Unterkunft, weil sie ihr gehörte. Allerdings liebte sie es nicht, wenn die zweitunfreundlichste Person in der Rookery in ihre Wohnung eindrang – der Spitzenreiter war natürlich nach wie vor Crowley.

Alice presste ärgerlich die Lippen zusammen, als Holly zur Kommode ging, auf der eine Menge persönlicher Sachen herumlagen: Alice' Bürste, eine kleine Ringschatulle, die ihre Mum ihr geschenkt hatte, als sie Irland verlassen hatte, ihr wichtigstes Skizzenbuch, gefüllt mit Dutzenden mit Anmerkungen versehenen Zeichnungen von Nachtschwalben, und ein Kricketschläger. Der Schläger war in einer Fundsachenkiste in der Fakultät für Geisteswissenschaften verstaubt. Alice hatte ihn an sich genommen, weil jede allein lebende Frau etwas haben sollte, mit dem sie Einbrechern den Schädel einschlagen konnte.

Hollys Blick schweifte über das Chaos, und Alice schob sich an ihr vorbei, ließ die Ringschatulle in die oberste Schublade fallen, warf die Bürste aufs Bett und stapelte alles andere ordentlich. Dann warf sie Holly einen herausfordernden Blick zu und wartete auf die abfällige Bemerkung über ihre Schlampigkeit, die mit Sicherheit kommen würde.

»Bist du schwanger?«, fragte Holly und musterte sie mit hochgezogener Augenbraue.

Alice blieb der Mund offen stehen. »*Was?*«

Holly zuckte die Achseln. »Die Wände sind dünn. Ich hab gehört, wie du dich übergeben hast, und es ist noch früh. Leidest du unter Morgenübelkeit?«

Alice war zu schockiert, um zu antworten.

»Wenn du schwanger bist, musst du deine Bewerbung zurückziehen. Du kannst nicht an der Prüfung teilnehmen. Das ist gefährlich fürs Baby.«

»Es gibt kein Baby«, erklärte Alice. »Ich bin nicht schwanger, Holly. Um Himmels willen, ich bin krank, nichts weiter.«

Holly taxierte sie mit prüfendem Blick. Schließlich nickte sie. »Also gut. Ich will mein Buch abholen.«

Alice wandte sich ab und schwankte leicht, als sich der Raum mit ihr drehte; eine Bewegung, die ihrer Besucherin nicht entging. Holly Mowbray war ihre Nachbarin. Eine distanzierte Mittzwanzigerin, nur ein paar Jahre jünger als Alice, die in der Fakultät für Medizinwissenschaft arbeitete. Ein passender Arbeitsplatz für sie: Alice hatte noch nie zuvor jemand so Gefühlskaltes getroffen. Unter normalen Umständen wären sie sich womöglich nie begegnet. Doch abgesehen davon, dass sie einen Korridor und eine Wand teilten, hatten sie sich auch beide für Haus Mielikki beworben.

Hollys Bewerbung würde bestimmt nicht abgelehnt werden. Sie war die jüngste Angehörige der Familie Mowbray, die nicht nur eine Dynastie, bestehend aus talentierten Parfümeuren und Kräuterkundlern, war, sondern auch eine der einflussreichsten Familien in Haus Mielikki.

Dass Alice mit ihrer Bewerbung Erfolg haben würde, war weit weniger sicher. Ihre Fähigkeiten als Aviaristin spielten bei der Aufnahme in ein Haus keine Rolle. Aviaristen erbten ihre magischen Fähigkeiten nicht und gehörten somit auch nicht zu einem speziellen Haus. Wie Nekromanten waren sie ein genetischer Unfall. Allerdings hatten manche von ihnen, wie August, ein konventionelles Zuhause gefunden; sein Wasser-Vermächtnis hatte ihm kürzlich einen Platz in Haus Ahti eingebracht. Und Alice wusste, dass sie dasselbe Potenzial hatte. Zweifelsohne verfügte sie über Mielikkis Vermächtnis – aber ob es stark genug war, um ihr einen Platz im Haus zu sichern, stand auf einem anderen Blatt.

Unwillkürlich tauchte in ihrer Erinnerung ein Bild des Efeus auf, mit dem sie das Haus ihrer Eltern in Mayo überwuchert hatte – unter ihrer Berührung hatten sich die wächsernen sternförmigen Blätter aus starken Reben entfaltet und sich um den Stein gerankt. Ein skurriler Anblick. Alice war so stolz gewesen. Das Haus war verfallen, als sie eingezogen waren, aber sie hatten es zusammen wieder in Schuss gebracht. Die alten Mauern mit Efeu zu überwuchern war der letzte Feinschliff. Doch das Bild verschwand und wich der Erinnerung an die Gänseblümchen, die zwischen ihren Fingern verrottet waren. Kurz darauf war auch der Efeu an der Mauer verwelkt, die Stängel dünn und spröde. Als Alice krank geworden war, waren auch ihre Pflanzen eingegangen.

»Hast du das gemacht?«, fragte Holly und ging zu dem verzierten Fensterrahmen, um ihn sich aus der Nähe anzusehen.

Alice runzelte gedankenverloren die Stirn. »Was?«

»Hast du das gemacht?«, wiederholte Holly.

»Oh. Ja. Vor etwa zwei Wochen.«

Als sie eingezogen war, war der Fensterrahmen genauso schmucklos gewesen wie der Rest des Zimmers, aber Alice hatte monatelang daran geübt wie auf einer Leinwand, um ihr Potenzial zu erforschen.

Sie hatte hart gearbeitet – mit viel Geduld hatte sie dem Holz Leben entlockt, bis dünne Äste den Verwachsungen entsprossen, die sie mit Magie und gutem Zureden zu ineinander verflochtenen Wirbeln heranwachsen ließ und um das Fenster drapierte, sodass die Blätter es kunstvoll umrahmten. Das war nicht ihre Absicht gewesen, aber aus einem bestimmten Blickwinkel sah es aus wie lebende Barockarchitektur, eine Fülle von Blätterschnörkeln und verschlungenen Zweigen.

Die Arbeit war ein Teil ihres Trainings. Um Haus Mielikki beizutreten, musste sie eine Eingangsprüfung bestehen, und dafür musste sie sowohl ihre Reflexe als auch ihr Verständnis ihres Vermächtnisses schulen. Jetzt ließ sie den Blick über den Fensterrahmen schweifen, der wie durch ein Wunder selbst Wochen später noch vor Leben sprühte: ein Beweis, dass sie nicht nur zerstören, sondern auch erschaffen konnte – dass sie nicht nur eine Architektin des Todes war.

»Das ist gut«, stellte Holly widerwillig fest. »Abgesehen davon.« Sie drehte eine der Reben um und zeigte sie Alice. »Die Blätter werden spröde und kräuseln sich an den Rändern. Sie trocknen aus, oder sie gehen ein. Eins von beidem«, sagte sie beiläufig, und

Alice' Magen krampfte sich zusammen. »Du solltest das in Ordnung bringen, bevor es sich ausbreitet.«

Einen Moment herrschte beklommenes Schweigen. Holly starrte Alice eigenartig an; die dunklen Ringe unter ihren Augen, ihre stumpfen Haare, ihr hageres Gesicht. Ihre äußere Erscheinung war Alice in letzter Zeit lächerlich unwichtig geworden. Was Crowley jetzt wohl von ihr halten würde?

»Du siehst aus, als sollte an deiner Tür ein Pestkreuz hängen«, sagte Holly schließlich.

»Danke.«

»Was immer du hast – ist es ansteckend?«, fragte sie, und in ihre Stimme schlich sich Besorgnis. Keine Sorge um Alice natürlich. Holly war so warmherzig wie ein Eisberg; genauer gesagt, wie der Eisberg, der die Titanic versenkt hatte.

»Nein.« Alice setzte ein Lächeln auf. »Du bist nicht in Gefahr, keine Sorge.«

Holly hob skeptisch eine Augenbraue. »Und was hast du dann?«

»Nichts«, murmelte Alice und wischte sich den Schweiß von der Oberlippe. »Also«, sagte sie, »dieses Buch, das du holen willst … Welches war das noch gleich?«

Holly drehte sich vom Fenster weg und blickte sich suchend um. »*Dugdales Übungsaufgaben – Blühen für Fortgeschrittene*«, antwortete sie. »Ich brauche es bis heute Nachmittag. Lester will mich abfragen.« Sie gab einen missbilligenden Laut von sich. »Als könnte ich das Buch nicht schon von vorne bis hinten im Schlaf wiedergeben.«

Lester war Hollys Mentor. Jedem Kandidaten, der sich für die Mitgliedschaft bei Haus Mielikki bewarb, wurde einer zugewiesen. Dieses Konzept war vor etwa zwanzig Jahren eingeführt worden, um den Auswahlprozess demokratischer zu machen, damit kein Kandidat durch mangelnde Hauserfahrung im Nachteil war. Holly brauchte eigentlich keinen Mentor; sie war schon seit ihrer Geburt auf die Mitgliedschaft vorbereitet worden.

55

»Das hab ich am Dienstag in die Bibliothek zurückgebracht«, sagte Alice. »Soweit ich weiß, war es nicht vorgemerkt, also kannst du es wahrscheinlich noch ausleihen.«

Holly seufzte verärgert und wandte sich zum Gehen, hielt dann aber inne und ging zurück zum Fenster. Als ihre Finger über die Zweige und Blätter strichen, ertönte ein Rascheln, gelbgrüne Blumen sprossen unter ihrer Hand hervor und breiteten sich blitzschnell in dem dichten Efeu aus.

Eine dunkle Knospe erhob sich aus den verschlungenen Ranken und blühte vor Alice' Augen zu einer roten Rose auf – dann erschien noch eine, und noch eine, an dornigen Stängeln.

»Hier«, sagte Holly mit einem selbstzufriedenen Ausdruck im Gesicht und trat einen Schritt zurück, um ihr Werk zu bewundern. »Ein kleines Vorprüfungsgeschenk für dich. Vergiss Dugdale, ich sollte meine eigene Anleitung zum Blühen schreiben.« Ihr glockenhelles Lachen ging in ein Seufzen über. »Ich bin froh, wenn das alles vorbei ist«, sagte sie und ging zur Tür. »Du nicht?«

Alice starrte auf den Fensterrahmen. Hätte sie Rosen gewollt, hätte sie selbst welche wachsen lassen. Sie rieb sich die Nasenwurzel und schloss die Augen. An ihrem Ohr erklang ein vertrautes Flattern, und als sie die Augen wieder aufmachte, klapperte ihre Nachtschwalbe ärgerlich mit dem Schnabel in Hollys Richtung. Alice runzelte die Stirn. Das war das erste Mal, dass ihr Seelenvogel ihre Gedanken teilte. Es war beunruhigend. Die Augen argwöhnisch zusammengekniffen beschwor Alice ihn zu verschwinden, und im nächsten Moment war er weg.

»Wir sehen uns später«, sagte Holly mit einem gehässigen Grinsen, »wenn ich das Buch nicht finde, das du mir geklaut hast.« Sie lachte erneut und machte eine wegwerfende Handbewegung, dann zog sie die Tür hinter sich zu.

Alice lief in die Küche, schenkte sich ein Glas Wasser ein und setzte sich an den ramponierten Holztisch. An den meisten Tagen kam sie gut mit Holly klar, aber manchmal musste sie die Zähne zusammenbeißen, um nicht zu schreien. Der Muskel unter ihrem rechten Auge zuckte, und sie leerte das Glas in einem Zug. Sie würde tatsächlich froh sein, wenn das alles vorbei war – vorausgesetzt sie bestand die Prüfung, was immer unwahrscheinlicher wurde.

Haus Mielikki beizutreten war von größter Wichtigkeit für Alice, seit sie in der Nekropolis so bitter enttäuscht worden war. Auch wenn Eris Mawkin ihr bestätigt hatte, dass selbst die Nekromanten keine Möglichkeit kannten, ihre Verbindung zum Tod zu trennen, würde sie sich nicht von ihrem Vermächtnis umbringen lassen. Ihr Vater mochte Tuoni sein, der frühere Todesfürst, doch sie verfügte auch über Mielikkis Gaben, vermutlich durch die Blutlinie ihrer Mutter.

So gerne Alice auch geglaubt hätte, dass sie aus einer außergewöhnlichen Liebesbeziehung hervorgegangen war, schien die Erklärung doch plausibler, dass sie ihre Geburt einem düsteren Handel oder Ritual zu verdanken hatte. Haus Mielikki war das genaue Gegenteil einer solchen Bindung, und seine Mitglieder würden wahrscheinlich nicht gut auf Alice' Erbe reagieren, wenn sie davon erfuhren. Ihr Haus brachte noch weniger Nekromanten hervor als die anderen – ihr Vermächtnis war Leben, nicht Tod.

Und sie waren Meister darin. Als die Rookery erschaffen worden war, war Mielikkis wichtigster Beitrag der Arbor Suvi gewesen – der Sommerbaum –, ein Baum von so mächtiger Magie, dass seine Wurzeln das Fundament der Stadt bildeten und ihr Leben verliehen. Selbst sein Saft besaß eine heilende Wirkung – dank Crowley und Sasha hatte er ihr schon einmal das Leben gerettet.

Dieser Baum des Lebens, Haus Mielikki und die Hoffnung, die sie repräsentierten, waren für Alice schnell zur Obsession geworden. Wenn sie diese Prüfung bestand, könnte das Haus ihr helfen, die zwei Seiten ihrer Herkunft auszubalancieren; Tod, eingegrenzt von Leben. Da war sie sich vollkommen sicher. Haus Mielikki beizutreten könnte sie retten.

Sie warf einen Blick auf den Fensterrahmen und suchte nach den welken Blättern, aber Holly hatte sie unter reichlich frischer Vegetation begraben. Kopfschüttelnd wandte Alice sich ab. Sie hatte keine Chance auf Erfolg, solange Tuonis Vermächtnis es ihr unmöglich machte, ihr volles Mielikki-Potenzial auszuschöpfen. Erin Mawkin war ihre letzte Hoffnung gewesen, sich aus dieser Zwickmühle zu befreien. Alice biss sich auf die Lippe und starrte aus dem Fenster. Wenn Orakelknochen doch nur wirklich die Zukunft voraussagen könnten.

3

Ein Sturm zog auf. Ein akademischer Sturm, wie Alice ihn nannte. Ihre Chefin, Professor Reid, hatte eine ihrer Launen. Alice saß am Fenster des Labors und tat, als würde sie eine alte Dissertation lesen, während sie aus den Augenwinkeln Reids hektische Bewegungen beobachtete.

Das Temperament der älteren Frau fluktuierte mit den Erfolgen und Misserfolgen ihrer Forschung. Vor einem Monat hatte Reid einen Übersetzungsfehler aus dem Finnischen ins Lateinische entdeckt, der ihre Forschung sechs Monate zurückwerfen würde, und vor Wut ein Fenster mit einer Tasse Tee eingeschlagen. *Alice'* Tee. Drei Wochen zuvor hatte Alice einen heiß ersehnten Verweis auf René Descartes in einem Buch über Metaphysik gefunden, und Reid hatte sie unter Tränen beinahe umarmt. Beinahe. Alice war schneller, als sie aussah.

Jetzt lief die Professorin rastlos vor dem riesigen gewölbten Fenster des Forschungslabors auf und ab. Der große, luftige Raum schien zusammenzuschrumpfen, wann immer Reid in Rage war, als wirke ihre Laune wie ein Vakuum.

»Ätherische Transzendenz?«, murmelte sie und knabberte mit ihrem Pferdegebiss auf ihrer Unterlippe herum. »Animismus?«

Reid raufte sich die Haare, und ihre Finger verfingen sich in einer der grauen Strähnen, die das dunkle Haselnussbraun durchzogen. Ihre Haare spiegelten immer ihren Gemütszustand wider.

Ordentlich hochgesteckt war ein gutes Zeichen, aber wenn sich ihre Locken im Lauf des Tages aus ihrem Nest lösten, war das ein böses Omen.

»Wie bitte?«, fragte Alice zaghaft, den Blick auf Reids zerzauste Haare gerichtet. Vielleicht war es noch nicht zu spät, sich unsichtbar zu machen und heimlich davonzuschleichen. Zwei kleine Wörter, *sieh weg*, dann würde Reids Nachtschwalbe – und somit auch ihre Besitzerin – sie nicht mehr wahrnehmen, ein Unsichtbarkeitszauber, der ein paar Minuten anhielt. Gerade lange genug.

»Ist nicht alles auf Dualismus und Trauma zurückzuführen?«

Alice seufzte. »Ist das eine rhetorische Frage, oder …?«

Reid schnitt ihr mit einer wegwerfenden Handbewegung das Wort ab. Wortlos riss sie einen Klebezettel von ihrem Schreibtisch und drückte ihn Alice in die Hand, dann wandte sie sich ab und murmelte weiter vor sich hin. *Mildes Wetter mit klarem Himmel und leichtem Wind*, vermerkte Alice innerlich. *Der Sturm flaut ab.* Sie warf einen Blick auf den Zettel: noch ein Buch, das sie aus der Bibliothek holen sollte.

Alice war an der Universität als wissenschaftliche Assistentin angestellt; eine Berufsbezeichnung, die Reid und sie völlig unterschiedlich interpretierten. Alice' Ansicht nach war es ihre Aufgabe, bei der Forschung zu helfen. Aber Reid sah sie als ihre persönliche Assistentin, was ähnlich und doch etwas völlig anderes war.

»Um das zu finden, werde ich eine Weile brauchen«, sagte Alice, hielt den Zettel hoch und fragte sich im Stillen, wie lange sie die Suche ausdehnen könnte. Eine Stunde? Zwei? Vielleicht bis Reid in den Ruhestand ging? Leider war die Professorin erst Anfang fünfzig, daher müsste sie da lange warten.

Reid zuckte die Achseln, dann hielt sie inne und trat einen Schritt auf Alice zu. Ihr Gesicht nahm einen argwöhnischen Ausdruck an. »Sind Sie etwa schon wieder krank?«

Alice versteifte sich. Nach ihrer Begegnung mit Holly hatte

sie heiß geduscht und die Erschöpfung und Übelkeit wegge-
schwemmt. Kopfschmerzen und Fieber kamen und gingen, aber
solange sie sich nicht überanstrengte, fühlte sie sich momentan ...
gut genug. Ihre gesamte Zukunft hing von den nächsten Tagen ab,
daher war gut genug das Beste, worauf sie unter den Umständen
hoffen konnte.

»Sie sehen furchtbar aus«, stellte Reid fest. »Ihnen ist hoffentlich klar, dass in Ihrem Vertrag nichts von wegen Krankengeld
steht?«

Alice schenkte ihr ein zuckersüßes Lächeln. Reids tief empfun-
dene Sorge um ihr Wohlbefinden gab ihr das Gefühl, als Arbeit-
nehmerin wertgeschätzt zu werden. »Mir geht's gut. Ich hab nur
Heuschnupfen.«

Reid musterte sie prüfend, begutachtete mit ihrem langen, hu-
morlosen Gesicht Alice' müde Augen und ihre blasse Haut. Dann
wandte sie sich ab.

Professor Vivian Reids Forschung wurde vom Magellan-Institut finanziert, einer kleinen Zweigstelle der Universität, die mit
einem Stipendium der Magellan Estate subventioniert wurde. Als
Alice hergekommen war und erkannt hatte, wo genau in der Naturwissenschaftlichen Fakultät sie arbeiten würde, hatte sie angenommen, das wäre Crowleys seltsame Art von Humor. Dann hatte
sie sich gefragt, ob es ein weiteres Friedensangebot war. Magellan
war zu seinen Lebzeiten ein angesehener Aviarist gewesen und
hatte das *Nachtschwalbenkompendium* geschrieben, mit dem Alice
gelernt hatte, ihre Fähigkeiten zu verbessern. Crowley hatte ihr
ein Exemplar des sehr seltenen Buches beschafft. Außerdem hatte
Magellan über die Natur der Seele geschrieben, ein unangeneh-
mes Thema angesichts Alice' Herkunft. In seinem bahnbrechen-
den Werk *Sielun* hatte er die These aufgestellt, dass Tuonis Nachtschwalbe eine andere Funktion hatte als die anderen – dass sie die
Seele nicht beschützte, sondern gefangen hielt.

Das Magellan-Institut konnte sich nur ein Forschungsprojekt leisten, und so wurden Reid und Alice ein Team. Alice hatte
schnell erkannt, dass die Professorin eine Frau war, deren Groll so
tief reichte, dass sie damit einen Tunnel nach Australien hätte gra-
ben können. In ihrer kurzen Zeit an der Sorbonne in Paris waren
ihre Forschungen verspottet worden, und seitdem schien sie von
der Vorstellung besessen zu sein, eine so bahnbrechende wissenschaftliche Arbeit zu schreiben, dass ihre Kritiker in Vergessenheit
geraten würden. Im Stillen hielt Alice das für ziemlich unrealis-
tisch. Sie hatte die Forschungsarbeiten der Professorin gelesen, und
obwohl sie das Thema anfangs fasziniert hatte, war ihr bald klar geworden, dass Reids Schwerpunkt nicht gerade prickelnd war.

Bei dem Projekt ging es, wie nicht anders zu erwarten von
einem Institut, das nach dem berühmtesten Aviaristen aller Zeiten
benannt war, um das Konzept der Seele. Alice bezweifelte stark,
dass Reids Forschung je die Anerkennung bekommen würde, die
sie sich erhoffte. Sie würde keine Krankheit heilen oder den Welt-
hunger ein für alle Mal beenden. Sie versuchte nur, eine jahrhun-
dertealte philosophische Theorie zu beweisen, die bärtige Männer
umtrieb und niemanden sonst.

Dennoch hatte Alice, bevor sie den Vertrag unterschrieb, Reids
Nachtschwalbe nach irgendeinem Anzeichen von Hintergedan-
ken hinsichtlich des Jobangebots abgesucht. Sie musste vorsichtig
sein. Nach Sir John Boleyns Taten am Marble Arch hatte sie sogar
überlegt, ob er womöglich die Magellan Estate finanzierte. Aber
Reids Nachtschwalbe hatte nichts Gefährlicheres gezeigt als ein
übellauniges Temperament und den Hang, mit Tassen zu werfen.
Alice gab sich damit zufrieden, dass die Ambitionen der Frau keinen Einfluss auf ihre eigene verdorbene Seele hatten. Also hielt sie
den Mund und machte ihren Job.

Reid ließ Alice banale Aufgaben wie Botengänge zum Kopierer erledigen, aber nicht mehr. Eine Weile hatte es Alice hämische

Freude bereitet zu wissen, dass Reid die einzige Person überging, die ihr einen echten Einblick in ihre Forschung geben könnte. Aber im Grunde war es besser, ihre Aviaristen-Fähigkeiten zu verbergen. Nichts Gutes kam dabei heraus, wenn die Leute wussten, dass sie ihre Geheimnisse offenbaren und ihre Lügen erkennen konnte.

Dass Reid ihre Talente nicht anerkannte, kam Alice letztlich zugute. Solange sie für stumpfsinnige Aufgaben zur Verfügung stand, konnte sie größtenteils tun, was sie wollte. Sie hatte genug Geld, um alle nötigen Kosten zu decken, ein Dach über dem Kopf, und sie musste nicht ihre Zeit und Energie in die Arbeit eines anderen investieren, was ihr nur recht war, da ihr nicht mehr viel Zeit blieb und ihr Gehirn sich an manchen Tagen kaum funktionstüchtig anfühlte.

»Bringen Sie mir einen Kaffee mit!«, rief Reid über die Schulter. Die Professorin war von zwei Dingen besessen: ihrem Projekt und Koffein. »Mit den Bohnen, die ich so gerne mag – Arabica. Und machen Sie ihn extra stark, keine Milch. Ich arbeite heute länger.«

Alice verkniff sich eine Bemerkung über ihren unfreundlichen Ton und verließ das Labor. Sie hatte nicht vor, sich zu beeilen; Botengänge in die Bibliothek waren der beste Teil ihres Jobs. Nicht nur, weil sie so eine Weile Ruhe vor Reid hatte – sie waren auch ein legitimer Grund, ein paar Stunden zu schmökern. Natürlich nie in den Büchern, die sie für Reid ausleihen sollte, sondern für gewöhnlich Bücher über Mielikkis Vermächtnis. Heute würde sie jedoch eine Ausnahme machen. Heute würde sie die Texte über Botanik, Spalierbau und Blühen beiseitelegen und die Zeit nutzen, um ihre Reflexe zu trainieren und sich vorzubereiten. Bei Sonnenuntergang würde sie an ihrer ersten Prüfung teilnehmen.

Der Wind war aufgefrischt. Als Alice die Tür zum Innenhof der Universität öffnete, riss sie ihr eine starke Böe fast aus der Hand. Sie nahm sich einen Moment Zeit, um die kühle Luft auf ihrer klammen Haut zu genießen. Die Äste des Maulbeerbaums im Zentrum des Hofes ächzten, und die weinfarbenen Beeren schwankten bedrohlich. Das war ihr Lieblingsbaum. Sie aß oft darunter zu Mittag – eine strategische Meisterleistung, denn Professor Reid bestand darauf, um Punkt zwölf Uhr Mittagspause zu machen, zur gleichen Zeit wie die Studenten. An warmen Tagen, wenn niemand im dunklen Speisesaal des Arlington Building sitzen wollte, musste sie sich beeilen, um sich die Bank unter dem Baum zu sichern, ehe ihr die Studenten zuvorkamen.

Während Alice über den Hof eilte, sah sie zu den Früchten hoch, die am Baum hingen. Die Augen in angestrengter Konzentration zusammengekniffen ballte sie eine Hand zur Faust. Ihre Finger kribbelten und pulsierten. Dann erklang ein leises Rascheln von Blättern im Wind ... und von Beeren, die mit unnatürlicher Geschwindigkeit wuchsen und anschwollen. Ein intensiver herber Geruch erfüllte die Luft, stieg in Wogen von dem Baum auf wie der Qualm Dutzender winziger Explosionen. Ein kleines Rotkehlchen, das sich im Geäst versteckt hatte, flitzte heraus und machte sich über eine Ansammlung Maulbeeren her. Sein Schnabel hackte auf das Fruchtfleisch ein, und sein Gefieder färbte sich lila, während es sich an dem Saft gütlich tat.

Alice lächelte, als das Rotkehlchen plötzlich innehielt und sich zu ihr umdrehte.

»Gern geschehen«, sagte sie. Anscheinend waren die Wochen, in denen sie *Dugdales Übungsaufgaben – Blühen für Fortgeschrittene* durchgeackert hatte, doch für etwas gut gewesen.

Doch als sie die Hintertür des Arlington Building erreichte und sie aufzog, sah Alice, wie die aufgedunsenen Maulbeeren herunterfielen, auf dem Boden zerplatzten und in Sekundenschnelle verwesten. Ein dumpfer Schmerz pochte hinter ihren Augen, und sie wandte sich ab, ihre Kehle wie zugeschnürt.

»Alice!«

Sie schlängelte sich an den kleinen Grüppchen von Studenten vorbei, die mit Taschen und Armen voller Bücher durch die Gänge schlenderten. Entsprechend der 30er-Jahre-Mode der Rookery trugen alle Jungs Kragenhemden und hochtaillierte Hosen, und die Mädchen tendierten zu langen Röcken und Blusen, obwohl ein paar auch wie Holly weite Hosenröcke anhatten. Vor der Tür zum Speisesaal, ein Stück vor ihr, führte eine größere Gruppe eine hitzige Diskussion – im wahrsten Sinne des Wortes: Einer von ihnen gestikulierte mit einem Sandwich, bis die anderen genervt stöhnten und mit den Händen wedelten, woraufhin sein Brot in Flammen aufging und sie in schallendes Gelächter ausbrachen. Über ihren Köpfen erschien ein vertrautes Gesicht; ein bärtiges Gesicht mit ernsten Augen und einer eckigen Brille – Tom Bannister, einer der Techniker an der Fakultät für Umweltingenieurswesen. Wie üblich spielte er den Friedensstifter und versuchte, das Feuer zu löschen.

Tom verbrachte fast so viel Zeit in der Bibliothek wie Alice, denn sie war der beste Ort, um sich vor seinen Vorgesetzten zu verstecken. Meistens kauerte er vor den Arzneikunderegalen, wo er mit Sicherheit nicht entdeckt werden würde, wenn ihn jemand suchen kam. Sie winkte ihm zu, und er zeigte mit dem Daumen nach oben, bevor er den Korridor hinunter verschwand, vom Strom der streitenden Studenten mitgerissen wie ein Stück Treibholz.

Als Alice in die Bibliothek kam, kniete Bea auf dem Teppich, umgeben von stapelweise Büchern mit Wasserschaden.

»Sieh dir das an«, rief die Bibliothekarin und hielt *Vancys neun Methoden der Inzision* hoch. »Das Vorwort ist völlig unleserlich. Der verdammte Hausmeister hat die Rohre des Brunnens draußen mit den Hauptrohren im Obergeschoss verbunden und alle zum Platzen gebracht. Sechzehn verdammte Gallonen Wasser. Die Decke wäre fast eingestürzt.«

Alice warf ihr ein Lächeln zu. *Warum klingt Fluchen mit einem glasklaren Akzent so wundervoll falsch?* Letztes Semester hatte der Dekan der Fakultät für altertümliche Sprachen darauf bestanden, dass Bea jedes Mal, wenn sie fluchte, Geld in eine Sammelbüchse warf, damit sie nicht die jüngeren Studenten damit ansteckte.

Bea richtete sich auf, wobei die Perlenkette, die sie über ihrem bunt gemusterten Kleid trug, und ihre großen, ringförmigen Ohrringe klimperten. Als in London geborene Aristokratin Ende dreißig mit einer Vorliebe für exzentrische Kleidung war Lady Beatrice Alberta Pelham-Gladstone nicht nur mit einem silbernen Löffel im Mund geboren, sondern mit einem ganzen achtundvierzigteiligen Bestecksatz. Die meiste Zeit verbrachte sie damit, sich um ihre geliebten Bücher zu kümmern, einen Bleistift hinters Ohr geklemmt.

»Also dann«, sagte Bea, während sie den Stapel beschädigter Bücher durchsah. »Was sollst du diesmal für sie holen?«

»Ein paar Sachen aus der Philosophie-Abteilung«, antwortete Alice mit einem flüchtigen Blick auf ihren Zettel, dann wandte sie sich wieder Bea zu. »Kann ich dir irgendwie helfen?«

Ein paar der Bücher waren nun nicht mehr als durchnässter Papierbrei, andere schienen hart wie Ziegelsteine, weil das Wasser die Seiten zusammengeschweißt hatte. Wenn sie getrocknet waren, könnte man ein sehr brennbares Haus daraus bauen.

Bea umfasste den Lederumschlag eines der durchtränkten Klötze. Langsam löste sich das matschige Papier vom Einband ab und klatschte auf den Teppich. Bea starrte es mit kummervollem Gesicht an und schüttelte den Kopf.

»Das würde nichts bringen«, sagte sie. »Das ist eine Aufgabe für eine äußerst kompetente Bibliothekarin.«

Alice lächelte. Bea war nicht nur eine Hüterin und Kuratorin von Büchern. Sie war auch Alice' Mentorin und ihr Rettungsanker. Sechs Monate lang hatte sie ihre Schülerin mit einer reichen Kost an Büchern zwangsernährt und sie vor eine Reihe schwieriger mentaler und physischer Herausforderungen gestellt; sie ähnelte einem Personal Trainer, nur dass sie nicht so viel herumbrüllte.

»Und außerdem«, fuhr Bea fort, »wissen wir beide, dass die Bücher deinen Anblick nicht ertragen können – noch nicht.« Ihre Augen glitzerten amüsiert.

Bea sprach über ihre Bibliothek, als wäre sie mit lebenden Dingen gefüllt, die Wünsche und Vorlieben äußern konnten. Auf gewisse Weise hatte sie sogar recht. Die Bücher, nach denen Alice suchte, schienen sich ihr zu entziehen. Seiten fielen heraus, Einbände fielen ab, und alle Bücher, die sie willkürlich aus dem Regal holte, hatten die fiese Angewohnheit, sie mit Schnittwunden in die Flucht zu schlagen.

»Alles in Ordnung?«, erkundigte sich Bea besorgt.

»Was? Oh.« Alice nickte. »Ja. Alles gut. Ich hatte nur eine kleine Magenverstimmung und bin noch nicht wieder auf dem Damm.« Sie leckte sich die Lippen; sie schmeckten salzig. »War Holly da? Sie ist auf der Suche nach dem Dugdale-Buch.«

»Noch nicht«, antwortete Bea. »Aber sie wird den ersten Prüfungstag doch bestimmt nicht damit verbringen, etwas Neues zu lernen?«

Alice schüttelte den Kopf. »Lester will sie anscheinend abfragen.«

»Sinnlos«, meinte Bea mit grimmigem Gesicht. »Sie sollten sich mit ein paar praktischen Übungen auf heute Abend vorbereiten.«

Alice seufzte. »Vielleicht denkt er, Holly bräuchte kein Training mehr.«

Sie verfielen in Schweigen. Holly setzte ihr Vermächtnis ein, ohne nachzudenken. Einmal hatte sie im Hof eine Glasflasche fallen lassen, und eine Hand aus Zweigen war aus dem Maulbeerbaum hervorgeschossen, um sie aufzufangen, bevor sie auf dem Boden aufschlug. Holly gab mit ihren Gaben nicht an, aber sie war auch nicht bescheiden; sie akzeptierte sie einfach als ihr unanfechtbares Geburtsrecht und schenkte ihnen keine weitere Beachtung. Für Holly waren die Prüfungen eine reine Formsache. Ihr einziges Ziel bestand darin, besser abzuschneiden als ihre Schwestern.

»Bist du bereit?«, fragte Bea. »Ich habe dich erst nach dem Mittagessen erwartet, aber je mehr Zeit wir haben, desto besser. Tom meinte, er versucht auch vorbeizukommen, um dir ein paar aufmunternde Worte mit auf den Weg zu geben.«

Genau wie Bea gehörte auch Tom zu Haus Mielikki. Die meisten Mitglieder hatten einen normalen Job zusätzlich zu den Tätigkeiten, die sie für ihr Haus ausübten. Bea fungierte als Mentorin, und Tom half, die Prüfungsergebnisse zu verwalten. Alice hätte ein paar Insidertipps den aufmunternden Worten vorgezogen, aber sie würde alle Hilfe annehmen, die sie kriegen konnte.

Alice deutete auf Reids Klebezettel. »Lass mich nur schnell die Bücher für Reid holen.«

»In Ordnung. Zeig mir noch mal, was sie haben will«, sagte die Bibliothekarin.

Alice hielt ihr den Zettel hin, und Bea warf einen Blick auf die krakelige Handschrift. Alice' Arm zitterte vor Anstrengung. Bea entging nicht, wie schwer es ihr fiel, den Zettel hochzuhalten, also bemühte sie sich, das Zittern zu unterdrücken.

»Such nach *198 DAV*«, sagte Bea, die für ihr umfassendes Wissen über die Dewey-Dezimalklassifikation bekannt war. Dann wandte sie sich wieder den durchnässten Büchern zu, und Alice machte sich auf den Weg.

Es war leicht, sich in der Bibliothek zu verlaufen. Sie reichte über zwei Stockwerke, mit Säulen aus glattpoliertem Holz, die das Zwischengeschoss stützten. Am anderen Ende befand sich eine breite Treppe, aber es gab auch unzählige kleine Wendeltreppen überall in der Bibliothek, von denen manche zu Alkoven und winzigen Räumen zwischen den beiden Etagen führten, die Eingänge hinter Bücherregalen verborgen, während andere in Sackgassen oder mitten in der Luft endeten. Die Bibliothek war von jemandem entworfen worden, der Logik als kleines Hindernis betrachtete, nicht als grundlegendes architektonisches Ziel.

Bleiglasfenster und zwei äußerst robuste Kronleuchter beleuchteten den Raum und warfen lange Schatten von den Dachsparren über den Parkettboden. Im Erdgeschoss tauchte eine Ansammlung nicht zusammenpassender Lampen die ebenfalls bunt zusammengewürfelten Tische und bequemen Sessel in ein warmes Licht. Es war lauschig, perfekt, um es sich mit einem guten Buch gemütlich zu machen.

Allerdings hatte Alice es sich schon seit Monaten nicht mehr mit einem guten Buch gemütlich gemacht. Stattdessen hing sie erschöpft darüber oder stapelte sie zu hohen Türmen, während sie die Seiten voll akademischem Fachjargon eine nach der anderen durchackerte. Bea war eine anspruchsvolle Lehrmeisterin, und sie hatte ein Buch für jeden Zweck, aber Alice' Gehirn konnte nur eine begrenzte Anzahl von Wörtern fassen, bevor es aus allen Nähten platzte.

In der Philosophie-Abteilung blieb sie stehen. Am Ende der Regalreihe hing ein Flyer:

Nimm am jährlichen Die-Besten-der-Besten-Wettbewerb teil! Miss dich mit deinen Feinden in den Legacy Games. Zutritt nur für Hausmitglieder. Nur wer in der Studentengemeinschaft registriert ist, darf sich bewerben.

Bea würde die Organisatoren der Veranstaltung umbringen. Nach der letzten Ladung Flugblätter hatte sie sie schon aus der

Bibliothek verbannt. Alice riss das Plakat ab und knüllte es zusammen, dann machte sie mit der Suche weiter. Hier standen die Bücher dicht an dicht, die Einbände so fest zusammengepresst, dass die Buchrücken einknickten. Sie fuhr mit dem Finger über die staubige Reihe und suchte die alphabetisch geordneten Autorennamen ab ...

Eine Bewegung in der Nähe ließ sie erschrocken herumwirbeln, aber da war niemand. Kurz zögerte sie, dann setzte sie die Suche fort, ignorierte das vage, unbehagliche Gefühl, dass sie jemand beobachtete, und studierte weiter die Buchtitel, bis sie das Ende des Regals erreichte. Nichts.

Mit einem frustrierten Seufzen ging sie zum ersten Regal zurück, um noch mal von vorne anzufangen. Sie musste irgendetwas übersehen haben. Diesmal ließ sie sich noch mehr Zeit, doch die verschnörkelten Buchstaben verschwammen ihr vor den Augen. Alice schüttelte den Kopf, um ihn zu klären, und zog irritiert die Stirn kraus. Das hatte nichts mit ihrer Krankheit zu tun – daran war sie inzwischen gewöhnt. Sie war sicher, dass die Bücher ihr die Suche absichtlich erschwerten, weil sie zu keinem Haus gehörte.

Dank der archaischen Regeln der Universität durften nur Mitglieder eines Hauses Bücher für den persönlichen Bedarf mitnehmen, daher musste Alice all ihre Bücher über Reids Konto ausleihen. Ohne Zugehörigkeit zu einem Haus waren die Bücher nicht geneigt, sie freundlich zu behandeln – sie schnitten ihr in die Finger und machten sich unauffindbar. Hoffentlich würden ihre Recherchen um einiges einfacher werden, wenn sie es schaffte, in Haus Mielikki aufgenommen zu werden.

Sie seufzte schwer und strich sich die Haare aus dem Gesicht. Als sie den Blick senkte, sah sie nicht etwa das Buch, nach dem sie fahndete, sondern ihre Nachtschwalbe, die vor ihr auf dem Teppich saß. Mit einem Flattern hüpfte sie näher an das unterste Fach heran, neigte den Kopf und fuhr mit den Krallen über einen der

Buchrücken. Alice zog eine Augenbraue hoch. Ihr Seelenvogel erwiderte ihren Blick, dann neigte er erneut den Kopf und pickte an einem Buch. Sie ging näher und holte das Buch aus dem Regal. *Das Gewicht des unbekannten Geistes* von C. P. Davies. Ein überraschtes Grinsen breitete sich auf ihrem Gesicht aus. »Okay«, murmelte sie. »Das ist ein ›Danke‹ wert, nehme ich an.« Wenn ein Vogel selbstgefällig aussehen konnte, hatte ihre Nachtschwalbe soeben den Beweis erbracht.

Alice richtete sich auf und marschierte davon, um die Bibliothekarin ausfindig zu machen, aber Bea kam ihr zuvor. Mit einer eingetopften Sonnenblume im Arm erschien sie am Ende des Gangs.

»Bereit für eine letzte Übungsstunde?«, fragte sie.

Alice verdrängte ihre Nervosität und das schummrige Gefühl, das meistens Kopfschmerzen ankündigte. *Nicht jetzt.*

Sie setzte ein Lächeln auf und nickte. »So bereit ich sein kann.«

»Ausgezeichnet«, sagte Bea und drückte Alice die Sonnenblume, die sie in ihrer letzten Übungsstunde aus einem Samen hatte wachsen lassen, in die Hand.

Alice warf einen Blick darauf, und ihr Lächeln verblasste. Die Blüten der Sonnenblume verwelkten vor ihren Augen. Der Stiel neigte sich unter dem Gewicht des Kopfes, und dann lösten sich die Blütenblätter und trudelten zu Boden.

»Die ist wohl von Erdraupen befallen«, sagte Bea und nahm Alice die Blume mit einem nervösen Lachen wieder ab. »Die verdammten Mistviecher sind überall.«

»Ja, das muss es sein«, pflichtete Alice ihr dankbar bei. Allein bei der Vorstellung, dass Bea ihr Geheimnis entdeckte, überlief es Alice eiskalt. Würde ihre Mentorin ihr noch helfen wollen, in Haus Mielikki aufgenommen zu werden, wenn sie von ihrer Herkunft wüsste? Wenn Nekromanten schon gesellschaftliche Außenseiter waren, dann war Alice eine Aussätzige.

Alice starrte auf die Blütenblätter, die wie kleine Kadaver zu ihren Füßen lagen. Die beiden Seiten ihres Wesens waren aus dem Gleichgewicht geraten und miteinander im Krieg – und das tödliche Vermächtnis ihres Vaters gewann. Ihr blieb keine Zeit mehr. Es vergiftete ihre Mielikki-Fähigkeiten und machte ihre Chance auf eine Mitgliedschaft zunichte.

Sie würde die Prüfungen nicht bestehen.

4

Der Himmel war mit Lila und warmen Gelbtönen überzogen: die verlöschende Glut der untergehenden Sonne. Das Licht der Straßenlaternen schimmerte auf dem Bürgersteig und vertrieb die Schatten. Es war warm und stickig, die Art von Nacht, die die Gerüche der Stadt gefangen hielt. Kein Wind, der die Abgase oder den Gestank abgestandenen Biers und ungewaschener Brauereipferde forttrug.

Alice marschierte durch die Straßen, ohne dem Überfall auf ihre Sinne Beachtung zu schenken. Ihre Gedanken drehten sich allein um die Fähigkeiten, die sie sich im letzten Jahr angeeignet hatte. Sie erinnerte sich, wie sie unter Beas Anleitung Zweige aus Verwachsungen im Holz hatte wachsen lassen, wie sie jungen Knospen Leben eingehaucht und Sommerblätter herbstlich hatte werden lassen. Sie erinnerte sich an das Verlangen, das sie gespürt hatte, bevor sie ihre Magie wirkte, die ruhige Entschlossenheit und das Kribbeln in ihren Fingerspitzen – Empfindungen, die sie wiedererlangen musste, um zu tun, was immer heute Abend von ihr verlangt wurde.

»Kamille?«, fragte Bea, die in ihrem entspannten Tempo ein Stück zurückgefallen war.

»Ein leichtes Sedativum«, antwortete Alice automatisch. »Wirkt beruhigend und eignet sich zur Behandlung von Schlaflosigkeit.«

»Zubereitung?«

»Getrocknete Pflanzen mit kochendem Wasser übergießen und Alkohol hinzufügen. Eine Weile stehen lassen und dann die Kräuter aus der Tinktur sieben.«

»Gefäß?«, fragte Bea.

»Kein Metall, kein Plastik. Glas ist am besten. Es hält die Mixtur frei von anderen Chemikalien wie Bisphenol, die sie verderben könnten.«

Bea lächelte. Alice war langsamer geworden, tief in Gedanken versunken, und Bea überholte sie, die schwere Kette, die sie trug, vor- und zurückschwingend. Ein lautes Hupen ertönte, und Alice wandte sich zu dem Aufruhr auf der Straße um.

Der Fahrer eines altmodischen grünen Bentleys bedeutete einem Straßenfeger aufgebracht gestikulierend, ihn vorbeizulassen. Der Straßenfeger – ein dünner Mann mit Schnurrbart und einem ramponierten Filzhut – warf dem Fahrer einen bösen Blick zu, kehrte den Müll an den Straßenrand und bückte sich. Er legte die Hände auf den Bordstein und hob ihn an, bis sich der gesamte Bürgersteig in schrägem Winkel neigte.

Alice verlor das Gleichgewicht und rutschte seitwärts, aber Bea verlagerte einfach ihren Schwerpunkt und lief weiter. Der Straßenfeger kehrte den Müll unter den Bürgersteig wie unter einen Teppich und ließ ihn wieder sinken, bis er zurück in seine ursprüngliche Position krachte. Dann drehte sich der Mann um und tippte sich mit einer sarkastischen Verbeugung an den Hut, und der Fahrer brauste davon.

Alice schüttelte den Kopf und versuchte, sich wieder auf die anstehende Prüfung zu konzentrieren. Während sie zu Bea aufschloss, ging sie im Kopf fieberhaft die Kräuter durch, aus denen sie womöglich eine Tinktur würde herstellen müssen: Kamille, Sonnenhut, Baldrian … Sie rief sich all die Blumen in Erinnerung, die sie zum Blühen gebracht hatte – Ringelblumen und Stiefmütterchen waren die einfachsten. Staudengewächse bereiteten ihr größere Schwierigkeiten. Wenn es eine Präsentationsprüfung gab, hoffte sie inständig, dass sie nicht mit Schafgarbe oder Lavendel konfrontiert werden würde.

Eine ihrer größten Ängste war, dass sie bei der Prüfung auch würde kämpfen müssen, aber als Bea davon hörte, hatte sie nur abfällig geschnaubt und erklärt: »Liebes, du wirst nicht zum Wehrdienst einberufen. In Haus Mielikki trifft sich eine Gruppe Korbflechter jeden Mittwoch in der Clubhaus-Bar, um ihrem Hobby nachzugehen. Das ist die Essenz des Ortes, dem du beitreten willst.«

Also hatte Alice zögerlich akzeptiert, dass sie ihre Fähigkeit, sich gegen Angriffe zu verteidigen, nicht verbessern musste. Zur Not konnte sie sich vor dem Blick ihres Gegners verbergen oder ihre Nachtschwalbe zu Hilfe rufen, wenn sie einen besseren Überblick brauchte. Doch um sich einen Platz in Haus Mielikki zu sichern, musste sie Mielikkis Vermächtnis einsetzen – wenn sie auf ihre Aviaristen-Tricks zurückgriff, würde sie bei der Prüfung durchfallen.

»Denk dran«, sagte Bea, »wenn du gut genug bist, wirst du bestehen. Bei der ersten Prüfung geht es nur um dich. Heute konkurrierst du nicht mit den anderen Kandidaten. Nicht mit Holly oder sonst irgendjemandem.«

Alice nickte. »Meine einzige Konkurrenz bin ich selbst.«

»Ganz genau, Liebes.«

Alice wurde flau im Magen. Beas Worte hatten sie nicht beruhigt, ganz im Gegenteil – sie hatten ihre größte Angst hervorgehoben.

Die Kuppel der St Paul's Cathedral erhob sich über den Dächern, und sie eilten durch die King Edward Street darauf zu. In London befanden sich am Ende der Straße die Ruinen der Christ Church Greyfriars, die im Blitzkrieg von deutschen Bombenflugzeugen größtenteils zerstört worden war. Nur zwei Wände standen noch, und um die kaputte Hülle des Gebäudes war ein wunderschöner, wild gewachsener Garten entstanden. Wo einst die Steinsäulen gestanden hatten, befanden sich nun Holzrahmen, überwuchert mit Waldreben und herrlich duftenden Rosen, umgeben von einem Flickenteppich zäher Pflanzen und Sträucher.

Doch das hier war nicht London – und es war auch nicht die Christ Church Greyfriars, die sich am Ende der King Edward Street erhob. Hier in der Rookery beherbergten die Ruinen Haus Mielikki. Obwohl die Rookery vom Krieg unversehrt geblieben war, waren die Mauern der Kirche eingerissen worden, um den Schaden nachzustellen, den das Originalgebäude davongetragen hatte, und durch Wände aus Ranken und Kletterpflanzen ersetzt worden. Der Governor von Haus Mielikki hatte das als passende Hommage an die Toten in London angesehen: eine Erinnerung an alle, dass selbst im Schatten des Todes Leben entstehen konnte.

Alice war ein- oder zweimal hergekommen, um das Gebäude zu malen. An der Ecke zur Angel Street sitzend, mit dem Rücken an den Eisenzaun gelehnt und ihr Skizzenbuch auf den Knien, hatte sie die klaren Linien der beiden Originalsteinmauern nachgezeichnet, die noch intakt waren. Doch die anderen Wände – die zum Andenken erschaffen worden waren – hatten ihre Aufmerksamkeit in Beschlag genommen. Nicht aus Stein gebaut, sondern aus einem Dickicht ineinander verflochtener Äste und Zweige – Weide, Kirschblüte und Rosskastanie – waren die Wände aus sich überlagernden Schichten von Blättern und Holz geflochten.

Sie hatte das Ganze eilig skizziert und versucht, mit dem Wandel mitzuhalten, der sich überall an dem Gebäude vollzog. Ihr Blick haftete auf den botanischen Mauern, während sich die kahlen Äste weiterentwickelten und zarte grüne Knospen aus der Rinde sprossen. Aus den Knospen entsprangen Beeren und Blumen, deren Blätter in der sanften Brise wogten. Die wächsernen grünen Blätter verdichteten und vervielfältigten sich, dann änderten sich die Farben – das Grün verblasste, und herbstliche Braun- und Orangetöne breiteten sich wie Feuer über die Wände aus, dann lösten sie sich von den Ästen und segelten zu Boden. Winter, Frühling, Sommer, Herbst; die Wände durchliefen die Jahreszeiten in Sekundenschnelle und boten jedem, der vorbeikam, eine atemberaubende Zurschaustellung von Natur und Macht.

Haus Pellervoinen, ein gigantisches, prachtvolles Gebäude aus Kalkstein, befand sich direkt neben Haus Mielikki, und es demonstrierte ebenfalls seinen einzigartigen Charakter. Seine Architektur nahm verschiedene bekannte Stile an, von den klaren Linien des Art déco zu einem dekadenteren gotischen Stil oder den vielen Säulen des Neoklassizismus. Doch Alice hatte nur Augen – und ein Skizzenbuch – für Haus Mielikki.

Jetzt ging sie über die Straße darauf zu, diesmal ohne Skizzenbuch, und atmete tief ein, während Bea geduldig wartete. Das Haus hatte einen einzigartigen Geruch; intensiv und erdig im einen Moment, leicht und frisch mit einer würzigen Zitrusnote im nächsten. Ein zu einem Türbogen gewölbter Ast bildete den Eingang. In der Düsternis darunter flackerte ein warmes Licht, als wäre der Eingang mit Kerzen beleuchtet. Als sie das Gebäude zum ersten Mal gesehen hatte, war eine schaurige Melodie in den Nachthimmel emporgestiegen: Der Wind trug den Klang von Geigen und Tamburinen an ihr Ohr, die Blechflöte beinahe vom Rauschen der Blätter übertönt.

Damals war Crowley bei ihr gewesen. Beim Versuch, das Haus zu betreten, war sie in eine Falle geraten und hatte panisch die Flucht ergriffen, doch er hatte sie aufgefangen und ihr Halt gegeben, bis sie wieder sicherer auf den Beinen war. Ihr Herz krampfte sich zusammen, und sie wandte sich ruckartig ab, starrte auf die vorbeifahrenden Autos, die Scheinwerfer wie Taschenlampen, mit denen sie Gefahren aufspürten. War sie bereit? Für die Möglichkeit, dass sie …

»Alice Wyndham?«

Erschrocken fuhr sie herum. In der Tür stand ein ernst aussehender Mann mit dunkler Haut und dicht gelockten, ergrauen-
den Haaren. Wie die meisten Bewohner der Rookery trug er ein
Outfit, das eher ins letzte Jahrhundert gepasst hätte: Rundkragen,
dünne Krawatte, Bügelfaltenhose. Die Tweedweste, komplett mit
Taschenuhr, zeigte Alice, dass er für einen förmlichen Anlass gekleidet war. Er musterte sie durch seine Drahtgestellbrille.

»Ja«, antwortete sie. »Ich bin …«

»Und natürlich die ehrenwerte Lady Pelham-Gladstone«, fuhr
er fort, ein vergnügtes Glitzern in den Augen.

Bea wackelte gespielt vorwurfsvoll mit dem Finger. »Hör auf
mich anzustacheln, Cecil. Du weißt, dass ich Sozialistin bin, keine
Angehörige der feinen Gesellschaft.«

Er wandte sich wieder an Alice, und sein Lächeln verblasste zu
einem Ausdruck höflicher Neugier. »Ich bin Cecil Pryor, der Leiter der Zulassungsabteilung. Folgen Sie mir bitte.« Damit machte
er auf dem Absatz kehrt und verschwand im Haus. Alice folgte
ihm ohne Zögern.

Die Weidendecke war mit funkelnden Lichtern behängt, die sie
durch den schwach beleuchteten Korridor führten. Die Wände zu
beiden Seiten waren nicht etwa aus Seegras, wie sie zuerst angenommen hatte, sondern aus Weidenholz gewoben, und Ranken
flochten sich zum besseren Halt durch die Lücken. Am anderen
Ende des Korridors befand sich eine Tür, und durch den Spalt
drangen Musik, Stimmengewirr und das Klirren von Gläsern. Die
Clubhaus-Bar, vermutete Alice.

Cecil blieb auf halbem Weg durch den Gang stehen und strich
über das Weidenholz. Beeindruckt sah Alice zu, wie die Äste sich
entwirrten und sich ein Loch in der Wand auftat, durch das er trat.

Dahinter lag ein tapezierter Raum, eingerichtet mit Ledersesseln, einem glänzenden Nussbaum-Schreibtisch und einem auf-

fallend gemusterten Teppich, mit Tierfiguren aus Elfenbein und Terrakotta dekoriert. Im Vergleich dazu wirkten die Topfpflanzen, die wahllos auf dem Regal hinter dem Schreibtisch angeordnet waren, fast zu idyllisch.

»Bitte setzen Sie sich«, sagte Cecil forsch, setzte sich an seinen Schreibtisch und griff nach einem Stapel Papier. Dann blickte er zu Bea auf, die sich mit einem erleichterten Seufzen auf einen Ledersessel sinken ließ. »Kann ich dir etwas zu trinken anbieten?«, fragte er Bea und deutete auf zwei Tassen – eine leer, die andere mit heißem Wasser gefüllt. »Grüner Tee, richtig?«

Bea winkte ab. »Das ist passé. Ich nehme Hagebuttentee, wenn du welchen hast.«

Cecil drehte sich zu den Blumentöpfen um, und seine Hand wanderte hin und her, während er mit den Augen suchte. Schließlich verharrte er über einer Rose und pflückte mehrere kleine rote Früchte, zerdrückte sie und warf sie in die Tasse heißes Wasser. Schweigend beobachtete Alice, wie sich das Wasser scharlachrot färbte, und merkte erst da, dass er sie nicht gefragt hatte, ob sie auch einen Tee wollte. Mit überschwänglicher Geste zog er sein Taschentuch aus der Brusttasche, legte es über die leere Tasse und goss sein Gebräu darüber, um die Hagebutten auszusieben.

»Keine Sorge«, sagte er. »Das Taschentuch ist sauber.«

Er reichte den Tee Bea, die ihn entgegennahm, ohne mit der Wimper zu zucken. »Danke«, sagte sie. »Dieser Tee ist wirklich vorzüglich, nicht wahr?«

Cecil wandte sich an Alice und zog die Stirn kraus. »Sie denken also, Sie seien würdig, unserem Haus beizutreten, ja?«

Alice zögerte. Das war eine seltsame Art es auszudrücken, als würde ein Ja ihre Eitelkeit preisgeben.

»Ich glaube, ich habe Mielikkis Vermächtnis«, antwortete sie vorsichtig.

»Das tun viele«, erwiderte er und holte einen Stapel Papier aus einer Schublade, »aber nicht alle werden zugelassen.«

Davon hatte Bea ihr erzählt. Diejenigen, die die Prüfungen nicht bestanden – oder das Risiko durchzufallen gar nicht erst eingehen wollten –, wurden als assoziierte Mitglieder in Betracht gezogen; ein Status, durch den anerkannt wurde, dass sie über ein gewisses Maß an Mielikkis Vermächtnis verfügten, aber nicht weiter von Bedeutung waren. Vollwertige Mitglieder eines Hauses machten sich oft über assoziierte Mitglieder lustig. Es war ein Status, der mangelnde Macht oder mangelnden Mut suggerierte. Er beschwichtigte jene mit schwächeren Vermächtnissen, aber sie gehörten nicht wirklich zu dem Haus. Sie genossen nicht dieselben Vorteile oder denselben Respekt wie vollwertige Mitglieder, und sie hatten nicht einmal vollen Zugang zu dem Gebäude, weil sie sonst über geheimes Wissen stolpern könnten, das den Leuten über ihnen vorbehalten war. Alice dachte an das Flugblatt in der Bibliothek, das für den Beste-der-Besten-Wettbewerb warb, von dem assoziierte Mitglieder ausgeschlossen waren. Ihnen wurde nicht einmal das Gefühl gegeben, wirklich dazuzugehören.

Cecil deutete auf den Papierkram auf seinem Tisch. »Sie müssen unterschreiben, um zu bescheinigen, dass Sie die mit den Prüfungen verbundenen Risiken akzeptieren. Ihre Mentorin sollte Sie bereits darüber in Kenntnis gesetzt haben, als sie Ihnen zugewiesen wurde, aber möchten Sie, dass ich sie Ihnen erläutere?«

Alice schüttelte den Kopf. Bea hatte die Risiken schockierend genau geschildert. Mit beunruhigendem Vergnügen hatte sie von Kandidaten erzählt, die den Prozess nicht überlebt hatten – jene, die fatale Fehler beim Brauen der Tränke begangen hatten; jene, die essbare Pilze nicht von giftigen unterscheiden konnten; jene, die sich zu sehr angestrengt hatten und unter dem Gewicht der Pflanzen, die sie in einem Raum hatten wachsen lassen, der nicht groß genug dafür war, erstickt waren; jene, die sich nicht genug angestrengt hatten, vor Angst erstarrt waren und die Wurzeln eines Mammutbaums nicht gesichert hatten, als der Stamm auf sie niederstürzte. Dann noch all die Verletzungen: die Kandidaten, die beim Schnitzen filigraner Holzfiguren Finger verloren hatten; jene, die aus Versehen Pflanzen gegessen hatten, die sie erblinden ließen; jene, die aufgrund eines Missgeschicks mit Herkuleskraut heftigen Ausschlag bekommen hatten.

Doch für Alice überwogen die Vorteile die Risiken. Sie starb ohnehin. Was machte es schon für einen Unterschied, wenn sie bei den Prüfungen umkam? Sie hatte nichts zu verlieren, aber alles zu gewinnen.

»Abgesehen von den Risiken, die das Auswahlverfahren birgt, sind Sie sich der Natur der Mitgliedschaft bei uns bewusst? Wissen Sie, was es mit dem Bindungstrank auf sich hat?«

Alice nickte. Natürlich war sie sich dessen bewusst. Genau deshalb war sie so entschlossen, Haus Mielikki beizutreten.

»Die Mitgliedschaft wird genehmigt«, rezitierte Alice eins von Beas Büchern aus dem Gedächtnis, »nachdem der Kandidat einen Trank aus dem Saft des Sommerbaums zu sich genommen hat; eine Tinktur aus seiner Essenz. Jedem, der sich weigert, den Trank zu nehmen, wird die Mitgliedschaft verweigert. Er bindet den Konsumenten an Haus Mielikki…«

Bea nickte ermutigend. »Der Trank bindet einen an den Baum selbst, nicht an das Haus«, stellte sie richtig.

»Ja«, sagte Alice stirnrunzelnd. »Sorry, das meinte ich damit.«

Sie hatte das Informationsmaterial, das ihr im Voraus zugeschickt worden war, genauestens studiert. Sie hatte die Konsequenzen überdacht, die es haben würde, sich an Mielikkis Baum, den Baum des Lebens, zu binden… und sie hatte sofort gewusst, dass sie genau das wollte – genau das *brauchte*. Schon eine kleine Dosis des Baumsaftes hatte ihr einst das Leben gerettet, indem es das Gift des Arbor Talvi, des Winterbaums im Sulka-Moor, unschädlich machte. Jetzt brauchte sie etwas noch Stärkeres, um Tuonis giftiges Vermächtnis unschädlich zu machen. Der Bindungstrank war ihre letzte Hoffnung. Die kostbarste, am strengsten kontrollierte Substanz der Rookery.

Cecil schob ihr die Papiere über den Tisch zu.

»Der Trank ist zu mächtig und zu gefährlich, um ihn gleich vollständig zu konsumieren«, erklärte er. »Deshalb wird er den potenziellen neuen Mitgliedern in Maßen verabreicht. Es gibt drei Aufnahmeprüfungen. Wenn Sie heute bestehen, bekommen Sie die erste Portion. Sollten Sie ihn nicht trinken, wird Ihre Bewerbung abgelehnt, auch wenn Sie die Prüfung mit Erfolg abschließen.«

Alice rang sich ein Lächeln ab. »Ich weiß. Das geht in Ordnung.«

Cecil nickte. »Es ist eine große Ehre«, sagte er, »sich an den Sommerbaum zu binden und ihm zu dienen.«

Sie antwortete nicht, aber das schien er auch nicht zu erwarten. Der Baum war ein wundersames, magisches Phänomen, aber der Trank stellte bestenfalls eine ehrenhafte Knechtschaft sicher. Er band die Mitglieder von Haus Mielikki an die Lebensessenz des Baums; es lag in ihrem Interesse, sich gut um ihn zu kümmern, denn sie würden die Konsequenzen am eigenen Leib zu spüren bekommen, wenn der Baum zu Schaden kam. Die Bindung würde den Schaden auf sie übertragen. So konnte es kein schwaches Glied geben, niemand würde sich schlecht um den Baum kümmern und das Haus enttäuschen.

»Kann ich etwas fragen?«, hakte Alice nach.

Cecil blickte sie über seine Brille hinweg an.

»Wenn der Trank uns an den Sommerbaum bindet und wir es spüren, wenn er schwächer wird, ist nicht auch das Gegenteil der Fall? Könnten wir dem Baum schaden, wenn wir krank werden? Oder sterben?«

Diese Angst war das Einzige, was sie noch zurückhielt. Beas Bücher hatten die Antwort gegeben, auf die sie gehofft hatte, aber sie musste die Worte laut ausgesprochen hören.

Cecil lächelte. »Nein.«

Alice' Schultern entspannten sich.

»Mitglieder des Hauses können dem Baum nicht schaden«, erklärte Cecil, »sonst würde der Arbor Suvi jedes Mal Schaden nehmen, wenn jemand, der an ihn gebunden ist, an Altersschwäche stirbt. Aber das tut er nicht. Der Baum ist zu mächtig, um davon beeinflusst zu werden. Verstehen Sie?«

Sie nickte, und die Anspannung, derer sie sich nicht einmal bewusst gewesen war, ließ nach.

»Haben Sie noch andere Fragen bezüglich der Bindung?«, erkundigte er sich.

Alice schüttelte den Kopf.

Der Bindungstrank war auch ein Teil der Prüfungen. Wenn ihr Vermächtnis nicht stark genug war, würde er sie töten. Wie bei einer Droge konnte es zu einer Überdosis kommen. Nur jene mit einer starken Konstitution konnten einer Tinktur aus dem Extrakt des ältesten, mächtigsten Baums aller Zeiten standhalten. Bea hatte ihr liebend gern die statistische Wahrscheinlichkeit, daran zu sterben, mitgeteilt. Allerdings hatte sie zugleich versucht, die Gefahr zu beschönigen, indem sie ihr versicherte, dass es wenigstens eine gute Art zu sterben war; ein angenehmes Delirium.

Der Bindungstrank machte Alice keine Angst. Allein deswegen war sie hier. Er war der Preis, den sie zu gewinnen hoffte. Sich an einen Baum zu binden, der für seine lebensspendende Wirkung bekannt war, war genau das, was sie brauchte.

Cecil klopfte seine Westentasche ab, holte einen goldenen Füllfederhalter heraus und legte ihn auf den Vertrag.

»Wir übernehmen keine Verantwortung, wenn die Prüfungen zu schweren Verletzungen oder Ihrem Tod führen«, sagte er. »Wenn diese Bedingungen für Sie akzeptabel sind, unterzeichnen Sie.«

Sie tat, wie ihr geheißen. Eine unterschwellige Nervosität erfasste sie, und ihre Unterschrift war nicht wiederzuerkennen.

»Einen Moment noch«, sagte Cecil und stand auf.

»Legt gerade jemand die Prüfung ab?«, fragte Bea.

Cecil warf einen Blick auf seine Taschenuhr. »Ja. Die jüngste Mowbray.«

Holly, wurde Alice klar.

»Wo ist Lester?«, wollte Bea wissen, und ihre Stimme senkte sich eine Oktave.

»In der Bar, glaube ich«, antwortete Cecil mit einem wissenden Blick auf die Bibliothekarin. »Er gönnt sich einen Drink, um den Erfolg seines Protegés zu feiern.«

Bea schnaubte abfällig.

»Ein bisschen voreilig«, fügte Cecil lächelnd hinzu. »Immerhin ist sie noch gar nicht fertig mit ihrer Prüfung.«

»Oh, sie wird bestimmt bestehen«, sagte Bea. »Er nimmt nur die sicheren Kandidaten aus den angesehensten Familien.«

Cecil lachte leise und verließ den Raum.

Bea wandte sich zu Alice um, die unruhig an der trockenen Haut an ihrem Handrücken herumknibbelte.

»Das sieht verdächtig nach einem nervösen Tick aus«, sagte Bea mit ernster Miene.

»Es sieht verdächtig nach Dermatitis aus«, erwiderte Alice und ließ die Hände auf die Knie sinken. Sie lächelte Bea zu.

»Wie geht's dir?«, erkundigte sich Bea.

Das Lächeln wich einem sorgenvollen Stirnrunzeln. »Als wäre dieser Stuhl zu klein«, antwortete sie und stand auf, »und ich muss in Bewegung bleiben, denn wenn ich auch nur einen Moment innehalte und darüber nachdenke, fange ich womöglich wieder an, an meinen Händen herumzuknibbeln.«

Bea nickte weise. »Alice, Liebes, ich setze vollstes Vertrauen in dich.«

»Wirklich?«, fragte sie verwundert, und ein Riss erschien in der Mauer, die sie für die Prüfung um sich errichtet hatte. »Und das Desaster mit der Sonnenblume letztens?«

»Das war eine Erdraupe, Liebes. Mein Vertrauen in dich«, sagte Bea und nippte an ihrem Tee, »ist so unerschütterlich wie meine Liebe zu Tee.«

Alice zog eine Augenbraue hoch. »Hagebutte oder grüner Tee?«, konterte sie.

Bea lachte. »So ist's recht.«

Alice seufzte schwer. Sie sabotierte sich nur selbst, wenn sie ständig über die tote Sonnenblume nachgrübelte, und was das wohl zu bedeuten hatte. Sie durfte diesen düsteren Gedanken nicht nachhängen. Nicht jetzt. Also schlenderte sie durch den Raum, um sich mit den Porträts an Cecils Wänden abzulenken. Ölgemälde, Schwarz-Weiß- und Farbfotos von würdevollen Männern und Frauen, die mit überheblichem oder finsterem Blick auf sie herabsahen. Alice musterte sie aus nächster Nähe und las die dazugehörigen Plaketten. Chancellor McGillen, Rektor Sullivan, Governor Whitmore, Governor Harlin, Schatzmeister Helsby, Chancellor Westergard, Chancellor Franzen.

»Haus Mielikkis beste Absolventen«, sagte Bea. »Cecil behauptet, er lasse ihre Bilder hängen, weil sie inspirierend wirken und neue Rekruten dazu ermutigen, von den schwindelerregenden Höhen zu träumen, die sie in der Rookery erreichen könnten. Alles Quatsch«, meinte sie fröhlich. »Er lässt ihre Bilder hängen, weil er mindestens zwei von ihnen ausgebildet hat – Helsby und Sullivan –, und es ist sein ganzer Stolz, dass unser Haus so viele Chancellors hervorgebracht hat.«

Alice' Blick verharrte auf dem Foto von Governor Whitmore, dem derzeitigen Leiter von Haus Mielikki. Wenn man den Zeitungsberichten glauben konnte, verbrachten die vier Governor genauso viel Zeit im Parlament, um hitzige Diskussionen mit dem

Chancellor zu führen, der dem Rat der Rookery vorsaß, wie in ihren jeweiligen Häusern.

»Diese ganze Prüfungssache …«, sagte Alice schließlich und wandte sich von den Porträts ab. »Denkst du nicht, es sollte mehr… Pomp und Feierlichkeiten geben?« Sie warf Bea einen fragenden Blick zu. »Eine Tasse Tee und ein bisschen Papierkram fangen die Aufregung zu diesem Anlass ganz und gar nicht ein. Und *mir* wurde nicht mal ein Tee angeboten.«

Bea schüttelte lächelnd den Kopf. »Für dich ist es aufregend, aber Cecil hat das schon tausendmal gemacht. Und außerdem«, fügte sie hinzu, »heben sie sich den ganzen Pomp und die Feierlichkeiten für später auf. Ich kann eine Rede halten, wenn du möchtest. Cecil labert immer das Gleiche. Moment, ich hab's gleich …« Sie starrte in ihre Tasse und dachte angestrengt nach. »Okay, den Anfang weiß ich wieder«, verkündete sie schließlich und räusperte sich. »Wir nehmen nur jene auf, die ein großartiges Vermächtnis von Mielikki geerbt haben. Wir nehmen niemanden auf, der nur eine schwache Begabung hat. Ein Tausendsassa hat hier nichts verloren. Wir sind elitär und stolz darauf.« Bea hielt einen Moment inne. »Jetzt kommt der Teil, der dich interessiert … Für jene, die sich nur bewerben, gibt es keine Fanfaren oder Paraden – denn viele werden scheitern, und Versagen wird bei uns nicht belohnt oder ermutigt. Geeignete Kandidaten wird der Governor …«

»Ich weiß nicht, ob ich mich beleidigt oder geschmeichelt fühlen soll«, sagte Cecil, der in diesem Moment in der Tür erschien.

Beas Augen wurden groß, und sie verschluckte sich fast an ihrem Tee. »Geschmeichelt, Cecil. Ohne Zweifel.«

»Bist du fertig?«, fragte er, und sein Mund verzog sich zu einem verhaltenen Lächeln.

»Noch nicht ganz«, antwortete Bea nachdenklich. »War da nicht noch etwas über die entscheidende Stimme? Eine schöne, elegante Zusammenfassung, fand ich immer.«

»Stimmt genau«, sagte Cecil und wandte sich an Alice. »Der Governor behält sich das Recht vor, die Mitgliedschaft zu gewähren. Obwohl ich die Zulassungsabteilung leite, wird Gabriel Whitmore über Ihre Aufnahme entscheiden, wenn Sie es in die letzte Runde schaffen sollten. Nun denn«, sagte er, »wollen wir loslegen?«

Alice nickte, aber Cecil rührte sich nicht. Er sah über die Schulter zu Bea. »Keine weisen Worte zum Abschied?«

Bea stellte ihre Tasse auf dem Tisch ab, dann stand sie auf und kam lächelnd auf Alice zu. »Es ist ganz einfach, Liebes«, sagte sie. »Du musst nur ... nicht durchfallen.«

Alice verzog das Gesicht. »Danke. Diese inspirierende Rede wird es sicher rausreißen.«

»Nun«, sagte Bea, »ich bin immer gut damit gefahren.« Sie tätschelte Alice' Arm ein bisschen zu fest, und ihr Ton wurde ernster. »Du bist bereit. Jetzt geh«, sagte sie und winkte Alice aus dem Zimmer, »und komm nicht zurück, bis du bestanden hast.«

Alice meinte Cecil irgendetwas vor sich hin murmeln zu hören, als sie ihm zurück in den Korridor folgte. Es war derselbe Korridor, durch den sie gekommen waren, aber diesmal befanden sich am anderen Ende zwei neue Türen. Eine von ihnen war offen.

Ein gigantischer, breitschultriger Mann mit einem Kinn, mit dem man Nüsse knacken könnte, lehnte lässig am Türrahmen. Er trug ein Hemd, das bis zu den Ellbogen hochgekrempelt war, und Hosenträger, die seine massige Brust noch betonten. Als er sie kommen hörte, wandte er sich ihnen mit einem breiten Grinsen zu.

»Ich denke, das können wir als erfolgreich bestanden verbuchen«, sagte er und verschränkte die Arme vor der Brust.

»Danke, Lester. Aber das entscheide immer noch ich«, erwiderte Cecil.

Lesters Augen, die zu klein für sein Gesicht waren, wanderten über Alice' gesamten Körper, dann schärfte sich sein Blick. Alice konnte nur auf den Schweiß an seiner Oberlippe starren.

»Gehören Sie zu den Callaghans?«, fragte er.

»Nein«, antwortete sie. »Ich gehöre zu den Wyndhams.«

»Nie von ihnen gehört«, knurrte er und wandte sich desinteressiert ab.

In diesem Moment kam Holly aus dem Prüfungsraum. Sie schloss die Tür hinter sich und fragte: »War ich schneller als Cassandra?«

»Locker«, antwortete Lester. »Deine Schwester ist nicht annähernd so gut wie du.«

Holly lächelte selbstzufrieden. »Gut. Ich musste zwei Jahre auf meine Chance warten, ihren Familienrekord zu brechen.«

Mit einem glockenhellen, fröhlichen Lachen stolzierte sie den Korridor hinunter, und Lester marschierte ihr voraus wie ein Bodyguard. »Ich kann es kaum erwarten, ihr davon zu erzählen.« Vor Cecils Büro blieb sie stehen. »Oh, Alice – viel Glück«, rief sie über die Schulter. »Aber nicht zu viel. Denk nicht mal daran, meine Bestzeit zu übertreffen!«

Alice versuchte, ihr Lächeln zu erwidern, aber ihre Lippen wollten ihr nicht gehorchen, und ihr Magen verkrampfte sich vor Aufregung.

»Das Thema Ihrer ersten Prüfung ist Regeneration«, erklärte Cecil, der an der anderen der beiden Türen stand. »Haus Mielikki ist für seine Fähigkeit bekannt, Naturobjekte mit neuem Leben zu erfüllen.« Er schob die Tür auf. »Sie müssen zeigen, dass Sie über den Tellerrand schauen können und zu den zukünftigen Bestrebungen unseres Hauses in diesem Bereich beitragen werden.«

Alice ging an ihm vorbei in den Prüfungsraum. Auf den ersten Blick erwarteten sie dort keine Gefahren – zumindest keine offensichtlichen. Das Zimmer war leer bis auf einen Tisch in der Mitte. Darauf lag ein Tablett, bedeckt mit einem ausgebleichten, gemusterten Tuch.

»Entfernen Sie das Tuch«, sagte Cecil.

Sie folgte seiner Anweisung. Auf dem Tablett befand sich ein kleiner Terrakotta-Blumentopf voller Erde und feinem grauem Staub; ein verkümmerter Same ragte daraus hervor. Daneben stand eine welke, trompetenförmige Blume mit burgunderroten Blütenblättern in einer Vase mit trübem Wasser: ein Hibiskus – diese Pflanzengattung blühte nur einen einzigen Tag. Sonst fand sie lediglich ein abgebranntes Streichholz, das eine Ende schwarz und bröcklig wie Kohle.

»Sie haben fünfzehn Minuten.«

Mit diesen Worten schloss Cecil die Tür, doch sie sah ihm nicht nach. Sie konnte es sich nicht leisten, die wenige Zeit, die ihr zur Verfügung stand, zu vergeuden.

Regeneration. Das war kein Kampf gegen einen Kontrahenten, sondern ein Kampf gegen sie selbst, gegen ihr zerstörerisches Vermächtnis. Aber wenn sie die richtigen Energien kanalisieren und die anderen eindämmen könnte, wäre sie dann nicht durchaus dazu in der Lage? Die Zierpflanzen im Haus ihrer Eltern waren erst nach Wochen eingegangen, und sie musste diese Regeneration nur fünfzehn Minuten aufrechterhalten.

Alice griff nach dem Terrakotta-Blumentopf und umklammerte ihn fest, während sie die Finger der anderen Hand in die Erde drückte. Der Same war nur zur Hälfte eingepflanzt, er steckte in der oberen Erdschicht. Mit einem tiefen Atemzug, um sich zu beruhigen, studierte sie ihn von oben bis unten: das fleckige braune Muster, die abblätternde Kruste, jede Rille und Erhebung in der Hülle. Sie stellte sich vor, wie er keimte, wie ein Schössling daraus hervorspross und die Wurzeln sich tief in die Erde gruben. Mit jeder Faser ihres Wesens beschwor sie ihn, Leben gedeihen zu lassen. Die Sehnen in ihrem Hals spannten sich an, und ihre Finger kribbelten. Doch der Same blieb regungslos. Leblos.

Leblos. Wieder schoben sich ihre Ängste in den Vordergrund. *Ich bin aus Tod gemacht. Wie sollte ich Leben erschaffen?* Doch sie schluckte schwer und verdrängte die düsteren Gedanken. Keine Zeit für Zweifel. Sie hatte schon Pflanzen wieder zum Leben erweckt – und sie hatte bereits fünf Minuten vergeudet.

Sie stellte den eingetopften Samen weg und widmete sich dem Hibiskus. Die Stängel waren schwach, und die Blütenköpfe hingen kläglich über den Rand der Vase. Alice hob sie mit der flachen Hand an, ging näher heran und blies warme Luft auf die welken Blätter. Erleichterung durchströmte sie, als die Blütenblätter sich tiefrot färbten, die Ränder sich glätteten und der Stiel sich aufrichtete. Doch ihre Reanimation hielt nur kurz an. Rasch verblasste die Farbe, und die Stängel bogen sich wieder unter dem Gewicht der Blütenköpfe. Alice spähte in die Vase und überlegte, was sie mit dem trüben Wasser machen sollte. Sie konnte es nicht säubern – dies war eine Eingangsprüfung für Haus Mielikki, nicht für Haus Ahti –, aber könnte das schmutzige Wasser ihre Bemühungen behindern?

Frustriert ließ sie die Blumen zurück in die Vase fallen. Zu guter Letzt nahm sie das Streichholz und untersuchte es gründlich. Ein Ende war glatt und unbeschädigt; das andere war verkrümmt und geschwärzt, der verbrannte Schwefel zerbröckelte unter ihren Fingern. Ihre Vermutung bestätigte sich.

Das war kein Test – es war ein Trick. Der Same war in einen Terrakotta-Kübel eingepflanzt, in Erde, vermischt mit feinem grauem Zement. Er wurde durch Materialien verdorben, die zu Haus Pellervoinen passten, dem Haus des Steins. Die verwelkten Blumen hatten dreckiges Wasser getrunken; zweifelsohne das Werk von Haus Ahti, dem Haus des Wassers. Und das Streichholz war von Feuer zerstört worden; Haus Ilmarinen, das Haus von Metall und Feuer. Alles auf dem Tablett war mit einem anderen Haus verbunden und dazu gedacht, ihr die Arbeit zu erschweren. Nun, Alice hatte Mielikkis Gaben monatelang eingesetzt, obwohl eine andere Macht sie zu behindern versuchte. Daran war sie gewöhnt. Aber wie sollte sie mit dieser Situation umgehen? Noch nie zuvor hatte sie sich gegen den Widerstand eines anderen Hauses behaupten müssen, geschweige denn aller drei.

Sie warf einen Blick auf die Uhr an der Wand. Noch fünf Minuten. Fünf Minuten, um ihr Leben zu retten. Unruhig lief sie im Raum auf und ab. Das Quietschen ihrer Schuhsohlen auf dem Parkett verstärkte ihre Nervosität noch, während sie fieberhaft versuchte, ihre Gedanken zu ordnen und einen Plan zu erstellen. Was hatte Holly getan, um zu bestehen? War sie derselben Prüfung unterzogen worden?

Sie lief den Raum mehrmals ab, und weitere kostbare Minuten gingen verloren, bevor sie aufhörte, sich auf die Gegenstände auf dem Tablett zu fixieren und ihren Fokus auf das Tablett selbst ausweitete. *Sie müssen zeigen, dass Sie über den Tellerrand schauen können und zu den zukünftigen Bestrebungen unseres Hauses in diesem Bereich beitragen werden. Sie müssen zeigen, dass Sie über den Tellerrand schauen können...* Den Tellerrand... Das Tablett... Hatte Cecil ihr etwa einen Hinweis gegeben? Sie erstarrte. Mit den Augen suchte sie den leeren Raum ab: den Tisch, das Tablett, das Tuch, die gemusterte Tapete, die elegante Stuckrosette an der Decke, den Hartholzboden. Ihr Atem stockte. Könnte sie...? Hatte sie noch genug Zeit?

Kurz entschlossen ließ sie sich auf die Knie fallen und strich über die Dielen: Holzplanken mit dunklen Verwachsungen, die die Oberfläche wie Sommersprossen sprenkelten. An manchen Stellen befanden sich kleine, willkürlich positionierte Ansammlungen von Knötchen im Holz. Perfekt. Auf allen vieren kroch sie näher heran und ließ sich auf die Fersen sinken, um ihre Optionen genauer zu betrachten. Einer der Knoten war deutlich dunkler als die anderen; ihn wählte sie als Hauptziel aus.

Sie rieb die Handflächen aneinander, bis sie warm waren, dann presste sie beide Hände auf die Ansammlung von Knoten. Vornübergebeugt, sodass ihre Schultern fast den Boden berührten und ihre Haare das Holz streiften, holte sie tief Luft und sog den Geruch von Politur und Harz ein – und beim Ausatmen konzentrierte sie sich voll und ganz auf den dunklen Knoten, ließ ihren Atem, ihren Willen, ihr Verlangen darauf zufließen. Ihr Puls flatterte vor Aufregung. Ihre Fingerkuppen wurden weiß, so fest presste sie sie ins Holz, prickelnd, pulsierend, und ihr Blut trug das Gefühl in ihre Arme, ihre Brust und ihr wild hämmerndes Herz. *Ich kann das schaffen. In mir ist auch Leben.*

Es begann als kleiner Stups. Etwas stieß ganz leicht gegen die Spitze ihres Zeigefingers... dann ihren Daumen... ihre linke Hand – und die rechte... ihre Handflächen, ihre Unterarme... Setzlinge wuchsen aus dem Boden. Nicht nur aus dem dunklen Knoten. Aus *allen* Knoten. Sie piekten sie, stachen sie mit ihren harten Spitzen.

Als Alice die Augen öffnete, verschlug es ihr den Atem. Überall um sie herum wucherten Äste aus den Verwachsungen im Holz. Sie schlängelten sich immer höher und höher, erstreckten sich weit über ihren Kopf, bis sie an die Decke stießen und sich unter dem Druck von unten krümmten. Knospen blühten auf, Blätter entfalteten sich, und plötzlich war der gesamte Raum von Farbe erfüllt.

Energie flutete aus ihr heraus wie Wasser aus einem Staubecken. Und Alice konnte nur staunend zusehen, wie ein ganzer Wald aus dem polierten Holzfußboden wuchs. Wie war das möglich? Eine schwindelerregende Euphorie erfasste sie. Damit hatte sie bestimmt bestanden.

Sie ging zur Tür, um Cecil Bescheid zu geben, um ihm zu zeigen, was sie erreicht hatte. Aber die Äste waren im Weg und versperrten die Tür. Fieberhaft zog und rüttelte Alice an der Klinke, um sie aufzubekommen. Mit einem leisen Klicken öffnete sie sich ein kleines Stück, und Alice spähte durch den Spalt.

Cecil wartete nicht draußen im Flur, wie sie gehofft hatte, und Alice wollte die Tür gerade wieder schließen, als sie aus den Augenwinkeln eine Bewegung wahrnahm. Ein blasser Mann mit einem Filzhut und einem langen, dunklen Mantel marschierte zielstrebig auf die geschlossene Tür der Clubhaus-Bar zu. Davor blieb er kurz stehen und blickte sich um, als wolle er sich vergewissern, dass ihm niemand folgte, dann fuhr er mit der Hand über die Wand gegenüber. Das Weidenholz wich auseinander und gab den Blick auf eine versteckte Tür frei. Mit einem letzten Blick über die Schulter eilte der Mann hindurch, und die Wand wob sich hinter ihm wieder zusammen. Alice stieß den Atem aus. Trotz des Hutes hatte sie ihn erkannt. Der Governor. Gabriel Whitmore. Vielleicht würde es doch noch Pomp und Feierlichkeiten geben.

»Cecil?«, rief sie in den Korridor. »Ich glaube, ich habe...«

Ihr glückliches Lächeln verschwand, als sie plötzlich ein heftiger Schwindel überkam. Halt suchend griff sie nach den Ästen, doch ihre Hand rutschte ab, und sie fiel auf die Knie. Der Raum drehte sich um sie, und ein scharfer Schmerz fuhr ihr durch den Kopf. Ein Stechen wie von tausend Nadeln durchzuckte ihren Körper, und die Schmerzen breiteten sich immer weiter aus, ballten sich zusammen und brachen über sie herein wie eine Flutwelle. Ihre Muskeln verkrampften sich unter dem Ansturm unerträglicher Qualen. Ächzend fasste sich Alice an ihren dröhnenden Schädel und kniff die Augen zusammen, als ein neuer Schmerz in ihrer Brust auflodere, ihr den Atem raubte, sie in Stücke riss...

Was...? Ich...

Etwas Weißes blitzte am Rand ihres Sichtfelds auf – bleiche Federn, wild flatternde Flügel. Alice' Nachtschwalbe erschien vor ihr und warf ihr einen tadelnden Blick zu. Auf der Suche nach Trost streckte Alice die Hand nach ihr aus, als ihr ein letzter klarer Gedanke durch den Kopf schoss:

Ich sterbe.

Dann versank sie in Dunkelheit.

»…sich überanstrengt.« War das … Cecils Stimme?

»…nur eine kurze Erholungspause …«

»Erinnerst du dich noch an Finn Conroys Prüfung vor drei Jahren? Genau das Gleiche …«

»…war einer von Lesters Schützlingen, oder?« *Bea.*

»…natürlich ist Conroy letztlich gescheitert …«

»Ja, richtig«, sagte Bea. »Ich habe gehört, Lester habe Finn die Nase gebrochen, weil er sich durch sein Versagen gedemütigt fühlte. Was für eine Schande. Die Familie hat den Jungen verstoßen.«

Alice' Augen öffneten sich schlagartig. Sie lag auf der Seite auf dem Boden von Cecils Büro. Mit einem schmerzerfüllten Keuchen richtete sie sich auf, sank aber sofort wieder zu Boden, als ein Feuerwerk vor ihren Augen explodierte. *Die Decke,* dachte sie. *Konzentrier dich darauf.* Wenn sie es schaffte, dass die Decke aufhörte, sich zu drehen, würde alles wieder in Ordnung kommen.

Eine Hand strich ihr die Haare aus dem Gesicht. »Du glühst ja«, murmelte Bea. Ein Klirren wie von einem Glasdeckel, der geöffnet wurde, war zu hören, dann stieg Alice ein beißender Geruch in Mund und Nase: Ammoniak. Sie würgte und hustete – sie hatte das Gefühl zu ersticken.

»Riechsalz«, erklärte Bea, als Alice versuchte, den Kopf wegzudrehen. »Nein, nicht bewegen«, sagte sie und hielt ihr das Riechsalz noch näher an die Nase. »Das wird helfen. Bleib einfach liegen und hol tief Luft.«

Alice' Augen brannten. Sie blinzelte die Tränen weg und atmete zittrig durch. Bea tätschelte ihren Arm und verschwand aus ihrem Blickfeld.

»Normalerweise versuchen es die Leute mit dem Tuch.« Cecils Stimme driftete aus der Ecke herüber, wo sein Schreibtisch stand.

Verwirrt runzelte Alice die Stirn. Welches Tuch? Wovon redete er da?

»Es ist über fünfzig Jahre alt. Stark ausgebleicht und voller Löcher.« Er schwieg einen Moment. »Noch zu gebrauchen für all jene, die über die Geistesgegenwart verfügen, ruhig zu bleiben, wenn sich die Gegenstände auf dem Tablett als schwierig erweisen. Sie wurden von den anderen Häusern speziell angefertigt«, erklärte er in lockerem Plauderton.

»Ich kann mich nicht erinnern, dass es schon mal eine Prüfung gab, bei der es um ein Tuch ging«, sagte Bea.

»Es ist wohl ein paar Jahre her, dass wir diesen speziellen Test zuletzt durchgeführt haben«, räumte Cecil ein.

Alice stutzte. Das Tuch war des Rätsels Lösung? Das hatte sie völlig außer Acht gelassen, nachdem sie die Verwachsungen im Holz entdeckt hatte. Sie setzte an, etwas zu sagen, hatte aber kaum die Kraft, mit den Lippen Wörter zu formen. Was war bloß los mit ihr? Hatte das Wirken von Mielikkis Magie sie derart ausgezehrt? Sie erinnerte sich an das Gefühl, wie Energie in Strömen aus ihr herausgeflossen war. War sie zu weit gegangen? Hatte sie sich zu sehr verausgabt?

Aus der Ecke ertönte ein Seufzen. »Wir warten jetzt schon zwanzig Minuten«, stellte Cecil mürrisch fest.

»Gib ihr noch einen Moment«, erwiderte Bea. »Sie kommt zu sich.«

Die beiden redeten über sie, als wäre sie gar nicht da. Doch das war sie – sie war hier bei ihnen. Aber sie konnte sich nicht regen oder mit ihnen kommunizieren.

»Erzähl mir von … Herrgott noch mal, Cecil, ich weiß auch nicht«, sagte Bea. »Holly? Wer verabreicht ihr den Bindungstrank? Tom?«

»Ja«, antwortete Cecil. »Sie und Lester sollten gerade im Hain sein. Und ich sollte bei ihnen sein und die erste Etappe des Bindungsrituals beaufsichtigen.«

»Aber stattdessen bist du hier und genießt meine Gesellschaft«, erwiderte Bea heiter. »Lester hat bestimmt nichts dagegen, ein wenig zu warten. Er findet wahrscheinlich Gefallen daran, das Ganze noch etwas in die Länge zu ziehen.«

»Bea...«

»Erzähl mir von deinen Plänen für die Feiertage«, sagte sie.

Alice' Lider flatterten; sie hatte Mühe, die Augen offen zu halten. Sie war so müde. So furchtbar... Sie wollte nur schlafen.

»Bea«, sagte Cecil erneut, nachdrücklicher diesmal. »Deine Kandidatin... Das war die erste Prüfung, und ihre Ressourcen sind schon vollständig aufgebraucht. Die zweite Prüfung wird ihr vielleicht so viel abverlangen, dass sie stirbt. Es tut mir leid, aber es ist an der Zeit, das Ganze zu beenden.«

»Nein«, entgegnete Bea, ihre Stimme stählern. »Ich habe gesehen, wozu sie fähig ist, Cecil. Sie ist stark genug, das durchzuziehen. Und wenn nicht... übernehme ich die Verantwortung.« Sie atmete tief durch. »Jetzt, bitte... erzähl mir, wie du die Feiertage verbringst.«

Cecil knurrte, und Alice hörte das Rascheln von Papier.

»Ich habe überlegt, nach Edinburgh zu fahren, wenn das Wetter schön ist«, antwortete er schließlich in grimmigem Ton.

»Wie schön«, sagte Bea, und Alice konnte die Erleichterung in ihrer Stimme hören. »Ich empfehle dir einen Besuch im...«

Ein leises Zirpen wie von einer Grille ließ Alice aufhorchen, und Bea verstummte. *Ist das Geräusch in meinem Kopf?*, fragte sich Alice. Doch es wurde immer lauter und ging in ein Klingeln über, das sich zu einem schrillen Heulen steigerte. Ein Feueralarm?

»Nein«, stieß Cecil atemlos hervor. »Nein, das kann nicht sein!«

Er sprang auf, und Alice erhaschte einen kurzen Blick auf ihn, als er zur Tür rannte. Mit einem Ausdruck ungläubigen Entsetzens im Gesicht eilte er davon.

Auch Bea stand auf und wollte ihm folgen, zögerte dann aber und eilte zurück, um ihre Handtasche zu holen. Sie kramte darin herum und holte ein kleines Fläschchen heraus. Rasch vergewisserte sie sich, dass niemand kam, dann ließ sie sich neben Alice auf die Knie sinken und hob ihren Kopf an.

Alice blinzelte verschlafen zu ihr auf, während Bea den Deckel abschraubte und ihr die zähe Flüssigkeit in den Mund goss.

»Sag niemandem, dass ich dir das gegeben habe«, flüsterte sie. »Das ist ein Erholungstrank. Capsaicin gegen die Schmerzen sowie zerriebene Maca, Guarana, Ephedra-Beeren und Rosenwurz. Ein starkes Aufputschmittel und absolut illegal. Ich habe es nur für Notfälle dabei.«

Bea stopfte das leere Fläschchen zurück in ihre Tasche und begutachtete Alice besorgt, die sich die Lippen leckte und anscheinend erst wieder lernen musste, ihre Kiefermuskeln zu benutzen.

»Cecil zieht in Betracht, dich zu deiner eigenen Sicherheit durchfallen zu lassen«, sagte Bea und beugte sich näher zu ihr, um trotz des Lärms draußen Gehör zu finden. »Was ist passiert? Du bist noch nie in Ohnmacht gefallen!«

Alice sagte nichts, schaffte es aber, sich aufzusetzen. Wärme durchströmte ihren Körper und verschaffte ihren Gliedmaßen Erleichterung. Der Schmerz war zu einem diffusen, dumpfen Pochen abgeklungen. Gut auszuhalten. Sie holte tief Luft und war erstaunt, wie leicht ihr das Atmen auf einmal wieder fiel.

»Wenn Cecil erfährt, dass ich dir ein Aufputschmittel gegeben habe, lässt er dich so oder so durchfallen. Genauso gut hätte ich einem Athleten Steroide verabreichen können. Du darfst auf keinen Fall zulassen, dass er es an deinem Atem riecht. Lass mich deine Augen sehen.« Bea umfasste ihr Gesicht und begutachtete es prüfend. »Verdammt. Deine Pupillen sind riesig. Lass ihn dich bloß nicht genauer anschauen.«

Alice blinzelte sie benommen an.

»Sag doch was«, flehte Bea verzweifelt. »Zeig mir, dass du mich verstanden hast. Sie werden mich aus dem Haus ausschließen, wenn sie herausfinden, dass ich dieses Mittel in meinem Besitz habe.«

Endlich löste sich Alice' Zunge von ihrem Gaumen. »Okay«, brachte sie heiser hervor.

»Oh, Gott sei Dank«, seufzte Bea. »Komm, steh auf.« Sie wollte Alice' Arm nehmen und ihr aufhelfen, aber Alice schüttelte den Kopf.

»Nein, schon … schon okay«, murmelte sie. »Ich schaffe das. Ich fühle mich …« Sie verstummte und runzelte irritiert die Stirn. Von draußen war immer noch das Schrillen einer Alarmsirene zu hören: zu laut, zu eindringlich. Was war da los?

»Ich bin okay«, versicherte sie Bea. »Ich kann stehen.«

Mühsam rappelte sie sich auf. Ihr Kopf fühlte sich klar an, vielleicht ein bisschen berauscht, aber … wachsam. Sie ließ die Schultern kreisen, streckte die Arme aus und knackte mit den Fingerknöcheln. »Warum ist die Sirene losgegangen?«, fragte sie.

»Ich bin mir nicht sicher«, antwortete Bea stirnrunzelnd. »Ich glaube, das kommt aus dem Hain, aber … Ist bestimmt nur ein falscher Alarm.«

»Der Hain?«, hakte Alice nach. »Ist Holly nicht mit Lester und Tom dort?«

Bea nickte. »Tom verabreicht ihr den Bindungstrank.« Sie klopfte ihre Tasche ab, um sich zu vergewissern, dass das Fläschchen nicht zu sehen war. »Hör zu«, sagte sie und deutete auf einen der Ledersessel. »Setz dich einfach und warte hier auf mich.« Sie musterte Alice' Gesicht. »Hoffentlich haben die offensichtlichen Nebenwirkungen nachgelassen, bis ich zurückkomme.«

Damit eilte sie zur Tür, drehte sich dann aber noch einmal um und deutete erneut auf den Sessel. »Setz dich. Bleib hier«, schärfte sie ihr ein. »Und lass um Himmels willen niemanden deine absurden Augen sehen!«

Ohne ein weiteres Wort verschwand sie. Alice sah zu dem Sessel. Einen Moment zögerte sie, rang mit ihrem Gewissen, doch ihr erhöhter Adrenalinspiegel traf die Entscheidung für sie. Mit einem schuldbewussten Knurren eilte sie Bea nach, doch der Korridor und das gesamte Haus waren zum Leben erwacht, und sie konnte ihre Mentorin nirgends entdecken. Aus dem Raum, aus dem vorhin noch Musik und das Klirren von Gläsern zu hören gewesen waren, waren unzählige Leute geströmt und tummelten sich sichtlich verwirrt davor. Die Tür des Clubhauses hatte sich hinter ihnen geschlossen, aber gegenüber von ihnen hatte sich eine andere Tür geöffnet. Und von dieser Tür wurden die Leute angezogen wie Motten vom Licht. Durch dieselbe Tür hatte sie Governor Whitmore gehen sehen, bevor sie in Ohnmacht gefallen war.

Die Sirene übertönte die ängstlichen Gespräche, doch Alice schnappte ein paar Wörter auf, als sie näher heranging, nervös, weil sie befürchtete, jeden Moment weggeschickt oder von Bea oder Cecil entdeckt zu werden.

»Arbor Suvi«, murmelte jemand.

»… der Sommerbaum.«

»… hat das zu bedeuten?«

Die Sirene strapazierte ihr Trommelfell, und ein Schauer lief ihr über den Rücken. Während sich die Menschenmasse durch die Tür am Ende des Korridors schob, ließ sich Alice zurückfallen und sah ihnen nach. Innerhalb weniger Minuten war sie allein. Neugier flammte in ihr auf, und die Leere des Hauses schien sie zu verhöhnen. *Folge ihnen.* Sie atmete tief durch, dann lief sie zur Tür und zog sie auf.

Eine sanfte Brise wehte ihr ins Gesicht, und Dunkelheit umfing sie. Sie war schon oft durch die Leere gereist, doch hier fühlte sie sich anders an, der Wind wärmer und weniger schneidend. Vollkommen reglos blieb sie stehen, versuchte, sich zu orientieren, und überlegte, was sie tun sollte. Beim Reisen war es wichtig, sich

die Tür vorzustellen, durch die man wollte, aber Alice hatte keine
Ahnung, wohin die anderen gegangen waren. Frustriert spähte sie
in die Dunkelheit. Da leuchtete plötzlich Licht auf – ein winziger
Funke, gefolgt von einem weiteren, und noch einem: Glühwürmchen. Ihr schwacher Schein wies Alice den Weg wie eine Spur aus
Brotkrumen. Sie schwebten um eine Tür, die die Finsternis vor
ihr verborgen hatte. Angestrengt spähte Alice ins Halbdunkel. *Ist
das wirklich eine Tür oder ein uralter Baum?* Was immer es war, es war
missgebildet, das Holz krumm und knorrig, aber so massig wie
der Stamm einer Eiche. Es gab keinen Türgriff. Alice berührte das
Holz, und mit einem leisen Knarren schwang es auf.

Auf der anderen Seite erwartete sie nicht etwa ein weiterer
Korridor, wie sie angenommen hatte – stattdessen fand sie sich in
einem Wald wieder. Am Himmel funkelten Sterne. Dichte Wolken
verhüllten den Mond, doch zwischen den Bäumen schimmerte ein
diffuses Licht, und Alice sog erstaunt den Atem ein. Hunderte
Glühwürmchen schwebten träge umher und beleuchteten die
Staubpartikel, die vor ihr durch die Luft tanzten. Sie ging weiter,
durch raschelndes Laub und Farngestrüpp. Die anderen mussten
auch hier langgekommen sein; das Gebüsch war von vielen Füßen
zertrampelt.

Vor ihr führte eine Seilbrücke über eine tiefe, mit Kletterfarn
überwucherte Schlucht. Wie ein Laufsteg schien sie sie in das Gehölz dahinter einzuladen. Ansammlungen von glühenden Lichtern säumten den Weg, und als sie näher kam, erkannte Alice,
worum es sich dabei handelte: biolumineszente Pilze. *Omphalotus
nidiformis.* Alice kannte sie aus Beas Büchern. Mit ihren Trichtern
erinnerten sie sie an weiße Lilien und waren seltsam schön.

Die Seilbrücke schwankte, als Alice sie betrat. Erschrocken hielt
sie inne, das Ächzen der Planken trieb ihren Adrenalinspiegel in
die Höhe. Die Mitglieder von Haus Mielikki würden es bestimmt
nicht gutheißen, dass sie ohne Erlaubnis in diese Wälder kam. Sie

spähte in die Ferne und erkannte schemenhafte Gestalten, die sich zwischen den Bäumen bewegten. Zu viele Leute mit zu vielen Nachtschwalben – sie konnte sich nicht vor ihnen allen verbergen. Mit der gebotenen Vorsicht schlich Alice weiter und beschwor die Brücke, sie nicht zu verraten. Als sie die andere Seite erreichte, atmete sie erleichtert auf.

Hier war es still. Die Sirene war verstummt, und die Leute, die vor ihr durch den Wald stapften, unterhielten sich flüsternd, als würden laute Stimmen diesen heiligen Ort entweihen. Nichts war zu hören außer dem Rauschen der Blätter, den knarrenden Ästen und den Schritten der Leute vor ihr. Alice folgte ihnen leise, sorgsam darauf bedacht, keine Aufmerksamkeit zu erregen. Die Sirene hatte sie hierhergeführt, und sie wollte wissen, warum. Wo waren Holly und Bea?

Sie ging hinter einem massigen Baum in Deckung und spähte vorsichtig um den Stamm. Dunkle Schemen versperrten ihr die Sicht, also huschte sie von Baum zu Baum, um besser sehen zu können. Kurz überlegte sie, ihre Nachtschwalbe zu rufen, aber das wollte sie mit eigenen Augen sehen – und sie war nicht sicher, ob Beas Aufputschmittel stark genug war, um die Desorientierung abzuwehren, die sie jedes Mal überkam, wenn sie ihre Vogelsicht einsetzte.

Über den Köpfen der Umstehenden glitzerte etwas, und Alice schlich darauf zu. Die Studenten hatten sich um einen Baum im Zentrum der Lichtung versammelt, der nicht größer war als eine kleine Tanne. Aller Augen waren darauf gerichtet. Einen Moment dachte sie, glitzernde Regentropfen fielen auf die Blätter, aber das war kein Regen – es war Licht. Perlen funkelnden Lichts, und sie fielen nicht, sie stiegen von den Ästen auf und schwirrten durch die Luft wie Funken von einem Lagerfeuer. Alice kam hinter dem Baum hervor, fasziniert von den tanzenden Lichtern, die in den dunklen Nachthimmel emporstiegen.

Dieser Baum kam ihr bekannt vor. Aber er war zu klein. Der knorrige Stamm erhob sich aus der Erde, nicht aus dem Boden eines Atriums. Die unverhältnismäßig große Krone strotzte vor eleganten, spitz zulaufenden Blättern, die auf der einen Seite dunkelgrün, auf der anderen deutlich heller waren. Die ineinander verschlungenen Äste nahmen so viel Platz wie möglich ein und umgaben den Stamm wie ein Heiligenschein. Der Baum sah aus, als würde er jeden Moment aus allen Nähten platzen oder in sich zusammenfallen. Lichtpunkte tanzten um die spindeldürren Sprösslinge: Glühwürmchen.

Es war der Sommerbaum in Miniaturform. Der Arbor Suvi. Der Baum des Lebens. Das Original befand sich im Atrium der Abbey Library in Bermondsey. Dieser hier hätte ein Modell sein können, aber etwas unterschied ihn von normalen Bäumen: Seine Wurzeln bewegten sich. Nur ein klein wenig, aber genug, um den Blick von den glitzernden Ästen auf das Rumoren unter der aufgewühlten Erde zu lenken.

»Er wächst«, murmelte jemand ganz in der Nähe.

»Das kann nicht sein«, flüsterte jemand anderes aufgebracht. »Wenn das Replikat wächst, würde es das Original auch tun, und das ist unmöglich. Oder?«

»Aber die Wurzeln ...«

Die Menge verstummte abrupt. Alice fand eine kleine Erhöhung aus Moos und kletterte darauf, um besser sehen zu können. Ihr Blick schweifte hin und her, suchte die Menge nach bekannten Gesichtern ab – ohne Erfolg. In der Nähe des Baums stand eine kleine Gruppe dicht zusammengedrängt, aber Alice konnte sie nicht richtig ...

»Holt Hilfe!«, brüllte eine vertraute Stimme. *Tom?*

Dann durchschnitt ein gellender Schmerzensschrei die Stille, ein so grauenhafter Laut, dass es Wellen des Entsetzens durch die wartende Menge sandte. Vor Schreck verlor Alice den Halt und fiel direkt in den Menschenpulk. Körper drängten von allen Seiten auf sie ein und raubten ihr den Atem. Sie fuhr die Ellbogen aus und schob sich durch die Menge, kämpfte sich zur Lichtung durch. Als sie sie endlich erreichte, stieß sie ein verblüfftes Keuchen aus.

Im ersten Moment begriff sie überhaupt nicht, was sie da sah. Schemenhafte Gestalten, diffus beleuchtet vom Licht des Baumes, kümmerten sich um ein Mädchen, das auf den Knien kauerte.

»Aufrecht. Haltet sie aufrecht!«, schrie ein schlanker Mann, den sie sofort als Tom erkannte.

»Gebt sie mir«, verlangte eine andere Stimme. *Lester?* »Ich bringe sie ins Haus zurück.«

»Nein«, widersprach Cecil. »Redet mit ihr. Das ist die beste Art, ihr zu helfen.«

Das Klimpern einer Kette erklang, und Bea erschien. »Sie hat einen septischen Schock«, sagte sie. »Komm schon, Liebes. Halt durch. Konzentrier dich.«

Alice beschlich ein ungutes Gefühl. *Was ...?*

Cecil trat vor die versammelte Menge, die Hände wie zur Kapitulation erhoben. »Bitte«, sagte er. »Geht zurück zum Haus. Ein falscher Alarm hat die Sirene ausgelöst.«

»Aber der Baum!«, schrie jemand, und die anderen brachen in zustimmendes Gemurmel aus.

»Ein falscher Alarm«, wiederholte Cecil. »Bitte ... Bitte geht einfach. Gönnt der jungen Frau etwas Privatsphäre.«

Bei diesen Worten senkte sich Stille über die Lichtung, dann wandten sich die Leute nach und nach ab und gingen. Alice sah ihnen nach; undeutliche Gestalten in der Finsternis, deren aufgeregtes Flüstern schaurig durch den Hain hallte.

»Was ist passiert?«, fragte Alice und ging näher heran. »Ist das ... Holly?«

Beas Augen weiteten sich, als sie sie sah, aber sie drehte sich schnell weg.

»Miss Wyndham, Sie sollten nicht hier sein«, sagte Cecil mit grimmigem Gesicht.

»Holly?«, murmelte Alice und marschierte an ihm vorbei. »Bist du ... Ist sie okay? Tom?«

Das blonde Mädchen war wieder auf den Beinen, aufrecht gehalten von Tom und Lester, dessen Gesicht puterrot angelaufen war.

»Steh auf«, fauchte er Holly an. »Wag es ja nicht. Du weißt doch noch, was ich gesagt habe. Versagen ist ein Geisteszustand. Schwäche ist eine Entscheidung.« Er stieß jedes Wort so zornig hervor, dass der Speichel nur so flog.

Hollys Augen waren glasig, aber sie blickte starr geradeaus, und die Sehnen in ihrem Hals traten hervor, als sie krampfhaft schluckte.

Alice sah sich um, um herauszufinden, was passiert war, und ihr Blick blieb an einem glattpolierten Baumstumpf hängen, in den das Baum-Symbol von Haus Mielikki eingeritzt war. War das eine Art Tisch? Darauf stand ein Tablett mit einer halbleeren Karaffe und einem grob geschnitzten Kelch, der umgekippt war. Eine goldene Flüssigkeit tropfte langsam aus dem Kelch auf das Tablett.

Ein gequältes Stöhnen drang aus Hollys Mund und lenkte Cecils Aufmerksamkeit ab, und Alice packte Bea am Arm.

»Ist das der Bindungstrank?«, fragte sie und deutete auf den Kelch. »Hat sie ihn genommen?«

»Ja«, flüsterte Bea.

»Hast du ihr Baldrian gegeben?«, blaffte Cecil.

»Ja«, sagte Tom hilflos. »Es ... Es hat nichts genutzt. Sie kann doch nicht ...«

»Gib ihr noch eine Dosis Baldrian, um die Schmerzen zu lindern«, fuhr Cecil ihn an, mit der Geduld am Ende.

Tom starrte Holly an, als hätte er kein Wort gehört – offensichtlich stand er unter Schock. »Das sollte nur eine Routinemaß-nahme sein. Lester hat gesagt, sie …«

»Wag es nicht, mir die Schuld in die Schuhe zu schieben«, wetterte Lester und stieß Holly Tom in die Arme, der ins Straucheln geriet, aber es schaffte, sie aufrecht zu halten. »Wenn sie das nicht packt, ist das nicht …«

»Tom!«, schrie Bea und drängte sich mit einem vernichtenden Blick an Lester vorbei. Sie packte Holly und begann, ihre Bluse aufzuknöpfen, um ihr das Atmen zu erleichtern. »Hol den Baldrian!«

Toms Augen wurden groß, und er nickte heftig. »Ich … Ich werde schnell …«, stammelte er und eilte davon.

Holly begann, leise zu wimmern, ein so kläglicher Laut, dass Alice eine Gänsehaut bekam. Ein panisches Flattern wirbelte die Luft über Hollys Kopf auf: ihr Seelenvogel. Alice sah zu ihm auf, aber seine Bewegungen waren zu schnell und hektisch, um ihn klar erkennen zu können. Verzweifelt flatterte er um seine Besitzerin herum. Hollys Finger zuckten krampfhaft. Bea umfasste ihr Gesicht mit beiden Händen und drückte ihre Stirn an Hollys. Fieberhaft, ohne auch nur eine Sekunde innezuhalten, um Luft zu holen, redete sie beruhigend auf sie ein, während Alice hilflos zusah und Lester davonstürmte und sich gegen einen Baum lehnte, die Fäuste geballt.

Mit einem erstickten Keuchen richtete sich Holly ruckartig auf, ihre Rückenwirbel knackten wie fallende Dominosteine, und Bea taumelte zurück. Im nächsten Moment stand Holly stocksteif im Hain, die Ellbogen leicht gebeugt.

Ihr Gesicht war starr vor Entsetzen, aber ihre Augen … ihre Augen schienen sie still anzuflehen, und Alice trat instinktiv auf sie zu, um sie zu trösten. Sie griff nach Hollys Händen, die immer noch krampften, und zuckte zusammen, als die Finger des Mädchens sich schmerzhaft fest um ihre eigenen schlossen.

»Holly«, flüsterte sie. »Hab keine Angst. Der Bindungstrank …
Er hat dich nur kalt erwischt, aber das geht vorbei. Du bist ein-
fach …« Sie sah zu Cecil, der Holly voller Bedauern anstarrte.
»Kann sie mich hören?«, fragte sie. »Was geht hier vor?«

»Den Trank zu nehmen ist genauso eine Prüfung wie die Prüfung selbst«, sagte Cecil mit matter Stimme. »Man muss die Kraft
haben, sein Vermächtnis einzusetzen, aber auch, es zu kontrollieren. Und der Bindungstrank … Wer nicht genügend Macht auf ihn
ausübt, wird von ihm überwältigt.«

Alice wandte sich wieder Holly zu. »Aber sie ist stark«, erwiderte sie. »Sie hat die Prüfung mit links bestanden! Ich habe sie
fantastische Sachen mit ihrem Vermächtnis machen sehen. Bea?
Das haben wir doch beide, nicht wahr? Sie …«

Bea nickte, ihre Lippen fest zusammengepresst. Irritiert wandte
Alice sich an Lester, der das Ganze schweigend beobachtete, sein
Gesicht von Wut und Scham gezeichnet. Bei ihrer Reaktion –
ihrer *fehlenden* Reaktion – überkam Alice eine kalte Angst. Warum
halfen sie Holly nicht?

»Holly«, krächzte Alice heiser. »Holly, hör mir zu …«

Doch in diesem Moment erschauerte die junge Frau und ließ
Alice' Hände los. Ihre Arme schnellten vor, als versuche sie, sich
in der Luft festzukrallen. Stumm vor Entsetzen riss sie die Augen
weit auf – ein schauriger Anblick. Ihr Atem beschleunigte sich,
und in der Stille konnte Alice nichts anderes hören als Hollys
Panik.

Verwirrt starrte Alice sie an: ihr Gesicht, ihre Arme, ihre *Finger*. Dann sah sie ruckartig auf. Ihre Blicke trafen sich, und der
Ausdruck in Hollys Augen hämmerte die schreckliche Wahrheit
direkt in ihren Schädel: Das Mädchen hatte Todesangst.

»*Nein*«, ächzte sie.

Holly wimmerte, und ihr Arm zuckte. Alice wurde übel, doch
sie konnte den Blick nicht abwenden, als etwas Kleines, Hartes

Hollys Handgelenk von innen durchbohrte. Etwas Langes, Wendiges schlängelte sich unter ihrer Haut hervor. Ein blutiger Zweig, der am Ende spitz zulief. Alice blinzelte ihn ungläubig an, unfähig zu akzeptieren, was sich vor ihren Augen abspielte. Wie eine entflohene Ader hatte sich ein Zweig … ein spindeldürrer Zweig aus Hollys rechtem Arm gegraben.

Und der andere … Unter der Haut von Hollys linkem Arm bewegte sich etwas. Etwas, das sich hin und her wand und das Fleisch dehnte, ein unsichtbarer Druck unter der Oberfläche. Die Adern in ihrem Handgelenk hoben sich deutlich gegen ihre blasse Haut ab.

Noch ein Ruck, und Holly stöhnte leise, als eine Reihe nadelspitzer Zweige aus ihren Fingerspitzen brach. Sie starrte Alice an, ihr Gesicht eine Maske des Schmerzes, und Alice drehte sich der Magen um, als ein weiterer Ast aus Hollys linkem Arm hervorschoss. Der Knochen zersplitterte, als sich das Holz durch die kaputte Gliedmaße bohrte. Blut strömte aus der Wunde und sammelte sich in Sekundenschnelle zu einer Lache im Gras.

Alice schossen Tränen in die Augen, der albtraumhafte Anblick ließ ihr Herz schneller schlagen. Sie zitterte am ganzen Leib. *Holly …*

»H… Hilfe …«, stieß Holly mit schmerzerfüllter Stimme hervor.

In ihrer Panik fiel Alice nur ein Dutzend hoffnungslose Erwiderungen ein. Was konnte sie schon tun?

»Rettet sie«, flehte Alice erst Cecil, dann Bea und schließlich sogar Lester an. Warum standen sie tatenlos herum, obwohl sie doch die Einzigen waren, die einschreiten und das wieder in Ordnung bringen könnten?

»Alice …«, murmelte Bea.

Und da verstand sie es. Das konnte niemand wieder in Ordnung bringen. Das war die grauenhafte Konsequenz, wenn man die

Prüfung des Bindungstranks nicht bestand. Wenn man zu schwach war, die Macht des Sommerbaumes, die man zu sich genommen hatte, zu unterdrücken und sie zu einem Teil von sich selbst zu machen: einem Teil von sich selbst, der Knochen zertrümmerte und Fleisch zerfetzte. Der Sommerbaum war pures entfesseltes Leben – die explosive Vitalität ungehinderten Wachstums.

Dann hörte sie ein Flattern, und eine bleiche Nachtschwalbe erschien auf ihrer Schulter. Sie zwitscherte ihr ins Ohr, und Alice wurde von kaltem Grauen gepackt. Fieberhaft suchte sie die Luft um Hollys Kopf ab ... Dort. Ihre Nachtschwalbe, weniger panisch als vorhin und zielbewusster; ein schlanker hellbrauner Vogel mit gebogenem Schnabel. Die Schnur, die ihn an Hollys Handgelenk band, wurde immer dünner, und ihr Licht trübte sich, während die Nachtschwalbe hektisch daran pickte, um sie zu durchtrennen.

Die Lichtschnur würde reißen, und Hollys Nachtschwalbe würde diese Welt verlassen und ihre Seele mitnehmen. Doch es ging nicht schnell genug. Hollys Körper würde zerfetzt werden, bevor es endlich so weit war, und sie würde jede Sekunde davon spüren. Jeden gerissenen Muskel, jeden zertrümmerten Knochen, jede aufklaffende Wunde ... Bis zu ihrem Tod würde sie Höllenqualen durchmachen.

»B-Bitte ...«

Hollys Stimme war nicht mehr als ein Hauch im Wind.

Und ohne nachzudenken, was sie da tat oder wie, wohl wissend, dass sie Hollys Leid beenden musste, wandte sich Alice an ihre eigene Nachtschwalbe und flüsterte ihr ein einziges Wort zu.

»Los.«

Die weiße Nachtschwalbe schwang sich in die Lüfte, wie eine Pistolenkugel schoss sie durch den Hain, flog immer schneller und höher – und stieß dann plötzlich herab. Mit geöffnetem Schnabel sauste sie auf Hollys Seelenvogel zu ... und durchtrennte die Lichtschnur. Holly und Alice stießen gleichzeitig ein überraschtes Keuchen aus. Ein stechender Schmerz durchfuhr Alice' Brust, und sie drückte die Hand aufs Herz, als die Bäume um sie herum schwankten und vor ihren Augen verschwammen.

Ihre zitternden Beine gaben unter ihr nach, und sie sank auf die Knie, den Kopf gesenkt, die Augen fest zusammengekniffen. Mit jedem Herzschlag glitt sie weiter weg von dem Hain; dem blutgetränkten Gras; den panischen Rufen; Beas und Cecils besorgten Gesichtern; Tom, der den Baldrian hinunterstürzte, um seine Nerven zu beruhigen; Lesters rotgeränderten, von Bitterkeit erfüllten Augen.

Weiche Federn strichen über Alice' Wange, und sie rang nach Luft, als der Schmerz in ihren Rippen nachließ. Die Schnur, die sie mit ihrer Nachtschwalbe verband, hing über ihrem Gesicht, so hell, dass ihr die Augen davon wehtaten. Stöhnend rollte sie sich auf den Rücken, während ihre Nachtschwalbe an ihren Haaren pickte.

Ich habe Holly getötet.

Panik ergriff sie.

Nein. Ich habe Holly gerettet.

Mit letzter Kraft richtete sie sich auf die Knie auf, vergrub die Hände im Gras und übergab sich wieder und wieder.

6

„Ich kann sie nicht weitermachen lassen.«

Alice blinzelte benommen. Sie fühlte sich, als wäre sie weit weg, während Stimmen in der Ferne über ihr Schicksal diskutierten. Das Ganze war ihr gleichgültig, obwohl sie wusste, dass es das nicht sein sollte. Für sie gab es nichts Wichtigeres, als Haus Mielikki beizutreten.

Geistig fühlte sie sich völlig losgelöst. Sie hatte schon vorher Leute sterben sehen. Sie hatte zugesehen, wie ihre beste Freundin auf offener Straße verblutet war. Sie hatte gesehen, wie zwei ihrer Arbeitskollegen im London Eye erstochen worden waren. Aber zu sehen, wie Holly von innen zerrissen wurde ...

An Alice' Handrücken klebte Blut: Hollys Blut. Oder war es Jens? Sie war nicht imstande, irgendjemanden zu retten. Auch Holly hatte sie nicht wirklich gerettet, sie hatte nur ihr Leid beendet, ihr Schicksal schneller herbeigeführt. Die Prüfung war grausam wie ein Münzwurf. Und sie hatte nicht beeinflussen können, wie die Münze fiel, sie hatte den Ausgang nur beschleunigt. Entweder man überlebte das Bindungsritual oder eben nicht. Niemand konnte sich dem Schicksal widersetzen. Aber wie hatte sie selbst in der Hitze des Gefechts den Teil von ihr, den sie so lange verachtet und verleugnet hatte, annehmen können? Was bedeutete das für sie?

Das Gemurmel war verstummt, und sorgenvolle Gesichter starrten sie an.

»Alice«, sagte Cecil freundlich, als würde er nicht gleich ihr restliches Leben zerstören. »Ich war gezwungen, eine Entscheidung über Ihr Testergebnis zu fällen. In Anbetracht der Tatsache, wie erschöpft Sie nach der praktischen Prüfung waren, kann ich Ihnen nicht guten Gewissens erlauben …« Er unterbrach sich, als eine Gestalt im Türrahmen erschien, und die Anspannung wich aus seinem Gesicht. »Governor Whitmore?«, sagte er erleichtert.

Alice starrte den Neuankömmling verblüfft an. Der Governor war ein blasser Mann mit Alabasterhaut und blauen Augen, so dunkel wie der Grund des Meeres. Trotz seiner stämmigen Statur bewegte er sich anmutig durch den Raum und begrüßte Cecil mit einem Nicken.

»Ich dachte, Sie wären den ganzen Abend mit den Konferenzen beschäftigt, die der Chancellor einberufen hat«, sagte Cecil. »Wir haben Sie nicht erwartet.«

»Ich hatte auch nicht erwartet, hier zu sein«, erwiderte der Governor und warf seinen Filzhut auf einen leeren Stuhl. »Und ich hatte ganz sicher nicht erwartet, dass das Haus bei meiner Ankunft in einem solchen Aufruhr sein würde.«

»Sie sind gerade erst angekommen?«, fragte Cecil.

Whitmore nickte, nahm die Karaffe mit dem übrig gebliebenen Bindungstrank von Cecils Schreibtisch und studierte ihn eingehend. »Gerade eben.«

»Dann haben Sie noch nicht von dem Mowbray-Mädchen …«, setzte Cecil an.

»Aber ich habe Sie gesehen«, warf Alice ein und starrte Whitmore fassungslos an.

Der Governor stellte die Karaffe zurück auf den Tisch und musterte sie neugierig. »Ach ja?«

Sie runzelte die Stirn, sagte aber nichts weiter.

»Kenne ich Sie?«, fragte der Governor, und seine Augen wurden schmal, als er näher kam.

Alice antwortete nicht, sondern nutzte die Gelegenheit, ihn ihrerseits zu begutachten. Seine Nachtschwalbe war nirgends zu sehen. Hatte er – wie Crowley – gelernt, sie zu verstecken? Aber sie musste die Nachtschwalbe des Governor nicht sehen, um zu wissen, dass er log. Sie hatte gesehen, wie Whitmore durch die Tür zum Hain getreten war und sich umgeschaut hatte, als müsse er sich vergewissern, dass er nicht beobachtet wurde. Er war nicht eingetroffen, als das Haus bereits in Aufruhr war – er war schon hier gewesen, bevor der Alarm losging. Entweder hatte er den Hain verlassen, bevor die Sirene ertönte, oder er war die ganze Zeit im Hain gewesen, während Holly starb. Warum log er, was seine Ankunftszeit betraf?

»Das ist eine der Kandidatinnen«, erklärte Cecil. »Alice Wyndham. Ich glaube, Sie sind sich noch nicht begegnet.«

Whitman taxierte sie mit prüfendem Blick. »Verstehe. Und, haben Sie unseren kleinen Test bestanden, Alice?«

Kleinen Test?

Sie reckte das Kinn. »Ja«, sagte sie. »Aber mir wird die Chance verwehrt, meinen Erfolg mit dem Bindungstrank zu zementieren.«

Whitmore sah zu Cecil und zog eine Augenbraue hoch. »Das ist doch sicher ein Irrtum?«, sagte er, seine Stimme seidenweich.

»Die jüngste Mowbray ist gerade ...« Cecil räusperte sich und fuhr ruhiger fort: »Wir haben eine Kandidatin verloren, die bei der Prüfung besser abgeschnitten hat. Ich halte es nicht für angemessen, ein solches Risiko ...«

»Aber die junge Dame möchte das Risiko eingehen«, entgegnete Whitmore und deutete unbekümmert auf Alice. »Es ist nicht unser Job, am Urteil des Sommerbaums herumzupfuschen«, meinte er. »Wenn sie den Bindungstrank dennoch nehmen möchte ... lassen Sie sie.« Er warf ihr ein humorloses Lächeln zu. »Junge Leute haben mehr Angst vor Langeweile als vor dem Tod, nicht wahr?«

Bei der Bemerkung zuckte ein Muskel unter Alice' Auge. Bea,

die den Wortwechsel bisher schweigend verfolgt hatte, beugte sich zu ihr.

»Alice, vielleicht brauchst du einen klareren Kopf, bevor du ...«, begann sie.

»Ich werde ihn nehmen«, unterbrach Alice sie.

»Bravo«, sagte Whitmore und griff mit langen, blassen Fingern nach der Karaffe. In Ermangelung eines Kelchs nahm er eine Tasse von Cecils Schreibtisch, kippte den Inhalt in einen der Blumentöpfe dahinter und drückte sie Alice in die Hand. Er schenkte ihr den Bindungstrank ein und stieß mit ihr an. »Prost«, sagte er leise.

Alice' Blick schweifte von seinem Gesicht zu dem Gebräu in ihrer Hand: Es hatte die Farbe von Haferflocken mit einem öligen goldenen Schein. Argwöhnisch blickte sie zum Governor auf. Wollte er ihr helfen, indem er Cecil keine andere Wahl ließ? Irgendwie fühlte es sich nicht so an, während er so bedrohlich über ihr aufragte – zu nah.

Dieser Trank war der erste Schritt auf dem Weg, sich an den Sommerbaum und damit auch an Haus Mielikki zu binden. Wenn sie ohnehin starb, war es dann nicht das Risiko wert, eine Bindung mit der mächtigsten Lebenskraft der Welt einzugehen? Würde diese lebensspendende Tinktur sie nicht stärken, wie nichts anderes es vermochte? Doch diese lebensspendende Tinktur hatte gerade eine Frau vor ihren Augen in Stücke gerissen.

Alice' Zögern hielt an. Whitmore war im Hain gewesen – vielleicht zur gleichen Zeit, in der Holly den Trank genommen hatte –, und jetzt ermunterte er sie, die gleiche womöglich fatale Entscheidung zu treffen.

»Der Baum«, sagte sie unvermittelt, als eine Erinnerung aus ihrem Gedächtnis aufstieg. »Im Hain – ist das eine Miniaturversion des Sommerbaums?« In den Büchern, die Bea ihr zum Lesen gegeben hatte, wurde das Replikat mit keinem Wort erwähnt.

»Er ist ...« Bea sah von dem Governor zu Alice. »Er wurde vor

Hunderten von Jahren aus einem Ableger gezüchtet. Haus Mielikki ist für seine Pflege zuständig. Der Miniatursommerbaum hilft uns, das Original zu überwachen; sie spiegeln einander genau wider.«

»Aber die anderen meinten, er würde wachsen«, erwiderte Alice.

»Eine Illusion«, sagte der Governor. »Der Sommerbaum kann nicht wachsen.«

Alice nickte. Sie führte den Trank an die Lippen, hielt dann aber erneut inne. Whitmore entfuhr ein entnervtes Seufzen.

»Machen Sie sich keine Gedanken um den Hain«, sagte er, und sein Gesichtsausdruck legte nahe, dass er ihre Unentschlossenheit leid war. »Wenn Sie nicht vorhaben, mit den Prüfungen weiterzumachen, wie es den Anschein hat, betrifft Sie das nicht.« Er warf einen Blick auf den Trank in ihrer Hand, den sie immer noch nicht angerührt hatte. »Schade«, sagte er und wandte sich von ihr ab. »Ich gehe in mein Büro«, informierte er Cecil. »Sie haben fünf Minuten, um die Angelegenheit zu klären, dann treffen wir uns zur Nachbesprechung, in Ordnung?«

Cecil nickte, und der Governor rauschte davon. Als er weg war, kehrte Stille ein. Bea saß stumm da, anscheinend unwillig oder unsicher, ob sie eingreifen und Alice die Tasse wegnehmen sollte.

»Ich denke, dabei sollten wir es belassen«, sagte Cecil. »Miss Wyndham, wenn Sie …«

Ehe er den Satz beenden konnte, setzte Alice die Tasse an die Lippen und kippte den Trank in einem Zug hinunter. Er brannte ihr in der Kehle wie flüssiges Feuer. Die Hitze auf ihrer Zunge trieb ihr die Tränen in die Augen. Geistesgegenwärtig drückte Bea ihr eine Tasse kalten Hagebuttentee in die Hand. »Trink«, drängte sie sie.

Alice würgte den Tee so hastig hinunter, dass ihr ein paar scharlachrote Tropfen übers Kinn liefen.

Während sie warteten, herrschte angespanntes Schweigen, alle hielten den Atem an. Doch nichts passierte. Es gab keine Nebenwirkungen. Hollys Schicksal wiederholte sich nicht. Aber sie wurde auch nicht von Energie durchflutet. Keine Euphorie, kein angenehmes Delirium. Genau genommen fühlte sie sich kein bisschen anders.

»Gott sei Dank«, sagte Bea. »Komm, ich bringe dich nach Hause.«

Alice starrte ins Waschbecken. Sie hatte kaum geschlafen. Als sie es endlich ins Bett geschafft hatte, war es schon nach Mitternacht gewesen, und dann hatte sie stundenlang wach gelegen. Bea hatte ihr eine leichte Dosis Baldrian gegeben – perfekt gegen Schlaflosigkeit –, aber sie hatte sie erst um zwei Uhr morgens genommen, als die Erinnerungen an Hollys verängstigtes Gesicht zu verstörend wurden.

In der ganzen Aufregung hatte sie vergessen, ihren Wecker auszustellen, darum war sie für einen Samstag viel zu früh wach. Aber an diesem Morgen fühlte sie sich irgendwie merkwürdig. Sie hatte das Gefühl, als hätte sie etwas vergessen.

Stirnrunzelnd verdrängte Alice den Gedanken und widmete sich ihrer Morgenroutine. Erst als sie sich die Zähne geputzt hatte, wurde ihr plötzlich klar, was nicht stimmte. Das Waschbecken war lupenrein. Normalerweise musste sie sich direkt nach dem Aufstehen übergeben – ins Waschbecken oder ins Klo, je nachdem, wie schnell sie war. Aber heute...

Sie sah in den Spiegel. Zerknitterter gestreifter Schlafanzug, die Haare hoffnungslos zerzaust: so weit, so normal. Alice schlurfte näher heran, um ihr Gesicht zu betrachten. Während sie den Kopf hin- und herdrehte, wurde ihr rasch klar, dass die dunklen Ringe unter ihren Augen verblasst waren. Ihre bis vor Kurzem kränklich blasse Haut ... strahlte förmlich. So gut hatte sie seit Monaten nicht mehr ausgesehen.

Sasha, ihre erste Freundin in der Rookery und mit Abstand die scharfsichtigste, würde die Veränderung bestimmt bemerken; sie besuchte sie alle paar Wochen, manchmal mit Jude, und hatte sie schon oft darauf angesprochen, wie abgezehrt und erschöpft sie aussah. Alice hatte sich immer damit herausgeredet, dass sie überarbeitet war. Heute Abend kam Sasha zu Besuch, um zu sehen, wie sie sich bei ihrer ersten Prüfung geschlagen hatte, und Alice fragte sich, was sie wohl sagen würde, wenn sie sah, wie viel besser es ihr ging.

Als sie im Bad fertig war, ging sie zurück in ihr Zimmer. Anstatt ihren Pyjama auszuziehen, zog sie einen Morgenmantel über, machte sich einen Tee und setzte sich an den Tisch. Als sie ihre Tasse umfasste, stellte sie fest, dass die Haut an ihren Händen nicht mehr rissig war. Die Dermatitis, an der sie gestern noch herumgekratzt hatte, war verschwunden. Und – sie legte eine Hand an die Stirn – sie hatte auch kein Fieber mehr. Sie wusste kaum noch, wie sich das Leben ohne Fieber und Kopfschmerzen, Bauchkrämpfe und Atemlosigkeit anfühlte.

Freude und Aufregung wallten in ihr auf, doch sie unterdrückte sie. Es würde ihr nichts nützen, sich falsche Hoffnungen zu machen. Sie hatte erst eine Portion des Bindungstranks genommen, zwei standen ihr noch bevor – vorausgesetzt, sie vermasselte die Prüfungen nicht. Das hatte nichts zu bedeuten. Außerdem fühlte sie sich schlecht, wenn sie sich über die positive Wirkung, die der Bindungstrank auf sie gehabt hatte, freute, wo Holly doch dadurch auf grausamste Art zu Tode gekommen war.

Sie trank einen Schluck Tee und ließ ihren Blick aus dem Fenster wandern. Die Äste des Maulbeerbaums schwankten im Wind. Vielleicht bildete sie sich das nur ein, aber es sah aus, als hingen Dutzende neue Beeren daran.

7

»Tom hat das Ganze hart getroffen«, sagte Bea beim Frühstück. Der Speisesaal im Arlington Building war im Winter herrlich gemütlich mit seiner Gewölbedecke, karierten Fliesen, den bis auf halbe Höhe mit Holz vertäfelten Steinwänden, Ölgemälden in verzierten Rahmen und schlichten kreisrunden Kronleuchtern, die tief über die Holztische hingen – jeder mit einer Lampe darauf und Ledersesseln zu beiden Seiten. Im Sommer wirkte er jedoch trotz der großen Fenster und vielen Lampen zu dunkel. Alice kam es vor, als sollte die Jahreszeit einfach nicht gemütlich sein. Sie sollte hell und luftig sein, voller Verheißungen. Genau aus diesem Grund aß sie sonst lieber im Hof zu Mittag.

Sie nahm sich eine Scheibe Toast und ein Glas Marmelade. Ihr Blick war auf einen langhaarigen Studenten hinter Bea gerichtet, der vor einem Mädchen mit seinen Fähigkeiten angab. Er erzählte ihr gerade, dass er sich beim Beste-der-Besten-Wettbewerb angemeldet hatte, und machte irgendetwas mit dem Tisch – bei genauerem Hinsehen erkannte Alice, dass er die Maserung im Holz zu verschiedenen Mustern veränderte, als male er Bilder.

»Ist das ein Porträt? Sieht mir überhaupt nicht ähnlich«, sagte das Mädchen lachend. »Schreib noch mal meinen Namen.«

Alice war so darauf konzentriert, sie zu beobachten, dass sie die Marmelade in die Butter schmierte. »Ist er gestern Abend nach Hause gegangen?«, fragte sie, während sie ihr Brot bestrich.

»Ich glaube, er hat die ganze Nacht getrunken«, seufzte Bea und nippte an ihrem Tee. »Nach der Prüfung habe ich ihn auf dem Bordstein kauernd gefunden, das Gesicht in den Händen vergraben. Fix und fertig. Er wollte nicht reden.«

»Es ist nicht seine Schuld«, sagte Alice und schob ihren Teller weg – plötzlich war ihr der Appetit vergangen. Es fühlte sich falsch an, hier zu sitzen und so zu tun, als wäre alles ganz normal. Noch vor Kurzem hatte Holly in diesem Saal gesessen.

»Natürlich ist es nicht seine Schuld«, stimmte Bea zu. »Er hat schon Dutzende Bindungstränke verabreicht, ohne dass es irgendwelche Probleme gab. Niemand ist daran schuld – es sei denn, du willst einen Baum verantwortlich machen.« Sie trank noch einen Schluck und musterte Alice forschend. »Wie geht es dir mit … dem, was du mitangesehen hast?«

Alice wurde blass. »Es war …« Sie schüttelte den Kopf und starrte wortlos auf den Tisch.

Bea tätschelte mitfühlend ihre Hand. »Es wird leichter«, sagte sie. »Irgendwann ist man abgehärtet. Ich mache das schon länger als Tom.« Sie seufzte, dann griff sie nach etwas auf der Bank neben ihr. »Hier«, sagte sie und legte ein Buch auf den Tisch. »Das ist zwar nicht ganz so nützlich wie die Bücher, die ich dir empfohlen habe, aber ich fühle mich verpflichtet, es dir zu geben.«

»*Haus Mielikki: Erfolgsmodelle?*«, las Alice den Titel laut vor.

»Ein Geschenk von Cecil«, erklärte Bea. »Ich soll dir ausrichten, dass er hofft, es erweist sich als Inspiration für dich nach deinen Schwierigkeiten bei der ersten Prüfung.«

Alice zog eine Augenbraue hoch, unsicher, ob sie beleidigt oder dankbar sein sollte.

»Tu ihm einfach den Gefallen«, sagte Bea. »Sieh mal, von wem es ist.«

Alice ließ ihren Blick über das Cover schweifen, auf dem eine vornehme Frau mit einer geschäftsmäßigen, aber dennoch eleganten Hochsteckfrisur in einem ovalen Rahmen abgebildet war.

»Cecil Pryor«, sagte Alice. »Er hat es selbst geschrieben?«

Bea nickte. »Ich glaube, er hat zehn Exemplare verkauft. Acht davon habe ich aus Mitleid für die Bibliothek bestellt. Ich wette, er hat noch Hunderte in seinem Büro gebunkert und drängt jedem neuen Kandidaten eins auf.«

Alice blätterte das Buch durch. Es schien eine Aufzählung der großartigen Erfolge anderer Mitglieder von Haus Mielikki zu sein, die ein paar Hundert Jahre zurückreichte. »Sag ihm ... vielen Dank.«

Bea nickte und nahm sich ein Stück Gebäck. »Noch mal zu Tom«, fuhr sie fort, »er fühlt sich verantwortlich, weil er den Bindungstrank zubereitet hat, aber ...«

»Ich habe denselben Trank getrunken«, beendete Alice ihren Gedankengang. »Und mir hat er nicht geschadet, wie ... Mir geht es gut.«

»Ich weiß«, sagte Bea. »Das ist das Risiko, das jeder eingeht. Tom ist einfach ... Ich fürchte, er wird sich durch nichts, was wir sagen, besser fühlen. Was passiert ist, war grauenhaft. Ich habe schon einige schreckliche Sachen gesehen, und über andere habe ich Geschichten gehört, aber *das* ...« Sie schauderte und legte das Gebäckstück weg – anscheinend hatte sie auch keinen Appetit mehr. »Aber Holly wusste, worauf sie sich einlässt«, sagte sie in sachlichem Ton. »Als Mowbray hat sie dieselben Geschichten gehört und kannte die Risiken. Es ist abscheulich, grauenhaft und tragisch, aber ... jeder muss selbst entscheiden, ob er den Bindungstrank nimmt. Ich habe es getan, Tom hat es getan ... und du auch.«

In diesem Moment nahm Alice aus den Augenwinkeln eine Bewegung wahr und drehte sich um. Durch die offene Tür sah sie Tom im Korridor stehen. Selbst aus der Entfernung konnte sie erkennen, dass es ihm nicht gut ging. Für gewöhnlich war er adrett

gekleidet, in einem schicken Hemd und Tweedhose, sein sand-
blonder Bart ordentlich getrimmt. Doch jetzt sah er aus, als hätte
er in seinen Klamotten geschlafen und seinen Bart völlig vernach-
lässigt. Seine Brille saß schief, und seine blauen Augen wirkten
erschöpft. Er schien über Nacht zehn Jahre gealtert zu sein, dabei
war er ein Jahr jünger als Bea und noch längst keine vierzig.

»Wenn man vom Teufel spricht«, sagte Bea. »Tom!«, rief sie
durch den Speisesaal.

Mehrere Köpfe wandten sich zu ihr um, und Tom zuckte erschrocken zusammen. Als er sie sah, schüttelte er den Kopf, wie um
sie zu warnen wegzubleiben. Alice wurde flau im Magen, als sie die
andere Seite seines Gesichts sah. Er hatte einen Bluterguss an der
Wange, und seine Lippe war aufgeplatzt. Bevor er davoneilte, erhaschte Alice einen Blick auf seine Nachtschwalbe, die nervös über
seinem Kopf flatterte. Nur ein Gefühl ging von ihr aus: Schuld.

»Da stimmt was nicht«, sagte Alice und stand auf. Es war nicht
seine Nachtschwalbe, die ihr Sorgen bereitete, sondern seine auf-
geplatzte Lippe. Die hatte er sich nicht selbst verpasst.

Unverständliches Geschrei schallte aus dem Korridor, und Alice
sträubten sich die Nackenhaare Diese Stimme kannte sie genau. Als
der Lärm zunahm, tauschten einige Leute im Speisesaal beunru-
higte Blicke aus. Alice eilte in den Korridor, dicht gefolgt von Bea.

Ein Großteil der Studenten und der Belegschaft hatte das
warme Wetter genutzt und aß auf dem Rasen zu Mittag, sodass
die Korridore ungewöhnlich leer waren. In der trügerisch ruhigen
Atmosphäre fand Alice schnell den Ursprung des Aufruhrs.

Lester stand mitten auf der Treppe zu den Belegschaftsunterkünften, das Geländer fest umklammert. Seine Haare waren
schweißdurchtränkt, und seine hohlen Wangen von Bartstoppeln
übersät – kurz gesagt, er sah furchtbar aus. Seine breite Brust und
massigen Arme schienen im Widerspruch zu seinem wachsenden
Bierbauch zu stehen.

»Lass ihn in Ruhe, Lester«, platzte Alice heraus.

Unter seinen Fingern hatten sich die Geländerstäbe verformt, das solide Holz jetzt so biegsam wie Weinreben. Auf Lesters Befehl wurden sie immer länger und krochen auf Tom zu, der an der Wand am Fuß der Treppe gefangen war. Einige der Ranken hatten sich bereits um seine Handgelenke geschlungen und hielten ihn fest, andere kletterten seinen Körper empor und legten sich um seinen Hals.

»Lass ihn gehen«, verlangte Bea, ihre Stimme eisig, »sonst lasse ich dich wegen Körperverletzung des Hauses verweisen.«

Lester lachte nur und wandte sich ihr zu, seine kleinen Schweinsaugen blutunterlaufen. »Wie kommst du darauf, dass Whitmore mir keine Medaille dafür gibt, wenn ich hier aufräume?«, erwiderte er höhnisch.

Seine Hand ballte sich, und die Ranken um Toms Hals zogen sich fester zusammen. Alle Farbe wich aus Toms Gesicht, und seine Augen wurden groß.

»Dieser Bastard hat den Trank gebraut, und dann hat er versucht, mir die Schuld in die Schuhe zu schieben«, stieß Lester zwischen zusammengebissenen Zähnen hervor, sein Gesicht hochrot vor Anstrengung, als er Tom mit den Ranken hochhob. In der Luft baumelnd rang Tom verzweifelt nach Atem. Sein Gesicht lief lila an, und seine Füße strampelten hilflos.

»Er kann nicht atmen!«, schrie Alice, während Bea zu Tom eilte, um ihn zu befreien. »Lass ihn gehen, sonst ...«

»Sonst was, du dummes Miststück?«, blaffte Lester. »Du warst letzte Nacht auch da. Du hast sie berührt und so getan, als wolltest du ihr nur helfen. Vielleicht hast du sie irgendwie sabotiert. Warum bist du zusammengebrochen, als sie tot war?«

»Ich ... Ich habe sie nicht ...«

»Ich habe dich gesehen«, entgegnete er. »Ich habe dich beobachtet.«

122

Alice sah zu Tom und Bea. Die Bibliothekarin war auf die Knie gesunken und hob die Holztreppe an, sodass Tom auf festem Boden stand.

»Whitmore ...«, setzte Alice an.

»Nur zu«, sagte Lester mit einem gehässigen Grinsen. »Erzähl es ihm.«

Toms Lider flatterten, und er gab ein röchelndes Geräusch von sich. Mit wild hämmerndem Herzen wandte sich Alice wieder Lester zu und umfasste das Geländer. Sie konnte das dumpfe Prickeln seiner Magie im Holz spüren, als sie fester zupackte.

»Irgendjemand ist dafür verantwortlich, dass Mowbray im Hain draufgegangen ist«, sagte Lester in barschem Ton, »aber nicht ich.«

Wut und Schuldgefühle ließen Alice alle Bedenken vergessen. Sie umklammerte das Geländer, ihre Hand vor Magie wie elektrisiert. Unter ihren Fingern begann das Holz zu verrotten. Es wurde schwarz und spröde, zersplitterte in ihrem Griff. Ein Riss wuchs rapide, zog sich über die gesamte Länge des Geländers und verbreitete den Verfall auf dem morschen Holz. Zu morsch, um Lesters Gewicht standzuhalten.

Das Geländer zerfiel zu Staub. Lesters Nachtschwalbe, ein hellbrauner Vogel mit schlichtem Gefieder, rief eine Warnung, die er nicht hören konnte. Ein Ausdruck des Entsetzens huschte über sein Gesicht, als er über den Rand der Treppe fiel. Dann schlug er auf dem Boden auf, und das ohrenbetäubende Krachen ließ Alice zusammenzucken. Im selben Moment zerfielen auch die schlingpflanzenartigen Äste, die Tom hochhielten, zu Staub, und er stürzte zu Boden.

Lester rührte sich nicht, und Alice starrte voller Entsetzen auf seinen verrenkten Hals. Seine kleine Nachtschwalbe flatterte ängstlich umher, pickte an seinen Haaren und dann an der Lichtschnur. Alice' Puls raste, das Blut rauschte ihr in den Ohren. *Ich hatte keine Wahl.* Sie blickte auf ihre Hände hinunter. *Oder doch?* Sie schauderte. Entweder sie hatte gerade einen Mann getötet, oder sich einen zum Feind gemacht.

Am Fuß der Treppe ertönte ein gedämpftes Stöhnen, und Alice atmete auf. Lester war am Leben. Weiter den Flur hinunter wurden Türen vorsichtig geöffnet. Angezogen von dem Lärm erschien ein halbes Dutzend Schaulustige, eine Mischung aus Neugier und Besorgnis im Gesicht. »Ich wusste doch, dass die Treppe gefährlich ist«, murmelte einer von ihnen. »Ich hab dem Hausmeister gesagt, dass sich das mal jemand ansehen sollte.«

»Ist er okay?«, fragte ein anderer.

Die Antwort kam von Lester selbst. Mit einem grimmigen Knurren rappelte er sich auf und klopfte sich den Staub von der Hose. Er warf Alice einen zornigen Blick zu, dann drängelte er sich durch die Menge und hinkte aus dem Gebäude.

»Es war nicht Lesters Schuld«, sagte Tom, der mit einer Tasse Kaffee in der Hand am Tisch kauerte.

Bea hatte sie beide zurück zum Speisesaal geschleift, um ihnen einen Drink auszugeben, aber da es hier keinen Alkohol gab, mussten sie sich mit Koffein begnügen.

Alice' Tee war kalt geworden. Sie starrte in ihre Tasse und konnte an nichts anderes denken als an Lesters Gesicht, als er abgestürzt war – und die Wut in seinen Augen, als er davongestürmt war.

»Leidest du am Stockholm-Syndrom, mein Lieber?«, fragte Bea. »Natürlich war es Lesters Schuld. Ich werde ihn gleich morgen früh anzeigen.«

»Nein, tu das nicht«, protestierte Tom. »Bitte. Lass es einfach gut sein.«

Alice warf ihm einen besorgten Blick zu. Er wirkte völlig resigniert. »Du kannst dich nicht zu Lesters Boxsack machen«, sagte sie. »Du hast Holly nicht getötet.« Ihr Magen krampfte sich zusammen, und sie trank einen Schluck kalten Tee, damit die anderen nicht sahen, dass ihre Hände zitterten.

»Er war nicht mal meinetwegen hier«, sagte Tom leise. »Ich hatte nur das Pech, ihm zufällig zu begegnen.«

»Was wollte er hier?«, fragte Alice.

»Seine Bücher«, antwortete Tom und blickte auf. In seinen Augen lag eine Dunkelheit, die sie noch nie an ihm wahrgenommen hatte. »Er hat Holly einen Stapel Bücher geliehen, während er ihr Mentor war«, erklärte er kopfschüttelnd, seine Stimme ausdruckslos. »Er wollte in ihre Wohnung, um sie zu holen, aber ...« Er zuckte die Achseln. »Er sollte nicht in ihrer Wohnung herumwühlen. Das ist nicht richtig. Ich habe ihn gebeten zu gehen, aber er ist mir gefolgt, und ...« Er verstummte. »Ich hoffe, Lester ist okay«, murmelte er nach einem Moment.

»Tom, er hätte dich fast umgebracht«, sagte Bea fassungslos.

»Ich weiß, aber trotzdem ... Es war nicht seine Schuld.«

Sie verfielen in Schweigen, und Alice beobachtete eine Weile das Pärchen am Nebentisch. Trotz der Aufregung hatten sie ihren Platz nicht verlassen. Der langhaarige Student hatte den hölzernen Untersetzer unter seiner Tasse hervorgeholt und formte ihn zu einer Rose, doch das Mädchen, das er zu beeindrucken versuchte, weigerte sich sie anzunehmen und erklärte ihm lachend, dass sie Orchideen viel lieber mochte als Rosen.

Rosen. Die Erinnerung versetzte Alice einen Stich. *Holly.*

»Habt ihr heute Abend schon was vor?«, fragte sie. »Ich habe eine Idee.«

Sasha würde heute Abend auf einen Drink vorbeikommen, aber davor hatten sie noch Zeit, etwas Wichtiges zu erledigen.

Tom zuliebe versuchten sie, sich normal zu geben, aber das Ganze wirkte wie eine verrückte Pantomime.

»Schhhh«, flüsterte Bea theatralisch, während sie durch die Gärten schlichen. »Wenn Eugene uns sieht, lässt er zur Strafe wieder die Decke der Bibliothek einstürzen.«

»Ich glaube nicht, dass er auf Rachefeldzug gegen dich ist. Wenn ich ihn sehe, ist er immer gut gelaunt«, erwiderte Alice gezwungen heiter.

»Dich mag er ja auch, deshalb wirst du bevorzugt behandelt«, sagte Bea. »Ich habe ihn einmal gebeten, mir zu helfen, ein Regal zu verrücken, aber er hat sich geweigert. Er war beleidigt, dass es die gesammelten Werke von Capability Brown enthielt, einem begnadeten Landschaftsgärtner, der anscheinend sein persönlicher Erzfeind ist, obwohl er schon mehr als zweihundert Jahre tot ist. Aber dir bringt er ein ganzes Möbel-Set in die Wohnung hoch – wie viele Treppen sind das noch?«

»Genau genommen ist es das Mobiliar eines viktorianischen Klassenzimmers«, erwiderte Alice. Auf dem Weg über die Wiese versanken ihre Füße im dichten Gras.

»Wohin bringt ihr mich?«, fragte Tom, der zwischen ihnen eingeklemmt war. Sie hatten sich bei ihm eingehakt – kein leichtes Unterfangen bei jemandem, der so groß war wie ein Laternenpfahl – und steuerten ihn auf einen abgelegenen Teil des gigantischen Campus zu.

»Zu einem geheimnisvollen Abenteuer«, antwortete Bea verschwörerisch, als sie Cavendish und das Whiston Building, in dem er arbeitete, hinter sich ließen.

Er seufzte und ließ sich weiterführen. In dem Teil der Gärten, zu dem sie unterwegs waren, gingen die ordentlich gepflegten Rasenflächen allmählich in wilderes, längeres Gras über, und dort befand sich ein kleines Heckenlabyrinth mit merkwürdig geformten Büschen in jeder Sackgasse. Der Hausmeister Eugene hatte dem Universitätsgärtner vor Jahren die totale Kontrolle über die Gestaltung des Labyrinths abgerungen. Eugene hatte eine Leidenschaft für Formschnittgärtnerei, obwohl er ein Mitglied von Haus Pellervoinen war und sein Vermächtnis überhaupt nicht zu einem solchen Hobby passte. Nichtsdestotrotz ging er ihm mit grimmiger Entschlossenheit nach, doch ganz gleich wie oft er versuchte, die Hecken zu prächtigen Sphinxen und majestätischen Löwen zu formen, sie sahen immer aus wie unförmige Enten. Ein Professor für Tieranatomie im Sydenham Building hatte einmal versucht, sie niederzubrennen, und als er am nächsten Tag zu seinem Büro kam, hatte jemand die Tür zugemauert. Danach hatte sich nie wieder jemand beschwert.

Sie drängten Tom, mit ins Labyrinth zu kommen. Da er groß genug war, um über die Hecken zu sehen, erreichten sie im Nu die Mitte und streckten sich auf der Wiese aus, während Bea in ihrer Tasche herumkramte. Es war ein stiller Abend, die Sonne versank hinter dem Whiston Building und färbte den Himmel orangerot.

»Red sky at night«, sagte Alice.

»Shepherd's delight«, beendete Tom die Redewendung mit monotoner Stimme.

Bea reichte jedem von ihnen eine Flasche und seufzte zufrieden, als sie ihre eigene an die Lippen setzte. Moltebeerenwein, mit Honig gesüßt. Die bernsteinfarbene Flüssigkeit fing das letzte Sonnenlicht ein, und Alice musste unwillkürlich an den Bindungstrank denken. Sie sah zu Bea, die anscheinend den gleichen Gedanken hatte, und räusperte sich, um Tom zum Trinken zu ermuntern.

»Auf Holly«, sagte Alice und hob ihre Flasche.

Tom starrte verdrossen auf seine Füße, also packte Alice ihn am Ärmel und zog seinen Arm zum Anstoßen hoch.

»Auf Holly«, sagte sie noch einmal, und ihre Stimme stockte, »die stark und mutig war und immer genau das getan hat, was sie wollte.«

»Und auf die Hunderten von anderen Seelen, die über die Jahre an der Prüfung teilgenommen und ein ähnliches Schicksal erlitten haben«, fügte Bea hinzu, »denn manchmal ist das Leben grausam, und wir können nichts dagegen tun.«

Alice trank einen Schluck Wein und verzog das Gesicht, als eine Flut süßer und bitterer Aromen ihren Mund erfüllte. Sie hatte Wein noch nie sonderlich gemocht.

Eine Weile tranken sie schweigend, dann stand Alice auf und ging langsam auf den Erdhügel in der Mitte des Labyrinths zu. Davor ging sie in die Hocke und grub die Finger ins Gras. Dann drückte sie eine einzige rote Beere in die Erde.

Als sie fertig war, blickte Alice auf und sah, dass Bea und Tom sich zu ihr gesellt hatten. Bea hatte Tom einen Arm um die Schultern gelegt und drückte ihn fest an sich. Mit einem traurigen, aber dankbaren Ausdruck im Gesicht reichte er Alice die Hand und zog sie hoch. Eine Zeit lang standen sie schweigend beisammen und sahen auf das Denkmal hinab, das Alice errichtet hatte: eine perfekte kleine Stechpalme – ein *holly bush* – mit stachligen Blättern und leuchtend roten Beeren.

»Auf Holly«, sagte Tom mit belegter Stimme und hob seine Flasche.

»Auf Holly«, stimmten sie mit ein, stießen an und nahmen einen tiefen Zug. Alice sah zu Bea, die sie anerkennend anlächelte. Hastig wandte sie den Blick ab und trank noch einen Schluck, um ihre eigene Schwermut zu verbergen.

Schläfrig vom Alkohol und barfüßig lagen sie auf dem Rücken und sahen zu, wie es dunkel wurde.

»Ursa Major«, sagte Alice auf Latein und deutete auf den wolkenverhangenen Himmel. »Später müsste er irgendwo da drüben zu sehen sein.«

»Wenn keine Wolken im Weg sind«, fügte Bea hinzu und spähte angestrengt nach oben.

»Was heißt Ursa Major?«, murmelte Tom. »Klingt wie eine Musiknote.«

Alice verrenkte sich fast den Hals, um ihn anzusehen. Er hatte alle viere von sich gestreckt, und seine Lider waren schwer. Nachdem er seinen Wein ausgetrunken hatte, hatte er auch ihren und Beas geleert. Wenigstens fühlte sich einer von ihnen besser.

»Der Große Bär«, erklärte sie. »Mein Dad hat die Sternkonstellationen für mich gemalt, als ich klein war.« Ihr Dad. Ihr richtiger Dad, der ihr seine Liebe zur Kunst und zum Swindon Town Football Club vererbt hatte. Tuoni war nichts als eine Spukgestalt, die sie wieder im Schrank einsperren würde.

Bea schnaubte. »Und da ist... die Große Ente«, sagte sie und zeigte auf eins von Eugenes misslungenen Heckengebilden.

Alice drehte sich auf den Bauch und richtete sich auf die Knie auf. »Wir sollten zurück«, sagte sie und griff nach ihrer leeren Weinflasche. Sasha müsste bald da sein – sie hatten ausgemacht, sich im Hof zu treffen –, und Alice hatte vor, sie Bea und Tom vorzustellen. Sie sah zu Tom, der mit geschlossenen Augen und einem seligen, trunkenen Lächeln im Gesicht im Gras lag. Okay, vielleicht nicht Tom, aber Bea.

Zusammen hievten sie Tom auf die Beine und hielten ihn aufrecht, als er drohte nach vorne umzukippen.

»Alles dreht sich«, murmelte er.

Alice schlang sich seinen Arm um die Schultern, und sie machten sich taumelnd auf den Weg. Sie hatten es gerade aus dem Labyrinth herausgeschafft, da sagte Bea: »Moment, geht ihr schon mal vor. Wir treffen uns in fünf Minuten im Hof.« Mit einem verschwörerischen Augenzwinkern eilte sie zurück ins Labyrinth.

So musste sich Alice allein weiterkämpfen, denn jedes Mal, wenn sie anhielt, geriet Tom ins Stolpern wie ein Reh auf Eis. Sie sah zu ihm hoch. Seine Nachtschwalbe saß entspannt auf seiner Schulter, bei jedem Schritt ruckte ihr Kopf auf und ab, als würde sie schlafen.

»Alice«, flüsterte Tom mit etwa tausend Dezibel, »ich glaube, Holly ist jetzt an einem besseren Ort.«

»Ja«, antwortete sie bedrückt. »Ich auch.«

»Das Labyrinth …«, sagte er und drückte sie mit dem Arm, den er um ihre Schultern geschlungen hatte, »das war eine gute Idee … und der Wein auch.« Er gestikulierte mit einem Finger, konnte die Augen aber nicht richtig fokussieren. »Eine sehr gute …«

Sein Fuß stieß gegen seinen eigenen Knöchel, und er kippte zur Seite. Auch Alice verlor das Gleichgewicht, und sie gingen zu Boden, Arme und Beine ineinander verheddert.

»Wir sind umgefallen«, stellte Tom mit einem schiefen Grinsen fest.

Entnervt sah sie zu ihm hinüber, wie er ausgestreckt neben ihr auf der Wiese lag, ein Bein über ihres geschlungen. »Gut erkannt.«

Sie setzte sich auf, zupfte Gras und Blumen aus ihren zerzausten Haaren und warf sie nach ihm. Sie landeten auf seinem Gesicht, und er spuckte schwach protestierend ein Gänseblümchen aus.

»Hallo, Alice.«

Überrascht wirbelte sie herum, und alles – Tom, Bea, die Gärten, die Gebäude um sie herum – schwand dahin. Ihr Magen zog sich zusammen, und als sie sich aufrappelte, stellte sie fest, dass ihr Herz wild schlug wie ein eingesperrter Schmetterling. Alle Gedanken waren aus ihrem Kopf verschwunden.

Crowley.

Er stand im Schatten des Arlington Building, seine Haare so lang, dass sie seine Ohren vollständig verdeckten und ihm in die Augen fielen. Sein Blick wanderte mit feuriger Intensität über ihre zerzausten Haare, ihr zerknittertes Hemd und ihre bloßen Füße, nahm alles begierig auf.

Obwohl es dafür eigentlich zu warm war, trug er wie üblich seinen langen dunkelgrünen Mantel, ein weißes Hemd darunter, eine schwarze Hose und abgewetzte Stiefel. Auf seinen Wangen zeigte sich die erste Andeutung von Bartstoppeln, und Alice' Finger kribbelten bei der Vorstellung, mit der Hand darüber zu streichen.

»Was machst du denn hier?«, fragte sie verblüfft. Sasha hätte zu Besuch kommen sollen, nicht Crowley.

»Ich wollte dir gratulieren«, murmelte er. »Ich habe von deiner erfolgreich abgeschlossenen Prüfung gehört, und ich wollte ...«

Er verstummte, und sie starrten einander schweigend an. Ein ganzes Jahr lag zwischen ihnen. Ein Jahr, in dem sie nicht miteinander gesprochen hatten, in dem sie ihre Wunden geleckt und versucht hatte, ihm seine Lügen zu verzeihen – vergeblich. Ein Jahr, in dem sie mit allen in Coram House wieder Kontakt aufgenommen hatte, nur nicht mit ihm.

»Ich wollte dein Gesicht sehen«, sagte er leise und musterte sie von Kopf bis Fuß, als hätte er nur diese eine Chance, sie sich ins Gedächtnis einzuprägen.

Dann richtete er sich zu seiner vollen Größe auf, und sein Blick fiel auf Tom, der immer noch neben ihr im Gras lag. Einen Moment stand er vollkommen reglos da, dann lächelte er ihr zu. »Ich ... freue mich für dich«, sagte er und nickte, als würde ihm langsam alles klar. »Ich werde nicht länger stören« – er trat einen Schritt zurück –, »aber ich hoffe, du weißt, dass ich dir ... nur das Beste wünsche.« Sein Gesicht nahm einen harten Zug an, und er nickte steif, dann wandte er sich so rasch ab, dass sich sein Mantel hinter ihm blähte.

Alice reagierte zu langsam, immer noch völlig entgeistert, ihn nach so langer Zeit wiederzusehen. Es dauerte einen Moment, bis seine Worte zu ihr durchdrangen. Er dachte, sie wäre mit Tom zusammen.

»Crowley, warte!«, rief sie und rannte los, blieb dann aber wie angewurzelt stehen und sah ihm nach. Sie schaffte es nicht, ihm nachzueilen und ihm zu erklären, dass das Ganze nur ein Missverständnis war. Ihre Kehle war wie zugeschnürt, so viele Gefühle stürzten gleichzeitig auf sie ein – doch ihre Füße bewegten sich einfach nicht.

Reglos sah sie zu, wie er zwischen den Bäumen verschwand.

»Eugene wird außer sich vor Wut sein!«, rief Bea, die in diesem Moment in den Hof gerannt kam und fast über Tom stolperte.

Alice drehte sich zu ihr um, verstand aber kein Wort.

»Ich habe all seine Heckenenten vernichtet und stattdessen einen Fuchs kreiert, der aussieht, als hätte er sie gefressen«, keuchte sie mit einem selbstzufriedenen Grinsen. »Morgen Nacht lasse ich sie wieder nachwachsen«, sagte sie und wedelte mit der Hand, während sie versuchte, wieder zu Atem zu kommen, »aber das geschieht ihm recht, nachdem er meine Bücher unter Wasser gesetzt hat.«

Alice schwieg. Eine leise Stimme in ihrem Kopf schrie sie an, Crowley nachzulaufen. Aber eine lautere hielt sie zurück.

»Was?«, murmelte sie.

Bea zog die Stirn kraus. »Du siehst aus, als hättest du einen Geist gesehen.« Sie sah auf Tom hinunter. »Komm, helfen wir diesem Trunkenbold auf, bevor er auf dem Rasen einschläft.«

Alice nickte und machte einen Schritt auf die beiden zu. Sie fühlte sich, als wären ihre Ohren voller Wasser. Crowley war hier gewesen. Crowley war hergekommen, um sie zu sehen, um ihr zu gratulieren, und sie ließ ihn einfach gehen. Sie schluckte schwer und versuchte, das Gefühl abzuschütteln. Sie *hatte* ihn gehen lassen. Das war der Sinn des Ganzen.

»Jeder einen Arm«, wies Bea sie an, und die leeren Weinflaschen in ihrer Tasche klirrten, als sie sich zu Tom hinunterbeugte. Alice ging zu ihr und bückte sich, um zu helfen.

»Auf drei«, sagte Bea. »Eins … zwei …«

Der Boden unter ihnen erbebte. Das Gras und die Erde zwischen Alice' nackten Zehen vibrierten – erst ganz leicht, dann immer stärker; ein anhaltendes Rumoren tief unter der Erdoberfläche. Alle Blumen erzitterten, und die Maulbeeren fielen vom Baum und hüpften über den Hof. Mit einem leisen Schreckenslaut taumelte Alice zurück und versuchte verzweifelt, das Gleichgewicht zu halten, als etwas unter ihren Füßen aufstieg. Das Gras, erkannte sie im nächsten Moment. Frisches Gras wucherte rapide aus dem Boden, bis es ihr fast an die Hüfte reichte. Und dann, genauso schnell wie es angefangen hatte, hörte es wieder auf – das Beben, das Wachstum, alles –, und im Hof kehrte Stille ein.

»Was war das?«, flüsterte Alice atemlos.

»Ich glaube, das war … ein kleines Erdbeben«, keuchte Bea.

»Und … ist so was normal in der Rookery?«, fragte Alice und starrte verblüfft auf die umgedrehten Kornkreise um sie herum.

Bea schüttelte den Kopf. »Nein«, sagte sie stirnrunzelnd. »Nein, ganz und gar nicht.«

8

Am Montagmorgen bildeten Reids Haare ein Desaster epischen Ausmaßes. Sie stieß die Tür zum Labor auf, und ihre Absätze donnerten über den Boden, als sie zu ihrem Schreibtisch stürmte und einen Stapel Papier und eine Tasse Kaffee darauf knallte. *Mayday. Mayday. Tornado der Stufe fünf nähert sich.* Alice widerstand dem Drang zu lachen – wenn Reid eine ihrer Launen hatte, konnte sie selbst hörbares Atmen in Rage versetzen. Dabei war es nicht Alice' Schuld, dass ihre Nase manchmal pfiff.

Alice ignorierte die Wut, die von ihrer Chefin ausstrahlte, so gut es ging, und machte sich weiter Notizen. Jetzt, da sie den ersten Teil der Prüfungen geschafft hatte, hatte Bea ihr einiges an Lektüre über eine von Haus Mielikkis wichtigsten Verpflichtungen geschickt: die Pflege und Überwachung des Sommerbaums – angesichts des Mini-Erdbebens war Bea ganz besonders erpicht darauf, dem nachzugehen. Alice durfte Bea nur bei ihrer Arbeit zusehen, aber dennoch hatte sie das Gefühl, dass sie eine unsichtbare Barriere überwunden hatte, als stehe sie schon mit einem Bein in Haus Mielikki. Sich auf diese Gelegenheit zu stürzen war eine willkommene Ablenkung. So zerbrach sie sich nicht die ganze Zeit den Kopf über ihre Begegnung mit Crowley – und den Brief in ihrer Tasche.

Bei dem Gedanken verspürte sie den starken Drang, ihn herauszuholen und zum fünften Mal zu lesen, widerstand dem Impuls jedoch. Er war heute Morgen angekommen, mit einem Poststempel aus Mayo. Als sie Irland verlassen hatte, hatte sie mit ihren Eltern ausgemacht, dass sie ihnen nicht schreiben würde. Post aus der Rookery wurde nach London transportiert und von dort aus verschickt, und Alice konnte nicht riskieren, dass Sir John Boleyn den Brief abfing und zur neuen Adresse ihrer Eltern zurückverfolgte. Es war eine schwierige Entscheidung gewesen, aber eine notwendige. Sie konnte sie nur kontaktieren, wenn sie nach London reiste und anrief. Der einzige Lichtblick war, dass ihre Eltern ihr über ein spezielles Postfach für Rookery-Post schreiben konnten.

Ihr Stift stieß ein Loch ins Papier, und sie blickte überrascht auf. Offenbar war sie doch zu abgelenkt. Und sie konnte sich keine Ablenkungen erlauben. Vielleicht sollte sie dem Drang noch einmal nachgeben … Mit einem Seufzen zog sie den Brief aus der Tasche und faltete ihn auseinander. Die schnörkelige Handschrift ihrer Mutter sprang ihr entgegen.

… aus dem Nichts aufgetaucht, genau wie beim letzten Mal … mit seinen langen Haaren und diesem Mantel … Dein Dad hätte ihm fast eine verpasst! … darauf bestanden, uns zu zeigen, wie das geht … die Klotür unten, und wenn wir dort durchgehen, landen wir direkt im Lieblingspub deines Vaters in Westport … Fluchtplan, nur zur Sicherheit … habe deinen Vater gewarnt, dass er sie nicht benutzen darf, um sich ein Guinness zu holen … Ob du es glaubst oder nicht, er hat angeboten, das Haus zu verstecken … weiß nicht, was für Magie … aber der Postbote würde uns nie finden, wenn das Haus unsichtbar wäre! … Er wollte nicht, dass wir dir sagen, dass er hier war, aber …

Crowley hatte ihre Eltern am Sonntag besucht – einen Tag, nachdem sie ihm begegnet war –, um für ihre Sicherheit zu sorgen. Er hatte ein besonderes Talent fürs Reisen, aber wie er es geschafft hatte, ihnen einen Fluchtweg zu ermöglichen, ohne dass sie durch die Leere mussten, war ihr schleierhaft. Alice las die letzten paar Zeilen noch einmal – bestimmt hatte ihre Mum übertrieben. Er konnte doch unmöglich ihr Haus verstecken. Plötzlich hatte sie Schmetterlinge im Bauch, vertrieb sie aber schnell. Er hatte gedacht, sie wäre mit Tom zusammen, und dennoch hatte er sich die Mühe gemacht, für die Sicherheit ihrer Eltern zu sorgen. Sie atmete langsam aus.

»Würden Sie *bitte* mit diesem fürchterlichen Pfeifen aufhören«, blaffte Reid. »Wir sind hier nicht in der Werkstatt der sieben Zwerge.«

Alice warf ihr einen ärgerlichen Blick zu. »Ich hab nun mal zu enge Nebenhöhlen«, erwiderte sie gereizt, faltete den Brief wieder zusammen und steckte ihn zurück in ihre Tasche.

»Tja, dann sind Sie hiermit gefeuert«, konterte Reid, leerte ihren Kaffee und stürmte zum Fenster, um es zuzumachen.

Alice starrte die Professorin schockiert an. Reids Wutanfälle beinhalteten für gewöhnlich Scherben und zertrümmerte Keramik, keine provokanten Bemerkungen. Aber sie würde sich nicht von ihrer schlechten Laune unterkriegen lassen. Den dritten Morgen in Folge hatte sie sich beim Aufstehen nicht krank gefühlt: keine Übelkeit, kein Fieber. Das hatte sie dem Bindungstrank zu verdanken, da war sie sich vollkommen sicher; er heilte sie von Tuonis Einfluss.

»Sie können mich nicht feuern, weil ich *atme*«, erwiderte Alice. »Das ist nicht legal.«

Reid hatte einen Zigarettenhalter hervorgeholt und wedelte damit herum, während sie mit der anderen Hand ein Streichholz anzuzünden versuchte. »Liebes, ob etwas legal ist oder nicht, interessiert hier niemanden«, sagte sie in herablassendem Ton. »Sie drohen auch damit, mich zu feuern.«

Alice runzelte die Stirn. Vielleicht meinte es Reid wirklich ernst.

»Wer sind *sie*?«, fragte Alice.

Reid zuckte die Achseln. Sie beugte sich aus dem Fenster, einen Ellbogen aufs Fensterbrett gestützt, den Zigarettenhalter lässig zwischen zwei Fingern eingeklemmt, nahm einen tiefen Zug und blies den Rauch über die Schulter zurück ins Zimmer.

»Die Magellan Estate«, erklärte sie, starrte aber weiter aus dem Fenster. Alice musterte sie angestrengt und versuchte herauszufinden, ob sie bluffte. »Ihnen gefällt die Richtung nicht, die meine Forschung eingeschlagen hat. Anscheinend zu speziell für sie, und nicht genug sichtbarer Fortschritt.« Sie hielt einen Moment inne, dann fügte sie bitter hinzu: »Was wissen die schon? Wenn es einer Begutachtung standhalten soll, *muss* es speziell sein, um gründlich erforscht werden zu können! Diese Idioten an der Sorbonne werden sich kaputtlachen, wenn mir schon wieder die Finanzierung für meine Forschungsarbeit entzogen wird.«

Reid drehte sich abrupt um, und Alice war überrascht, wie verletzlich sie aussah. Sie schien übers Wochenende geschrumpft zu sein. Ihre Haare waren völlig außer Kontrolle geraten, und die übergroßen Schulterpolster in ihrem Anzug ließen sie winzig erscheinen.

Die Professorin zuckte die Achseln und drückte ihre Zigarette auf dem Fenstersims aus. »Nur das Aus für mein Lebenswerk, nichts weiter«, seufzte sie, dann schlug sie das Fenster zu und griff nach ihrer Tasse, fegte sie aber stattdessen vom Tisch. Sie zerschellte am Boden. Mit einem genervten Stöhnen wedelte Reid mit der Hand, und die Tasse setzte sich wieder zusammen. Bei ihren ständigen Wutausbrüchen hatte Reid wirklich Glück, dass sie Haus Pellervoinen angehörte – ansonsten hätten sie die Unmengen von zerschmetterten Tassen, Tellern und Fenstern wahrscheinlich längst in den Ruin getrieben.

»Holen Sie mir einen Kaffee«, befahl Reid und knallte die reparierte Tasse auf Alice' Schreibtisch. »Nehmen Sie wieder die Arabica-Bohnen.«

»Ich arbeite nicht mehr für Sie«, erinnerte Alice sie seufzend. »Sie haben mich gerade gefeuert.«

»Na schön. Sie sind wieder eingestellt. Kein Zucker.«

Alice klappte ihr Notizbuch zu und kämpfte gegen die Versuchung an, Reid eins auszuwischen und einfach zu gehen. Sie schuldete der Professorin nichts, aber sie hatte sich wohl an ihre wilden Stimmungsschwankungen gewöhnt. Und sie hatte Mitleid mit ihr; es musste anstrengend sein, die ganze Zeit Reid zu sein. »Sagen Sie mir, wie ich Ihnen mit Ihrer Forschung helfen kann«, bot sie in nur leicht missmutigem Ton an. »Wenn wir Ihr Projekt retten, wird vielleicht keine von uns ihren Job verlieren.«

Reids Augen wurden schmal. Sie setzte zu einer Antwort an, schüttelte dann aber nur den Kopf.

»Ich habe monatelang nur den Kopierer bedient und Unterlagen eingeordnet«, beharrte Alice. »Ich bin durchaus in der Lage, Sie bei Ihrer Forschung zu unterstützen und zu notieren, was ich herausfinde – wenn Sie mich nur helfen lassen.«

»Sie haben meine Entwürfe korrekturgelesen«, erwiderte Reid entrüstet. »Ich habe Sie durchaus mit einbezogen.«

»Sie haben mich auf Armlänge weggehalten«, widersprach Alice. »Aber na gut.« Sie zuckte die Achseln und wandte sich ab. »Ganz wie Sie wollen.«

»Ich ...«, setzte Reid an, verstummte dann aber.

Alice wartete, und plötzlich beschlichen sie Zweifel. Vielleicht hätte sie nicht ihre Hilfe anbieten sollen; eigentlich war sie ganz zufrieden mit ihrem derzeitigen Arrangement und dem Freiraum, den sie dadurch hatte, um ihren eigenen Interessen nachzugehen.

»Ich habe über Magellans veröffentlichten und unveröffentlichten Manuskripten gebrütet«, sagte Reid schließlich in grimmigem Ton und deutete auf das Schränkchen aus Marmor und getöntem Glas unter ihrem Schreibtisch. »Seine Briefe, seine Notizen – alles aus seinem Anwesen. Aber irgendetwas fehlt.« Sie strich sich eine verirrte Locke aus dem Gesicht. »Sie haben meine letzte Arbeit gelesen? Sie sind auf dem neuesten Stand?«, fragte sie skeptisch.

»Ja.« Alice nickte, obwohl sie sich leicht bevormundet fühlte. »Sie war sehr interessant«, log sie. Es war nicht das Thema, das sie gelangweilt hatte, sondern Reids Schreibstil.

Reid ergründete Magellans Überzeugung, dass die Seele aus drei Teilen bestand. Die meisten modernen Religionen vertraten die Ansicht, dass die Seele eine einzige vollständige Einheit war, doch Magellan hatte die Welt bereist und Menschen aller möglichen Glaubensrichtungen getroffen. Als er in die Rookery zurückgekehrt war und *Sielun* geschrieben hatte, war er überzeugt gewesen vom Dualismus der Seele – dass ein Mensch mehrere Seelen haben konnte, jede mit einer anderen Funktion. Anfangs hatte es ihm der chinesische Daoismus angetan und der Glaube, dass jeder Mensch zwei Seelen hatte; das spirituelle *hun*, das den Körper nach dem Tod verließ, und das materielle *po*, das beim Körper blieb. Aber letztlich war er zu seinen Wurzeln zurückgekehrt. Sein Glaubenssystem basierte auf dem frühen finnischen Glauben an eine Seele mit drei Teilen – bestehend aus *henki, luonto* und *itse*. Reids Projekt hatte ein einziges Ziel: zu beweisen, dass Magellan mit seinem Dualismus der Seele richtiglag.

»Und Sie haben *Sielun* gelesen?«, fragte Reid barsch.

Alice starrte sie an. Reids Unfreundlichkeit steigerte nicht gerade ihre Bereitschaft, ihr zu helfen. »Ja«, antwortete sie in eisigem Ton. »Woran hapert es? Was denken Sie, was Ihnen fehlt?«

Reid runzelte die Stirn, als wäre das offensichtlich. »Alles. Ich konnte nicht beweisen, dass die Seele drei Teile hat, ganz zu schweigen von ihren Funktionen. Das Problem ist, dass ich etwas zu beweisen versuche, wofür ich blind bin. Eine Seele kann man nicht sezieren wie ein Chirurg ein Herz, weil man sie weder sehen noch berühren kann.«

Alice' Wangen brannten. Zwar sah sie nicht die Seelen selbst, aber sie war bestens vertraut mit Nachtschwalben, und die spiegelten die Seelen wider, die sie bewachten.

»Ich habe Duncan MacDougalls altes Einundzwanzig-Gramm-Experiment genauestens studiert«, fuhr Reid fort. »Er hat den Körper vor und nach dem Tod gewogen und herausgefunden, dass er danach leichter ist – daraus lässt sich folgern, dass sich das Gewicht verringert hat, als die Seele den Körper verlassen hat. Er war der Überzeugung, er habe bewiesen, dass die Seele einundzwanzig Gramm wiegt. Heißt das, dass jedes von Magellans drei Teilen der Seele – *henki, itse* und *luonto* – sieben Gramm wiegt? Oder war MacDougalls Experiment fehlerhaft? Er hat behauptet, das Gewicht vor und nach dem Tod wäre gleich geblieben, als er den Versuch mit Hunden durchführte, und ich weigere mich zu glauben, dass ein Hund keine Seele hat.«

Alice dachte an ihre alten Westies Bo und Ruby, die bei ihren Eltern in Irland lebten, und musste ihr zustimmen.

»Tiere und Pflanzen müssen zumindest die *henki*-Seele haben, die ...«

»*Pflanzen* haben eine Seele?«, fragte Alice fassungslos. Bei den Hunden stimmte sie Reid zu, aber die Vorstellung, dass Nesseln eine Seele hatten, ging ihr doch zu weit.

»Alles, was lebt, hat eine Seele«, erwiderte Reid ungehalten. »Die Seele haucht der körperlichen Hülle Leben ein – ohne sie wäre der Körper nur ein Sack aus Haut und Knochen. Magellan zufolge ist die Seele, die dem Körper Leben verleiht, als *henki* bekannt. Ohne sie sterben wir.«

Alice zog nachdenklich die Stirn kraus. Sie war doch eingerosteter, als sie gedacht hatte, was den Unterschied zwischen den drei Teilen der Seele anging. Vielleicht sollte sie Magellans *Sielun* genauer studieren, wenn sie Mitglied von Haus Mielikki war. Sofern sie die Prüfungen überlebte.

»Aber es ist möglich, ohne die anderen beiden Teile der Seele zu leben – *itse* und *luonto*«, fuhr Reid fort, »denn sie verleihen uns kein Leben, sondern Persönlichkeit. Sie bestimmen, wer wir sind.«

Reid hielt inne, um Luft zu holen, und starrte in die Ferne. Alice trat unbehaglich von einem Fuß auf den anderen.

»Ich dachte, ich komme dem Ziel näher«, murmelte Reid. »Aber letztlich ist das alles nur Spekulation.« Sie schwieg einen Moment, ihr Blick glasig. »Und die Magellan Estate interessiert sich nicht wirklich für meine Forschung. Ihnen geht es nur um Ruhm und Auszeichnungen. Sie scheren sich nicht um die praktischen Grundlagen dieser Arbeit oder die Tatsache, dass *mein* Ruf leidet, wenn die Theorie widerlegt wird, weil ich Lücken in meiner Beweisführung habe.« Sie schüttelte verbittert den Kopf. »Magellan hatte den Vorteil, dass er ein Aviarist war. Wenn ich seine Theorie ohne derartige Hilfsmittel beweise, werde ich ihn überflügeln. Ich werde sie *alle* überflügeln.«

Ihr Blick wanderte zu Alice, die bei ihren letzten Worten rot geworden war. Reid runzelte die Stirn, als überrasche es sie, dass Alice immer noch zuhörte. Abrupt richtete sie sich auf und räusperte sich. »Wollen Sie Ihren Job behalten? Dann machen Sie sich nützlich. Sie müssen ein paar von Magellans Notizen für mich kopieren. Das Anwesen hat den letzten Schwung seiner Aufzeichnungen geschickt, und ich nehme die Originale aus dem Labor nur ungern mit. Ich arbeite bis spätabends, und Rotwein und unersetzliche Dokumente vertragen sich nicht gut.«

Alice starrte sie verdrossen an, doch schließlich tat sie es mit einem mentalen Achselzucken ab. Also gut. Sollte Reid doch ohne sie weiterkämpfen. Alice hatte Wichtigeres zu tun. Da sie sich auf die zweite Prüfung vorbereiten und Beas Sommerbaum-Pflichtlektüre durchackern musste, hatte sie schon mehr als genug um die Ohren. Und deshalb durfte sie auch nicht ständig an Crowley denken. Keine Ablenkungen. Sie musste alles daransetzen, Mitglied von Haus Mielikki zu werden. Später war noch genug Zeit, um sich den Kopf über Magellan, die Sicherheit ihres Jobs und Reids mangelndes Interesse an Teamwork zu zerbrechen.

Also nahm sie Reids Notizen entgegen. Ausflüge zum Kopierer gaben ihr immer Zeit zum Nachdenken. Die Ditto Machine war ein uralter Matrizendrucker, ein Kopierer der ganz alten Schule, der im Reprografie-Raum des Arlington Building aufbewahrt wurde. Wie die Architektur und die Kleidung war auch der wissenschaftliche und technologische Fortschritt der Rookery in den 30ern hängen geblieben. Kurz hatte Alice mit dem Gedanken gespielt, die Stadt mit Londons Technik zu revolutionieren, Steve Jobs Erfindungen zu importieren und stinkreich zu werden. Doch leider stammte das Stromnetz auch aus dem Mittelalter und erzeugte kaum genug Energie für einen Taschenrechner.

»Und bringen Sie mir auf dem Rückweg den Kaffee mit«, sagte Reid und drückte ihr einen Ordner in die Hand. »Nehmen Sie die ...«

»Arabica-Bohnen«, beendete Alice den Satz und nahm ihre eigenen Notizen. »Ja, ich weiß.«

Sie hatte beschlossen, einen Abstecher zu machen und auf dem Rückweg bei Bea vorbeizuschauen. Morgen nach der Arbeit würden sie sich den Sommerbaum ansehen, und Alice wollte sichergehen, dass sie alles hatte, was sie brauchte.

9

Später am Abend saß Alice in ihrem Zimmer, als sie durch die Wand plötzlich Geräusche hörte: Schubladen, die geöffnet und geschlossen wurden, knarrende Schranktüren, gedämpfte Stimmen. Sie räumten Hollys Wohnung aus. Nicht Eugene, der Hausmeister – ihre Familie. Alice zögerte, unsicher, ob sie anklopfen und ihnen ihr Beileid aussprechen oder sie in ihrer Trauer lieber in Ruhe lassen sollte.

Als etwas mit einem lauten Krachen zerbrach – ein Spiegel, eine Vase? – und Bruchstücke einer aufgebrachten Diskussion zu ihr durchdrangen, entschied sie, dass jetzt nicht der richtige Zeitpunkt war, ihnen einen Besuch abzustatten.

»Fahrlässigkeit«, schimpfte eine Frau. »Lester ... Schuld ... was immer er behauptet ...«

»... kann nicht einfach ...« Eine tiefe maskuline Stimme, die sich um Geduld bemühte. »... Runner werden nicht ... Zivilklage ...«

»... nicht genug!«

Alice atmete tief durch. Hollys arme Familie. Die Stechpalme, die sie als Andenken gepflanzt hatten, erschien so belanglos angesichts ihres unermesslichen Kummers. Alice zog sich um, legte sich ins Bett und dachte dabei an ihre Eltern – wie sie fröhlich in ihrem neuen Cottage herumfuhrwerkten, lernten, Treacle Bread zu backen, und ein altes Auto wieder in Schuss brachten. Sie wollte nicht, dass sie je in die Situation gerieten, in der sich Hollys Eltern befanden: völlig am Boden zerstört durch die Nachricht, dass ihre Tochter tot war. Sie schloss die Augen und kuschelte sich unter die Decke. Gott, sie vermisste ihre Eltern so sehr. Ein plötzliches, dringendes Bedürfnis zwang sie aufzustehen. Kurz entschlossen sprang sie aus dem Bett und zog die oberste Schublade der Kommode auf. Zwischen Socken und Unterwäsche eingebettet – und dem Brief ihrer Mum über Crowley – fand sie die kleine Ringschatulle, die sie bei Hollys letztem Besuch weggeräumt hatte.

Alice öffnete sie, nahm den Ring behutsam heraus und steckte ihn an den Finger. Ein etwas zu großer ovaler Siegelring mit abgegriffenem Muster, das sich unter Schrammen und Kratzern auf der matten goldenen Oberfläche verbarg. Der Ring ihrer Mutter. Sie hatte ihn ihr gegeben, als sie Irland verlassen hatte. Alice hatte ihre Mum den Ring nie tragen sehen – sie hatte immer gesagt, er sei ein Erbstück, daher habe er einen zu großen sentimentalen Wert. Er sah arg mitgenommen aus, aber als sie wieder unter die Decke schlüpfte, war es ein Trost, ein sichtbares Andenken an ihre Eltern bei sich zu haben.

Rotes Haar flatterte am Rand von Alice' Blickfeld. Erwartungsvoll streckte sie die Hand aus, griff danach. Es strich über ihr Handgelenk, weich und seidig. Sie lächelte erleichtert, und ihre Lippen formten ein Wort. *Jen.* Doch ihre Stimme entzog den Haaren ihre Farbe. Sie verblassten zu einem bleichen Blond und brachen unter ihrer Berührung ab. Plötzlich hielt sie ein Büschel davon in der Hand. Voller Entsetzen starrte sie darauf. Jens Haare? Hollys Haare? Ein glockenhelles Lachen erklang, und dann eine röchelnde Stimme: »Alice ... Denk nicht mal daran, meine Bestzeit zu übertreffen!«

Keuchend fuhr sie hoch, die schweißdurchnässten Laken fest umklammert, und sah sich mit wildem Blick um. Das Zimmer war dunkel, überall um sie herum lauerten Schatten. Hastig schaltete sie ihre Nachttischlampe ein, um sie zu vertreiben, dann ließ sie sich auf die Kissen zurücksinken. Ihr Herz hämmerte. Ein sanfter Luftzug liebkoste ihre Stirn, und sie blickte dankbar zu dem weißen Vogel hoch, der auf dem Kopfende ihres Bettes saß und mit den Flügeln schlug, um ihre erhitzte Haut abzukühlen.

»Danke«, murmelte sie widerwillig, ihre Kehle staubtrocken.

Der kleine Vogel legte die Flügel an und kam näher. Sein Gefieder war so hell, dass es von innen zu leuchten schien. Plötzlich wusste sie, wie sie ihn nennen wollte, biss sich aber auf die Zunge. Ihm einen Namen zu geben würde bedeuten, ihn anzuerkennen – ihn und alles, wofür er stand. Ihre Nachtschwalbe hob majestätisch den Kopf und gurrte leise, wie um ihr Trost zu spenden, und Alice bekam ein schlechtes Gewissen. War es nicht unfair von ihr, sie immer auf Distanz zu halten?

»Dein Name … ist *Kuu*«, murmelte sie und hob ihre zittrige Hand, um sie zu streicheln. »Weil das der Ton ist, den du machst, wenn du dich um mich sorgst. Und *Kuu* heißt ›Mond‹. Fahl, leuchtend, in der Luft schwebend. Mit einer dunklen Seite, die niemand sehen kann.« Sie musterte ihren Seelenvogel eingehend. »Ja. Dein Name ist definitiv Kuu.«

Als Antwort zwitscherte ihre Nachtschwalbe und schmiegte sich in ihre Hand, als wolle sie ihre Zuneigung ausdrücken. Mit einem tiefen Seufzen schaltete Alice das Licht wieder aus, lag angespannt in der Dunkelheit und starrte auf das Muster an ihrer Decke. Das Mondlicht wurde von den langen Schatten der Bäume draußen im Garten überlagert. Der Wind rauschte durch ihre Blätter, und die Schatten bewegten sich, sodass ihre Decke vor Leben zu pulsieren schien.

Sie hatte seit Monaten nicht mehr von Jen geträumt. In Irland hatten sie fast jede Nacht flüchtige Visionen von roten Haaren geplagt, die unter ihrer Berührung grau und leblos wurden. Jedes Mal wachte sie schweißgebadet, mit einem Gefühl drohenden Unheils auf – aber als sie in die Rookery zurückgekehrt war, hatte sich diese Angst gelegt. Sie hatte es als gutes Zeichen gewertet, dass die Albträume aufgehört hatten. Doch jetzt verfolgte Holly sie in ihren Träumen.

Sie seufzte und schloss die Augen, konzentrierte sich auf das Rauschen des Windes und das Lied ihrer Nachtschwalbe. Wenn sie genau hinhörte, konnte sie hin und wieder das Rumpeln eines Busses auf einer weit entfernten Straße und das Klippklapp von Pferdehufen ausmachen. Unter den leisen Geräuschen der Stadt verbarg sich noch etwas anderes: das Krachen und Splittern von Holz… Alice zog irritiert die Stirn kraus. Das kam nicht von den Kronen der Maulbeerbäume, die sich im Wind bogen. Nein, das war etwas anderes. Etwas viel Näheres.

Ihre Nachtschwalbe schrie eine Warnung, und Alice sprang instinktiv auf. In ihrer Hast landete sie unglücklich und trat mit der Hacke in eine Furche im Holzboden. Ein wüstes Fluchen unterdrückend warf sie sich zur Seite und presste sich mit dem Rücken an die Wand. Angestrengt spähte sie in die Dunkelheit – wo kam das Geräusch her?! Ihr Adrenalinspiegel schoss in die Höhe. Irgendetwas war *in ihrem Zimmer.*

Auf ein Handzeichen von ihr erschien ihre Nachtschwalbe auf ihrer Schulter.

»Vogelsicht«, flüsterte sie ihr zu.

Die Nachtschwalbe erhob sich in die Lüfte, während Alice sich auf ihren Atem konzentrierte und das leuchtende Band an ihrem Handgelenk umfasste. Es pulsierte warm in ihrem Griff, und sie schob ihren Geist in die Verbindung. Ihre Sicht schnellte durch die Lichtschnur wie durch einen Tunnel und katapultierte ihr Bewusstsein in ihren Seelenvogel.

Durch Kuus Augen suchte Alice das Zimmer nach dem Ursprung des Geräuschs ab. Von ihrer hohen Warte schärfte sich ihr Gespür für das Zimmer: die Zwischenräume, die Anordnung der im Dunkeln verborgenen Möbel, die Stille… Doch es war nicht vollkommen still. Zuerst sah sie die Bewegung kaum: ein diffuses Flackern am Fenster… dann ein Schatten, der langsam über den Boden auf sie zukroch.

Etwas Langes, Schmales streifte ihr Bein, strich über ihre Haut wie tastende Finger. Es kroch über ihren nackten Fuß und wand sich um ihr Fußgelenk… Schlagartig kehrte ihr Bewusstsein in ihren Körper zurück, und sie taumelte. Sie fühlte sich schwerfällig und behäbig, alle Leichtigkeit fiel von ihr ab. Hilflos angesichts ihrer ungelenken Hülle musste sie mitansehen, wie eine Ranke auf sie zuschnellte und sich um ihr anderes Fußgelenk wand. Sie wich zurück, doch ein weiterer Ast schlang sich um ihr Bein und zog sich immer fester zusammen, schnürte die Blutzufuhr ab und befeuerte ihre Schmerzsensoren, bis sie aufschrie. Der Boden… Der Boden war *am Leben*. Eine verworrene Masse aus Ästen, Zweigen und Ranken wand sich darüber, und aus dem Fensterrahmen quollen immer mehr. Das war der Ursprung: der verzierte Fensterrahmen, den sie so liebevoll gestaltet hatte, um mit ihren Mielikki-Fähigkeiten zu üben und ihrem Zimmer mehr Persönlichkeit zu verleihen.

Ein Ast schlang sich um ihren Oberkörper, ein weiterer um ihr Handgelenk. Verzweifelt versuchte sie, sie abzureißen, aber ihr schraubstockartiger Griff verstärkte sich nur noch. Eine dornige Ranke glitt über ihre Wirbelsäule und wand sich um ihre Schulter, und da sah Alice, dass sie mit Rosen bewachsen war. Hollys Rosen. Ihre Augen weiteten sich vor Entsetzen.

»Was zur Hö…«

Die Ranke schlang sich um ihren Hals und drückte zu, erstickte ihren Protest.

147

Mit ihrer freien Hand griff sie sich an den Hals, zerrte fieberhaft an den Ranken, aber sie verflochten sich, sodass die Dornen in ihre ungeschützte Haut stachen.

Alice' Nachtschwalbe kam ihr mit ausgefahrenen Krallen zu Hilfe, hackte auf das Holz ein, pickte und riss mit ihrem Schnabel an der Rinde. Doch es war hoffnungslos, die Äste zogen sich immer fester zusammen. Alice hing wie eine Fliege im Netz. Sie bekam kaum noch Luft, und der Raum drehte sich um sie wie ein Karussell. Sterne tanzten vor ihren Augen. *Scheiße.* Sie konnte nicht ... konnte nicht atmen. Ihre Holzarbeit – ausgerechnet ihre verdammte *Holzarbeit* hatte sich gegen sie gewandt.

Ihre Gedanken trübten sich, aber sie richtete ihren Blick aufs Fenster, stellte sich vor, wie die Äste und Ranken, die aus dem Holz hervordrangen, zu ihrem Ursprung zurückkehrten und unter ihrem Blick verdorrten. Doch der Druck auf ihre Luftröhre nahm weiter zu, und ihre Konzentration ließ nach. Ihre Hände waren taub, ihr Kopf dröhnte – und ihre Mielikki-Fähigkeiten erwiesen sich als völlig nutzlos. Ihre Beine gaben unter ihr nach, und es kostete sie all ihre Kraft, sich aufrechtzuhalten. Nicht zu fallen. Nicht zu Boden zu stürzen, wo die Ranken sie mit Sicherheit vollständig einhüllen würden.

Ihre Finger krallten erneut nach der Ranke um ihren Hals, und plötzlich erinnerte sie sich an einen anderen Angriff – Ranken, genau wie diese, die Tom im Würgegriff hielten, die unbändige Wut in Lesters Gesicht, als er aus der Universität gestürmt war. Das Treppengeländer. Sie hatte das Geländer unter ihren Händen verrotten lassen. Wenn ihr Mielikki-Vermächtnis sie im Stich ließ, warum sollte sie es dann nicht mit Tuonis versuchen? Sie umfasste die Ranke und versuchte, sie mit Willenskraft dazu zu bringen, zu verwesen – ohne Erfolg. *Warum stirbt dieses verdammte Zeug nicht?* Stattdessen drückte es noch fester zu, und Alice wurde einen Moment schwarz vor Augen.

Ihre Nachtschwalbe zupfte an dem Band um ihr Handgelenk und entfernte sich ein Stück von ihr, drängte sie zu handeln. Verwirrt starrte Alice sie an. Dadurch, dass sie doppelt sah, erschien ihr Kuu viel größer, eine verschwommene Gestalt am Rande ihres Bewusstseins. Der Vogel öffnete seinen Schnabel und stieß einen schrillen Pfiff aus, zog an ihrem Arm, ihren Haaren, ihrer Schulter – und instinktiv oder mit Absicht hob sie ihren freien Arm und schlug ihn weg.

»Hör auf«, ächzte sie. »Verschwinde.«

Und das tat er.

Das Band zwischen ihnen wurde immer dünner, sein Licht matt, aber noch nicht erloschen, als Alice' Nachtschwalbe davonflog. Ein scharfer Schmerz durchfuhr ihre Brust, und sie sackte in sich zusammen. Je fester sich die Ranken zusammenzogen, desto mehr schwand ihr Bewusstsein. Ein Stromstoß durchzuckte ihren Rücken, sie krümmte sich und hauchte, wie sie dachte, den letzten Atem aus.

Doch das war kein Atem; das war etwas vollkommen anderes: Macht und Wille, Dunkelheit und Hunger. Pure Energie, aus dem Gefängnis ihres Körpers befreit … eine Seele im Flug. Und sie schwang sich in die Lüfte – wie ein Vogel, und doch kein Vogel. Ohne Flügel streckte sie sich weit aus, lernte ihre neue Gestalt kennen, eine Milliarde glitzernder Partikel, die in der Luft über dem katatonischen Körper hingen, den sie abgestreift hatte. Auf dem Boden zusammengesunken betrachtete sie ihren Kopf und ihre Schultern von oben, aber diesmal überkam sie keine Übelkeit. Stattdessen fühlte sie sich unfassbar leicht, frei, beflügelt … und hungrig. So hungrig. So kalt. Sie bewegte sich aufs Fenster zu, verzweifelt auf der Suche nach Wärme. Die Äste und Zweige pulsierten vor Leben. Vor Hitze. Sie griff danach, doch sie zerfielen zu Staub und Asche. Die Luft war davon erfüllt, wie graue Schneeflocken schwebten sie an ihr vorbei. Das Flattern weißer Flügel

149

lenkte ihre Aufmerksamkeit ab. Bleiche Schwingen und pulsierendes Licht tanzten um sie herum. Ihre Nachtschwalbe stieß einen Schrei aus, und Alice wich erschrocken zurück. Wich zurück... zurück... in sich selbst.

Ihre Augen öffneten sich schlagartig. Mit einem erstickten Keuchen stürzte sie zu Boden, und eine Staubwolke stieg auf. Staub. Asche. Der Boden war damit bedeckt. Verwirrt strich sie mit dem Finger darüber. Die Ranken und Äste waren verschwunden. Der Fensterrahmen: schlicht und gewöhnlich, zweckmäßig durch seinen Mangel an Dekoration. Nur ein einziges rotes Rosenblatt war noch übrig.

Ihre Nachtschwalbe stieß herab, landete auf dem Boden neben ihr und zwitscherte auf die tröstlichste Art, die man sich vorstellen konnte. Sie hüpfte näher und schmiegte sich in ihre Hand. Der eiserne Griff der Ranken hatte Spuren auf ihrer Haut hinterlassen.

Alice schluckte schwer. Sie hatte ihre Nachtschwalbe weggeschickt. Nicht weit genug, um das Band zwischen ihnen zu zerreißen – aber weiter, als sie sollte. Und durch die Distanz zwischen ihnen war etwas hervorgebrochen, etwas Starkes, Tödliches, das alles Leben, das durch die Äste geströmt war, verzehrt hatte – ihr jedoch das Leben gerettet hatte. Etwas, das sie nicht benennen wollte.

Was stimmt nicht mit mir?

Die Staubschicht auf dem Boden bewegte sich, wie von einem unsichtbaren Wind verweht, und zum Vorschein kamen Buchstaben. Eine Nachricht, frisch ins Holz eingeritzt: MÖRDER. Alice stockte der Atem.

Da knarrten die Dielen draußen vor ihrer Wohnung. Im Korridor waren leise Schritte zu hören. Doch da Holly tot und ihre Familie längst weg war, sollte in diesem Teil der Belegschaftsunterkünfte eigentlich niemand mehr sein. Alice rannte zur Tür, schnappte sich unterwegs den Kricketschläger und riss sie auf.

Der Korridor war leer.

Mit wild hämmerndem Herzen ließ sich Alice an die Wand zurücksinken – ihr Kopf dröhnte, aber ihre Sinne waren in höchster Alarmbereitschaft.

Lester.

Eine heftige Wut packte sie, und sie schlug die Tür zu.

10

»Hörst du mir überhaupt zu?«, fragte Bea auf dem Weg durch die Universitätsgärten und knuffte sie mit dem Ellbogen in die Seite.

Alice zuckte schuldbewusst zusammen – sie war mit den Gedanken ganz woanders gewesen. Ihre Hand legte sich wie von selbst an ihren Hals, wo sich die dornigen Ranken in ihre Haut gegraben hatten. Sie hatte stundenlang über die im Boden eingeritzte Nachricht nachgegrübelt. *Mörder.* Und stundenlang den Fensterrahmen studiert, an dem Hollys Rosen geblüht hatten. Sie erschauderte. Die Nachricht entsprach nicht der Wahrheit. Sie hatte Holly geholfen; daran hegte sie keinerlei Zweifel. Sorgen bereitete ihr vielmehr, wie instinktiv sie gehandelt hatte. Das und die Ungewissheit, ob jemand wusste, was sie in jener Nacht im Hain getan hatte. Doch das schien kaum möglich. Alice hatte selbst kaum gewusst, was sie tat, und niemand hätte sehen können, wie ihre Nachtschwalbe Hollys Lichtschnur durchtrennte – nicht einmal Lester.

Bei ihrer Begegnung im Treppenhaus hatte er mit Vorwürfen um sich geworfen, um den Verdacht von sich abzulenken, und sogar behauptet, sie hätte Hollys Prüfung aus Eifersucht sabotiert. *Ich habe dich gesehen… Ich habe dich beobachtet.* War es möglich, dass er tatsächlich etwas gesehen hatte, das sie verdächtig erscheinen ließ – nicht ihre Nachtschwalbe, aber irgendetwas anderes? Oder nannte er sie nur eine Mörderin, weil er sich bei seinem Sturz von der Treppe das Genick hätte brechen können?

Der Gedanke, dass Lester es noch einmal versuchen könnte, geisterte ihr im Hinterkopf herum, war aber nicht ihre Hauptsorge. Viel schlimmer war die Tatsache, dass ihre Seele einen Augenblick frei gewesen war – oder, wenn Reid und Magellan recht hatten, zumindest ein Teil ihrer Seele. Ihre Nachtschwalbe hatte sie nicht zurückhalten können. Tuonis Vermächtnis war zu stark. Sie musste es dringend unter Kontrolle bringen, sonst würde sie zu einer Gefahr für alle um sie herum werden.

»Juhannus?«, versuchte Bea, ihr auf die Sprünge zu helfen, und ging ihr voraus zur Tür des Geräteschuppens.

Alice warf ihr einen kurzen Blick zu. Sie hatte es nicht über sich gebracht, Bea von dem Angriff zu erzählen. Wenn Lester tatsächlich etwas wusste – selbst wenn er nur bluffte –, konnte sie nicht riskieren, ihre Mentorin und Freundin zu verlieren. Wenn Bea wüsste, was sie war …

»*Alice*«, sagte Bea. »Alles in Ordnung?«

»Was? Oh, sorry. Ich habe nur nachgedacht. Hast du Whitmore gemeldet, was Lester getan hat?« Vielleicht war er verwarnt worden, und das war der Auslöser für letzte Nacht.

Bea schüttelte den Kopf. »Nein. Es würde Tom wahrscheinlich noch mehr runterziehen, wenn er sich dafür verantwortlich fühlen würde, dass diesem Idioten die Mitgliedschaft entzogen wurde. Ich würde Lester am liebsten den Hals umdrehen, Liebes, aber …« Sie seufzte. »Tom hat eine *Mediation* vorgeschlagen.«

Alice starrte sie entsetzt an. Lester hätte Tom fast umgebracht. Wieder wanderte ihre Hand zu ihrem Hals.

»Ja«, sagte Bea mit einem zustimmenden Nicken und scheuchte sie durch die Tür in die Leere. »Genau so habe ich auch geguckt. Aber egal, vergiss den Schwachkopf. Wegen Juhannus …«

Die Tür schloss sich, und Dunkelheit umfing sie, aber vorher sah Alice noch, wie Bea angesichts ihres verständnislosen Gesichts eine Augenbraue hochzog.

»Das Mittsommerfest«, erklärte Bea. »Wir werden nicht zu dem großen Fest im Hyde Park gehen. Da gehen alle hin, und es wimmelt nur so von Studenten. Wir machen bei dem auf Crane Park Island mit – dem Ukon Juhla. Das ist kleiner und intimer. Dort liegt der Fokus mehr auf den traditionellen vorchristlichen Feierlichkeiten – zu Ehren des Donnergottes Ukko, nicht von Johannes »Juhannus« dem Täufer. Außerdem ist das Essen unwiderstehlich. Am River Crane wird es Freudenfeuer – *kokko* – geben, warmes Essen, Drinks, Musik, heidnische Rituale … Du wirst es lieben. Du musst mitkommen.«

Alice zögerte. »Vielleicht.«

Fröstelnd vor Kälte drängte sie sich näher an ihre Mentorin. In der Leere konnte sie ihr Gesicht nicht erkennen, aber sie hörte, wie Bea bei ihrer unverbindlichen Antwort entrüstet Luft holte. Es war nicht so, dass sie nicht mitkommen *wollte*, aber jetzt war einfach nicht der richtige Moment für einen Ausflug. Sie musste sich noch auf zwei Prüfungen vorbereiten, und dann war da auch noch das kleine Problem mit ihrer mörderischen Seele und Lester, ihrem neuen Todfeind.

»Mittsommer ist unser größtes Fest«, sagte Bea voller Inbrunst, »und wir haben nur noch ein paar Wochen zur Vorbereitung.« Sie schüttelte den Kopf. »Es tut mir leid, aber wenn du diese Tradition nicht akzeptierst, bedeutet das das Aus für unsere Freundschaft, und du musst die Rookery für immer verlassen.«

Alice rang sich ein Lächeln ab und gab sich einen Ruck. »Ein bisschen überdramatisch«, sagte sie. »Aber na gut. Ich komme mit.«

»Wundervoll!«, rief Bea begeistert und klatschte in die Hände. »Du hast weniger als eine Woche, um alle Vorbereitungen zu treffen.« Sie öffnete eine gut versteckte Tür, und Licht strömte in die Leere.

»Welche Vorbereitungen?«, fragte Alice misstrauisch, als sie auf eine geschäftige Straße hinaustraten.

Bea lächelte kokett. »Wir sind Singles. Das bedeutet, wir sind Mittsommer-Jungfern, Liebes. Die Tradition besagt, wenn wir sieben Blumen von sieben verschiedenen Wiesen pflücken und sie in der Mittsommernacht unter unser Kissen legen, werden wir im Traum das Gesicht unserer wahren Liebe sehen.« Sie hielt einen Moment inne und zuckte beiläufig die Achseln. »Und wenn du jemanden mit einem hübschen Gesicht sehen willst, dann solltest du die Blumen nackt pflücken.«

»O Gott«, murmelte Alice.

»Wenn du zu einem Fluss gehst – nackt natürlich –, wirst du das Gesicht deiner wahren Liebe im Wasser widergespiegelt sehen.«

Alice stieg die Schamröte ins Gesicht, und sie wandte sich rasch ab. An Romantik dachte sie dieser Tage ebenso selten wie an ... nun, Crowley. Mit anderen Worten: nicht ansatzweise selten genug.

»Ich hätte nicht gedacht, dass du jemanden kennenlernen willst«, sagte Alice.

»Tue ich auch nicht«, antwortete Bea. »Aber wir schulden es unseren Ahnen, die Traditionen aufrechtzuerhalten. Besonders die, bei der sich die Mittsommer-Jungfer in einem Weizenfeld herumwälzt ...«

»Lass mich raten: nackt?«, sagte Alice.

»Selbstverständlich. Dann wird sie noch vor dem nächsten Juhannus ihren zukünftigen Mann treffen.«

»Sind die Männer bei diesen Traditionen je auch nackt?«

»Wenn ich mich mit bloßem Hintern in einem Weizenfeld herumwälze, will ich das doch schwer hoffen, Liebes.« Bea lachte fröhlich und marschierte über die Straße. Alice sah ihr nach – ohne sie fiel es ihr schwer, ihre heitere Stimmung zu bewahren. Bei der Erinnerung an das gequälte Lächeln in Crowleys Gesicht,

155

als er versuchte, sich angesichts ihrer eingebildeten Beziehung mit Tom gelassen zu geben, wurde sie langsamer. Sie hatte sich so sehr bemüht, nicht an ihn zu denken. In dem Jahr, das sie getrennt verbracht hatten, hatte sie sich in erster Linie um sich selbst gekümmert und getan, was sie tun musste, um mit Tuonis verfluchten Genen zu überleben. Sie hatte kein Mitleid und auch keine Hilfe gewollt. Sie hatte nur ihr Leben weiterleben und das Ganze allein wieder in Ordnung bringen wollen.

Sie wusste, dass er sein Möglichstes getan hatte, seine Fehler wiedergutzumachen. Vor die Wahl gestellt hatte er das Eine geopfert, was ihm mehr bedeutete als alles andere auf der Welt, um Alice zu retten: die Nachtschwalbe seiner Schwester und damit ihre einzige Chance, je wieder aus dem Koma aufzuwachen. Doch da war immer noch eine geistige Blockade, eine Mauer, die sie errichtet hatte, um sich zu schützen – nicht vor ihm, sondern vor den Gefühlen, die er in ihr weckte. Nichts durfte sie von ihrer Aufgabe ablenken. Nicht die Unsicherheiten, die Crowley in ihr hervorrief, und auch sonst nichts. Sie seufzte schwer und eilte Bea nach.

Die Abbey Library in Bermondsey war so gigantisch, dass sie schon aus weiter Entfernung zu sehen war. Imposant ragte sie auf dem gepflasterten Platz in die Höhe, drückte der geschäftigen Gegend ihren Stempel auf und schlug alle Passanten in ihren Bann. Ursprünglich, im achtzehnten Jahrhundert, hatte die Abbey einem Orden gehört, und danach den Benediktinern. In London war das Gebäude während der Auflösung der Klöster zerstört worden. In der Rookery war es noch intakt, wurde aber nicht als Andachtsstätte im traditionellen Sinn benutzt, sondern beherbergte den Sommerbaum.

»Oh, sieh mal«, sagte Bea und zeigte auf eine bunte Ansammlung von Ständen an einem Ende des Platzes. »Der Wandermarkt ist hier. Vielleicht finde ich dort ja etwas, das ich zum Mittsommerfest anziehen kann.«

»Ich habe nie verstanden, warum er drinnen ist«, murmelte Alice.

»Es ist ein Straßenmarkt«, erwiderte Bea und sah sie an, als hätte sie den Verstand verloren. »Er ist draußen.«

»Ich meinte den Sommerbaum«, erklärte Alice. »Das Replikat ist frei, irgendwo in einem Wald in der Rookery.«

»Nein, ist es nicht«, widersprach Bea und steuerte auf den Markt zu. »Es ist im Oxleas Wood im Südosten von London.«

Verblüfft starrte Alice sie an, dann eilte sie der Bibliothekarin nach, die sich in die Menge um die provisorischen Marktstände stürzte.

»Es ist …?« Sie fasste Bea am Ärmel. »Du meinst, der Hain, in dem Holly … Das Bindungsritual wird in *London* durchgeführt?«

»Ja. Du fragst dich jetzt wahrscheinlich, warum es dort nicht von Menschen wimmelt, die zufällig darauf stoßen«, sagte Bea mit einem wissenden Grinsen. »Liebes, diese Leute sehen nur, was sie sehen wollen.«

»Aber …«

»Und natürlich hat Haus Mielikki das Replikat des Sommerbaums vor den Blicken normaler Menschen verborgen. Es befindet sich in einem kleinen, gut geschützten Hain, den wir selbst angelegt haben. Sie könnten es nicht finden, selbst wenn sie danach suchen würden. Der einzige Zugang ist die Tür in Haus Mielikki.«

Alice starrte Bea fassungslos an. Crowley hatte angeboten, das Haus ihrer Eltern in Irland zu verstecken. Dann war so etwas also tatsächlich möglich?

»Wenn ganze Häuser und Haine mittels Magie versteckt werden können, warum leben wir dann nicht alle in London? Wenn die Beaks diese Orte nicht sehen können, dann …«

157

»O Gott, bloß nicht«, sagte Bea. »Würdest du das wirklich wollen? Und hast du eine Vorstellung, wie viel magisches Talent es erfordert, einen Ort zu verstecken? Selbst die Vermächtnisse der Hausanführer wären nicht mehr stark genug, um so etwas zu bewerkstelligen.«

Alice zog die Stirn kraus. Vielleicht hatte Crowley doch nur angegeben.

Beas Blick wanderte über die Auslage eines Stands, an dem Schmuck verkauft wurde. »Was denkst du?«, fragte sie und hielt eine protzige goldene, mit Feueropalen besetzte Kette an ihren Hals.

»Ich denke, der Bürgermeister von London will seine Amtskette zurück«, erwiderte Alice trocken.

Seufzend legte Bea die Kette zurück und winkte den Verkäufer weg, der ihr gleich noch ein Dutzend andere aufschwatzen wollte. »Hast du irgendwas gesehen, das dir gefällt?«

Alice blickte sich auf dem kleinen Markt um. An den Ständen wurden hauptsächlich Kurzwaren und Kuriositäten feilgeboten. Bemalte Masken, verkorkte Flaschen mit Wasser aus dem River Walbrook, Geschenkboxen mit feuerfesten Asbest-Wildleder-Handschuhen, und stapelweise vergilbte, mit verblasster Tinte geschriebene Briefe. *Warum sollte jemand Secondhandbriefe kaufen?*, fragte sie sich, als ihr Blick auf einen Stand fiel, der *»Tische aus versteinertem Holz, von Haus Pellervoinen zertifiziert!«* zum Verkauf anbot. Die Tische glänzten, und Alice ging näher heran, um sie sich genauer anzusehen. Ihre Oberfläche war wie Marmor gemustert, aber sie konnte auch Verwachsungen und eine Maserung wie von Holz erkennen. Sie klopfte mit den Fingerknöcheln darauf, und ein tiefer Ton erklang: Stein, kein Holz.

»Interessieren Sie sich für diese Schönheit?«, fragte der Händler, ein langhaariger alter Mann in einer altmodischen Weste. »Ursprünglich aus Eichenholz hergestellt besteht dieses gute Stück aus Quarz und Silizium-Mineralien. Sehen Sie nur, wie es das

Licht einfängt. Oder wie wäre es mit diesem hier – opalisiertes Ebereschenholz?«

Verwirrt schüttelte Alice den Kopf.

»Dann vielleicht diese wunderschöne Dekoration?«, schlug der Händler vor und nahm einen trüben grauen Stein, der aussah, als wäre er aus einem Baumstamm gemeißelt worden. »Steinbäume bester Qualität, mit intakter Maserung, genau wie von Mutter Natur vorgesehen. Sie sind nicht ganz billig, aber ich bin bereit, Ihnen diesen hier für ...«

»*Steinbäume?* Wie von Mutter Natur vorgesehen?«, erwiderte Alice skeptisch.

»Pellervoinen-zertifiziert«, warf er eifrig ein. »Allesamt von Meistern ihres Fachs versteinert.«

Sie schüttelte den Kopf. Steinbäume? Ernsthaft? »Nein, danke.« In diesem Moment erspähte sie Bea am hinteren Ende des Stands, neben einer Auswahl von *»Haus Mielikkis feinsten Wohnmöbeln«*. Kunstvoll geschnitzte Stühle aus Kirsch- und Buchenholz, aus denen Blumenranken sprossen. Die spitz zulaufenden Blätter erinnerten sie an einen anderen Baum ...

»Der Arbor Suvi«, murmelte Alice.

Bea zog amüsiert eine Augenbraue hoch. »Ich fürchte, der steht nicht zum Verkauf, Liebes.«

»Was?«, fragte Alice mit einem verwirrten Lachen. »Nein, ich musste nur daran denken, dass er drinnen eingesperrt ist. Das erscheint mir nicht richtig.«

Alice schlängelte sich durch das Gewühl, Bea dicht hinter ihr. Der Geruch frittierter Zwiebeln und gerösteter Kastanien stieg ihr in die Nase, und ihr Magen rumorte. Am Rand des Markts wich der diverse Krimskrams einer Vielzahl von Essensständen. Dichter Qualm stieg von den massigen Metallgrillen auf, auf denen Kastanien rösteten, die Schale aufgebrochen, sodass sie das zarte, nussige Innere sehen konnte.

Alice unterdrückte den plötzlichen Heißhunger und blickte zum Glockenturm der Abtei auf. Er war über und über mit Efeu bewachsen, und die Turmspitze ragte hoch in den Himmel. »Das Replikat ist draußen und genießt die Freiheit der Natur, aber der wichtigste Baum aller Zeiten ist in einem Gebäude mitten in der Stadt gefangen. Das ist doch nicht richtig.«

»Daran ist Pellervoinen schuld«, erklärte Bea. »Angeblich war das einer seiner Schachzüge im Machtkampf der Baumeister. Mielikki hatte ihr größtes Werk erschaffen – einen Baum mit lebensspendenden Eigenschaften, der das Fundament der Rookery sicherte –, und dann hat Pellervoinen einfach eine gigantische Abtei darum errichtet und ihren Baum in einem Steingefängnis eingesperrt.«

»Ah, also ein echter Gentleman«, sagte Alice, während sie die Marktschreier hinter sich ließen und auf die imposante Abtei zugingen.

»Ganz genau.« Bea zog die schwere Eingangstür auf. »Ein Mann, der versucht, seine Unsicherheit mithilfe seiner aggressiven Handlung zu kompensieren«, sagte sie mit schneidender Stimme. »Wer hätte das gedacht?«

Der Glockenturm der Abtei war eine leere Hülle, und das Längsschiff – in dem sich Kirchenbänke und ein Altar hätten befinden sollen – war schlicht ein großer staubiger Raum. Die einzige Auffälligkeit war ein Loch im Boden, von dem eine Wendeltreppe nach unten führte. Die Wunder der Abbey Library lagen weit unter der Erde.

Alice folgte Bea durch das Loch und die abgenutzten Stufen hinunter. Öllampen beleuchteten grob behauene Wände, die glatter wurden, je tiefer sie kamen. Unterwegs zweigten immer wieder Korridore von der Treppe ab und verschwanden in der Dunkelheit, doch Alice hielt Kurs, bis sie die obere Etage des gigantischen Atriums betraten.

Die Bibliothek bot einen atemberaubenden Anblick. Die Erde unter der Abtei war großflächig ausgehöhlt worden. Weit über ihnen, in dem gepflasterten Platz hinter dem Glockenturm, befand sich eine Glasscheibe, die als riesige Dachluke für die unterirdische Bibliothek diente. Im Zentrum des Atriums stand ein sechzig Meter großer Baum: der Arbor Suvi. Seine Krone erstreckte sich weit über Alice' Kopf und stieß an die Glasdecke, die von eleganten, aus dem Mauerwerk emporsteigenden Stahlbalken gestützt wurde.

An den Ästen des Sommerbaums wuchsen wunderschön geformte Blätter: mattgrün auf einer Seite, glänzend und satter grün auf der anderen. Sein massiger Stamm reichte bis zum Boden des Atriums fünf Stockwerke tiefer, und seine Wurzeln waren unter Steinplatten verborgen.

Alice hielt einen Moment inne, um den Anblick zu bewundern. Der Sommerbaum schien vor Leben zu pulsieren und erinnerte sie an ein eingesperrtes Tier, das versuchte, sich zu befreien. Gebogene Äste drückten gegen die Wände, wanden sich um Ecken und durchdrangen Korridore, ihre spindeldürren Triebe schlängelten sich um Säulen und Steinbogen. Um den Baum wand sich eine Granittreppe, die auf andere Etagen voller schmaler Gänge, Regale und Alkoven führte, die allesamt von Büchern überquollen.

Der Abendhimmel über der Dachluke war trüb, aber das Atrium war hell erleuchtet vom Licht Zehntausender Glühwürmchen. Überall aufgehängte Schilder warnten Besucher davor, sie anzufassen – die Lampyridae waren dafür bekannt, dass sie bissen.

Alice folgte Bea die Treppe hinunter zum Hof im Erdgeschoss. Bibliothekare in schwarzen Roben liefen zielstrebig um sie herum, die Taschen voller Bücher. Andere Mitglieder von Haus Mielikki schlenderten ziellos umher, blätterten in Zeitschriften und stapelweise Lesestoff.

»Irgendetwas stimmt hier nicht«, murmelte Bea. »Das fühlt sich nicht … richtig an.«

Alice warf ihr einen fragenden Blick zu, doch Bea starrte stirnrunzelnd zur Baumkrone hoch.

Eine Handvoll anderer Leute mit kleinen hölzernen Amtszeichen am Kragen ignorierten das reiche Angebot der Bibliothek ebenfalls und konzentrierten sich wie Bea allein auf den Sommerbaum. Sie bewegten sich mit stiller Strebsamkeit, flüsterten untereinander, inspizierten die Wurzeln eilig mit einem verlängerten Neigungsmesser und sahen mit argwöhnischem Blick zu den Ästen hoch. Alice beobachtete, wie ein Mann mit roten, akkurat gescheitelten Haaren sich dem Baum näherte, ein Maßband in der Hand und ein Fernglas aus poliertem Mahagoni und Leder um den Hals.

»Was macht er da?«, fragte Alice und lenkte Bea damit von ihrem offensichtlichen Unbehagen ab.

Einen langen Moment herrschte Schweigen, während sie den Mann fasziniert anstarrten. Sein Gesicht war so rot wie seine Haare, als er mit einer raschen krebsartigen Bewegung immer wieder auf den Baum zulief und sich wieder zurückzog. Wie ein Matador, der mit einem unsichtbaren Bullen tanzte.

»Ich glaube, er versucht, den Umfang des Baums zu messen, ohne von den Glühwürmchen angegriffen zu werden«, erklärte Bea. »Keine Chance. Bisher weisen sie ihn noch höflich zurück, aber wenn er so weitermacht, kann er von Glück reden, wenn er keinen Arm verliert.«

Die Glühwürmchen, die den Arbor Suvi umschwirrten, um ihn vor potenziellen Angreifern zu schützen, waren Fleischfresser.

»Dabei fällt mir ein«, sagte Bea und drehte sich zu Alice um. »Halt dich fern. Die Glühwürmchen gehen ihm nur deshalb noch nicht an die Kehle, weil sie spüren können, dass er mit dem Baum verbunden ist, den sie beschützen, und daher eine geringere Wahrscheinlichkeit besteht, dass er ihm schaden will. Aber du mit deiner einen Portion vom Bindungstrank bist völlig schutzlos.«

Alice nickte und wandte sich von dem rothaarigen Mann und seinen immer wagemutigeren Vorstößen ab. Letztes Jahr hatte sie mit eigenen Augen gesehen, was die Glühwürmchen anrichten konnten. Wie ein Rudel wilder Hunde waren sie über Augusts Arm hergefallen. Sie kannte die Risiken – aber damals hatten die Glühwürmchen sie nicht angegriffen, obwohl sie die Gelegenheit dazu hatten.

Bea marschierte davon, um einen der Arbeiter mit einem Klemmbrett in der Hand zu befragen, und Alice blickte erneut zum dichten Geäst des Sommerbaums auf. Plötzlich überkam sie eine seltsame Zuneigung. Sie hatte nur eine einzige Dosis des Bindungstranks genommen, aber schon waren all ihre Schmerzen verschwunden – nach monatelanger Krankheit ging es ihr endlich wieder gut. Sie verdankte diesem Baum ihr Leben.

Ihr Blick wanderte den Stamm hinunter und folgte den ineinander verschlungenen Wurzeln. Die Steinplatten lagen ungleichmäßig darüber. War der Boden bei ihrem letzten Besuch vor einem Jahr auch schon so uneben gewesen? Sie bückte sich und fuhr mit der Hand über eine der freiliegenden Wurzeln – die pure Macht, die der Baum ausstrahlte, prickelte unter ihren Fingern. Anscheinend hatte Magellan recht: Wenn irgendeine Pflanze eine Seele hatte, dann dieser Baum. Ein Glühwürmchen flog auf sie zu, und Alice zog hastig die Hand zurück; doch es landete sanft leuchtend auf ihrem Handrücken. Fasziniert starrte sie es an.

»Governor?«, sagte der rothaarige Mann hinter ihr überrascht. Bei dem Geräusch sauste das Glühwürmchen davon. »Wenn ich gewusst hätte, dass Sie kommen...«

Gabriel Whitmore lehnte an der Wand am Rand des Hofes, die Arme vor der Brust verschränkt. Er war so still gewesen, dass Alice sich unwillkürlich fragte, wie lange er schon dort stand und unbemerkt alles beobachtete. Als der rothaarige Mann ihn ansprach, verfinsterte sich sein Gesicht. »Geben Sie mir das Maßband«, befahl er und marschierte auf die Bibliothekare zu, seine übliche Eleganz durch Schroffheit ersetzt.

Die Leute mit Amtszeichen standen um den sichtlich nervösen Rotschopf herum, unsicher, wie sie sich in Gegenwart des Leiters ihres Hauses verhalten sollten.

»Haben Sie keinen Zollstock?«, fragte Whitmore und schritt zielstrebig um den Sommerbaum herum.

»Nein, Sir«, antwortete der rothaarige Mann. »Wenn ich gewusst hätte, dass Sie kommen, Sir, hätte ich ...«

»Nun, vielleicht werde ich in Zukunft dafür sorgen, dass Sie über meinen gesamten Tagesablauf informiert sind«, erwiderte Whitmore. Seine Stimme triefte vor Sarkasmus. »Dann haben Sie immer alles, was ich brauche, wenn ich es brauche.« Von der anderen Seite des Hofes blickte er zum Sommerbaum auf, schüttelte den Kopf und warf das Maßband weg. »Den Neigungsmesser«, befahl er und schnippte ungeduldig mit den Fingern.

Der Rotschopf schnappte das Gerät jemand anderem weg und brachte es Whitmore hastig. Dann sahen alle schweigend zu, wie Whitmore die Baumkrone beäugte und aus der Ferne ein paar Messungen vornahm. Schließlich kam er zurück und gab den Bibliothekaren ihre Ausrüstung wieder.

»Alles ist, wie es sein sollte«, sagte er mit einem verkniffenen Lächeln.

Eine Frau mittleren Alters mit altmodisch gelockten Haaren blickte stirnrunzelnd auf ihr Klemmbrett. »Aber Governor, unsere Messungen besagen, dass ...«

»Besagen sie«, unterbrach er sie jäh, »dass der Baum ausreichend gepflegt wird?« Seine Augen blitzten bedrohlich. »Ist es das, was die Zahlen auf Ihrem Klemmbrett aussagen?«

Stille.

»Gut«, sagte er fröhlich. »Dachte ich es mir doch.«

Als er sich umdrehte, fiel sein Blick auf Alice und Bea, und in seinen Augen flackerte Interesse auf. »Beatrice«, sagte er mit einem anerkennenden Nicken. »Und unsere Kandidatin. Wie ich sehe, wurde der Bindungstrank erfolgreich verabreicht?«

»Ja«, bestätigte Alice.

»Glückwunsch«, sagte er grinsend. »Ich mag mutige Leute.« Damit wandte er sich ab und marschierte die Wendeltreppe hinauf.

Bea sah ihm mit einem durchtriebenen Ausdruck im Gesicht nach, dann flüsterte sie so leise, dass nur Alice sie hören konnte: »Sieht aus, als versuche da jemand, einen Skandal zu vermeiden. Der Rat und die anderen Häuser machen sicher gehörig Druck auf uns, dass sie eine solche Untersuchung anordnen.«

»Ist der Baum wirklich gewachsen?«, fragte Alice.

»Wer weiß, Liebes«, sagte Bea und führte sie ein Stück von den anderen weg. »Er ist seit Hunderten von Jahren stabil, aber du hast das Erdbeben neulich selbst miterlebt.«

»Das ist doch bestimmt ein gutes Zeichen«, meinte Alice. »Der Baum wird stärker.«

»Wenn bekannt wird, dass der Baum wächst«, erwiderte Bea, blickte sich nervös um und bedeutete Alice weiterzulaufen, »fassen das die anderen Häuser vielleicht als Herausforderung auf. Zwischen den Häusern herrscht schon seit ihrer Gründung eine starke Rivalität. Dass zurzeit ein Chancellor aus Haus Pellervoinen das Sagen hat, macht es nicht besser – offen gesagt, Liebes, hassen sie uns.«

Alice zog die Stirn kraus. »Warum sollte das eine Herausforderung sein? Weil es aussieht wie … was? Eine Drohung? Eine Provokation?«

»Weil es aussieht wie eine Machtübernahme«, erklärte Bea und umklammerte ihre Kette. »Es gab immer Spekulationen über unsere Verbindung zum Sommerbaum. Gerüchte – natürlich von uns selbst in Umlauf gebracht –, dass Mielikkis Vermächtnis stärker wird, wenn der Baum wächst.«

Bei der Vorstellung schlug Alice' Herz schneller. Das Gras außerhalb des Labyrinths war unfassbar schnell gewachsen.

»Und stimmt das?«, fragte sie leise.

Bea seufzte. »Ich würde gerne Nein sagen«, flüsterte sie. »Aber wer kann das schon mit Sicherheit wissen?«

Alice schluckte und blickte zum Blätterdach auf. Ihre Schmerzen und Fieberattacken hatten schon nach einer normalen Dosis des Bindungstranks aufgehört. Wenn das Wachstum des Baumes wirklich zeigte, dass die Macht der Mitglieder von Haus Mielikki zunahm, konnte sie sich gut vorstellen, wie belebend ein zweiter Trank wirken würde. Und wenn Mielikkis Vermächtnis stärker wurde, wer weiß? Vielleicht wäre sie dann in der Lage, ihre tödliche Seele zu kontrollieren und sicherzustellen, dass sie nie wieder freikam.

Aufregung und Erleichterung durchströmten sie, und ein Lächeln breitete sich auf ihrem Gesicht aus, als sie in das dichte Geäst emporspähte. Sie brauchte die zweite Dosis des Tranks, um ihre Verbindung zum Sommerbaum zu stärken. Und zwar schnell.

11

»Sieh dir das an«, sagte Tom und warf ihr über den Rand seiner Brille einen schelmischen Blick zu.

Alice saß auf einem der weichen Sessel in der Bibliothek, über Kopien von Magellans Aufzeichnungen gebeugt, die sie für Reid zu sortieren versuchte. Tom lungerte in der Moderne-Sprachen-Abteilung herum, ein Buch neben sich aufgeschlagen. Als er ihre volle Aufmerksamkeit hatte, bewegte er seine Finger über das Papier, und die Seiten begannen, sich von selbst umzublättern.

»Das ist die faulste Anwendungsmöglichkeit unseres Vermächtnisses, die ich je gesehen habe«, meinte Bea, die in diesem Moment auftauchte und einen Armvoll Bücher auf einem Rollwagen ablud.

»Dazu war ich nie fähig«, sagte Tom.

»Oh, jetzt hör aber auf«, schnaubte Bea. »Ich habe gesehen, wie du mit einer einfachen Geste Tische verrückst.«

»Rohe Gewalt«, erwiderte Tom. »Das ist was anderes. Solche feinmotorischen Fähigkeiten sind viel schwieriger zu kontrollieren. Es ist...« Er bewegte die Finger langsamer, und die Seiten passten sich seiner Geschwindigkeit an. Sein Kiefer war vor Konzentration angespannt. »... sehr anspruchsvolle Arbeit.«

Als er die Fingerspitzen aneinanderdrückte, klappte das Buch zu. »Ist euch aufgefallen, dass solche Sachen immer leichter werden?«, fragte er, einen neugierigen Ausdruck in den Augen.

»Wenn du die Beherrschung von Büchern so leicht findest«,

sagte Bea mit einem tiefen Seufzen, »kannst du mir gerne helfen, das Regal in Ordnung zu bringen, das mit Bücherläusen befallen ist.«

»Bücherläuse?«, fragte Alice und drehte den Siegelring ihrer Mutter an ihrem Finger. Er war ein bisschen groß – vielleicht sollte sie ihn anpassen lassen, damit er nicht abfiel. Sie warf einen Blick darauf. Mit seinen Schrammen und den vier Kratzern auf der Oberfläche hätten die meisten anderen wohl kein Problem damit gehabt, ihn zu verlieren.

»Auf den wasserdurchtränkten Büchern hat sich irgendwie trotz stundenlanger Pflege Schimmel gebildet – und Bücherläuse können nicht genug von dem Zeug kriegen«, erklärte Bea bitter. »Wenn ich wegen diesem verdammten Hausmeister die ganze Sammlung verliere, werde ich seinen Hecken-Enten den Garaus machen, das schwöre ich.«

Mit einem ärgerlichen Knurren marschierte sie davon, und Alice wandte sich wieder an Tom. Was hatte es mit seinen verbesserten Fähigkeiten auf sich? Das war doch bestimmt ein Zeichen, dass Mielikkis Vermächtnis tatsächlich stärker wurde.

»Ich habe angefangen, Cecils Buch zu lesen«, erzählte sie nach kurzem Schweigen. »Es ist gar nicht schlecht.«

»Streber«, sagte Tom grinsend.

Sie schnappte sich ein Buch und wollte es nach ihm werfen, doch ein böser Blick von Bea am anderen Ende des Gangs zwang sie, es wieder wegzulegen.

»Erzähl uns, wovon es handelt«, sagte Tom. »Niemand ist je weiter als bis zum Cover gekommen.«

»Nun, es hat ein Vorwort von Chancellor Litmanen …«, begann sie.

»Aufhören, aufhören!«, rief Tom gespielt panisch.

»Und er …« Sie verstummte abrupt, als sie Beas wütendes Gesicht sah.

»…ist der schlimmste Chancellor, den die Rookery je hatte«, brauste Bea auf und kam zu ihnen zurück. »Ein Pellervoinen-Vollidiot, der sich für was Besseres hält!«

Alice machte große Augen – mit so einer heftigen Reaktion hatte sie nicht gerechnet. »Er zeigt viel Anerkennung für den letzten Mielikki-Chancellor«, sagte sie. »Und er spricht in den höchsten Tönen von dem Haus im Allgemeinen.«

»Natürlich«, sagte Bea verächtlich. »Es ist ein Buch über Mielikkis größte Stars, und er hat es schon immer verstanden, die Menge für sich einzunehmen und zu sagen, was sie hören wollen. Ein unausstehlicher Mann«, murmelte sie. »Er sollte Leda Westergards Namen nicht einmal in den Mund nehmen dürfen. Sie war die beste Anführerin, die diese Stadt je hatte, das weiß jeder.«

Sie stürmte mit einem Stapel Bücher unter dem Arm davon, und Alice sah Tom um eine Erklärung bittend an.

»Lady Pelham-Gladstone hat in denselben Kreisen verkehrt wie die hohen Tiere der Rookery«, flüsterte er. »Sie und unser derzeitiger Chancellor hatten… eine kleine Meinungsverschiedenheit.« Mit einem leicht betretenen Lächeln schob er seine Brille hoch und widmete sich wieder seinem Buch.

Gedankenverloren strich Alice über Magellans Aufzeichnungen. Reid hatte sie in Sparten unterteilt und darauf bestanden, dass Alice einen Ordner für jede einzelne von ihnen anlegte. Ein mühsamer Job, denn die Professorin hatte es nicht für nötig befunden, die Sparten ordentlich zu kennzeichnen, sodass es unmöglich war herauszufinden, wo eine endete und die nächste anfing. Mit einem tiefen Seufzen blätterte Alice die Seiten durch, hielt aber jäh inne.

Dazwischen steckte ein Blatt Papier, das nicht dazugehörte. Es hatte eine andere Textur als der Rest des Stapels; dünner und leicht glänzend. Als sie es herausnahm, ergriff sie plötzlich eine heftige Wut.

Es war ein Flugblatt, auf dem die Worte *Er kommt* über dem

Bild einer weißen Feder prangten. Die Gemeinschaft der Bleichen Feder – Augusts einstiger Arbeitgeber und der hoffnungslos kitschige Name eines Todeskults, der Tuoni verehrte. Alice sah zu ihrer eigenen bleichen Nachtschwalbe, die auf ihrer Stuhllehne saß, dann richtete sie ihre Aufmerksamkeit wieder auf das Flugblatt.

Warum versteckte sich das in einem Stapel von Reids Notizen? Vielleicht war es nur ein Zufall. Alice hatte auf dem Unigelände schon einige Flugblätter und Plakate gesehen, die Mariannes Botschaft verbreiteten und neue Anhänger anzuwerben versuchten. Oder vielleicht... war Reid selbst eine Anhängerin? Marianne hatte die Runner mit ihren Leuten infiltriert, warum also nicht auch die Universität?

Alice hielt das Papier mit spitzen Fingern, als könne es sie mit Mariannes Wahnsinn infizieren. Von Rechts wegen hätte ein Todeskult, der ihren Vater verehrte, auch Alice verehren sollen – die Tochter des Todes, ihren ganz persönlichen Messias. Doch Marianne sah Alice als Rivalin, und sie hatten einander vom ersten Moment an gehasst. Also was bedeutete es für sie, wenn Reid wirklich zur Gemeinschaft gehörte?

»Oh«, sagte Tom. »Du hast auch einen davon? Die hängen überall.« Er hielt grinsend sein Buch hoch. »Ich benutze einen als Lesezeichen.«

Alice starrte das Flugblatt nachdenklich an. Vielleicht war sie nur paranoid... Sie knüllte es zusammen und ließ es fallen. Doch nach allem, was in letzter Zeit vorgefallen war, wollte sie lieber kein Risiko eingehen und beschloss, sich Reids Nachtschwalbe bei der nächsten Gelegenheit genauer anzusehen.

Mit einem ungehaltenen Schnauben knallte Bea eine Handvoll Bücher auf den Tisch, sodass die Studenten um sie herum erschrocken zusammenzuckten. »Wenn wir das richtig machen wollen, sollten wir es an einem Tisch machen«, sagte sie.

Verwirrt sah Alice zu, wie Tom sich aufrappelte. »Was richtig machen?«, fragte sie.

Tom leckte sich nervös die Lippen. »Lester kommt her. Um zu reden.«

Alice' Augen weiteten sich vor Schreck, und sie sprang auf. »Jetzt?«

Bea nickte. »Ich dachte, ein öffentlicher Ort eignet sich am besten, und das ist neutraleres Terrain als das Haus.« Sie schlug wahllos irgendein Buch auf und seufzte. Die Seiten sahen aus wie Schweizer Käse. »Wenn du magst, kannst du dich dazusetzen. Der Hornochse sollte jeden Moment da sein.«

»Ich wurde schon netter willkommen geheißen«, knurrte eine tiefe Stimme hinter Alice.

Sie biss die Zähne zusammen, drehte sich aber nicht zu ihm um. Aus den Augenwinkeln beobachtete sie, wie er zu ihr humpelte, stehen blieb und sich bückte. Sie konnte seinen Hinterkopf und den massigen Nacken sehen, der vor Schweiß glänzte. Eine alte Narbe zog sich bis zu seinem Haaransatz hoch. Als er sich wieder aufrichtete, hatte er das zerknüllte Flugblatt in der Hand. Er faltete es auseinander, überflog den Text und hielt es ihr unter die Nase.

»Spielst du mit dem Gedanken beizutreten?«, fragte er mit einem durchtriebenen Grinsen. Sein winziger, puppenhafter Mund war zu klein für sein breites Gesicht. »Wie kommst du auf die Idee, dass Marianne dich aufnehmen würde?«

Er nennt sie beim Vornamen?, dachte Alice argwöhnisch, und ihr Magen krampfte sich zusammen, als sie einen Blick auf seine stämmigen Arme warf, die mit Narben übersät waren. Marianne war eine mächtige Hämomantin, die ihren kleinen Kult mithilfe des Blutes ihrer Anhänger kontrollierte. Um daran zu kommen, stach sie sie mit einer Lanzette … und sie hinterließ gerne Narben. Wo hatte Lester seine Narben her? Sie musterte ihn durchdringend –

das kalte, berechnende Glitzern in seinen Augen –, dann riss sie ihm das Flugblatt aus der Hand und stopfte es in Reids Ordner.

Mit kräftigem Flügelschlagen erhob sich Kuu in die Lüfte, flatterte aufgebracht um Lester herum und klapperte mit dem Schnabel. Auf einmal durchströmte Alice eine tiefe Zuneigung zu dem Vogel, und sie fasste Mut. Mit hochgezogener Augenbraue musterte sie Lester – so einfach würde er sie nicht einschüchtern.

Lesters Blick wanderte nach unten, und Alice drückte den Ordner an ihre Brust, um den Stempel des Magellan-Instituts darauf zu verbergen. Je weniger Informationen er hatte, desto besser. Wenn er einer von Mariannes Männern war, wusste er allerdings womöglich sowieso schon *alles*. Sie schluckte schwer, als die in ihren Schlafzimmerboden eingeritzte Nachricht vor ihrem inneren Auge aufblitzte. *Mörder.* »Ich lasse euch mal euer klärendes Gespräch führen«, sagte sie mit ausdruckslosem Gesicht.

Lester stieß ein raues Lachen aus. »Ich bin nicht hier, um ein klärendes Gespräch zu führen. Ich will eine Entschuldigung.« Vorwurfsvoll sah er zu Tom, der sichtlich nervös am Tisch saß, und Bea, die ihn ihrerseits kritisch musterte.

»Einer von euch hat mich bei den Mowbrays schlechtgemacht«, sagte er, und sein Blick verharrte auf Tom. »Sie hetzen mir ihre Anwälte auf den Hals, weil *du* Mist gebaut hast.«

»Keiner von uns hat mit den Mowbrays geredet«, erwiderte Bea in eisigem Ton. »Aber wenn du nicht willst, dass wir mit den *Runnern* über deinen Angriff auf Tom reden, schlage ich vor, du setzt dich hin, damit wir das wieder geradebiegen können.«

Lester rührte sich nicht von der Stelle.

»Du kriegst diese eine Chance, es auf Toms Art zu machen«, sagte Bea, ihre Stimme heiter, aber von kaltem Stahl durchdrungen, »oder wir können es auf meine Art machen. Die wird zur Folge haben, dass du hochkant aus dem Haus geworfen wirfst, mein Lieber. Also, wie hättest du's gern?«

Er zog einen Stuhl heran und ließ sich darauf fallen. »Dann rede«, murrte er.

Alice suchte hastig ihre Sachen zusammen. »Wir sehen uns später«, sagte sie zu Bea und Tom, der kreidebleich geworden war.

Lester ließ sie keine Sekunde aus den Augen und rieb sich unbewusst das Knie. *Sein Hinken*, wurde ihr plötzlich klar. *Dafür bin ich verantwortlich.*

Selbst als sie ging, spürte sie noch seinen Blick im Rücken, doch als sie den Korridor erreichte und sich zu ihm umdrehte, starrte er Tom an. Einen Moment blieb sie stehen und nutzte die Distanz zwischen ihnen, um sich unauffällig umzuschauen. Ihre Augen wurden schmal. *Dort.* Seine Nachtschwalbe saß auf seinem Unterarm, der auf dem Tisch ruhte. Ein kleiner Vogel mit schlichtem hellbraunem Gefieder, die Flügel so weit wie möglich ausgestreckt, den Kopf gesenkt, den Schnabel an seiner gefiederten Brust vergraben. Er wirkte bedrohlich. Aber wenn er Anzeichen zeigte, dass Lester der Gemeinschaft der Bleichen Feder angehörte, so konnte Alice sie nicht sehen. Um das herauszufinden, würde sie einen Blick in seine Erinnerungen werfen müssen, und dafür musste sie ihm um einiges näher kommen.

Bei der Vorstellung verzog sie angewidert das Gesicht, dann atmete sie tief durch und stahl sich davon.

»Mehr Kopien«, hatte Reid verlangt. Sie wollte eine zweite Kopie ihrer Aufzeichnungen – eine fürs Labor, eine für zu Hause, vermutlich für den Fall, dass sie plötzlich einen genialen Einfall hatte, während sie sich gerade die Zähne putzte.

Der Kopierer befand sich in der Nähe der Bibliothek. Nach ihrer Begegnung mit Lester war Alice versucht gewesen, Reids Auftrag noch einen Tag aufzuschieben, um ihm nicht noch mal über den Weg zu laufen. Doch sie änderte ihre Meinung schnell, als ihr klar wurde, dass ein ungestörtes Treffen mit dem Grobian genau das war, was sie brauchte.

Wenn sie ihn allein erwischte, ohne dass Bea oder Tom oder sonst irgendjemand sie sah, könnte sie versuchen, in seine Erinnerungen einzudringen. Allerdings würde seine Nachtschwalbe das wahrscheinlich nicht so einfach zulassen, daher würde sie entweder auf eine List oder rohe Gewalt zurückgreifen müssen. Da Lester doppelt so groß war wie sie und ein vollwertiges Mitglied von Haus Mielikki – ein Mentor noch dazu –, musste sie es mit einer List versuchen. Vielleicht zog sie voreilige Schlüsse, aber sie musste sichergehen. Wenn Lester wirklich dem Todeskult angehörte, verlieh das seinem Angriff noch eine weit verstörendere Dimension. Es könnte ein Zeichen sein, dass Marianne hinter ihr her war. Ein Zeichen, dass das neue Leben, das Alice sich aufgebaut hatte, immer noch zunichtegemacht werden könnte.

Alice atmete zittrig ein. Wenn doch nur einer ihrer Freunde aus Coram House hier wäre. Leute, die ihr Geheimnis kannten, die dabei gewesen waren, als sie es das erste Mal mit Marianne zu tun gehabt hatte. Es war ermüdend, die ganze Zeit einen Teil ihrer Identität geheim zu halten. Zum ersten Mal seit Monaten war ihr Bedürfnis, Crowley wiederzusehen, überwältigend. Aber natürlich wusste Crowley genau, wie es war, mit Geheimnissen zu leben und die Menschen, die einem am meisten bedeuteten, anzulügen. Sie schluckte schwer und verdrängte den Gedanken vorerst. Lester war noch irgendwo im Gebäude. Sie musste ihn finden.

Entschlossen lief sie los. Im Arlington Building war es ruhig, doch Alice konnte die akademische Geschäftigkeit hinter den Türen spüren; das leise Stimmengewirr von Vorlesungen und Seminaren in Jura, Englisch, Philosophie, Kunst, Fremdsprachen und Geschichte. Sie kam an den Büros diverser Dekane vorbei und am Reprografie-Raum, in dem die Ditto Machine laut ratternd lila bedruckte Seiten ausspuckte. Kurz blieb sie vor der Tür stehen, dann ging sie weiter, Reids Ordner unter den Arm geklemmt.

Die Bibliothek war ganz in der Nähe, und eine nervöse Anspannung ergriff sie, als sie um die Ecke bog. Keine Spur von Lester. Keine Spur von irgendjemandem. Die polierte Wandtäfelung reflektierte das Licht, das durch die großen Fenster im Flur hereinschien. Zwischen den Türen hingen riesige, prunkvoll eingerahmte Gemälde mit pseudoreligiösen Motiven, die ganz nach Mariannes Geschmack gewesen wären. Bei dem Gedanken an diese Fanatikerin lief ihr ein Schauer der Abscheu über den Rücken, und sie lief schnell weiter. Unterwegs schweifte ihr Blick fieberhaft hin und her.

Als sie hinter sich Schritte hörte, drehte sie sich blitzschnell um, doch es war bereits zu spät. Ein Schlag traf sie am Hinterkopf und ließ sie vorwärtstaumeln. Der Ordner fiel ihr aus der Hand und schlitterte über den Boden, als sie mit voller Wucht gegen die Wand prallte. Ihr Rücken krachte gegen das polierte Holz. Benommen und nach Atem ringend richtete sie sich auf Hände und Knie auf. Sie schwankte, und ihre Arme zitterten. Fieberhaft hielt sie nach ihrem Angreifer Ausschau.

Doch der Korridor war leer.

»Was zum …?«

Über ihr ertönte ein ohrenbetäubendes Krachen, und sie zuckte zusammen. Ein unheilvolles Knacken zerriss die Stille, dann noch eins, und noch eins… wie fallende Dominosteine setzte es sich im gesamten Korridor fort. *Die Wände!* Die Täfelung brach auseinander. Die Holzpaneele zersplitterten eine nach der anderen. Überall bildeten sich Risse und breiteten sich rasend schnell aus.

Wie betäubt versuchte Alice, zur Seite auszuweichen, aber große Holzstücke brachen aus der Wand und krachten zu Boden, versperrten ihr den Weg. *Zu knapp.* Mit einem panischen Keuchen wirbelte sie herum, versuchte, aus der Gefahrenzone zu entkommen, prallte jedoch gegen ein gezacktes Stück Eichenholz. Es drückte gegen ihre Brust, und das spitze Ende grub sich unter ihre Rippen. Sie wagte nicht zu atmen, während sie langsam zurückwich. Doch etwas Hartes, Spitzes stach ihr in den Nacken, und sie erstarrte. *Ich sitze fest.*

Zersplitterte Holzstücke umgaben sie von allen Seiten, und sämtliche Spitzen waren nach innen gerichtet. Die Wandtäfelung war zerbrochen und hatte sich so wieder zusammengesetzt, dass sie dazwischen gefangen war. Scharfkantige Speere aus Eichenholz verharrten nur wenige Zentimeter von ihrer Haut entfernt. Ihr Adrenalinspiegel schoss in die Höhe – sie musste hier weg! –, aber sie unterdrückte die aufsteigende Panik. Eine falsche Bewegung, und sie würde aufgespießt werden.

Obwohl alles in ihr danach schrie, die Flucht zu ergreifen, blieb sie stocksteif stehen. Nichts rührte sich.

»Okay«, sagte sie und versuchte, ihre Stimme ruhig zu halten. Sie saß so vollkommen fest, dass sie nicht einmal den Arm heben konnte, um die Wunde an ihrem Kopf zu untersuchen. Es tat nicht weh – der Schock hatte den Schmerz betäubt –, aber sie konnte fühlen, wie warmes Blut ihren Nacken hinunterrann.

»Wie wär's, wenn wir uns auf ein Unentschieden einigen?«, rief sie in den leeren Korridor, um ihn hervorzulocken. »Die Wunde an meinem Kopf gegen dein verletztes Knie?«

Gelächter schallte durch den Flur wie Kanonenfeuer. Ihr Herz machte einen Satz.

»Kuu?«, flüsterte sie.

Ihre Nachtschwalbe erschien mit einem aufgebrachten Flattern. Alice beruhigte ihren Atem und sah ihr fest in die Augen.

»Vogelsicht.«

Auf ihr Geheiß erhob sich Kuu in die Lüfte, die Schwanzfedern ausgefächert, die Beine angezogen. Alice öffnete ihren Geist den aufflackernden Bildern, dann fokussierte sie sich darauf, ihren schwerfälligen Körper von der Sicht ihrer Nachtschwalbe zu trennen. Unter ihr entfaltete sich ein Bild der Zerstörung. Putz und Trümmer übersäten die zerbrochenen Holzplanken, die sich überall um ihren Körper auftürmten. Von hier oben sah es aus, als würde sie zwischen den Zähnen eines Raubtiers festsitzen.

Ihre Nachtschwalbe flog näher heran, dann glitt sie zum Fenster. Da sah Alice, wie ein Schatten über ihren Rücken fiel. Jemand beobachtete sie – entweder versteckte er sich ganz in der Nähe, oder er kam um die Ecke auf sie zu …

Mit einem Kreischen machte ihr Seelenvogel kehrt und wurde immer schneller, wild entschlossen, Lesters genaue Position zu bestimmen.

Alice keuchte.

Die Verbindung zu ihrer Nachtschwalbe riss abrupt ab.

Das Holz… Vor Angst und Schmerz schossen ihr Tränen in die Augen. Das gezackte Holzstück unter ihren Rippen *bewegte sich.* Seine Spitze durchstach ihren Pullover. Panisch versuchte sie, es wegzuschieben, umklammerte es mit beiden Händen und drückte, so fest sie konnte, aber es hatte keinen Sinn. Der Holzspieß traf auf ungeschütztes Fleisch.

»Bea!«, schrie sie, völlig außer sich vor Angst. »Bea! Tom!«

Unaufhaltsam bohrte es sich durch ihre Haut… Ihre Nachtschwalbe kam herangesaust und setzte sich auf ihre Schulter. Sie zirpte beruhigend, schmiegte ihren Kopf an ihre tränennasse Wange. Doch Alice schob den Vogel weg und umfasste das Holz fester. In einem letzten Akt der Verzweiflung beschwor sie es, sich aufzulösen. Ihre Hand kribbelte vor aufgestauter Magie, und der Holzspieß zerfiel unter ihrer Berührung zu Staub.

Doch ihre Erleichterung war nur von kurzer Dauer. Ein weiterer Speer kam näher und drohte, da weiterzumachen, wo der erste aufgehört hatte. Mit schmerzenden Händen griff sie danach und ließ ihn ebenfalls verrotten. Doch sofort nahm ein weiterer seinen Platz ein, und noch einer. Zu viele, zu nah. Alice starrte ihre

Nachtschwalbe ungläubig an, und ihre Hände zitterten, als sich ein Holzstück unter ihre Rippen grub. Alle Gedanken verschwanden aus ihrem Kopf, als es sich wie ein Dolch in ihre Brust bohrte. Blut tropfte auf den Boden.

Sie konnte das Holz nicht aufhalten. Aber einen Menschen könnte sie aufhalten. Einen Menschen, dessen Herzblut ihre tödliche Seele anziehen würde wie ein Magnet ... *Nein.* O Gott, wie konnte sie so etwas auch nur denken? Sie könnte nie ...

Noch ein Tropfen Blut landete auf dem Boden. Der Schmerz wurde stärker und stärker, und sie gab nach. »Kuu«, stöhnte sie. »Tu es.«

Ihre Nachtschwalbe krächzte und knuffte sie in die Schulter, um ihr zu zeigen, dass sie verstanden hatte. Dann breitete sie die Flügel aus, stieß sich ab und flog los, gerade als Schritte durch den Korridor donnerten und abrupt haltmachten.

»Was, in Ukkos Namen, geht hier vor?«, rief Bea entsetzt.

Die Schnur, die Alice mit ihrem Seelenvogel verband, wurde dünner, je weiter er sich entfernte. Ihr Licht erlosch allmählich, und Alice packte kaltes Grauen.

»Bea«, stieß sie atemlos hervor. »Nein. Verschwinde!«

Ein Stromstoß fuhr Alice in den Rücken. Sie taumelte zurück, und jeder Muskel in ihrem Körper spannte sich an. Mit letzter Kraft kämpfte sie darum, bei Bewusstsein zu bleiben, ihre menschliche Gestalt beizubehalten. Ein dunkler Hunger lauerte am Rande ihres Bewusstseins. Die Wärme eines schlagenden Herzens irgendwo in der Nähe erweckte etwas in ihr, das sie tief vergraben hatte. *Nein. Nein. Nicht Bea.* Ihre tödliche Seele begann, sich Stück für Stück von ihrem Körper zu lösen. Verzweifelt versuchte sie, sie zurückzuhalten, sie in ihrem Innern einzusperren. Doch sie wurde von dem Leben angezogen, das im Korridor pulsierte – intensiv und energisch. Bea.

»Kuu«, flehte sie. »*Kuu. Komm zurück.*«

12

Alice' Brust war wie zugeschnürt. Vorsichtig stupste sie sie mit dem Finger an und stellte fest, dass sie mit Baumwollverbänden und chirurgischem Klebeband ausstaffiert war. Erst dann öffnete sie die Augen und blickte sich um. Sie war in ihrem Zimmer, unter ihre Bettdecke gekuschelt. Regen prasselte an die Fenster und rann das Glas hinunter, sodass sie nur einen verschwommenen Blick auf die Gärten jenseits des Whiston Building hatte. Stirnrunzelnd spähte sie in die Dunkelheit.

»Im Juni sollte es nicht regnen«, murrte sie.

»Also eigentlich war der Juni in den letzten Jahren der viertnasseste Monat des Jahres.« Ihr Blick schweifte zur Seite: dort, auf einem Stuhl aus einem viktorianischen Klassenzimmer, saß Tom und musterte sie prüfend. »Durchschnittlich fünfzig Millimeter.« Er lächelte.

Alice versuchte, sich aufzusetzen, und sog scharf die Luft ein, als ein stechender Schmerz in ihre Brust fuhr.

»Vorsicht«, ermahnte er sie sanft. »Die Krankenschwester musste die Wunde nähen.«

»Tom, ich …«

Sie verstummte und sah sich suchend um. Es herrschte ein deutlich spürbarer Mangel an aristokratischem Elan. Ihr Herz wurde schwer, und plötzlich hatte sie einen dicken Kloß im Hals.

»Wo ist Bea?«, stieß sie heiser hervor. »Ist sie … O Gott, Tom …«

»Sie ist unten«, beruhigte sie Tom. »Sie musste den Korridor wieder instand setzen.«

Ihr Mund öffnete und schloss sich wieder. »Sie ist… Sie ist nicht…«

In diesem Moment schwang die Tür auf, und Bea rauschte herein. Die Kette um ihren Hals klimperte, und ihr langes, gemustertes Kleid umwogte sie, als wäre es lebendig. Erleichtert ließ sich Alice in die Kissen zurücksinken. Beas Haare waren zu einem Knoten zusammengebunden. Auf den ersten Blick dachte Alice, er wäre mit zwei langen Nadeln festgesteckt, aber bei genauerem Hinsehen erkannte sie, dass es sich um Holzstücke handelte.

»Du hast Überreste von der Wandtäfelung in den Haaren«, sagte Alice.

Bea tastete den Haarknoten ab. »Mir haben noch ein paar Stücke gefehlt, und ich konnte mir beim besten Willen nicht erklären, wo sie abgeblieben sind. Puzzles waren noch nie meine Stärke.«

Tom räusperte sich so nachdrücklich, dass sie sich beide überrascht zu ihm umdrehten. »Alice«, sagte er mit eindringlichem Blick. »Was ist passiert?«

Ihre Freunde hörten aufmerksam zu, während sie ihnen alles erzählte, was sie über die Szene im Korridor wusste. Zu ihrer eigenen Überraschung vertraute sie ihnen auch an, dass sie schon einmal angegriffen worden war, verschwieg aber, dass der Angreifer ihr eine Nachricht hinterlassen hatte, in der er sie eine Mörderin nannte. Während sie erzählte, ging Bea zum Fensterrahmen, um ihn zu untersuchen, einen ernsten Ausdruck im Gesicht.

»Und du denkst, du hast jemanden draußen vor deiner Tür gehört?«, fragte sie. »Beim ersten Angriff?«

»Ja.«

»Nun, wer hat Zugang zu den Belegschaftsunterkünften? Außer mir und Tom?«

Alice schüttelte den Kopf. In diesem Bereich des Gebäudes befanden sich nur vier Apartments: ihr eigenes und Hollys auf dieser Seite, und am anderen Ende des Flurs die Wohnungen einer nervösen alten Frau, die in der Fakultät für Vermächtnis-Disziplinen arbeitete, und eines zurückgezogen lebenden Wissenschaftlers im Sydenham Building. Als sie eingezogen war, hatte sie ihre Nachtschwalben überprüft, und sie waren beide stinklangweilig und vollkommen harmlos.

»Hollys Eltern«, antwortete sie, »und Lester. Er wusste, welcher Eingang hier raufführt. Er hat versucht, sich Zugang zu verschaffen, als er …« Sie schluckte. *Als er nach Hollys Tod ihre Sachen holen wollte.* »Und was Holly gesagt hat, klang, als habe er sie manchmal hier besucht. Wenn er wusste, in welchem Apartment sie gewohnt hat, dann weiß er auch, wo ich wohne.«

»O Gott«, keuchte Bea. »Du glaubst doch nicht, die beiden …«

»Nein«, sagte Alice schaudernd. »Ich hoffe nicht.«

»Du denkst, Lester hat dich angegriffen?«, fragte Tom sichtlich bestürzt.

»Ich glaube, er macht mich für seinen Sturz von der Treppe verantwortlich.«

»Dann ist das alles meine Schuld«, sagte er leise. »Das wäre nie passiert, wenn er sich nicht berechtigt gefühlt hätte, mich anzugreifen. Nur meinetwegen warst du überhaupt dort.«

»Nein«, murmelte Bea, ihr Gesicht plötzlich aschfahl. »Es ist meine Schuld. Ich hätte Whitmore melden können, was er dir angetan hat, Tom, aber das habe ich nicht.«

»Aber nur, weil ich dich darum gebeten habe, es nicht zu tun«, erwiderte Tom und starrte auf seinen Schoß hinunter, sein Gesicht unlesbar.

Alice blickte zu Toms und Beas Nachtschwalben auf, die aufgebracht herumflatterten, um die Schuld wetteifernd.

»Ich werde meinen Posten aufgeben«, sagte Tom und stand auf.

»Ich kann den Bindungstrank niemandem mehr verabreichen. Das hätte ich schon viel früher tun sollen.«

»Nein, sei nicht albern, mein Lieber«, widersprach Bea, fasste ihn am Ärmel und zog ihn zurück auf seinen Stuhl.

»Du darfst ihm nicht so viel Macht über dich geben«, pflichtete Alice ihr bei.

Sie verfielen in angespanntes Schweigen, das erst gebrochen wurde, als Bea erneut das Wort ergriff: »Was hat ihn zu dem ersten Angriff hier in diesem Zimmer verleitet?« Die Verwirrung war ihr deutlich anzusehen. »Wenn er sich mit dem Angriff im Korridor für den Vorfall auf der Treppe rächen wollte, warum hatte er es dann schon vorher auf dich abgesehen?«

Alice überlief es eiskalt. *Mörder.* »Vielleicht«, sagte sie bedächtig, »lag es daran, dass ich die einzige Kandidatin war, die den Bindungstrank überlebt hat, während sein eigener Schützling gestorben ist?«

Tom zuckte zusammen.

Nach einem Moment nickte Bea, und Alice entspannte sich. »Er konnte noch nie gut mit dem Erfolg anderer umgehen«, sagte Bea.

»Von jetzt an müssen wir auf der Hut sein«, meinte Alice.

»Auf der Hut sein genügt nicht«, erwiderte Bea. »Wir müssen ihn den Runnern melden.«

»Nein«, widersprach Alice hastig. »Ich will sie da nicht mit reinziehen. Es wäre mir lieber, wenn ...« Sie konnte ihren Freunden nicht erklären, warum sie die Runner so sehr verachtete. Da die Polizei der Rookery von Marianne und ihren Anhängern infiltriert worden war, hatte Alice vor langer Zeit das Vertrauen in sie verloren – schon bevor ihr Kommandant, Reuben Risdon, ihre beste Freundin getötet hatte.

»Keine Runner«, sagte sie entschieden. »Noch nicht. Wir haben keine echten Beweise.«

»Nein«, erwiderte Bea in strengem Ton. »Tut mir leid, Liebes, aber sieh dich doch mal an. Er hätte dich fast umgebracht.«

»Bitte, Bea. Lass uns einfach ...«

Bea lehnte sich auf ihrem Stuhl zurück und verschränkte die Arme vor der Brust.

»Ich sollte sie kontaktieren«, versuchte Alice es mit einer anderen Taktik. »Lass mich das machen. Okay?«

Beas Augen wurden schmal, aber sie nickte widerwillig.

Alice' Wunde war unfassbar schnell verheilt. Die Krankenschwester hatte gesagt, es würde womöglich noch zwei Wochen dauern, bis die Heftpflaster entfernt werden konnten, aber nach zwei Tagen war der Schnitt schon verschorft, und sie sprühte vor Energie. Sie brauchte dringend körperliche Betätigung, nachdem sie achtundvierzig Stunden ans Bett gefesselt gewesen war; zwei volle Tage, die sie größtenteils damit verbracht hatte, zu zeichnen und zu versuchen, ihrer Nachtschwalbe klarzumachen, dass sie, wenn sie einander je vertrauen sollten, nie wieder zulassen durfte, dass Alice' Seele freikam. Es war kein Missverständnis oder unbekannter Fehler, der Kuu dazu gebracht hatte davonzufliegen – sie hatte es ihm selbst befohlen. Sie hatte ihren Seelenvogel weggeschickt – aber diesem Befehl durfte er nie wieder Folge leisten. Und sobald Alice ihr Mielikki-Vermächtnis mit der zweiten Portion vom Bindungstrank gestärkt hatte, würden diese leichtsinnigen Instinkte hoffentlich nachlassen.

Zeichnen hatte sie schon immer beruhigt, und jetzt waren ihre Skizzenbücher mit Nachtschwalben und Gebäuden, Bäumen und Menschen gefüllt. Am Abend zuvor hatte sie Bea aus dem Gedächtnis gezeichnet, aber sie war aus der Übung, und das Bild sah ihr nicht wirklich ähnlich. Den Sommerbaum hatte sie immer und immer wieder gemalt. Aus irgendeinem Grund war es viel leichter, sich an die Form und Textur des Baumes zu erinnern, als an Beas Gesicht – und das, obwohl sie den Sommerbaum im letzten Jahr nur ein einziges Mal gesehen hatte, während sie Beas Gesicht jeden Tag sah.

Schließlich war die Wunde vollständig verheilt, und Alice ging wieder zur Arbeit, nur um festzustellen, dass die gesamte Studentenschaft vor Vorfreude auf den Besten-der Besten-Wettbewerb, der an diesem Abend in den Gärten stattfinden würde, ganz aus dem Häuschen war.

Behutsam ließ sie sich auf einem Stuhl nieder und blickte zu Reid hinüber – hatte die Professorin überhaupt gemerkt, dass sie zwei Tage gefehlt hatte? Ein kurzer Blick verriet ihr alles, was sie über Reids Gemütszustand wissen musste. Ihre Nachtschwalbe sah mitgenommen aus. Ihr dunkles Gefieder war zerzaust, und ihre Flügel weigerten sich, flach an ihrem Körper anzuliegen. Mit ihrem komplizierten Muster aus Brauntönen mit beigen Streifen und der auffällig gesprenkelten Brust erinnerte sie an eine Singdrossel, doch sie hatte einen breiteren, flacheren Kopf. Alice beobachtete sie aufmerksam. Magellans Nachtschwalbenkompendium enthielt viele Informationen über Gefiedermuster. Die Sprenkel auf der Brust zeigten eindeutig, dass Reid über Pellervoinens Vermächtnis verfügte.

Alice kaute nachdenklich auf ihrem Stift. Kuus Gefieder war vollkommen weiß. Keine Spur von den Mustern, die mit Mielikki assoziiert wurden. War das ein Zeichen, dass ihre Mielikki-Fähigkeiten ihrem Tuoni-Vermächtnis genetisch untergeordnet waren?

Reids hastige Schritte lenkten Alice' Aufmerksamkeit wieder auf die Professorin. Ihr Seelenvogel hatte nichts Bedrohliches an sich. Er wirkte müde, genau wie Reid selbst, aber nicht aggressiv. Alice überlegte, ob es den Versuch wert wäre, sie auf die Gemeinschaft der Bleichen Feder anzusprechen und nach Lügen oder ungewöhnlichen Reaktionen Ausschau zu halten. Wegen des Angriffs hatte sie sich immer noch nicht um die Angelegenheit mit dem Flugblatt gekümmert, das sie in Reids Unterlagen gefunden hatte.

Die Professorin trat von der Tafel zurück, die an der Wand hing. Keine Tafel im traditionellen Sinn, sondern ein glattpolierter Hämatitblock, der sich über die gesamte Länge des Raumes erstreckte. Dunkles grauschwarzes Sedimentgestein aus Eisenoxidkristallen, das im richtigen Licht glitzerte.

Reid überprüfte eine Berechnung, die sie angeschrieben hatte. Mit einer Hand folgte sie der chaotischen mathematischen Gleichung vom Anfang bis zur Lösung, die ihrer Reaktion nach falsch war.

»Es ist kein einfacher Richtungswechsel, wenn es einen Dominoeffekt auslöst, der alles ändert!«, fauchte sie und schleuderte die Kreide quer durch den Raum, wo sie von einer Kaffeetasse abprallte und unter den Tisch fiel. Frustriert fuhr sie sich durch die Haare und zog so fest daran, dass sich die Falten in ihrem Gesicht glätteten.

»Das war's«, verkündete sie. »Das war's für heute. Das war's endgültig!«

Mit einem ärgerlichen Knurren zog sie die Hände aus den Haaren, und beim Anblick des weißen Kreidestaubs, der ihren Lockenkopf bedeckte, schossen Alice' Augenbrauen in die Höhe. Sie sah aus wie eine Adelige mit gepuderter Perücke.

Reid wedelte mit der Hand, und die Gleichung verschwand. Während Alice noch überlegte, was sie jetzt wohl ohne Kreide machen würde, begann Reid auch schon, mit den Fingern heftig auf die Tafel zu kritzeln. Dann trat sie einen Schritt zurück, um ihr Werk zu begutachten. Verblüfft starrte Alice auf das schimmernde schwarze Gestein, in das die Professorin mit bloßen Fingern die Worte »Das war's!« eingeritzt hatte, als wäre es Butter. Dann nahm Reid die Ordner, die sich auf ihrem Tisch stapelten, und stürmte zu Alice. »Haben Sie die Unterlagen kopiert, die Sie schon vor Tagen für mich sortieren sollten?«

Alice erstarrte. Das hatte sie ganz vergessen. Nach Lesters Angriff hatte Bea sie sicher für sie aufbewahrt, aber jetzt lagen sie unkopiert wieder auf Alice' Schreibtisch.

»Ich kümmere mich gleich darum«, sagte sie gezwungen fröhlich und griff nach dem obersten Papierstapel, als Reid plötzlich einen erstickten Laut von sich gab. Die Ordner, die sie in der Hand hielt, fielen zu Boden, und mehrere Seiten landeten unter dem Tisch. Die knochigen Finger der Professorin zerrten an Alice' Ärmel und zogen ihn hoch, entblößten ihre Handgelenke.

Reid drückte ihren Arm, die Augen weit aufgerissen.

»Was ist los?«, fragte Alice alarmiert.

Alle Farbe war aus Reids Gesicht gewichen. Ihr Blick war wild – manisch –, und sie musterte Alice mit verstörender Intensität.

»Aber… Wo haben Sie…?«, stammelte sie, und ihr Blick schweifte von Alice' Kleidung zu dem Ring an ihrem Finger und ihrem unaufgeräumten Schreibtisch. »Wie können Sie…?«

Ihre Hand schloss sich fester um Alice' Arm, und ihre Fingernägel gruben sich schmerzhaft in ihre Haut. Alice versuchte, sich loszureißen – ihre Verwirrung ging rasch in Wut über.

»Hören Sie auf!«, fuhr sie Reid an. »Was zum Teufel denken Sie, was Sie da…«

Reid ließ so plötzlich los, dass Alice' Arm zurückflog. Ihr Ellbogen stieß gegen den Stapel Papier auf ihrem Schreibtisch, und es segelte zu Boden.

Reid starrte darauf, ihr Gesicht von blankem Entsetzen verzerrt.

Alice' Blick richtete sich auf Reids Nachtschwalbe. Der kleine Vogel zitterte vor Schreck und Angst – und Alice konnte noch ein anderes starkes Gefühl ausmachen, das alles andere überlagerte. Vivian Reid hatte ein dunkles Geheimnis – und bis zu diesem Moment hatte ihre Nachtschwalbe nichts davon durchblicken lassen.

Alice öffnete den Mund, um sie auszufragen, doch ohne ein Wort der Erklärung packte Reid ihre Ordner, wirbelte herum und torkelte aus dem Labor wie eine Betrunkene.

Einen langen Moment saß Alice schockiert da, unfähig zu begreifen, was gerade geschehen war. Reid hatte einmal eine Tasse aus dem Fenster geworfen, sie hatte geschrien und geschimpft, ihre Worte barsch, manchmal sogar verletzend. Aber sie war noch nie handgreiflich geworden.

Stirnrunzelnd rieb Alice ihren Arm. Diese Irre würde sie nie wieder anfassen, so viel stand fest. Aber was um alles in der Welt hatte sie so aufgewühlt? Und was verheimlichte sie? Hatte das irgendetwas mit dem Flugblatt der Gemeinschaft der Bleichen Feder zu tun? Alice schaute sich die roten Striemen an, die Reids Fingernägel auf ihrer Haut hinterlassen hatten, und schüttelte fassungslos den Kopf.

Tja, ihre Kopien konnte sie vergessen, dachte sie wütend, sammelte die Seiten auf, die auf dem Boden gelandet waren, und schob sie in das Marmorschränkchen unter Reids Schreibtisch. Doch die Professorin kam nicht zurück.

Ein paar Stunden später klopfte es an der Tür, und Alice kniff argwöhnisch die Augen zusammen. Sie rutschte von ihrem Hocker, lief zur Tür und riss sie auf.

»Ja?«

Im Korridor wartete jemand auf sie, lässig an die Wand gelehnt, die Hände in den Jackentaschen vergraben. Und es war nicht Reid, die gekommen war, um sich zu entschuldigen.

»*Sasha?*«

Beim Anblick ihrer Freundin durchströmte Alice eine tiefe Erleichterung.

Gott sei Dank.

Ein vertrautes Gesicht von außerhalb der Universität war genau, was sie jetzt brauchte. Jemand, dem sie sich rückhaltlos anver-

trauen konnte. Jemand, der genau wusste, was sie durchmachte –
Sasha hatte sich früher auch vor ihrem Vermächtnis gefürchtet.
Wegen ihrer Fähigkeit, Wasser zu kontrollieren, hatte sie sich
die Schuld am Ertrinkungstod ihrer Schwester gegeben und ihre
Gabe unterdrückt, bis sie mit Gewalt hervorbrach. Als sich herausgestellt hatte, dass es deswegen oft zu Überschwemmungen
gekommen war, während sie zusammen in Coram House wohnten, hatte Sasha allmählich begonnen, ihr Vermächtnis zu akzeptieren. Zwar sahen sie sich nicht mehr jeden Tag – oder auch nur
regelmäßig alle zwei Wochen –, aber Sasha zu Besuch zu haben
hatte etwas Tröstliches an sich, obwohl sie alles andere als ge-
fühlsduselig war.

Alice ging auf sie zu, um sie zu begrüßen, doch Sasha hob ab-
wehrend die Hand. »O nein. Wir sind keine Umarmer. Runter mit
den Armen.«

Lachen wirkte befreiend, die Anspannung in Alice' Brust ließ
nach, und eine neue Leichtigkeit überkam sie. »Du hast ja keine
Ahnung, wie froh ich bin, dich zu sehen.«

Sasha hatte reichlich Sonne abbekommen, ihre ohnehin schon
dunkle Haut war tiefbraun. Sie trug eine weite Hose mit Ho-
senträgern über einer weinroten Bluse, und ihre schwungvollen
schwarzen Locken waren mit einem passenden Kopftuch hochge-
bunden. Ihr einzigartiger Stil gab Alice immer das Gefühl, hoffnungslos unmodisch zu sein.

Ihre Nachtschwalbe, ein schlicht gemusterter Vogel mit flau-
migem, zerzaustem Gefieder in warmen Erdtönen, saß auf ihrer
Schulter und beobachtete Alice ruhig.

»Lust auf einen Drink?«, fragte Sasha. »Dann kannst du mir erklären, warum du mich mit Herzchen in den Augen ansiehst und
warum du dich heimlich mit Worzel Gummidge triffst.«

»Mit wem?«

Sasha stieß sich von der Wand ab und marschierte los, sodass

Alice schnell ihre Tasche aus dem Labor holen und ihr nacheilen musste.

»Die menschliche Vogelscheuche... August«, erklärte Sasha spöttisch. »Dein mangelndes Wissen über 80er-Jahre-Popkultur macht mich echt fertig. Das ist *moderne Geschichte*. Hast du nicht Geschichte studiert?«

»Komischerweise kam in meiner Dissertation über Bismarcks Einigung Deutschlands nicht viel Popkultur vor.« Ein Grinsen schlich sich auf Alice' Gesicht, und auch Sasha musste schmunzeln, verdrehte dann gespielt genervt die Augen und schob die Tür zum Hof auf.

»Er will nichts verraten«, sagte Sasha. »Aber ich habe überall Spione. Einer von ihnen hat euch zusammen gesehen. Nicht *zusammen* zusammen – sonst würde Crowley ihn umbringen –, einfach nur zusammen.«

»Jemand in der Nekropolis?«, vermutete Alice.

»Ihr wart in der Nekropolis?!«, fragte Sasha, plötzlich ganz Ohr. »Warum das?«

»Was? Aber du hast doch gesagt... Wer hat uns dann gesehen?«

»Pippa Stridley war im Rook's Nest was trinken und meinte, sie hätte August mit einer Frau gesehen. Als sie sie beschrieben hat – furchtbare Frisur, langweilige Klamotten, keinerlei Wissen über 80er-Jahre-Popkultur –, wusste ich sofort, dass sie von dir redet.«

Sasha blieb unvermittelt stehen, und Alice prallte von hinten gegen sie.

»Meine Neugier wurde dadurch geweckt, dass August jedes Mal, wenn Jude und ich uns mit dir treffen wollten, abgelehnt hat mitzukommen«, erklärte Sasha. »Er war immer zu beschäftigt mit seinem neuen, streng geheimen Job. Aber jetzt sieht es ganz danach aus, als wäre er gar nicht so beschäftigt gewesen.«

Alice verzog schuldbewusst das Gesicht. »Er hat mir einen Gefallen getan, nichts weiter, aber ich wollte nicht, dass ihr euch Sorgen macht.«

Neue weinrote Beeren hingen an den Ästen des Maulbeerbaumes und lockten Amseln und Finken an, die vom Himmel herabschossen, um sich daran gütlich zu tun.

»Dann erzähl mal«, sagte Sasha und lief Alice voraus zu der Bank unter dem Blätterdach. Zwei Studenten näherten sich von der anderen Seite des Hofes mit demselben Ziel, aber Sasha war eine Millisekunde schneller. Sie ließ sich auf die Bank plumpsen und warf ihnen einen triumphierenden Blick zu.

Einer der Jungs stieß den anderen mit dem Ellbogen an, und als sie sich davonmachten, sah Alice die Teleskope, die aus ihren Rucksäcken hervorlugten. Astronomiestudenten. Als sie am Maulbeerbaum vorbeikamen, hob einer von ihnen eine Beere auf und hielt sie hoch. In Sekundenschnelle schwoll sie zur Größe einer Grapefruit an. »Wie zum Teufel machst du das?«, murmelte sein Freund verblüfft.

»Keine Ahnung«, antwortete der lachend. »Aber ich kann nicht aufhören!«

»Du hättest am Wettbewerb teilnehmen sollen«, meinte sein Freund.

»Ich hab's versucht! Leider bin ich schon vor Monaten bei den Vorprüfungen ausgeschieden.«

Zwei Amseln, die über ihnen kreisten, stürzten sich mit aggressivem Flattern und Kreischen auf die riesige Beere. Lachend warfen die Studenten sie weg und rannten über die Wiese zu der Zuschauermenge, die sich für den Wettbewerb eingefunden hatte.

Alice beobachtete das Ganze aufmerksam und dachte an ihr Gespräch mit Bea in der Abtei und Toms neue Umblätterfähigkeit.

Ungeduldig packte Sasha sie am Ärmel und zog sie auf die

Bank. »Na los«, sagte sie, »wir haben uns einen Monat nicht gesehen. Erzähl schon.«

»Du weißt, dass ich Crowley getroffen habe?«, fragte Alice.

»Na klar. Er hat mir meinen Besuchsabend geklaut, und dann hat er tagelang kaum ein Wort gesagt.«

Eine halbe Stunde später, nachdem Alice die Schleusentore geöffnet und sich alles von der Seele geredet hatte – den Ausflug zur Nekropolis, ihren nahenden Tod, Holly, die Prüfungen, den Bindungstrank, die Angriffe, Reid –, erkundigte sich Sasha mit einem besorgten Stirnrunzeln: »Aber jetzt geht es dir wieder gut? Was immer schiefgelaufen ist, der Bindungstrank hat dich geheilt?« Sie lehnte sich zurück und musterte Alice nachdenklich. »Du siehst besser aus als bei unserem letzten Treffen.«

»Ich bin nicht mehr krank«, bestätigte Alice.

Sasha atmete auf und schüttelte fassungslos den Kopf. »Scheiße, Alice. Warum hast du das für dich behalten? Warum hast du mir nichts davon gesagt?«

Alice' Kehle war plötzlich staubtrocken. »Ich… Ich wollte nicht, dass du dir Sorgen wegen etwas machst, wogegen du sowieso nichts tun kannst. Aber jetzt ist alles okay. Solange ich auch die anderen beiden Portionen vom Bindungstrank kriege, werde ich nicht wieder krank.«

Sasha sah sie ernst an, und Alice wartete auf ihr Urteil. Schließlich schüttelte ihre Freundin den Kopf und bemühte sich offenkundig, die angespannte Stimmung zu lockern. »Also, wie lange bist du jetzt wieder in der Rookery? Sechs Monate? Und schon hast du wieder einen mysteriösen Feind aufgetan. Typisch Alice.«

Alice lächelte gequält. »So mysteriös ist er gar nicht«, erwiderte sie, legte den Kopf in den Nacken und ließ ihren Blick über den Himmel wandern. Es dämmerte, und von der vorangegangenen Hitze war nichts mehr zu spüren.

»Du weißt also nicht, ob dieser Lester einfach wilde Behauptungen aufstellt oder zur Gemeinschaft gehört?«, fragte Sasha, holte zwei Flachmänner heraus und reichte Alice einen.

Alice schüttelte den Kopf, schraubte das Fläschchen auf und trank einen großen Schluck: Gin und Holunderblüte. »Nein«, sagte sie. »Und jetzt weiß ich nicht mal, ob meine Chefin Vivian Reid womöglich auch mit Marianne unter einer Decke steckt.«

»Klingt, als hättest du hier eine Menge neuer Freunde gefunden«, sagte Sasha und lockerte ihren Hosenträger. »Wie kommst du darauf, dass deine Chefin mit Northam zu tun hat?«

Alice rang sich ein Lächeln ab. »Ich habe ein Flugblatt der Gemeinschaft in ihren Unterlagen gefunden.«

»Ein belastendes Indiz«, meinte Sasha und folgte Alice' Blick zur untergehenden Sonne. »Allerdings wirft die Gemeinschaft mit diesen Flugblättern um sich wie mit Süßigkeiten. Wahrscheinlich würdest du in jedem zweiten Haus in der Stadt so eins finden. Ich habe Jude einmal dabei erwischt, wie er mit einem zusammengefalteten Flyer die Speichen seines Rollstuhls geputzt hat, und er weiß, dass die Dinger bei uns verboten sind.«

»Na ja ... kann schon sein. Ich weiß es einfach nicht mehr. Und ich weiß auch nicht, wie die Gemeinschaft zu mir steht. Also ich weiß, dass Marianne mich hasst, aber im Grunde genommen ...«

»... sollten sie dich verehren«, beendete Sasha den Satz mit einem breiten Grinsen. »Ein Beweis dafür, wie verquer ihre Denkweise wirklich ist.«

»Ich glaube, Marianne ist eine Betrügerin«, sagte Alice. »Ihr geht es nicht um Tuoni, sondern um Macht. Wenn ich ihr keinen Strich durch die Rechnung gemacht hätte – wenn sie es tatsächlich geschafft hätte, ihren eigenen ... Messias ... mit Tuoni zu zeugen ...« Alice runzelte die Stirn und trank noch einen Schluck. »Stell dir nur vor, wenn ihr das gelungen wäre. Dann hätte sie das Baby benutzt, um alles zu zerstören – aber nur, weil sie das Gefühl von Macht genießt.«

»Das muss man diesen Tigermüttern schon lassen …«, sagte Sasha trocken.

Alice warf ihr einen Seitenblick zu und lachte.

»Wenn diese Frau ein Kind bekommen würde«, fuhr Sasha fort, »wäre es eine Ausgeburt der Hölle – eine Teufelsbrut, kein Kind des Todes.« Ihre Locken tanzten, als sie sich zurücklehnte. »Bei diesem Vergleich gewinnst du haushoch, falls das nicht klar gewesen sein sollte.«

Alice' Lächeln ging in ein Seufzen über. Plötzlich war sie unendlich müde. Aus der Menge auf der Wiese ertönte ein Grölen, und Sasha zog verwundert die Augenbrauen hoch.

»Der Beste-der-Besten-Wettbewerb«, erklärte Alice.

»Dann wollen wir doch mal sehen, was für Blödsinn hier abgeht«, sagte Sasha, stand auf, nahm ihr Fläschchen Gin und marschierte geradewegs auf den Ursprung der Aufregung zu. Alice eilte ihr nach.

Grüppchen von Studenten standen jubelnd und lachend mit Biergläsern in den Händen um den Schauplatz herum. Andere saßen im Schneidersitz auf der Wiese und behielten das Treiben mit einem Auge im Blick, während sie sich mit ihren Freunden unterhielten. Hin und wieder ging ein Sturm der Begeisterung durch die Menge. Die Atmosphäre erinnerte weniger an einen organisierten Wettkampf als an ein Freundschaftsspiel sonntags im Park. Offensichtlich hatte Saufen dabei oberste Priorität.

Auf der Wiese befanden sich vier rivalisierende Gruppen – alle in T-Shirts mit dem Wappen ihres Hauses. Die beiden Teams, die am weitesten entfernt waren, ein halbes Dutzend Studenten aus Haus Ahti und Ilmarinen, saßen sich mit einem Holzklotz in der Mitte gegenüber. Dampf und Rauch stiegen von der Rinde auf, während die Studenten wild gestikulierten, die Gesichter verschwitzt vor Anstrengung.

»Was machen sie da?«, fragte Sasha.

»Ich glaube, die Ilmarinens versuchen, den Holzklotz in Brand zu setzen, während die Ahtis versuchen, ihn nass genug zu halten, dass sie es nicht schaffen. Ein Zermürbungskrieg.«

Sasha schnaubte abfällig, dann wandten sie sich beide den Teams von Haus Mielikki und Pellervoinen zu. Auch zwischen ihnen lag ein Holzklotz, aber er befand sich in einer riesigen Glasschüssel voller Schlamm und dampfendem Wasser. Die äußere Schicht der Rinde war zerfurcht, glänzte aber, als wäre sie poliert worden – und sie wechselte die Farbe. Leuchtendes Orange, Tiefrot und ein dunkles Grau loderten darin auf, bevor sie wieder das gewohnte Erdbraun annahm.

»Was geht da ab?«, fragte Sasha.

»Team Pellervoinen versucht, das Holz zu Stein erstarren zu lassen«, antwortete der junge Mann vor ihnen. Als er sich zu ihnen umdrehte, erkannte Alice ihn als den Astronomiestudenten, der die Beere hatte wachsen lassen. Er warf Sasha ein schüchternes Lächeln und einen bewundernden Blick zu. »So wird Holz fossiliert. Sie versuchen, das organische Material in den Zellwänden des Holzes mit Mineralien und Sedimenten anzureichern. Stein gegen Pflanze. Haus Mielikki versucht dagegenzuhalten.«

Unwillkürlich musste Alice an die Steinbäume und versteinerten Quarztische denken, die sie auf dem Markt gesehen hatte, und lächelte in sich hinein. Sie hatte gedacht, der Händler wolle ihr einen Bären aufbinden.

Der Astronomiestudent räusperte sich, dann sagte er wie beiläufig: »Hey, nächstes Jahr werde ich auch teilnehmen, wenn ihr vorbeikommen und …«

Sasha starrte ihn an, bis er sich mit hochrotem Gesicht abwandte. Kopfschüttelnd zog sie sich aus der Menge zurück. »Eigenartig«, sagte sie und gönnte sich einen großen Schluck Gin. »Jeder Einzelne von ihnen.«

Auf dem Weg zurück zum Hof warf Alice ihrer Freundin einen unsicheren Blick zu. »Wusstest du, dass Crowley dachte, ich hätte was mit einem Typen hier?«, fragte sie, während die Menge erneut in Jubel ausbrach.

»Ja.«

»Ein Kerl namens Tom. Er arbeitet als Techniker, aber zwischen uns läuft nichts – rein gar nichts. Wir sind nur Freunde.«

Sasha nickte und ließ sich schwer auf die Bank sinken. »Und das soll ich Crowley gegenüber unauffällig erwähnen?«

»Ich weiß es nicht«, seufzte Alice und blickte zum wolkenlosen Himmel hoch. »Ich weiß nicht, wie ich darüber hinwegkommen soll, was er getan hat.« Dann fügte sie hinzu: »*Du* bist anscheinend darüber hinweggekommen.« Schließlich hatte Crowley sie alle angelogen.

»Wir haben uns zusammengesetzt und darüber geredet. Ausführlich. Alle Karten auf den Tisch gelegt«, erklärte Sasha. »Hast du's mal damit versucht?«

Alice verzog das Gesicht. Sasha wusste genau, dass sie das nicht hatte.

»Ich mache mir immer noch Sorgen, dass ich ihm verzeihen werde, wenn ich mit ihm rede.« Sie zuckte die Achseln. Das klang absurd, wenn sie es laut aussprach. Sie war einfach froh, dass Sasha heute vorbeigekommen war. So, wie sie sich in letzter Zeit gefühlt hatte, mit ihrer Krankheit, den Angriffen und der akuten Angst, dass Marianne wiederauftauchen würde, hätte sie sonst vielleicht klein beigegeben und ihn aufgesucht, einfach um jemanden zu haben, dem sie nichts vormachen musste. Aber dieses Bedürfnis hatte Sasha gestillt.

Sasha nickte und nahm noch einen Zug aus ihrer Flasche. »Crowley zu verzeihen zeugt nicht von Schwäche«, sagte sie. »Das heißt nicht, dass du aufgibst, sondern dass du … weitermachst. Und manchmal erfordert das mehr Mut. Es ist schwerer, aus einem

Schützengraben zu klettern und durch Niemandsland zu rennen, als sich zu verschanzen und den Krieg auszusitzen.«

Ein kleines Lächeln schlich sich auf Alice' Gesicht. »Guter Vergleich.«

»Ich dachte mir schon, dass du die Geschichtsreferenz zu schätzen weißt.«

Eine Weile saßen sie schweigend auf der Bank und tranken ihren Gin. Alice war dankbar für Sashas Besuch, denn ihre Gesellschaft war eine Wohltat für ihre angespannten Nerven. Reids manisches Verhalten hatte sie unruhig gemacht.

»Ich muss los«, sagte Sasha schließlich und stand auf. »Ich muss morgen früh raus.«

»Dann sehen wir uns in ein paar Wochen?«, fragte Alice und erhob sich ebenfalls.

»Wie wär's, wenn ich dich ausnahmsweise mal nicht hier besuche, sondern du zu uns kommst?«, schlug Sasha vor und zog die Augenbrauen hoch.

»Vielleicht«, antwortete Alice. »Ich überleg's mir.«

»Überleg nicht zu lange. Sonst kommt womöglich jemand vorbei und schnappt dir Crowley weg, während du Däumchen drehst. Ich kenne eine Menge Frauen, die auf solche stoischen Bestattertypen total abfahren.«

Alice schnaubte und wandte verlegen den Blick ab. Früher war Crowley so stoisch gewesen, dass es fast an Gleichgültigkeit grenzte. Doch Sashas Worte hinterließen ein emotionales Echo, das Alice nicht gleich entschlüsseln konnte. Dann traf sie die Erkenntnis wie ein Schlag: Jen hatte Crowley auch mal als Bestatter beschrieben.

»Ich gebe dir Bescheid«, sagte sie und rang sich ein Lächeln ab.

Sasha nickte und wandte sich zum Gehen, doch auf halbem Weg über die Wiese blieb sie noch einmal stehen.

»Oh«, sagte sie und drehte sich zu Alice um. »Wegen diesem

Lester... Ich werde ein paar Nachforschungen anstellen und sehen, was ich über ihn rausfinden kann. Aber gegen dich hat er keine Chance. Wenn er noch mal so was versucht, zeig ihm, aus welchem Holz du geschnitzt bist.« Sie grinste, offenbar sehr stolz auf das Wortspiel.

Alice wurde rot, und plötzlich hatte sie einen dicken Kloß im Hals. »Hey, nicht so laut«, brachte sie heraus, »sonst denken die Leute noch, dir liegt was an mir.«

»Tja, mir liegt auch was an August und Crowley«, erwiderte Sasha, »also hängt die Messlatte ziemlich tief.«

Alice lachte, und Sasha hielt einen Moment inne. Sie tauschten ein kleines Lächeln aus, dann machte sich Sasha wieder auf den Weg.

»Warte!«, rief Alice. »Komm mit mir zum Mittsommerfest! Ich stelle dich meiner Mentorin vor. Du wirst sie mögen. Und Tom auch.«

»Welches Fest?«, fragte Sasha.

»Das Ukon Juhla auf Crane Park Island.«

Sasha schüttelte den Kopf. »Ich gehe zu dem im Hyde Park.«

»Bitte, Sasha. Das wird lustig.«

»Ich kann nicht. Jude hat mich eingeladen, ein paar seiner Freunde aus dem Royal Mint zu treffen.«

Alice' Augenbrauen schossen in die Höhe. »Oh. Beim Mittsommerfest? Moment, seid ihr zwei...?«

Crowley hatte ihr vor Längerem erzählt, dass Sasha Gefühle für Jude hegte – aber soweit Alice wusste, hatten sie den Sprung nie gewagt und seit Monaten kein Wort darüber verloren.

»Nein«, sagte Sasha nachdrücklich. »Wir haben einen Schlussstrich gezogen. Jude ist mein bester Freund, und manche Freundschaften sind zu wichtig, um sie für eine Romanze zu riskieren. Vielleicht ist das die Konsequenz, wenn man zu lange wartet – man verpasst seine Chance.« Sie zuckte die Achseln. »Das ist eine Lektion fürs Leben«, sagte sie und sah Alice vielsagend an.

»Du hast schon wieder Philosophiebücher gelesen, oder?«, stöhnte Alice.

Sasha lachte. »Ja, das habe ich. Die Philosophie des Rationalismus im Vergleich zum Empirismus. Wenn ich Mittagspause habe, versuche ich, den Sinn des Lebens zu ergründen.«

»Ich sollte dich meiner Chefin vorstellen«, sagte Alice kopfschüttelnd. »Also, was haben die Bücher zu dem Thema zu sagen?«

»Sie sagen: Warte nicht, bis der Funke erlischt, bevor du jemandem deine Gefühle gestehst. Es sei denn, du willst versuchen, ein nasses Streichholz anzuzünden.« Sie seufzte tief. »Oder vielleicht stammt das von mir, nicht aus den Büchern. Aber egal – zurück zum Mittsommerfest. Wir werden sehen. Vielleicht schauen wir im Crane Park vorbei, wenn die ersten Freudenfeuer im Hyde Park angezündet sind. Danach geht sowieso alles den Bach runter, von daher ...« Sie drehte sich um und lief auf die Tür zum Unigebäude zu. »Wir sehen uns!«, rief sie mit einem lässigen Winken.

Alice lächelte. »Ja«, schrie sie, »beim Mittsommerfest!«

»Vielleicht«, erwiderte Sasha kopfschüttelnd.

»Auf jeden Fall!«, rief Alice ihr nach.

Da schallte ein lautes Jubeln über den Campus, und eine Stimme aus der Ferne verkündete: »Haus Mielikki hat gewonnen!«

13

Am nächsten Morgen war Bea nicht in der Bibliothek. Sie hatte ihr eine Nachricht hinterlassen, dass sie ein paar Stunden weg sein würde. Alle Mitglieder des Regierungskomitees von Haus Mielikki waren zu einem dringenden Meeting beordert worden. Zwar war Bea kein Mitglied des Komitees, aber sie führte bei den monatlichen Sitzungen Protokoll.

Alice sah sich die beiden Bücher an, die Bea für sie dagelassen hatte: *Die Kunst des Schnitzens* von Bridie Walsh & Mary Lynch und *Unerwünschtes beseitigen: Wie man Schädlinge dauerhaft entfernt* von C. Carrasco. Bea hatte die Seiten markiert, die Alice bis Montag lesen sollte. Eine Unmenge. Sie klemmte sich die Bücher unter den Arm und machte sich auf den Weg zum Labor, doch in Gedanken war sie ganz woanders: Was hatte es wohl zu bedeuten, dass in Haus Mielikki ein dringendes Meeting einberufen worden war?

Zerbrochenes Glas knirschte unter Alice' Stiefeln, und sie blieb wie angewurzelt stehen. Das Labor bot ein Bild der Verwüstung. Schockiert blickte sie sich um und ging weiter, sodass die Tür hinter ihr zufiel. Das leise Knirschen hallte in der Stille wider.

Sie ging zu ihrem Schreibtisch und legte Beas Bücher ab, dann sah sie sich genauer um. Ihr Atem stockte. Reids Schreibtisch war umgeworfen worden und lag in Trümmern, ihre Hämatit-Tafel war in zwei Teile zerbrochen, die Regale waren umgekippt, ihre skelettartigen Gestelle zertrümmert, und überall lagen Bücher mit zerfetzten Einbänden und herausgerissenen Seiten herum. Der Putz rieselte von den Wänden, ein feiner Nebel, der sich über alles legte. Reids Stuhl war umgekippt, die Beine abgebrochen. Überall Glasscherben, Holzstücke und Überreste von Mauerwerk. Zerrissenes Papier bedeckte einen Teil des Chaos.

Was war hier passiert?

In diesem Moment ging die Tür auf. Alice hörte sie über den Scherbenteppich schleifen und drehte sich in der Erwartung um, eine entsetzte Vivian Reid zu sehen. Doch es war der Hausmeister Eugene Reilly – mit seinem weißen Bart und der Matrosenmütze erinnerte er sie an einen alten Schiffskapitän.

»Ich habe die Runner angerufen«, sagte er. »Sie schicken jemanden her. Du solltest besser gehen.«

»Wer war das?«, fragte sie fassungslos.

Er zuckte die Achseln. »Vandalen vermutlich. Zu extrem für einen Studentenstreich. Ich räume auf, sobald die Runner weg sind.«

»Weiß sie es schon? Hat sie es gesehen? Die Frau, die mit mir hier arbeitet, meine ich.«

»Professor Reid? Nein. Wenn sie wüsste, wie es hier aussieht, hätten wir ihr Geschrei aus meilenweiter Entfernung gehört.«

»Wahrscheinlich, ja«, stimmte sie zu und ließ ihren Blick über das heillose Durcheinander schweifen.

Es sah aus, als hätte jemand etwas gesucht und vor Wut alles kurz und klein geschlagen, als er es nicht gefunden hatte. Da fiel ihr plötzlich etwas ein. Der Ausdruck in Lesters Augen, als er den Namen ihrer Fakultät auf dem Ordner gesehen hatte, den sie in der Bibliothek dabeihatte. Er wusste jetzt, wo sie arbeitete. Aber wenn es hierbei um sie ging, was wollte er damit bezwecken? War es nur ein Versuch, ihr Angst einzujagen?

Alice zog die Stirn kraus, die Lippen fest zusammengepresst. Wenn Reid dachte, Alice wäre für die Zerstörung ihres Labors verantwortlich, würde sie sie mit Sicherheit feuern. *Dieser verdammte Mistkerl.* Lester musste völlig übergeschnappt sein. Eine kalte Wut stieg in ihr auf.

»Hier drin ist es nicht sicher«, sagte Eugene. »Komm mit in den Belegschaftsraum, dann trinken wir was Warmes, während wir auf die Runner warten.«

Alice zuckte zusammen. Sie wollte nichts mit den Runnern zu tun haben. Sie hatte ihnen nicht einmal gemeldet, dass sie angegriffen worden war. »Ich … hole nur schnell meine Sachen«, sagte sie und rang sich ein Lächeln ab. Der Hausmeister nickte und schlurfte davon.

Alice zögerte. Was, wenn Reid etwas zugestoßen war? Es sah ihr gar nicht ähnlich, zu spät zur Arbeit zu kommen. Ihr Blick fiel auf Reids Marmorschränkchen. Vorher hatte es unter ihrem Schreibtisch gestanden, doch jetzt lag es frei. Ein Riss zog sich durch die Mitte, und die Schubladen hingen schief. Darin bewahrte Reid ihre Forschungsnotizen auf. Jemand – Lester? – war so daran interessiert gewesen, dass er die Schubladen durchforstet hatte. Aber warum? Reid hatte sie nicht einmal abgeschlossen.

Vorsichtig bewegte sie sich durch das Chaos auf das Schränkchen zu und bückte sich, um es zu inspizieren. Die Schubladen hatten sich verkeilt, sodass sie nicht sehen konnte, ob sich Reids Aufzeichnungen noch darin befanden. Sie riss an den Griffen, aber sie rührten sich nicht. Auf der Suche nach etwas, womit sie die Schubladen aufstemmen könnte, fiel ihr Blick auf ein Holzstück am Boden. Sie rammte es in den schmalen Spalt und drückte, so fest sie konnte, doch das Holz zerbrach in ihrer Hand.

Ein rascher Blick zur Tür, um sich zu vergewissern, dass die Runner nicht im Anmarsch waren, dann brach sie ein kleines Stück Holz ab und rollte es zwischen den Händen. Ein warmes Prickeln strahlte von ihren Fingern aus und strömte durch ihre Arme, während sie das Bild des winzigen Holzstücks in Gedanken festhielt. Langsam streckte sie die Hand aus, und das Holz vibrierte wie ein Reiskorn in kochendem Wasser. Die Augen vor Konzentration zusammengekniffen schob sie den Splitter durch die Lücke in die mittlere Schublade des Schränkchens und wich schnell zurück.

Mit angehaltenem Atem zählte sie die Sekunden.... *acht...* *neun... zehn...* Ein gewaltiges Krachen erschütterte die Schublade, als der Splitter darin plötzlich wuchs. Wie eine Bombe explodierte das Holz und traf das Schränkchen mit solcher Wucht, dass alle Schubladen herausflogen. Alice' Herz pochte wild, als sie sich bückte und einen Blick hineinwarf – was, wenn Reids Aufzeichnungen, die sie immer noch nicht kopiert hatte, gestohlen worden waren?

Die Schublade war leer.

Eine heftige Übelkeit überkam sie. Wenn sie die Notizen nur kopiert hätte, als Reid sie darum gebeten hatte... Sie schluckte und suchte verzweifelt nach irgendetwas, das sie noch retten konnte. Auf dem Boden der letzten Schublade lagen Papierfetzen, und in der Ecke steckte irgendetwas fest. Sie zog und zerrte daran, bis es sich endlich löste. Ein Umschlag. Sie sah ihn sich genauer an. Ein sehr alter Umschlag, die Schrift auf der Vorderseite verblasst und unlesbar. Darin befanden sich zwei Fotos. Eins davon kannte sie. Es war eine exakte Kopie des Bildes auf dem Cover von Cecils Buch. Eine elegante Frau in einem ovalen Rahmen, der Inbegriff kühler Gelassenheit. Warum bewahrte Reid ein Foto von Leda Westergard in ihrer Schublade auf?

Mit einem verwirrten Stirnrunzeln sah Alice sich das zweite Foto an. Es zeigte eine Gruppe Frauen und Mädchen auf einer Picknickdecke im Garten, ihre lächelnden Gesichter der Sonne zugewandt. Eine der Personen auf dem Bild ließ Alice verblüfft innehalten. Sie war kaum mehr als ein Kind, aber diese raubtierhaften Augen hätte sie überall wiedererkannt: Marianne Northam. Sie sah sich das Bild noch einmal an, und ihr Blick verharrte auf dem etwas älteren Mädchen mit krausen Locken neben Marianne, das den Arm um einen nassen Labrador geschlungen hatte. War das ... *Reid?* Mit zitternden Händen drehte sie das Foto um. Auf die Rückseite war mit Bleistift eine Nachricht gekritzelt, die sie gerade noch entziffern konnte:

Von links nach rechts: Helena, Leda, Emmi, Catherine, Marianne, Hanna, Florens und Tilda.
23. August: Die jährliche Jarvis-Benefizveranstaltung. Sieh dir Tildas nasses Kleid an! Sie meinte, nächstes Jahr lässt sie entweder Hunde oder das Spielen am Teich verbieten. Fast hätte ich ihr gesagt, dass sie lieber sich selbst verbieten soll, aber ich hab mir auf die Zunge gebissen, damit Mama nicht sauer wird.

Alice' Anspannung ließ nach. Dann war es also doch nicht Reid – eine Vivian stand nicht auf der Liste. Aber mit Marianne hatte sie recht gehabt. Und die anderen ... Sie sah sich ihre Gesichter genau an und kniff die Augen zusammen, um die leicht verschwommene Aufnahme in den Fokus zu rücken. Das zweite Mädchen von links war der Liste zufolge Leda Westergard. Marianne hatte den Chancellor von Haus Mielikki gekannt. Wie tief reichten ihre Machenschaften? Die Hämomantin hatte ihre Krallen in die Runner geschlagen; hatte sie früher auch mehr Einfluss auf den Rat gehabt? Alice blickte sich um, machte sich das ganze Ausmaß der Zerstörung bewusst – eine düstere Mahnung, dass Marianne auch versuchte, die Universität zu infiltrieren.

Schritte und leise Stimmen draußen vor dem Fenster ließen sie erschrocken zusammenfahren. Vorsichtig kam sie hinter dem Schrank hervor und spähte hinaus. Eugene führte zwei Runner über den Schotterweg an der Seite des Cavendish Building. Als sie näher kamen, zeigte der Hausmeister auf das Fenster des Labors, und Alice duckte sich rasch.

Reuben Risdon. Verdammt, Reuben Risdon war hier. Fiel Vandalismus wirklich in den Verantwortungsbereich eines Polizeikommandanten?

Er hatte sich kein bisschen verändert. Selbst seine burgunderrote Weste und sein abgetragener blauer Mantel sahen noch genauso aus, wie Alice sie in Erinnerung hatte. Ein großer, schlanker Mann Anfang fünfzig, dessen zerzaustes graues Haar im Sonnenlicht schimmerte. Mit forschendem Blick untersuchte er die Eingangstür des Gebäudes – zweifellos suchte er nach Anzeichen eines Einbruchs.

Sein Anblick widerte sie an. Sie hasste ihn aus tiefster Seele. Noch nie zuvor hatte sie jemanden wirklich und wahrhaftig gehasst. Es kam ihr seltsam vor, dass sie überhaupt dazu in der Lage war. Nach Jens Tod hatte sie gedacht, die Wut würde mit der Zeit nachlassen, oder sie würde seine Beweggründe irgendwann besser verstehen. Aber zu ihrer eigenen Überraschung hatte sie die Verachtung genährt, bis sie in ihrem Herzen Wurzeln schlug. Er hatte ihre beste Freundin ermordet. Es war ihr völlig gleichgültig, dass er es getan hatte, um die Stadt zu retten. Es war ihr gleichgültig, dass er es getan hatte, damit sie nicht mit der Bürde leben musste, dass ihre Seele die Rookery zerstört hatte. Sie wusste, dass das irrational war. Aber Risdon zu hassen war das Einzige, was es ihr ermöglichte, nach Jens Tod mit ihrer Schuld zu leben. Solange sie ihn hasste, musste sie nicht sich selbst hassen.

Sein Blick schweifte in ihre Richtung, und sie wich hastig zurück.

Zeit zu verschwinden.

Schnell nahm sie ihre Bücher und den Umschlag mit den Fotos und lief zur Tür. Ohne noch einen Blick zurückzuwerfen, eilte sie davon. Sie brauchte dringend frische Luft und Zeit zum Nachdenken.

Vor ihrer Wohnung lag ein Blumenstrauß, in Sackleinen eingewickelt und mit Bändern geschmückt. Alice stutzte. War das ein Beileidsgeschenk für Hollys Familie, das jemand am falschen Ort abgelegt hatte? Ihr Blick schweifte den Korridor hinunter zu Hollys leerem Apartment. Bestimmt würde dort bald jemand Neues einziehen.

Sie nahm den Strauß und fragte sich unwillkürlich, ob es ein Zufall war, dass am Tag nach Sashas Besuch Blumen vor ihrer Tür auftauchten. Entweder hatte ihre Freundin sie ihr geschickt, um sie aufzumuntern, oder ... vielleicht waren sie von jemandem, der gerade erfahren hatte, dass sie nicht mit Tom zusammen war. Crowley war nicht der Typ für Blumen, aber ...

Zwischen den Blüten steckte eine kleine weiße Karte, und ihr Herz machte einen Satz bei der Vorstellung, Crowleys vertraute Handschrift zu sehen.

»Miss Wyndham?«

Alice erschrak und ließ den Strauß beinahe fallen. Es war Reuben Risdon, gefolgt von einem jüngeren Mann in Uniform.

Sie versteifte sich, als er auf sie zuschritt. Sein elegantes Auftreten stand in scharfem Gegensatz zu seinem schäbigen Mantel.

»Hätten Sie kurz Zeit für mich? Ich würde gerne mit Ihnen besprechen, was Sie über den Vandalismus an Ihrem Arbeitsplatz wissen.«

Ihr Gesicht verfinsterte sich, und sie wandte den Blick ab. Ein Angriff von Lester wäre ihr lieber gewesen.

»Nein, tut mir leid, ich muss die schnell in eine Vase stellen«, sagte sie und wedelte zur Erklärung mit dem Blumenstrauß.

Die Karte darin segelte zu Boden. Keine Spur von Crowleys Handschrift. Die aufgedruckte Nachricht war schlicht und direkt: *Mörder.*

Mit einem Blick auf Risdon, der sich rasch näherte, hob sie die Karte auf und stopfte sie in ihre Hosentasche. Als sie die Blumen genauer betrachtete, traf sie die Erkenntnis wie ein Schlag. Roter Fingerhut, Zantedeschien, Hortensien, Oleander und Schierling. Giftige Pflanzen, hübsch eingewickelt wie ein Geschenk. Doch es war schon zu spät: Sie musste sie aus Versehen angefasst haben, als sie nach der Karte gegriffen hatte. Ihre linke Hand war feuerrot und schwoll vor ihren Augen an. Die Fältchen in ihrer Haut spannten sich, glatt und glänzend, und sie juckten höllisch.

»Verdammt!«

Als sie die Finger spreizte, riss die Haut auf. Ihre Handfläche brannte wie Feuer, und ein leises Stöhnen kam ihr über die Lippen. Wasser. Sie brauchte Wasser.

»Das sieht übel aus«, sagte Risdon mit ernster Miene. »Ich bringe Sie auf die Krankenstation.«

Die Krankenschwester der Universität rieb Alice' Hände mit einer Creme ein, die stark nach Eukalyptus roch, und lächelte beruhigend.

»Sie haben großes Glück, dass es keine schweren Nebenwirkungen gab ... und Sie noch am Leben sind«, sagte sie und ging zur Spüle, um sich die Hände zu waschen. »Kommen Sie morgen noch mal vorbei.«

Reuben Risdon beobachtete das Ganze von der Tür aus, die Arme vor der Brust verschränkt, einen besorgten Ausdruck im Gesicht. »Könnten Sie ihr etwas gegen die Schmerzen geben?«, fragte er.

Alice starrte ihn entrüstet an. Sie brauchte niemanden, der für sie sprach, und sie wollte erst recht nicht, dass er ihr seine unaufrichtige Freundlichkeit entgegenbrachte.

Die Krankenschwester drehte sich schuldbewusst zu ihr um. »Möchten Sie etwas?«

»Nein, danke«, antwortete Alice. Ihre Hand war wund und geschwollen, aber wenigstens war der Ring ihrer Mutter jetzt nicht mehr zu groß, dachte sie grimmig.

Sie spreizte die Finger und lächelte. Das Brennen ließ bereits nach. Vielleicht hatte der sogenannte »Aufstieg von Haus Mielikki« den Heilungsprozess beschleunigt.

»Dürfte ich kurz mit der Patientin reden, wenn Sie fertig sind?«, erkundigte sich Risdon, und Alice hielt den Atem an.

»Oh«, sagte die Krankenschwester und hielt einen Moment inne. Als Risdon ungeduldig die Augenbrauen hochzog, antwortete sie: »Natürlich, Kommandant«, und verließ das Krankenzimmer.

Risdon schloss die Tür. »Ich habe mit Beatrice Pelham-Gladstone gesprochen«, sagte er. »Möchten Sie die anderen Angriffe melden?«

Alice erstarrte. *Verdammt, Bea.* »Nein.«

Stille senkte sich über den Raum, aber sie war sich seines prüfenden Blicks allzu bewusst. Er wusste, wer und was sie war – sowohl, dass sie eine Aviaristin war, als auch, dass ihre Seele den Tod brachte.

»Angesichts dessen, was heute Nachmittag vorgefallen ist«, sagte er, »bin ich bereit, Ihnen unseren Schutz anzubieten. Ein Offizier, der hier an der Universität stationiert ist, um …«

»Ich brauche Ihre Spione nicht«, erwiderte sie und sah zum ersten Mal zu ihm auf.

Seine Augen blitzten stählern, und sein Kiefer verkrampfte sich. »Sie sind eine Bürgerin meiner Stadt«, sagte er, »und ich habe die Pflicht, für Ihre Sicherheit zu sorgen.«

Sie versuchte, die Wut in ihrer Stimme zu unterdrücken. »Wollen Sie nicht eher die anderen Bewohner vor mir beschützen?«

Ihre Blicke begegneten sich, und sein Gesichtsausdruck wurde sanfter. »Möchten Sie darüber reden, was am Marble Arch geschehen ist?«

»Nein, danke«, sagte sie schroff. »Wenn der Kommandant der Runner eine Unschuldige ermorden und ungestraft damit davonkommen kann, sagt mir das mehr, als Worte es je könnten.«

Seine Augenbrauen zogen sich zusammen. »Die Verteidigung der Stadt ist kein Verbrechen«, erwiderte er. »Viele Leben wurden in jener Nacht gerettet.«

Hitze stieg ihr in die Wangen, und sie wandte sich rasch ab, als die Schuldgefühle sie zu überwältigen drohten. Sie wollte an ihrer Wut festhalten.

»Der Vorfall wurde nicht zu Protokoll gegeben«, sagte er. »Ich habe die Sache vertraulich behandelt und respektiere Ihr Recht auf Privatsphäre.« Er schwieg einen Moment. »Aber wir sollten dennoch ein wachsames Auge auf Sie ...«

»Wie wäre es, wenn Sie dieses wachsame Auge stattdessen auf die Korruption direkt vor Ihrer Nase richten?«, entgegnete sie. »Ich habe Ihnen gesagt, dass die Runner von Mariannes Gemeinschaft infiltriert wurden. Ihre Anhänger tragen Polizeiuniformen. Vielleicht sollten Sie sich zuerst darum kümmern.«

»Das tue ich«, sagte er leise.

Sie stutzte und musterte ihn mit argwöhnischem Blick.

»Ich habe einen ihrer früheren Anhänger engagiert, um Marianne aufzuspüren«, erklärte er. »Jemanden, der die Anzeichen kennt.«

Alice runzelte verwirrt die Stirn, doch dann wurde ihr plötzlich klar, wen er meinte. »August?!«, fragte sie verblüfft. Augusts streng geheimer Job bestand darin, die Gemeinschaft auszuspionieren?

Risdon nickte mit einem versöhnlichen Ausdruck in den Augen, der sie überraschte. »Ich habe Ihre Informationen ernst genommen. Ich werde keine Korruption in unseren Reihen dulden.«

Alice starrte ihn an, plötzlich hin- und hergerissen.

»Und ich werde auch die Anschuldigung von Miss Pelham-

Gladstone ernst nehmen«, fuhr er fort. »Ich kann einen Offizier – einen mit lupenreiner Akte natürlich – zu Ihrer Sicherheit ...«

Ihr Gesicht verfinsterte sich, und sie schüttelte den Kopf. »Nein. Sie können Ihre Spione aussenden und so tun, als wäre es nur zu meinem Schutz, aber erwarten Sie nicht, dass ich Ihnen dankbar bin.«

Die Karte in ihrer Tasche stach sie in den Oberschenkel, und sie zögerte. *Mörder.* Nun, der einzige Mörder hier war Risdon.

»Ich glaube, ich brauche doch etwas gegen die Schmerzen«, sagte sie, stand auf und öffnete die Tür. »Krankenschwester?«, rief sie. »Haben Sie etwas gegen lästiges Kopfweh?«

Am nächsten Morgen war Bea in mieser Laune, und Alice ging es nicht besser.

»Ich kann nicht glauben, dass uns dieser korrupte, bestechliche Bastard für einen Fototermin benutzt hat«, fauchte Bea und bestreute ihre pochierten Eier mit Pfeffer.

Sie saßen an einem langen Tisch im Speisesaal, Zeitungen zwischen Tellern mit Hashed Brown Potatoes und Toast, Marmeladengläsern und Teetassen ausgebreitet. Die Ecke des Rookery Herald hing in die Milchkanne, und die Schrift rann langsam von der Titelseite. Schade war es nicht darum. Der Artikel, in dem verkündet wurde, dass Chancellor Litmanen beim Mittsommerfest das rote Band durchschneiden würde, war bei der Bibliothekarin alles andere als gut angekommen.

»Geraint Litmanen. Was für ein Scheißkerl.« Bea donnerte den Pfefferstreuer so heftig auf den Tisch, dass das Marmeladenglas gegen ihre Tasse stieß.

»Er ist vor zwei Jahren hergekommen«, ereiferte sie sich, »und sie haben ihm gleich den Ehrendoktor in Politikwissenschaft gegeben. Ist das zu fassen? In seiner Rede hat er behauptet, er sei ein Angehöriger der Waliser Picton-Familie und trage eine Schärpe mit ihrem Wappen. Meine Mutter spielt einmal im Jahr Bridge mit den Dagsworth-Pictons, also habe ich ihren Stammbaum nachgeschlagen, als er weg war, und sie haben überhaupt kein Wappen!« Sie nippte an ihrem Tee und verzog das Gesicht. »Lass die Finger von dem grünen Tee. Der schmeckt nach Orangen.«

»Dann bist du kein Fan?«, fragte Alice und ließ ihren Blick über die durchweichte Titelseite und das Gesicht des Chancellor schweifen. Ein Mann Anfang vierzig mit glitzernden grünen Augen, gegeltem dunklem Haar, in dem sich die ersten Geheimratsecken zeigten, und einem strahlenden Lächeln, dessen Weste sich über seinem Bauchansatz spannte.

»Manche Männer«, sagte Bea und spießte ihre pochierten Eier mit der Gabel auf, »würde man nach Hause zu seiner Mutter mitnehmen. Und andere würden mit ihr ins Bett gehen.«

Nachdenklich sah Alice zu, wie sich das zerhackte Eigelb über Beas Teller ausbreitete.

»Ich will zu Haus Mielikki«, sagte sie. Bei dem plötzlichen Themenwechsel stockte Bea. »Wenn Lester dort ist, werde ich ihn finden, und ...«

Bea schüttelte den Kopf. »Ist er nicht. Ich habe ihn Cecil gemeldet – Whitmore war nicht da. Cecil hat ihn suspendiert. Außerdem habe ich mit Cassie Mowbray geredet – Hollys Schwester –, und ihre Familie ist überzeugt, dass er untergetaucht ist, weil sie ihm einen Anwalt auf den Hals gehetzt haben.«

Alice seufzte ärgerlich und warf noch ein Stück Würfelzucker in ihren Tee.

»Wenn er wiederauftaucht, werden die Runner ihn finden«, sagte Bea. »Keine Sorge.«

»Ich bin nicht besorgt«, erwiderte Alice. »Ich bin wütend.« Sie schüttelte ärgerlich den Kopf. »Und du *wusstest*, dass ich die Runner nicht einschalten wollte.«

»Ich habe die Pflicht, für deine Sicherheit zu sorgen«, meinte Bea. »Wenn du vor der zweiten Prüfung stirbst, hetzt *deine* Familie mir einen Anwalt auf den Hals.«

Alice seufzte, aber ihr Gesicht blieb grimmig. »Steht der Termin für die zweite Prüfung schon fest? Ich bin bereit. Ich will es endlich hinter mich bringen.« Sie wollte es nicht nur, sie *brauchte* es – was, wenn Lester erneut angriff und ihre Seele in Gefahr geriet? Zwar war sie fest entschlossen, Kuu niemals wieder wegzuschicken, aber sie musste ihre Verbindung zum Sommerbaum dringend stärken.

»Es gab eine kleine Verzögerung, weil ...« Bea blickte sich rasch um und beugte sich zu ihr. »Die Sorgen um das Wachstum des Sommerbaums gehen vor.« Sie richtete sich wieder auf. »Aber sie wird bald stattfinden. Wir sollten das Datum Anfang nächster Woche erfahren. Und Cecil hat mich wegen der nächsten Prüfung vorgewarnt.«

»Ach ja?«, fragte Alice interessiert.

»Sie lassen dich gegen andere Kandidaten antreten. Vier von euch als Anwärter für zwei Plätze im Haus.«

Alice verzog das Gesicht. Das klang gar nicht gut. Nicht, nachdem sie beim letzten Mal Holly hatte sterben sehen.

»Schau dir das mal an«, sagte Alice, holte Cecils Buch heraus und legte es auf den überfüllten Tisch. Über die Prüfung konnte sie sich später noch den Kopf zerbrechen.

»Ich glaube nicht, dass du das für die Prüfung brauchst, Liebes«, sagte Bea. »Die meisten Leute lächeln einfach höflich und stellen es ungelesen ins Regal.«

Alice schüttelte den Kopf und tippte auf das Foto auf dem Cover. Dasselbe Bild hatte sie in Reids Schublade gefunden.

»Sieh dir an, was sie am Finger trägt«, sagte Alice und zeigte auf die Frau in dem ovalen Bilderrahmen.

Sie hatte das Foto den ganzen Abend studiert und nach irgendeiner geheimen Nachricht gesucht, die erklären würde, warum es Reid so wichtig war. Aber dann war ihr etwas Merkwürdiges aufgefallen.

Bea beugte sich vor und begutachtete die Stelle, auf die Alice zeigte. Am kleinen Finger trug die Frau einen gravierten Siegelring. Alice hielt ihren eigenen Ring hoch. Er hatte dasselbe Kreuzmuster um die Fassung. »Findest du nicht auch, dass die beiden gleich aussehen?«, fragte sie. »Ist das nicht seltsam?«

Bea sah von Alice' Ring zurück zu dem Foto. »Mag schon sein«, sagte sie in gutmütigem Ton. »Aber Liebes, einen Siegelring mit einem Wappen darauf hat doch jeder – außer den Dagsworth-Pictons. Meine Mutter trägt einen mit einem Bärenwappen, der ihrem Vater gehörte. Wenn man sie nicht gerade mit einer Lupe inspiziert, sehen sie alle gleich aus.«

»Aber schau dir die Kratzer an«, beharrte Alice und lenkte Beas Aufmerksamkeit wieder auf das Foto. »Die sehen doch genauso aus wie diese Linien hier.«

Bea lachte. »Liebes, ich kann nicht mal Kratzer auf deinem Ring erkennen, geschweige denn auf einem Foto. So gut sind meine Augen nicht.«

Bea griff nach dem Salz, und Alice seufzte. Das Ganze war wohl ein bisschen weit hergeholt, aber das war das einzig Auffällige an dem Bild. Warum sonst sollte es Reid so wichtig sein? Natürlich warf das andere Foto auch eine Menge Fragen auf, aber... Alice schüttelte den Kopf. Seit sie bei ihrem seltsamen Gefühlsausbruch handgreiflich geworden war, hatte sich Reid nicht mehr blicken lassen, nicht einmal, als ihr Labor verwüstet worden war. Entweder hatte sie endgültig den Verstand verloren, oder ihr war irgendetwas zugestoßen. Aber dem sollte Risdon im Zuge seiner Ermittlungen nachgehen.

Gedankenverloren starrte Alice auf ihren Arm und erinnerte

sich an das manische Glitzern in Reids Augen, als sie sie gepackt hatte. Was hatte sie derart aufgebracht? Dass Alice vergessen hatte, ihre Aufzeichnungen zu kopieren?

»Deine Bücher über Ahnenforschung«, sagte Alice. »Sind darin *alle* alten Wappen abgebildet?«

»Ich denke schon«, antwortete Bea. »Zumindest alle von den großen, wichtigen Familien. Willst du nach dem Muster auf deinem Ring suchen?«

»Ich weiß nicht.« Alice seufzte. »Meine Mum hat mir diesen Ring geschenkt, und sie war nie in der Rookery, aber … Es ist einfach seltsam. Er sieht dem da so ähnlich.«

Bea nahm Alice' Hand. »Es könnte ein Wappen sein«, räumte sie ein. »Aber die Gravur ist so glatt, Liebes, sie ist fast vollständig abgewetzt. Es wäre eine verdammt schwierige Aufgabe, ein Gegenstück dazu zu finden.« Sie hielt einen Moment inne. »Aber ich verstehe, was du meinst. Soweit ich erkennen kann, ist das Muster auf dem Ring wirklich ähnlich wie das auf dem Porträt von Leda Westergard. Doch ich nehme an, das waren Tausende.«

»Wenn ich die Gravur besser sichtbar machen könnte …«, begann Alice.

»Wie das?«

Alice lächelte. »Ich habe einen sehr cleveren Freund, der beim Royal Mint arbeitet. In seiner Freizeit stellt er Waffen her, und Münzen sind sein Spezialgebiet. Wenn irgendjemand das schaffen kann, dann er.«

Jude war ein Mitglied von Haus Ilmarinen, dem Haus von Feuer und Metall. Wenn Alice ihn das nächste Mal sah, würde sie ihn um Hilfe bitten. Wenn sie den Ring zum Mittsommerfest trug und Sasha und Jude überreden konnte, sich dort mit ihr zu treffen, könnte sie sogar zwei Fliegen mit einer Klappe schlagen.

14

Der Mond hing tief am Himmel. Das war das Erste, was Alice sah, als sie beim Verlassen des Portals ins Stolpern geriet, zur Seite taumelte und mit der Schulter gegen den Backsteinbogen stieß. Bea war so in Gedanken versunken, dass sie nichts davon mitbekam. Trotz wochenlanger Planung hatte sich Bea in letzter Minute doch für ein anderes Outfit entschieden und trug statt ihres wallenden grünen Kleids ein weinrotes Seidenkleid und dazu passenden Lippenstift. Und weil sie sich so kurzfristig noch einmal umgezogen hatte, kamen sie zu spät zum Mittsommerfest. Die Freudenfeuer sollten kurz vor Sonnenuntergang gegen neun Uhr angezündet werden, und sie hatten früh da sein wollen, um einen guten Platz zu ergattern. Dieser Plan war kläglich gescheitert.

»Ist das Rauch?«, fragte Bea unruhig.

»Ich glaube nicht«, sagte Alice.

»Das ist ganz eindeutig Dampf«, meinte Tom und trieb sie zur Eile.

Sie waren durch den Crane Park Shot Tower gereist, ein zweihundert Jahre altes, rundes Bauwerk, das mindestens fünfundzwanzig Meter in die Höhe ragte. Direkt daneben, erreichbar über eine kurze Brücke, lag Crane Park Island. Die Insel war angelegt worden, um einen Bereich des Flusses für die Windmühle der Hounslow Gunpowder Works, einem der ersten Schießpulverhersteller, abzugrenzen. Heute war sie in London ein Naturreservat und hier in der Rookery ein größtenteils unberührtes Waldgebiet, das wild wachsen konnte.

Bea eilte voraus, den Blick starr auf die Dampfschwaden gerichtet, die über den Bäumen aufstiegen. Mit seinen langen Beinen holte Tom sie mühelos ein, aber Alice ließ sich zurückfallen. Sie wollte sich Zeit nehmen, ihr allererstes Mittsommerfest zu genießen. Und wenn sie hoffte, dass jemand ganz Bestimmtes auf sie aufmerksam werden würde, wenn sie sich langsam durch die Menge bewegte, so gestattete sie sich zumindest nicht, genauer darüber nachzudenken.

Durch den Wald führte ein ausgetretener Pfad, zertrampeltes Gras wich trockener Erde. Alice folgte seiner Biegung zwischen den Bäumen hindurch und betrat eine Lichtung. Eine Weile stand sie vollkommen reglos da und erfreute sich an den Gerüchen und Geräuschen, die auf sie einströmten. Langsam, ganz langsam, breitete sich ein Lächeln auf ihrem Gesicht aus. Wenn sie je von ganzem Herzen geglaubt hatte, dass Magie in der Luft lag, dann an diesem Mittsommerabend. Heute wollte sie an Magie glauben.

Scharen von Leuten in ausgelassener Stimmung wanderten über die Lichtung und in den Wald hinein. Andere standen in Grüppchen herum, tranken und lachten. Eine kleine Menschentraube hatte sich um eine Frau mit Kopftuch versammelt, die auf einer riesigen Metallplatte kochte. Gebratene Elritzen brutzelten in Butter, und Dampfwölkchen stiegen wabernd in den Himmel auf. Sie drehte den Fisch mit einem Pfannenwender um und warf eine Handvoll Mehl und Gewürze in die Pfanne, während er langsam knusprig wurde. Ein paar Schritte entfernt briet eine Brasse auf einem Metallgestell über einer offenen Feuerstelle, und eine mit Knoblauch gefüllte Forelle lag auf einem Grill, ihre Schuppen im flackernden Feuerschein schimmernd.

Unter den Bäumen standen unzählige Tische voller Speisen:

Suppenterrinen mit warmem Brot, Butterkartoffeln, Salatschüsseln, gefüllt mit frischen Tomaten, Paprika, Wassermelone und Feta mit einem Dressing aus Weinessig und saurer Sahne, sowie hausgemachte *munkki* – finnische Krapfen – und Hefezöpfe mit Schlagsahne.

Die Luft war erfüllt von süßen und würzigen, salzigen Gerüchen, die sich mit dem frischen Duft von Gras, Birkenholz und Wildblumen mischten.

Gläser klirrten, und bärtige, lächelnde Männer winkten Alice heran und drängten sie, ihr Sahti-Bier oder ihren nach Lakritz schmeckenden Salmiak-Likör zu probieren. Sie lächelte zurück, lehnte aber mit einem Kopfschütteln ab und wanderte tiefer in den Wald.

Orangerotes Licht loderte am Himmel auf, und Alice blieb stehen, um zuzuschauen, wie ein Mann mit nacktem Oberkörper und bemaltem Gesicht mit Feuerbällen jonglierte. Die Menge jubelte, als er noch einen fünften hinzufügte und die Flammenkugeln immer höher und höher warf, sodass sie wie Sternschnuppen über den dunklen Nachthimmel flogen.

Über alldem ragte die finnische Version von Maibäumen – *midsommarstång* – auf: Baumstämme, die zu Kreuzen mit Kränzen an beiden Längsbalken geschnitzt waren. Birkenblätter und Blumen rankten sich darum, sodass von dem Holz darunter nichts zu sehen war. Sie erhoben sich hoch in den Himmel und kennzeichneten einen Weg durch die versprengten Festivitäten.

Alle paar Meter warf Alice einen Blick über die Schulter. Sie war sich immer noch nicht sicher, ob dieser Ausflug womöglich zu riskant war. Einerseits wäre es dumm, sie an einem Ort mit so vielen Menschen anzugreifen, aber andererseits war sie von Natur umgeben; mit anderen Worten, einem reichen Vorrat an Waffen, die jemand mit Mielikkis Vermächtnis gegen sie einsetzen könnte. Doch solange sie wachsam blieb, konnte sie sich trotzdem amüsieren.

Unterwegs kam sie an Ständen vorbei, an denen alte Frauen selbstgewebte Decken und Häkelarbeiten verkauften. Sie standen neben der Auslage und bedienten mit geschickten Fingern ihre Handspindeln, sodass sich das Garn in gleichmäßigem Rhythmus drehte und drehte. Als sie vorbeikam, fasste sie eine der Frauen am Arm und bedeutete ihr, es selbst einmal zu versuchen. Freudestrahlend nahm sie die Spindel entgegen und drehte sie, aber die Wolle blieb hängen und verhedderte sich. Die alten Damen lachten, als sie sich lächelnd entschuldigte und die Wolle zurück in ihre weichen Hände drückte.

»Wildblumenkranz?«, fragte eine junge Frau am nächsten Stand. »Handgeflochten aus den frischesten Blumen, als Symbol für Wiedergeburt und Wachstum. Die beste Art, den Zauber der Sommersonnenwende einzufangen – zum besten Preis!«

Sie hielt Alice eine Handvoll Samen hin. »Primeln, Gänseblümchen, Rote Lichtnelken und Weißklee«, sagte sie, und in ihrer Hand platzten die Samen auf und begannen zu sprießen. Im Handumdrehen entfalteten die aufblühenden Blumen ihre Blätter, und die Frau band sie mit einer dünnen Rebe zusammen.

Während Alice sie noch verblüfft anstarrte, setzte sie ihr den Blumenkranz auf den Kopf. »Fünf Schilling, wenn Sie nicht feilschen wollen«, sagte sie, »und sechs Schilling, wenn Sie es tun.«

Ihre Unverfrorenheit brachte Alice zum Lachen. »Die sind wunderschön«, gab sie zu und warf einen bewundernden Blick auf die Mittsommerkronen, die auf dem Tisch auslagen. »Okay, ich nehme sie.«

»Jetzt sind Sie bereit«, sagte die Verkäuferin und nahm das Geld entgegen.

»Wofür?«

»Den Tanz«, erklärte sie mit einem Augenzwinkern.

Aus dem Wald drang sanfte, melodiöse Musik. Abwechselnd tief bewegend und lebhaft driftete der glasklare Klang einer Piccoloflöte durch die Dunkelheit. Ihr schlossen sich in melancholischer Harmonie andere Instrumente an: das klangvolle Stakkato einer Kantele, das Dröhnen und Schnaufen eines Akkordeons, und der schwingende Klang einer Geige.

Alice folgte der Musik unter das dichte Blätterdach, schlängelte sich zwischen Birken, Weiden und Eichen hindurch, bis sie vor sich das Rauschen von Wasser hörte. Waren die Pflanzen hier immer so grün?, fragte sie sich unwillkürlich. Oder war auch das ein Zeichen von Mielikkis wachsender Macht?

Eine anhaltende Flut dunkler Gestalten strömte aus dem Wald und das Flussufer entlang, ihre Silhouetten in orangeroten Feuerschein gehüllt. Alice folgte ihnen hinaus aus dem Dickicht und hatte plötzlich wieder festeren Boden unter den Füßen. Der River Crane floss gemächlich in Richtung Isleworth, schwappte über das Schilf am Ufer und besprühte die Drosselrohrsänger, die sich dort verbargen, mit feinem Wasserdunst. Schillernde Libellen schwebten in der Luft und stießen hin und wieder herab, ihr Spiegelbild auf der Wasseroberfläche tanzend.

Am Ufer waren in regelmäßigen Abständen riesige Haufen trockener Blätter, Äste und Farngestrüpp aufgetürmt, die nach oben spitz zuliefen. Freudenfeuer. Die meisten waren bereits angezündet. Sie hatten die Zeremonie verpasst, aber der Widerschein der tanzenden Flammen auf dem Wasser war so schön, dass ihr das kaum etwas ausmachte. Feuersäulen färbten den tristen Himmel golden und sprühten Funken wie Meteoriten. Dichter, herb riechender Rauch stieg von den Freudenfeuern auf.

Da nahm sie eine Bewegung am Fluss wahr: Leute, die im Wasser schwammen oder sich darauf treiben ließen. Männer und Frauen warfen am Ufer ihre Kleidung ab und wateten ins seichte Wasser, ihr Kreischen und Kichern von der märchenhaften Musik gedämpft, die aus dem Wald drang.

»Alice?«

Überrascht drehte sie sich um und spähte in die Dunkelheit. Im Gebüsch raschelte es, und wenig später tauchte Bea auf, gefolgt von Tom.

»Ich hab dir doch gesagt, dass sie es ist«, sagte Tom. »Du schuldest mir ein Glas Sahti.«

»Nun ja«, sagte Bea, »immer den besten Überblick zu haben ist einer der zahlreichen Vorteile, wenn man fünf Meter groß ist.« Sie strich ihr Kleid glatt, und auf ihrem Gesicht erschien ein wissendes Lächeln. »Und? Wie gefällt dir das Mittsommerfest bisher?«

»Ich …« Alice seufzte. »Ich liebe es.«

Bea grinste von einem Ohr zum anderen. »Wusste ich es doch! Hübsche Krone übrigens.«

Alice fuhr mit der Hand über den Blumenkranz auf ihrem Kopf.

»Jetzt komm«, sagte Bea. »Du hast zwei Optionen, und zu mindestens einer musst du dich bereit erklären.«

Alice runzelte argwöhnisch die Stirn. »Was für Optionen?«

»Nun, die Chance mit den sieben Blumen unter deinem Kissen hast du ja bereits verpasst …«

»Ich wälze mich *nicht* nackt in einem Weizenfeld«, erklärte Alice entschieden.

»Ach, Liebes, sei still. Du weißt offensichtlich nicht, was gut für dich ist«, erwiderte Bea mit einem neckischen Grinsen.

»Und in diesem Sinne«, sagte Tom lachend, »mache ich mich auf, um ein gemütliches Weizenfeld zu finden. Wir sehen uns … morgen, hoffe ich.«

Mit einem Lächeln verschwand er im Wald, in eine Nacht voller Verheißungen.

Kaum war er weg, ging Bea mit schelmisch glitzernden Augen auf Alice los. »Mittsommer ist eine Zeit, in der wir der Natur mit unseren heiligsten Traditionen huldigen: Wir vertreiben das Böse mit Feuer. Wir danken den alten Göttern … und wenn wir Glück haben, gewähren sie uns eine ertragreiche Ernte und Fruchtbarkeit. Die Sommersonnenwende ist eine Nacht der Magie und Verheißung. Eine Nacht der ... oh, einfach allem, tausendfach gesteigert. Fruchtbarkeit, Wiedergeburt, Liebe ...«

»Ich will meine Fruchtbarkeit nicht steigern«, sagte Alice alarmiert. »Schon gar nicht nur für eine Nacht.«

Bea lachte. »Du musst für alles offen sein – all unsere Rookery-Traditionen«, entgegnete sie. »Es ist Mittsommer. Wer weiß? Vielleicht siehst du heute Nacht deine wahre Liebe im Fluss widergespiegelt. Oder auf der anderen Seite des Freudenfeuers, wenn du darüber springst.«

»Wenn ich über ein Freudenfeuer springe?!«, rief Alice entsetzt. Manche der Freudenfeuer am Flussufer waren mindestens zwei Meter hoch. »Und wie eine Guy-Fawkes-Puppe zu verbrennen ist ›gut für mich‹, ja?«

Bea tätschelte lächelnd ihren Arm. »Natürlich«, sagte sie und zog Alice zurück durch den Wald.

Bea zerrte sie auf eine überfüllte Lichtung, die sich als Quelle der Musik herausstellte. Jetzt war das Lied um einiges temporeicher. Statt der düsteren, bewegenden Melodie spielten die Musiker einen verspielten, schnellen Marsch. Pärchen tanzten am Rand der Lichtung, weit entfernt von dem Feuer im Zentrum. Dieses hier war deutlich kleiner als die am Flussufer.

Einige Leute standen im Kreis um das Freudenfeuer herum und riefen einem kleinen Mann Ermutigungen zu, der sich bereit machte, über die lodernden Flammen zu springen. So wie er schwankte, war die wahre Liebe, die er auf der anderen Seite finden würde, ziemlich sicher noch ein Glas Bier. Alice biss die Zähne zusammen, als er taumelnd losrannte. Wie erwartet sprang er im falschen Moment und trat bei der Landung mit dem Fuß, den er nachzog, gegen die brennenden Äste. Sein Hosenbein fing Feuer, und die Menge lachte höhnisch, als er sich im Gras herumrollte, um die Flammen zu ersticken. Schließlich rappelte er sich mit verlegener Miene auf, und ein größerer Mann drückte ihm ein Bier in die Hand und klopfte ihm auf den Rücken.

»Siehst du«, sagte Bea. »Es ist ganz leicht.«

Eine Frau schlenderte hinüber und warf getrocknetes Birkenholz ins Feuer, sodass es aufloderte. Der Rauch verdichtete sich und verschleierte ihnen die Sicht auf die Bäume in der Ferne. In der Dunkelheit bewegte sich etwas: Eine große Gestalt am Rand der Lichtung lehnte sich gegen einen Baum, die Arme vor der Brust verschränkt, und die strenge, missbilligende Haltung war Alice so vertraut, dass ihr Herz schneller schlug, nur einen kurzen Moment, bis eine andere Gestalt erschien, seine Hand nahm und mit ihm in den Schatten verschwand. Er war es nicht. Genau genommen, wenn sie sich die lachenden, tanzenden Menschen überall um sie herum mit ihren Biergläsern in den Händen anschaute, konnte sie sich keinen Ort vorstellen, an dem es unwahrscheinlicher wäre, Crowley zu sehen. Ihre Schultern sackten in sich zusammen, aber sie reckte das Kinn und versuchte, sich einzig und allein auf das Gespräch mit Bea zu konzentrieren.

»Na dann los, Lady Pelham-Gladstone«, sagte sie. »wenn du so erpicht darauf bist, warum springst du dann nicht selbst durchs Feuer, um deine wahre Liebe zu sehen?«

Bea verdrehte die Augen. »Bitte nenn mich nicht so – ich bin keine Lady. Und außerdem will ich meine wahre Liebe gar nicht durch ein Freudenfeuer sehen«, fügte sie mit einem dreckigen Lachen hinzu. »Mir gefällt mein Singledasein, vielen Dank auch. Allerdings hätte ich nichts dagegen, einen Gefährten in der Horizontalen zu finden.«

Damit wandte sie sich ab, raffte ihren Rock und hechtete über das Freudenfeuer. Wie aus dem Nichts tauchte auf der anderen Seite ein Mann auf, der sie auffing, und ein Raunen ging durch die Menge, als den Leuten klar wurde, um wen es sich handelte. Alice erkannte ihn wieder: Sie hatte sein Foto in einer durchweichten Zeitung gesehen. Mit zwei mürrisch dreinblickenden, stämmigen Männern ganz in der Nähe – zweifellos Bodyguards –, der zeremoniellen Schärpe und der Amtskette um seinen Hals, den dunklen Haaren, den unfassbar weißen Zähnen konnte er nur...

Eine mittelalte Frau prallte von hinten gegen Alice. »Anscheinend hatte ich zu viel Sahti«, sagte die Fremde und spähte über die Lichtung. »Ich dachte gerade, ich hätte Chancellor Litmanen eine Frau auffangen sehen.«

Einen Moment herrschte betretenes Schweigen.

»Das haben Sie tatsächlich«, bestätigte Alice. »Und jetzt sehen Sie, wie sie ihn ins Freudenfeuer schubst, und seine Bodyguards sie wegschleifen.«

Alice zögerte einen Moment – sollte sie Bea zu Hilfe eilen? Dann sah sie, wie Löwenzahn aus dem Boden hervorwucherte und sich um die Knöchel der Bodyguards schlang, und entschied, dass Bea gut allein zurechtkam.

Grinsend machte sie sich auf den Weg, um sich eine kleine Erfrischung zu holen.

Der Mond schimmerte auf dem Wasser, sein kaltes Licht mischte sich mit dem warmen Feuerschein zu einer disharmonischen Flut von Farben; feurige Rot-, Orange- und Gelbtöne, kontrastiert vom Blaugrau des Nachthimmels. Alice saß am Flussufer und ließ die Beine baumeln, sodass ihre Schuhe die Wasseroberfläche streiften. Es war ruhig hier. Friedlich. Wenn sie sich konzentrierte, konnte sie die Musik aus der Ferne ausblenden und hörte lediglich das

Rauschen des Flusses und ein leises Rascheln, wenn Wühlmäuse durchs Gebüsch huschten. Motten flatterten vorbei, Grillen zirpten, und sie atmete tief ein, schwelgte in dieser Oase der Natur mitten im geschäftigen Stadtzentrum.

Sie nahm noch einen großen Schluck von ihrem Drink und ließ sich den Geschmack auf der Zunge zergehen. Gerste und Wacholder mit einer völlig unlogischen Bananennote. Sie hatte Bier noch nie sonderlich gemocht, aber das schale, trübe Sahti hatte es ihr irgendwie angetan. Oder vielleicht gefielen ihr einfach das entspannte Gefühl und die angenehme Wärme im Bauch, die es hinterließ. Geistesabwesend starrte sie in die Tiefen des River Crane und dachte an nichts Bestimmtes. Irgendwo ein Stück das Ufer hinunter versteckten sich verliebte Pärchen in den Schatten, die Finger miteinander verflochten, und genossen die Magie der Sommersonnenwende, doch sie war allein, und sie war ... okay. Mehr als das. Es ging ihr gut. Mitternacht war längst vorüber, und sie hatte kein Gesicht im Wasser widergespiegelt gesehen. Keine große Liebe – nur sich selbst, mit einem Lächeln im Gesicht, ruhig und zufrieden. Vielleicht sollte es so sein. Warum sollte sie nicht vor allem sich selbst lieben? Warum sollte das nicht die wahre Magie der Sommersonnenwende sein?

Mit einem verträumten Seufzen blickte sie aufs Wasser.

»Ich liebe mich«, murmelte sie. Dann musste sie über sich selbst lachen.

»Und warum auch nicht?«, fügte sie hinzu, ermutigt von dem leichten Schwindelgefühl in ihrem Kopf und dem Geschmack von Wacholder auf ihrer Zunge.

Sie sprang so hastig auf, dass sie beinahe ausrutschte. Schlamm spritzte in den Fluss. Lächelnd baute sie sich vor ihrem Spiegelbild auf und hob ihren Bierhumpen, wie um einen Trinkspruch auszubringen.

»Ich liebe mich!«, verkündete sie.

»Und da heißt es, die Geschichte von Narziss wäre nur ein Mythos«, erklang eine tiefe Stimme hinter ihr.

Erschrocken drehte sie sich um, und ihr Sahti schwappte über. Ihr Herz machte einen Satz – und die Zeit blieb stehen. Die Musik, das rauschende Wasser, das Grillenzirpen und das Trällern der Drosselrohrsänger, die umherflatternden Motten... Alles löste sich in Luft auf. Alles außer der hochgewachsenen Gestalt, die am Flussufer stand, die Hemdsärmel bis zu den Ellbogen hochgekrempelt, seine langen, zerzausten dunklen Haare, seine grünen Augen, die sie ruhig beobachteten. Und diese imposante Nase, die aus Stein gemeißelt oder auf eine römische Münze geprägt hätte sein können.

»Crowley?«, stieß sie atemlos hervor.

Sein vertrauter Geruch nach Kiefernholz und Gewürznelken hüllte sie ein, als er näher kam, und ein Schauer lief ihr über den Rücken. Verwundert starrte sie ihn an. Er war hier. Er war wirklich hier.

Und dann – plötzlich – war er verschwunden.

Die lose Erde unter seinen Füßen brach ein, und mit einem gewaltigen Platschen landete er im River Crane.

15

Mit großen Augen sah Alice zu, wie Crowley sich mühsam aufrichtete. Sein durchnässtes weißes Hemd klebte ihm an der Haut, fast durchsichtig, und die Ärmel rutschten durch das Gewicht des Wassers herunter. Seine schwarze Hose war schmierig wie Öl, und irgendwo in dem trüben Wasser – im Schlick am Ufer versunken – mussten sich seine abgewetzten, mit Wasser durchtränkten Stiefel befinden. Alles an ihm war klitschnass, selbst seine Haare; bei seiner Bruchlandung hatten sie das aufspritzende Wasser abbekommen.

»Oh«, sagte sie schließlich.

Crowley warf einen strengen Blick auf das Wasser, als wolle er es für seine Unverschämtheit zurechtweisen. Das gab Alice den Rest. Hilflos prustete sie los.

»Oh, Crowley«, brachte sie heraus. »Ich kann nicht mal …« Sie stockte, unfähig zu sprechen, von einem weiteren Lachkrampf geschüttelt.

Er watete ans Ufer, setzte einen Fuß auf die feste Erde und stieg aus dem Fluss. Nass bis auf die Haut stand er vor ihr, seine durchweichten Kleider schmiegten sich an seinen schlanken Körper, Wassertropfen liefen ihm übers Gesicht und nasse Strähnen klebten ihm an den Wangenknochen. Das Wasser rann über sein Schlüsselbein und unter sein Hemd, und als sie ihm mit den Augen folgte, erstarb ihr Lachen. Bilder von Fitzwilliam Darcy, wie er in weißer Unterwäsche aus dem See in Pemberley stieg, überlagerten den sehr realen Anblick, und sie schluckte schwer. *Verdammte BBC. Verdammte Jane Austen.* Crowley zog eine Augenbraue hoch, und sie biss sich auf die Unterlippe in der Hoffnung, dass der scharfe Schmerz sie zur Besinnung bringen würde. Abwesenheit mochte die Zuneigung verstärken, aber sie heilte nicht ihr Herz – nicht ganz –, und jetzt, da er vor ihr stand, stürzten all die Lügen, die er ihr erzählt hatte, und all der Kummer, den er verursacht hatte, auf sie ein.

Sie holte tief Luft, um die Anspannung in ihrer Brust zu lösen.

»Mr Darcy hat das besser hingekriegt«, sagte sie.

Er schnaubte ärgerlich und marschierte mit all der Anmut und Würde an ihr vorbei, die er angesichts seiner schmatzenden Schuhe aufbringen konnte.

»Du holst dir noch eine Lungenentzündung!«, rief sie ihm nach.

Er wedelte mit der Hand … und wurde von einer Feuersbrunst verschlungen. Mit einem erschrockenen Keuchen taumelte Alice zurück. In Flammen gehüllt, die Luft vor Hitze knisternd, verharrte Crowley nur kurz und fuhr sich durch die Haare. Es war genauso schnell vorbei, wie es angefangen hatte. Alice blinzelte schockiert, als das Feuer herunterbrannte und die letzten Flammen an seinem Kragen immer kleiner wurden, bis sie schließlich erloschen.

»Was …?«, setzte sie an.

»Evaporation«, erklärte er in amüsiertem Ton.

Sie musterte ihn, ließ ihren Blick über jeden Quadratzentimeter seines Gesichts schweifen. Unter ihrer eindringlichen Inspektion schwand die Unbeschwertheit in seiner Stimme dahin. Crowley. Hier. So viele Monate hatte sie gegen den Drang angekämpft, ihn aufzusuchen, zu versuchen, ihm zu verzeihen. Wie hatten Sasha und die anderen das geschafft, wenn sie es beim besten Willen nicht konnte?

Sie atmete tief durch.

Crowley stand stockstill da, wie ein Mann, der auf die Axt des Henkers wartete.

»Ich brauche noch einen Drink«, murmelte sie, stapfte an ihm vorbei und verschwand im schattigen Hain.

Das Freudenfeuer war angefacht worden, seit Bea darüber gesprungen war. Dreimal so groß wie vorher tauchte es die Musiker und Tänzer in seinen warmen Schein. Die Musik hörte abrupt auf, und als Alice über die Wiese lief, klangen ihre Schritte in der Stille ohrenbetäubend laut. Schon leicht bedusselt holte sie sich noch ein Sahti und starrte ins Feuer, das Glas wie eine Rettungsleine umklammert.

Crowley schlängelte sich durch die Menge zu ihr durch. Obwohl sie Seite an Seite standen, sprachen sie kein Wort. Die wenigen Zentimeter zwischen ihnen hätten genauso gut Kilometer sein können, und keiner von ihnen wusste, wie er die Kluft überbrücken sollte. Schweigend schauten sie den Musikern zu, die von ihren Instrumenten zurücktraten und sich näher zusammenfanden. Crowleys Ellbogen streifte ihren. Sie versteifte sich und trank einen Schluck Sahti, dann stellte sie das Bier auf der Wiese ab; sie wollte nicht, dass es ihr Urteilsvermögen trübte.

Die Musiker hatten ein Quartett gebildet. Eine der Frauen nickte den anderen zu, und sie begannen zu singen – a cappella, ohne die Begleitung von Musikinstrumenten. Das Lied, das sie anstimmten, war flott und fröhlich. Ihre Stimmen sprangen hinein und hinaus, sodass ein schlagender Rhythmus entstand. Es war gleichzeitig seltsam und wundervoll – oder vielleicht wundervoll seltsam. Schon bald breitete sich ein Lächeln auf Alice' Gesicht aus, als sich das Tempo steigerte und die Melodie komplexer wurde.

Crowley wandte sich ihr zu und zog mokant die Augenbrauen hoch. Dann verbeugte er sich und reichte ihr die Hand. Seine langen Finger drängten sie, sie zu ergreifen.

»Das kann nicht dein Ernst sein«, sagte sie.

Er grinste schief. »O doch.«

Sie starrte seine Hand einen Moment unsicher an und schüttelte den Kopf. »Ich kann nicht tanzen.«

Er verdrehte die Augen, dann nahm er ihre Hand und wirbelte sie mit einer geschmeidigen Bewegung in seine Arme.

»Crowley!«, keuchte sie erschüttert.

Die Menge hatte den Rhythmus aufgegriffen, Pärchen in Walzerhaltung tanzten gemessenen Schrittes über die Lichtung. Das anspruchsvolle Tempo nahm immer weiter zu, und ein paar Leute stiegen aus und klatschten den Rhythmus lieber als Zuschauer.

Crowley wirbelte sie vom Freudenfeuer weg, und sie lachte, als die Landschaft vor ihren Augen verschwamm. Sie war sich seiner Hand auf ihrem unteren Rücken, seiner hauchzarten Berührung, sehr bewusst, als er sie über die Lichtung führte, seine Bewegungen präzise und geübt.

»Woher hast du gewusst, dass ich am Fluss bin?«, fragte sie.

»Habe ich nicht«, erwiderte er. »Sasha hat mir gesagt, dass du herkommst. Ich bin eine Stunde auf der Suche nach dir herumgeirrt.«

Bei seinen Worten schlug ihr Herz höher, und eine nervöse Aufregung durchströmte sie, so nahe war er ihr. Aber sie spürte auch die Gefahr: Es wäre so leicht, sich in der Musik, den berauschenden Gerüchen und der Magie der Sommersonnenwende zu verlieren.

»Crowley ... ich kann nicht vergessen, was du getan hast«, sagte sie nach einem Moment.

»Ich weiß«, murmelte er. »Aber wenn du mich lässt, kann ich dir vielleicht etwas Neues geben, woran du dich erinnern wirst.«

Als sie die Richtung wechselten, kam Alice aus dem Tritt. Crowley zog sie näher. »Dieses Lied nennt sich *Ievan Polkka*«, raunte er ihr ins Ohr. »Es wurde 1930 von Eino Kettunen komponiert.«

Der Rhythmus wurde immer schneller und schneller. Überall um sie herum tanzten Pärchen mit leichtfüßigen, flinken Schritten – ein kompliziertes Muster aus überschlagenen Beinen und Drehungen, mit dem Alice unmöglich mithalten konnte. Bei jedem falschen Schritt trat sie Crowley auf die Füße, aber er fing sie nur lachend auf und wirbelte sie herum. Sie tanzten durch die Schatten und folgten keiner der synchronen Schrittfolgen, die die anderen Tänzer vorgaben. Mit halben und Vierteldrehungen wirbelte er sie mit sanftem Druck an ihrer Hüfte herum, glitt geschmeidig nach links und rechts, vor und zurück. Ein Schritt nach dem anderen ... und plötzlich war das Lied zu Ende. Wie gebannt starrte er sie an, ohne zu lächeln, doch seine Augen glitzerten vergnügt, und darin sah sie etwas, was ihr Herz schneller schlagen ließ.

»Deine Krone ist verrutscht«, sagte er leise, und sie legte den Kopf in den Nacken, damit er sie richten konnte. Mit sanften Fingern strich er ihre Haare beiseite und setzte ihr den Blumenkranz wieder richtig auf. Dann senkte sich sein Blick, bis er ihrem begegnete. Das Verlangen in seinen Augen verbrannte sie förmlich. Sie waren sich so nahe, dass sie die Hitze seines Körpers spüren konnte.

»Alice«, flüsterte er. Er senkte den Kopf, und sie hob ihren, die Finger in seinem Hemd vergraben. Nur noch wenige Zentimeter, Millimeter ... Sein warmer Atem streifte ihre Lippen, als sie sich auf die Zehenspitzen stellte, um die Kluft zu überbrücken ...

Doch da erbebte die Erde unter ihren Füßen, und das Geschrei begann.

Der Wind peitschte Alice die Haare aus dem Gesicht, als sie durch den Wald hasteten. Crowley hielt ihre Hand in festem Griff, und dennoch stolperte sie immer wieder über Wurzeln, heruntergefallene Äste und Glasflaschen, die im Gras herumlagen. Schließlich verlor sie vollends das Gleichgewicht und fiel auf die Knie.

Trampelnde Füße donnerten an ihr vorbei – die anschwellende Flut von Menschen, die der Insel entflohen, sich in Sicherheit brachten. Ohne stehen zu bleiben, zog Crowley sie hoch und lief noch schneller, drückte aber gleichzeitig beruhigend ihre Hand, als ein gewaltiger Donnerschlag die Lichtung erschütterte. Die festgetretene Erde, die Gräben, das Gebüsch und das Flussufer – alles erzitterte.

»Ein Erdbeben?«, schrie sie.

Der Boden vibrierte, und ein kribbelndes Pulsieren schoss ihre Beine hinauf. Ihre Knie wackelten, und ihr Schädel dröhnte. Zusammen rannten sie durch das Unterholz, als das heftige Beben Steine und Äste durch die Luft schleuderte. Dann ertönte ein markerschütterndes Krachen, als wäre die Hülle der Erde aufgebrochen, und wenige Meter vor ihnen tat sich ein Riss auf.

Alice kam schlitternd zum Stehen und packte Crowley an der Rückseite seines Hemdes, um zu verhindern, dass er in den Abgrund stürzte. Andere hatten kein solches Glück. Ein blonder Mann stolperte an ihnen vorbei, die Augen weit aufgerissen vor Panik, und suchte vergeblich nach einem Halt, als er in das dunkle Erdloch fiel.

Noch jemand hastete vorbei, direkt auf den Riss zu – die Blumenkranzverkäuferin. Als sie über die Kante taumelte, streckte sie die Hand aus und setzte ihr Vermächtnis ein, um sich zu retten. Auf ihr Geheiß schossen Wurzeln aus der Erde und schlangen sich um ihre Taille, um sie aufzufangen. Doch die Magie war zu mächtig, und Alice sah voller Entsetzen zu, wie sie die Kontrolle darüber verlor. Die Wurzeln zogen sich fester zusammen und zerrten sie in die Erde, ihr Mund füllte sich mit Schlamm, sodass sie keine Luft mehr bekam.

»Crowley«, keuchte Alice und stieß ihn vom Rand des Abgrunds weg, damit sie die Hände frei hatte. »Wir müssen ihnen helfen!«

»Sie sind weg!«, schrie Crowley.

Eine starke Erschütterung riss sie von den Füßen, und Alice wurde gegen einen umgekippten Tisch geschleudert. Sie landete schmerzhaft mit dem Gesicht nach unten. Der Aufprall presste ihr die Luft aus der Lunge. Stöhnend richtete sie sich auf, stolperte zu Crowley und half ihm auf. Crane Park Island brach auseinander. Immer mehr Risse durchschnitten den Boden, und überall taten sich gähnende Abgründe auf.

»Der Shot Tower!«, rief Crowley.

Da zerriss ein gellender Schrei die Luft, und Alice überlief es eiskalt. Sie warf Crowley einen alarmierten Blick zu, aber er schüttelte mit grimmigem Gesicht den Kopf.

»Der Shot Tower«, wiederholte er nachdrücklich. »Lass mich dich in Sicherheit bringen!«

Sie starrte ihn an, ihr Gesicht mit Kratzern übersät und mit Schlamm beschmiert.

Und trat einen Schritt zurück.

»Kuu?«, rief sie, wandte sich auf dem Absatz um und stolperte davon. »Mach die Leute mit intakten Lichtsträngen ausfindig. Die Leute, die noch leben.«

Zwitschernd vor Aufregung führte ihre Nachtschwalbe sie zurück über die Wiese. Überall um sie herum schallte eine grausige Sinfonie aus Angst, Panik und Entsetzen durch den Wald: Schluchzen und Schreie, hastig gemurmelte Gebete und schmerzerfülltes Stöhnen.

Das Erdloch. Vielleicht sind dort noch Leute, denen ich helfen kann. Doch da begannen die Bäume zu ächzen, und sie erstarrte. Ein

tiefes Grollen, ein raues Schaben, und dann eine gewaltige, ohrenbetäubende Explosion. Die Bäume erbebten. Das Gras wogte auf,
als sich etwas darunterschob. Etwas Massiges, Gewundenes – eine
Schlange aus Holz. *Eine Wurzel*, erkannte Alice, als sie sich durch
die Risse im Boden wand. Entsetzt starrte sie auf die Verwüstung,
die aufgewühlte Erde, die umgestürzten Bäume, all die Risse und
Löcher im Boden.

Dann ließ das Beben nach. Stille senkte sich über die Insel, ein
kollektives Aufatmen, als die Vibrationen abklangen, die Risse auf-
hörten, sich weiter auszubreiten, und die Bäume stillstanden. Es
war vorbei. Jemand berührte ihren Arm. *Crowley.*

Ihr Puls raste, und ihre Kehle war wie zugeschnürt.

»Whitmore wollte es geheim halten«, sagte sie mit erstickter
Stimme, »aber der Sommerbaum wächst.«

16

Sie warteten. Eine Stunde, vielleicht auch zwei. Sie warteten, bis Alice mit Gewissheit wusste, dass Bea in Sicherheit war – zusammen mit dem Chancellor – und Tom, der schon vor Stunden mit einer Frau verschwunden war, ebenfalls. Sie warteten, bis sie das leise Schluchzen und das schwache, flehende Stöhnen nicht mehr aushielten. Vor Schmutz starrend hatten sie sich mit Feuer einen Weg durch das Gestrüpp gebahnt und mit einer Handbewegung die umgestürzten Bäume beiseitegeräumt. Sie hatten nach Vermissten gesucht, bis ihre Kehlen rau und ihre Füße taub waren.

Erst als die Runner in ihren marineblauen Uniformen mit golden glänzenden Knöpfen und polierten Schuhen auftauchten, waren sie gegangen. Auch Reuben Risdon war gekommen und befahl seinen Männern, all jenen zu helfen, die noch bei Bewusstsein waren, bevor sie sich um die Toten kümmerten. Ihre Blicke waren sich über die Lichtung hinweg begegnet, und sie war zu benommen vom grauenvollen Ende der Feierlichkeiten, um sich ein Urteil über ihn zu bilden. Das Entsetzen stand ihm ins Gesicht geschrieben, als er sich das Bild der Zerstörung ansah. Wie von selbst wanderte seine Hand in seine Jackettasche, um eine Dose Schnupftabak herauszuholen, und umklammerte sie wie einen Schutztalisman, während er rechts und links Befehle blaffte.

»Coram House«, murmelte sie, ihr Körper völlig ausgelaugt, ihr Verstand wie betäubt. Sie wollte jetzt nicht allein sein. Sie brauchte die Gesellschaft ihrer Freunde. »Ich will nach Hause.«

Crowleys Augen glitzerten, und er nahm ihre Hand.

Heißes Wasser prasselte auf sie ein und spülte den Dreck von ihrer Haut. Mit geschlossenen Augen hielt sie das Gesicht direkt in den Strahl. *Wasch alles weg*, flehte sie im Stillen. *Wasch meine Seele rein und lass mich vergessen, was heute Nacht geschehen ist.* Sie drehte die Dusche noch wärmer auf, und das heiße Wasser lockerte die Anspannung in ihren Muskeln. Ihre Haut war gerötet, ihre Hände und Füße schrumpelig, als sie endlich vom Dreck befreit war. Sie stellte das Wasser ab, und ein paar letzte Tropfen landeten in ihrem Nacken. Crowley hatte ihr eins seiner alten Hemden zum Anziehen gegeben. Es roch nach ihm. Als sie es überstreifte, beschlich sie ein mulmiges Gefühl.

Gott, sie wollte nicht bei ihm sein. Aber sie wollte auch nicht ohne ihn sein. Vielleicht hatte Sasha recht. Vielleicht war es an der Zeit, den Kummer loszulassen und weiterzuleben. In all dem Chaos und der Angst, die sie heute mitangesehen hatte, war Crowleys Hand das Einzige gewesen, was sie aufrecht gehalten hatte.

»Es war einfach ... furchtbar«, sagte Alice in ausdruckslosem Ton.

Sie saß am Küchentisch, mit angezogenen Beinen in Crowleys Hemd gehüllt. Im Kamin prasselte ein Feuer, aber ihr war kalt vor Erschöpfung.

»Risdon hat immer noch die Aufräumarbeiten beaufsichtigt, als wir gegangen sind«, sagte Jude. Er sah verhärmt aus. Sein für gewöhnlich braun gebranntes Gesicht war bleich, die Bartstoppeln auf seinen Wangen zu lang, und seine normalerweise so klaren, wissbegierigen blauen Augen waren stumpf und trüb. Er trommelte auf die Armlehne seines Rollstuhls, als könnte der gleichförmige Rhythmus wieder etwas Ordnung in die Welt bringen.

Jude und Sasha waren eine Stunde nach Alice und Crowley hereingeplatzt, und nachdem sie einander kurz und fieberhaft von ihren Erlebnissen erzählt hatten, waren sie immer öfter und immer länger in Schweigen verfallen, je weiter die Nacht voranschritt. August war nicht zurückgekommen, und niemand wusste, zu welchem Fest er gegangen war. Das auf Crane Park Island war das Einzige, bei dem es zu Todesfällen und schweren Verletzungen gekommen war, daher sollte er zumindest in Sicherheit sein.

»Ich muss ins Bett«, sagte Sasha und stand abrupt auf. »Ich kann nicht…« Sie schüttelte den Kopf, warf einen Blick auf Jude und eilte aus dem Zimmer.

»Wir sollten wahrscheinlich alle…«, begann Alice.

Jude nickte, aber niemand rührte sich. Einen langen Moment starrten sie vor sich hin, jeder in seine eigenen Gedanken versunken. Das schwache Stöhnen, das Wimmern… Alice gab sich einen mentalen Ruck, stand auf und schlang die Arme fest um sich. Als sie ging, spürte sie Crowleys besorgten Blick im Rücken. Heute Nacht würde sie keinen Schlaf finden.

Rote Haare wogten im Wind. *Jen.* Alice wirbelte zu ihr herum – aber sie war nicht mehr da. Weit entferntes Gelächter schallte durch das Moor. Rote Haare am Rande ihres Blickfelds, die immer verschwanden, wenn sie die Hand nach ihnen ausstreckte. Alice blickte an sich hinunter. Ihre nackten Füße versanken in gefrorenem Gras. Kristallisierte Halme zwischen ihren Zehen. Unter der

Erde ertönte ein dumpfes Grollen. Der Boden bebte, und sie verlor das Gleichgewicht.

»Alice?«

Jens Stimme. Nicht röchelnd, nicht höhnisch. Einfach nur Jen.

»Alice, lauf! Er will dich holen!«

Keuchend fuhr sie im Bett hoch, die Laken fest umklammert. Die Vorhänge waren nicht ganz zugezogen, und die Straßenlaterne vor ihrem Fenster schwebte am Rand ihres Sichtfelds wie ein sanft gelber Himmelskörper. Alice zog die Decke weg und wackelte mit den Zehen. Sie waren weiß vor Kälte. Taub und eisig. Fröstelnd wickelte sie sie in die Decke ein und rieb ihre Zehen, um sie aufzuwärmen. War es wirklich nur ein Traum gewesen? Sie sah zum Kamin, in dem kein Feuer brannte. In diesem Zimmer war es immer kalt gewesen, aber ihre Füße waren *eisig*...

Seufzend sah Alice zur Decke hoch. Nach einem Moment runzelte sie die Stirn und starrte angestrengt in die Schatten. Sie bewegten sich. Eichenzweige krochen aus dem weißen Putz über ihrem Kopf, und schlagartig wurde ihr klar, was sie da sah: Aus dem Gebälk entspross Leben. Sie versteifte sich in Erwartung eines Angriffs, doch die Zweige hingen reglos herunter; sie stellten keine Bedrohung dar. Als sie sich in die Kissen zurücksinken ließ und versuchte, ihren Kopf zu leeren, um wieder einzuschlafen, hallte Jens Stimme in ihren Gedanken nach.

Alice, lauf! Er will dich holen!

Doch sie hatte nicht die Absicht wegzulaufen. Vor niemandem.

»Warum ist es hier so kalt?«, fragte Alice am nächsten Morgen, während sie sich eine Schüssel Preiselbeer-Porridge zum Frühstück machte. Im gesamten Haus war es eisig kalt.

»Die Hauptrohre unter der Erde sind geplatzt«, erklärte Sasha, die in einem gestreiften blauen Pyjama auf den Küchenschränken saß und mit angespanntem Gesicht Joghurt löffelte. »Ich war vor einer halben Stunde draußen. Ein Erdloch drei Straßen weiter hat die Heizungen in jedem Haus im Umkreis von einer Meile lahmgelegt. Unseres eingeschlossen.«

»Nachbeben«, sagte Jude, »von letzter Nacht.«

Alice nickte, und ihr Herz wurde schwer bei dem Gedanken, dass der Sommerbaum noch mehr Schaden angerichtet hatte, wie Kräuselungen im Wasser, die sich immer weiter ausbreiteten.

»Der Rat wird die Rohre reparieren lassen.« Jude machte eine Handbewegung in Richtung des Kamins, und plötzlich loderte Feuer darin auf. »Und in der Zwischenzeit werden wir keine Probleme haben, uns warm zu halten.«

Sie nickte. Jude trug die Sachen, die er normalerweise zur Arbeit in der Schmiede anzog – umgeschlagene Jeans und ein graues Hemd, auf dessen Brusttasche *J. Lyons* eingestickt war. Er machte einen stillen, nachdenklichen Eindruck. Das war nicht ungewöhnlich, aber an diesem Morgen strahlte er eine Ernsthaftigkeit aus, die seltsam distanziert wirkte.

In diesem Moment öffnete sich die Tür, und Alice blickte erwartungsvoll auf, doch es war nur August, nicht Crowley.

»Er ist unterwegs«, sagte Sasha, die sich denken konnte, worauf sie gehofft hatte. »Er ist in aller Herrgottsfrühe aufgebrochen, aber er meinte, er wäre vor dem Mittagessen zurück. Ich glaube, er dachte, du würdest bis dahin schlafen. Es war eine lange Nacht.«

Alice nickte und setzte sich mit ihrem Porridge und einer Tasse Tee an den Tisch. Dass Crowley ohne ein Wort verschwand, war nichts Neues. Alice vermutete, dass er nach seiner Schwester sah, die in einem Londoner Krankenhaus im Koma lag, um sich zu vergewissern, dass das Chaos der letzten Nacht sich nicht auch auf ihre Zwillingsstadt in der Außenwelt ausgewirkt hatte.

»Ich habe ein paar Nachforschungen angestellt«, sagte August. »Und deine leibliche Mutter ... Wenn sie ein Mitglied von Haus Mielikki war, war sie keine praktizierende Nekromantin.«

Alice setzte sich ruckartig auf, überrascht von seiner scheinbar willkürlichen Bemerkung. »Was?«

August fuhr sich durch seine strohblonden Haare und ließ sich auf einen Stuhl plumpsen, die langen Beine wie eine Spinne ausgestreckt. Er sah aus, als hätte er die ganze Nacht kein Auge zugetan. Wie sie alle, vermutete Alice.

»Gibt es Kaffee?«, fragte er gähnend.

»Nur Tee«, antwortete Jude und hielt seine Thermoskanne hoch. Er hatte immer eine Kanne Tee für Notfälle dabei. Als zwanghafte Teetrinkerin liebte Alice das an ihm.

»Das nützt nichts. Ich brauche die doppelte Menge an Koffein«, erwiderte August.

»Hey, du Genie«, sagte Sasha und stellte ihre Schüssel in die Spüle, »warum trinkst du dann nicht einfach zwei Tassen?«

»Gutes Argument.« August bedeutete Jude, ihm die Kanne zu geben, und Jude fuhr näher zu ihm und schenkte ihm ein.

»Du siehst aus, als könntest du einen Schuss von etwas Stärkerem vertragen«, sagte Jude. »Wo warst du letzte Nacht?«

»Ich hab ein paar Botengänge gemacht.«

»Du hast Nachforschungen über meine Familie angestellt?«, fragte Alice und legte ihren Löffel vorsichtig auf dem Tisch ab, als könnte ihn jede plötzliche Bewegung ablenken. Die mögliche Grenzüberschreitung hing nur einen kurzen Moment in der Schwebe.

»Nenn es professionelles Interesse«, sagte er und blickte in die Runde. »Ach, kommt schon, war sonst niemand neugierig, wie Tuoni, der Haupt- und Obernekromant, eine Frau getroffen und ...« Er verstummte und wandte sich hilfesuchend an Jude. Sasha schüttelte empört den Kopf, Jude seufzte nur.

Alice setzte sich aufrechter hin, plötzlich hellwach. »Sag mir, was du herausgefunden hast. Bitte.«

August warf Jude ein süffisantes Grinsen zu, dann wandte er sich an Alice. »In den Büroräumen des Rates im White Tower gibt es Aufzeichnungen über jeden registrierten Nekromanten, die Jahre zurückreichen«, sagte er. »Und Eris Mawkin hat mir einen Gefallen geschuldet.«

»Eris arbeitet nicht für den Rat«, warf Sasha ein.

»Mag sein«, erwiderte er, »aber sie hat eine hübsche, blitzblanke Dienstmarke von den Runnern, die besagt, dass sie jede Akte einfordern kann, die sie will. Jedenfalls war ich letzte Nacht bei ihr.«

»An Mittsommer?«, fragte Sasha.

Er zuckte die Achseln. »Wir haben uns im Hyde Park auf einen Drink getroffen.«

»An Mittsommer?«, fragte Sasha erneut und schlug die Beine übereinander. August warf ihr einen eigenartigen Blick zu, und Sasha zog die Stirn kraus. »Ich bin nur überrascht, dass du dir so eine Gelegenheit entgehen lässt. All die liebeskranken Frauen, die in dieser einen Nacht alle Hemmungen fallen lassen ...«

»Sasha, bitte denk an die Hausregeln«, sagte Jude und rang sich ein Lächeln ab, um seine düstere Stimmung zu vertreiben. »Du darfst nicht mehr für uns kochen, das Bad putzen oder August mobben. Darüber haben wir doch schon gesprochen.«

»All meiner liebsten Hobbys beraubt«, jammerte sie und schüttelte sich eine Locke aus den Augen. »Na schön, du hast dich also mit Eris Mawkin getroffen, und ...?«

»Mawkin ist die einzige registrierte Nekromantin in Haus Mielikki seit mindestens drei Jahrzehnten.«

Alice' Augenbrauen schossen in die Höhe. Sie hatte keine Ahnung gehabt, dass Mawkin ein Mitglied von Haus Mielikki war – das waren Nekromanten kaum je. »Und was ist mit nicht registrierten?«, fragte sie. »Denen, die untergetaucht sind, damit die Runner nicht auf sie aufmerksam werden.«

»Es gibt auch keine nicht registrierten Nekromanten, die zu Haus Mielikki gehören«, sagte August.

»Aber woher will sie das wissen?«, hakte Alice nach. »Wenn sie nicht registriert und untergetaucht sind, kann doch niemand wissen, wer ...«

»Mawkin hat ihre Quellen«, sagte August. »Du weißt doch, wie sie ist. Sie hat überall ihre Hände im Spiel. Vor zwanzig Jahren war sie bestimmt auch schon ein Wildfang. Das gleiche Gewerbe, das gleiche Haus; früher oder später wären sie sich über den Weg gelaufen.« Er sah ihr fest in die Augen, sein Gesicht ernst. »Wer immer deine Mutter war, ich glaube nicht, dass Tuoni sie durch Nekromantie kennengelernt hat.«

Alice nickte. Sie wusste so wenig über ihre leiblichen Eltern. Selbst Tuoni, der so eine überwältigende Bedeutung in ihrem Leben hatte, war ihr ein Rätsel.

»Was ist eure Theorie zu dem Vorfall gestern Nacht?«, fragte Jude leise.

Alice zuckte zusammen. Ihr Mund öffnete sich, schloss sich aber gleich wieder. Sie wollte nicht über letzte Nacht reden.

»Ich erzähle euch meine«, sagte August mit morbider Genugtuung.

Alice klinkte sich aus dem Gespräch aus, unfähig, sich zu konzentrieren. Alles, woran sie denken konnte, war das von Zweigen überwucherte Gebälk über ihrem Bett und die Tatsache, dass sie müde, aber ohne jegliche Schmerzen aufgewacht war. Sie und Crowley waren durch Schlamm gewatet, gegen Tische gekracht und von dem Erdbeben herumgeschleudert worden. Sie hätte überall am Körper Muskelkater und Blutergüsse haben müssen. Und dennoch war sie ohne den geringsten Kratzer aufgewacht. Jedes vollwertige Mitglied von Haus Mielikki – und selbst jene, die nur einen Fuß in der Tür hatten – schien von dem Wachstum des Baums zu profitieren. Allmählich glaubte sie, dass seine außergewöhnliche Macht bereits begann, Tuonis Vermächtnis auszugleichen und ihr Leben zu retten. Eine Aussicht, die sie verzweifelt herbeisehnte, vor der es ihr jedoch auch graute, weil sie, wenn es wirklich so war, vom Wachstum des Sommerbaums profitierte, während andere starben. Ein Echo der Schreie auf Crane Park Island hallte in ihrer Erinnerung nach, und sie erschauderte.

»Jude?« Sie nahm ihren Ring ab und warf einen Blick auf das verblasste Wappen. »Kann ich dich um einen Gefallen bitten?«

17

Alice hatte lange hin und her überlegt, aber letztlich hatte sie nicht gewartet, bis Crowley wieder da war, bevor sie Coram House verließ. Jude hatte sich in seine Werkstatt zurückgezogen, um zu versuchen, die Gravur auf ihrem Ring deutlicher sichtbar zu machen, und Alice nutzte die Gelegenheit, um nach Bea zu sehen. Sie wollte Neuigkeiten über letzte Nacht erfahren – echte Neuigkeiten aus Haus Mielikki, nicht von Klatschmäulern oder aus der Presse –, und die konnte nur Bea ihr geben.

Doch Bea war nicht an der Uni, als sie ankam. Auf dem gesamten Campus herrschte eine gedrückte Stimmung. Es war gut möglich, dass Studenten, Mitarbeiter oder ihre Liebsten bei dem Desaster auf Crane Park Island umgekommen waren. In den Sälen wurden keine Vorlesungen gehalten, in den verstaubten Räumen fanden keine Seminare statt, nicht einmal das Rattern des Matrizendruckers war zu hören. Ein paar Leute aus der Verwaltung begegneten ihr in den Korridoren und nickten ihr grimmig zu, bevor sie ihrer Wege gingen, aber über allem lag eine gespenstische Stille.

Während Alice auf Bea wartete, gingen ihr bald die Ideen aus, wie sie sich die Zeit vertreiben könnte. Sie hatte schon mehrfach das gesamte Arlington Building durchquert, und jetzt saß sie in der Bibliothek und starrte seit einer halben Stunde dieselbe Seite an, während die Wörter vor ihren Augen verschwammen. Es war unmöglich, sich auf ihre Prüfungslektüre zu konzentrieren. Sie musste etwas Praktisches tun, um sich abzulenken.

Bücher über Ahnenforschung. Das war es, was sie brauchte. Jude hatte den Ring mit dem verblassten Wappen, und sie konnte sich nicht genau erinnern, wie er aussah, wenn sie ihn nicht vor Augen hatte, aber sie konnte schon mal mit der Suche anfangen. Bea würde nicht glücklich sein über den Zustand der Regale. Die Ausläufer des Erdbebens hatten weiter gereicht, als Alice gedacht hatte: Eins der Regale war zusammengebrochen, und der gesamte Inhalt eines anderen lag auf dem Boden verstreut. Sie stapelte die Bücher ordentlich, dann ging sie zur Ahnenforschungsabteilung. Die Werke hier waren nach Häusern geordnet, mit Titeln wie *Angesehene Häuser des achtzehnten Jahrhunderts*. Alice fuhr mit dem Finger über die Bücher in der Mielikki-Sektion und verharrte bei *Die Wurzeln von Haus Mielikki*.

Auf der Suche nach Wappen blätterte sie es durch, fand aber nur wenige. Genau genommen war es weniger eine Ahnenforschungsstudie als ein schlüpfriges Buch über fünfhundert Jahre alte Sexskandale und politische Eheschließungen zwischen den Gardiners und den Florins – zwei der ältesten Familien von Haus Mielikki.

Alice hielt inne, das Buch in der Hand. Sie war versucht, es gegen eine ernstere Lektüre einzutauschen, aber letzte Nacht war ernst genug gewesen. Vielleicht waren Sexskandale und jahrhundertealter Klatsch genau das, was sie jetzt brauchte. Und wenn Haus Mielikki wirklich im Aufstieg begriffen war, wäre es doch sicher nützlich, seine Vorgeschichte zu kennen. Also machte sie es sich in einem Sessel bequem und begann zu lesen.

Wenig später war sie voll und ganz in die Geschichte vertieft, wie die Gardiners – die am längsten bestehende Dynastie und direkte Nachfahren von Mielikki persönlich – in die Familie der Florins eingeheiratet hatten und aus der Geschichtsschreibung getilgt worden waren. Die letzte Tochter der Gardiners hatte einen Florin geheiratet, der schließlich ihr Erbe stahl, sich von ihr scheiden ließ und anschließend eine Lynn heiratete. Die Florilynns, wie sie von da an genannt wurden, gründeten den *Rookery Herald*, bevor sie Ende des neunzehnten Jahrhunderts ihr gesamtes Vermögen durch Spielschulden verloren, woraufhin die Blutlinie in Vergessenheit geriet. Ein ganzes Kapitel war dem Umstand gewidmet, dass Maurice Beale, ein neureicher Unternehmer, die Zeitung aufgekauft hatte, obwohl er zum gegnerischen Haus Pellervoinen gehörte.

»Wo zur Hölle warst du?«, fragte Bea, die in diesem Moment hereingerauscht kam, und ihre Stimme brach die bedrückte Stille.

Alice blinzelte sie verwirrt an und klappte das Buch zu. »Das könnte ich dich auch fragen.«

Bea schüttelte den Kopf. »Nicht hier«, sagte sie. »Komm mit.«

»Nach draußen?«, fragte Alice. »Warum?«

»Das Haus hat darüber diskutiert, die Aufnahme neuer Mitglieder zu verschieben, bis dieses ganze Theater um den Sommerbaum geklärt ist«, erklärte Bea.

»Sie sagen meine Prüfung ab?«, fragte Alice entsetzt.

»Nein«, erwiderte Bea. »Sie ziehen sie vor. Auf morgen Abend.«

Die Universitätsgärten in der Nähe von Hollys Gedenkstätte waren menschenleer, aber zur Sicherheit hatten sie sich auf eine abgelegene Lichtung hinter den Lorbeerhecken zurückgezogen. Hier war das Gras hoch, und dicht an dicht stehende Apfelbäume schützten sie vor neugierigen Blicken.

»Du stellst dir ein Messer vor statt einer Faust«, sagte Bea.

Alice stand vor einem Holzscheit, der von Lorbeersträuchern hochgehalten wurde. Sie fühlte sich wie ein Kampfkünstler, der

Bretter zerschlug, um die Anerkennung seines Trainers zu gewinnen. Hin und wieder zwitscherte Kuu laut, wie um sie anzufeuern.

»Wenn du Streifen vom Stamm abschneidest, verengt sich dein Fokus«, sagte Bea. »Eine Faust, kein Messer, Liebes. Bring das in Ordnung und versuch es noch mal.«

Beas Instruktionen waren unglaublich spezifisch. Zerteile das Holzscheit, aber schneide es nicht durch. Wende Gewalt an, aber berühr es bloß nicht. Spalte es sauber, ohne dass es splittert. Mit einem frustrierten Seufzen legte sie die Hand auf den Holzklotz, und die Kerben in der Rinde glätteten sich.

»Geraint hat mich abserviert.«

»Was?«, fragte Alice verdattert. Beas überraschende Beziehung mit Chancellor Litmanen war das am wenigsten Bedeutsame, was in den letzten Stunden passiert war; sie hatte es beinahe schon wieder vergessen.

»Er denkt, es kommt bei den Wählern nicht gut an, wenn er mit einem Mitglied von Haus Mielikki anbandelt. Mit anderen Worten, unser Haus ist bei der breiten Masse unten durch, und er will gegen uns Stellung beziehen.«

»Gegen uns?«, wiederholte Alice erschüttert und machte sich bereit, es noch mal zu versuchen. »Aber Haus Mielikki hat nichts falsch gemacht. Es ist nicht unsere Schuld, dass der Baum einen Wachstumsschub hat.«

»Na ja, das stimmt nicht ganz, aber guter Versuch. Immerhin befinden wir uns im Mittelpunkt dieser Kack-tastrophe.« Bea lehnte sich gegen einen Baum und vergrub das Gesicht in den Händen. »Es tut mir leid. Das Wort gefällt mir nicht mal. Ich hab nur ein kleines Tief.« Sie atmete tief durch und murmelte: »Scheißescheißescheißescheiße.« Dann hob sie den Kopf und fächelte sich kühle Luft zu. »Okay. Okay, jetzt geht's wieder. Die frische Luft hilft. Wir sollten öfter hier draußen trainieren.«

»Warum stimmt es nicht ganz?«, fragte Alice, ohne auf ihren kleinen Nervenzusammenbruch einzugehen. »Willst du damit sagen, dass Haus Mielikki daran schuld ist?«

. Einen Moment herrschte erwartungsvolles Schweigen. Alice beugte den Arm, holte tief Luft und ließ ihn nach vorne schnellen. Ihre Hand kam leicht schräg auf und schlug ein Stück vom Stamm ab, bevor er auseinanderbrach.

»Wenn die Hand auftrifft, muss sie ...«

»Gerade sein«, beendete sie den Satz. »Ich weiß. Ich muss die Magie gleichmäßig durch meine Handfläche leiten.«

Sie hob beide Hälften des Holzklotzes auf, hielt die Hand darüber und setzte ihn wieder zusammen. Das Holz zu spalten war einfach. Aber sie war es gewohnt, sich auf das Kribbeln in ihren Fingerspitzen und das Gefühl, wie Mielikkis Vermächtnis ihre Arme hinaufströmte, zu verlassen. Bea wollte, dass sie lernte, ihre Macht durch ihren Handballen zu kanalisieren – das war der stabilste Teil der Hand, und wenn das Vermächtnis ihren Arm hinunter- statt hinaufströmte, konnte sie viel mehr Kraft in die Bewegung legen.

»Ist Haus Mielikki schuld daran, dass der Baum Probleme macht?«, fragte Alice und setzte das Holz wieder instand, bereit für einen neuen Versuch.

»Vielleicht. Wir sind für Mielikkis Baum verantwortlich«, sagte Bea, legte den Kopf in den Nacken und schloss die Augen. »Ihr Haus war immer dafür zuständig, auf die eine oder andere Art.«

»Was auf Crane Park Island passiert ist ...«, begann Alice.

»Schrecklich«, murmelte Bea, und ihr Gesicht verfinsterte sich. »Wir haben so viele verloren.«

»Ich habe Wurzeln in den Spalten und Gräben gesehen, da bin ich mir sicher. Die Wurzeln des Sommerbaums?«

»Ja«, seufzte Bea hörbar erschöpft. »Es hat wohl keinen Sinn, es noch länger geheim zu halten. Die anderen Häuser wissen Bescheid. Der Rat weiß Bescheid. Wie ich schon sagte: Geraint wirft uns den Wölfen zum Fraß vor, um sich mehr Stimmen zu sichern.«

Alice nickte und versank kurz in ihren eigenen düsteren Gedanken, bevor sie wieder auftauchte. Den Blick starr auf das Holzscheit gerichtet fokussierte sie den schwächsten Punkt in der Mitte und hob den Arm. Als sie sich vorstellte, wie die Magie in ihrer Brust aufflammte, stellten sich ihre Nackenhärchen auf, und sie schauderte. Das Blut rauschte durch ihre Adern. Wie zum Schlag ließ sie die Hand in weitem Bogen vorschnellen, hielt aber inne, kurz bevor sie die Rinde berührte. Die Luft ballte sich um ihre geschlossene Faust zusammen und zerschmetterte das Holzscheit. Zertrümmerte es. Zerstörte es vollkommen. Splitter und Sägespäne regneten auf die Wiese herab, und auch Alice' Ärmel war damit bedeckt.

»Mist«, murmelte sie.

»Ja«, sagte Bea und spuckte Sägemehl aus. »Ein bisschen grobschlächtig, da stimme ich dir zu.«

Alice wischte sich den feinen Staub von den Klamotten, schnappte sich ein zweites Holzscheit und brachte es mit wilder Entschlossenheit in Position.

»Erzähl mir von dem Baum«, drängte sie Bea. »Erzähl mir die Sachen, die nicht in den Büchern stehen, die du mir gegeben hast.«

»Oh, Liebes …«

»Du bist meine Mentorin«, betonte sie, auf das Holz konzentriert. »Komm schon, lehre mich. Ich will alles wissen. Wie zum Beispiel: Wenn es heißt, das Fundament der Rookery sei auf dem Baum erbaut, ist das wörtlich oder im übertragenen Sinn gemeint?«

»Ich bin nicht sicher, ob ich so viel mehr weiß als du«, murmelte Bea. »So etwas steht nicht in den Büchern. Das ist das Problem. Alles, was wir wissen, wurde mündlich überliefert, und Menschen sind nicht unfehlbar. Wir machen Fehler und interpretieren manche Dinge falsch.«

Ein Rascheln im Gras, und kurz darauf erschien Tom.

»Das stimmt nicht ganz«, sagte er mit einem grimmigen Lächeln. »Es gab ein Buch, in dem eine Theorie über das Fundament der Rookery aufgestellt wurde.«

Bea warf ihm einen ärgerlichen Blick zu. »Ein Buch, das vor Hunderten von Jahren verbrannt ist.«

Tom ließ sich neben Bea ins Gras sinken und streckte seine langen Beine aus. »Es gibt Gerüchte, dass Governor Whitmore eine Kopie davon hat.«

»Das ist doch Unsinn«, sagte Bea mit einem Seufzer. »Wenn Gabriel Whitmore einen der größten literarischen Verluste der Rookery in seinem Besitz hätte, wüsste ich davon.«

»Was war das für ein Buch?«, fragte Alice, ohne den Blick von dem Holzscheit abzuwenden.

»Manchmal hilft es, wenn man aus der Diagonale zuschlägt«, meinte Tom. »Versuch mal, dich im Fünfundvierzig-Grad-Winkel dazu aufzustellen.«

Alice nickte und folgte seinem Rat. Er hatte recht; so hatte sie einen besseren Stand.

»Oh, es hatte einen lateinischen Titel«, beantwortete Bea ihre Frage. »Etwas furchtbar Langes, Umständliches. Aber angeblich war es eine wissenschaftliche Studie über die Geografie der Rookery.«

»Damals gab es einen großen Aufschrei, dass die Geheimnisse unserer Schöpfung für immer verloren seien«, sagte Tom.

»Angeblich«, fügte Bea hinzu.

»Und was war die Theorie?«, fragte Alice und kniff ein Auge zu, um ihr Ziel ins Visier zu nehmen.

»In dem Buch war beschrieben, wie Zwillingsstädte wie diese erschaffen wurden«, erklärte Tom.

Alice trat von dem Holzscheit zurück, um zuzuhören, und Bea reagierte gereizt. »Können wir uns bitte wieder auf die anstehende

Aufgabe konzentrieren?«, fragte sie ärgerlich und bedeutete Alice, mit dem Training weiterzumachen.

»Störe ich?«, fragte Tom.

»Ja, mein Lieber, das tust du«, antwortete Bea und tätschelte seine Hand. »Aber ich bin froh, dass du letzte Nacht gut überstanden hast.«

Er stand auf und klopfte sich den Dreck von der Hose, dann wandte er sich an Alice: »Ich wollte dir nur sagen, dass ich angeboten habe, dir nach deiner nächsten Prüfung den Bindungstrank zu verabreichen.« Einen Moment herrschte nervöses Schweigen. »Ich dachte … vielleicht ist es das Beste, mich wieder in den Sattel zu schwingen.«

Sie vermieden es sorgsam, die Stechpalme anzusehen, die sie im Andenken an Holly gepflanzt hatten.

»Aber ich würde es verstehen, wenn du lieber …«

»Ich will, dass du das machst«, sagte Alice.

Sichtlich erleichtert atmete er auf und nickte. »Gut. Okay, dann sehen wir uns später.«

Als Tom weg war, drehte sich Alice zu Bea um und fragte: »Wie wurde die Rookery erschaffen?«

Bea seufzte, aber ihr Gesichtsausdruck zeigte, dass sie bereits nachgegeben hatte.

»Die Welt ist wie eine Zwiebelschale«, sagte sie. »Unzählige übereinandergeschichtete Städte. Und dazwischen die Leere, wie ein Korridor. Das Problem ist, dass manche Schichten stärker sind als andere. Nehmen wir zum Beispiel eine richtige Zwiebelschale. In der Mitte befindet sich die Knospe. Wenn ich eine Zwiebel fallen lasse, ist die Wahrscheinlichkeit hoch, dass die äußeren Schichten lädiert werden, aber die Knospe unbeschadet bleibt.«

Bea hielt einen Moment inne, um die Spannung auszukosten.

»*London* ist die Knospe«, sagte sie mit Nachdruck. »Die Rookery ist die schwächere Schicht außen. Wenn man die Schichten abreißt, um sich was zu essen zu machen, war's das, sie sind weg, also müssen wir, um zu überleben, mit der Knospe in Verbindung bleiben. Ach, was rede ich da, ich mag Zwiebeln nicht mal«, schimpfte sie nach einer kurzen Pause. »Aber verstehst du, was ich meine? Die Rookery liegt auf einer anderen Schicht. Der Sommerbaum hält uns stabil, indem er uns an ...«, sie verdrehte die Augen, »... die Zwiebelknospe bindet. Wir sind in London verankert. Und die Wurzeln des Baums erstrecken sich durch das gesamte Fundament unserer Heimatstadt. Ohne sie würde die Rookery auseinanderfallen – vielleicht in die Leere. Wer weiß?«

»Wie verbinden uns die Wurzeln mit London?«, fragte Alice. Das Ganze war schwer zu begreifen. »Meinst du im wörtlichen Sinne? Sie erstrecken sich durch die Leere bis ins Fundament von London?«

Bea zuckte die Achseln. »Keine Ahnung, Liebes. In dem Buch war die Theorie genauer beschrieben, aber es ist für immer verloren. Ich bezweifle, dass wir es je erfahren werden. Die Hauptsache ist, dass die Rookery ohne den Baum nicht existieren kann.«

»Aber ... es besteht doch keine Gefahr, dass der Baum verloren geht«, sagte Alice. »Wenn wir mal außer Acht lassen, was letzte Nacht passiert ist, ist es nicht ein gutes Zeichen, dass der Baum größer und stärker wird? Stärkt das nicht auch die Verbindung zwischen der Rookery und London?«

»Hör zu, groß und stämmig zu sein ist toll – da bin ich ganz deiner Meinung«, sagte Bea. »Aber denk mal darüber nach, Liebes. Haus Mielikki kontrolliert die Natur. Wir lassen ihr nicht einfach freien Lauf. Ich kann eine Rose wachsen lassen, die genau dreißig Zentimeter groß ist, mit roten, weißen und gelben Blütenblättern. Ich kontrolliere die Rose. Sie wächst nach meinen Vorgaben, nicht ihren eigenen. Wir beherrschen das Unbeherrschbare.« Sie hielt einen Moment inne. »Sieh dir nur mal Parasiten, Krankheiten und Tumore an ... Unkontrollierbares Zellwachstum kann gefährlich sein. Es muss ein Gleichgewicht geben – etwas, das es einschränkt, in Grenzen hält.«

Alice versteifte sich. Diese Worte waren ihr auf eine Art vertraut, die sich Bea nicht einmal vorstellen konnte.

»Hast du je einen Schlingknöterichbefall gesehen?«

Alice nickte bedächtig. Bei der Wohnungssuche mit Jen hatten sie mit als Erstes ein Apartment besichtigt, dessen zugehöriger »Garten« – eigentlich nur eine winzige Betonfläche – mit Schlingknöterich überwuchert war. Die Pflanze hatte sich durch den Beton gegraben, ihre unnachgiebigen Wurzeln hatten das Mauerwerk der Wohnung durchdrungen und Risse in den Wänden hinterlassen. Das gesamte Haus hatte ausgesehen, als würde es jeden Moment einstürzen, und sie hatten dem Makler ins Gesicht gelacht, als er fragte, ob sie die Kaution bar bezahlen wollten.

»Du meinst… der Sommerbaum könnte wie Knöterich wuchern und das Fundament der Rookery zerstören?«

»Ja«, antwortete Bea. »Und ich glaube, letzte Nacht zeigt, dass er dazu imstande ist.«

Alice schüttelte fassungslos den Kopf. Wie war das möglich? Sie hatte diese Welt erst vor anderthalb Jahren entdeckt, aber hier lebten so viele Menschen, die ihr am Herzen lagen. Jen war gestorben, um diese Stadt zu retten. Und jetzt…? Es war undenkbar. Sie durfte die Rookery nicht verlieren, wo sie sie doch gerade erst gefunden hatte.

»Aber… wenn Haus Mielikki für den Baum zuständig ist, warum können sie dann nicht ihr Vermächtnis einsetzen, um ihn aufzuhalten? Die Vermächtnisse werden auch stärker. Setzt sie ein!«

»Wir beschützen den Sommerbaum«, erwiderte Bea, »aber wir kontrollieren ihn nicht. Mielikkis Blutlinie ist schon vor Jahren ausgestorben, und seitdem haben wir auch die Kontrolle über den Baum verloren.«

»Die Gardiners«, sagte Alice. »Oder die Florilynns.«

»Woher weißt du …?« Bea musterte sie mit neugierigem Blick. »Du hast dich über unsere Geschichte informiert?«

»Ich habe Texte über gestohlene Erbschaften und verspielte Vermögen gelesen«, sagte Alice.

»Ah, *Die Wurzeln von Haus Mielikki*«, erriet Bea sofort. »Das Buch hat anscheinend für viel Aufregung gesorgt, als es vor etwa hundert Jahren veröffentlicht wurde.« Sie schwieg einen Moment und zuckte dann die Achseln. »Eigentlich stammten nur die Gardiners direkt von Mielikki ab. Als Nathaniel Florin seine Frau Elizabeth Gardiner rauswarf, hatten sie keine Kinder. Er hat gerne mit seiner Verbindung zu Mielikkis Blutlinie angegeben, aber das war Schwachsinn – sobald er sich von ihr scheiden ließ, war die Verbindung beendet, und Elizabeth starb kurz darauf an Schwindsucht.« Sie seufzte und lehnte sich auf den Ellbogen zurück. »Mielikkis Ahnenreihe endete, und das war für das Haus schon immer ein Problem. Mielikki hat den Sommerbaum erschaffen, und als sie starb, wurden ihre Kinder seine… seine…«

»Gärtner?«

»Ganz genau«, sagte Bea und nickte bekräftigend. »Gardiners – die Gärtner. Das ist jetzt natürlich schon sehr lange her. Damals waren unoriginelle Wortverfälschungen als Nachnamen der letzte Schrei.« Sie strich ihren Rock glatt. »Erst Mielikki, dann ihre Kinder und Kindeskinder – Tausende von Jahren haben sich die Gardiners um den Sommerbaum gekümmert.«

»Aber dann haben Mischehen die Blutlinie verändert, und… die ursprüngliche Ahnenreihe ist ausgestorben?«, mutmaßte Alice – langsam begann sie zu verstehen.

»Ja. Natürlich sind wir alle zu einem gewissen Grad Blutsverwandte von Mielikki, da wir ihr Vermächtnis geerbt haben.«

»Das Haussystem ist inzestuös«, murmelte Alice.

Bea schnaubte. »Mag sein. Aber auch nicht mehr als der Rest

der Menschheit. Wenn magische Begabung der einzige Faktor wäre, könnten wir beide verwandt sein. Aber wir sind keine direkten Nachfahren, keiner von uns. Und dennoch verfügen wir über ihr Vermächtnis, so verwässert es auch sein mag. Also haben wir die Verantwortung für den Sommerbaum übernommen. Haus Mielikki hat veranlasst, dass der Baum von Glühwürmchen beschützt wird. Vor ein paar Jahrzehnten war das noch nicht nötig, weil Mielikkis Nachfahren ihn beschützen konnten. Doch als die Familie ausstarb, brauchten wir eine Alternative. Politisch«, fuhr sie fort, »sind wir seither in einer heiklen Lage. All das Gute, das der Baum bewirkt, wird uns als Verdienst angerechnet, aber es ist schwierig, die Schuld nicht bei uns zu suchen, wenn etwas schiefgeht – immerhin haben wir uns jahrelang mit allen Erfolgen gebrüstet.«

Bea hielt inne und band eine Strähne, die sich aus ihrem Haarknoten gelöst hatte, wieder hoch. »Also«, sagte sie, »die Leute, die über den Aufstieg von Haus Mielikki jubeln, werden bald ihr blaues Wunder erleben. Ich hoffe, die Macht, die ihnen das Wachstum des Baums verleiht, ist es wert, denn in Kürze werden wir das meistgehasste Haus der Rookery sein. Morgen wird uns der *Herald* auf der Titelseite anprangern und behaupten, dass wir für all die Tode in der Mittsommernacht verantwortlich sind. Und weißt du was, Liebes? Das ist wahrscheinlich das Beste, worauf wir momentan hoffen können. Denn wenn es noch schlimmer kommt ...« Sie schüttelte den Kopf, ihr Gesicht kreidebleich.

Alice ließ ihre Hand vorschnellen. Das Holzscheit brach genau in der Mitte durch, und die beiden Hälften rollten ins Gras.

Bea versuchte zu lächeln, war aber offensichtlich mit den Gedanken ganz woanders. »Nun, das ist zumindest etwas.«

Alice nickte mit einem selbstzufriedenen Grinsen.

»Übrigens – es gibt da etwas, das du wissen solltest«, sagte Bea.

»Was?«, fragte Alice und wischte die Hände an ihrer Jeans ab.

»Lester ist tot. Er ist im Crane Park in ein Erdloch gestürzt.«

Alice' Augenbrauen schossen in die Höhe. Er war dort gewesen? Sie wusste nicht, wie sie sich fühlen sollte. Erleichtert? Nein, nach allem, was sie mitangesehen hatte, war sie einfach nur ... traurig.

In ihrem Apartment war jemand. Durch den Spalt unter der Tür konnte sie eine Nachtschwalbe herumflattern hören. Ein kalter Schauer lief ihr über den Rücken. *Lester ist tot. Wie könnte ein Fremder in meiner Wohnung sein, wenn Lester tot ist?*

Alice zögerte. Das Herz schlug ihr bis zum Hals. *Ich muss den Einbrecher irgendwie überrumpeln,* überlegte sie und schmiedete rasch einen Plan. Ihr Kricketschläger lag direkt an der Tür. Für jemanden, der über Mielikkis Vermächtnis verfügte, war das die perfekte Waffe; daraus könnte sie alles machen, was sie brauchte – vielleicht eine Explosion von Holzsplittern ...

Mit einem raschen Blick vergewisserte sie sich, dass niemand hinter ihr war, dann legte sie die Hand auf die Tür und atmete langsam aus. Der gleichmäßige Rhythmus ihres Atems half ihr, die Konzentration zu bewahren, während sie ihren Willen in die Tür einfließen ließ. Prickelnde Schauer liefen ihren Arm hinunter, und sie drückte fester zu ... bis die Tür in eine Million Stücke zerbarst, die wie Hagelkörner niederprasselten.

Von drinnen erklang ein überraschtes Keuchen, und diesmal zögerte Alice keine Sekunde – sie stürmte in die Wohnung und schnappte sich den Kricketschläger.

»Gehen Sie ja nicht damit auf mich los!«

Es war Reid. Blass und abgespannt, in Klamotten, die aussahen, als hätte sie darin geschlafen.

»Was zum Teufel machen Sie denn hier?«, fragte Alice und ließ den Kricketschläger sinken.

»Ich muss mit Ihnen reden«, sagte Reid. »Ich wollte ...« Sie verstummte und versteifte sich sichtlich, richtete sich zu ihrer vollen Größe auf und kniff argwöhnisch die Augen zusammen. »Ist Ihnen jemand gefolgt?«

Alice starrte sie völlig entgeistert an. »Was ist los?«, wollte sie wissen. »Haben sich die Runner bei Ihnen gemeldet? Sie untersuchen den Vandalismus im Labor. Sie sind nicht zur Arbeit gekommen, und ...«

»Das war ich«, sagte Reid in abweisendem Ton. »Ich habe das Labor verwüstet.«

Vor Schreck ließ Alice den Schläger fallen. »Was?! Das waren Sie? Warum?«

Reid tat die Frage mit einem Achselzucken ab. »Das spielt keine Rolle. Ein Großteil meiner Forschung ist weg – zerstört. Sie haben doch keine weiteren Kopien gemacht, oder?«

Alice war fassungslos. »Nein«, sagte sie. »Aber warum sollten Sie ...«

»Weil ich belogen wurde!«, schrie Reid aufgebracht. »Ich dachte, meine Forschung wäre nur theoretisch, aber der Geldgeber des Projekts ... er wollte sie *benutzen*. Mich aus kranker Rachgier zu seiner Komplizin machen. Was auf Crane Park Island geschehen ist ... Wenn ich das gewusst hätte, hätte ich nie ...« Sie schauderte und fuhr sich mit der Hand durch ihre zerzausten Haare.

»Crane Park Island?«, murmelte Alice erschüttert. Hatte Reids Projekt etwas mit dem Schaden zu tun, den der Sommerbaum angerichtet hatte?

»Sie müssen mit mir kommen«, sagte Reid und senkte die Stimme zu einem kaum hörbaren Flüstern, »in meine Wohnung. Es ist nur eine Frage der Zeit, bis er meine Adresse herausfindet.« In ihrer Stimme lag eine panische Dringlichkeit. »Ich will Ihnen zeigen, was von meiner Forschung übrig ist. Sie müssen mir helfen. Wir müssen von hier verschwinden, bevor ...«

255

Es begann als leises Rumpeln. Holzbretter stießen aneinander, ihre langen Kanten vibrierten. Dann ein Klappern, das alles andere übertönte, als die Enden sich aufrichteten und mit voller Wucht wieder hinunterkrachten. Der Boden unter ihren Füßen bebte.

»Das ...«, stammelte Reid und blickte sich ängstlich um, »... das ist nicht ...«

Krachend gaben die Deckenbalken nach, und Alice blickte erschrocken auf. *Die Decke wird jeden Moment einstürzen.* Der Putz bröckelte ab und regnete zu Boden, und als die Dielen unter ihren Füßen immer heftiger wackelten und der Türrahmen unter dem Druck der Wände ächzte, fühlte sich Alice auf Crane Park Island zurückkatapultiert – das Erdbeben, die Erdlöcher, die sich überall auftaten, die Schreie ...

Nicht schon wieder. Nicht hier.

»Reid!«, schrie sie. »Wir müssen hier weg!«

Doch Reid blutete. Auf ihrem Hemd, in der Nähe des Schlüsselbeins, hatte sich ein roter Fleck gebildet, der sich immer weiter ausbreitete. Der hölzerne Fenstersturz war zerbrochen, und ein Splitter hatte sich in ihre Schulter gebohrt. Mit einem schmerzerfüllten Keuchen sank sie gegen die Wand, zu schwach, um sich aufzurichten. So schnell sie konnte, eilte Alice zu ihr, schlang sich ihren anderen Arm um die Schultern und schleifte sie zur Tür. Doch sie schafften es nicht ganz. Reid hing schlaff in Alice' Armen. Ihr Fuß blieb an einer Diele hängen, die sich gehoben hatte, und derart aus dem Gleichgewicht gebracht taumelten sie aufs Bett zu.

Alice prallte vom Bettpfosten ab und stieß hart gegen die Wand, während Reid auf der Matratze landete, ihre zerknitterte Bluse hochgerutscht, ihre Locken völlig zerzaust. *Scheiße.* Alice' Rücken schmerzte, als sie sich aufrappelte.

Aber wenigstens hatte der Boden aufgehört zu beben. Alles war still. Doch Alice hatte keine Zeit zum Durchatmen. Sie musste Reid hier wegbringen, und zwar schnell. Das Erdbeben war zwar vorbei, aber mit all den einsturzgefährdeten Balken war dieser Ort eine Todesfalle.

Plötzlich stieß Kuu einen Warnruf aus, und Alice warf ihr einen erschrockenen Blick zu. Als sie sah, was ihren Seelenvogel derart in Aufruhr versetzt hatte, wich alle Farbe aus ihrem Gesicht. Reids Nachtschwalbe, die neben ihr auf der Matratze saß, schlug mit den Flügeln und hüpfte zu der leuchtenden Schnur, die Vogel und Mensch verband. Fieberhaft hackte sie mit dem Schnabel darauf ein, dann breitete sie die Flügel aus und erhob sich in die Lüfte. Die Lichtschnur, die sie in den Krallen hielt, erlosch allmählich, während die Nachtschwalbe sich bereit machte, diese Welt zu verlassen. Reid starb vor ihren Augen.

»Nein, nein, nein!« Alice warf sich aufs Bett. Wie konnte das sein? Warum lag sie im Sterben?!

Um Reids Schulter hatte sich eine Blutlache gebildet. *O Gott.* Das abgebrochene Holzstück hatte sie nicht nur getroffen, es hatte sich tief in sie hineingebohrt. In schrägem Winkel hatte es ihre Brust durchstoßen wie ein Rapier. *Wie nahe am Herzen?*, überlegte Alice panisch.

Hastig holte sie Laken aus ihrer Kommode und drapierte sie um die Wunde, passte dabei aber auf, dass sie nicht gegen den Holzspieß kam.

»Reid?«, rief sie, den Blick auf das leichenblasse Gesicht der Professorin gerichtet. Ihr Magen krampfte sich zusammen. Es hörte nicht auf. Das Blut floss ungehindert weiter. Es durchtränkte ihre Jeans, und die feuchte Wärme auf ihrer Haut ließ sie erschaudern.

»Hilfe!«, schrie sie. »Hilf mir doch jemand!« Aber natürlich war niemand da.

Ich muss den Blutfluss stoppen, überlegte sie panisch, griff nach den Kissen und drückte sie auf die Wunde, während sie im Stillen ein Stoßgebet sprach. *Komm schon…* Und dann, Sekunden, Minuten, vielleicht auch Stunden später, blickte sie zu Reids Nachtschwalbe auf – und die Lichtschnur leuchtete hell. *Gott sei Dank. Es ist noch nicht zu spät, um Hilfe zu holen.*

Reid murmelte irgendetwas Unverständliches, und Alice durchströmte eine tiefe Erleichterung.

»Vivian?«, rief sie. »Bleib wach, okay?«

Reids Lider flatterten, doch sie hielt die Augen offen und sah zu Alice auf. Ihre Lippen bewegten sich, und Alice lauschte angestrengt.

»Du hättest nicht … zurückkommen sollen. Du warst doch in Sicherheit …« Reid schloss die Augen und verzog vor Schmerz das Gesicht. »Bei deinen Eltern …«, stieß sie mühsam hervor, »warst du in Sicherheit. Ich habe sie ausgewählt, weil … sicher …«

Alice starrte sie schockiert an.

18

»Vivian, was meinst du damit?«, fragte Alice und kämpfte gegen die Verwirrung an, die es ihr unmöglich machte, klar zu denken.
Reids Augen rollten zurück, und ein Röcheln entrang sich ihrer Kehle.
»Forschung«, murmelte sie. »Magellan...«
»Vivian.« Alice kniete sich hin, sodass sie auf gleicher Augenhöhe waren. »Was du über meine Eltern gesagt hast – was meintest du damit? Du hast sie ausgewählt? Was soll das...?«
Reid spähte angestrengt zu ihr hoch, versuchte, sich trotz ihrer Schmerzen zu konzentrieren. Sie neigte den Kopf, und ihr Mund verzog sich.
»Ich wusste nicht, wer du bist«, sagte sie und packte Alice' Handgelenk. »Ich wusste nicht...« Ihr Griff lockerte sich, ihre Hand rutschte herunter und verharrte an Alice' bloßen Fingern.
»Wo ist er?«, fragte sie in eindringlichem Ton.
»Mein Siegelring?«
»Ich habe ihn dir hinterlassen... wollte... dass du ihn bekommst«, brachte Reid mühsam heraus.
Kaltes Grauen packte Alice. Erschüttert starrte sie auf ihren Finger und Reids schlaffes Gesicht. Nein. Ihre Mutter – Patricia Wyndham – hatte ihr den Ring vor Monaten gegeben. Das Blut rauschte ihr in den Ohren, und die Wände schienen sich um sie zusammenzuziehen.

»Was willst du damit sagen?«, flüsterte Alice. »Was soll das ...
Reid, wach auf!«, schrie sie, als die Lider der älteren Frau flatterten. »Reid, wag es ja nicht. Sag mir, was du damit meinst!«

Reid öffnete den Mund, doch ihre Worte waren wirr und un-
verständlich, und es kostete sie große Mühe, wach zu bleiben. Die
Professorin stieß ein Knurren aus, frustriert über ihre Unfähig-
keit zu sprechen, und ihre Lider wurden schwer. Schnell presste
Alice die Hände auf ihre Wunde. Der Blutfluss hatte nachgelassen.
Reids Lichtschnur leuchtete, ihre Nachtschwalbe war unversehrt.

Draußen im Flur schwang eine Tür auf, und Schritte hallten
durch den Korridor.

»Rufen Sie einen Krankenwagen!«, schrie Alice. »Es gab einen
Unfall!«

Ein erschrockenes Keuchen war zu hören, dann entfernten sich
die Schritte eilig.

Alice sah auf die Professorin hinunter. Sie atmete tief und regelmäßig, als schlafe sie friedlich.

Die Lichtschnur, die Reid mit ihrer Nachtschwalbe verband,
pulsierte mit gedämpfter Vitalität. Alice' früherer Tutor Proctor
hatte ihr einst gesagt, ein Aviarist könne die Nachtschwalben anderer Leute nicht berühren – aber da hatte er sich geirrt. Sie hatte
Sashas Seelenvogel gestreichelt, und er hatte ihr einen Einblick
in ihre geheimsten Erinnerungen gegeben. Doch das war ein Versehen und ein schwerer Eingriff in Sashas Privatsphäre gewesen.
Sashas Erinnerungen gingen sie nichts an.

Doch jetzt ... in dieser Situation? Reid hatte versucht, ihr etwas
zu sagen.

Alice zögerte nur kurz, dann griff sie nach Reids Nachtschwalbe.
Ihre Finger strichen sanft über ihr Gefieder, dann streichelte sie
ihren weichen Kopf. Die Nachtschwalbe der Professorin öffnete
die Augen und blinzelte sie an.

»Zeig es mir«, flüsterte Alice.

Ihre Blicke trafen sich. Die Augen des Seelenvogels waren dunkel, glasig wie die Oberfläche eines Sees. Die Lichtschnur leuchtete heller, bis sie die Nachtschwalbe wie ein Heiligenschein umgab, und Alice starrte sie wie gebannt an. *Dunkel… glasig… wie die Oberfläche eines Sees.* Ihre Sicht verschwamm. Sie fühlte, wie sie mental nach vorne fiel, in die Augen des Vogels hinein… und durch die Oberfläche des Sees brach. Wie ein Bleigewicht sank sie in den Verstand des Vogels. Erinnerungsfetzen blitzten vor ihrem geistigen Auge auf: Kurze Einblicke in Reids Schulzeit, Urlaubsreisen, ihre Abschlussfeier… Momentaufnahmen von lachenden Gesichtern, manche völlig unbekannt, andere vage vertraut – eine jüngere Marianne Northam? Sie tauchten auf und verschwanden gleich wieder. Eine andere Erinnerung nahm ihren Platz ein, dann noch eine… Alice kniff die Augen zusammen. Neben ihr atmete Reid leise aus… und eine neue Erinnerung stieg in ihr auf, nahm Gestalt an wie skizzierte Umrisse, die nach und nach ausgemalt wurden. Das Wohnzimmer in dem Haus, in dem Alice aufgewachsen war – sie kannte es von alten Fotos: vertraute Möbel, Teppiche, Schmuckstücke…

Ihre Augen öffneten sich schlagartig. Sie war *Reid.* Nicht Alice. Ihr Körper pulsierte vor Kummer und Entsetzen, als stehe er unter Strom. Eine schreckliche Angst, unterdrückt von einer noch schrecklicheren Hoffnung, schnürte ihr die Kehle zu. *Sorg für ihre Sicherheit. Sonst war alles umsonst.*

»Hier ist sie«, sagte Tilda. Sachlich, geschäftsmäßig. Sie wollte es nur so schnell wie möglich hinter sich bringen.

Das Ehepaar hatte nur Augen für das Babykörbchen. Sie hielten sich so fest an den Händen, dass ihre Knöchel weiß hervortraten. Sie dachten, sie könne es nicht sehen – ihre nackte Verzweiflung, ihre höher schlagenden Herzen –, doch jetzt wurde ihr alles bewusst: wie töricht sie gewesen war, wie naiv … alles.

»Sie werden gut auf sie aufpassen«, sagte Tilda. Keine Bitte – ein Befehl. Sie bückte sich, um die Decke festzustecken, ohne das darin eingewickelte Baby anzusehen. Auf der Reise hierher hatte sie auch nicht zu genau hinsehen wollen. Zu schmerzhaft, hatte sie gesagt, und ihr von Falten durchzogenes Gesicht verfinsterte sich. Ihre Haare waren fast vollständig ergraut. Hatte die Trauer sie so schnell altern lassen?

»Für die Kleine werden wir alles geben«, sagte der Mann. Ein großer Mann mit breiten Schultern – die würde er brauchen – und einem Gesicht, das gerne lächelte. Sein Name war Mike. Er legte seiner Frau eine Hand auf die Schulter und drückte sie beruhigend. Die Frau – Patricia – schien kaum zu registrieren, was er sagte. Ihre Aufmerksamkeit galt allein dem Baby.

»Die andere Sozialarbeiterin …«, begann Mike.

»Ist in Ruhestand gegangen«, sagte Tilda. »Leider kann sie nicht mehr kontaktiert werden. Sie ist nach Südfrankreich gezogen.«

»Oh, wie schön«, sagte Patricia lächelnd, ohne den Blick von dem Babykörbchen abzuwenden.

»Es gab … eine kleine Komplikation«, sagte Tilda.

Patricia blickte ruckartig auf, einen panischen Ausdruck im Gesicht. Sie hatte Angst, dass sie den Korb wieder mitnehmen würden. Vielleicht sollten sie das auch.

»Ein simpler Verwaltungsfehler.« Tilda deutete auf das schlafende Baby. »Ihre Akte wurde verlegt. Wir sind in ein anderes Bürogebäude umgezogen – Sie verstehen schon, solche Sachen kommen vor. Aber wie dem auch sei.« Sie lächelte steif. »Das ist doch kein Problem, oder?«

»Nein«, antwortete Patricia wie aus der Pistole geschossen, hörbar erleichtert. »Überhaupt kein Problem.«

»Ihre Mutter – ihre leibliche Mutter – ist tot. Eine sehr traurige Geschichte.« Tilda wandte sich hastig ab und hantierte mit den Formularen herum, die das Paar unterschrieben hatte. Wollte sie ihr Gesicht verbergen? »Nun«, sagte sie schließlich, stopfte die Papiere achtlos in ihre Tasche und drehte sich mit einem grimmigen Lächeln zu ihnen um. »Dann lassen wir Sie mal allein. Catherine?«

Ein Kopfschütteln. Nein. Noch nicht. Nicht so.

Sie sah, wie Patricia sich versteifte. Sah die Sorge, die ihr deutlich ins Gesicht geschrieben stand. »Wir werden uns gut um sie kümmern. Wir werden sie immer aus tiefstem Herzen lieben.« Sie warf ihrem Mann einen nervösen Blick zu. »Nicht wahr, Mike?«

Er nickte heftig. »Es wird ihr an nichts fehlen – nicht an Geld, einem schönen Zuhause, Liebe … rein gar nichts.«

»Wir warten schon so lange auf sie«, sagte Patricia leise. »Ich wusste es schon in dem Moment, als ich sie zum ersten Mal gesehen habe. Als ich sie zum ersten Mal in den Armen gehalten habe. Ich habe mein ganzes Leben darauf gewartet, sie zu lieben.«

Ein stechender Schmerz in ihrer Brust. *Nimm ihnen das Körbchen weg und lauf, so schnell du kannst.*

»Wir … wir haben uns schon ein paar Namen überlegt«, sagte Mike, auf der Suche nach einem überzeugenden Argument, das sie dazu bewegen würde, zu gehen und ihnen das Körbchen zu überlassen.

»Rose. Nach meiner Großmutter. Oder …«

»Nein.«

Er hielt abrupt inne und sah zu Patricia. Seine Frau warf Tilda einen fragenden Blick zu.

»Meine Kollegin hier … heißt Catherine Rose«, erklärte Tilda. »Und sie mochte ihren Namen nie besonders.« Sie lächelte im Bemühen, die angespannte Stimmung etwas zu lockern.

»Oh.« Mikes herzliches Lachen wirkte entspannend. Sie hatte recht gehabt – er lächelte oft und gerne.

Sie lächelten alle. Ein Raum voller lächelnder Gesichter. Das war es, was sie bis zum Ende durchhalten lassen würde.

»Nun«, sagte Tilda. »Wir wünschen Ihnen alles Gute. Wir sind überzeugt, dass wir die richtige Wahl getroffen haben, und wir hoffen sehr, dass ihr zusammen glücklich werdet.« Sie hielt inne und machte eine Handbewegung, als wolle sie ihre Begleiterin ermutigen, noch etwas zu sagen, oder sich zu verabschieden.

Doch sie hatte sich bereits verabschiedet: von dem Kind und seiner Mutter.

»Viel Glück«, sagte sie, die Worte wie Asche in ihrem Mund.

Mike und Patricia beugten sich über das Körbchen, vollkommen hingerissen.

Später würden sie den Siegelring finden, den sie in der Decke versteckt hatte. Ihn weiterzugeben war von größter Wichtigkeit. Ein passendes Andenken. Sonst blieb der Kleinen nichts von ihrer Mutter. Tilda hatte vor, die Bücher zu verbrennen, doch der Ring war etwas Besonderes. Das Mädchen würde nie wissen, wer sie war. Doch vielleicht würde sie den Ring eines Tages tragen und mit ihrer Vergangenheit in Berührung kommen.

Mit einem Keuchen wich Alice vor Reids Nachtschwalbe zurück. Ihre Finger kribbelten, und ihr Kopf dröhnte. Kuu ließ sich auf ihrer Schulter nieder und pickte nach ihren Haaren. Mit einem Mal war sie wieder in ihrem Schlafzimmer, die Matratze unter ihr knarzte, und Reid ächzte leise, nur halb bei Bewusstsein.

Alice blinzelte, um ihren Kopf zu klären. »Vivian?«, murmelte sie desorientiert. So etwas war noch nie passiert. Als sie in Sashas Erinnerungen eingedrungen war, war sie nur ein Zuschauer gewesen. Dieses Mal war sie nicht nur mittendrin gewesen, sie war in Reids Haut geschlüpft. Sie hatte die Erinnerung erlebt, als wäre sie

Reid – hatte ihre Gefühle gefühlt und ihre Gedanken gedacht –, und dann war sie zurück in ihren eigenen Verstand und ihren eigenen Körper geschleudert worden, ins sehr reale Hier und Jetzt. Es war, als hätte sie eine Zeitreise gemacht; sie hatte in ihrem alten Wohnzimmer gestanden, vor sechsundzwanzig Jahren – dem Tag, an dem sie adoptiert worden war. Hatte sie die Erinnerung diesmal anders erlebt, weil sie darin vorgekommen war? Hatte ihr jüngeres Ich vielleicht eine unbewusste Verbindung hergestellt?

Alice nahm Reid gründlich in Augenschein. Ihre Erinnerungen zu durchforsten hatte ihr nicht wehgetan – Sasha hatte überhaupt nichts davon mitbekommen.

»Vivian?«, sagte Alice, dann, nachdrücklicher: »Catherine? Catherine Rose? Ist das dein echter ...«

»Nein«, stöhnte Reid, und ihre Augen öffneten sich flatternd. »Nicht ... Wenn Marianne ... Das war er! Er ist hier ...«

»Tuoni?«, fragte Alice geradeheraus.

Reids Augen wurden groß, und ein ersticktes Keuchen kam ihr über die Lippen. Die rissige Decke ächzte. Ein massiger, vom Erdbeben destabilisierter Holzbalken löste sich, und ehe Alice reagieren konnte, stürzte er auf Reids Bauch und nagelte sie auf dem Bett fest. Ihre Augen traten hervor, so schwer war das Gewicht, das auf sie niederdrückte. Alice stieß einen Schreckensschrei aus und eilte zu der ohnehin schon verletzten Frau.

Sie streckte die Hand aus, all ihre Anspannung auf ihren Handballen fokussiert. Die Luft verdichtete sich, und der Holzbalken zerfiel zu Staub.

»Reid?!«, rief sie.

Reids Schultern bebten, Krämpfe schüttelten ihren Körper. Panisch sprang Alice auf und rannte zur Tür.

»Hilfe!«, schrie sie. »Einen Krankenwagen! Schnell!«

Die Tür zum Coram House schwang auf, und einen langen Moment herrschte Schweigen, während Crowley sie mit durchdringendem Blick musterte. »Was ist passiert?«

Sie setzte zu einer Erklärung an, wusste aber nicht, wo sie anfangen sollte. Also ging sie wortlos an ihm vorbei.

Als er sah, wie zittrig sie war, half er ihr auf einen Stuhl in der Küche und drückte ihr eine Tasse Tee in die Hand, dann wedelte er mit der Hand in Richtung Kamin. Flammen loderten auf und hüllten ihr Gesicht in orangeroten, warmen Feuerschein. Doch ihr war nicht kalt. Sie stand unter Schock.

Er setzte sich nicht zu ihr. Anscheinend verstand er, dass sie nicht verhört werden wollte. Sie wollte nur in Ruhe hier sitzen – in Coram House fand sie immer Trost.

Der Tee wurde kalt. Alice saß regungslos da. Ihr Atem ging so flach, dass man sie für tot hätte halten können. Den ganzen Nachmittag waren ihr undenkbare Gedanken durch den Kopf geschwirrt.

Was, wenn Reid im Krankenhaus stirbt? Sie versuchte, sich darauf gefasst zu machen, stellte sich vor, wie es sich anfühlen würde, die Nachricht zu bekommen. Doch diese Möglichkeit konnte sie nicht akzeptieren. Reid war die letzten Monate ein fester Bestandteil ihres Lebens gewesen; ein Dorn im Auge, aber dennoch unersetzlich. Sie konnte nicht einfach sterben.

Der Schock, ihre Eltern und das Haus ihrer Kindheit in Reids Erinnerungen zu sehen, hatte nachgelassen, und jetzt fühlte sie sich nur noch taub. Vivian Reid – eine Frau, der sie nie begegnet war, bevor sie den Job an der Universität angenommen hatte – hatte eine Verbindung zu ihrer Kindheit. Doch wenn sie den bruchstückhaften Worten der Professorin glauben konnte, hatte Reid nicht gewusst, dass Alice das Kind war, das sie und eine ältere Frau namens Tilda widerwillig zur Adoption freigegeben hatten. Nicht bevor sie Alice den Siegelring hatte tragen sehen, den ihre Mutter ihr gegeben hatte, als sie in die Rookery gezogen war.

Sie versuchte, sich an das Gespräch mit ihrer Mutter zu erinnern, wie sie fälschlicherweise behauptet hatte, der Ring sei ein Familienerbstück der *Wyndhams*. Patricia Wyndham hatte ihn nie getragen. Warum sollte sie auch? Eine viel jüngere Vivian Reid hatte ihn Alice hinterlassen. Doch damals war sie überhaupt nicht so, wie Alice sie kannte: arrogant, launisch, unberechenbar, ohne Rücksicht auf andere. Und in der Erinnerung hatte sie auch einen anderen Namen: Catherine Rose.

»Bist du bereit zu reden?«

Als sie aufsah, begegnete sie Crowleys besorgtem Blick.

Sie nickte. »Ja. Ich bin bereit.« Sie holte tief Luft und erzählte ihm alles. Alles, was geschehen war, seit sie zur Universität zurückgekehrt war, sogar von ihrem Ausflug mit August zur Nekropolis, den Angriffen – einfach alles bis zu dem Moment, als sie vor seiner Tür aufgetaucht war.

»Das Erdbeben«, sagte er schließlich. »Vivian Reid ...«

»... wurde beinahe von einem herabgestürzten Deckenbalken erdrückt«, vollendete sie seinen Satz und blickte sich in der Küche um. Erst jetzt fiel ihr auf, dass es von dem Beben, das ihr Apartment verwüstet hatte, verschont geblieben war.

»Und es war heute Nachmittag?«, fragte Crowley nach. »Nicht gestern, zur gleichen Zeit wie die Mittsommer-Katastrophe?«

»Nein«, sagte sie bedächtig, verwirrt. Bei allem, was sie ihm erzählt hatte, hakte er ausgerechnet deswegen genauer nach? Das war schon das dritte Erdbeben, das die Rookery erschüttert hatte – er musste es doch auch gespürt haben. Stirnrunzelnd ließ sie erneut den Blick durch die Küche schweifen. Und dennoch ...

»Alice«, sagte er, seine Stimme sanft und geduldig. »Heute gab es kein Erdbeben.«

19

»Was?«, stieß Alice fassungslos hervor. »Natürlich gab es …« Sie verstummte. Als sie aus der Universität geflohen war, hatte sie keinerlei Schaden am Gebäude gesehen. Wenn es stimmte, was er sagte … »O Gott«, murmelte sie. »Es gab kein Erdbeben. Reid hat versucht, es mir zu sagen.« Aufgebracht rieb sie sich das Gesicht. »Sie sagte: ›Das war er. Er ist hier.‹ Aber ich habe nicht …« Sie blickte zur Decke auf, tief in Gedanken versunken.

»Jemand wollte sie zum Schweigen bringen?«, vermutete Crowley. »Sie daran hindern, mit dir zu reden?«

»Ich bin mir nicht … Vielleicht«, sagte Alice. »Sie wollte, dass ich mitkomme – zu ihrem Apartment, glaube ich, um mir anzusehen, was von ihrer Forschung noch übrig ist. Sie hat … Crowley, sie hat Crane Park Island erwähnt. Sie war völlig außer sich, und was sie gesagt hat, ergab nicht viel Sinn, aber … es klang, als hätte ihr Forschungsprojekt etwas damit zu tun gehabt. Oder als würde sie das zumindest glauben.« Das war aus den Worten, die Reid in ihrer Panik hervorgestoßen hatte, deutlich hervorgegangen. War das anmaßend von ihr? Oder war das Projekt, an dem sie gearbeitet hatte, wirklich zu so etwas fähig?

»Sie ist jetzt in Sicherheit«, sagte Alice. »Denke ich zumindest. Die Unikrankenschwester ist mit ihr in die Klinik gefahren. Sie war sicher, dass Reid sich erholen wird, aber … sie wird wohl eine Weile im Krankenhaus bleiben müssen.«

»Weißt du, wo Reid wohnt?«, erkundigte sich Crowley.

»Islington«, sagte Alice. Sie war vor Monaten einmal in die Rookery-Version von Islington gefahren, um Reid ein paar Dokumente vorbeizubringen. »Warum? Meinst du, wir sollten einbrechen und nach den Forschungsergebnissen suchen, die sie mir zeigen wollte?«

Er zog die Augenbrauen hoch. »Ist es ein Einbruch, wenn dabei nichts zu Bruch geht?«

Das ließ sie sich einen Moment durch den Kopf gehen. Wer immer versucht hatte, Reid zum Schweigen zu bringen, hatte ihre Adresse noch nicht herausgefunden – das hatte sie selbst gesagt. Wie viel Zeit blieb ihnen noch? Sollte sie versuchen, dem Täter zuvorzukommen? Was ging vor, ihre Suche nach Antworten oder ihre bevorstehende Prüfung?

»Meine nächste Aufnahmeprüfung ist schon morgen«, sagte sie, hörbar angespannt. »Und die muss ich unbedingt bestehen. Ich kann mir keinen Misserfolg leisten. Vielleicht … danach?«

Sie verfielen wieder in Schweigen. Ihre Gedanken waren ein einziger Nebel aus Unsicherheit. Stirnrunzelnd griff sie in ihre Tasche und holte ein Foto heraus. »Das habe ich mit einem anderen Foto in Reids Schublade gefunden, als ihr Büro verwüstet wurde«, erklärte sie und reichte es ihm.

Crowleys Gesicht nahm einen abwesenden Ausdruck an, während sein Blick über das Bild geisterte. Es war das alte Gruppenfoto von einem Picknick. Ein halbes Dutzend lächelnder Mädchen saß um zwei ältere Frauen herum. Hinter ihnen ragte ein prachtvolles Stadthaus auf.

»Das ist Reid«, sagte sie und zeigte auf das Mädchen mit dem nassen Labrador im Arm, das auf der Rückseite des Fotos Catherine genannt wurde.

Die Reid auf dem Foto sah irgendetwas außerhalb des Bildes an, und ein kleines Lächeln umspielte ihre Lippen. Sie konnte nicht älter als dreizehn sein. Neben ihr saß ein dürres, ein paar Jahre jüngeres Mädchen und starrte sie bewundernd an: Marianne, Crowleys Tante mütterlicherseits. Als er sie sah, verdüsterte sich sein Gesicht.

Alice deutete auf eine der älteren Frauen; zwischen vierzig und fünfzig, groß, mit vornehmer Haltung. Ihre Haare waren zu einem festen Knoten zusammengebunden, und auf ihrem Kleid waren nasse Flecken zu sehen – die hatte sie vermutlich dem Hund zu verdanken.

»Kennst du diese Frau?«, fragte Alice.

Crowley schüttelte den Kopf, seine Aufmerksamkeit von einem Gesicht am anderen Ende der Reihe abgelenkt: Helena, seine Mutter und Mariannes Schwester.

Alice kehrte zu der älteren Frau und dem Text hinten auf dem Foto zurück: *Sieh dir Tildas nasses Kleid an! Sie meinte, nächstes Jahr lässt sie entweder Hunde oder das Spielen am Teich verbieten. Fast hätte ich ihr gesagt, dass sie lieber sich selbst verbieten soll, aber ich hab mir auf die Zunge gebissen, damit Mama nicht sauer wird.*

Tilda. Diese Frau war in Reids Erinnerung aufgetaucht. Tilda hatte sich als Sozialarbeiterin ausgegeben, die Alice' Adoption absegnete. Sie kannte die Wahrheit über Alice' Herkunft, denn sie war es, die sie nach Henley-on-Thames gebracht hatte. Diese Frau hatte bei ihrer Adoption die Finger mit im Spiel gehabt. Sie war ganz am Anfang dabei gewesen.

»Erkennst du die anderen?«, fragte Alice behutsam, als sie Crowleys grüblerisches Gesicht sah.

»Außer meiner Mutter und Marianne nur sie«, sagte er nach einem Moment und tippte auf die junge Frau neben seiner Mutter. Ein braunhaariges Mädchen mit langen Zöpfen und einem warmen Lächeln, nicht älter als achtzehn oder neunzehn. »Leda Westergard. Der zukünftige Chancellor der Rookery. Das Foto muss Jahre vor ihrem Amtsantritt aufgenommen worden sein.«

Alice nickte. Ein kribbliges Gefühl überkam sie, als sie einen

Siegelring an Ledas kleinem Finger sah. Denselben Ring, den sie auch auf dem anderen Foto trug.

»Der Annual Jarvis Fundraiser«, sagte sie und bezog sich damit auf die Worte, die auf der Rückseite standen. »Glaubst du, sie waren alle Freunde? Vielleicht Familienfreunde – das würde die großen Altersunterschiede erklären.«

»Ich glaube«, sagte Crowley leise, »dass viele wohlhabende Familien damals den Wert von Quidproquo höher hielten als den Wert von Freundschaft. Die Northams, Westergards und Roses hatten viel mehr Einfluss als heute. In der Gegenwart sind sie kein bisschen besser als alle anderen.« Er blickte auf. »Kann ich das Foto behalten?«

Alice zögerte. Nichts war zu hören außer dem Prasseln des Kaminfeuers. Das Bild war ihr einziger richtiger Hinweis. Doch dann überlegte sie, wann er das Gesicht seiner Mutter wohl zum letzten Mal gesehen hatte, und nickte.

»Diese … Vivian Reid«, sagte er und warf einen Blick auf die Rückseite des Fotos, um sich zu vergewissern. Doch natürlich war dort nicht der Name Vivian aufgelistet, sondern Catherine. Er runzelte die Stirn und legte das Foto auf den Tisch. »Die Roses waren eine wichtige Familie in Haus Pellervoinen. Ihr Vater – Catherine Rose' Vater – hat die Gemeinschaft der Bleichen Feder gegründet«, sagte er in grimmigem Ton. »Sie ist vor zwanzig Jahren verschwunden.«

Erschüttert ließ sich Alice auf ihrem Stuhl zurücksinken. *Catherine Rose. Die Gemeinschaft.* Kein Wunder, dass Reid eins ihrer Flugblätter hatte. War sie die ganze Zeit ein aktives Mitglied gewesen? Oder hatte sie die Gemeinschaft verlassen, als sie ihren Namen aufgegeben hatte?

»Warum ist sie verschwunden?«, fragte Alice.

»Das war …«, Crowley räusperte sich, »… kurz vor dem Cranleigh-Grange-Dinnerparty-Massaker.«

Alice sah die Anspannung in seinem Kiefer. Mit dem Cranleigh-Grange-Massaker meinte er die Nacht, in der Marianne über sein Elternhaus hergefallen war und seine Mutter und seine Großeltern abgeschlachtet hatte. Crowley selbst war damals noch sehr jung gewesen, und seine Schwester noch ein Baby. Das Massaker war Mariannes Rache dafür, dass ihre Schwester die Blutlinie verdorben hatte, indem sie einen Nicht-Väki heiratete – nicht magischen, menschlichen »Abschaum«. Schon sein ganzes Leben hegte Crowley einen unvorstellbaren Hass auf Marianne.

»Die Nachrichten damals«, sagte Crowley mit rauer Stimme, »legten nahe, dass Catherine, als ihr Vater starb, eine Stimme der Vernunft in der Gemeinschaft war, eine treibende Kraft, die nach Modernisierung strebte. Das brachte sie in Konflikt mit Marianne Northam, deren Methoden veraltet und äußerst brutal sind: Blutbäder sind ihr Markenzeichen. Nach dem Cranleigh-Massaker hat sich die Gemeinschaft fast aufgelöst. Leider hat sie doch überlebt, aber ihr Wahnsinn war … abgeflaut. Sie konnten nicht mehr so leicht neue Mitglieder für sich gewinnen, und Marianne – die neue Anführerin – musste auf andere Methoden zurückgreifen, um sie … zur Kooperation zu zwingen.«

Andere Methoden. Sie hatte Hämomantie eingesetzt, Blutmagie, um neue Mitglieder an sich zu binden und ihre Reihen zu stärken.

»Catherine Rose ist verschwunden. Viele nahmen an, Marianne hätte sie umgebracht.«

»Sie ist in die Außenwelt geflohen«, sagte Alice – die Welt auf der anderen Seite des Marble Arch. »Reid ist durch Europa gereist und hat auf kurze Zeit befristete Stellen an verschiedenen Universitäten angenommen, um ihre Forschung weiter voranzutreiben. An der Sorbonne ist sie in Misskredit geraten.«

»Aber warum ist sie zwanzig Jahre später als Vivian Reid wiederaufgetaucht?«, überlegte Crowley.

»Wegen ihrer Forschung über Seelen«, sagte Alice.

»Die sie eigenhändig zerstört hat?«

»Ja. Den Großteil.«

»Seltsam«, sagte Crowley, »da findet sie etwas so Wichtiges, dass sie deshalb wiederauftaucht, nachdem sie jahrzehntelang als verschwunden galt, nur um es ein Jahr später zu zerstören.«

Alice nickte. Das war wirklich seltsam – aber es war nicht die einzige Ungereimtheit. Etwas ließ ihr keine Ruhe, etwas, das nicht zusammenpasste.

»Crowley?«, sagte sie bedächtig. »Du redest über Vivian Reid, als hättest du den Namen noch nie gehört. Aber … du hast mir doch erzählt, dass sie eine Assistentin sucht.«

Er warf ihr einen verwunderten Blick zu. »Nein, das war ich nicht. Sasha hat die Anzeige in der Zeitung entdeckt. Dort wurde der Name des Arbeitgebers nicht genannt, nur Magellan. Der Job schien perfekt für einen Aviaristen.«

Sie nickte und verfiel erneut in Schweigen. Es war wirklich der perfekte Job gewesen. Bis Reid alles zerstört hatte.

»Ich glaube, Catherine – Reid, wer immer sie ist – kannte meine leibliche Mutter. Aber wenn Reid ein Mitglied von Haus Pellervoinen und der Gemeinschaft war … war meine Mutter es vielleicht auch? Gehörte sie vielleicht gar nicht zu Haus Mielikki, wie ich die ganze Zeit angenommen habe?« Sie erschauderte. »Vermächtnisse sind nicht immer so eindeutig, stimmt's? Man kann von jedem ein bisschen haben, oder?«, fragte sie, als sie sich an Cecils Worte erinnerte.

»Ja, das stimmt«, sagte Crowley. »Aber um einem Haus beizutreten, muss man ein dominantes Vermächtnis haben. Alleskönner bestehen die Aufnahmeprüfungen für gewöhnlich nicht.« Er sah ihr fest in die Augen. »Du hast ein Elternteil, das zu Haus Mielikki gehört. Da bin ich mir sicher.«

Sie hoffte inständig, dass er recht hatte, denn wenn er sich irrte, würde sie die zweite Prüfung womöglich nicht überleben. Doch ein Argument sprach gegen seine Theorie. »Aber du hast die Aufnahmeprüfung für Haus Ilmarinen bestanden«, gab sie zu bedenken, »und du bist...« Sie suchte nach den richtigen Worten.

»... außerordentlich talentiert im Umgang mit Türen?«, schlug er vor, und auf seinen Lippen zeigte sich ein kleines Lächeln.

»Ja.« Sie zögerte. Dann sagte sie: »Ich hätte mich bei dir bedanken sollen. Für das, was du für meine Eltern getan hast. Die Sicherheitstür.«

Er begegnete ihrem Blick und hielt ihn fest. »Es war mir ein Vergnügen.«

Alice fühlte, wie das Eis, das ihr Herz so lange umschlossen hatte, zu schmelzen begann. Sie nickte und wandte den Blick ab. Crowley und seine Türen. Er konnte durch so gut wie jede Tür reisen. Für ihn war kein Ort unerreichbar. Doch es war nicht Ilmarinen, der diese Art des Reisens ermöglicht hatte, sondern Pellervoinen.

»Dein dominantes Ilmarinen-Vermächtnis wurde nicht von deinem Pellervoinen-Vermächtnis geschwächt«, sagte sie.

Er lächelte in sich hinein. »Das... stimmt nicht ganz.«

»Jedenfalls bin ich echt froh darüber«, sagte sie nach einem Moment. »Mir ist es lieber, dass du bei Haus Ilmarinen bist. Mielikki und Pellervoinen hatten sich ständig in den Haaren. Wir haben schon genug Probleme, ohne dass uns auch noch unsere zerstrittenen Häuser in die Quere kommen.«

Er lachte. »Pellervoinen und Mielikki waren nicht zerstritten.«

Sie zog eine Augenbraue hoch. »Ach nein? Sie hat den bemerkenswertesten Baum der Welt erschaffen, und er ist hingegangen und hat eine verdammte Abtei darum errichtet. Er hat ihre größte Kreation eingesperrt.«

»Das ist Schwachsinn, der jeder Grundlage entbehrt«, erwiderte Crowley.

Sie starrte ihn fassungslos an. »Warum zum Teufel verteidigst du ihn?«

Crowley stieß einen tiefen Seufzer aus, der zweifellos nur dazu da war, sein Gegenüber zu irritieren. »Sie haben das Fundament der Rookery *zusammen* gebaut. Baum und Stein.«

»Nun, danach zu schließen, dass das Fundament unter unseren Füßen auseinanderfällt«, erwiderte Alice, »waren sie nicht sonderlich gut als Team.«

»Dafür kannst du Mielikkis unkontrollierbarem Beitrag danken.«

Sie warf ihm einen bösen Blick zu.

»Hör zu, Pellervoinen hat die Abtei nicht erbaut, um den Baum einzusperren«, sagte er. »Er hat ein gigantisches Steinbauwerk um den Baum errichtet, um ihn zu schützen. Um ihr zuliebe für seine Sicherheit zu sorgen.«

Alice schüttelte skeptisch den Kopf.

»Sie haben einander nicht verachtet. Sie haben sich geliebt«, beharrte er. »Warum sonst sollten sie die Fundamente ihrer Häuser so nah beieinander erbaut haben?«

Sie zögerte, unwillig, ihm recht zu geben – obwohl sie selbst nicht genau wusste, warum. Gewohnheit, vermutete sie.

»Alice«, sagte er leise, ohne den Blick auch nur eine Sekunde von ihr abzuwenden, »sieh dir meine Nachtschwalbe an.«

Fünf kleine Wörter, die dem Raum die Luft zum Atmen entzogen. Verblüfft starrte sie ihn an. Sie hatte seine Nachtschwalbe erst einmal gesehen. Er hatte sich immer große Mühe gegeben, sie vor ihr zu verbergen. Und jetzt bot er sie ihr zur Inspektion an – den Spiegel seiner Seele?

Kurz schweifte ihr Blick suchend hin und her, doch dann schüttelte sie den Kopf. »Nein. Das will ich nicht von dir verlangen.«

Früher einmal hatte die Neugier sie fast in den Wahnsinn getrieben. Doch sie hatte gelernt, dass ihre Gabe auch Verantwortung mit sich brachte und dass niemand dazu verpflichtet war, ihr sein innerstes Wesen zu enthüllen. Auch wenn es ihr viel bedeutete, dass er ihr anbot, es ihr zu zeigen.

Crowley beugte sich vor, seine Ärmel hochgekrempelt und die Ellbogen auf die Knie gestützt. »Bitte«, sagte er, und seine Augen funkelten fast schelmisch. »Sieh sie dir einfach an.«

Sie zögerte – dann nickte sie.

Ihr Blick wanderte von der leuchtenden Schnur um sein Handgelenk zu dem dunkel gefiederten Vogel, der auf dem Tisch saß und sie beobachtete. Er hatte eine Reihe kurzer, sich überkreuzender Linien auf der Brust – wie nicht anders zu erwarten bei einem Mitglied von Haus Ilmarinen –, doch ein Großteil des Musters bestand aus Sprenkeln, die sich undeutlich von den dunkelbraunen Federn absetzten, wie es bei Haus Pellervoinen üblich war.

Verwirrung zeigte sich auf ihrem Gesicht, und sie trat näher heran, um sicherzugehen, zog sich aber gleich wieder zurück.

»Das Muster…«, sagte sie, »ist größtenteils von Haus Pellervoinen. Aber warum bist du dann nicht dort Mitglied?«

Er lehnte sich zurück und zog seine Ärmel herunter, und sie hatte das Gefühl, als wolle er sich, nachdem er sein Inneres vor ihr entblößt hatte, wieder verhüllen – im wörtlichen und im übertragenen Sinn.

»Ich könnte nie zu dem Haus gehören, in dem Marianne Northam, die Mörderin meiner Familie, Mitglied ist. Sie haben sie nicht ausgeschlossen. Sie wissen genau, wozu sie fähig ist, und trotzdem wurde sie nie offiziell angeklagt. Anscheinend ist Mord nur strafbar, wenn er auf der anderen Seite des Marble Arch verübt wird«, sagte er mit einem verbitterten Kopfschütteln. »Dass sie ihr erlaubt haben, ihre Mitgliedschaft zu behalten, hat sie bestärkt. Es hat ihre Taten legitimiert. Ich könnte nie ein Teil dessen sein. Also habe ich unter Josef Skala härter trainiert, als du dir vorstellen kannst, ein schwächeres Vermächtnis geschult, um die Prüfungen zu bestehen, und gehofft, dass meine Schwächen mich nicht umbringen. Doch ich habe bestanden, und der Rest ist, wie man so schön sagt, Geschichte.«

Einen langen Moment herrschte Schweigen. Alice wusste nicht recht, was sie sagen sollte. Sie hatte gewusst, dass er einen eisernen Willen hatte, doch ein schwächeres Vermächtnis in einem solchen Ausmaß zu trainieren war bemerkenswert. Und ein Vermächtnis abzulegen, das er nicht wollte, war genauso erstaunlich.

»Bereust du es?«, fragte sie.

»Nein.« Er schüttelte den Kopf. »Ich habe mich damit abgefunden. Obwohl sich meine Mutter im Grab umdrehen würde, wenn sie wüsste, dass ich einem anderen Haus angehöre.«

»Die Northams waren auch eine große Pellervoinen-Familie, so wie die Roses?«

Er nahm sich einen Moment Zeit zum Nachdenken, bevor er antwortete.

»Die Northams *waren* die Pellervoinen-Familie«, sagte er mit einem kurzen, grimmigen Lächeln. »Oder … zumindest die letzten Ausläufer.«

Alice runzelte die Stirn – bedeutete das etwa …? »Du meinst …?«

»Meine Großmutter war eine Wren. Schon zu ihren Lebzeiten kursierten Gerüchte, dass die Wrens in Wirklichkeit Pellervoinens sind«, erklärte er. »Meine Großmutter hat sie weder bestätigt noch dementiert. Anscheinend war sie dafür viel zu schlau. Sie wusste, dass Erwartungen und Ansprüche an sie gestellt werden würden, wenn die Wahrheit ans Licht käme.«

»Crowley«, sagte Alice. »Willst du damit sagen, dass die Northams – also du und Marianne – direkt von Pellervoinen abstammen?«

Er zuckte beiläufig die Achseln. »Jeder stammt von irgendwem ab.«

Alice' Augen wurden groß, und sie lachte; ein schockierter Laut. Ungläubig starrte sie ihn an. »Ist das dein Ernst?«

Er zog eine Augenbraue hoch.

»Du … bist ein Nachfahre des Mannes, der das Fundament der Rookery erbaut hat? Das Fundament, das droht …«

Er schüttelte den Kopf, um ihrer Frage vorzubeugen. »Durch meine Herkunft habe ich ein Talent fürs Reisen«, sagte er, »nicht dafür, das lausige Fundament einer ganzen Stadt wiederaufzubauen.«

»Aber, Crowley …«

In diesem Moment hörte sie die Haustür aufgehen und blickte über die Schulter, als Lachen und Geplauder aus dem Flur zu ihnen herüberdrangen. Schritte näherten sich, und wenig später flog die Küchentür auf. August, der ein großes Stück von dem Sauerteigbrot mampfte, das er sich ohne Verpackung unter den Arm geklemmt hatte, grinste sie an.

»Ich störe doch nicht, oder?«, fragte er.

Crowleys Augen wurden schmal. »Du störst immer«, erwiderte er. »Unerwünscht aufzukreuzen ist dein Markenzeichen.« Er seufzte. »Alice hat sich nur … auf ihre Prüfung vorbereitet, weiter nichts.«

»Oh. Dann lass mal sehen«, sagte August und legte sein Brot auf den Tresen, während Jude in den Raum fuhr, dicht gefolgt von Sasha. Sie starrten Alice erwartungsvoll an, und sie wandte sich mit ärgerlichem Blick an Crowley. Das war seine Schuld. Er zog die Augenbrauen hoch, sichtlich amüsiert.

Seufzend nahm Alice eine der Topfpflanzen vom Kamin, stellte sie auf den Tisch und grub die Finger in die Erde, bis sie eine vertraute Wärme durchströmte. Als sie fester zudrückte, bekam die spindeldürre Graslilie einen Wachstumsschub, der Stiel verdickte sich, und unzählige neue Blätter schossen hervor. Mit einem zufriedenen Lächeln zog Alice die Hände zurück und setzte sich wieder hin.

»Bei der letzten Prüfung«, sagte sie, »haben wir es mit Objekten zu tun bekommen, die von den anderen Häusern verdorben worden waren, um zu sehen, ob wir ihrem Einfluss widerstehen.«

Crowley wedelte lässig mit der Hand, und ihre Pflanze ging in Flammen auf. Das Feuer brannte Löcher in die versengten Blätter.

»Crowley«, ermahnte Sasha ihn lachend.

Er machte ein unschuldiges Gesicht. »Was? Ich wollte nur sehen, ob sie dem Einfluss …«

Hinter ihm schnippte August mit den Fingern. Ein schwebender Ballon aus Wasser stieg aus der Erde auf und platzte, sodass sich ein Schwall über die Pflanze ergoss und das Feuer löschte.

»Danke, August«, sagte Alice und warf Crowley einen hämischen Blick zu.

Doch August hatte es mit dem Wasser übertrieben. Es schwappte wie eine Welle über den Küchentisch.

Jude holte eine Münze aus seiner Jackentasche und warf sie in die Luft. Im Flug formte sie sich zu einer größeren Scheibe, und die Ränder hoben sich. Als sie in seiner Hand landete, hatte sie die Form eines Bronzekelchs angenommen. Er hielt ihn unter den Tisch und fing das Wasser auf, das über die Kante strömte.

Mit einem schelmischen Grinsen zwinkerte er Alice zu, und einen Moment herrschte verblüfftes Schweigen, während er den Kelch an die Lippen hob – und trank.

»Habe ich euch je erzählt, dass ich den Beste-der-Besten-Wettbewerb schon dreimal gewonnen habe? Ich bin ein Schere-Stein-Papier-Profi.«

Alle brachen in Gelächter aus, und Alice fühlte, wie ihr ein Stein vom Herzen fiel, als sie ihre Freunde ansah.

»Ich habe ein Geschenk für dich«, sagte Jude und beugte sich näher zu ihr, während die anderen sich spaßhaft zankten. Er griff in die Seitentasche seines Rollstuhls und holte eine kleine Schachtel heraus.

»Der Siegelring«, fragte sie. »Hast du ihn wieder hingekriegt?«

Als Antwort öffnete Jude den Deckel, und sie nahm den Ring vorsichtig heraus.

Er hatte ein Wunder vollbracht. Der Ring glänzte im Licht, die Gravur auf dem polierten Gold deutlich sichtbar. Wenn es sich dabei um ein Wappen handelte, war es ungewöhnlich: oval, aus ineinander verschlungenen Ästen und Blättern geformt, mit einer Handvoll simpler Gebilde an den Rändern. Was sie für Kratzer gehalten hatte, sah jetzt aus wie Vögel.

»Du hast Chancellor Westergards Ring erwähnt«, sagte er leise, sodass die anderen ihn nicht hören konnten, »also habe ich das für dich nachgeprüft. Das ist nicht das Westergard-Wappen, Alice.«

Sie ließ seine Worte einen Moment sacken, dann nickte sie. Sie hatte gewusst, dass die Vermutung weit hergeholt war. »Danke – selbst wenn er sonst keine Bedeutung hat, war er doch jemandem wichtig, und jetzt sieht er aus wie neu. Wie hast du die Details so gut wiederhergestellt?«

Jude lachte. »Mit Magie.«

20

Eine schneidende Kälte lag in der Luft, und Alice vergrub die Hände tief in den Taschen, während sie die Straße überquerte. Die untergehende Sonne versteckte sich hinter einer dichten Wolkendecke, und am Himmel funkelte nur ein einziger Stern. Bald würde es anfangen zu regnen. Kein warmer Sommerregen, der Erleichterung brachte, sondern ein eisiger, peitschender Regen, der die Kleidung durchdrang und einen pitschnass und elend machte. Aber die ineinander verschlungenen Äste, die zwei der Außenmauern von Haus Mielikki bildeten, würden sich wahrscheinlich freuen.

»Diese Prüfung ist anders als die erste«, sagte Bea, als sie sich dem Haus näherten. »Heute gibt es einen Wettbewerb. Du wirst vorher nicht mit den anderen sprechen, und das ist auch besser so. Wenn du ihnen bei der Prüfung begegnest, rede nicht mit ihnen, sieh sie nicht an und halt dich bloß nicht aus Höflichkeit zurück.«

Alice nickte. Sie hatte keinesfalls die Absicht, aus fehlgeleiteter Nettigkeit zu verlieren. Die Prüfung war zu wichtig für sie. Doch sie fühlte sich bereit – auch wenn die letzten Tage emotional aufreibend gewesen waren. Die Ankunft von Sasha und den anderen hatte ihr Gespräch mit Crowley vorzeitig beendet. Sie hatte noch eine Menge unbeantworteter Fragen, aber ihre Gesellschaft hatte ihre Stimmung aufgehellt, und das hatte sie gebraucht. Letzte Nacht hatte sie in ihrem alten Zimmer übernachtet, und so gut hatte sie schon lange nicht mehr geschlafen. Acht Stunden am Stück. Sie hatte keine Zeit gehabt, ungestört mit Crowley zu reden, bevor sie zu ein paar letzten Trainingsstunden mit Bea aufgebrochen war, doch er hatte ihr viel Glück gewünscht und angeboten, vor dem Haus auf sie zu warten. Sie hatte abgelehnt – sie konnte sich keine potenzielle Ablenkung leisten –, und er hatte ihre Entscheidung respektiert.

Vor dem Eingang blieb Alice stehen und rieb gedankenverloren ihren Siegelring.

»Sollten wir jemanden warnen?«, fragte sie unvermittelt. »Wegen dem, was Reid gesagt hat. Dass sie den Vorfall auf Crane Park Island verschuldet hat. Vielleicht gibt ihnen das eine solide Spur, der sie folgen können.«

Auf dem Weg zu dem Portal, durch das sie gereist waren, hatte Alice Bea kurz von Reids panischen Behauptungen erzählt. Sie vertraute Bea voll und ganz. Doch ein paar Sachen hatte sie trotzdem weggelassen – private Details, über die sie erst in Ruhe nachdenken wollte, bevor sie sie mit irgendjemand anderem als Crowley teilte.

»Ich kann mir nicht vorstellen, wie eine Professorin dafür verantwortlich sein könnte«, sagte Bea. »Findest du nicht, das klingt nach Größenwahn? Unser Baum – der Sommerbaum – ist die stärkste Macht in der Rookery.« Bea schnaubte verächtlich. »Sie ist nicht einmal ein Mitglied von Haus Mielikki. Zu welchem Haus gehört sie?«

»Pellervoinen«, antwortete Alice, und ihre Stirn legte sich in Falten, als sie überlegte, was das in Anbetracht ihres Gesprächs mit Crowley bedeutete. Wenn Mielikki und Pellervoinen das Fundament der Rookery gemeinsam erbaut hatten und Mielikkis Beitrag aus irgendeinem Grund zu versagen drohte, lag nicht die Vermutung nahe, dass Haus Pellervoinen dafür verantwortlich war? Aber warum sollten sie die Rookery zerstören wollen? Was hätten sie davon? Das ergab schlicht keinen Sinn.

Bea rümpfte die Nase. »Als Vorsichtsmaßnahme sollten wir es wohl den Runnern melden«, sagte sie, obwohl Alice eher an die Leiter von Haus Mielikki gedacht hatte.

»Wenn du nach Islington fährst, um Reids Forschungsunterlagen zu holen, komme ich mit«, fügte sie hinzu. »Ich habe früher in Islington gewohnt.«

Alice schüttelte den Kopf. »Danke, aber das ist wirklich nicht nötig. Ich habe schon alles arrangiert, und ich mache es kurz und schmerzlos.« Das entsprach nicht ganz der Wahrheit – wenn sich die Gelegenheit ergab, wollte Alice sehen, was Reid verbarg. Die Überreste ihrer Forschung waren eine Sache, aber Reid hatte auch eine enge Verbindung zu ihrer Vergangenheit, und sie wollte wissen, worin genau die bestand.

Alice blickte zu dem gebogenen Ast auf, der die Eingangstür des Hauses formte. In den Schatten dahinter flackerte einladendes Licht. Sie atmete tief durch und ging hinein. Hinter ihr zogen sich die Ranken wieder zusammen und versperrten den Eingang.

»Bereit?«, flüsterte Bea.

»Ja.« Es war Zeit, sich auf ihre anstehende Aufgabe zu konzentrieren.

Bea drückte ihren Arm, dann führte sie sie den Korridor entlang zu Cecils Büro.

Der Raum sah noch genauso aus wie bei ihrem letzten Besuch. Prachtvolle Nussbaummöbel, Ledersessel und Tierfiguren aus Holz und Terrakotta. An den Wänden hingen eingerahmte Porträts, manche gemalt, andere fotografiert, von den einflussreichsten Leuten, die Haus Mielikki hervorgebracht hatte – Chancellors, Governors, Rektoren und Schatzmeister –, und den Ehrenplatz nahm ein Bild von Gabriel Whitmore in einem besonders eleganten Rahmen ein, sein Gesicht so grimmig wie eh und je.

Cecil saß in einem dunkelgrauen Dreiteiler hinter seinem Schreibtisch, seine Brille an einer Kette um den Hals.

»Ist der Governor heute da?«, fragte sie leichthin.

»Nein«, antwortete Cecil. »Er war heute früh da, wurde dann aber woanders gebraucht. Wirklich schade. Er hatte Interesse daran bekundet, den Prüfungen beizuwohnen, aber so unberechenbar, wie die Situation derzeit ist...« Er verstummte und warf ihr über seine Brille hinweg einen wissenden Blick zu.

Alice dachte über seine Worte nach, während er sich dem Papierkram auf seinem Schreibtisch widmete. Hatte Cecil letztes Mal nicht gesagt, dass der Governor den Prüfungen nur beiwohnte, wenn die Kandidaten die Endrunde erreichten und er ihnen die Mitgliedschaft verleihen musste? Warum sollte er daran interessiert sein, ihnen schon in diesem frühen Stadium zuzusehen?

Alice setzte sich und versuchte, das Porträt von Governor Whitmore zu ignorieren, das sie zu beobachten schien.

Cecil warf einen Blick auf seine Taschenuhr.

»Möchtest du bleiben?«, fragte er Bea. »Oder hast du noch etwas anderes im Haus zu erledigen?«

Bea nickte. »Ich wollte in der Clubhaus-Bar nach dem Neuesten fragen. Ist Tom schon da?«

Cecil zuckte zusammen. »Ja. Unter den anderen gab es Diskussionen. Manche der Kandidaten wollen wegen des Vorfalls mit Holly Mowbray nicht, dass er ihnen den Bindungstrank verabreicht. Er versucht, gute Miene zum bösen Spiel zu machen, aber ein bisschen Aufmunterung würde ihm sicher guttun, wenn du Zeit hast.«

Bea seufzte. »Das hat gerade noch gefehlt.«

»Meinen kann er verabreichen«, sagte Alice. »Er hat auch den Trank zubereitet, den ich letztes Mal genommen habe – ich weiß, dass damit alles in Ordnung war.«

Cecil musterte sie durchdringend. »Das ist sehr... zuversichtlich.«

Ihre Wangen liefen hochrot an. Natürlich – sie war einfach davon ausgegangen, dass sie die Prüfung gut genug bestehen würde, um den Trank überhaupt *angeboten* zu bekommen. Nun, dachte sie und setzte sich aufrechter hin, sie würde sich nicht für ihren Optimismus entschuldigen.

Bea zwinkerte ihr zu und flüsterte lautlos »Viel Glück, Liebes«, dann eilte sie davon.

»Also«, sagte Cecil, »sind Sie bereit?«

»Ja.«

»Gut.« Er schenkte ihr Tee ein und drückte ihr die dampfend heiße Tasse mit der bernsteinfarbenen Flüssigkeit in die Hand.

»Danke«, sagte sie, »aber ich …«

»Trinken«, sagte er schlicht.

Sie zögerte, nickte dann aber. Sorgsam darauf bedacht, sich nicht die Lippen zu verbrennen, trank sie einen kleinen Schluck. Als sie den Geschmack erkannte – Baldrian –, stellte sie die Tasse schnell weg. Baldrian war ein bekanntes Mittel gegen Schlafstörungen; er machte müde und betäubte die Sinne. Warum hatte er ihr diesen Tee gegeben? Sie würde sich selbst sabotieren, wenn sie ihn austrank.

»Danke für das Buch«, sagte sie, um das Thema zu wechseln.

Er blinzelte sie überrascht an und lächelte. »Ich hoffe, es hilft.«

»Kann ich eine Frage zu dem Cover stellen? Das Porträt von Leda Westergard?«

»Das wurde an dem Tag aufgenommen, an dem sie ihren Amtseid abgelegt hat«, sagte er und deutete auf die Wand hinter Alice.

Als sie sich umdrehte, fiel ihr Blick auf das gleiche Bild, dieses jedoch eingerahmt und in eine Reihe anderer Berühmtheiten in der Geschichte von Haus Mielikki eingeordnet.

»Liege ich richtig in der Annahme, dass es ein offizielles Porträt ist, das vom Rat veröffentlicht wurde?«, fragte sie.

»Ja. Sie würdigen jeden neuen Chancellor auf dieselbe Art.«

»Also ist an dem Bild nichts sonderlich bedeutsam«, sagte sie, mehr zu sich selbst. Dann hatte Reid es wohl nur gehabt, weil sie sich in ihrer Kindheit gekannt hatten; sie hatte ein Foto von einer alten Freundin aufbewahrt, die Großes erreicht hatte.

Cecil lächelte liebevoll. »Oh, ich würde sagen, das Bild ist sehr bedeutsam – für uns zumindest. Chancellor Westergard mag in ihrer Amtszeit ein paar Leute verärgert haben, aber niemand wurde von der Öffentlichkeit mehr geliebt. Deshalb hat Governor Whitmore auch darauf bestanden, dass ihr der Ehrenplatz an unserer Absolventenwand gebührt. Die beiden waren in ihrer Blütezeit ein erstaunliches Paar.«

»Ein Paar?«, fragte Alice verwundert.

»Oh«, sagte Cecil mit einem Lächeln, »nichts dergleichen. Sie waren der jüngste Chancellor und der jüngste Governor, die die Stadt jemals hatte«, erklärte er. »Ein fantastisches Duo. Wir hätten uns niemand Besseres wünschen können.«

Alice betrachtete das Foto noch einen Moment länger. Es war ein wenig prominenter als die anderen, der Rahmen ein bisschen größer. »Der Ring, den sie trägt – ist der zeremoniell wie die Schärpe?«

»Nicht dass ich wüsste«, sagte er, und sie war sich allzu bewusst, dass das eine seltsame Frage war. Er sah zu dem Porträt, einen nachdenklichen Ausdruck im Gesicht. »Sieht nach einem Siegelring aus. Normalerweise ist darauf ein Familienwappen eingraviert, aber ich kann es nicht mit Sicherheit sagen.«

Alice krümmte die Finger, um ihren eigenen Ring zu verbergen. Sie hatte das Porträt auf dem Cover von Cecils Buch und das Foto, das sie aus Reids Labor mitgenommen hatte, genauestens studiert. Ganz gleich, was Jude über das Westergard-Wappen gesagt hatte, inzwischen war sie fast sicher, dass es sich um denselben Ring handelte, den sie trug. Dank Judes hervorragender Arbeit waren die Kratzer jetzt eindeutig Vögel, aber sie waren genau an derselben Stelle.

»Und sie war nie verheiratet?«, fragte Alice.

Cecil bedachte sie mit einem prüfenden Blick. »Nein, nie.«

Sie hatte gedacht, dass der Ring, den Leda trug, vielleicht eigentlich jemand anderem gehörte. Wenn er nicht das Westergard-Wappen zeigte, lag die Vermutung nahe, dass er aus der Familie ihres Mannes stammte, aber sie hatte keinen. Doch vielleicht war sie in einer festen Beziehung gewesen.

Alice strich mit dem Daumen über die Gravur. Reid hatte ihr diesen Ring hinterlassen, als sie noch ein Baby war. Leda Westergard trug einen identischen Ring auf ihrem offiziellen Porträt und dem Picknickfoto. Wie war er bei Reid gelandet, und warum hatte sie ihn an Alice weitergegeben? Hatte sie ihn gestohlen? Oder war die Wahrheit eine ganz andere?

»Sind Sie sich über die aktuelle politische Lage im Klaren?«, fragte Cecil und riss sie aus ihren Gedanken.

Sie nickte und überlegte kurz, ob das schon zur Prüfung gehörte.

»Die Sache mit dem Sommerbaum hat uns viel Unterstützung gekostet. Der Schaden, der auf Crane Park Island angerichtet wurde, und die daraus resultierenden Probleme...« Er stockte. »Aber wir haben in jener Nacht auch einige unserer eigenen Leute verloren«, fügte er hinzu.

Er seufzte, und in der Stille spürte Alice eine alte, quälende Angst in sich aufsteigen. »Sie haben mir einmal gesagt«, begann sie zaghaft, »dass der Sommerbaum, wenn wir uns an ihn binden, uns durch diese Verbindung... schaden kann, aber dass wir ihm nicht schaden können.«

Er sah sie leicht verwirrt an. »Das ist richtig. Machen Sie sich Sorgen, dass Ihnen die Veränderungen am Sommerbaum schaden könnten?«

Sie schüttelte den Kopf. »Was, wenn ich – wenn *wir* dem Baum irgendwie schaden? Wenn er aufgrund unserer Verbindung etwas Schlechtes von uns abbekommt und deshalb...«

»Der Baum ist nicht beschädigt, Alice«, sagte er in freundlichem Ton. »Im Gegenteil. Er war nie stärker.« Er hielt inne, als er ihr skeptisches Gesicht sah. »Stellen Sie sich die Verbindung wie einen Fluss vor, der einen Berg hinabfließt. Das Wasser strömt nach unten. Es kann nicht wieder zur Quelle oben auf dem Berg zurückbefördert werden. Wenn die Quelle verunreinigt wird, breitet sich die Verunreinigung den Berg hinunter aus. Aber wenn das Wasser am Fuß des Berges verunreinigt wird, kann es nicht zur Quelle gelangen.«

»Dann ist es also ... eine Einbahnstraße«, murmelte sie.

Er nickte, und sie versank in Schweigen. Reid war überzeugt, dass sie für das Unglück auf Crane Park Island verantwortlich war. Aber selbst wenn man ihr glauben konnte, *wie* hatte ihre Arbeit den gewaltigen Wachstumsschub des Baumes bewirkt?

Cecil hantierte demonstrativ mit den Papieren auf seinem Tisch herum, und sie wandte ihm wieder ihre volle Aufmerksamkeit zu.

»Zurück zur politischen Lage«, sagte er. »Haus Ahti haben wir immer als Verbündeten betrachtet. Die Verbindung zwischen unseren jeweiligen Vermächtnissen ist klar, da die Natur Wasser zum Existieren braucht. Haus Ilmarinen stand uns allerdings immer neutral gegenüber: Natur, Bäume und Pflanzen produzieren Sauerstoff, und Feuer nährt sich von Sauerstoff. Doch Haus Pellervoinen und Haus Mielikki waren immer in Konflikt«, sagte Cecil und faltete die Hände auf dem Tisch.

»Weil ihre Vermächtnisse ... entgegengesetzt sind?«

»Weil früher die ganze Welt ein Garten war«, sagte er. »Und dann haben die Menschen Häuser aus Stein gebaut, Bäume abgeholzt und steinerne Städte errichtet, wo einst Wälder standen.« Er legte eine Pause ein. »Aber die Natur ... wehrt sich. Pilze und Moos wachsen auf feuchtem Stein, Baumwurzeln beschädigen Gebäudefundamente, und Unkraut sprießt aus Löchern in verlassenen

Häusern. Der Kampf zwischen Urbanisierung und Natur hält schon Tausende von Jahren an. Also musste sich Haus Mielikki anpassen, damit wir trotz unseres Ringens um Dominanz koexistieren können. Haus Mielikki besteht aus Backstein und Geäst. Eine Machtdemonstration, die unsere Nachbarn als arrogant bezeichnen.«

Wie konnten die Häuser eine so starke Abneigung gegeneinander hegen, obwohl ihre Gründer die Rookery gemeinsam erbaut hatten?

Cecil schwieg einen Moment und deutete auf die Tasse Baldriantee. »Bitte«, sagte er, »trinken Sie.«

Widerwillig nippte sie daran und stellte die Tasse wieder ab.

»Unsere Häuser stehen Seite an Seite«, fuhr er fort. »Geografisch sind wir uns von allen Häusern am nächsten, aber in jeder anderen Hinsicht sind wir am weitesten voneinander entfernt.«

»Mit unseren Unterschieden«, erwiderte sie, »halten wir einander im Gleichgewicht.«

»Ja«, sagte er mit einem rauen Lachen. »Gut gesagt.«

Einen Moment herrschte Schweigen, während er sie neugierig musterte.

»Sie sollten an diese Dinge denken, wenn Sie die Prüfung ablegen. Es gibt vier Kandidaten, und nur zwei von ihnen werden weiterkommen. Die Stärksten. Wenn Sie die Prüfung bestehen, müssen Sie in den Hain, um den Bindungstrank zu sich zu nehmen.«

Sie nickte. Zwei Plätze. Zwei Chancen.

»Alice?« Cecil beobachtete sie ruhig. »Sie müssen jetzt den Tee austrinken. Ich bestehe darauf.«

Sie atmete langsam aus und sah mit verdrossenem Blick auf die Tasse hinunter. Der Tee schmeckte widerlich und würde sie zu benommen für einen Wettkampf machen. Aber vielleicht gehörte das zur Prüfung – trink den Kräutertee und widerstehe seiner Wirkung. Sie trank einen großen Schluck, während er geduldig zusah.

Als der Baldrian ihre Gedanken zu vernebeln begann, versuchte sie, ihre Konzentration zu schärfen, um wach zu bleiben.

»Wo sind die anderen Kandidaten?«, fragte sie und blickte sich suchend um. Aber es gab keinerlei Anzeichen, dass noch irgendjemand kommen würde. Sie starrte auf das Meer eingerahmter Gesichter an der Wand und neigte den Kopf zur Seite, um sie durch den Schleier vor ihren Augen besser sehen zu können.

»Cecil«, stieß sie hervor. »Wollen Sie … mich durchfallen lassen?«

Ein dichter Nebel umfing ihr Gehirn, versuchte, sie dazu zu verleiten, die Augen zu schließen, doch sie gab sich alle Mühe zu widerstehen. Ihr Atem verlangsamte sich, und der Raum schien dahinzuschwinden, als der Baldrian ihre Sinne überwältigte.

»Nein«, murmelte sie leise, während ihre Lider zufielen. »Darf nicht … darf nicht einschlafen …«

21

Alice schreckte ruckartig auf. Sie kauerte auf Händen und Knien in einem dunklen Raum. Der Boden unter ihren Fingerspitzen war kalt, hart und rau. Ihr Kopf war klar, ihre Sinne in höchster Alarmbereitschaft. Anscheinend hatte der Baldrian seine Wirkung verloren.

Mühsam richtete sie sich in eine sitzende Position auf, und etwas schleifte mit einem lauten Klirren über den Boden. Sie tastete im Dunkeln nach dem Ursprung des Geräuschs – eine schwere Eisenkette, die am Boden festgeschraubt war – und folgte ihr zu einer Fußfessel, die ihr offenbar im Schlaf angelegt worden war. Das Eisenband schnitt ihr in die Haut. Panisch versuchte sie, sich daraus zu befreien, aber es rührte sich nicht von der Stelle. Sie war gefangen.

Ein kleines tanzendes Licht leuchtete in den Schatten auf, und sie zuckte zusammen. Glühwürmchen. *Lampyridae.* Dann tauchte noch eins auf und noch eins und noch eins, bis so viele glühende Lichtsprenkel über ihr schwebten, dass sie, wenn sie die Augen zusammenkniff, erkennen konnte, wo sie war.

Es war kein Raum, sondern eine Betonkiste. Wenn sie versuchte aufzustehen, würde sie sich den Kopf an der Decke stoßen, und mit ausgestreckten Armen könnte sie die Wände zu beiden Seiten berühren. Der Beton war in schlechtem Zustand. Er war von irgendeinem Pflanzenwuchs befallen. Büschel violetter bambusartiger Stängel mit herzförmigen Blättern hatten sich durch den Stein gegraben, und Risse zogen sich kreuz und quer über jede Wand. Schlingknöterich, erkannte sie.

Sie saß still, bewegte keinen Muskel, während sie ihre Situation überdachte. Sie war an den Boden einer mit Schlingknöterich befallenen Betonbox gekettet. Eine kurze Inspektion der Box legte den Verdacht nahe, dass sie sich in einem realen Jenga-Spiel befand. Die Wände waren instabil. Wenn sie versuchte, die Kette aus dem Boden zu reißen, würden die Decke und die brüchigen Wände über ihr einstürzen. Wenn sie Mielikkis Vermächtnis einsetzte, um das Unkraut zu zwingen, sich zurückzuziehen, würde das die gesamte Box destabilisieren, und sie würde von herabfallenden Betonbrocken erschlagen. Im Moment, auch wenn die Pflanzen für die Instabilität verantwortlich waren, waren sie auch alles, was den Beton daran hinderte, in sich zusammenzubrechen – die Wände ruhten auf den stockartigen Stängeln, sie stützten sich gegenseitig.

Alice setzte sich anders hin, um besser sehen zu können, und lehnte sich auf die Hände zurück. Also … durfte sie den Knöterich nicht dazu bringen, die Box zu verlassen. Aber vielleicht könnte sie ihn weiter hereinziehen und den Beton damit überwuchern – ihn zerstören, bevor er über ihr einstürzte? Sie runzelte die Stirn. Nein. So konnte sie vielleicht vermeiden, unter den Trümmern begraben zu werden, aber die herabfallenden Betonbrocken wären wie Backsteine, die auf ihren Kopf niederprasselten.

Plötzlich bekam Cecils Gerede über eine politische Krise eine ganz neue Bedeutung. Pellervoinen, dachte sie mit Blick auf den Beton, und *Mielikki,* eng umschlungen. Stein und Pflanze, der ewige Kampf um Kontrolle. Alice atmete langsam aus. Sie wusste, was sie zu tun hatte. Es ging nicht darum, das Unkraut behutsam aus dem Beton zu entfernen. Hier ging es um Dominanz.

Alice streckte die Arme aus und suchte mit tastenden Fingern eine geeignete Stelle, wo sie die Hände flach an die Wände drücken konnte. Der raue Stein schürfte ihr die Haut auf, und sie ließ das

Gefühl zu. Dort, direkt hinter der Wand, befand sich noch mehr Schlingknöterich. Und das waren die Pflanzen, die sie brauchte, die sich an die Außenwände drückten. Ihre Hände wurden warm. Ihre Fingerspitzen kribbelten. Alice schloss die Augen und konzentrierte sich voll und ganz auf die pulsierende Elektrizität in ihren Händen. Dann holte sie tief Luft, konzentrierte sich und *zog*.

Eine Explosion von Schlingknöterich zerschmetterte den Beton wie eine Bombe. Die Wände stürzten in sich zusammen, die gewaltige Wucht des Ansturms ließ sie zu Staub zerfallen. Eine Wolke pulverisierten Splitts stieg auf, und Alice schnappte nach Luft, bevor der Staub sich auf ihre Haare, ihre Klamotten und die Überreste der Box senkte.

Keuchend und hustend taumelte sie zur Seite und stieß auf keinen Widerstand mehr; die Kette um ihr Fußgelenk war nicht länger an der Wand befestigt. Sie ergriff eine Handvoll des Knöterichs, der sie umgab, und zog sich daran hoch. Sie war in einem Wald. Einem anderen Wald als neulich. Wie viele Türen in Haus Mielikki führten in Wälder? Als sie sich umdrehte, sah sie noch mehr Betonkästen, und ihr Puls beschleunigte sich. Die anderen Kandidaten? War sie die Erste, die es geschafft hatte?

Sie lehnte sich zur Seite, um zwischen den Bäumen hindurchsehen zu können. Die anderen Betonkästen ... Angestrengt spähte sie in die Ferne. Die anderen Betonkästen schienen noch intakt zu sein, der Knöterich schlang sich durch die Lücken im Beton, sodass Stein und Pflanze fest verflochten waren wie die Mauern von Haus Mielikki. Aber wie waren die anderen Kandidaten dann entkommen – hatten sie es überhaupt versucht? Mit einem flauen Gefühl im Magen dämmerte ihr, dass es vielleicht gar nicht das Ziel gewesen war, dem Betonkasten zu entfliehen. Vielleicht hätte sie darin bleiben und die einsturzbedrohten Wände stabilisieren sollen. Stabilisieren, nicht zerstören. Ein Fall von »halte deine Freunde nahe bei dir, aber deine Feinde noch näher«.

Mist.

Plötzlich ertönte ein leises Grollen, wie Wellen, die sich in der Ferne brachen, und Alice bekam eine Gänsehaut. Hastig stolperte sie durch das Gebüsch, ihre Füße versanken im moosbedeckten Waldboden. Wo war der Hain, in dem der Bindungstrank verabreicht werden sollte – vielleicht musste sie ihn eigenständig finden? Sie wirbelte herum, spähte durch die Bäume und lauschte auf Anzeichen von Bewegung.

Es begann als leichtes Beben tief unter der Erde. Der Boden vibrierte, und das Reisig begann, im Gebüsch auf und ab zu hüpfen. Mit einem ohrenbetäubenden Krachen schossen Knöterichstängel aus der Erde, einer nach dem anderen – zwei Dutzend, drei Dutzend … Sie brachen unter den Baumwurzeln hervor und destabilisierten die Stämme, bis sie umkippten. Das Echo umstürzender Bäume, deren Wurzeln so straffgezogen wurden, dass sie rissen, durchschnitt die Stille.

Eine krumme Eiche schwang auf Alice zu, ihre Äste peitschten durch die Luft, und Blätter regneten von ihrer Krone herab. Schnell sprang sie aus dem Weg und sah voller Entsetzen zu, wie der Baum direkt auf ihrer zerstörten Betonbox landete. Sie kletterte über den umgestürzten Baumstamm, ohne darauf zu achten, dass die raue Rinde und die spitzen Äste ihr die Haut aufschürften.

Der Hain. Ich muss zum Hain.

»Hilfe!«, ertönte eine panische Stimme, gedämpft und heiser.

Erschrocken wirbelte Alice herum.

»Holt mich hier raus!«

In dem Betonkasten, der ihr am nächsten war, war noch jemand eingesperrt! Ihr Magen rumorte, als sie einen Blick in die entgegengesetzte Richtung warf, und sie biss die Zähne zusammen. Sollte sie gehen oder bleiben? Wenn sie es nicht rechtzeitig in den Hain schaffte …

»Bitte!«

Einem Impuls folgend rannte sie los. Als sie an einer schwankenden Kiefer vorbeikam, hielt sie den Atem an. Das Beben hatte nachgelassen, aber sie machte sich keine Illusionen, dass die Ruhe von Dauer sein würde. Das war ein Teil der Prüfung. Es würde nicht aufhören, bis die beiden Gewinner feststanden.

Schlitternd kam Alice vor der ersten Betonbox zum Stehen. Aus einem der Löcher lugte eine Hand hervor.

»Ich bin hier!«

Die Hand wurde zurückgezogen, und in der Lücke erschien das Gesicht eines Mannes.

»Ein Teil der Decke ist auf die Eisenkette gestürzt. Ich kann sie nicht bewegen. Ich bin immer noch am Boden festgekettet!«, keuchte er panisch. »Wenn es noch ein Erdbeben gibt, kann ich nicht entkommen!«

Die Blätter der Bäume über ihnen rauschten, obwohl es völlig windstill war, und Alice beobachtete sie beunruhigt.

»Sag mir, was du mit dem Schlingknöterich gemacht hast«, sagte sie.

»Ich habe ihn durch den Beton gewoben«, antwortete er und klopfte mit den Fingerknöcheln an die Außenseite der Box, um es ihr zu zeigen. »Im Moment ist er stabil, aber ich komme nicht raus. Und er ist bestimmt nicht stabil *genug*, wenn es noch ein Erdbeben gibt.«

»Okay«, sagte sie. »Halt… Halt einfach durch.«

Auf der Suche nach einer Schwachstelle lief sie um die Betonbox herum, verwarf aber mehrere Ideen als zu gefährlich. Ein lautes Knacken über ihnen ließ sie erschrocken aufblicken. Die Bäume hatten wieder angefangen zu schwanken. Ihr blieb keine Zeit.

»Scheiße!«

»Hol mich hier raus!«, schrie er heiser.

Alice hastete zu der umgestürzten Eiche und wühlte in dem am

Boden ausgebreiteten Geäst herum. Da! Eine Eichel! So schnell sie konnte, rannte sie zurück zu dem eingesperrten Kandidaten und ließ sich auf die Knie fallen.

»Benutz dein Vermächtnis, um das Dach in der Ecke zu stützen!«, rief sie und schob die Eichel durch eine kleine Lücke im Beton, wo der Schlingknöterich durchgeflochten worden war. »Das geht schnell«, sagte sie. »Ich werde den Beton, an dem die Kette befestigt ist, zertrümmern. Bring deine Beine in Sicherheit, sobald die Kette abbricht.«

»Tu es einfach«, stieß er mit rauer Stimme hervor.

Alice presste ihre Hand flach auf die Eichel und fokussierte ihre Gedanken auf den Druckpunkt und das Gefühl der glatten Oberfläche auf ihrer Haut. Mit reiner Geisteskraft *drückte* sie. Die Schale der Eichel platzte auf. Winzige Wurzeln wuchsen daraus hervor, breiteten sich über den Waldboden aus und schwollen dabei immer weiter an, und plötzlich, mit einem gewaltigen Knall, brach ein Trieb mit solcher Wucht hervor, dass er die Betonbrocken im Innern des Kastens zerschmetterte. Grauer Staub stob auf.

»Alles in Ordnung?«, rief Alice hustend.

»Es hat funktioniert!«, schrie er. »Die Wurzeln sind auf der anderen Seite durchgebrochen. Kannst du den geborstenen Beton aus dem Weg räumen?«

Sie rannte um die Box herum und fand einen zerbrochenen Betonblock, der am Dach lehnte und den Ausgang versperrte. Hastig stieß sie ihn mit der Schulter weg, und er landete im Gras. Der im Innern der Box gefangene Mann ließ den Schlingknöterich los, mit dem er das Dach gestützt hatte, und brachte sich in Sicherheit. Erschöpft ließ er sich ins Gras fallen und grinste zu ihr hoch. Seine kurzen blonden Haare und selbst seine Wimpern waren mit feinem Staub bedeckt.

»Verdammter Knöterich«, keuchte er und rollte sich hustend auf die Seite. »Danke.«

»Weißt du, ob die anderen rausgekommen sind?«, fragte Alice und sah zu den anderen beiden Betonkästen. Auf einem war ein Baum gelandet, und der andere war fast vollständig eingestürzt.

»Ich hab nichts gesehen«, antwortete er, wischte sich mit dem Ärmel über den Mund und setzte sich benommen auf. Er war etwa in Alice' Alter, aber viel stärker. Breite Schultern, eine kräftige Statur und, wie sie durch sein zerrissenes Hosenbein sehen konnte, braungebrannte, muskulöse Waden.

Ein gedämpftes Stöhnen ließ Alice vor Schreck erstarren, und sie warf dem Mann, den sie gerade gerettet hatte, einen raschen Blick zu. »Wie heißt du?«

»Phillip.«

»Ich bin Alice«, sagte sie, dann drehte sie sich um und eilte auf das Geräusch zu.

Die erste Box war von Schlingknöterich zerstört worden – durch einen Fehler bei der Prüfung also, nicht durch das Erdbeben. Vorsichtig duckte sie sich unter den tief hängenden Betontrümmern hindurch, um drinnen nach dem Kandidaten zu suchen. Doch sie kam zu spät.

Bei dem Anblick, der sich ihr im Innern der Box bot, drehte sich ihr der Magen um, und sie wich hastig zurück. Der Kandidat – ein dünner Mann mit lockigen Haaren – war von den Schlingpflanzen aufgehängt worden wie eine Vogelscheuche. Sie waren in seinen Körper eingedrungen, wie tausend Dolche hatten sie sich durch seine Schultern und seine Brust gebohrt und durchstachen seine Rippen. Es war ein Bild des Grauens; überall Blut.

Wie betäubt taumelte sie zurück, versuchte, die Bilder wegzublinzeln, die sie immer noch entsetzlich klar vor Augen hatte, und stolperte auf die letzte Box zu, aus der ein schmerzerfülltes Stöhnen drang.

»Hallo?«, rief sie, ihre Stimme schwach.

»Ich kriege keine Luft«, kam die erstickte Antwort.

Eine massige Eberesche, dicht bewachsen mit roten Beeren, war auf dem Dach gelandet und stauchte den Raum im Innern zusammen. Wenn sie ihn nur irgendwie hochheben könnten …

Sie stellte sich auf die Zehenspitzen und blickte sich suchend um. »Phillip?«, rief sie. »Hilf mir, den Baum hochzuheben!«

Aus den Augenwinkeln nahm sie eine Bewegung wahr, und Phillip kam auf die Beine. Er ließ die Schultern kreisen, um seine Muskeln zu lockern, und Alice lief um die Box herum und suchte nach einer Stelle, wo sie die Äste gut greifen konnten.

Der Boden unter ihren Füßen erzitterte. Ruckartig hob sie den Kopf und begegnete Phillips erschrockenem Blick. Das Ächzen der entwurzelten Bäume wurde lauter – und Phillip schüttelte den Kopf.

»Es gibt nur zwei Gewinner«, sagte er und deutete auf sich selbst, Alice und die Betonbox, in der sich noch jemand befand. »Lass sie zurück, dann ist uns der Sieg gewiss.«

Wut wallte in Alice auf, und sie sah grimmig von Phillip zu der umgestürzten Eberesche. Mit einem Achselzucken wandte er sich ab und rannte davon, doch Alice zögerte. Ihr Verstand kämpfte gegen ihren Instinkt an. *Lauf – sichere dir den letzten noch freien Platz!* Sie schauderte und presste die Fingerknöchel an die Schläfen. *Denk nach!* Sie durfte bei dieser Prüfung auf keinen Fall durchfallen – sie brauchte diesen Platz. Aber sie konnte auch niemanden sterben lassen wie den armen Kerl in der anderen Betonbox. Doch wenn sie die Person befreite und ihr zum Hain half, wer von ihnen würde dann bestehen?

Das Rumpeln setzte wieder ein. Zuerst nur leicht, wie fallende Kieselsteine, doch es wurde immer lauter. Ein heftiger Erdstoß brachte sie aus dem Gleichgewicht, und sie landete unsanft im Gras. Die Bäume überall um sie herum schwankten bedrohlich. Alice versuchte, sich aufzurappeln, doch das Beben wurde immer stärker, und die Schwerkraft hielt sie am Boden.

Die Eberesche wankte bei jeder Erschütterung, und mit einem lang gezogenen Ächzen rutschte der Stamm von dem Beton. Alice konnte sich gerade noch wegrollen, bevor er genau da landete, wo sie vor einer Sekunde noch gelegen hatte. Das Momentum half ihr, auf die Beine zu kommen, und sie taumelte auf die zerstörte Box zu. Die Betonbrocken vibrierten und prallten aneinander, und Alice warf sich mit aller Kraft dagegen, stieß sie zur Seite und zwängte sich hindurch, um zu dem Kandidaten im Innern zu gelangen.

Eine junge Frau, ihre dunkle Haut mit feinem Staub bedeckt, lag zusammengekauert am Boden. Blut rann von ihrer Schläfe hinab. Von dem Gewicht befreit, das ihr auf die Brust gedrückt hatte, schnappte sie nach Luft, und Alice ließ sich neben ihr auf die Knie sinken, während die verbliebenen Wände um sie herum erzitterten.

»Kannst du aufstehen?«, fragte Alice.

Die Frau nickte, und Alice schob ihr eine Hand unter den Rücken und half ihr hoch. Zusammen hasteten sie aus dem zertrümmerten Betongefängnis. Alice erstarrte, als sie etwas ganz in der Nähe durch die Luft peitschen hörte. Eine Kiefer kippte um und krachte mit einem gewaltigen Donnern zu Boden.

»Gehen wir«, murmelte Alice atemlos, den Arm der Frau um ihre Schultern geschlungen.

Stolpernd bahnten sie sich einen Weg durch den Wald, über umgestürzte Stämme und nach ihren Füßen krallende Äste, während überall um sie herum Bäume zu Boden krachten.

»Schau, da drüben!«, rief die Frau plötzlich. »Sollen wir nach ihm sehen?«

Phillip lag im Gebüsch, seine Brust vom zerbrochenen Stamm eines umgestürzten Vogelbeerbaums durchstoßen. Seine Augen waren weit aufgerissen, das Gesicht zu einer Maske des Entsetzens erstarrt. Seine Nachtschwalbe war fort.

»Nein«, sagte Alice schaudernd und ging weiter. »Er ist tot.« Bestürzung und Erleichterung wüteten in ihrem Innern, doch letztendlich gewann ein einziger Gedanke die Oberhand: Jetzt gab es nur noch zwei Kandidaten.

Neben ihr erklang ein erschrockenes Keuchen, und Alice hob ruckartig den Kopf. Eine Ulme schnellte direkt auf sie zu. Instinktiv schreckte Alice zurück, als die Äste ihre Schulter streiften. Die andere Frau hob wie zum Schutz den Arm und schrie, als ihre Hand gegen den umstürzenden Stamm stieß ... und den gesamten Baum zerstörte. Ein Schwall Sägespäne regnete auf sie herab, bestäubte ihre Haare und ihre Kleidung. Vielleicht war es die Erschöpfung, vielleicht auch ihre strapazierten Nerven − jedenfalls fing Alice an zu lachen. Sie wusste selbst nicht, warum. Auch ihre Begleiterin prustete los. Zusammen ließen sie sich in den Staub plumpsen, der die letzten traurigen Überreste der Ulme bildete, und ihr nervöses Gelächter schallte durch den Wald.

»Herzlichen Glückwunsch, ihr habt die Prüfung bestanden.« Eine Männerstimme, sanft und gediegen: Cecil.

Er erschien auf einer kleinen Anhöhe zwischen zwei Bäumen, und Alice' Lachen erstarb.

»Folgt mir«, sagte er. »Die Tür zum Hain ist gleich dort drüben.«

Einen Moment herrschte angespannte Stille, dann stand Alice auf und reichte ihrer Kameradin die Hand.

»Ich bin übrigens Shobhna«, sagte die Frau, und ihre dunklen Augen leuchteten.

»Alice. Danke, dass du mir das Leben gerettet hast.« Alice half ihr hoch.

»Danke, dass du meins gerettet hast«, erwiderte Shobhna lächelnd und schüttelte die Sägespäne von ihrem Ärmel.

»Bist du verletzt?«, fragte Alice und begutachtete sie besorgt.

»Ich glaube, ich habe mir den Knöchel verstaucht, und meine Brust tut weh«, sagte Shobhna, »aber das bringt der Bindungstrank schon wieder in Ordnung. Wollen wir?«

Alice nickte, und ein Grinsen breitete sich auf ihrem Gesicht aus. Der Bindungstrank würde es tatsächlich wieder in Ordnung bringen. Er würde *alles* wieder in Ordnung bringen.

Als Alice ein paar Stunden später auf die King Edward Street hinaustrat, pochte ihr Herz immer noch wie wild, und sie hatte das Gefühl, als schwebe sie auf Wolken, so euphorisch war sie. Der Bindungstrank hatte die Kratzer geheilt, die die peitschenden Äste auf ihrer Haut hinterlassen hatten, und Alice fühlte sich unverwundbar. Die Aussicht, direkt zu Reids Apartment zu gehen, machte sie kein bisschen nervös – was war schon dabei, wenn noch jemand ihre Forschungsergebnisse in die Finger bekommen wollte? Alice grinste. Sie und Crowley würden ihnen einfach zuvorkommen.

Es dauerte ein paar Sekunden, bis ihr bewusst wurde, dass mit der Straße irgendetwas ganz und gar nicht stimmte. Sie war ungewöhnlich voll. Scharenweise strömten die Leute aus ihren Häusern und blickten sich um – manche verwirrt, andere ärgerlich.

»Was ist los?«, fragte sie eine junge Frau in der Nähe.

»Stromausfall«, antwortete diese. »Das komplette Netz ist zusammengebrochen. Daran sind bestimmt diese Erdbeben schuld, oder?«

Alice nickte grimmig – die beunruhigenden Anzeichen, dass der Sommerbaum noch mehr Schaden angerichtet hatte, versetzten ihrer guten Laune einen Dämpfer.

22

Crowley lehnte an einer Straßenlaterne vor Coram House, die Hände in den Manteltaschen vergraben. Als er sie sah, richtete er sich sofort auf und kam auf sie zu. »Du hast bestanden«, sagte er, einen zufriedenen Ausdruck in den Augen.

»Woher weißt du das?«, fragte sie.

»Du bist noch am Leben«, erwiderte er grinsend. »Und warum solltest du nicht bestehen? Du bist *Alice Wyndham*.« Er ging die Treppe zu dem verlassenen Gebäude hinauf, das sie immer zum Reisen benutzten, und warf ihr beim Betreten einen verschmitzten Seitenblick zu. »Siehst du? Ich kann charmant sein, wenn ich will.«

Sie verdrehte die Augen, aber ihre Wangen röteten sich. »Hast du vor dem Spiegel geübt?«

»Ja.«

Seine unerwartete Antwort brachte sie zum Lachen. Dunkelheit umfing sie, als die Tür hinter ihnen zufiel, und der eisig kalte Wind ließ sie erschauern. Crowley trat näher an sie heran, als wolle er ihr etwas von seiner Körperwärme abgeben, hielt jedoch inne, als seine Hand die ihre streifte. Kurz sah er zu ihr herunter, dann schluckte er schwer und wandte den Blick ab. Sie war sich seiner Nähe sehr bewusst, seines Atems, des Aufs und Abs seiner Brust.

»Herzlichen Glückwunsch«, sagte er mit rauer Stimme, die ihr einen Schauer über den Rücken jagte. »Ich habe nie daran gezweifelt, dass du es schaffst.«

Alice lächelte, auch wenn er es im Dunkeln nicht sehen konnte, dann riss sie sich am Riemen. Keine Ablenkungen. Sie hatten eine Aufgabe zu erledigen. Crowley hatte keine Ahnung, wo sie hinmussten; bei dieser Reise hielt Alice die Zügel in der Hand. Reids Apartment war in Islington. Sie hatte ihr einmal an einem Samstagmorgen Kopien vorbeigebracht, als Reid nicht da war, und sie in den Briefkasten geworfen. Jetzt versuchte sie, sich das Haus in Erinnerung zu rufen, während sie angestrengt in die Finsternis starrte. Eine Hand vor sich ausgestreckt tastete sie suchend umher... *Reids Apartment... Reids Apartment...* Sie stellte sich den Eingangsbereich vor, die Glasfront, die Stahlbalken und Steinwände.

Etwas Kaltes, Rundes fügte sich in ihre ausgestreckte Hand ein. Der Türknauf. Als sie daran drehte, ertönte ein leises Klicken, und sie stemmte sich gegen den starken Wind. Licht flutete in die Leere, als die Tür nachgab, und sie betrat Reids Apartmentkomplex.

Reids Wohnungstür war gegen Reisen gesichert; sie war viel zu misstrauisch, um irgendjemandem Zutritt zu ihrem Apartment zu gewähren. Zum Glück hatte Alice jedoch den einzigen Mann mitgebracht, der jede Tür öffnen konnte. Niemand Geringeren als den Erben von Pellervoinen.

»Dritter Stock«, flüsterte sie. »Wir sollten nicht den Aufzug nehmen. Zu laut.«

Zielstrebig lief sie auf die Treppe zu, dicht gefolgt von Crowley. Oben angekommen nickte sie ihm zu, und er drückte die Brandschutztür auf. Sie legte einen Finger an die Lippen und schob sich lautlos an ihm vorbei. Der Korridor war leer. Reids Apartment lag am anderen Ende – sie wohnte in einer der kleinen Eckwohnungen.

Als sie näher heranschlichen, erstarrte Alice vor Schreck. Sie hätte Crowley nicht mitbringen müssen – die Tür war bereits offen. Auch er versteifte sich merklich. Er legte ihr warnend die Hand auf den Arm, und sie nickte. Dann, ganz vorsichtig, schob sie die Tür auf. Sie öffnete sich mit einem leisen Knarren.

Das Geräusch löste hektische Bewegung aus. *Drinnen war jemand.* Alice stieß die Tür weiter auf und betrat Reids gekachelten Flur. Ihr Puls raste. Sie ballte die Fäuste, machte sich bereit, wenn nötig ihr Vermächtnis einzusetzen. Plötzlich spürte sie eine intensive Wärme im Rücken und warf einen Blick über die Schulter. Die Luft um Crowley flimmerte vor Hitze, wie die Ruhe vor dem Sturm, als er seine Magie heraufbeschwor: Ilmarinens Vermächtnis, die Macht des Feuers.

Die Dielen knarzten unter ihren Füßen, als sie weiterschlich.

»Hallo?«, erklang eine zaghafte Stimme aus einem der Zimmer. »Ist da jemand?«

Alice runzelte verwundert die Stirn, und ihre Anspannung ließ nach. Diese Stimme kannte sie genau.

Mit einem raschen Blick zu Crowley, dessen Gesicht wie versteinert war, lief sie durch das Apartment in Reids Wohnzimmer. Der Raum war recht gemütlich, aber der einzige echte Luxus war der winzige Balkon mit Aussicht auf die Hauptstraße. Durchs Fenster erhaschte Alice einen Blick auf einen alten Doppeldeckerbus mit einer Wendeltreppe hinten und einer Werbung für Bovril-Rindfleischextrakt an der Seite. Und in der Spiegelung erspähte sie eine Bewegung hinter sich.

»Alice?«, sagte Tom, der in diesem Moment aus der Küche kam, und die Verwirrung war ihm deutlich anzusehen. »Haben sie dich auch geschickt?«

Sie starrte ihn einen Moment völlig entgeistert an – was um alles in der Welt machte er hier?

Er warf ihr ein unsicheres Lächeln zu, dann wandte er sich an Crowley. »Kennen wir uns?«

»Wer sind *sie,* Tom?«, wollte Alice wissen.

Er rückte seine Brille zurecht. »Das Notfallteam der Uni«, erklärte er. »Sie haben einen Freiwilligen gesucht, der Reid ein paar ihrer Sachen ins Krankenhaus bringt. Anscheinend muss sie noch ein paar Wochen dortbleiben.«

Sie sah ihm nicht ins Gesicht. Ihre Aufmerksamkeit galt allein seiner Nachtschwalbe; ein großer, feingliedriger Vogel mit einem komplizierten Muster aus Brauntönen, der Hals ungewöhnlich dünn. Jedes Mal, wenn Tom sprach, zog seine Nachtschwalbe die Flügel an, als wolle sie eine Barriere um sich errichten.

»Ich wusste nicht, dass sie dich auch darum gebeten haben«, sagte er, einen nachdenklichen Ausdruck in den Augen.

Alice musterte ihn argwöhnisch. »Das haben sie nicht, Tom.« Sie hielt einen Moment inne. »Und ich glaube auch nicht, dass sie dich darum gebeten haben.«

Widerstreitende Gefühle huschten über sein Gesicht, und sie versteifte sich, weil sie fürchtete, er würde sie nur weiter anlügen. Doch stattdessen wirkte er fast erleichtert.

»Okay«, sagte er mit einem lang gezogenen Seufzen. »Lass mich dir etwas zeigen – aber das darfst du niemandem außerhalb von Haus Mielikki verraten.« Er bedeutete ihr, ihm in die Küche zu folgen, hielt dann aber inne und warf Crowley einen verlegenen Blick zu. »Tut mir leid«, sagte er. »Wenn der Governor rausfinden würde, dass ich darüber mit einem …« Er verstummte und sah Alice um Unterstützung bittend an. »In welchem Haus ist dein Freund?«, flüsterte er ihr zu.

»Ilmarinen«, antwortete Crowley selbst.

Tom warf ihm ein entschuldigendes Lächeln zu und schluckte.

»Okay«, sagte er. »Ich … In Ordnung. Dann darf er es auch sehen. Moment …«

Er verschwand in der Küche und kam wenig später mit einem beigefarbenen Ordner zurück: Reids Forschungsergebnisse – oder was davon übrig war.

»Während du die Prüfung gemacht hast, hat Bea mit dem Komitee geredet. Sie hat gesagt, eine ihrer Quellen habe bestätigt, dass Vivian Reid über etwas geforscht hat, das den Sommerbaum beschädigt haben könnte. Etwas, das die Verwüstung angerichtet hat, für die wir verantwortlich gemacht werden. Wenn das stimmt«, sagte er atemlos, »könnte das unsere Unschuld beweisen. Reid ist ein Mitglied von Haus Pellervoinen – wer weiß, vielleicht stecken sie ja hinter der Tragödie auf Crane Park Island?«

Crowley lehnte sich gegen die Wand, die Arme vor der Brust verschränkt.

Dieser Gedanke war ihr natürlich auch schon gekommen. Doch der flehende Ausdruck in Toms Augen fühlte sich an wie ein Schlag in die Magengrube.

Sie atmete tief durch und versuchte, die Zweifel wegzuschieben. Schließlich ging es hier um Tom, der von Lester schikaniert worden war und um Holly getrauert hatte; der mit ihr betrunken auf der Wiese gelegen und über Sternbilder gelacht hatte; der ihr geholfen hatte, für ihre Prüfungen zu trainieren, und ihr den Bindungstrank verabreicht hatte. Tom, der in Vivian Reids Apartment eingebrochen war, um ihre Forschungsergebnisse zu stehlen.

»Tom«, sagte sie leise, ihre Stimme angespannt. »Ich wünschte, du würdest mich nicht anlügen.«

Seine Nachtschwalbe verriet ihr die Wahrheit. Sie stellte ihn bloß. Einen Moment wirkte er bestürzt, dann schwand die Aufrichtigkeit aus seinen Augen.

»Vor dir hat mich Reid gewarnt, oder?«, vermutete Alice. »Sie sagte immer wieder: ›Er ist hier‹. Sie meinte hier an der Universität. Du hast das Erdbeben in meiner Wohnung ausgelöst, um sie zum Schweigen zu bringen.«

Toms Lippen verzogen sich zu einem bitteren Grinsen. Er klemmte sich den Ordner unter den Arm und knurrte: »Geh mir aus dem Weg, Alice.«

Sie wich nicht von der Stelle, und aus den Augenwinkeln sah sie, wie Crowley sich von hinten anschlich. »Gib mir den Ordner, Tom«, sagte sie und bemühte sich um einen ruhigen Tonfall, obwohl sie alles andere als ruhig war. Ihr Herz hämmerte wild.

Tom ließ sich auf die Knie sinken und schmetterte die Hand auf den Boden. Im selben Moment, in dem seine Finger das Holz berührten, lösten sich die Bretter unter Crowleys Füßen auf. Mit einem Schreckensschrei fiel er durch das Loch, doch die Dielen formten sich blitzschnell neu, sodass er bis zur Hüfte im Boden feststeckte.

Tom sah zu Alice und zog hämisch eine Augenbraue hoch. »Gehst du mir jetzt aus dem Weg?«

Sie griff nach der hölzernen Wandleiste, die den gesamten Raum umfasste, um mit ihrem Vermächtnis zurückzuschlagen, doch er lächelte nur.

»Das würde ich nicht machen«, sagte er und drückte fester auf den Boden.

Wärme durchströmte Alice' Füße, als Toms Magie immer näher und näher kam.

»Alice, pass auf!«, schrie Crowley und versuchte verzweifelt, sich zu befreien, ohne ins Apartment unter ihnen zu fallen.

Gerade noch rechtzeitig sprang sie aus dem Weg, als Tom die Dielen unter ihr zertrümmerte. Mit einem leisen Ächzen prallte sie gegen die Wand und griff instinktiv nach oben, schmetterte die Hand gegen die Wandleiste und *zog* mit reiner Willenskraft. *Knack. Knack. Knack.* Sie brach ab, und Alice schnappte sie sich, fuhr in einer Schnitzbewegung über das Holz, sodass es sich an einem Ende zuspitzte, und schleuderte es wie einen Speer auf Tom.

Reflexartig duckte er sich und ließ den Arm nach vorn schnellen. Reids Couchtisch erhob sich in die Luft und flog direkt auf Alice zu.

Ausweichen war unmöglich, also machte sie sich auf den Aufprall gefasst, doch der Tisch zerbarst in einer Feuersbrunst, ehe er sie erreichte. Sie sah zu Crowley, der immer noch gefangen war, und rief: »Danke!«

Nachdem sein erster Angriff vereitelt worden war, schlug Tom erneut auf den Boden, doch diesmal machte er sich nicht die Mühe, die Dielen zu zersetzen. Stattdessen schlängelten sich Äste aus den Verwachsungen im Holz, aber im Gegensatz zu denen bei ihrer ersten Prüfung erinnerten sie an wächserne Triebe.

Plötzlich erschien Kuu in ihrem Blickfeld und stieß einen schrillen Schrei aus, als wolle sie Alice' Aufmerksamkeit auf etwas anderes lenken. Ihr Seelenvogel flatterte um Tom herum und schlug aufgeregt mit den Flügeln, und plötzlich verstand sie. Toms Nachtschwalbe lauerte hinter ihm, die Augen riesig, die Klauen wie zum Angriff angezogen. Sie versuchte, sich zu konzentrieren, doch ihr Atem ging keuchend. Wenn sie sich nur lange genug tarnen könnte, um die Oberhand zu gewinnen ...

»Sieh weg«, flüsterte sie der Nachtschwalbe zu. »Sieh weg.«

Toms Seelenvogel blinzelte. Dann verlor er scheinbar das Interesse an ihr und wandte sich ab. Doch ihre Konzentration ließ nach, und sein Kopf drehte sich ruckartig wieder zu ihr um. Er schlug aggressiv mit den Flügeln, sein zorniger Blick direkt auf sie gerichtet. Kuus Gefieder sträubte sich vor Enttäuschung, und ihr Seelenvogel verschwand wieder.

Tom knurrte, und die Setzlinge, die aus dem Boden wuchsen, schnellten auf Alice zu. Sie umschlangen ihre Knöchel und rankten sich immer höher um ihre Waden. Schlagartig erinnerte sie sich an den Angriff, bei dem ihr Fensterrahmen als Waffe eingesetzt worden war.

»Das warst du«, stieß sie hervor. »Du hast mich angegriffen. Der Fensterrahmen, der Korridor, die Blumen ... Du wolltest mir weismachen ... aber das war gar nicht Lester.« Ihr Blick wanderte fieberhaft über sein Gesicht. »Du hast ›Mörder‹ in meinen Boden eingeritzt. Und in der Nacht, als Holly gestorben ist, warst du auch da. Nicht nur Bea und Cecil und Lester – *du*.« Sie bückte sich und versuchte, die Ranken auszureißen, doch sie schwollen immer weiter an und zogen sich zusammen.

»Nimm die Hände weg!«, rief Crowley, ließ eine Flamme in seiner Handfläche auflodern, atmete tief ein und blies sie durch den Raum. Toms Setzlinge verbrannten zu Asche, und Alice stürzte sich auf ihn.

Tom sprang auf und wich in Richtung Küche zurück, als sie mit geballten Fäusten auf ihn losging. »Ich habe Holly nicht ermordet«, sagte sie, ihre Stimme bedrohlich leise. »Du hast ihr den Trank verabreicht, nicht ich. Hast du ihm irgendwas beigemischt?«

»Mit dem Bindungstrank war alles in Ordnung«, fauchte er, seine Schultern in Abwehrhaltung hochgezogen. »Der Sommerbaum hat sie umgebracht – er wuchs bereits, und sie war einfach zu schwach, um ihn zu kontrollieren.«

»Warum Reid?«, wollte sie wissen. »Warum klaust du ihre Forschungsergebnisse? Du solltest sie veröffentlichen, nicht stehlen.«

Tom schnappte sich ein Glas aus der Küche und warf es nach ihr. Es zerschellte zu ihren Füßen. Dann noch eins, und noch eins, und noch eins, bis der ganze Boden mit Scherben bedeckt war. Fieberhaft sah er sich nach etwas anderem um, das er werfen könnte, oder nach einem Fluchtweg, und Alice nutzte die Gelegenheit, um ihn mit seinen eigenen Waffen zu schlagen. Er hatte ein Erdbeben in ihrer Wohnung verursacht, und das hätte Reid beinahe das Leben gekostet. Jetzt war er an der Reihe. Sie ging auf die Knie und schlug mit den Handflächen auf den Boden, biss die Zähne zusammen und beschwor die Dielen, ihren Willen auszuführen. Die ineinandergreifenden Bretter vibrierten, ihre Kanten hoben sich und begannen, einander zu überlagern. Fluchend stieß Crowley einen schwachen Protest aus, doch Alice' Aufmerksamkeit galt allein Tom.

Die Dielen unter ihm teilten sich wie ein zerstörtes Puzzle, und sein Fuß rutschte durch die Lücke. Er verlor das Gleichgewicht. Mit voller Wucht landete er auf dem Rücken und blieb einen Moment keuchend liegen. Reids Forschungsergebnisse fielen ihm aus der Hand und verteilten sich im Raum.

Alice atmete tief durch und hielt die Konzentration, ließ neue Energie in die Dielen strömen. Das Beben hörte auf, und fahle Zweige sprossen aus dem Boden, schlangen sich um Tom und hielten ihn am Boden fest, ehe er sich aufrichten konnte.

Alice sprang auf, völlig außer Atem, ihre Stirn schweißbedeckt. Die Ranken um Toms Handgelenke zogen sich fester zusammen, sodass er sich nicht mehr regen konnte.

»Wenn Reids Projekt wirklich für den Vorfall auf Crane Park Island verantwortlich war«, stieß sie hervor, »und du ihre Forschungsergebnisse stiehlst, dann kann niemand etwas dagegen unternehmen. Das ist das Einzige, was du damit bewirkst. Und unterdessen wird der Sommerbaum ...« Sie stockte. »Der Sommerbaum wächst weiter«, sagte sie ausdruckslos. »Die Macht von Haus Mielikki wächst weiter. Geht es dir um Macht? Du willst den Baum nicht aufhalten, weil er dein Vermächtnis stärkt?« Sie stieß die Zweige, die ihn am Boden festhielten, mit dem Fuß an. »Tja, mein Vermächtnis stärkt er auch.«

Plötzlich loderte Feuer auf und erhitzte ihren Rücken. Als sie sich umdrehte, sah sie, wie Crowley sich mit wutverzerrtem Gesicht aus den Bodenbrettern befreite, von denen einige verkohlt waren. Irgendwie schaffte er es, trotzdem elegant zu wirken, während er sein ganzes Gewicht auf die Arme stemmte und sich aus dem Loch hievte.

Er hielt nur kurz inne, um sich den Staub abzuklopfen, dann marschierte er auf sie zu.

»Ein bisschen spät«, sagte sie ironisch und zog die Augenbrauen hoch.

310

»Ich hatte den Eindruck, du hast alles im Griff«, erwiderte er und ging um ihren Gefangenen herum, um ihn genauer in Augenschein zu nehmen. Auf einmal war er sehr still, und Alice warf ihm einen besorgten Blick zu.

»Du trägst ihr Zeichen«, sagte Crowley leise, und seine Augen blitzten zornig.

Er schoss einen Feuerstrahl auf die Ranke, die Toms Handgelenk an Ort und Stelle festhielt, und sie verbrannte rasend schnell, bis nichts als Asche übrig war. Ehe Tom reagieren konnte, packte Crowley seine befreite Hand und zog sie grob näher. Mit einem grausigen Knacken rutschte sie aus dem Gelenk, und Tom ächzte vor Schmerz, als Crowley seinen Ärmel hochschob.

Über Toms Unterarm zog sich eine wulstige Narbe. Crowleys Finger gruben sich in seine Haut, und sein Gesicht verzog sich vor Abscheu. »Das ist Mariannes Werk«, sagte er und drehte den Arm so, dass Alice ihn auch sehen konnte. »Sie schneidet ihre Anhänger mit ihrer Lanzette und hinterlässt dabei eine hübsche Narbe.«

»Wie lange gehörst du schon zur Gemeinschaft der Bleichen Feder?«, blaffte er Tom wütend an. Doch der schüttelte nur den Kopf, die Augen fest zugekniffen.

»Weißt du überhaupt, wer sie ist?«, fragte Crowley und deutete auf Alice.

»Kann nicht... atmen...«, brachte Tom mühsam heraus. »Bitte...«

Die Ranken hatten sich so fest um seine Brust geschlungen, dass er keine Luft bekam. Crowley blickte zu Alice auf, und sie nickte.

Mit grimmigem Gesicht legte Crowley die Hände auf die Ranken, und Flammen sausten daran entlang wie an einer Zündschnur. Linien aus dunkler Asche verliefen kreuz und quer über Toms Körper, als er freikam.

»Du wirst uns alles erzählen, was du weißt«, sagte Crowley, seine Stimme so bedrohlich wie ein Donnergrollen, packte Tom am Hemd und zog ihn hoch. Er machte drei Schritte und schmetterte den ebenso großen Mann gegen die Balkontür.

»Lass mich … einfach … kurz Luft holen«, keuchte Tom.

Crowleys Griff musste sich den Bruchteil einer Sekunde gelockert haben, denn im nächsten Moment griff Tom nach der Türklinke, und ehe sie reagieren konnten, hatte er die Tür aufgestoßen.

Crowley stieß ein wütendes Knurren aus und stürzte vorwärts, doch Tom hechtete auf den Balkon. Auch Alice versuchte, ihn aufzuhalten – er durfte ihnen nicht entkommen! –, aber er schlug ihr die Tür direkt vor der Nase zu und verschaffte sich so einen Vorsprung.

Er warf ihr ein flüchtiges Lächeln zu. Über seinem Kopf schlug seine Nachtschwalbe wild mit den Flügeln, umkreiste ihn und riss an seiner Lichtschnur, völlig außer sich.

Doch Toms Gesicht war ruhig. »Alice, es tut mir leid.«

Dann – ohne das geringste Zögern – stieg er aufs Geländer und sprang.

Das Geräusch, mit dem er auf dem Asphalt unten aufschlug, ging ihr durch Mark und Bein. Sie taumelte zurück. Unten auf der Straße schrie jemand, und Alice drehte sich der Magen um. Crowley schloss sie in die Arme, und sie klammerte sich an ihm fest.

»Wir müssen hier weg«, sagte er eindringlich. »Die Runner werden jeden Moment hier sein.«

23

Am nächsten Morgen lief Alice wie in Trance durch die Gänge der Universität. Bea hatte darauf bestanden, sie zum Frühstück einzuladen, um ihren Erfolg bei der Prüfung zu feiern, und Alice blieb nichts anderes übrig als mitzuspielen.

»Ich ertrage keinen kalten Tee und trockenes Brot«, murrte Bea und warf einen ärgerlichen Blick auf ihren Teller. »Das ist Gefängnisfraß, Liebes.«

In ganz Westminster war der Strom ausgefallen. Mit dem Stromnetz war alles in Ordnung, aber einige der Leitungen waren beim letzten Wachstumsschub des Sommerbaums beschädigt worden.

»Es heißt, heute Abend werde der Strom komplett abgeschaltet, damit sie das reparieren können«, sagte Bea. »Das Licht und alle Maschinen sind lahmgelegt, und der Rektor weigert sich, Streichhölzer und unkontrolliertes Feuer im Unigebäude zuzulassen – das bedeutet, wenn wir Tee, Kaffee und warmes Essen wollen, sind wir auf Haus Ilmarinen mit ihrem ›kontrollierten Feuer‹ angewiesen, und momentan rühren die Bastarde keinen Finger. Sie sind der Meinung, sie sind hier, um den Verstand der nächsten großen Denker auszubilden, nicht, um Essen für die gesamte Belegschaft aufzuwärmen.«

Bea warf dem Dekan der Philosophischen Fakultät, der seinen Toast mit bloßen Händen toastete und eine dampfend heiße Tasse Tee vor sich auf dem Tisch stehen hatte, einen bösen Blick zu.

»Die gute Nachricht ist«, sagte Bea mit einem tiefen Seufzer, »dass der Rat unter enormem Druck steht, die Normalität wiederherzustellen. Geraint kriegt anscheinend Zustände.« Sie grinste breit. »Das Tolle daran ist, dass es die Aufmerksamkeit zur Abwechslung mal von unserem Haus ablenkt. Haus Ilmarinen ist für das Stromnetz zuständig, und sie werden für den Ärger verantwortlich gemacht, weil sie es wegen der Budgetkürzungen des Rats nicht richtig gewartet haben. Geschieht ihnen recht«, sagte sie mit einem weiteren zornigen Blick auf den Dekan der Philosophischen Fakultät, der wie zum Gruß seine Tasse hob.

Sie trank einen Schluck von ihrem eigenen – kalten – Tee und spuckte ihn fast wieder aus. »Ich frage mich, wo Tom abgeblieben ist«, sagte sie und blickte sich im Speisesaal um. »Warte nur, bis er rausfindet, dass wir nicht mal einen Wasserkocher betreiben können und die gesamte Universität kurz davorsteht, in einen Bürgerkrieg zu versinken.«

Alice schwieg. Sie brachte es nicht über sich, Bea zu sagen, dass Tom nie wieder mit ihnen frühstücken würde – dass er ein Lügner und Verräter war. Also aß sie wortlos weiter.

Ein Schrei von der anderen Seite des Speisesaals ließ Alice erschrocken zusammenfahren. Als sie sich umdrehte, sah sie das junge Pärchen, das sie vor gar nicht langer Zeit beim Frühstück beobachtet hatte.

»Hilf ihm doch jemand!«, schrie das Mädchen, warf sich über den Tisch und fegte dabei Teller und Tassen hinunter. Panisch strich sie ihrem Freund die langen Haare aus dem Gesicht und flehte ihn an durchzuhalten.

»Was ist passiert?«, rief der Dekan der Philosophischen Fakultät und sprang so ruckartig auf, dass sein Tee überschwappte.

»Er ... Er hat mir eine Orchidee aus dem hölzernen Untersetzer geschnitzt«, schluchzte sie. »Es war nur ein Splitter in seinem Daumen. Nur ein winziger Splitter ... und jetzt ...« Sie verstummte.

314

Bea hatte ihre Serviette weggeworfen und lief zu den beiden, um zu helfen, doch Alice war vor Entsetzen wie gelähmt. Genau das Gleiche war mit Holly passiert. Der Splitter hatte den jungen Mann irgendwie infiziert – vielleicht war er in seine Blutbahn eingedrungen. Denn während sie hilflos zusahen, wuchs das Holz in seinem Innern, verästelte sich in seinen Adern, durchdrang seine Blutgefäße wie eine Invasion, bis jeder Quadratzentimeter seines Körpers damit gefüllt war. Die grauenhafte Erkenntnis überkam alle Anwesenden, als seine Haut aufzuplatzen begann und Blutflecken überall auf seinem Hemd erschienen. Der Speisesaal hallte von seinen schmerzerfüllten Schreien wider.

Alice zitterte vor Entsetzen und Schuldgefühlen – sie hatte Angst, Kuu zu bitten, seinem Leid ein Ende zu setzen. Sie wollte nicht wieder das Risiko eingehen, ihre Seele freizulassen, aber sie konnte es auch nicht ertragen, nichts zu tun. Schließlich machte sie einen taumelnden Schritt auf ihn zu, doch mit einem qualvollen Röcheln verstummte er. Sein Kopf sank zurück, und Alice blinzelte schockiert, als seine Nachtschwalbe davonflog, das Ende der zerrissenen Lichtschnur schwach pulsierend. Es war genauso schnell vorüber, wie es angefangen hatte, und eine schreckliche Stille senkte sich über den Speisesaal, nur vom leisen Schluchzen der Freundin des toten Studenten unterbrochen.

War das also der Aufstieg von Haus Mielikki? War es das, was Tom gewollt hatte? Ein Vermächtnis, so stark, so unkontrollierbar, dass es den Anwender innerlich zerreißen konnte – so, wie sein Talisman, der Sommerbaum, Crane Park Island zerstört hatte? Alice erschauderte. War der Preis einer solchen Macht nicht zu hoch?

Alice saß auf ihrem Bett, Reids Aufzeichnungen auf der Matratze ausgebreitet. Im Bemühen, den grauenhaften Vorfall beim Frühstück zu verdrängen, hatte sie den Nachmittag damit verbracht, ihre Gedanken mit Papierkram und der teilnahmslosen Suche nach Antworten auf den Vorfall auf Crane Park Island zu betäuben. Sie hatte Reids Forschungsergebnisse in zwei Stapel aufgeteilt. Zum einen alles, was mit ihrer Arbeit für das Magellan-Institut zusammenhing, und zum anderen eine Ansammlung von Zeitungsausschnitten. Doch es hatte sich schnell herausgestellt, dass es darin nicht den geringsten Hinweis auf die Ereignisse auf Crane Park Island gab. War Reid in ihrer Panik dem Wahnsinn verfallen? Warum hatte Tom – und damit auch Marianne – diese Notizen unbedingt haben wollen?

Alice blätterte den Stapel noch einmal durch. Reids Forschungen für das Magellan-Institut drehten sich um die These, dass die Seele aus drei Teilen bestand. *Itse, henki* und *luonto*. Jedes hatte eine andere Funktion: *Henki* hauchte dem Körper Leben ein, *itse* gab einem ein Selbstempfinden und Bewusstsein, und *luonto* brachte Glück und band die drei Teile Magellan zufolge zusammen.

Sie sah sich die Notizen noch einmal genauer an. Reid hatte seitenweise Details aufgelistet, um zu erklären, dass das *henki* der lebensspendende Geist war, den die Nachtschwalbe bei der Geburt überbrachte – eine Injektion von Leben, wie der Schock eines Defibrillators, der das Herz zum Schlagen und das Blut zum Fließen brachte. Im Moment des Todes entwich das *henki* und wurde vom Lintuvahti eingesammelt – dem Todesfürsten. Alice schluckte schwer. Die Nachtschwalbe des langhaarigen Studenten – das pulsierende Licht am Ende seiner Lebensschnur – war ein Teil seiner Seele gewesen?

Die anderen beiden Teile der Seele waren ganz anders. Magellan nannte das *luonto* den Torwächter. In Reids Aufzeichnungen hieß es, wenn ein Mensch starb, sei das *luonto* der erste Teil der Seele, der den Körper verließ, um die Nachtschwalbe zu ermutigen, die Lichtschnur zu durchtrennen und die anderen Teile zu befreien. Doch der Torwächter war nicht unfehlbar. Er konnte durch Traumata geschwächt werden, sodass die anderen Teile freikamen, bevor es Zeit war. Erst wenn das *henki* den Körper verließ, war die Person wirklich tot.

Dem *itse* hatte Reid die meiste Aufmerksamkeit gewidmet. *Itse* war das Bewusstsein – die Gedanken, Überzeugungen, Persönlichkeit eines Lebewesens. Nach dem Tod war es der Teil der Seele, der ins Totenreich einging, um seinen Frieden zu finden. Wenn das *luonto* geschwächt war, konnte das *itse* den Körper zeitweilig verlassen, aufgrund von Kummer, Trauma oder Krankheit, und die Person wurde apathisch, nicht selten infolge des Todes eines geliebten Menschen; der Verlust des *itse* wurde oft mit Depressionen verwechselt.

Reids Notizen beinhalteten ein Zitat aus einem unbekannten Text: *Kosonen, 1911. Nach dem Verlust seiner Frau verfiel Petri Jääskeläinen in einen Zustand abwesender Melancholie. Seine verzweifelte Familie kontaktierte einen Schamanen, der ihn als* itsetön *diagnostizierte, »ohne Geist«. Um ihn zu heilen, erklärte sich der Schamane bereit, Petris verlorenes* itse *zurückzuholen: ein gängiges Verfahren, bei dem sich der Schamane in meditative Trance versetzt und sein eigenes* itse *aussendet, das verlorene zu finden und zurückzuholen …*

Am Rand hatte Reid irgendetwas Unleserliches notiert. Alice drehte die Seite um, um den Kommentar zu entziffern … *Pellervoinen-Schutzvorrichtung hält?* Ihre Augenbrauen zogen sich zusammen. Wieder eine Verbindung zu Pellervoinen, diesmal schwarz auf weiß. Sie sah sich Reids Gekrakel noch einmal genauer an. Pellervoinen-*Schutzvorrichtung?* Das musste sie Crowley zeigen.

Benommen starrte sie auf die Seiten. Mehr war nicht zu finden. Warum hatte Reid diese Notizen nicht mit all den anderen vernichtet? Hatten die anderen etwas Aufschlussreicheres enthalten? Von der dreiteiligen Seele hatte sie schon erzählt, und Alice hatte selbst Magellans Buch *Sielun* gelesen. Aber abgesehen von Reids seltsamer Notiz gab es hier nichts Neues oder sonderlich Interessantes. Warum hatte Tom so verzweifelt versucht, ihre Forschung in die Finger zu bekommen? Hatte er nicht gewusst, welche Aufzeichnungen Reids Zerstörungsversuche überlebt hatten?

Alice lehnte sich zurück. Jahrelang hatte die Gemeinschaft der Bleichen Feder das gleiche Ziel verfolgt wie die Beaks: alles Leben in der Rookery auszulöschen. Marianne hatte Tuoni die Toten als Opfer darbieten wollen. Und jetzt hatte sie wieder die Finger im Spiel, war an etwas beteiligt, das ihr womöglich sogar glücken würde. Doch Marianne verfügte über Pellervoinens Vermächtnis, nicht über Mielikkis. Genau wie Crowley war sie seine direkte Nachfahrin. Alice biss sich auf die Unterlippe. Dieses Spinnennetz, das Reids Forschungen, Marianne und sie selbst miteinander verwob, bereitete ihr Unbehagen.

»Kuu?«

Weiße Flügel flatterten, und ihre Nachtschwalbe erschien. Als Alice die Hand ausstreckte, schlossen sich Kuus nadelspitze Krallen um ihren Finger, und sie pickte liebevoll an ihrem Ohr. Alice zog sie näher, um die Lichtschnur zu untersuchen, die sie verband: leuchtend, vor Energie pulsierend … und vollkommen intakt. Erleichterung durchströmte sie. Sir John Boleyn hatte sie am Marble Arch durchgeschnitten, doch sie hatte sich wieder zusammengefügt und verband sie fest mit ihrem Seelenvogel.

»Du würdest mich doch nie im Stich lassen, oder?«, flüsterte sie.

Kuu drehte den Kopf, und Alice sah sich selbst in ihren dunklen, glänzenden Augen widergespiegelt. Der kleine Vogel wirkte empört und kehrte ihr demonstrativ den Rücken. Alice lachte.

»Ich vertraue dir, Kuu«, versicherte sie ihr.

Mit einem hochmütigen Flattern verschwand die Nachtschwalbe, und Alice' Blick schweifte zu dem anderen Stapel, den sie in Reids Ordner gefunden hatte: den Zeitungsausschnitten. Sie waren alt und spröde, manche vergilbt, die Schrift winzig. Aber es ging immer um dasselbe Thema: Leda Westergards zahlreiche Errungenschaften. Mehrere Artikel handelten von ihrem Wahlsieg, andere von der feierlichen Vereidigung, wieder andere davon, dass sie das Mitgliedschaftssystem der Häuser zum Besseren verändert hatte.

Alice las sie mehrmals durch, aber für ihr ungeschultes Auge gab es einfach nicht genügend Informationen, um zu verstehen, was genau sie mit den Mitgliedschaftsarrangements gemacht hatte. Vielleicht würde Cecils Buch Aufschluss darüber geben, überlegte sie und stand auf, um es zu holen.

Nach kurzem Durchblättern warf sie es frustriert beiseite. Das Kapitel über den früheren Chancellor umfasste nur ein paar Seiten, auf denen dieselben Informationen zusammengefasst waren. Westergard hatte die Mitgliedschaft irgendwie fairer gemacht und das Mentorensystem eingeführt, dem Alice die Zusammenarbeit mit Bea verdankte. Doch die genauen Einzelheiten waren nirgends zu finden – wahrscheinlich war Cecil davon ausgegangen, dass seine Leser sie bereits kannten. Vielleicht könnte sie ihn fragen.

Alice seufzte und ließ die Finger über die Zeitungsausschnitte wandern. Der andere, der ihr ins Auge gefallen war, war der kleinste, ganz unten versteckt: Leda Westergards Todesanzeige.

Sie war im selben Jahr gestorben, in dem Alice geboren war. Diese Information ließ Alice einen Moment auf sich wirken, und ihr Blick schweifte wie von selbst von ihrem Siegelring zu dem, den der Chancellor trug. Sie ging zum Fenster, um das verblasste Foto in besserem Licht zu betrachten. Etwas an Ledas Mund, der Form ihrer Augen …

»Sie sieht … ein bisschen aus wie ich«, sagte Alice laut. »Und ich bin *sicher*, dass das ihr Ring ist.« Sie knallte den Artikel auf den Tisch.

Wenn Leda tatsächlich ihre Mutter war, dann hatte sie Crowleys Mutter Helena gekannt. Das alte Foto tauchte in ihrem Gedächtnis auf. Ihre Eltern hatten sich gekannt, und sie hatten auch ohne sie zueinandergefunden.

Leda, Helena, Reid und Marianne. Alle vier waren auf eine Art verbunden, die sie noch nicht ganz verstand. Doch so vieles führte zurück zu Marianne – der Frau, die Alice' Vater verehrte, die Tom auf sie gehetzt hatte und deren jugendliches Gesicht auf einem Foto neben Alice' potenzieller leiblicher Mutter zu sehen war.

Doch auf dem Foto war auch noch eine andere Frau, über die sie kaum etwas wusste. Tilda, die ältere Dame, die mit Reid an ihrer Adoption beteiligt gewesen war. Alice atmete zittrig aus. Es gab noch so viel, was sie herausfinden musste.

»Ich muss mit Marianne reden«, entschied sie.

Sie würde August um Hilfe bitten. Der Nekromant war der Einzige, der wissen könnte, wie das derzeitige Hauptquartier der Gemeinschaft zu finden war. Und sie würde es jetzt gleich tun, bevor die angeordnete Stromabschaltung dazu führte, dass sie im Dunkeln operieren musste.

»Wer kann jetzt noch behaupten, Verbrechen würden sich nicht auszahlen?«, sagte August, der schon die ganze Zeit, seit sie sich vor dem Bloomsbury der Rookery an der Ecke Warren Street und Grafton Mews getroffen hatten, rauchte wie ein Schlot. »Sie landet immer auf den Füßen. Es gibt immer einen schönen Ort, an den sie umziehen kann.«

»Welches ist es?«, fragte Alice.

Er deutete auf ein großes georgianisches Haus aus braunem Backstein. »Das mit der roten Tür«, sagte er. »Ich komme mit.«

»Nein, das wirst du nicht.«

Er warf die Zigarette auf den Boden und trat sie aus. »Verdammte Scheiße, doch, das werde ich.«

Alice legte ihm eine Hand auf die Brust und tat so, als würde sie sein nervöses Zittern nicht bemerken. Marianne hatte tiefe Wunden hinterlassen – sowohl körperlich als auch mental. Die Narben auf Toms Arm waren nichts im Vergleich zu denen, die August davongetragen hatte.

»August, ich will nicht, dass du mitkommst. Das ist eine Sache zwischen mir und Marianne.«

»Wenn Crowley erfährt…«

»Ich kann auf mich aufpassen«, entgegnete Alice entschieden. »Ich bin bereit für Marianne und was immer sie mir entgegenwirft.«

Er setzte zu einer Erwiderung an, doch sie schnitt ihm das Wort ab. »Denk nicht mal daran, Crowley davon zu erzählen.«

»Aber…«

»Wenn du Crowley sagst, dass ich bei der Gemeinschaft der Bleichen Feder bin, sage ich ihm, dass du mich hier abgesetzt und dich dann aus dem Staub gemacht hast.«

Ihm blieb der Mund offen stehen. »Scheiße noch mal«, murmelte er. »Wenn das nicht so unfassbar gemein wäre, wäre ich tatsächlich beeindruckt.«

Sie lächelte und tätschelte seinen Arm. »Warte nicht auf mich«, rief sie ihm zu, während sie die Straße überquerte und die Eingangstreppe hochlief. Einen solchen Türklopfer hatte sie schon einmal gesehen; er hatte Stacheln, die Mariannes Besuchern in die Hand stachen. Jeder, der das Haus der Hämomantin betreten wollte, musste einen Blutzoll entrichten. Natürlich gab ihr das Blut ein gewisses Maß an Kontrolle über ihre Besucher, und Alice kannte dieses Spiel bereits zu gut, um sich heute darauf einzulassen. Marianne brachte die Leute so weit, dass sie ohne Fallschirm von Balkonen im dritten Stock sprangen.

Stattdessen holte Alice einen Stein aus ihrer Jackentasche und warf ihn durch das am nächsten gelegene Fenster. Das Glas zerschellte, und sie hörte den Stein über den Boden poltern.

Kurz darauf flog die Tür auf, und eine große Frau mit wutverzerrtem Gesicht trat ihr entgegen.

»Hallo, Marianne«, sagte Alice ruhig. »Wir müssen reden.«

Weihrauch waberte durch das Wohnzimmer und durchzog den gemusterten Teppich und den Kissenberg auf dem Sofa mit dem Duft von Sandelholz und Jasmin. Alice' Blick folgte einer Rauchschwade zur Decke, wo sie sich auflöste. Der Raum hatte keine Tür. Dank Mariannes Pellervoinen-Vermächtnis war sie verschwunden, sobald Alice hereingekommen war. Vier kahle Backsteinwände und kein Ausweg. Doch das gehörte zum Spiel, also unterdrückte Alice den Drang, unruhig auf ihrem Platz herumzurutschen, schlug die Beine übereinander und sah Marianne fest in die Augen.

Marianne hielt auf ihrem Queen-Anne-Sessel an der hinteren Wand Hof, ihre knochigen Hände um die Armlehnen geklammert, ihre zahlreichen Armbänder und Ringe im Licht farbenprächtig funkelnd. Ihre letzte Begegnung war erst ein Jahr her, aber sie sah viel älter aus, als Alice sie in Erinnerung hatte. Sie hatte immer angenommen, Marianne sei Mitte vierzig, aber jetzt wäre sie überrascht, wenn sie auch nur einen Tag jünger als fünfzig war. Ihre hochgesteckten Haare waren immer noch braun, doch die graue Strähne an ihrer Schläfe hatte sich ausgebreitet; das dicke Makeup war nicht mehr zu blass für ihren Hautton, und die Mascara ließ ihre raubtierhaften Augen nur noch kleiner wirken. Sie erinnerte Alice an eine ehemalige Schönheitskönigin, die völlig aus der Form geraten war.

Sie saßen sich gegenüber und taxierten einander wie Boxer vor einem Kampf. Marianne lächelte. Immer ein schlechtes Zeichen.

»Bridget?«, rief sie, ihre Stimme tief und samtig. »Einen Moment bitte.«

Sie lächelte erneut, und Alice lehnte sich zurück, um ihre Nachtschwalbe, einen muskulösen Vogel mit glasigen Augen und großen, flach anliegenden Federn, besser sehen zu können. Sie saß in einer stolzen, gebieterischen Pose auf Mariannes Stuhllehne. Wenn sie irgendeine plötzliche Bewegung machte …

Marianne sah zu Alice, als wolle sie sich vergewissern, dass sie ihre Aufmerksamkeit hatte, dann hielt sie die Hand hoch, spreizte die Finger, und ihr Kiefer versteifte sich vor Konzentration. *Was macht sie da?* Alice spannte sich an, und ihr Blick huschte zwischen Marianne und ihrer Nachtschwalbe hin und her. Die Wand erbebte, und Staub und Putz regneten herab. Ein Schmatzen, wie ein Kuss mit gespitzten Lippen hallte durch den Raum, und die Backsteinwand fiel in sich zusammen. Alice' erster Instinkt war es, aufzuspringen und sich am anderen Ende des Raumes in Sicherheit zu bringen, aber sie zwang sich, ruhig sitzen zu bleiben. Sie durfte sich nicht von Mariannes kleinen Machtdemonstrationen einschüchtern lassen. Proctor hatte sie einmal wegen ihrer mangelnden Poker-Fähigkeiten kritisiert. Im letzten Jahr hatte sie allerdings reichlich Zeit gehabt, ihr Pokerface zu perfektionieren, und jetzt seufzte sie nur und machte ein gelangweiltes Gesicht, als das Mauerwerk explodierte.

Marianne legte die Hände aneinander und machte eine Bewegung, als schöpfe sie Wasser. Die zerbrochenen Backsteine, der rote Staub und Splitt, blieben in der Luft hängen. Vollkommen reglos schwebten sie über dem Boden. Hinter der Wand aus schwebendem Splitt erschien ein Schatten – und trat hindurch. Eine junge Frau tauchte daraus auf wie aus einem Sandsturm. Mariannes Finger zuckten, sie streckte die Hände aus, und der rote Staub erzitterte. Staub verschmolz mit Staub zu kleinen Klumpen, dann zu Blöcken … bis sich die Backsteine wieder zusammengefügt hatten. Mit einem schabenden, dumpfen Geräusch kehrten sie an ihren ursprünglichen Platz zurück, und die Wand war wiederaufgebaut.

»Du erinnerst dich sicher noch an Bridget«, sagte Marianne, ihr beschleunigter Atem das einzige Anzeichen von Erschöpfung.

Alice erinnerte sich tatsächlich an Bridget Hogan, eine kleine Blondine mit Sommersprossen und einer Nachtschwalbe, die in etwa so lebhaft war wie ein Kuscheltier. Sie hatte einmal ihre Identität angenommen, um sich ins Hauptquartier der Bow Street Runner zu schleichen. Marianne hatte sie vollkommen unter Kontrolle, aber Alice hatte keine Ahnung, warum sie nach ihr geschickt hatte. Vielleicht war es nur eine weitere Machtdemonstration, oder eine Provokation.

»Hallo, Bridget«, sagte Alice mit einem Nicken.

Die andere Frau setzte sich Marianne wie ein braves Schoßhündchen zu Füßen, und nichts ließ darauf schließen, dass sie Alice' Begrüßung auch nur gehört hatte.

»Eine kleine Sicherheitsmaßnahme«, erklärte Marianne. »Du hast mich schon einmal angegriffen …«

Bei ihrem letzten Aufeinandertreffen hatte Alice ihre Lichtschnur gepackt – eine Methode, die sie nur ungern erneut anwenden würde. Ihre Lichtschnur zu berühren fügte der betroffenen Person unerträgliche Schmerzen zu, und wenn ihre Schutzmechanismen ansprangen, wurde dieser Schmerz durch die Schnur weitergeleitet.

»… und ich bezweifle, dass du Skrupel hättest, mich erneut anzugreifen«, fuhr Marianne fort. »Aber ich denke, du hast Skrupel, eine Unschuldige anzugreifen.«

Sie legte die Hand auf Bridgets Kopf und strich ihr sanft über die Haare. Alice runzelte die Stirn. Natürlich würde sie Bridget nichts tun. Aber warum …

»Wenn du mir zu nahe kommst, wird sie sich die Kehle durchschneiden«, verkündete Marianne lächelnd. Auf ihren Befehl holte Bridget ein Messer hervor und legte es auf ihren Schoß. Marianne tätschelte ihr gönnerhaft den Kopf. »Damit bist du vertraut, oder?«

Alice' Pokerface bekam Risse, und ihr Gesicht verfinsterte sich vor qualvoller Wut. Wie konnte Marianne es wagen, von Jen zu reden? Jen war tabu.

»Also, was willst du?«, fragte Marianne mit schneidender Stimme, und Alice wusste, dass das Vorgeplänkel vorbei war.

Sie starrte ihr Gegenüber einen langen Moment wortlos an, bevor sie antwortete. »Erzähl mir von Tom Bannister.«

Marianne lehnte sich auf ihrem Sessel zurück, eine demonstrativ entspannte Pose. »Der Name sagt mir nichts.«

»Schade«, erwiderte Alice in gleichgültigem Ton. »Er hat nämlich gestern Abend versucht, das hier zu stehlen.« Sie hielt den Ordner hoch, den sie unter dem Arm getragen hatte: Reids Forschungsergebnisse. Marianne ließ sich nichts anmerken, ihr Gesicht eine undurchschaubare Maske, doch ihre Nachtschwalbe wurde unruhig.

»Und ich dachte, er wolle es für dich holen, weil er zu deiner Gefolgschaft gehört.« Alice zuckte die Achseln. »Aber vielleicht habe ich mich geirrt.« Sie tat, als würde sie den Ordner wegpacken, und Mariannes Nasenflügel bebten, auch wenn sie nicht protestierte.

»Tom war ein Freund von mir«, sagte Alice. »Aber letztendlich nicht wirklich.« Sie sah Marianne direkt in die Augen. »Du hast mir einen Angreifer auf den Hals gehetzt – ein interessanter Interessenskonflikt, wenn man bedenkt, wer ich bin.« Ein kleines, herausforderndes Lächeln umspielte ihre Lippen – sie fühlte sich deutlich besser, wenn Marianne in der Defensive war, ganz von unbändiger Wut und blinder Impulsivität getrieben. »Solltest du nicht vor mir knien und mir deine Ehrerbietung erweisen?«

Marianne versteifte sich und umklammerte die Armlehnen ihres Sessels so fest, dass ihre Knöchel weiß hervortraten. »Ich diene Tuoni«, sagte sie ungehalten, »nicht seiner unwürdigen Tochter. Du verdienst es nicht, im Schatten des Todesfürsten zu wandeln.« Die Sehnen an ihrem Hals waren straff gespannt. Wusste sie, dass Tuonis Herrschaft beendet war? Dass jemand anderes als Alice' Vater seinen Platz eingenommen hatte? Alice räusperte sich. Vermutlich wäre es für sie von Nachteil, wenn Marianne die Wahrheit wüsste.

»Zwischen uns gibt es keinen Interessenskonflikt«, sagte Marianne spöttisch. »Du hast nichts in Tuonis Namen getan, während ich mich fast dreißig Jahre lang jeden Tag als loyal erwiesen habe.«

Alice starrte sie verblüfft an. *Ich habe nichts in seinem Namen getan?* Sie setzte sich aufrechter hin. *Gut.* Sie lächelte kalt. »Und wer ist dir gegenüber loyal, Marianne?«, erwiderte sie. »Dreißig Jahre Einsamkeit würden jeden in den Wahnsinn treiben. Und du bist allein, nicht wahr?«

Mariannes Blick schweifte umher und verharrte auf Bridget.

»Sie zählt nicht«, sagte Alice. »Keiner deiner Anhänger zählt. Die hast du alle reingelegt und gezwungen, bei dir zu bleiben.«

»Sie sind hier, weil sie es wollen«, entgegnete Marianne zornig. »Weil es eine Ehre ist, sein Leben etwas Größerem als sich selbst zu widmen.«

Alice nickte nachdenklich. »Aber es gab andere, die diese Ehre gar nicht wollten«, sagte sie in der Hoffnung, das Gespräch auf Tilda zu lenken, ohne Verdacht zu erregen. »Catherine Rose. Deine Schwester Helena. Beide älter als du, oder? Beide vor dir in der Ahnenreihe, und trotzdem führst du die Gemeinschaft der Bleichen Feder an.«

Marianne erstarrte. Ganz langsam lehnte sie sich zurück und presste die Lippen zu einer festen Linie zusammen. »Catherine…?«

»Rose«, sagte Alice und beobachtete ihre Reaktion. »Catherine Rose. Ihr Vater war der Anf…«

»Ich weiß, wer ihr Vater war«, sagte Marianne leise und sah weg. »Woher weißt du von Catherine?«

»Ich habe meine Hausaufgaben gemacht.«

Marianne wandte sich ihr wieder zu, einen gedankenverlorenen Ausdruck in den Augen. »Seltsam.«

»Was meinst du damit?«, fragte Alice.

»Dass du hier aufkreuzt und einen Namen nennst, den ich seit zwanzig Jahren nicht mehr gehört habe.« Sie musterte Alice durchdringend. Ohne Zweifel hatte sie ihr Interesse geweckt.

»Ihr wart Freundinnen«, vermutete Alice.

Marianne schüttelte verbittert den Kopf. »Wir haben uns auseinandergelebt.«

»Ich habe ein Bild gesehen«, wagte Alice sich weiter vor. »Ein Gruppenfoto von einem Picknick. Du, noch ganz jung, mit …«

»Bei der alten Jarvis-Residenz?«, fragte Marianne, sichtlich verwundert. »Eine der jährlichen Benefizveranstaltungen?«

Alice zuckte die Achseln. »Vielleicht.«

Marianne stand auf, und Alice versteifte sich – sie war auf alles gefasst. Wenn Marianne vorhatte, sie …

»Bleib hier«, murmelte Marianne. »Bridget? Unterhalte unseren Gast.«

Alice stieß ein erschrockenes Keuchen aus und starrte Bridget voller Entsetzen an – sie hatte sich seelenruhig mit dem Messer den Unterarm aufgeschlitzt. Jetzt hielt sie es still auf den Knien, während das Blut über ihren Rock strömte.

»Bitte versau nicht den Teppich«, sagte Marianne mit einem Seufzen und berührte Bridgets Schulter, woraufhin diese das Messer weglegte und die Hand auf die Schnittwunde an ihrem Arm presste, um den Blutfluss zu stoppen. Nichts deutete darauf hin, dass sie Schmerzen hatte. Sie wirkte, als würde sie schlafwandeln. Und dennoch wurde die ohnehin schon blasse Frau immer blasser, je mehr Blut sie verlor.

Marianne ließ die Schultern kreisen, um sie zu lockern, und ihre Gelenke knackten. »Warte hier«, sagte sie und marschierte zur Wand.

Die Backsteine schwenkten nach außen und öffneten einen Durchgang in den Korridor dahinter. Sobald Marianne weg war, fügten sie sich wieder zusammen, und Alice wandte sich ab, um sich genauer umzusehen. Doch sie konnte sich nicht konzentrieren. Nicht, während Bridget auf dem Boden verblutete. Ihr Atem ging keuchend, und sie war so bleich, dass ihre Haut fast durchsichtig wirkte, abgesehen von der Blaufärbung ihrer Fingerspitzen. Ihr Kopf schwankte, als habe sie Mühe, ihn aufrecht zu halten. Als ihre Augenlider zu flattern begannen, eilte Alice zu ihr, zog ihren Pulli aus und schlang ihn um Bridgets Arm. Den Blick auf ihre Nachtschwalbe gerichtet, suchte sie fieberhaft nach einem Puls. *Verfluchte Marianne.*

Fast als hätten ihre Gedanken sie heraufbeschworen, kam Marianne genau in diesem Moment zurück.

»Bridget«, sagte sie streng. »*Hör auf.*« Sie schnippte mit den Fingern, und das Blut, das aus Bridgets Arm strömte, gerann auf der Stelle und verhärtete sich zu dickem Schorf.

Auf den Knien kauernd blickte Alice zu der abscheulichen Frau auf, das Gesicht verächtlich verzogen.

»Ein Foto wie dieses?«, fragte Marianne und wedelte mit einem kleinen, glänzenden Foto vor ihrer Nase herum.

Überrascht griff Alice danach, doch genau in diesem Moment hielt Marianne es ihr hin ... und Alice schnitt sich an der Kante.

»Hast du dich etwa geschnitten?«, fragte Marianne mit geheuchelter Anteilnahme und packte ihr Handgelenk. »Armes Ding. Manchmal tun die kleinsten Wunden am meisten weh. Soll ich das für dich in Ordnung bringen?«

Alice zog ihre Hand hastig zurück, ihr Puls raste, und ihre Finger zitterten, als sie sich die Wunde genauer ansah. Hatte die Hämomantin das absichtlich gemacht? An der Fingerspitze war ein winziger Blutfleck zu sehen. Reichte das aus?

Marianne grinste. »Du bist fast so blass wie sie«, sagte sie und deutete mit einer Kopfbewegung auf Bridget. »Oh, keine Sorge, Alice, Tochter meines Gebieters, Blut von Tuoni, dem Todesfürsten. Mir kannst du vertrauen.«

Ihr Ton war spöttisch, und heftiger Zorn wallte in Alice auf. Doch sie unterdrückte ihn, hob ihn für später auf, damit sie sich auf das Hier und Jetzt konzentrieren konnte – und auf das Foto in ihrer Hand.

Es war fast identisch mit dem, das sie in Reids Schublade gefunden hatte. Nur waren die Mädchen auf diesem Bild noch jünger. Marianne, eindeutig die Jüngste, konnte nicht älter als elf sein. Die Gruppe hatte es sich auf einer riesigen Picknickdecke gemütlich gemacht, alle lächelten in die Kamera und schirmten die Augen vor der Sonne ab. Leda Westergard lachte über irgendetwas in der Ferne. Alice sah sie sich ganz genau an und suchte das Bild nach Hinweisen ab, denn sie wollte unbedingt wissen, was sie so amüsiert hatte.

»Das ist Catherine«, sagte Marianne und riss sie aus ihren Gedanken. »Wir waren eine Einheit, ein Team. Die anderen waren älter, aber wir hatten einander.«

»Du hattest doch auch Helena«, erwiderte Alice. Ihre Schwester.

Marianne seufzte abfällig. »Ich hatte Helena nicht. Leda und Emmi hatten Helena.«

Alice biss sich auf die Zunge. Sie konnte Marianne nicht über Leda ausfragen. Das wäre leichtsinnig und würde ihr viel zu viel Munition geben, die sie gegen Alice einsetzen könnte.

»Nachdem unsere Mutter gestorben war, zog Helena ihre Freunde ihrer Familie vor«, sagte Marianne, »weil sie sich einen Dreck um die wirklich wichtigen Dinge geschert hat. Um Tradition und unseren guten Ruf.« Sie hielt einen Moment inne, ihr Blick abwesend. »*Ich* habe mich darum gekümmert. Ich hätte die Erstgeborene sein sollen. Ich hätte das Geburtsrecht haben sollen, das sie nicht wollte, aber Mutter hat ihr all ihre Geheimnisse anvertraut, nicht mir. Aber wie dem auch sei. Ich hatte ohnehin meine eigenen Geheimnisse.«

Alice runzelte die Stirn, unsicher, worauf sie hinauswollte. Sie ging zu einem Stuhl, der weit genug von Marianne entfernt stand, und setzte sich.

Mariannes Gesicht war verbittert. »Ich war froh, als Helena weggezogen ist, um zu studieren. Jahrelang haben wir sie kaum gesehen. Doch dann … hat sie Salz in die Wunde gestreut, indem sie unsere Familie ruiniert hat.«

»Also hast du dich gerächt, indem du ihr das Messer in den Rücken gestoßen hast?«, entgegnete Alice ärgerlich. Marianne war vollkommen verrückt. Sie glaubte ernsthaft, sie wäre das Opfer.

»Daran war sie selbst schuld«, brauste Marianne auf. »Sie hat sich jede Chance unter den Nagel gerissen, die mir zustehen sollte. Du hast ja keine Ahnung. Und dein Freund – dieser Abschaum vom selben Blut wie ich …«

»Crowley?«, fragte Alice in scharfem Ton. Mariannes Neffe?

»Es ist wohl offensichtlich, dass sie die Geheimnisse meiner Mutter nicht an ihn weitergegeben hat.« Sie neigte den Kopf zur Seite und schürzte die Lippen in geheucheltem Mitleid. »Vielleicht wusste sie, dass er der Pflicht, die man ihr auferlegt hatte, nicht würdig war.«

»Wovon redest du da?«, fragte Alice. Das Gespräch entwickelte sich in eine Richtung, die sie nicht erwartet hatte und die sie nicht verstand. Was für eine Pflicht war Crowleys Mutter auferlegt worden? Wusste er mehr, als er ihr gesagt hatte?

Marianne lächelte gehässig. »Ach, egal«, sagte sie und wischte ihre letzte Bemerkung mit der Hand weg.

Alice hatte den starken Drang, vorzustürzen und Mariannes Nachtschwalbe zu packen, um all ihre Geheimnisse gewaltsam offenzulegen. Doch auch so … spürte sie eine innere Regung im Seelenvogel der Hämomantin. Er strahlte Unwissenheit und Eifersucht aus. Was für Geheimnisse Crowleys Mutter auch gehabt haben mochte, Mariannes Nachtschwalbe machte den Eindruck, als wäre die jüngere Schwester nicht darin eingeweiht worden.

»Du kennst ja bestimmt das alte Sprichwort, dass Blut dicker ist als Wasser: Familie über Freundschaft«, sagte Marianne. »Nun, die Northams haben auf die harte Tour gelernt, dass Blut und Wasser beide schwach sind. Vater wurde wegen Helenas Partnerwahl herabgestuft, und es war Catherines Vater, Edgar Rose, der die Degradierung angeordnet hat. Angeblich ging es nicht anders. Die Entscheidung täte ihm genauso weh wie uns.« Sie schüttelte bitter den Kopf. »Diese Demütigung hat unsere Familie ruiniert. Edgar hat dafür gesorgt, dass wir danach bei keiner Benefizveranstaltung mehr willkommen waren«, sagte sie und deutete auf das Foto. »Obwohl die Northams ein viel größeres Vermögen hatten als die Roses.«

Sie baute sich vor Alice auf, ein manisches Glitzern in den Augen. »Die Northams stammen direkt von Pellervoinen ab. Was können die Roses schon für sich ins Feld führen? Welches Recht hatten sie, die Gemeinschaft zu leiten, obwohl sie nur eine unwichtige Rolle in Haus Pellervoinen spielten?« Sie schnippte mit den Fingern – und eine ganze Wand stürzte in sich zusammen.

Alice starrte sie mit steinerner Miene an, ihre Gedanken drehten sich im Kreis. *Pellervoinen-Blut. Helenas geheime Pflicht.*

»Die Roses konnten zwar bestimmen, wie sich die Gemeinschaft verhält, aber in Haus Pellervoinen hatten die Northams das Sagen. Und jetzt sind wir die Einzigen, die noch übrig sind, die alle anderen überdauert haben.«

»Catherine ...«, setzte Alice an.

»Sie hat sich verändert«, unterbrach Marianne sie in gleichgültigem Ton. »Genau wie Helena ist sie an die Universität gegangen und mit lauter lächerlichen Ideen zurückgekommen. Ich war die Einzige, die geblieben ist. Die Loyalste, wie immer.«

Marianne lachte, und Alice warf noch einen Blick auf das Foto, während sich die ältere Frau in ihren Queen-Anne-Sessel fallen ließ.

»Aber Ehre, wem Ehre gebührt«, sagte Marianne mit einem steifen Lächeln. »Letztlich hat Catherine mich übertrumpft.«

»Wie das?«

»Sie ist gestorben«, antwortete sie schlicht. »So hatte sie als Erste die Ehre, Tuoni zu treffen. Aber ich fand schon immer, dass der erste Platz überbewertet wird – das Beste sollte man sich zum Schluss aufheben.«

Alice presste die Lippen zusammen. Marianne irrte sich, doch es war nicht ihre Sache, sie zu berichtigen. Reid hatte sich offensichtlich viel Mühe gegeben, ihre wahre Identität geheim zu halten, also würde Alice sie nicht ohne guten Grund preisgeben.

»So, ich denke, es wird Zeit«, sagte Marianne, »dass du mir den Ordner unter deinem Arm gibst. Du hättest ihn nicht mitgebracht, wenn du ihn mir nicht überlassen wolltest.«

Alice warf einen Blick darauf und grinste. »Dieses alte Ding?«

Marianne richtete sich auf und umfasste die Armlehnen ihres Sessels fester. Alice ließ die Hand unauffällig in ihre Jackentasche gleiten und holte ein kleines Pflanzenbündel heraus: Schlingknöterich-Wurzeln. Die hatte sie nach ihrer letzten Prüfung aufgehoben.

Unterdessen ließ sie Mariannes Seelenvogel keine Sekunde aus den Augen. Als er aufgeregt zu flattern begann, umklammerte sie die Wurzeln, bis ihre Finger vor aufgestauter Magie kribbelten. Ihre Muskeln spannten sich an.

Marianne schnippte mit den Fingern, und die Wand hinter Alice brach in sich zusammen. Eine Flut von Backsteinen schoss direkt auf sie zu. Doch da die Nachtschwalbe sie vorgewarnt hatte, konnte Alice schneller reagieren. Sie zögerte keine Sekunde. Ihre Hand öffnete sich, und die Wurzeln schossen hervor, streckten

ihre Stängel in alle Richtungen aus und zerschmetterten die Backsteine zu Staub.

Mit einem frustrierten Knurren sprang Marianne auf, wild entschlossen, Reids Ordner in die Finger zu bekommen. Alice' Kiefer
verkrampfte sich, und sie schlug mit beiden Händen auf die Armlehnen ihres eigenen Stuhls. Ihre Finger gruben sich in das Holz.
Ihr Blick war starr auf den glatt polierten Queen-Anne-Sessel gerichtet, auf dessen Holz sich das durch das Loch in der Wand he-
reinscheinende Licht reflektierte.

»Du hättest nie …«, begann Marianne und marschierte auf
Alice zu. Doch dann schrie sie schockiert auf, als sie von den
Füßen gerissen und zurück in den Sessel gezerrt wurde. Das Holz
wand sich um Mariannes Handgelenke und hielt sie fest, während
aus Verwachsungen in den Stuhlbeinen Zweige sprossen, die auch
ihre Fußgelenke fesselten.

Vor Wut lief ihr Gesicht tiefrot an, ihre Augen waren weit aufgerissen, und sie fletschte die Zähne, als Alice näher kam, den
Ordner lässig in der Hand.

»Na, das war aber nicht sonderlich nett«, sagte Alice. »Kein
Wunder, dass dich alle deine Freunde verlassen haben.«

»Du kannst mich nicht ewig festhalten«, fauchte Marianne.
»Und wenn ich mich erst befreit habe … Was Tom dir angetan hat,
ist nichts im Vergleich zu dem, was ich mit dir machen werde.«

Alice taxierte sie mit eisigem Blick. Sie könnte Marianne einfach so zurücklassen – sie auf diesem Stuhl hungern und sich
einnässen lassen. Dasselbe Erbarmen mit ihr haben, das sie mit
Helena gehabt hatte: gar keins. Einen Moment sah sie zu, wie
Marianne sich vergeblich abmühte, und ließ sich den Gedanken
durch den Kopf gehen.

»Du wirst nicht freikommen, es sei denn, ich gestatte es«,
sagte Alice. »Hast du denn in letzter Zeit nicht Zeitung gelesen? Haus Mielikki ist auf dem Vormarsch.« Ihr Ton war spöt-

tisch. »Unser Vermächtnis wird eures immer schlagen.« Sie schwieg einen Augenblick. »Seltsam, oder? Ich habe gehört, dass diese Forschungsarbeit« – sie hielt den Ordner hoch – »mit dem Wachstum des Sommerbaums in Zusammenhang steht, durch das unsere Macht so rapide zunimmt. Aber wenn das stimmt, warum bist du dann so versessen darauf, sie in die Finger zu bekommen? *Willst* du etwa, dass unser Vermächtnis stärker wird als eures?«

Marianne antwortete nicht – das hatte Alice auch nicht wirklich erwartet. »Machst du irgendwas mit dem Sommerbaum?«, wollte sie wissen.

Doch Marianne schwieg beharrlich und ließ sich auch sonst nichts anmerken. Nichts am Verhalten ihrer Nachtschwalbe ließ darauf schließen, dass Alice recht hatte oder sich irrte. Alice nagte auf ihrer Unterlippe herum. Sie wollte Marianne wegen der Notiz, die sie in Reids Aufzeichnungen gefunden hatte, auf den Zahn fühlen. *Pellervoinen-Schutzvorrichtung.* Vielleicht wusste Marianne mehr darüber als Crowley. Aber die Hämomantin wollte die Forschungsergebnisse haben, also konnte Alice nicht einfach die Details ausplaudern, ohne zu wissen, ob sie sich dadurch in noch größere Gefahr brachte.

Alice musterte die ältere Frau und seufzte entnervt auf. Sie hatte fast den Eindruck, dass Marianne nicht so viel über den Ordner wusste, wie sie gedacht hatte. Jedenfalls war es seltsam, dass Marianne keine Ahnung hatte, dass die Forschung, hinter der sie her war, das Werk ihrer früheren Freundin war.

»Hör zu, ich will dich nicht demütigen, Marianne. Ich will vernünftig sein. Also, wie wäre es mit einem Handel?«

»Was zum Teufel willst du?«, knurrte Marianne. »Raus mit der Sprache!«

»Auf dem Foto ist eine ältere Frau«, sagte sie. »Eine Frau namens Tilda. Ich will wissen, wo sie ist.«

Marianne starrte sie an, als hätte sie den Verstand verloren, dann fing sie an zu lachen – ein heiseres, kehliges Geräusch.

»Du willst wissen, wo dieses engstirnige alte Miststück ist?«, fragte sie. »Was ist dir diese Information wert?«

Alice holte tief Luft und hielt den Ordner hoch. »Das.«

Vor Verblüffung blieb Marianne der Mund offen stehen. Dann nahm ihr Gesicht einen misstrauischen Ausdruck an. »Das kaufe ich dir nicht ab.«

»Hier«, sagte Alice und warf Bridget den Ordner zu. »Fang.«

Doch Bridget machte keine Anstalten, danach zu greifen. Er klatschte auf den Boden und blieb neben ihren Knien liegen. Alice zog sich zurück und setzte sich wieder auf ihren Stuhl, sodass Marianne deutlich die Distanz zwischen ihr und dem Ordner sah.

»Erzähl mir von Tilda«, sagte sie.

Marianne blinzelte irritiert und taxierte Alice mit durchdringendem Blick. Alice wusste, dass sie all ihre Trümpfe ausgespielt hatte – Mariannes Neugier war geweckt, und sie würde bestimmt noch genauer nachhaken –, aber das Risiko war es wert. Jetzt war Alice absolut sicher, dass es die richtige Entscheidung gewesen war, nicht auch noch nach Leda Westergard zu fragen.

»Tilda Jarvis«, sagte Marianne schließlich, sah auf den Ordner hinunter und zurück zu Alice, »hat das Vermögen ihrer Familie für Wohltätigkeitsprojekte vergeudet. Sie war ein paar Jahre verschwunden und hat in einer der weniger glamourösen Abteilungen des Rates gearbeitet, bevor sie als Bibliothekarin in der Abbey Library wiederaufgetaucht ist.«

Alice musterte ihr Gegenüber prüfend, und ihr Blick schweifte automatisch zu Mariannes Nachtschwalbe.

»Wo ist sie jetzt?«, fragte sie, und ihr Herz schlug schneller.

Marianne grinste höhnisch. »Soweit ich weiß, ist sie noch dort. Genauso alt und vertrocknet wie ihre Bücher.«

Alice sah sich das Foto noch einmal an, ihr Blick wanderte von

Catherine über Leda und Helena zu Tilda Jarvis. Wenn sie wirklich noch in der Abbey Library arbeitete, würde Alice die Bibliothek observieren, bis sie sie fand.

»War's das dann?«, blaffte Marianne.

Alice nickte geistesabwesend und stand auf. »Ja. Ich glaube, wir sind endgültig fertig.«

Marianne lächelte und senkte die Stimme zu einem bedrohlichen Flüstern. »Pass auf, dass du dir nicht noch mehr Schnittwundern einhandelst.«

Alice ignorierte sie und marschierte durch das Loch in der Wand zur Tür. Auf der Schwelle blieb sie kurz stehen, um sich den Raum und alles, was sie erfahren hatte, einzuprägen. Sie musste in die Bibliothek. Sie musste Tilda Jarvis aufspüren und herausfinden, was die Frau über ihre Herkunft wusste. Aber wann? Jetzt gleich? Oder sollte sie sich Zeit nehmen, um sich vorzubereiten, bevor sie losstürmte? Vielleicht sollte sie etwas mitnehmen, womit sie der alten Frau ihre Identität beweisen konnte: vielleicht Reids Foto.

Bevor sie in den Garten hinaustrat, warf sie noch einen letzten Blick zurück. Ihre gekrümmten Finger streckten sich, und sie hörte Marianne keuchen, als sich die Fesseln, die sie an den Stuhl banden, plötzlich auflösten. Auf dem Weg nach draußen hörte Alice, wie sie aufsprang und sich den Ordner schnappte. Sie hielt inne, wartete.

Kurz darauf ertönte ein wütender Schrei, und Alice nickte zufrieden. Der Ordner mit leeren Seiten war in Mariannes Händen verrottet. Reids Aufzeichnungen befanden sich in Coram House, in Sicherheit.

Während Marianne ihrer Frustration lautstark Luft machte, breitete sich ein Lächeln auf Alice' Gesicht aus. *Das war für Crowley.*

24

Als Alice nach Hause kam, erwartete sie eine böse Überraschung. An ihrer Wohnungstür lehnten zwei Runner in Uniform. Der Fußmarsch über den Campus hatte sie erschöpft – die letzten Tage waren anstrengend gewesen –, doch beim Anblick ihrer Besucher schreckte sie aus ihrem Dämmerzustand auf. Schnell zog sie sich in den Korridor zurück, zum hinteren Ende, wo die Treppe war. Ihr Rücken stieß gegen die Brandschutztür, und sie tastete nach der Klinke.

»Miss Wyndham? Sind Sie das?«

Sie erstarrte und kniff die Augen zusammen. Ein entschiedenes »Nein« lag ihr auf der Zunge, aber schließlich seufzte sie und machte kehrt.

»Ja«, sagte sie ausdruckslos.

»Hätten Sie was dagegen, wenn wir Ihnen ein paar Fragen stellen?«

Allerdings hatte sie etwas dagegen. Sie wollte ihre Ruhe haben, um nachzudenken. Sie wollte sich nicht den Kopf darüber zerbrechen müssen, warum die Runner hier waren – wollten sie sie wegen der Verwüstung von Reids Labor befragen? Zu dem, was auf Crane Park Island geschehen war? Oder Tom? Sie schnaubte bitter. *Sucht euch was aus.*

Mit gesenktem Kopf marschierte sie an ihnen vorbei und wollte die Tür zu ihrer Wohnung aufmachen. Doch als ein letzter Schimmer Abendlicht die beiden Runner beleuchtete, erstarrte sie, und eine unbändige Wut wallte in ihr auf.

Reuben Risdon, der Kommandant der Bow Street Runner. *Schon wieder.* Er nickte ihr zu. Mit seinen silbernen Haaren, schrägen Brauen und Augen, die im Licht grau wirkten, sah er aus, als hätte man ihn in flüssiges Quecksilber getunkt.

»Guten Abend«, sagte er.

Sie warf ihm einen grimmigen Blick zu. »Was wollen Sie?«

»Wir haben ein paar Fragen über einen Ihrer Kollegen, Tom Bannister.«

Sie versteifte sich und stellte sich vor ihre Wohnungstür, versperrte ihnen den Weg. »Oh? Was ist mit ihm?«

Risdon blickte von seinem Notizbuch auf. »Er ist tot.«

Alice wurde blass. »Es … tut mir leid, das zu hören.«

»Wirklich?«, fragte er milde.

Eine tiefe Röte schoss ihr ins Gesicht. Was sollte das heißen? »Ja«, sagte sie. »Warum sollte es das nicht?«

Er musterte sie einen Moment schweigend, dann nickte er.

»Wie ist er gestorben?«, fragte sie.

»Genickbruch«, antwortete Risdon. »Er ist von einem Balkon im dritten Stock gefallen. Wir versuchen herauszufinden, ob er gesprungen ist oder gestoßen wurde.«

Alice leckte sich die Lippen und überlegte fieberhaft, wie sie sich etwas Zeit verschaffen könnte. Warum waren sie zu ihr gekommen, und wie viel wussten sie?

»Wir waren keine Kollegen«, sagte sie bedächtig. Das notierte Risdon sich. »Wir haben in verschiedenen Abteilungen gearbeitet.«

»Aber Sie kannten ihn?«

Sie zuckte die Achseln. »Wir sind uns hin und wieder begegnet.«

»Interessant«, sagte Risdon und taxierte sie mit prüfendem Blick.

Einen Moment herrschte Schweigen. Dann nickte Risdon dem anderen Runner zu, einem jungen Mann mit Sommersprossen,

Seitenscheitel und blitzblanken Schuhen. Unerfahren und erpicht darauf, es seinen Vorgesetzten recht zu machen, dachte Alice.

»Mr Bannister schien *Sie* ziemlich gut zu kennen«, sagte der junge Runner. »Er hatte Ihren Arbeitsplan am Kühlschrank hängen. Anscheinend hat er Ihren Tagesablauf protokolliert.«

Alice verschlug es die Sprache. Was, zum Teufel …? Er hatte sie beobachtet und sich aufgeschrieben, wo sie wann war? Es war eine Sache, sich vorzustellen, dass er ein paar Angriffe ausgeführt hatte, als sich die Gelegenheit bot. Aber zu erfahren, dass er sie gezielt verfolgt hatte? Dass er ihr nachgestellt hatte, während er vorgab, ihr Freund zu sein? Ihr Magen rebellierte, so abscheulich fand sie das Ganze. Sie fühlte sich auf eine Art verletzt und benutzt, die ihr völlig neu war.

»Wir verstehen, dass das beunruhigend ist«, sagte der junge Runner. Auf der Dienstmarke an seiner Brusttasche stand *Gibson*.

»Nein, ist es nicht«, erwiderte sie ungehalten. »Nicht, wenn er tot ist.«

Die beiden Männer starrten sie stumm an. Risdon hatte einen arglistigen Ausdruck in den Augen.

»Es tut mir leid«, sagte sie, zu müde, um sich hinter Lügen zu verstecken, »aber wenn er mich ausspioniert hat, ist es ehrlich gesagt eine Erleichterung, dass ich mir keine Sorgen machen muss, was er als Nächstes plant.«

»Oh, ich … wir verstehen das vollkommen«, sagte Gibson und warf Risdon einen nervösen Blick zu. »Persönliche Sicherheit hat oberste Priorität bei … bei unseren Ermittlungen, und …«

»Mr Bannisters Leiche wurde vor dem Apartment Ihrer Arbeitgeberin Professor Reid gefunden«, sagte Risdon frei heraus. »Wissen Sie, ob die beiden eine Beziehung hatten?«

Alice' Augen weiteten sich vor Überraschung. »Nein. Wie kommen Sie darauf?«

»Das könnte erklären, warum er dort war«, erklärte Risdon. »Zu-

mal Professor Reid immer noch in kritischem Zustand im Krankenhaus liegt.«

»Oh.« Sie nickte.

»Wissen Sie von irgendeiner Verbindung zwischen Mr Bannister und Professor Reid?«, fragte der junge Runner.

Sie schüttelte den Kopf. »Abgesehen davon, dass sie beide hier
gearbeitet haben, nein, leider nicht.«

Risdon klappte sein Notizbuch zu. »Angesichts dessen, was wir
in seinem Apartment gefunden haben, untersuchen wir, ob Mr
Bannister womöglich die Angriffe auf Sie verübt hat. Momentan
ist die einzige Verbindung, die wir zwischen ihm und Ihrer Arbeitgeberin finden konnten ... nun ja, Sie, Miss Wyndham.«

Sie reckte das Kinn.

»Dürfte ich fragen, wo Sie letzte Nacht waren?«, fuhr er fort,
seine Stimme trügerisch heiter, doch der grimmige Ausdruck in
seinem Gesicht sprach eine andere Sprache.

»Ich habe geschlafen«, antwortete sie schroff. »Wenn Sie mich
jetzt entschuldigen würden, ich muss ...«

»Eine unserer Mitarbeiterinnen untersucht die letzten Spuren, die er hinterlassen hat, damit wir uns ein klareres Bild davon machen können, was geschehen ist«, sagte Risdon in lockerem
Plauderton. »Eris Mawkin – ich glaube, Sie kennen sie?«

Alice stockte der Atem. Die Runner benutzten die Nekromantin, um Anzeichen eines Konflikts oder Spuren von seelischem
Schmerz zu finden, die Tote zurückließen. Was würde sie bei Tom
entdecken?

»Gut«, sagte sie und öffnete die Wohnungstür. »Ihre Erkenntnisse sind sicher sehr erhellend.«

»Wenn Ihnen noch irgendetwas einfällt, das uns helfen könnte«,
sagte Gibson, »wenden Sie sich einfach ...«

»Danke«, unterbrach sie ihn und schlug ihnen die Tür vor der
Nase zu.

Sie wartete, bis sich ihre Schritte entfernt hatten, dann ließ sie sich, völlig erschöpft und mit den Nerven am Ende, auf die Bettkante sinken und vergrub das Gesicht in den Händen. Was würde Eris Mawkin herausfinden? Das Ganze war so verdammt ungerecht. Tom war derjenige, der sie angegriffen, benutzt und zum Narren gehalten hatte. Er hatte Selbstmord begangen, und sie hatte großes Glück, dass er sie nicht auch umgebracht hatte. Sie war das Opfer, und dennoch musste sie sich vor den Runnern verteidigen.

Seufzend ließ sie sich auf die Matratze zurückfallen und legte die Hände über die Augen. Sie waren heiß und tränten vor Müdigkeit. Mit letzter Kraft krabbelte sie das Bett hoch und ließ den Kopf auf ihr Kissen sinken. Morgen. Morgen würde sie Tilda suchen, aber erst einmal musste sie sich ausruhen.

Rote Haare. Immer waren es rote Haare. Jen eilte durch den finsteren Wald, und ihre Haare wogten im Wind, als wären sie lebendig. Die krummen Bäume durchschnitten die Landschaft wie Gitterstäbe. Alice sah auf ihre nackten Füße hinunter, die sich leise knirschend über die glitzernde Schneedecke bewegten.

»Jen!«

Obwohl ihre Füße vor Kälte brannten, lief sie schneller, jagte den Schatten ihrer Vergangenheit nach.

»Jen, warte!«

Immer weiter und weiter. Ihre Schritte donnerten über den Boden. So schnell sie ihre Beine trugen, kletterte sie über Baumwurzeln, duckte sich unter tiefhängenden Ästen und schlängelte sich zwischen den Bäumen hindurch, die still Wache standen.

Da blieb Jen abrupt stehen – so plötzlich, dass Alice schlitternd zum Stehen kam, keuchend und schwindlig. Jen drehte sich um, und ihre Haare peitschten ihr ins Gesicht wie Blut.

»Alice«, sagte sie, und ihre Stimme klang seltsam – ein raues Krächzen.

Jen rannte in die Dunkelheit und rief dabei ihren Namen, und ihre Stimme schien aus allen Richtungen zu kommen. Ein Singsang tausender Stimmen, die sie verhöhnten.

Alice wirbelte herum, suchte fieberhaft nach dem Schimmer roter Haare. Das Moor drehte sich mit ihr, die triste Landschaft und tiefschwarzen Bäume verschwammen zu einer eintönigen grauen Ödnis, die sich in Momentaufnahmen bewegte. Das Bild vor ihren Augen flackerte, und dann sah sie es: den Sommerbaum. Hier, wo er nicht hingehörte, seine Wurzeln tief im Schnee vergraben, seine Krone ein Baldachin über dem gesamten Wald. Er ragte hoch über der schneebedeckten Landschaft auf, seine gekrümmten Äste genauso schwarz wie die des Arbor Talvi, des Winterbaums – des Todesbaums. Bei seinem Anblick erschauderte Alice: so monströs, so prächtig. Ihr Blick wanderte den massigen Stamm hinauf, völlig verzaubert.

»Alice!«

Ruckartig drehte sie den Kopf, doch als sie den Blick vom schattenhaften Sommerbaum abwandte, entging ihr beinahe die Bewegung, die in diesem Moment im Geäst ausbrach. Hunderte Nachtschwalben schossen aus dem Blätterdach hervor und schwangen sich in den dunklen Himmel des Sulka-Moors. Sie lachte vergnügt.

»Alice?«

Das Lächeln erstarb ihr auf den Lippen.

»Alice!« Toms Stimme, nicht Jens.

Ängstlich wich sie zurück, der tiefe Schnee knirschte unter ihren Füßen. Irgendwo ganz in der Nähe stieß ihre Nachtschwalbe einen Warnruf aus, als eine der Wurzeln des Sommerbaums sich befreite. Ein Grollen ertönte, als die Erde sich verschob und zusammenballte. Durch die Kontraktion schoss eine Fontäne kompakter Erde auf sie zu, und sie taumelte zur Seite, um ihr auszuweichen.

Die Haare fielen ihr ins Gesicht, und sie wischte sie hastig weg. Ein Schemen ragte über ihr auf. Nicht Jen. Diese Gestalt war größer, stämmiger, solider. Tom. Er trug dasselbe Hemd, in dem er gestorben war, seine Brille schief, der Bart blutdurchtränkt. Er taxierte sie mit kaltem Blick.

»Tom…«, murmelte sie.

Er schnippte mit den Fingern, und eine weitere Wurzel brach aus der Erde. Wie eine Pythonschlange schnappte sie zu und zog ihr die Beine weg, sodass sie hart auf dem Rücken landete. Einen Moment bekam sie keine Luft, und ihr Hinterkopf schmerzte. Hastig richtete sie sich auf die Ellbogen auf, doch die Wurzeln krochen über ihre Brust und erdrückten sie unter ihrem Gewicht, während Tom grimmig zusah.

Alice schnappte nach Luft. Die Wurzeln zogen sich immer fester zusammen, und sie hatte das Gefühl, als würden ihre Rippen jeden Moment unter dem Druck nachgeben. Und das Dröhnen in ihrem Schädel… Grelle Lichtpunkte tanzten ihr vor den Augen. Sie würde in Ohnmacht fallen. Sie… Das Gewicht auf ihrer Lunge…

»Tom, hör auf«, stieß sie mühsam hervor. *Höraufhöraufhöraufhörauf*… Das Echo hallte durch das Moor, fordernd und flehend.

Alice hatte nicht die Kraft, den Kopf zu heben. Ihre Wange drückte sich in den Schnee, wund vor Kälte. Ihr Atem ging flach. Mit letzter Anstrengung kämpfte sie gegen das Gewicht auf ihrer Brust an, doch vergeblich. Erschöpft sank sie zurück, und ihr Kopf schlug auf dem Boden auf. Sie versuchte, ihren verschwommenen Blick auf den Schemen zu fokussieren, der sich mit schweren, zielgerichteten Schritten näherte. Toms Schatten fiel auf sie, und sie zuckte zusammen. *Kämpfekämpfekämpfe*…

»Kuu?«, flüsterte sie.

Ihre Nachtschwalbe erschien scheinbar aus dem Nichts. Hinter ihr fliegend, in kampfbereiter Haltung, bei der Alice warm ums Herz wurde, weil sie ihren Beschützerinstinkt zeigte, stieß Kuu ein wütendes Kreischen aus.

Alice sah zu ihr auf, flehte sie mit den Augen an: »Tu es.«

Sofort schwenkte ihr Seelenvogel nach links ab und schnellte davon. Die leuchtende Schnur, die sie verband, straffte sich und wurde immer dünner, je weiter sich Kuu entfernte.

Alice legte den Kopf zurück und schloss die Augen. Als sie ihren letzten Atemzug tat, stieß sie die Luft aus und machte sich von ihrem Körper los, zerstreute sich in der Luft wie ein formloses Gas. Ihre tödliche Seele zerbarst in eine Million glitzernde Teilchen, die über ihrem Körper schwebten. Und dann – eine Bewegung von Tom wie ein Leuchtfeuer in der Finsternis. Die dunkle Wolke, zu der Alice geworden war, dieses unsichtbare, gestaltlose Etwas, pulsierte. Sie breitete sich aus, glitt durch die Luft und begann, ihn zu umhüllen ...

Ihre Augen öffneten sich schlagartig. Mit hämmerndem Herzen fuhr sie hoch, schnappte nach Luft und versuchte, sich zu orientieren. Ihr Zimmer war stockfinster, und ihre Beine hatten sich hoffnungslos in den Laken verheddert. Als sie sich zur Seite wälzte, fiel sie aus dem Bett und landete unsanft auf dem Boden. Endlich konnte sie sich aus den Laken befreien und rappelte sich auf. Ihr Nacken kribbelte, und sie hatte die Fäuste geballt, bereit, sich wenn nötig zu verteidigen. Sie wartete, ob sich in der Dunkelheit irgendetwas regte, aber es war nichts zu hören. Als sie den Lichtschalter betätigte, erinnerte sie sich schlagartig an den angeordneten Blackout. Kein Strom. Sie ging zum Fenster, wo ein kleiner Schimmer Mondlicht die Ecke ihres Zimmers erhellte. Mit müden

Augen spähte sie in die Finsternis. Nichts. Sie wartete noch eine Weile. Immer noch nichts.

»Mein Gott«, murmelte sie und kroch zurück ins Bett. »Vergiss diesen Bastard Tom, diese verdammten Träume werden mich noch umbringen.«

Als sie die Augen zumachte, hallte Jens Stimme – nicht Toms – in ihrem Kopf wider, barsch und rau, wie sie zu Lebzeiten nie gewesen war. Das albtraumhafte Echo war beunruhigend, und Alice schreckte auf. *Das ist nicht Jens Stimme*, wurde ihr schlagartig bewusst. Sie kannte diese Stimme genau. Es war Marianne, die durch Jens Mund gesprochen hatte. Alice schauderte. Hatte sie diesen Albtraum gehabt, weil sie sich mit Marianne getroffen hatte? Oder hatte Marianne den Albtraum mit der Schnittwunde, die sie ihr zugefügt hatte, ausgelöst – zum Spaß oder als Drohung, um ihr zu zeigen, dass sie in ihre Träume eindringen konnte, wann immer sie wollte. Oder aus Wut, weil Alice sie mit Reids Aufzeichnungen ausgetrickst hatte.

»Kuu?«

Ihre Nachtschwalbe flatterte herab und setzte sich zu ihr auf die Matratze, und Alice streichelte sie sanft. Ihr Gefieder war kalt, und Alice' Finger versteiften sich bei der Erinnerung an die frostige Landschaft und das Gefühl, sich aus ihrem eigenen Körper zu lösen.

»Bleibst du heute Nacht bei mir?«, fragte sie ihren Seelenvogel.

Als Antwort piepste Kuu leise, hüpfte näher an sie heran, schmiegte sich in Alice' Armbeuge und rieb zum Trost ihren weichen Kopf an ihrer Wange.

Alice seufzte und versuchte, wieder einzuschlafen. Bis sie sicher war, dass die Schnittwunde keine Gefahr darstellte, würde sie vor dem Schlafengehen Baldrian oder Lavendel nehmen, um nicht erneut in Albträumen zu versinken.

Es war halb sechs Uhr morgens, und Alice kauerte schon seit einer halben Stunde vor dem Eingang der Abbey Library. Die Bibliothek war von sieben Uhr bis Mitternacht geöffnet, nicht rund um die Uhr, wie sie gedacht hatte, als sie sich in aller Herrgottsfrühe aus dem Bett gequält hatte. Bea erwartete sie um neun in der Unibibliothek für ein Update, daher konnte sie nur hoffen, dass Tilda eine Frühaufsteherin war.

Langsam bekam sie einen Krampf, also lief sie ein bisschen auf dem gepflasterten Platz hin und her, um sich die Beine zu vertreten. Der Schatten der uralten Abtei mit ihrer Kirchturmspitze und ihrem Glockenturm ragte über ihr auf. Efeu rankte sich das verfallene Gebäude hinauf und überwucherte es vollkommen. *Wie Schlingknöterich*, dachte sie und wandte sich schaudernd ab.

Um Punkt sieben Uhr öffnete sich die Tür, und Alice und ein paar andere, lernbegierig aussehende Leute, die mit ihr gewartet hatten, gingen hinein. Die Bibliothek war leer, nur ein gigantischer staubiger Raum mit einem Loch im Boden, das zu einer unterirdischen Wendeltreppe führte. Alice folgte den anderen durch das Loch und die Treppe hinunter. Flackernde Öllampen zeichneten Schatten an die unbehauenen Wände; ihr schwaches Licht erhellte die zahlreichen dunklen Gänge, die von der Treppe abgingen. Immer tiefer und tiefer tauchte sie in das Innere des Gebäudes ein, bis sie schließlich die oberste Etage des riesigen Atriums erreichte.

Im Zentrum stand der Sommerbaum, seine Wurzeln im Hof fünf Stockwerke unter ihnen vergraben. Die Krone erstreckte sich weit über ihnen, die Äste drückten wie lange, krumme Finger gegen die Glasdecke.

Bei dem Anblick verschlug es Alice jedes Mal den Atem. Der gewaltige Umfang des Baums gab ihr das Gefühl, als befinde sie sich in der Gegenwart einer Kreatur aus einer anderen Welt. Er strahlte pure Macht aus. Wie ein Krieger, gefangen in einem endlosen Kampf mit den Mauern, die ihn unter der Abtei einsperrten, stemmten sich seine massigen Äste gegen ihren Käfig, versuchten, ihn zu durchbrechen. Eine Armee von Ästen und Zweigen, wie Fußsoldaten, die von ihrem General kommandiert wurden, drang in jeden leeren Raum ein, schlang sich um Säulen und krümmte sich zu Torbogen. Der Sommerbaum war gleichzeitig wundervoll und grauenhaft in seiner Unermesslichkeit.

Um den massigen Stamm wand sich eine Granittreppe, die vom obersten Stockwerk bis zum Boden hinabführte – von der Krone zu den Wurzeln. Dazwischen befanden sich Etagen voller Bücherregale, schmaler Gänge und gut verborgener Alkoven: alles mit Büchern überfüllt. Trotz der frühen Stunde schwirrten Glühwürmchen umher, wie Feenlichter leuchtend.

Alice eilte die Treppe zum Hof hinunter und erschrak zutiefst, als sie das Bild der Zerstörung sah. Eine gekrümmte Wurzel wölbte sich nach oben, wie ein Meeresungeheuer war sie aus der Erde aufgestiegen und hatte die Fliesen aus den Fugen gerissen. In einem der engen Korridore neigten sich die Wände, und der Boden fiel in einem unmöglichen Winkel ab. Der Zugang war mit einem Seil abgesperrt, doch Alice konnte eine Unmenge von Büchern sehen, die auf dem Boden verstreut lagen. Das war also mit Crane Park Island passiert. Die Wurzeln des Sommerbaums waren gewachsen und hatten das Land auseinandergebrochen. Und hier hatte es angefangen, mit einer anschwellenden Wurzel, die sich am einen Ende tiefer eingegraben hatte und am anderen aufstieg und ein furchtbares Chaos verursachte. Alice trat zurück, um sich das Ganze genauer anzusehen.

Als sie hinter sich Schritte hörte, ging sie automatisch aus dem Weg, doch als sie sah, wer sich da näherte, zuckte sie vor Schreck zusammen und zog sich hastig in einen Alkoven zurück. Hier standen die Bücherregale noch aufrecht, aber sie neigten sich stark zu einer Seite, und alle Bücher waren umgekippt oder herausgefallen. Sie presste sich flach gegen das Regal und erschrak, als es bedrohlich schwankte. Das ganze Ding könnte über ihr einstürzen, und dann würden sie sie mit Sicherheit hören.

Gabriel Whitmore redete mit irgendjemandem, den sie nicht sehen konnte. *Reden* war vielleicht ein zu großzügiger Begriff – er flüsterte aufgebracht im Schatten eines Korridors. Vorsichtig schlich Alice näher, die Neugier trieb ihren Adrenalinspiegel in die Höhe.

»…Tod und Zerstörung… die ganze Stadt… und wir können nichts dagegen tun!«

Eine ruhigere Stimme murmelte etwas, das Alice nicht verstand.

»Niemand anderes darf hier runterkommen«, fauchte Whitmore. »Verstehen Sie? *Niemand.*«

Alice kniff misstrauisch die Augen zusammen. Wen bedrohte er da? Sie beugte sich weiter vor, doch das Rascheln von Papier ganz in der Nähe ließ sie zusammenfahren und hastig in den Gang zurückfliehen. Lautlos sah sie zu, wie Whitmore aus dem Korridor trat, sich umschaute, als vergewissere er sich, dass niemand zugehört hatte, und die Treppe hinauflief. Alice wartete eine Weile, bevor sie ihr Versteck verließ und in den Korridor spähte, aus dem Whitmore gekommen war. Sie erhaschte gerade noch einen Blick auf eine grauhaarige Frau, die darin verschwand, und sah ihr nachdenklich nach.

»Haben Sie sich verlaufen?«

Alice zuckte erschrocken zusammen. Eine der Bibliothekarinnen – eine junge Frau in einer langen, wallenden dunklen Robe mit einer Schürzentasche voller Bücher – stapelte Manuskripte und Papierhaufen vor dem Alkoven zu einem ordentlichen Stapel.

»Können Sie mir sagen, wo ich Tilda Jarvis finde? Arbeitet sie noch…«

»Im dritten Stock«, antwortete die Frau, ohne von den Manuskripten aufzublicken.

»Okay, danke.«

Also stieg Alice die Treppe wieder hinauf. Im dritten Stock schickte man sie in den fünften. Dann in den zweiten, ins Erdgeschoss und zurück zum dritten. Als ein kleiner Mann mit drahtigen roten Haaren sie schließlich auf die leere vierte Etage schickte, konnte sie ihre Wut kaum noch beherrschen. Frustriert stützte sie sich auf das spiralförmige Geländer und blickte zum Sommerbaum. Irgendwo in diesem Gebäude ging ihr die Frau, mit der sie dringend reden musste, beharrlich aus dem Weg.

Kurz überlegte sie, Kuu für ihre Vogelsicht zu rufen, aber dabei überkam sie immer ein tiefes Unbehagen. Es machte sie angreifbar – sie konnte ihren menschlichen Körper nicht beschützen, während sie im Verstand eines Vogels weilte. Selbst wenn ihre Nachtschwalbe sie vor einer Gefahr warnte, verlor sie wertvolle Sekunden, während sie sich wieder an ihre menschliche Gestalt gewöhnte. Nein. Wenn sie ihre Vogelsicht einsetzte, würde sie womöglich aus dem Gleichgewicht geraten und die Granittreppe hinunterfallen. Stattdessen atmete sie bewusst ruhig und versuchte, alle Geräusche, alle Sinneseindrücke auszublenden und einfach nur zu lauschen. Vielleicht würde sie oder Kuu Tildas Nachtschwalbe spüren. Schließlich hatte Alice sie einmal getroffen, als sie noch zu jung gewesen war, um sich daran zu erinnern. Doch manchmal maskierten sich Erinnerungen als Instinkte. Sie verschloss ihren Geist, brachte ihre Gedanken zum Verstummen und konzentrierte sich einzig und allein auf ihre Aufgabe.

Irgendwo auf der anderen Seite des Baums war ein leises Zwitschern zu vernehmen… das Schlagen von Schwingen im Flug. Wie in Trance griff Alice nach dem Geräusch…

»*Nicht*«, zischte ihr eine schneidende Stimme ins Ohr, und Alice kam ruckartig wieder zu Sinnen und ließ den Arm sinken.

Als sie sich umdrehte, begegnete sie dem strengen Blick einer großen, hageren Frau mit stahlgrauen Haaren, die zu einem Dutt zusammengebunden waren. An einer Hand trug sie einen Handschuh, und als Alice ohne nachzudenken einen Blick darauf warf, streifte sie ihn ab, um zu zeigen, dass ihr ein Finger fehlte.

»Die Lampyridae beißen«, sagte sie schroff. »Fass den Baum nicht an. Lies die Warnschilder.«

Alice nickte geistesabwesend. Sie hatte diese Frau schon einmal getroffen. Hier, auf genau dieser Treppe, mit derselben Warnung, die ihr noch in den Ohren nachhallte.

»Ich hatte nicht vor, den Baum oder die Glühwürmchen anzufassen«, murmelte Alice. »Ich wollte nur… Ich dachte, ich höre ein…«

Sie verstummte und sah sich das Gesicht der Frau genauer an. Es hatte sich kaum verändert. Mehr Falten natürlich, schließlich musste sie inzwischen um die achtzig sein, aber es war zweifelsohne die Frau aus Reids Erinnerung. Und – wenn sie nicht alles täuschte – die Frau, mit der Whitmore diskutiert hatte.

»Sie sind Tilda Jarvis«, sagte Alice. »Ich habe nach Ihnen gesucht.«

25

Alice starrte ihr Gegenüber fassungslos an. Jetzt, da der Moment gekommen war, hatte sie scheinbar das Sprechen verlernt. Tilda, die ihre Verblüffung bemerkt haben musste, fasste sie am Arm, zog sie in einen stillen Alkoven und bedeutete ihr, sich auf eine gepolsterte Bank neben den Bücherregalen zu setzen.

»Alles in Ordnung?«, fragte sie und musterte Alice mit durchdringendem Blick. »Ihre Mahngebühren müssen horrend sein, wenn Sie so ...«

»Ich glaube, Sie haben geholfen, meine Adoption zu organisieren«, murmelte Alice.

Das Lächeln der alten Frau verblasste. Mit schockiertem Gesicht ließ sie sich neben Alice auf die Bank sinken.

»Und warum genau denken Sie das?«, fragte sie leise.

Alice holte Reids Foto aus ihrer Jackentasche. »Weil ich glaube, dass Sie das sind, mit Catherine Rose, die auch involviert war. Und ich denke, dass die junge Frau auf der anderen Seite ... meine leibliche Mutter sein könnte.«

Tilda schluckte schwer, die Muskeln an ihrem Hals straff gespannt. »Sie denken, Leda Westergard ist Ihre Mutter?«, flüsterte sie. »Jeder weiß, dass Leda Westergard kinderlos gestorben ist.«

Alice nickte. Dann nahm sie ihren Ring ab und reichte ihn Tilda. Die alte Frau warf einen Blick darauf und atmete zittrig aus.

»Welchen ... Namen haben sie dir gegeben?«, fragte sie.

»Alice Wyndham.«

Tildas knochige Finger gruben sich reflexartig in ihre Schürze.
»Wyndham«, sagte sie. »Ja, das war ihr …« Sie stockte und drehte
sich zu ihr um, um sie genauer in Augenschein zu nehmen.

Alice nutzte die Gelegenheit, um es ihr gleichzutun. Tilda war
eine große, kräftige Frau, gutaussehend, mit einem markanten
Gesicht und hohen Wangenknochen. Ihre Hände erzählten eine
eigene Geschichte; drahtige Sehnen und winzige Narben, die von
Stärke zeugten, von gewonnenen und verlorenen Kämpfen.

»Ich habe Sie … in einer Erinnerung gesehen«, sagte Alice.

Das seltsame Geständnis schien Tilda nicht im Geringsten zu
wundern. Sie nickte, ihr Gesicht streng und dennoch sanft.

»Du hast sicher Fragen. Stell sie ruhig«, sagte sie ohne Um-
schweife.

»War Leda Westergard meine Mutter?«, platzte Alice heraus.
Das wollte sie dringender wissen als alles andere. Es hatte keinen
Sinn, um den heißen Brei herumzureden.

»Ja.«

Ein unvorstellbares Gefühl durchströmte Alice. Ihre Gedanken
überschlugen sich, während sie den Siegelring wieder an den Finger steckte. Leda Westergard. Es stimmte tatsächlich. Chancellor
Westergard war ihre Mutter.

»Ich hatte immer gehofft …« Tilda schüttelte den Kopf und
umklammerte erneut ihre Schürze. »Ich muss dir etwas sagen. Es
gibt ein Buch. Hier, in der Bibliothek. Ich war nicht sicher …« Sie
verstummte.

»Ein Buch?«, hakte Alice nach. »Was für ein Buch?« Plötzlich
fiel ihr etwas ein. In der Erinnerung hatte Reid erwähnt, dass Tilda
ein Buch verbrennen wollte. Meinte sie etwa dieses Buch?

»Es ist als Biografie deiner Mutter getarnt. *Chancellor Westergard:
Ein Leben im Dienst.* Ich habe dafür gesorgt, dass nur Ledas Tochter
es öffnen kann. Niemand sonst.«

»Aber was ist …«

»Ich wollte es zerstören, aber … das war Ledas Botschaft an dich. Es wäre falsch gewesen, sie im Tod ihrer Stimme zu berauben.«

Alice brachte kein Wort heraus. Ihre Kehle war wie zugeschnürt, und ihre Finger zitterten. Sie brauchte dieses Buch, unbedingt.

»Catherine hat mich gedrängt, es für dich aufzubewahren, und sie hatte aus weit mehr Gründen recht, als wir damals ahnen konnten.« Tilda schickte sich an aufzustehen. »Ich schlage vor, du liest es. Vielleicht findest du mehr Antworten auf deine Fragen, wenn …«

Alice hielt sie am Ellbogen zurück. Einen Moment musterte Tilda sie forschend, einen kummervollen Ausdruck im Gesicht, dann setzte sie sich wieder hin.

»Ich will nur kurz mit Ihnen reden«, sagte Alice. »Was auch passiert ist, ich mache Ihnen keine Vorwürfe. Dank Ihnen habe ich die besten Eltern der Welt.«

Tilda blinzelte angestrengt und wandte den Blick ab.

»Catherine Rose und Leda – sie waren gute Freundinnen?«, fragte Alice nach einem Moment. »Deshalb war sie bei der Adoption dabei?«

Tilda nickte. »Ja. Am besten verstand sich Leda mit Helena, aber sie starb etwa zu der Zeit, als du geboren wurdest. Und …« Sie räusperte sich. »Die liebe Catherine wollte Leda unbedingt helfen. Sie nahm ihr Scheitern sehr schwer. Eine Zeit lang gab sie sich die Schuld an Ledas Tod.«

»Sie … Warum sollte sie sich deswegen schuldig fühlen?«, fragte Alice mit einem mulmigen Gefühl im Magen.

»Weil sie Medizin studiert hat und dachte, ihre Ausbildung würde es ihr ermöglichen, Leda das Leben zu retten, aber da hat sie sich geirrt. Niemand hätte sie retten können. Leda war das von Anfang an klar. Deshalb hat sie Eltern für dich gesucht, während sie noch mit dir schwanger war.«

Bei diesen Worten zuckte Alice zusammen. Reid hatte etwas ganz Ähnliches gesagt, aber sie hatte nicht realisiert, dass es *Leda* gewesen war, die eine neue Familie für sie gefunden hatte. Plötzlich musste Alice gegen Tränen ankämpfen.

Tilda beugte sich näher zu ihr und sah sie mit ernstem Blick an. »Sie hat eine gute Wahl getroffen?«

Alice rang um Fassung. »Ja«, antwortete sie mit zittriger Stimme. »Das hat sie.« Einen Moment herrschte Schweigen, dann fragte sie: »Ist sie bei der Geburt gestorben?«

»Ja.«

Erschüttert starrte Alice an die Wand. Früher hatte sie angenommen, ihre Eltern seien gestorben, als sie noch ganz jung war, vielleicht bei einem Unfall. Aber das … Leda hatte nie auch nur ihr Gesicht gesehen, nie ihr Baby in den Armen gehalten. Das erschien ihr so viel tragischer, und sie empfand tiefes Mitgefühl für die Frau, die sie nie kennengelernt hatte.

»Warum wurde das – warum wurde *ich* – geheim gehalten?«, fragte Alice.

»Oh«, sagte Tilda mit einem spröden Lächeln. »Deine Mutter hat ihre Schwangerschaft verschwiegen – erst, weil sie befürchtete, ihre politischen Rivalen könnten versuchen, sich einzumischen, und dann …« Sie schüttelte den Kopf. »Nur Catherine und ich wussten davon. Ich, weil ich sie schon von klein auf kannte und ihre Eltern gestorben sind, als sie gerade mal zwanzig war. Und Catherine … nun, Catherine hat sich an Helena und Leda gehängt, um von Marianne loszukommen. Wir haben Leda unterstützt, so gut wir konnten. Gemeinsam haben wir unser Bestes getan, ihren Wünschen nachzukommen, aber Catherine fiel das sehr schwer.«

Die alte Frau legte eine Pause ein. »Und als Leda und Helena gestorben sind, verließ Catherine die Rookery – sie konnte den Anblick nicht mehr ertragen. Im Lauf der Jahre habe ich sie aus den Augen verloren. Ich weiß, dass sie ihr Medizinstudium abgebrochen hat. Ich glaube, nach Ledas Tod erschien ihr das als Zeitverschwendung. Sie hatte es nicht geschafft, Leben zu retten, noch bevor sie eine Karriere daraus machen konnte. Die Erfahrung hat sie … härter gemacht. Also ist sie an eine Londoner Universität gegangen, um ihre Karriere voranzubringen. In der Forschung, glaube ich. Sie hat ihren Namen geändert, damit sie niemand finden kann, und auch ihr gesamtes Leben.« Wieder hielt sie einen Moment inne, als sie merkte, dass Alice gedankenverloren auf ihren Schoß starrte.

Alice versuchte, aus der Flut von Informationen, die auf sie einstürmten, schlau zu werden. Ihre Mutter, der Chancellor der Rookery, hatte kaum jemandem gesagt, dass sie schwanger war. Doch sie hatte gewusst, dass sie sterben würde, und Adoptiveltern für Alice ausgesucht. Und Tilda und Catherine hatten sie ihrer neuen Familie überbracht. Das alles hörte sich so … seltsam an, wie die Geschichte von jemand anderem.

»Deine Mutter hat mich gewarnt, nicht zurückzukommen, um über dich zu wachen, wenn sie nicht mehr da ist, doch zu meiner Schande muss ich gestehen, dass ich sie ignoriert habe. Ein paar Monate habe ich dich beobachtet, nur aus der Ferne, aber dann sind deine Eltern umgezogen, und ich habe Ledas Wünsche endlich beherzigt. Ich bin dir nicht zu eurer neuen Adresse gefolgt. Ich … ich habe dich gehen lassen.«

Tildas Erzählung stimmte mit dem überein, was Alice über ihre Kindheit wusste. Ihre Familie hatte in einem anderen Haus in Henley gewohnt, als sie klein war. Sie waren umgezogen, als Alice noch in der Kita war, in das Haus nebenan von Jens Familie. Für Jen wäre es besser gewesen, wenn sie nie umgezogen wären …

»So habe ich dich genau wie Catherine aus den Augen verloren«, sagte Tilda, »und mich stattdessen um den Baum deiner Mutter gekümmert, so gut ich …«

355

In diesem Moment bildete sich eine Staubwolke an der Decke über ihnen, und Putz rieselte auf sie herab. Schockiert starrten sie einander an, als die Wände des Alkovens erbebten. Die Bank, auf der sie saßen, vibrierte heftig, und Tilda sprang auf, als ein grauenhaftes Stöhnen durch die Bibliothek hallte; das Ächzen eines sterbenden Giganten, oder ...

»Der Sommerbaum«, sagte Tilda hörbar angespannt. »Nicht schon wieder. Letztes Mal haben wir einen ganzen Korridor verloren.«

»Was meinten Sie mit dem ›Baum meiner Mutter‹?«, fragte Alice.

Die Bücher fielen aus den Regalen und landeten aufgeschlagen auf dem Boden, die Seiten ausgebreitet wie die Flügel eines toten Vogels. Eine gewaltige Erschütterung schleuderte die Bücher aus dem Alkoven auf den Treppenabsatz.

»Du hast mich noch gar nicht nach deinem Vater gefragt«, sagte Tilda hastig.

Überrascht blickte Alice auf.

»Hör mir zu«, sagte die Bibliothekarin in dringlichem Ton. »Er hat sie geliebt – doch seine Liebe hat sie umgebracht.«

Alice starrte sie fassungslos an. Tuoni hatte Leda *geliebt?*

»Aber die Dunkelheit kann das Licht nicht lieben, Alice. Die beiden können nicht koexistieren – sie heben einander auf«, fuhr Tilda fort. »In dem Moment, in dem dein Vater die Hand nach deiner Mutter ausstreckte, hat er sie zerstört. Die letzten Wochen ihres Lebens hat sie sich vor ihm versteckt. Und du ... du darfst nicht zulassen, dass er dir das Gleiche antut. Verstehst du?«

»Nein«, murmelte Alice, verwirrter als je zuvor. »Ich verstehe es nicht. Was willst du damit ...?«

Glas zerschellte. Klirrend regneten die Scherben auf den Steinboden wie ein Wasserfall von Musik. Tilda eilte aus dem Alkoven und kam schlitternd am Treppengeländer zum Stehen. Die Glasdecke des Atriums war weg. Die Hälfte der Stahlträger, die die Decke stützen sollten, hielt nichts mehr; die andere Hälfte war zu Boden gekracht und hatte Löcher in die Steinplatten geschlagen. Der gesamte Hof im Erdgeschoss und die unteren Blätter des Sommerbaums waren mit glitzernden Kristallen übersät ... und ein Großteil der Baumkrone erhob sich wie eine Fontäne durch das zerbrochene Dach.

»Alice!«, rief Tilda. »Kannst du es fühlen?«

»Kann ich *was* fühlen?«

»Seine Macht. Deine Macht.«

Alice machte eine hilflose Geste. »Ich verstehe nicht ...?«

»Du hast den Bindungstrank nicht genommen?«, schrie Tilda, um sich über das nachhallende Beben Gehör zu verschaffen.

»Ich muss noch ...«

»Leda Westergards Tochter sollte zum Haus ihrer Mutter gehören«, sagte Tilda in tadelndem Ton. »Du musst die Aufnahme in Haus Mielikki beantragen – davon hängt alles ab!«

»Das versuche ich ja!«, erwiderte Alice. »Aber warum?«

»Die Anker sind zerbrochen«, begann Tilda, unterbrach sich aber, als der Baum erneut laut ächzte. Ein Grollen in den untersten Tiefen der Abtei hallte ominös von den Wänden wider, und die Seiten der verstreut herumliegenden Bücher flatterten.

»Komm zu mir, wenn sich das Erdbeben gelegt hat«, sagte Tilda mit einem ungeduldigen Kopfschütteln. »Dann erkläre ich dir alles. Die Wurzeln ... Du hast von Crane Park Island gehört? Du weißt, welche Gefahr uns droht?«

»Tod und Zerstörung ... die gesamte Stadt«, sagte Alice. »Ich habe gehört, wie Sie mit Gabriel Whitmore diskutiert haben.«

Bei der Erwähnung des Governor weiteten sich Tildas Augen vor Überraschung, dann deutete sie mit einer Kopfbewegung zur Treppe. »Du musst einen sicheren Ort finden und dortbleiben!«

»Aber ich ... Wo finde ich Ledas Buch?«

»Im Erdgeschoss. Bei den Biografien, unter 920 WES. Aber nicht jetzt«, schrie Tilda und trat zur Seite, als eine Flut von Leuten die Treppe hinaufhastete. »Warte, bis es sicher ist.«

»Ich weiß nicht...«

Tilda schrie etwas, das Alice kaum verstand.

»Mile End?«, vergewisserte sie sich.

»Ja«, antwortete die alte Frau. »Meine Adresse. Wir treffen uns heute Abend dort, dann können wir reden!«

Damit eilte sie die Treppe hinunter, gegen den Strom von Bibliothekaren und Besuchern, die aus dem Atrium flohen.

Alice wollte ihr nachlaufen, doch Tilda blieb schwer atmend stehen und bedeutete ihr mit erhobener Hand, ihr nicht zu folgen.

»Geh! Finde einen sicheren Ort!« Alice zögerte, doch Tilda lächelte ihr ermutigend zu. »Ich bin froh, dass du nach Hause gekommen bist«, sagte sie. »Wir brauchen dich.«

Da begannen die Scherben auf der Treppe zu vibrieren, und den Bruchteil einer Sekunde konnten sie nur starr zusehen, wie das Beben immer stärker wurde. Dann nickte Alice Tilda zu, und genau im selben Moment drehten sie sich um und rannten los, Tilda die Treppe hinunter, Alice die Treppe hinauf. Hinter ihr stemmte sich der Baum gegen sein Steingefängnis, und das Krachen umstürzender Bücherregale verfolgte sie bis nach draußen.

Alice hatte es schon bis zu dem verlassenen Gebäude gegenüber von Coram House geschafft, als die Stimme in ihrem Kopf ihren inneren Konflikt gewann. Sie wollte Ledas Buch, und sie würde nicht lockerlassen, bis sie zumindest versucht hatte, es zu finden. Also schlug sie die Tür zu und stürzte sich mit ihrem Ziel vor Augen zurück in die Leere.

Als sie ankam, hatte das Erdbeben aufgehört, und auf dem Platz war es totenstill. Alle waren geflohen, daher konnte sie sich unbemerkt in die Abtei schleichen und sich einen Weg ins Atrium bahnen.

Selbst im schwachen Licht der Öllampen an den Wänden konnte sie sehen, dass das Erdgeschoss völlig verwüstet war. Die Steinplatten waren aus den Fugen gerissen worden und lagen kreuz und quer herum, angeschwollene, ineinander verschlungene Baumwurzeln wanden sich über den Boden, und überall, in allen Ecken und Winkeln zwischen den Wurzeln und den schrägen Steinplatten, lagen Bücher verstreut.

Tilda Jarvis war nirgends zu sehen. Und auch keine anderen Bibliothekare. Als sie sich umblickte, wurde ihr schnell klar, wie aussichtslos ihr Vorhaben war. Wie sollte sie in diesem heillosen Chaos ein bestimmtes Buch finden?

Bemüht, sich nicht entmutigen zu lassen, suchte sie die Korridore ab, und ihr Herz machte einen Satz, als sie den Gang fand, den Tilda genannt hatte. Viele der Schilder waren von den Wänden gefallen, doch das der Biografien-Abteilung hing nur schief.

Der Korridor war uneben. Wo ein Regal umgekippt war, türmten sich die Bücher wie Trümmer, und das Regal war darauf gelandet. Ihr blieb nichts anderes übrig, als über den wackligen Aufbau zu klettern, um die andere Seite des Gangs zu erreichen, der immer dunkler wurde, je weiter sie sich vom natürlichen Licht am Eingang entfernte.

Als Alice das Regal fand, nach dem sie gesucht hatte – Nummer 920, stark beschädigt und einsturzgefährdet –, lachte sie fast aus schierer Hoffnungslosigkeit. Ihre Glückssträhne hatte gerade lange genug gehalten, um sie jetzt zu verhöhnen. Sie würde das Buch nie finden. In diesem Durcheinander war es vollkommen unmöglich, irgendetwas zu finden. Hier unten konnte sie nicht einmal richtig sehen; es war so dunkel, dass sie keine Ahnung hatte, wo sie stand – wahrscheinlich würde sie jeden Moment stolpern und sich das Genick brechen.

»Kuu?«, flüsterte sie.

Bleiche Flügel wirbelten die Luft über ihrem Kopf auf, und als sie nach oben griff, um ihre Nachtschwalbe zu streicheln, landete diese auf ihrer Hand. Zärtlich strich sie ihr ein paarmal mit gekrümmtem Finger über den Kopf, dann hielt sie sich den Vogel vor die Augen.

»Kannst du es finden, Kuu?«, fragte sie. »Wie du Reids Philosophiebuch gefunden hast?«

Ihre Nachtschwalbe erhob sich in die Lüfte, ihre Krallen gruben sich kurz in ihre Haut, als sie sich abstieß. Alice ging in die Hocke und begann mit der Suche, während Kuu von oben mithalf. Eins nach dem anderen zog sie die Bücher aus dem Regal, versuchte, die Titel zu entziffern, und stapelte sie an einer Seite auf. In der Finsternis war das ein langwieriger Prozess. Sie hielt ein Buch hoch und versuchte, es so auszurichten, dass wenigstens etwas Licht darauf fiel, sodass sie den Titel lesen konnte.

Doch schon bald legte sie es mit einem frustrierten Seufzen weg. Es hatte keinen Zweck. Sie konnte rein gar nichts …

Über ihr leuchtete ein winziges Licht auf, und sie erstarrte. Nur mit Mühe schaffte sie es, nicht zurückzuweichen, als an ihrem Ohr ein leises Summen ertönte. Noch ein Licht tauchte neben dem ersten auf. Dann noch eins. Eine kleine Gruppe von Glühwürmchen schwebte auf sie zu und tauchte die Bücher zu ihren Füßen in ihren sanften Schein. Mit angehaltenem Atem hob Alice ein weiteres Buch auf und hielt es in das Licht, das sie so großzügig spendeten. Die Glühwürmchen … die tödlichen, fleischfressenden Glühwürmchen … halfen ihr.

Kuu zupfte an der Lichtschnur an Alice' Handgelenk, und sie ließ das Buch, das sie in der Hand hielt, abrupt fallen. Ihre Nachtschwalbe stieß einen schrillen Schrei aus, stieß herab und pickte mit ihrem Schnabel so fest nach einem anderen Buch, dass es auf Alice zupurzelte. Blitzschnell griff sie danach, und das Herz schlug ihr bis zum Hals, als sie über das Cover strich. Im sanften grünlichen Licht der Glühwürmchen waren die Worte gut lesbar. *Chancellor Westergard: Ein Leben im Dienst.*

Es war tatsächlich Ledas Buch! Der Drang, es gleich aufzuschlagen und nach Informationen über ihre Herkunft zu durchforsten, war überwältigend, doch sie unterdrückte das Verlangen. Das musste warten. Erst musste sie hier weg. Mühsam rappelte sie sich auf und rutschte beinahe auf den Büchern aus, als sie aus dem Korridor und zurück ins Erdgeschoss des Atriums hastete. Die Glühwürmchen folgten ihr gehorsam und leuchteten ihr den Weg. *Seltsam.*

Im Hof blieb sie einen Augenblick stehen, um die atemberaubende Pracht des Sommerbaums zu bestaunen. Er war so gigantisch, dass er jeden Moment durch die Mauern der Abtei zu brechen drohte. Ein ernüchternder Gedanke. Plötzlich hatte sie das starke Bedürfnis, von hier zu verschwinden. Sofort. Was sie bisher für schön gehalten hatte, erschien ihr jetzt unheimlich und bedrohlich. Hier unten war es zu finster – zu still. Das einzige Geräusch kam von dem Holz, das knarrend und ächzend gegen die Steinwände drückte. Es war fast…

Alice erstarrte. Jeder Muskel in ihrem Körper spannte sich an. Ihr eigener Atem war zu laut, und sie hielt die Luft an, als sie suchend zum Sommerbaum aufblickte. Sie hörte… irgendetwas. Beunruhigt sah sie zu Kuu, aber sonst war niemand da. Bestimmt waren die Runner schon draußen und sperrten das Gebiet mit Sicherheitsbarrieren ab. Und dennoch…

Vorsichtig ging sie auf den Sommerbaum zu und spähte durch die knorrigen Äste nach oben. Ihre Nackenhärchen sträubten sich, als sie sich auf die Zehenspitzen stellte, um besser zu sehen. Durch das dichte Geäst konnte sie nichts erkennen, aber sie spürte… Eine tiefe Verwirrung erfasste sie, doch sie schüttelte sie ab.

Irgendwo im Atrium befand sich eine Nachtschwalbe, die zu niemandem gehörte. Eine Nachtschwalbe, die frei herumflog, mit niemandem verbunden. Da war sich Alice vollkommen sicher.

26

Die Tür zu Coram House flog auf, und Alice stolperte über die Schwelle. Crowley konnte sie gerade noch auffangen. Die Sorge in seinen Augen nahm zu, als er sie auf Armlänge von sich weghielt und sie eingehend musterte.

»Alice?«

Sie schüttelte den Kopf. »Ich bin okay, ich… Kann ich mich kurz hinsetzen?«, murmelte sie. »Mit dir?«

Erleichterung breitete sich auf seinem Gesicht aus, und ohne ein Wort fasste er sie am Ellbogen und führte sie zur Treppe. Er zögerte einen kurzen Moment, dann brachte er sie nicht etwa in die Küche, wie sie erwartet hatte, sondern in sein Quartier im Keller.

Crowleys Zimmer waren auf Gemütlichkeit ausgelegt, nicht auf Eleganz. Schlichte Holzmöbel, Ohrensessel mit klobigen Beinen und eingesessenen Polstern. Doch die Polster waren dick und bequem, der Teppich war weich, hübsche, bauschige Vorhänge fielen bis zum Boden herab, und im Kamin flackerte ein erlöschendes Feuer. Er wedelte mit der Hand, und die Flammen loderten erneut auf, heiß wie die Sonne im Hochsommer.

Alice blickte sich um. Sein Schreibtisch, der diagonal unter dem Kellerfenster stand, blitzte im kalten Morgenlicht, und darauf türmten sich Bücher sowie ein Tablett mit Spirituosen und Kristallgläsern. Eine ganze Wand wurde von Bücherregalen eingenommen, und durch einen Schlitz in der Tür erhaschte Alice einen Blick auf ein schönes Bett mit einer dicken Steppdecke und weichen Kissen. Es sah aus wie ein Bett, in dem man versinken konnte. Das gesamte Mobiliar war aus Holz mit salbeigrünen Farbakzenten. Es sah aus wie das Zuhause eines Mitglieds von Haus Mielikki, nicht eines Mitglieds von Haus Ilmarinen.

Alice öffnete den Mund, schloss ihn aber gleich wieder. Sie sollte ihm sagen, was Marianne über seine Mutter erzählt hatte – dass sie wegen irgendeines geheimen Geburtsrechts eifersüchtig auf Helena gewesen war. Doch sie konnte an nichts anderes denken als an die erschütternden Neuigkeiten, die sie von Tilda erfahren hatte.

»Leda Westergard ist meine leibliche Mutter«, sagte sie, während sie es sich vor dem Kamin gemütlich machten.

Crowley zuckte vor Überraschung zusammen, hinterfragte ihre Worte aber nicht. Geistesabwesend starrte Alice ins Feuer, das verzerrte Schatten an die Wand warf. Sie hatte das Gefühl, als wäre ihre Brust mit einem straffen Band zugeschnürt, das jedes Gefühl außer ängstlicher Erwartung unterdrückte.

»Das ist von ihr«, sagte sie und hielt ihm das Buch hin.

Stirnrunzelnd nahm er es entgegen und sah sich das Cover an. Er machte Anstalten, es zu öffnen, schaffte es aber nicht. Verwirrt versuchte er, den Daumen zwischen den Einband und die erste Seite zu klemmen, aber nichts rührte sich. Tilda hatte gesagt, sie habe dafür gesorgt, dass nur Ledas Tochter das Buch öffnen konnte. Doch Alice hatte sichergehen wollen.

Sie streckte die Hand aus, und er reichte ihr das Buch zurück. Nachdenklich strich sie über die verblichenen Buchstaben – *Chancellor Westergard: Ein Leben im Dienst*. Auf dem Cover war ein Bild von Leda zu sehen, auf dem sie sehr vornehm wirkte, ihre braunen Haare ordentlich geflochten und hochgesteckt, einen ruhigen, stählernen Ausdruck im Gesicht. Sie sah aus wie eine Frau, die es gewohnt war, alle Antworten zu haben.

Alice atmete tief durch und klappte das Buch auf. Die Seiten ließen sich leicht umblättern, und sie fühlte sich ein bisschen wie König Artus, der Excalibur aus dem Stein zog. Doch als sie sich die aufgeschlagene Seite genauer ansah, wurde ihr eng ums Herz, und ein seltsames, dumpfes Gefühl erfasste sie. Der Raum, Crowleys Stimme, alles rückte in den Hintergrund, bis sie nur noch das Buch wahrnahm. Das Buch, das voller leerer Seiten war. Nur die ersten paar waren mit eleganter, schnörkeliger Schrift beschrieben. Ledas Handschrift. Ihre Mutter hatte diese Seiten berührt …

Kulta, geliebtes Kind, begann die Nachricht. Beim Anblick dieser Worte regte sich etwas in Alice. Leda hatte nie erfahren, wie ihre Tochter hieß. Für Leda war Alice' Existenz sicherlich noch gar nicht richtig greifbar gewesen.

»Crowley …«, sagte Alice leise. »Ist Kulta ein Mädchenname? War das der Name, den sie für mich ausgesucht hat?«

»Nein«, murmelte er. »*Kulta* ist ein Kosewort. Es bedeutet ›Gold‹.«

Alice nickte, und ihr tränenverschleierter Blick driftete zurück zu Ledas Buch.

Kulta, geliebtes Kind,

es tut mir leid, ich schäme mich so sehr. Und ich bin so unendlich müde. Jede Nacht bete ich darum, endlich einschlafen zu können. Doch jedes Mal, wenn ich die Augen schließe, höre ich, wie sein Flüstern, sein Flehen und seine Versprechungen in meinen Gedanken Wurzeln schlagen. Ich mache mir Sorgen, dass Du all das mitbekommst – meine Erschöpfung, mein schlechtes Gewissen – und es Dir irgendwie schaden könnte. Ich erinnere mich noch genau an Helenas Schwangerschaft; sie erfreute sich bester Gesundheit, doch ich habe mich dessen beraubt – und Dich auch. Hätte es irgendeinen anderen Weg gegeben, dann hätte ich ihn gewählt. Ich habe ihn zugrunde gerichtet, und das bereue ich mehr, als er je erfahren wird, aber er ist

auch nicht schuldlos. Letztlich hat es uns beide zerstört. Aber Dich,
meine Kleine, nicht.

Alice erschauderte. War das eine Nachricht an sie, oder ein tief-
trauriger Tagebucheintrag gegen Ende von Ledas Leben?

Ich habe Dich beschützt, so gut ich konnte, und für Deine Anonymität
gesorgt in der Hoffnung, dass Du in Sicherheit bist, wenn ich nicht
mehr da bin. Die Wyndhams sind gute Leute. Ich habe sie beobach-
tet. Sie werden Dich so lieben, wie Liebe sein sollte: gesund, ohne das
Gift, das die unsere verdorben hat. Obwohl ich vieles bereue, weiß ich,
dass ich mich, wenn ich die Wahl hätte, wieder genauso entscheiden
würde. Ich habe immer getan, was getan werden musste. Ich bin nie
vor schwierigen Entscheidungen zurückgeschreckt. Letzten Endes bist
Du alles, worauf es mir ankommt.

Also ertrage ich dieses Leid im Stillen, während Tilda viel Wir-
bel um meine Gesundheit macht und Catherine in ihren Büchern
nach einer Lösung sucht, die sie niemals finden wird. Helena ist fort.
Gegangen. Ich weiß nicht, wohin. Vielleicht hegt sie genau wie ich
ihr schlechtes Gewissen. Schande verbindet Menschen, wie es nichts
anderes vermag. Sie wird nie verraten, was wir getan haben, und
schon bald werde ich auch niemandem mehr davon erzählen können,
sobald ich diese Welt verlassen habe. Meine einzige Hoffnung ist, dass
nicht andere für unsere Taten büßen müssen. Wir sind uns sicher,
dass keine Gefahr droht – dass wir nicht alles dem Untergang geweiht
haben–, aber das ist ein schwacher Trost, da wir drei schon einen un-
vorstellbar hohen Preis zahlen mussten.

Jede Nacht, wenn der Schlaf sich weigert zu kommen, erinnere
ich mich daran, dass ich nicht gelogen habe, als ich meinen Amts-
eid ablegte – obwohl ich ihn danach gebrochen habe. Es erleichtert
mich, nicht zu wissen, dass ich fest vorhatte, die Werte meines Amtes
aufrechtzuerhalten, selbst wenn ich letztlich versagt habe. Die Häu-

365

ser haben keine Ahnung, was wir getan haben, und wenn Gabriel mich je geliebt hat, wird er mir dieses letzte Geheimnis zugestehen. Nicht dass das jetzt noch eine Rolle spielt – mein Vermächtnis werden nicht meine Errungenschaften im Amt des Chancellor sein. Mein Vermächtnis bist Du. Du wirst nie die schwere Bürde des Namens Westergard kennenlernen oder die Pflichten, die dem letzten Nachkommen der Gardiners auferlegt würden, und darüber bin ich sehr froh. Ich hoffe, ich habe Dich zu Deinen Gunsten davon entbunden. Dein Name wird Wyndham sein, und dieser Name sollte Dir eine Freiheit schenken, die ich nie hatte. Auch hoffe ich, obwohl jede Zelle meines Körpers sich danach sehnt, Dich kennenzulernen, dass Du diese Worte nie lesen und nie von mir erfahren wirst. Was ich mir am meisten für Dich wünsche – wofür ich gekämpft und so viele Leute hintergangen habe – ist, dass Du die Freiheit haben wirst, Du selbst zu sein.

Leda

Alice zitterte am ganzen Körper, ihre Gedanken ein einziges Chaos. Ihre Hand krampfte sich um das Buch, dann las sie den Brief ihrer Mutter nochmals durch. Meinte Leda etwa ...?

»Ich glaube ... Ich glaube, ich bin vielleicht eine Gardiner«, stieß sie leise hervor.

Crowley starrte sie an, sein Gesicht aschfahl vor Überraschung.

Sie blickte zu ihm auf. »Ich glaube, ich bin eine Gardiner. Die letzte Gardiner. Und das bedeutet, ich bin ...«

»Mielikkis direkte Nachfahrin«, flüsterte er, völlig entgeistert.

»Sieh dir das an«, sagte Alice und hielt ihm das Buch hin.

Er warf einen Blick darauf. »Die Seiten sind leer.«

Verwirrt zog Alice die Stirn kraus. Crowley konnte Ledas Eintrag nicht sehen?

»Lies es mir vor«, bat er sie.

Er hörte still und aufmerksam zu, nur bei der Erwähnung seiner Mutter holte er zittrig Luft.

»Warum haben sie sich so sehr geschämt? Was haben sie getan?«, fragte Alice. »Und vor wem hat sie mich beschützt?«

Crowley schüttelte den Kopf, einen grimmigen Ausdruck im Gesicht, und Alice' Blick fiel auf ihren Siegelring. Es war nicht das Westergard-Wappen, das Leda am Finger getragen hatte. Könnte es womöglich etwas viel Älteres sein – das Gardiner-Wappen vielleicht?

Crowley atmete langsam aus, um die Gefühle, die in ihm tobten, unter Kontrolle zu bekommen.

Schließlich brachte er ein einziges Wort heraus. »Gabriel?«

Alice hielt den Atem an.

»›Wenn *Gabriel* mich je geliebt hat …?‹«, zitierte Crowley, seine Stimme rau. »Alice … Könnte Gabriel Whitmore dein Vater sein?«

Nein. Sie kniff die Augen fest zusammen. Nein, das konnte nicht sein. Tuoni … Warum sollte Tuoni in die Rookery kommen und sich als normaler Mann mit einem normalen Job und einem normalen Leben ausgeben? Ihre Augen öffneten sich schlagartig wieder. Der Lintuvahti hatte einmal gesagt, ihr Vater, Tuoni, sei seiner Pflichten überdrüssig geworden und zu der Erkenntnis gelangt, dass sein Platz woanders war. War sein Platz in der Rookery – als Governor von Haus Mielikki?

»Gabriel Whitmore und Leda Westergard?«, murmelte Crowley.

Plötzlich fiel Alice wieder ein, was Cecil gesagt hatte, als sie das Porträt von Leda in seinem Büro bemerkt hatte. *Die beiden waren ein erstaunliches Paar …*

Alice rieb sich die Schläfen. »Das kann nicht wahr sein«, sagte sie. »Das hätte ich … Das hätte ich gespürt. Ganz bestimmt.«

»Kann Tuoni altern?«, fragte Crowley. »Whitmore war ein junger Mann, als er zum Governor ernannt wurde.«

Alice schüttelte den Kopf. »Er ist nicht Tuoni«, sagte sie und verdrängte das flaue Gefühl in ihrem Magen. »Das kann nicht sein, Crowley.« Ihre Brust fühlte sich zu eng an. »Tuoni ist kein Mann,

367

der ein gewöhnliches Leben führt.« Sie schauderte. »Ich traue Whitmore nicht – er hat behauptet, er wäre im Hain gewesen, als die Sirene losging, aber das war eine Lüge. Er hat außerdem verheimlicht, dass der Sommerbaum wächst. Er hat Tilda bedroht und ihr gesagt, er könne nichts gegen die Zerstörung der Stadt unternehmen, als sich schon das nächste Erdbeben anbahnte, und er ... O Gott, was, wenn das mit dem Buch stimmt?«

»Was für ein Buch?«, fragte Crowley in eindringlichem Ton.

»Tom und Bea ... Es gibt ein Gerücht, dass Whitmore ein Exemplar von einem verloren geglaubten Buch hat. Irgendein lateinisches Buch, das sich damit befasst, wie das Fundament der Rookery um den Sommerbaum errichtet wurde. Bea meinte, das sei Unsinn – aber was, wenn es stimmt? Was, wenn er für das alles verantwortlich ist, Crowley? Kann es nicht gut sein, dass der Leiter von Haus Mielikki Zugang zu geheimem Wissen hat, über das die anderen Mitglieder nicht verfügen? Die Vermächtnisse unseres Hauses werden stärker. Vielleicht ist es wirklich ein Versuch, die Macht an sich zu reißen.«

»Aber Alice«, erwiderte Crowley, »wer will schon über ein kaputtes Königreich herrschen? Wenn die Rookery zerstört wird, hat seine Macht keine Bedeutung mehr.«

Sie verfielen in Schweigen, und Crowley begann, unruhig in dem winzigen Zimmer auf und ab zu laufen. »Die Westergards stammen von den Gardiners ab? Das deutet Leda doch in ihrem Tagebuch an, oder?« Er hielt abrupt inne und wandte sich ihr zu. »Alice«, sagte er und starrte sie an, als sähe er sie zum ersten Mal. »Auch unabhängig von Whitmore – wenn du eine Gardiner bist, ändert das alles.«

Jäh erinnerte sie sich an Tildas Worte.

Der Baum deiner Mutter ... Du hast den Bindungstrank noch nicht genommen ...? Kannst du es fühlen ...?

Alice konnte nicht schlafen. In ihrem alten Bett in Coram House zusammengekauert ging sie Ledas Worte und Tildas Fragen immer und immer wieder im Kopf durch. Wenn die Rookery je dringend einen Gardiner gebraucht hatte, dann jetzt. Aber Ledas Gene waren nur die eine Hälfte von Alice' Erbgut. Wie stark würde ihre Verbindung zu Tuoni sie dabei behindern, den Pflichten nachzukommen, die ein echter Gardiner erfüllen könnte?

Und dennoch… So tief in ihrem Innern vergraben, dass sie nicht wagte, ihr Raum zum Wachsen zu geben, verbarg sich eine verlockende Aussicht: Könnte sie etwas anderes werden, als sie war? Leda hatte gewollt, dass sie die Freiheit hatte, sie selbst zu sein, doch Alice' Selbstbild war so von ihrer Angst vor Tuonis Einfluss verzerrt, dass sie angefangen hatte, sich selbst zu fürchten. War das ihre Chance, sich neu zu erfinden? War das ihre Chance wiedergutzumachen, was mit Jen geschehen war?

Bea hatte gesagt, seit dem Ende von Mielikkis Abstammungslinie hätten sie keine Kontrolle mehr über den Arbor Suvi. Wenn sie den letzten Bindungstrank zu sich nahm und sich vollständig und unwiderruflich mit Mielikkis Sommerbaum verband, könnte sie ihn vielleicht irgendwie kontrollieren? Sein Wachstum rückgängig machen? Ihn gefahrlos zurechtstutzen wie ein Gärtner – und ihn davon abhalten, die Stadt zu beschädigen? Die Rookery vor der völligen Zerstörung retten?

»Wenn Gabriel mich je geliebt hat…« Alice starrte zur schattigen Decke hoch. Gabriel Whitmore. Könnte er wirklich Tuoni sein? Sie testete die Vorstellung in Gedanken aus, doch noch nie in ihrem Leben hatte sie sich so benommen gefühlt. Was war bloß los mit ihr? Sie gab sich einen mentalen Ruck, versuchte, irgendeine Reaktion auszulösen, aber ihr Kopf war wie betäubt. Leda war nicht bei ihm gewesen, als sie gestorben war. Aber warum? Was hatte er getan? Leda meinte, sie habe ihn zugrunde gerichtet – indem sie ihn verlassen hatte?

Tuoni… Sie atmete tief durch. Wenn Tuoni tatsächlich in der Rookery lebte, war er nicht länger nur ein abstraktes Konzept oder eine Schreckgestalt; er war ein Mann mit scharfsinnigen blauen Augen und schütterem Haar. Fast lächerlich normal. Doch er konnte nicht Tuoni sein, das hätte sie doch sicher bei ihrer ersten Begegnung gespürt. Aber wie auch immer die Wahrheit aussehen mochte – ob er nun Tuoni war oder nicht –, Whitmore hatte Leda gekannt, sie sogar geliebt. Wusste er also, dass Alice ihre Tochter war? Und wenn er nichts von ihrer wahren Identität wusste, verschaffte ihr das einen Vorteil bei ihren Nachforschungen? Alice seufzte tief und zog sich die Decke über den Kopf. Unten in seinem Zimmer wälzte sich Crowley bestimmt auch ruhelos im Bett herum. Bei der Erwähnung seiner Mutter in Ledas Buch war er so totenbleich geworden, dass sie es nicht über sich gebracht hatte, ihm zu sagen, dass sie sich mit Marianne getroffen hatte. Nicht heute. Sie waren in Schweigen verfallen, beide in ihre eigenen Gedanken versunken.

Morgen würden sie sich mit Tilda Jarvis treffen. Sie hatte die Adresse aufgeschrieben, damit sie sie nicht vergaß. Vielleicht konnte Tilda ihnen mehr über die seltsame Verbindung zwischen ihren Familien erzählen. Und vielleicht konnte sie Alice auch sagen, wie sie die Rookery vor Mielikkis Baum retten konnte.

27

»Bist du sicher, dass wir hier richtig sind?«, fragte Alice, und ihre Zähne klapperten in der frostigen Leere.

»Ich kenne diese Gegend gut«, erwiderte Crowley und öffnete die Tür. Dahinter kam eine schmale, mit viktorianischen Häusern gesäumte Straße zum Vorschein. »Ich habe hier in der Nähe mal einen Fall übernommen. Ein Mann, der seine Frau verdächtigt hat, mit ihren gemeinsamen Ersparnissen durchgebrannt zu sein. Er wollte, dass ich das Geld auftreibe – aber natürlich wollte er in Wahrheit die Frau.«

Als Verbrecherjäger spürte Crowley gestohlene Waren auf und brachte sie den Besitzern gegen eine Gebühr zurück. Die Runner tolerierten ihn, weil er nützlich war, und er verachtete sie wegen ihrer Inkompetenz.

»Hast du sie gefunden?«, fragte Alice fröstelnd. Es war Sommer, doch durch ihre angestaute Erschöpfung war die Kälte auf ihren Reisen schwer auszuhalten.

Crowley warf ihr einen kurzen Blick zu. »Natürlich. Sie wohnte in Bermondsey. Aber wie sich herausstellte, ist sie mit ihren Ersparnissen durchgebrannt, weil er sie einmal zu oft verprügelt hat.« Sein Gesicht verfinsterte sich. »Ich habe ihr das Geld gegeben, das er mir dafür bezahlt hatte, sie zu finden, und alle Türen zu ihrem Haus gesichert. Ich bezweifle, dass der Idiot schlau genug ist, sie aufzuspüren, aber selbst wenn er es wäre, könnte er sie nie erreichen.«

Als sie die Leere verließen, peitschte ihnen der Wind die Haare ins Gesicht und bauschte Crowleys langen Mantel.

Ein Bus mit offenem Verdeck brauste an ihnen vorbei, mit einer Werbung für »*Oxos Motoring Chocolate, nur zwanzig Schilling*«. Der kühle Wind, den er im Vorbeifahren aufwirbelte, ließ Alice erneut frösteln. Crowley warf ihr einen besorgten Blick zu.

»Nimm das«, sagte er, zog seinen Mantel aus und legte ihn ihr um die Schultern. Dabei streiften seine Finger ihren Hals, und ihre Blicke trafen sich. Crowley erstarrte, die Finger an ihrem Kragen, sein Gesicht undurchschaubar, dann räusperte er sich.

»Wir sollten gehen«, sagte er in widerwilligem Ton. »Ich glaube, dort drüben müsste es sein.«

Dankbar zog Alice seinen Mantel enger um sich. Ihr Herz schlug höher, so intensiv war sie sich bewusst, dass er noch warm von seinem Körper war.

Die Jarvis-Familie hatte ihr Vermögen im Lauf der Jahre verprasst. Ihr ursprünglicher Familiensitz in Kensington hatte ihren verschwenderischen Umgang mit Geld nicht überlebt und war schon vor fast dreißig Jahren verkauft worden. Jetzt wohnte Tilda Jarvis in einem beengten Haus mit Terrasse im Mile End der Rookery. Die Inneneinrichtung war unfassbar prunkvoll, als wäre Tilda bei der königlichen Familie in die Lehre gegangen. Der Kontrast zum schlichten Äußeren des Hauses war so stark, dass sie beide wie angewurzelt stehen blieben.

»Offenbar konnten sie die Möbel retten, als sie das Haus verloren haben«, sagte Crowley mit Blick auf die Seidenpolster, die goldumrahmten Uhren und Kerzenhalter, die üppigen Samtvorhänge und die wilde Mischung aus dunklen, eindrucksvollen Schränken aus der Regency-Epoche und Barockstühlen und -lampen.

Alice vergrub das Gesicht im Kragen von Crowleys Mantel und schlang die aufgeknöpften Seiten fest um sich. »Crowley«, sagte sie leise. »Dieser Geruch …«

An seiner Schläfe zuckte ein Nerv. »Ich weiß.« Er begegnete ihrem Blick und nickte grimmig. »Kann ich dich irgendwie überzeugen hierzubleiben?«

»Nein.«

Tilda hatte Alice eindringlich angehalten, zu ihr zu kommen, sobald sich das Chaos gelegt hatte. Der widerliche metallische Gestank von Blut sagte ihr, dass sie zu spät kamen.

Crowley ging langsam von Zimmer zu Zimmer, sein Gesicht vor Abscheu verzerrt, einen nervösen Ausdruck in den Augen. Als klar wurde, dass im Erdgeschoss nichts zu finden war, ging er zur Treppe.

»Bist du sicher, dass du mitkommen willst?«, erkundigte er sich erneut.

Ihre Finger krampften sich um den Kragen seines Mantels. »Ja«, antwortete sie mit belegter Stimme.

Ohne ein weiteres Wort lief er die Treppe hoch. Sie raffte den Mantel, um nicht darüber zu stolpern, und eilte ihm nach. Auf dem Treppenabsatz war der Gestank des Todes am stärksten.

Crowley war kreidebleich, plötzlich wirkte er schrecklich unentschlossen. »Alice …«, stammelte er.

»Crowley«, sagte sie, »du musst mich nicht vor dem Tod beschützen. Ich *bin* der Tod.«

Damit ging sie an ihm vorbei ins Wohnzimmer und erschauderte, als sie über die Schwelle trat.

Tilda Jarvis saß an ihrem Frisiertisch. Fast unmerklich in sich zusammengesunken, ihr Kopf auf einer Schulter ruhend, beide Hände mit den Handflächen nach oben auf den Armlehnen ausgestreckt. Ihre Haut war fleckig, ihr Gesicht schlohweiß, doch ihre Gliedmaßen waren dunkellila, wo die Schwerkraft das vom Herzen nicht mehr gepumpte Blut nach unten gezogen hatte. Über ihren Unterarm zog sich eine tiefe Schnittwunde, das Blut war in Strömen über den Frisiertisch und den Stuhl geflossen und hatte ihren dunklen Rock durchtränkt. Auch an den Spiegel war Blut gespritzt, und Alice konnte ihr eigenes verzerrtes Spiegelbild darin sehen, als sie hereinkam. Tilda war eindeutig an Blutverlust gestorben. Aber sie hatte sich nicht kampflos geschlagen gegeben.

Ich bin froh, dass du nach Hause gekommen bist... Tildas letzte Worte, die sie ihr zugerufen hatte, während sie sich bewusst in Gefahr begab, hallten Alice im Gedächtnis nach. Sie war so stark und mutig gewesen. Und dass ihr Leben so geendet hatte...

Verzweifelt bemüht, ihren Magen zu beruhigen, der drohte, sich seines gesamten Inhalts zu entledigen, musste Alice sich von der alten Frau abwenden. Während Crowley den Leichnam untersuchte, ging Alice einem Instinkt folgend zum zersplitterten Fensterrahmen und dem Himmelbett, dem drei Pfosten fehlten, inspizierte die Überreste des Kleiderschranks in der Ecke und den verkrümmten Holzboden. Die Dielen waren aus den Fugen gerissen worden, die Planken verbogen und an den Enden spitz zulaufend; das Ganze sah fast aus wie ein Maul voller Zähne. Offenbar hatte die alte Frau jede Mielikki-Verteidigung, die ihr einfiel, gegen den Angreifer eingesetzt.

»Sie hat um ihr Leben gekämpft«, murmelte Alice wie betäubt.

»Ja«, sagte Crowley und stieß mit der Stiefelspitze in einen Haufen Ziegelstaub am Fußende des Betts. »Aber sie wurde von jemand Jüngerem überwältigt. Jemand Stärkerem.«

Alice' Blick schweifte zurück zu Tilda und wanderte von ihrem zerschundenen Arm zu dem Splitt und Ziegelstaub am Boden – wo eine weiße Taubenfeder lag, von Blut getränkt. Das Zeichen der Gemeinschaft der Bleichen Feder.

»Marianne«, sagte Alice, ihre Stimme rau vor Wut. »Das hat sie meinetwegen getan. Weil sie wusste, dass ich mit Tilda reden wollte, und weil ich sie wegen diesem *beschissenen*« – sie trat so fest gegen ein Holzbrett, dass es zersplitterte – »Forschungsordner ausgetrickst habe.«

Tränen der Wut schossen ihr in die Augen. *Dieses hasserfüllte, herzlose Miststück.*

»Du ... warst bei Marianne?«, fragte Crowley erschüttert.

Sie nickte, und sein Gesicht verfinsterte sich.

»Es gibt da ein paar Sachen, die ich dir erzählen muss«, sagte sie und wandte den Blick schaudernd von Tilda ab. »Marianne hat gesagt, deine Mutter ...«

»*Nicht*«, unterbrach er sie mit qualvollem Gesicht. »Das will ich gar nicht wissen. Diese Frau ist Gift. Ein solches Risiko hättest du niemals eingehen sollen.« Er schluckte schwer, und ein Muskel in seinem Kiefer zuckte, so angestrengt versuchte er, seine Gefühle unter Kontrolle zu bringen, seine unbändige Wut zu unterdrücken. Er hasste Marianne noch mehr als sie.

Alice zögerte, bevor sie behutsamer fortfuhr: »In ihren Aufzeichnungen erwähnt Reid eine ... eine Pellervoinen-Schutzvorrichtung. Und Marianne hat angedeutet, dass deine Mutter ...«

»Meine Mutter, die Frau, die sie *ermordet* hat«, sagte er in schroffem Ton. »Ich will nicht noch mehr von Mariannes Lügen hören.« Er wandte sich ab, um seine Miene vor ihr zu verbergen, und ging zum Fenster. »Wir sollten von hier verschwinden, bevor uns irgendjemand sieht. Wir können die Runner verständigen, wenn wir wieder in Coram House sind.«

Alice nickte. Wahrscheinlich hatte er recht. Das war weder der richtige Ort noch die richtige Zeit für klärende Gespräche. Sie drehte sich um und eilte zur Tür – am liebsten hätte sie die grässlichen Bilder aus ihrem Gedächtnis getilgt. Marianne hatte aus Rache eine unschuldige alte Frau ermordet. Alice hasste den Tod. Sie war die Gewalt und den Schmerz und die Einsamkeit, die damit einhergingen, so leid.

Draußen auf dem Treppenabsatz hielt sie die Hand hoch und sog scharf die Luft ein, als sich Kuus nadelspitze Krallen in den Ärmel ihres Mantels gruben. Der kleine weiße Vogel hüpfte von ihrem Arm auf ihre Schulter und schmiegte sich beruhigend zwitschernd in ihre Halsbeuge.

»Wenigstens werde ich nicht allein sterben«, flüsterte sie. »Nicht, wenn ich dich habe.«

Sie blickte zu Crowley, der am Fenster stand, seine langen, dunklen Haare im Sonnenlicht glänzend. Er beherrschte es perfekt, seinen Seelenvogel verborgen zu halten – eine beeindruckende Leistung, wenn man bedachte, dass er ihn selbst gar nicht sehen konnte. In letzter Zeit achtete er jedoch nicht mehr so rigoros darauf, und sie erhaschte hin und wieder einen Blick auf seine Nachtschwalbe. Jetzt hockte sie auf seiner linken Schulter und blickte genau wie er auf die Straße hinunter. Die Sonne spiegelte sich in ihren glasigen schwarzen Augen und ihrem dunkelbraunen, fast schwarzen Gefieder, das im Licht schimmerte. Sie wirkte stark, imposant und majestätisch. Wenn ein Vogel hochmütig sein konnte, beschrieb dieses Wort Crowleys Nachtschwalbe perfekt.

»Alles in Ordnung?«, fragte er und drehte sich zu ihr um, einen besorgten Ausdruck in den Augen.

Alice nickte. »Ja. Aber ich glaube, ich brauche frische Luft.« Sorgsam darauf bedacht, nicht zu Tildas Leichnam zu sehen, floh sie auf wackligen Beinen die Treppe hinunter und zur Haustür hinaus, setzte sich auf den Bürgersteig und streichelte Kuu, um ihren rasenden Herzschlag zu beruhigen.

Als Crowley etwa zehn Minuten später auftauchte, konnte sie endlich wieder sprechen, ohne dass ihre Stimme vor Wut zitterte.

»Du hast … ihre Bücher gestohlen?«, fragte sie mit Blick auf die beiden makellosen Bücher, die er in der Hand hielt.

»Das wird sie wohl kaum stören«, erwiderte er.

Alice' Augen blitzten zornig, und sie öffnete den Mund, um ihm gehörig die Meinung zu sagen, doch er kam ihr zuvor.

»Ich dachte, ich schaue mich noch schnell um, bevor die Runner hier aufkreuzen und alles konfiszieren«, erklärte er. »Sie war eine Bibliothekarin, die dir ein Buch hinterlassen hat und anscheinend noch mehr Informationen über unsere von Schuldgefühlen geplagten Mütter hatte.« Er deutete auf die Bücher. »Einen Blick auf ihre persönliche Bibliothek zu werfen – die übrigens nicht so umfangreich ist, wie man erwarten könnte – war mir die Zeit wert.«

»Und ... was hast du gefunden?«, fragte Alice.

»Zwei Bücher, die ich nicht öffnen kann.«

Auf den ersten Blick schien keins der Bücher einen Eintrag von Leda Westergard zu enthalten. Die Handschrift war anders: die krakeligen Buchstaben von jemandem mit viel schwächerem Griff – jemand viel Älterem. Tintenflecke machten manche Passagen völlig unlesbar, andere waren von der Sonne ausgebleicht.

Aus einem der Bücher waren alle Seiten bis auf eine herausgerissen worden, auf der eine einzige Zeile prangte: *Natura valde simplex est et sibi consona.* Das andere war mit Notizen und Zeichnungen überfüllt. Auf den ersten paar Seiten fand sich ein mit dünnen Linien skizziertes Bild von einem kleinen, von Steinmauern umschlossenen Raum. In der Mitte stand etwas, das sie nicht entziffern konnte; die Zeichnung war auf Latein beschriftet. Tatsächlich – sie blätterte die vergilbten Seiten vorsichtig um – war abgesehen von ein paar englischen Sätzen hier und da ein Großteil des Buches in Latein abgefasst, einer toten Sprache, die sie im Studium nicht gelernt hatte.

Dass sie so kurz nach ihrem Gespräch über das geheime Buch,

das Whitmore angeblich besaß, zwei Bücher gefunden hatten, die auf Latein geschrieben waren, machte sie misstrauisch, bis Crowley sie darauf hinwies, dass es an der Universität haufenweise lateinische Texte gab, und die Sprache jetzt zwar tot war, vor Hunderten von Jahren, als die meisten von ihnen verfasst worden waren, aber noch gebräuchlich gewesen war.

»Ich kann nichts davon lesen«, sagte sie mit einem frustrierten Seufzen und wandte sich Crowley zu, der ihnen in der Küche von Coram House eine Tasse Tee machte. »Was zum Teufel heißt: ›natura valde simplex est et sibi consona‹?«

»Die Natur ist außerordentlich einfach und harmonisch«, antwortete Crowley wie aus der Pistole geschossen.

Alice blinzelte ihn verwundert an. »Du kannst ...?« Sie schüttelte den Kopf. »Schon gut. Natürlich kannst du Latein.«

»Das ist ein Zitat«, sagte er mit einem rauen Lachen. »Von Isaac Newton. Mein Latein ist zugegebenermaßen etwas eingerostet.«

»Nun, meins existiert überhaupt nicht«, erwiderte sie und rieb sich erschöpft das Gesicht. »Ganz toll. Ich kann den Text nicht lesen, und du kannst ihn nicht mal sehen.«

Auch auf diesen Seiten konnte Crowley kein Wort sehen; sie erschienen völlig leer, genau wie Ledas Biografie. Offenbar waren sie durch Mielikkis Magie vor unbefugten Blicken geschützt.

»Ich könnte es für dich abschreiben«, sagte sie und warf einen skeptischen Blick auf den dicken Wälzer voller unverständlicher Wörter. Wahrscheinlich würde sie stundenlang nutzlose Seiten abschreiben, bevor sie auf irgendetwas von Bedeutung stieß.

»Lies es mir vor«, sagte er, zog einen Stuhl heran und gab sich uncharakteristisch geduldig. »Vielleicht kann ich es übersetzen.«

Es war ein anstrengender, frustrierender Prozess. Alice bemühte sich, alles halbwegs richtig auszusprechen, aber Crowley verstand nur etwa ein Zehntel der Wörter. Das Feuer im Kamin war erloschen, als sie endlich einen Durchbruch erzielten.

»Sag das noch mal«, bat Crowley und versteifte sich sichtlich.

»Ich kann nicht alles lesen, da ist ein großer Tintenfleck, und die Schrift ist verblasst.« Mit zusammengekniffenen Augen versuchte sie, die Worte zu entziffern. »*Tutela est lapis*, meinst du das?«

»Und davor?«

»Das... Das kann ich nicht richtig erkennen. *Est... Es?* Oder *aestas?* Ich bin mir nicht sicher, wie man das ausspricht...«

Alice verstummte abrupt, als Crowley aufsprang und seinen Mantel von der Stuhllehne nahm.

Sie stellte ihre Teetasse ab. »Was heißt das?«

Er zögerte. »*Lapis*... heißt ›Stein‹. Und *aestas* heißt ›Sommer‹.«

Alice horchte auf. Stein und Sommer?

»Du hast... eine Pellervoinen-Schutzvorrichtung erwähnt?«, fragte er und räusperte sich.

Als sie nickte, warf sich Crowley seinen Mantel über. »Meine Mutter hat mir früher Gutenachtgeschichten über Mielikki und Pellervoinen erzählt, wie sie zusammen das Fundament einer magischen Welt legen. Sie erzählte mir Märchen«, erklärte er, »damit ich in meinen Träumen der Hölle entfliehen konnte, in der wir mit meinem Vater lebten.«

Er reichte Alice ihre Jacke. »Ich glaube, ich weiß, was mit der Schutzvorrichtung gemeint ist. Komm, ich muss dir etwas zeigen. In London.«

Als Crowley verkündet hatte, dass er sie nach London bringen würde, hatte sie sich alles Mögliche ausgemalt, doch an einer Londoner Straßenecke zu kauern und ein Stück Kalkstein anzustarren, entsprach nicht ihren Erwartungen. Der hässliche Stein war kein inspirierender Anblick. Er lag in einem Glaskasten, der in eine Mauer gegenüber der Bahnstation in der Cannon Street eingelassen war. Ein pockennarbiger, unförmiger Brocken. Als Geschichtsstudentin wusste sie seinen historischen Wert natürlich zu schätzen, aber sie hatte nicht den geringsten Schimmer, warum er für die Rookery von Bedeutung sein sollte.

»So interessant der London Stone auch ist, könntest du mir bitte erklären, was...«, begann sie.

»Ich finde es faszinierend, dass jeden Tag so viele Leute hier vorbeikommen und dennoch kaum jemand sich seiner historischen Bedeutung bewusst ist.«

»Seiner umstrittenen historischen Bedeutung«, erwiderte Alice.

»Du glaubst nicht, dass der Stein das magische Herz von London ist?«, fragte Crowley. »Der Stein von Brutus, dem ersten König Britanniens. Ein Palladium, das die Stadt beschützt wie einst die Statue von Pallas Athene die Stadt Troja. Der Stein, in dem Excalibur steckte? Oder ein...«

»Willst du angeben?«, fragte sie.

Er zog eine Augenbraue hoch. »Ist es Angeberei, sein Expertenwissen zu teilen und die Leute um einen herum über ihre Wissenslücken aufzuklären?«

»Wenn du nicht gerade bei *Mastermind* mitmachst, ja, allerdings.«

»Dann gebe ich an.«

Sie warf ihm einen amüsierten Blick zu. »Also, wie viel hast du in deinem berüchtigten Geschichtsstudium über den London Stone gelernt?«, fragte er.

»Nichts«, antwortete sie und ging näher heran, um sich den Kalkstein genauer anzusehen. »Ich meine, wie alt ist das Teil – tausend Jahre?« Sie schüttelte den Kopf. »Es ist ein historisches Artefakt, aber unter so vielen Mythen begraben, dass niemand etwas Konkretes darüber weiß. Dafür würde sich ein Volkskundestudium besser eignen.«

»Oder Englische Literatur«, meinte Crowley. »Shakespeare hat ihn in *Henry VI.* eingebaut. Darin schlägt Jack Cade, der Revolutionär, in einer Szene mit seinem Stab auf den London Stone und erklärt sich zum Fürsten der Stadt. Blake und Dickens haben auch über den Stein geschrieben.«

»Hör mal, Crowley …«, sagte sie bedächtig.

»Im siebzehnten Jahrhundert hat die Worshipful Company of Spectacle Makers – der imposanteste Name für einen Optiker, der dir je unterkommen wird – Brillen hergestellt, die vom Gericht für unverkäuflich erklärt wurden, also sollten sie auf dem London Stone mit dem Hammer zerschlagen werden.«

Verdattert starrte sie ihn an – worauf, um alles in der Welt, wollte er mit dieser abgefahrenen Geschichte hinaus?

»In den Gerichtsakten wurde festgehalten«, fuhr er fort, »dass das Urteil sachgemäß in der Cannon Street auf den Überresten des London Stone vollstreckt worden war.« Er hielt inne und sah sie mit erwartungsvollem Blick an, als müsste der Groschen jeden Moment fallen. »Den *Überresten* vom London Stone. Das heißt, er war ursprünglich größer und wurde irgendwie verkleinert oder zerbrochen«, erklärte er. »Sie hatten vollkommen recht.«

Alice schaute sich den Stein noch einmal an. »Damit, dass er zerbrochen ist?«

»Ja«, bestätigte er und tippte ans Glas. »Das ist alles, was hier in London noch von dem Stein übrig ist. Und das Stück, das abgebrochen wurde, befindet sich in der Rookery.«

»Es gibt auch einen Rookery Stone? Aber... warum hast du mich dann nicht dorthin gebracht?«

Er schüttelte den Kopf. »So einfach ist das leider nicht.«

Alice musterte ihn nachdenklich. »Du denkst, das ist Pellervoinens Schutzvorrichtung, oder?« Sie hielt einen Moment inne. »Aber was heißt das überhaupt?«

»Das ist nicht die Schutzvorrichtung«, sagte er und deutete mit einer Kopfbewegung auf den Schaukasten.

»Dann also der Rookery Stone?«, mutmaßte sie. »Das abgebrochene Stück ist die Schutzvorrichtung?«

»Wusstest du, dass der London Stone einen Wächter hat?«, fragte er, ohne auf ihre Frage einzugehen. »Der Stein wurde schon mehrmals woanders hingebracht, aber wer immer für das Gebäude zuständig ist, in dem der Stein aufbewahrt wird... ist sein Wächter. Früher war es der Leiter eines Sportgeschäfts. Das war bestimmt ein interessantes Vorstellungsgespräch.« Ein Lächeln umspielte seine Lippen. »Mr Smith, willigen Sie ein, unsere Verkaufsstelle und den Kundendienst zu verwalten, sonntags bis mittags zu arbeiten, und wo wir schon dabei sind: Erklären Sie sich bereit, der Hüter dieser Welt und des legendären London Stone zu werden, ihn vor allem Bösen zu beschützen, um London vor dem Untergang zu bewahren?«

Sie lächelte geistesabwesend und blickte zu dem schnittigen, modernen Gebäude auf, in dem sich der Schaukasten befand – ein Bürokomplex?

»Nun, das ist wohl passender als ein Sportgeschäft«, meinte sie.

»Ja, das will ich doch hoffen.« Crowley trat an den Rand des Bürgersteigs und ließ seinen Blick über das blasse Gebäude mit seinen zahllosen Fenstern schweifen. »Solange der Stein von Brutus in Sicherheit ist, wird London florieren.«

»Shakespeare?«, vermutete sie.

»Nein.« Sein Blick wanderte zu ihr zurück. »Niemand weiß, wer das gesagt hat. Vielleicht trägt das zu seinem geheimnisvollen Ruf bei.«

Einen Moment herrschte Schweigen. Es war klar, worauf er hinauswollte. Wenn der London Stone beschädigt wurde, würde London fallen. War dann nicht die logische Schlussfolgerung, dass die Rookery fallen würde, wenn der Rookery Stone beschädigt worden war? Aber es war der Sommerbaum, der so viel Zerstörung in der Rookery anrichtete, kein Stein. Es sei denn, zwischen ihnen gab es irgendeine Verbindung.

Plötzlich überkam Alice eine ungeheure Müdigkeit. Um sie herum erwachte London zum Leben, Scharen von Leuten mit Aktenkoffern und Handtaschen eilten auf dem Weg zu Meetings und zum Brunch an ihr vorbei. Alice fühlte sich wie ein Geist. Unsichtbar. Hier stand sie und diskutierte über magische Steine und Legenden, während das reale Leben um sie herumfloss. Sie gehörte nicht mehr in diese Welt.

»Wenn dieser Stein nicht die Schutzvorrichtung ist, warum hast du mich dann hergebracht, Crowley?«, fragte sie. Schließlich hätte er ihr das alles genauso gut in der Küche erzählen können.

»Um nachzusehen, ob der Stein irgendwelche Makel hat.«

Sie zog verwirrt die Stirn kraus. »Makel? Wie sollte man das überhaupt erkennen? Er ist damit übersät. Er ist ein verwitterter Klumpen ...«

»Die Rookery ist ein Parasit«, sagte er unvermittelt. »Wusstest du das?«

»Ein …?« Fassungslos starrte sie ihn an. »Wovon redest du da?«

»Du hast doch gehört, dass der Sommerbaum der Rookery Leben spendet. Seine Wurzeln erstrecken sich durch ihr gesamtes Fundament. Die Stadt ist auf dem Baum erbaut. Ohne den Baum könnte sie nicht existieren.«

Sie nickte bedächtig. »Ja, davon hat Bea mir erzählt.«

»Und meine Mutter hat mir Märchen über den Rookery Stone erzählt«, sagte er und ging an ihr vorbei, um die Glastür zu untersuchen, die in das Gebäude führte – drinnen befand sich irgendeine Art Finanzinvestorenzentrum.

»Oder vielleicht auch nicht.« Er zog vielsagend die Augenbrauen hoch und hielt die Tür für sie auf. Sie hatte angenommen, er würde ein Portal in die Leere öffnen, doch stattdessen erblickte sie einen grell beleuchteten Raum mit einem gemütlichen Wartebereich und Schreibtischen, die mit Topfpflanzen dekoriert waren. Das war definitiv kein Korridor zwischen den Welten.

»Was soll das werden?«, murmelte sie. »Willst du deine Rentenbeiträge prüfen?«

Er grinste nur und betrat das Gebäude. Wie aus dem Nichts erschien ein älterer Mann in einem Nadelstreifenanzug und begrüßte sie mit einem Lächeln. »Haben Sie einen Termin?«

»Wir sind vom British Museum«, sagte Crowley. »Ich nehme an, Sie haben uns bereits erwartet?«

Das Lächeln des Mannes verblasste, und er blickte sich unsicher um. »Nicht … dass ich wüsste.«

Crowley wandte sich an Alice. »Du hast unseren Termin doch bestätigen lassen?« Bevor sie antworten konnte, drehte er sich mit einem entschuldigenden Lächeln wieder zu dem Mann um. »Scheinbar hat es meine Assistentin versäumt, sich wegen des Termins noch einmal zu erkundigen. Heutzutage findet man einfach keine guten Mitarbeiter mehr.«

Alice biss die Zähne zusammen und setzte ein strahlendes Lächeln auf. »Dafür wirst du noch büßen«, murmelte sie leise.

»Versprochen?«, flüsterte er zurück und drehte sich schnell weg, bevor sie etwas erwidern konnte.

Er wandte sich wieder an den Mann im Anzug und deutete hinaus zur Straße. »Das ist im Mietvertrag vereinbart«, sagte er, schritt gemächlich durch den Raum, spähte in die Ecken und durch die Fenster. Dann blieb er abrupt stehen, wirbelte auf dem Absatz herum und warf dem Mann ein flüchtiges Lächeln zu. »Dort steht, dass das British Museum jederzeit einen Repräsentanten schicken kann, um die Sicherheit des London Stone zu überprüfen, der sich in einem Glaskasten in Ihrer Außenmauer befindet.«

»Oh«, sagte der Mann mit einem verwirrten Stirnrunzeln. »Nun … Natürlich können Sie ihn sich gerne ansehen, aber er ist in die Wand eingelassen und somit unerreichbar.« Er schwieg einen Moment. »Man sollte annehmen, dass das jemand vom British Museum weiß.«

»Ja, nicht wahr?«, sagte Alice harmlos und blickte Crowley mit erhobener Braue an.

Crowley gestikulierte in ihre Richtung. »Könntest du das aufschreiben, damit wir es an die Rechtsabteilung weitergeben können?« Er seufzte und stampfte auf den Boden, als wolle er testen, wie stabil er war. »Haben Sie einen Keller?«

»Ja«, antwortete der Mann.

Crowleys Augen leuchteten auf. »Ausgezeichnet.« Er wandte sich an Alice und wies mit einer Kopfbewegung zur Tür. »Es tut uns sehr leid, Sie gestört zu haben«, sagte er. »Wir kommen zurück, wenn Sie geschlossen haben.«

»Geschlossen?!«, rief der Mann ihnen nach, als Crowley das Gebäude grinsend verließ.

»Nun, das war nicht sehr erhellend«, sagte er, als sie draußen waren. »Aber der Keller klingt vielversprechend – den sollten wir uns genauer ansehen.« Er blickte sich auf der dicht befahrenen Straße um und fuhr sich mit der Hand durch die Haare.

»Was hat dir deine Mutter noch über die beiden Steine erzählt?«, fragte Alice und schlenderte zurück, um erneut durchs Glas zu spähen. Der London Stone war wirklich ein ganz normal aussehender Felsbrocken.

»Dass Pellervoinen eine Tür von einer Welt in die andere geöffnet hat«, sagte Crowley. »Zwei Welten übereinander, oder vielleicht Seite an Seite. Doch die Rookery war karg und fragil, als sie erschaffen wurde. Sie brauchte ein starkes Fundament. Jedes Haus, das Pellervoinen baute, stürzte ein. Jeder Fluss, den Ahti erschuf, trocknete aus. Mielikkis Baum war das Einzige, was das Land stärkte. Also bauten sie auf ihm und um ihn herum, und was sie bauten, war von Bestand – wegen des Baums und seiner Wurzeln.«

»Die Wurzeln, die Crane Park Island zerstört haben«, sagte Alice und trat von dem Glaskasten zurück, tief in Gedanken versunken. »Das Wort ›Schutzvorrichtung‹ ist interessant, oder? Eine Schutzvorrichtung ist ein … Notfallplan. Plan B, wenn Plan A scheitert. Meinst du, Pellervoinens Schutzvorrichtung sollte verhindern, dass der Baum unkontrolliert wächst? Pellervoinens Vermächtnis steht doch im Gegensatz zu Mielikkis – vielleicht sollte es als Blockade dienen?«

Crowley machte ein nachdenkliches Gesicht. »Ich weiß es nicht. Meine Mutter hat nichts dergleichen erwähnt, aber …« Er zuckte die Achseln. »Warum sollte sie auch? Ich war nur ein Kind. Sie hat meinen Kopf mit allerlei Geschichten gefüllt, nicht mit harten Fakten.«

»Aber das ist doch einleuchtend, oder?«, fragte sie. »Als Hypothese? Bei meiner ersten Aufnahmeprüfung war ich in einem Raum voller Objekte aus den anderen Häusern, die gegen mein Mielikki-Vermächtnis wirken sollten. Pellervoinens Schutzvorrichtung – der Stein – könnte genauso konstruiert worden sein.«

»Im Moment würde ich nichts ausschließen«, sagte Crowley.

Alice nickte mit grimmiger Genugtuung. »Wie dem auch sei, wenn wir annehmen, dass der Rookery Stone tatsächlich etwas mit dem unkontrollierbaren Wachstum des Sommerbaums zu tun hat, muss der Baum irgendwie mit dem Stein in Zusammenhang stehen. Wenn dem nicht so wäre, wäre es egal, ob der Stein beschädigt ist oder nicht. Es muss irgendeine physische Verbindung zwischen den beiden geben, wenn der eine den anderen beeinflusst.«

Crowley nickte, und sein Gesicht wurde ernst. »Ich denke, das ist ... eine plausible Theorie.«

Eine Weile herrschte Schweigen, während sie beide über die Möglichkeit nachdachten.

»Hast du schon gefrühstückt?«, fragte Crowley unerwartet und riss sie aus ihren Gedanken.

Alice schüttelte den Kopf.

»Da drüben ist ein Café«, sagte er und deutete auf ein Gebäude ein Stück entfernt.

Seite an Seite machten sie sich auf den Weg. Das fühlte sich seltsam an. Es fühlte sich völlig normal an. Vielleicht kam es ihr deshalb so seltsam vor. Sie hatten nie die Chance gehabt, normale Sachen zu machen wie spazieren oder einen Kaffee trinken zu gehen. Sie hatten nie die Chance gehabt auszuprobieren, wie das – sie beide zusammen – funktionieren würde.

»Ein komplettes englisches Frühstück bitte«, bestellte Alice, »mit extra Hash Browns.«

Die Kellnerin lächelte und wandte sich an Crowley. »Und kann ich Ihnen auch etwas bringen, Sir?«

»Nur einen Kaffee bitte. Schwarz, ohne Zucker.«

Alice starrte ihn entrüstet an, während die Kellnerin davoneilte. »Das kannst du nicht machen!«, fauchte sie.

»Was denn?«

»Nur nach einem Kaffee fragen, nachdem ich so ein gigantisches Frühstück bestellt habe!«

»Warum nicht?«, fragte er, sichtlich verwirrt.

Für einen Moment war sie sprachlos. »Ich kann mir nicht vor einem … einem *Zuschauer* den Bauch vollschlagen! Das gehört sich nicht. Du hast mich ausgetrickst«, sagte sie schließlich.

Er stieß ein raues Lachen aus. »Essen ist ein Grundbedürfnis. Aber wenn dich mein Nichtessen stört, werde ich mein Möglichstes tun, dich nicht dabei zu beobachten, wie du dir ›den Bauch vollschlägst‹. Genau genommen …« Er nahm die Speisekarte und hielt sie sich vors Gesicht. »So. Problem gelöst.«

»Was ich damit sagen will«, erwiderte sie kühl, »es ist würdelos zu essen, während jemand anderes einen anstarrt.«

Bebten seine Schultern etwa? Blitzschnell schnappte sie ihm die Speisekarte weg. Sein Gesicht war ausdruckslos, doch seine Augen glitzerten amüsiert.

»Ich werde tun, was ich kann, um deine Würde zu retten«, sagte er. »Zufrieden?«

Ein Lächeln umspielte seine Lippen, und sie warf ihm einen finsteren Blick zu.

»Lass mich dir etwas zeigen«, sagte er in versöhnlichem Ton, nahm die Salz- und Pfefferstreuer und stellte sie mitten auf den Tisch. »Wegen deiner Theorie, dass es eine Verbindung zwischen dem Stein und dem Baum gibt – stell dir vor, das ist der London Stone.« Er tippte auf den Pfefferstreuer, dann lehnte er sich zurück und holte noch einen vom Nachbartisch. »Und das ist der Rookery Stone.« Er streute den Pfeffer in einer geraden Linie über den Tisch und stellte die Gefäße an den Enden auf.

»Die beiden Steine«, fuhr er fort, »sind Anker. Pellervoinen hat sie verbunden.«

Nachdenklich runzelte Alice die Stirn – irgendetwas nagte an ihr, doch es wollte ihr partout nicht einfallen.

»Wenn man die Geschichten meiner Mutter hörte«, sagte Crowley, »hätte man glauben können, Pellervoinen habe die beiden Städte ganz allein zusammengebracht.« Er lächelte. »Pellervoinen hat die Rookery an eine ältere Stadt mit einem stärkeren Fundament gebunden. Dafür brauchte er nur einen parasitären Stein, den er als Anker benutzte. Die Fäden, die das Band zwischen uns bilden, erstrecken sich durch die Leere, von einem Stein zum anderen.«

»Genau wie die beiden Bäume«, vermutete Alice. »Der Sommerbaum in der Rookery und das kleine Replikat hier in London.«

»Anker«, sagte Crowley mit einem Nicken, »die zwei Welten vereinen. Die ein Fundament legen, auf dem man aufbauen kann.«

»Zwei Bäume und zwei Steine in zwei Städten«, sagte Alice langsam, als ihre Gedanken sich endlich klärten und eine Erinnerung wie ein Pfeil in ihren Kopf schoss. »Tilda hat auch Anker erwähnt«, sagte sie, und ihr Herz schlug schneller. »In der Bibliothek, als der Baum einen Wachstumsschub hatte. Sie sagte, die Anker seien zerbrochen. Crowley, bedeutet das etwa…?«

Eine unbehagliche Stille senkte sich über sie, und sie starrten einander erschüttert an. Da griff sich Alice den Salzstreuer und stellte ihn an den Rand des Tisches. »Das ist der Sommerbaum«, sagte sie. »Und…?«

Crowley verstand sofort, was sie vorhatte, und holte den Salzstreuer vom Nachbartisch.

»Das ist der Miniaturbaum«, sagte er, streute das Salz in einer Linie, die die Pfeffer-Linie kreuzte, auf den Tisch, und stellte den Streuer ans andere Ende.

»Zwei Anker in jeder Stadt, verbunden mit zwei Ankern in der anderen«, sagte er. »Kreiert von Pellervoinen und Mielikki, die das Fundament gemeinsam gelegt haben. Und Mielikkis Sommerbaum …« Er drückte die Finger ins Salz und schnippte es weg, sodass es sich über den Tisch verteilte. »Seine Wurzeln haben sich durch die Stadt ausgebreitet, durch die Leere, und den Anker verstärkt. Dann haben die Baumeister die Rookery auf den Wurzeln errichtet.«

»Aber meine Theorie ist anders«, erwiderte Alice nach einem Moment. »Bei diesem Modell«, sagte sie mit Blick auf die einzelnen Linien aus Salz und Pfeffer, »sind die Anker voneinander getrennt – zwei verbundene Steine, zwei verbundene Bäume – in Paaren, statt alle vier miteinander verbunden. Wenn sie getrennt wären, warum sollten die Bäume von einem Problem mit den Steinen beeinflusst werden?« Sie runzelte nachdenklich die Stirn. »Vielleicht irre ich mich, aber Mielikkis Anker erscheinen mir stärker. Wie kann ein Stein – ob magisch oder nicht – stärker sein als der Baum des Lebens? Warum sollte der Baum nicht überleben können, weil die *Steine* irgendein Problem haben?«

»Nun, der Baum hat nicht wirklich Schwierigkeiten zu überleben«, sagte Crowley. »Im Gegenteil.«

»Vielleicht sind sie ja alle miteinander verwoben«, meinte Alice, nahm sich einen Salz- und einen Pfefferstreuer und schüttelte sie zusammen, sodass eine gemischte Linie vom verbleibenden Salzstreuer zu dem anderen Pfefferstreuer entstand. »Wenn Mielikki und Pellervoinen das Fundament zusammen gelegt haben … warum hätten sie Baum und Stein nicht verbinden und sie so stärker machen sollen? Und wenn sie tatsächlich verbunden sind … dann würde ein Problem mit den Steinen definitiv auch den Baum betreffen.«

Sie knallte die Streuer auf den Tisch. »Stein und Baum, verbunden«, murmelte sie. »Yin und Yang. Und jetzt sind wir beide hier … Pellervoinens und Mielikkis Nachfahren … Stein und Baum.«

Er nickte, und die unausgesprochenen Worte schienen in der Stille zu widerhallen. *Wenn Pellervoinen und Mielikki das Fundament gebaut haben, können wir es dann reparieren?*

»Crowley ... weinst du etwa?«, fragte Alice und starrte ihn völlig entgeistert an. Eines seiner Augen tränte, und er rieb es heftig.

»Nein«, erwiderte er schroff. »Du hast mir den verdammten Pfeffer ins Auge gefegt.«

Alice versuchte, sich angemessen ernst und zerknirscht zu geben, aber das fiel ihr verdammt schwer, als die Kellnerin wenig später zurückkam und das Chaos auf ihrem Tisch bemerkte.

»Wir ... hatten einen kleinen Unfall«, sagte Alice. »Könnten Sie uns einen Lappen bringen?«

»Was weißt du sonst noch über deine Mutter?«, fragte Alice und pustete auf ihre dampfende zweite Tasse Tee. Auf ihrem Teller lagen nur noch ein paar vereinzelte gebackene Bohnen. »Woran kannst du dich am besten erinnern?«

Crowley rieb sich das Kinn, einen grimmigen Ausdruck im Gesicht. »Vermutlich sollte ich ›ihr Parfüm‹ oder ›ihr warmes Lächeln‹ oder etwas in der Art sagen. Aber ich kann mich an keins von beidem erinnern.« Er blickte aus dem Fenster in die Ferne. »Ich erinnere mich an ihre Geschichten, und ich erinnere mich, dass ich mich bei ihr sicher gefühlt habe.« Er hielt einen Moment inne. »Aber vielleicht liegt das nur daran, dass ich mich bei meinem Vater alles andere als sicher gefühlt habe, sodass ich ihre Gegenwart mit Sicherheit assoziiert habe.« Sein Blick schweifte zu Alice, und auf seinem Gesicht zeigte sich ein bitteres Lächeln. »Was immer sie für mich war, wird durch den Vergleich zu ihm bestimmt. Sie ist nicht einmal eine eigenständige Erinnerung.«

Er warf erneut einen Blick aus dem Fenster, und als er sich wieder zu ihr umdrehte, war die Wut aus seinem Gesicht verschwunden. Offenbar verbarg er seine Gefühle immer noch hinter einer Maske. Alice spürte den heftigen Drang, seine Nachtschwalbe ausfindig zu machen, hielt sich aber gerade noch zurück.

»Den Fotos nach, die du ja gesehen hast«, sagte er, »hatte sie braune Haare, hellgrüne Augen und eine sehr vornehme, man könnte sogar sagen patrizische *Proboscis*.«

Alice machte ein verwirrtes Gesicht. »*Proboscis*?«

Er warf ihr einen tadelnden Blick zu. »Die Nase, Alice. Von ihr habe ich meine Nase.«

Sie biss sich auf die Unterlippe, um nicht laut loszulachen. »Eine hervorragende Nase.«

Crowley nickte zur Bestätigung und reckte die Nase hoch, damit sie sie in all ihrer Pracht bewundern konnte. Dann wurde er wieder ernst. »Viele meiner Erinnerungen sind lückenhaft. Sylvie hat versucht, sie wieder aufleben zu lassen, aber ...« Er schüttelte den Kopf.

Sylvie war die Aviaristin, die Alice' Gabe geweckt hatte. Es schien eine Ewigkeit her zu sein, dass sie Alice eine Feder von ihrer Nachtschwalbe hatte zukommen lassen – wenn ein Aviarist starb, warf seine Nachtschwalbe eine Feder ab, die an einen Nachfolger weitergegeben wurde und als Katalysator für dessen magische Sicht fungierte. Außerdem hatte Sylvie Crowley bei sich aufgenommen, als er einen Zufluchtsort gebraucht hatte, an dem er sich vor seinem Vater verstecken konnte. Sie war in sein Leben getreten, als er ein Teenager war, in Trauer um seine Schwester versunken, und hatte ihn unter ihre Fittiche genommen.

»Ich dachte immer, es wäre ein Zufall gewesen, dass wir uns begegnet sind«, sagte Alice. »Aber das war es nicht, oder?«

Er stellte seine Tasse ab, um ihr noch aufmerksamer zuhören zu können.

»Sylvies Nachtschwalbe hat mich zu einer Aviaristin gemacht.«

»Du warst immer eine ...«

»Ja, okay, dann hat sie mir eben die Augen geöffnet. Und du hast mich gefunden, weil du nach ihrem Nachfolger gesucht hast. Doch sie kannte deine Mutter, und deine Mutter kannte meine. Und selbst unsere frühesten Vorfahren waren eng verbunden.« Sie schüttelte den Kopf. »Das ist einfach ... eigenartig.«

»Ich halte es für sehr wahrscheinlich, dass unsere Eltern sich genau aus diesem Grund kannten. Eine gemeinsame Vergangenheit verbindet. Viel eigenartiger ist, dass sie im selben Jahr gestorben sind.«

»Woher weißt du, wann ...?«

»Jeder weiß, wann Chancellor Westergard gestorben ist.«

»Was hat Leda getan, dass sie so beliebt war?«, fragte Alice leise. »Ich höre immer nur, dass sie der beste Chancellor war, den die Rookery je hatte, aber warum?«

»Deine Mutter ...«

Sie legte eine Hand auf seinen Arm. »Ich weiß nicht, ob ich sie so nennen will. Ich weiß, das ist sie, oder war sie, aber ... Ich habe eine Mutter. Ich würde lieber ... Können wir sie einfach Leda nennen?«

Der sanfte Ausdruck in seinen Augen zeigte ihr, dass er sie verstand. »Leda hat all unsere sozialen und Klassenbarrieren auf einen Schlag beseitigt«, erklärte er. »Deshalb war sie so beliebt. Sie hat ein Gesetz durchgedrückt, das das alte Mitgliedschaftssystem abschaffte. Ursprünglich war die Mitgliedschaft der Oberschicht vorbehalten, und einem Haus trat man je nach Herkunft schon bei der Geburt bei. Es gab keine Aufnahmeprüfungen.«

Sie nickte, doch im selben Moment fiel ihr auf, dass diese Methode einen offensichtlichen Fehler hatte. »Wie soll das gehen, wenn die Eltern aus verschiedenen Häusern kommen?«

»Für gewöhnlich fiel die Wahl auf die Seite der Familie, die mehr Einfluss hatte – es sei denn, die andere Seite war politisch vorteilhaft. Wenn man zum Beispiel einen Gardiner heiratete, kamen die Kinder in Haus Mielikki, ob es einem gefiel oder nicht.«

»Aber ... das löst nicht das Problem. Was, wenn es das falsche Haus war? Was, wenn ein Kind nichts mit diesem Vermächtnis anfangen konnte, aber ein Talent für das seines anderen Elternteils hatte?«

»Dann musste man das für sich behalten und heimlich mehr üben.« Er zuckte die Achseln. »Niemand hat das System infrage gestellt, weil es in Anbetracht der Tatsache, dass Vermächtnisse vererbt werden, als schwere Beleidigung galt, jemandes Recht auf Mitgliedschaft anzuzweifeln – eine Beleidigung für die ganze Familie. Die Schlussfolgerung war: Du behauptest, mein Kind habe schwaches Blut, und damit auch, ich habe schwaches Blut, oder schlimmer noch, mein Kind sei womöglich gar nicht meins.«

»Das muss tatsächlich passiert sein«, meinte Alice. »Dass sich Leute im falschen Haus wiederfanden und sich fühlten, als ... gehörten sie nicht dazu. Es gab doch schon immer Leute, die Affären hatten oder verschwiegen haben, wer der Vater ihres Kindes ist.«

»Ironischerweise hat das alte System, sosehr die Oberschicht auch darauf bedacht war, die Mitgliedschaft auf ein paar wenige Familien zu beschränken, die Vermächtnisse verwässert. Heiraten waren im Grunde nichts anderes als eine Pferdemesse.« Er fuhr sich mit der Hand durch die Haare und warf ihr einen amüsierten Blick zu. »Die Familien verkündeten lautstark, zu welchem Haus sie gehörten, doch protzige Machtdemonstrationen wurden missbilligt, weil sie als unfein galten. Natürlich war der eigentliche Grund, dass jeder Angst hatte, sich in der Öffentlichkeit zu blamieren – weil er im falschen Haus war – und den Namen seiner Familie in den Schmutz zu ziehen.«

Einen langen Moment herrschte Schweigen. »Was, wenn man nicht aus einer reichen Familie stammte, und nicht automatisch bei der Geburt einem Haus zugeteilt wurde?«, fragte Alice.

»Dann durfte man keinem Haus beitreten oder es auch nur versuchen. Die Mitgliedschaften wurden unter weniger als hundert Familien aufgeteilt. Doch Chancellor Westergard hat dem ein Ende gesetzt. Sie hat Vereinbarungen mit allen getroffen, die bereit waren, sie bei ihrem Vorhaben zu unterstützen, und eine Mehrheit im Rat erlangt, ohne auf die Hilfe der vier Governors angewiesen zu sein. So etwas hatte es noch nie gegeben. Von da an wurde niemand mehr bei der Geburt einem Haus zugeteilt, und die Mitgliedschaft wurde nur noch aufgrund von Eigenleistung verliehen. Durch die Aufnahmeprüfungen wurde das gesamte Haussystem demokratischer. Und infolgedessen wurde die Magie der Häuser stärker, da sich ihnen die talentiertesten Schüler anschlossen, nicht die mit den besten Verbindungen. Doch bei Ledas Reform ging es nicht nur um Vermächtnisse. Sie durchbrach den eisernen Griff, in dem die Oberschicht den Rest der Rookery hielt: die Verträge, die im stillen Kämmerlein ausgehandelt wurden; die von reichen Männern bei einem Glas Whisky beschlossenen Vereinbarungen, die Arbeitern ihre Rechte aberkannten. Endlich hatten alle die Chance auf Bildung und Erfolg, nicht nur ein winziger Bruchteil der Bevölkerung. Das hat alles verändert, Alice. Und Leda hat es möglich gemacht. Nur sie war in der Lage, eine solche Reform durchzudrücken.«

»Warum?«

»Weil es eine von ihnen sein musste. Sie war eine Westergard. Die letzte Angehörige einer der angesehensten Familien in Haus Mielikki. Deshalb konnte sie einige Wähler auf ihre Seite ziehen, die sonst gegen ihre Vorschläge gestimmt und sie so im Keim erstickt hätten. Sie gewann die Familien Jarvis, Florilynn und Derbyshire für ihre Sache – Familien, die sie von klein auf gekannt hatten, die ihr wohlwollend gegenüberstanden und auch keine Erben hatten, sodass sie nichts mehr zu verlieren hatten.«

»Aber die Prüfungen sind brutal«, sagte Alice. »Ist es wirklich besser, ein System zu haben, bei dem Leute umkommen und schwere Verletzungen erleiden, nur weil sie dazugehören wollen?«

»Die Prüfungen waren nicht immer so tödlich«, erwiderte Crowley. »Ledas Nachfolger aus Haus Pellervoinen haben sie so gemacht. Lass das nicht all das Gute überschatten, das sie für die Demokratie getan hat.«

Sie verfielen in Schweigen, jeder in seine eigenen Gedanken versunken, dann ergriff Crowley erneut das Wort. »Leda Westergard und Helena Northam«, sagte er leise und fuhr mit dem Finger über den Rand seiner Tasse. »Freundinnen, die zusammen aufgewachsen sind und alle Möglichkeiten hatten, die sie sich hätten wünschen können. Eine von ihnen hat die Rookery für immer verändert, die andere hat sie aufgegeben.« Er blickte zu ihr auf. »Ich frage mich, was hätte sein können, wenn meine Mutter geblieben wäre. Hätte sie genauso viel bewirkt wie Leda?«

Beide Frauen waren der Liebe zum Opfer gefallen, erkannte Alice. Leda hatte für Tuoni ihren Amtseid gebrochen, und Crowleys Mutter hatte einen Mann geheiratet, der letzlich alles gehasst hatte, wofür die Rookery stand.

»Deine Mutter hat nie mit dem Gedanken gespielt, dem Rat beizutreten oder die Führung eines Hauses zu übernehmen, als du klein warst?«, fragte Alice.

Er schüttelte den Kopf. »Anscheinend nicht. Sylvie zufolge hatte sie eine größere Bestimmung.«

Alice starrte ihn verblüfft an, und allmählich dämmerte ihr, was er damit meinte, als sie sich an Mariannes Worte über Helenas Pflichten erinnerte.

Crowley lächelte humorlos. »Meine Mutter war die Hüterin des Rookery Stone.«

29

Crowley durch die Londoner Menschenmassen laufen zu sehen war ein kleines Wunder. Er durchschnitt sie wie eine Schwertklinge, Gruppen teilten sich vor ihm und flossen wieder zusammen, wenn er vorbei war. Vielleicht lag es daran, dass er sich wie ein Bestatter oder ein dekadenter Landpirat mit wallendem Mantel kleidete. Oder vielleicht war es das permanente Stirnrunzeln, das böse Folgen androhte, wenn man ihm nicht rechtzeitig aus dem Weg ging. So oder so war diese an Moses erinnernde Fähigkeit in einer hektischen Stadt wie London wie eine Superkraft.

Sie folgte ihm und wurde langsamer, als sie die Scharen vorbeieilender Menschen sah, die sich der Größe der Welt überhaupt nicht bewusst waren. Während die Touristen und Bewohner von London mit der U-Bahn durch die Stadt reisten, nutzten Crowley und sie magische Portale. Und da wurde Alice mit einem Mal klar, dass sie nicht mehr wirklich wusste, was für ein Verhältnis sie zu London hatte. Ihre Wohnung und ihren Job hatte sie aufgegeben, und sie kam nur noch selten her.

»Jetzt bin ich auch eine Touristin«, murmelte sie.

Bei ihrem letzten Portalsprung, als sie vom Marble Arch in London zum Marble Arch in der Rookery reisten, erkannte Alice sofort, dass irgendetwas nicht stimmte.

Auf dem Campus der Goring University war es totenstill. Keine Studenten schlenderten über den Rasen, die Türen des Arlington Building waren fest verschlossen und die Vorhänge zugezogen. Alles Anzeichen einer Ausgangssperre.

»Crowley ...«

»Hörst du die Sirene?«, fragte er und blickte sich suchend um.

Die Straßen waren beunruhigend leer – nur eine Handvoll Autos fuhr vorbei, und die wenigen Leute, die sie sehen konnten, flüchteten in ihre Häuser.

»Das ist eine alte Luftschutzsirene«, murmelte Crowley und spähte mit grimmigem Gesicht in die Ferne.

»Wo?«

Er drehte sich im Kreis und lauschte angestrengt. »In Richtung Millbank und Vauxhall Bridge Road, am Ufer der Themse. Der Rat hat sie in den Fünfzigern eingesetzt, wenn sie die Straßen für Instandhaltungsarbeiten räumen mussten.« Er neigte den Kopf zur Seite. »Ich glaube ... es gibt noch eine an der Ecke John Islip Street und Atterbury Street.«

»Okay«, sagte Alice und marschierte entschlossen auf den Hausmeisterschuppen neben dem Arlington Building zu. »Gehen wir.«

»Alice, warte!«, rief er ihr nach. »Das könnte gefährlich sein. Wenn der Sommerbaum ...«

»Haargenau!«, rief sie zurück. Wenn sie eine Gardiner war – eine Mielikki –, dann musste sie herausfinden, was da gerade geschah.

Crowley hatte sich geirrt. Die Sirene ertönte aus einer halben Meile Entfernung – weil es keine Atterbury Street mehr gab. Alice stand auf der Vauxhall Bridge, an das rot-gelbe Geländer gepresst, und umklammerte die Balustrade so fest, dass ihre Knöchel schmerzten. Auf der anderen Seite, nahe am Ufer, fehlte ein halbes Dutzend Straßen. Keine Atterbury oder Herrick Street und auch keine Erasmus oder Causton Street. Während die Regency Street verschont geblieben war, war Ponsonby Terrace ebenfalls vom Erdboden verschluckt – buchstäblich. Die Straßen waren in einen gigantischen Spalt im Boden gefallen.

Von Ponsonby Terrace waren nur noch Schutt und Staub übrig, die vom Fluss weggespült wurden. Wo die georgianischen Häuser gestanden hatten, schwammen Trümmer im Wasser und wurden von der Strömung unter der Brücke hindurchgetragen. Fünf Straßen – einfach weg. Häuser, Büros, Läden ... Menschen. Alle fort. Tiefe Gräben hatten sich in der Erde aufgetan wie Schlaglöcher und sich zu Kratern ausgeweitet. Sie gabelten sich, verschlangen ganze Gebäude, Bürgersteige und Straßen wie das aufgerissene Maul einer hungrigen Bestie. Der Fluss war über die Ufer getreten und in die Erdspalten geströmt, und wo das Wasser auf die Überreste zerstörter Gebäude stieß, bildeten sich Strudel, die schaumige Gischt in die Luft sprühten.

Alice blickte sich bestürzt um, und eine heftige Übelkeit überkam sie. Die Luft war erfüllt von Hilferufen – Rufen nach Unterstützung beim Wegräumen von Trümmern, erster Hilfe und warmen Decken für die Leute, die aus den reißenden Fluten gerettet worden waren. Auf der anderen Seite der Brücke kämpften sich Leute durch die Verwüstung, so schnell sie konnten, und suchten nach Anzeichen von Leben. Steine wurden mit einer Handbewegung weggerollt, Wände wurden mit einem Fingerschnippen eingerissen, und in den Überresten von Millbank stand der Governor von Haus Ahti vor einer großen Ansammlung von Magiebegabten, die schwitzend und keuchend daran arbeiteten, den Fluss umzuleiten, bevor er vollständig in ein Erdloch strömte.

Alice spähte durch die Lücken im Geländer auf das aufgewühlte Wasser, das gegen die Brückenpfeiler brandete. Aus der Themse stieg wie das gebogene Rückgrat des Ungeheuers von Loch Ness eine Wurzel auf. Vielleicht war es nur Einbildung, aber sie meinte zu spüren, wie ihr Blick davon angezogen wurde, und ihre Finger kribbelten. Sie ballte die Fäuste, um das Gefühl abzuschütteln.

»Der Sommerbaum«, sagte sie. »Er verursacht eine Absenkung und beschädigt damit die Stadt. Indem er alles einsinken lässt. So eine einfache Erklärung.«

Dazu waren alle Wurzeln fähig – wenn sie wuchsen oder schrumpften, verdrängten sie die umliegende Erde und destabilisierten das Fundament eines Hauses so stark, dass es in ein Loch im Boden sinken konnte. Die wachsenden Wurzeln des Sommerbaums brachten die gesamte Rookery zum Einsturz.

Mit einem erschütterten Kopfschütteln wandte sich Alice an Crowley. »Aber wir können es aufhalten. Oder?«

Ehe er antworten konnte, war sie schon losmarschiert. »Vielleicht finden wir noch Überlebende«, rief sie, und ihr leichter Trab steigerte sich rasch zu einem Sprint. Undeutlich war sie sich bewusst, dass Crowley ihr folgte, als sie auf die Verwüstung zurannte und über die Überreste des zerstörten Brückengeländers und lose Steinbrocken sprang.

So konzentriert war sie darauf, die eingestürzten Gebäude zu erreichen, wo vielleicht noch Leute am Leben waren, dass sie nicht merkte, wie sich die Konsistenz des Bodens änderte. Sie sah nicht, dass die Löcher immer zahlreicher wurden, und realisierte auch nicht, dass sich ein Ende der Brücke verbogen und die gesamte Struktur geschwächt hatte.

Ihr Fuß kam in einem eigenartigen Winkel auf, und plötzlich senkte sich der Boden unter ihr ab. Mit einem erschrockenen Keuchen warf sich Alice nach vorne, um sich irgendwo festzuhalten, doch durch die Gewichtsverlagerung verschob sich das Mauerwerk unter ihr – und stürzte ein. Ein Teil der Brücke fiel in den Fluss unter ihr, und Alice rutschte durch die Lücke. Instinktiv streckte sie die Hand aus und klammerte sich an einem Stück zerbrochenem Stahl fest, das durch das Loch hervorstach. Crowleys entsetztes Gesicht erschien über ihr, als er zu ihr stürzte, um sie hochzuziehen. Doch Alice' Finger rutschten ab. Ihr Mund formte ein lautloses, verblüfftes ›Oh‹, als sie von der Brücke fiel.

Wie eine Pistolenkugel schlug sie in dem eisigen Wasser auf. Die Kälte war lähmend, und sie sank tief in die trüben Fluten. Die Stille des dunklen Wassers ballte sich um sie zusammen, dämpfte jede Empfindung, jede Sinneswahrnehmung, und ihre Lunge drohte unter dem Druck zu kollabieren. *Schwimm!* Doch ihre Gliedmaßen waren bleischwer. Sie öffnete ein Auge und spähte in die Finsternis. Luftblasen stiegen um ihre Nase auf, und ihre Haare trieben um ihren Kopf wie ein Heiligenschein.

Da flackerte plötzlich etwas auf: ein prickelndes Gefühl unter ihrer Haut, eine Vibration im Wasser, als hätte irgendetwas ihre Gegenwart bemerkt. *Der Sommerbaum.*

Schwimm! Sie zwang sich zu strampeln. Erst nur langsam, ein halbherziger Aufwärtstrieb, dann immer schneller, fester.

Mit einem erstickten Keuchen brach Alice durch die Wasseroberfläche – doch ihre Auftriebskraft war nur von kurzer Dauer. Die Strömung zog sie wieder in die Tiefe. Fieberhaft schlug sie mit den Beinen aus und katapultierte sich wieder nach oben. *Fester! Und noch mal!* Als ihre Arme erneut durch die Wasseroberfläche brachen, drehte sie sich auf den Rücken und schnappte nach Luft.

»Alice!«

Ihre Augen öffneten sich schlagartig. Ein schemenhaft erkennbarer Mann stand auf der Brücke und zog hastig seine Jacke aus. Crowley.

Alice fröstelte. Ihr wurde immer kälter. Der schneidende Wind ging ihr unter die Haut und entzog ihrem Körper noch mehr Wärme. Sie hob den Kopf, so hoch sie konnte, spuckte einen Mundvoll Wasser aus und strampelte mit den Beinen, um sich an der Oberfläche zu halten. Die Themse bildete ein Muster aus

Kräuseln und Strudeln, als das Wasser zwischen den Trümmern hindurchfloss und sie weiter flussabwärts trieb. Alice versuchte, mit dem Strom zu schwimmen, weil sie hoffte, der Fluss werde sie näher ans Ufer treiben, aber schon bald wurde klar, dass er sie in Gefahr brachte. Die Themse strömte in die tiefen Löcher, die der Sommerbaum ins Erdreich gerissen hatte. Sie trieb direkt darauf zu – und wurde immer schneller. Ihr Herz hämmerte wild, mit einem Mal fiel die Taubheit von ihr ab, und sie schlug und trat verzweifelt um sich.

Doch als der Fluss zusammenlief, wurde seine Kraft noch gewaltiger, zerstörerischer. Gesplittertes Holz traf auf Mauerreste und zerbrochene Möbel, und alles raste zusammen durchs Wasser: eine chaotische Ansammlung von Großstadtleben. Alice warf sich zur Seite, um einer zerbrochenen Flasche auszuweichen, doch die Strömung war zu stark. Das scharfe Glas schnitt ihr in die Wange, und sie stöhnte vor Schmerz. Im nächsten Moment traf sie ein großes Holzstück am Hinterkopf, und sie sank wie betäubt unter die Oberfläche. Wasser strömte ihr in Mund und Nase und zog sie immer tiefer und tiefer.

Obwohl sie immer wieder von Trümmern getroffen wurde, kämpfte sie sich wieder an die Oberfläche, aber ihr Hinterkopf war warm und pochte, und sie hatte keine Kraft mehr. Blut strömte ins Wasser und blühte auf der Oberfläche auf wie Rosen aus Tintenklecksen. Ihre Haut prickelte, als sie tiefer sank. Irgendwo unter sich spürte sie eine Woge ungeheuerlicher Macht.

Dann schloss sich eine Hand um ihren Arm. Und noch eine um ihre Taille. Sie wurde hochgewuchtet. Sonnenlicht fiel auf ihr eiskaltes Gesicht, und Crowleys nasse Haare pressten sich an ihren Hals, als er aufs Ufer zuschwamm und sie mitzog, fest an seine Brust gedrückt.

»Alice?!«, schrie er, um das Rauschen des Wassers zu übertönen. »Nicht bewegen! Hol einfach tief Luft!«

Alice nickte schwach. Die Kälte und der Schlag auf den Kopf hatten ihre Sinne getrübt. Doch sie lag in Crowleys Armen, sie war in Sicherheit, dachte sie benommen. Nur stimmte das nicht ganz, denn er schaffte es nicht, sie aus der reißenden Strömung zu manövrieren. Statt alleine zu ertrinken, ertranken sie nun zusammen. Sie versuchte, sich zu konzentrieren, sich auf diesen Gedanken zu fokussieren. Doch jedes Mal, wenn sie versuchte, ihn zu fassen zu bekommen, entglitt er ihr.

Konzentration!

Mit ihrer freien Hand zwickte sie sich in den Arm, um sich die Dringlichkeit der Situation bewusst zu machen. Aber ihr war so kalt, und sie war so unendlich müde. Hinter ihr atmete Crowley immer schwerer, so angestrengt versuchte er, sie vom Abgrund wegzuziehen – vergeblich.

»Sterben wir, Crowley?«, brachte sie mühsam heraus.

»Sagen wir einfach«, stieß er zwischen zusammengebissenen Zähnen hervor und schoss einen Feuerstrahl auf einen Stuhl, der direkt auf sie zuschnellte, »es läuft nicht wie geplant.« Der Stuhl zerfiel zu Asche, aber unzählige andere Trümmer rasten auf sie zu, und es hatte keinen Zweck, sie aufzuhalten. Er konnte nicht gegen den überwältigenden Ansturm ankämpfen und sie beide über Wasser halten, während er versuchte, sie mit kräftigen Tritten von dem nächsten Erdloch wegzukatapultieren, auf das sie zutrieben.

»Lass los«, flüsterte sie ihm ins Ohr.

Als Antwort schlang sich sein Arm fester um sie. »Nein.«

Eine Welle traf sie mit voller Wucht und raubte ihnen den Atem, doch er ließ sie nicht los.

»Ich bin nicht edelmütig, Crowley«, sagte sie und schob ihren Ellbogen zwischen sie, um sich zu befreien.

Crowley schüttelte den Kopf, grimmig entschlossen. »Ich lasse dich nicht sterben.«

Irgendwie schaffte sie es, sich in seinen Armen umzudrehen. Er war totenblass und völlig am Ende. Er dachte, sie wolle sich opfern, um ihm eine bessere Chance zu geben – das konnte sie in seinen Augen sehen. Die Erschöpfung stand ihm ins Gesicht geschrieben. Wassertropfen glitzerten auf seinen Wangenknochen und seinem Mund. Während aus allen Richtungen Trümmer auf sie zuschnellten und sie von der Strömung des eisigen Flusses hin und her geschleudert wurden, beugte sie sich vor und drückte ohne Vorwarnung ihre kalten Lippen auf seine. Der Kuss dauerte nicht länger als eine Sekunde. Verblüfft riss Crowley die Augen auf, und sein Griff lockerte sich. Schnell löste sie sich aus seinen Armen und schwamm mit einem kräftigen Beinschlag weg. Mit einem Aufschrei streckte er die Hand nach ihr aus, doch sie schüttelte den Kopf.

»Ich bin nicht edelmütig!«, schrie sie.

Dann hob sie die Arme über den Kopf, machte sich flach wie ein Brett, hörte auf zu strampeln und ließ sich sinken. Diesmal war sie viel schneller. Sie befanden sich in unmittelbarer Nähe eines Kraters, und er zog den Fluss an wie ein schwarzes Loch. Unter der Oberfläche leistete sie keinen Widerstand, als das Wasser sie immer tiefer zog, und betete, dass ihre Lunge dem Druck standhalten würde.

Das Kribbeln in ihren Fingern wurde stärker. Eine Woge von Magie durchzuckte ihre Arme, ihre Beine und ihre Brust, als sie auf das Loch und die freiliegende Wurzel des Sommerbaums zuschnellte. Seine Macht zog sie an. Wärme pulsierte durch das eiskalte Wasser. Es war, als würde der Baum sie willkommen heißen.

Plötzlich änderte sich der Wasserdruck, die Strömung kehrte sich um, und Alice' Bewegungen kamen zum Stillstand. Etwas näherte sich, glitt durch das Flussbett auf sie zu. Das Ächzen einer gewaltigen Masse, die sich gegen ihre Fesseln stemmte, hallte an der Oberfläche wider. Alice' Blut stand in Flammen, als eine der gigantischen Wurzeln des Sommerbaums sich wie ein Rettungsboot unter ihr erhob ... und sie an die Oberfläche brachte.

Eine Wasserfontäne spritzte auf, als sie auf der gekrümmten Wurzel stehend aus den Fluten aufstieg. Pure Magie knisterte unter ihren Füßen, und eine seltsame Energie durchströmte ihren gesamten Körper.

Sie griff nach Crowleys Ärmel und hielt ihn fest, als er mit letzter Kraft aus dem Wasser kletterte. Auf allen vieren kauernd rang er nach Luft.

Schwer atmend strich sich Alice die Haare aus dem Gesicht und blickte zu den Leuten, die auf der anderen Seite des Flusses eine Massenevakuierung gestartet hatten und nach Überlebenden suchten.

»Glaubst du«, keuchte sie, »jemand hat uns gesehen?«

30

»Ich konnte sie unter Wasser fühlen«, sagte Alice, »die Macht des Sommerbaums. Ich weiß nicht, wie, aber ich habe sie gespürt.«

Sie saßen in Alice' Wohnung. Eigentlich waren auf dem Unigelände keine Besucher erlaubt, aber Alice kümmerte es nicht mehr, ob sie gegen die Regeln verstieß. Es war sowieso unwahrscheinlich, dass irgendjemand etwas davon mitbekommen würde – außer ihnen war weit und breit niemand zu sehen. Bei ihrer Rückkehr war der gesamte Campus totenstill gewesen. Das Universitätsgebäude und alle umliegenden Straßen waren stockfinster. Es war unheimlich, beim Verlassen des Hausmeisterschuppens sämtliche Straßenlaternen erloschen vorzufinden – Dunkelheit umfing alles, so weit das Auge reichte.

Da das Verbot unkontrollierbaren Feuers immer noch galt, tanzte eine von Crowleys Flammen auf einer Untertasse zwischen ihnen. Obwohl sie dank seiner Magie sofort wieder trocken gewesen waren, als sie aus dem Wasser kamen, wurde Alice einfach nicht warm. Sie hatte sich in ihre Bettdecke gehüllt, aber die Kälte steckte ihr in den Knochen.

»Sieh doch«, sagte Alice und tippte auf Reids Aufzeichnungen, wo sie sich am Rand »*Wird Pellervoinens Schutzvorrichtung halten?*« notiert hatte. »Selbst sie wusste von dem Stein.«

Crowley zuckte die Achseln. Er sah müde aus, und sie fragte sich, wann er zum letzten Mal genug geschlafen hatte.

Sie seufzte. »Reid dachte – warum auch immer –, dass ihre Recherche das Wachstum des Baums verursacht hat. Einmal hat sie zu mir gesagt, Pflanzen hätten eine Seele. Also wollte sie vielleicht erforschen, ob der Sommerbaum eine Seele hat, und dachte, sie hätte ihn dabei irgendwie beschädigt. Aber sie war offenbar der Überzeugung, dass die Pellervoinen-Schutzvorrichtung stark genug sein würde, den Auswirkungen auf das Fundament der Rookery zu widerstehen.« Sie deutete auf Reids krakelige Schrift. »Ist das mit den Ankern und dem Rookery Stone allgemein bekannt?«

Er schüttelte den Kopf. »Nein.«

»Dann hat ihr vielleicht deine Mutter davon erzählt. Sie kannten sich, Crowley. Sie sind zusammen aufgewachsen. Die Tatsache, dass Reid wusste, wie wichtig die Steine sind ... Wir müssen den Rookery Stone untersuchen.«

Gedankenverloren starrte er in die Flammen. »Ich habe nie erfahren, wo er ist«, sagte er. »Deshalb habe ich kaum je einen Gedanken daran verschwendet.« Die Schatten unter seinen Augen kamen nicht vom flackernden Feuerschein, sie waren ein Zeichen seiner Erschöpfung.

Alice konnte es nicht fassen. »Aber ... wir müssen ihn uns ansehen«, stammelte sie. »Wenn Tildas Befürchtungen sich bewahrheiten, dass die Anker zerbrochen sind ... Der London Stone schien intakt zu sein, aber vielleicht ist der Rookery Stone beschädigt.«

Mit einem tiefen Seufzen wandte er sich ihr zu, einen kummervollen Ausdruck im Gesicht. »Meine Mutter hat mir nie gesagt, wo er sich befindet, Alice. Wenn ich als ihr Sohn darüber wachen soll, bin ich der Hüter einer Nadel im Heuhaufen.«

Alice ließ sich schwer auf ihren Stuhl zurücksinken, all ihre Ideen im Keim erstickt. Wie sollten sie in einer so riesigen Stadt wie der Rookery einen einzelnen Stein finden? Sie öffnete den

Mund, kam jedoch zu der bitteren Erkenntnis, dass es nichts zu sagen gab.

Crowley starrte wieder in die Flammen, sichtlich resigniert.

»Es ist nicht deine Schuld, dass du nicht weißt, wie wir die Welt retten können, Crowley«, sagte sie sanft.

Er warf ihr einen grimmigen Blick zu, und sie wusste, dass sie ins Schwarze getroffen hatte. Vielleicht war das nicht der richtige Moment, ihn auf den Gedanken anzusprechen, der ihr schon eine Weile im Kopf herumspukte, doch ihnen lief die Zeit davon.

»Crowley, die Beaks ...«

Er erstarrte. Sein Vater, Sir John Boleyn, war der Anführer einer Organisation, deren Ziel es war, die Rookery und all ihre Bewohner auszulöschen. Sie selbst nannten sich Judicium, das Urteil, doch in der Stadt waren sie weit weniger imposant einfach als die »Beaks« bekannt.

»Glaubst du, sie wissen, dass der London Stone ein Anker ist?«, fragte Alice. »Wenn sie es wüssten, könnten sie ihn einsetzen, um die Rookery zu zerstören.«

»Nein, sie wissen nichts davon«, sagte Crowley leise. »So naiv es erscheinen mag, John Boleyn zu heiraten, davon hat meine Mutter ihm nie erzählt.«

Alice nickte. Als sie den Kummer in seinen Augen sah, wechselte sie schnell das Thema. »In Tildas Büchern werden auch ein Stein und der Sommerbaum erwähnt«, sagte sie. »Wir sollten sie uns noch mal genauer ansehen. Vielleicht kann Bea sie auch öffnen – sie könnten allen Mitgliedern von Haus Mielikki zugänglich sein, nicht nur ihrer direkten Nachfahrin. Bea kann bestimmt Latein – so was lernen Lords und Ladys doch, oder?«

Crowley nickte, dann herrschte eine lange Zeit Schweigen. Seine dunklen, im flackernden Feuerschein leuchtenden Augen blickten zu ihr auf, wann immer er dachte, sie würde es nicht bemerken. Ihre Hände schlossen sich fester um ihre Bettdecke, während sie dem sanften Rhythmus seines Atems lauschte und sich an den schockierten Ausdruck in seinem Gesicht erinnerte, als sie ihn geküsst hatte.

»Nein, Süße, ich kann kein Latein«, sagte Bea, als sie sich später am Abend trafen. Seit die Sirene ertönt war, hatte sie in Haus Mielikki alle Hände voll zu tun gehabt und war erst kurz vor Mitternacht in die Bibliothek zurückgekommen. Crowley war geblieben, um bei dem Treffen dabei zu sein, und Bea hatte ihn gründlich begutachtet, bevor sie Alice unauffällig zunickte. Die Bibliothekarin sah erschöpft aus – die dunklen Ringe unter ihren Augen rührten vermutlich von der Nachricht her, dass Tom tot war. Alice war froh, dass das in ihrer Abwesenheit bekannt gegeben worden war.

»In der Schule hatten wir die Wahl zwischen Altgriechisch und Latein. Ich habe mich für Altgriechisch entschieden, weil der Lehrer angeblich nie Hausaufgaben aufgab, was allerdings eine Lüge war«, erklärte Bea mit einem tiefen Seufzen.

Crowleys Feuer – das jetzt in einem Gefäß auf der Ausleihtheke brannte – spendete gerade genug Licht, dass sie ihre Umgebung erkennen konnten. Die Regale warfen dunkle Schatten in die schmalen Korridore, doch durch das riesige Fenster schien etwas Mondlicht herein. Als Bea aus einem der Gänge auftauchte, fiel ein Streifen fahles Licht auf ihre dichten, zu einer wilden Mähne hochgesteckten Locken und ihr gemustertes Kleid, das in krassem Kontrast zu der Perlenkette um ihren Hals stand.

»Sag mir das Zitat noch mal«, bat sie.

Crowley räusperte sich. »Natura valde simplex est et sibi consona.«

»Die Natur ist äußerst simpel und in sich harmonisch«, sagte Bea.

»Du kennst es auch?«, fragte Alice überrascht.

»Es ist von Newton«, erwiderte Bea. »Jeder kennt Newton.«

Alice schüttelte den Kopf. »Nicht jeder.«

»Und es ist nicht nur ein Zitat, sondern auch ein Buch«, sagte Bea. »Das, von dem wir letztens geredet haben. Für ein Buch, das niemand je zu Gesicht bekommen hat, ist es ganz schön berühmt.«

Fassungslos starrte Alice sie an. »Das Buch, von dem wir geredet haben? Du meinst... das, von dem Whitmore angeblich ein Exemplar hat?«

Bea schnaubte. »Das Gerücht ist nur aufgekommen, weil er sich weigert, irgendjemanden in seine Privatbibliothek in Haus Mielikki zu lassen. Deswegen hegen viele Leute den Verdacht, dass er dort alle möglichen illegalen Werke aufbewahrt. Aber so achtlos, wie die Studenten mit den Büchern hier umgehen, kann ich verstehen, warum er seine private Kollektion für sich behält.« Sie seufzte. »Natürlich wünschte ich, das Gerücht wäre wahr, aber dass das Buch von einem seiner Vorfahren geschrieben wurde, heißt nicht unbedingt, dass er ein Exemplar geerbt hat.«

Alice warf Crowley einen überraschten Blick zu, sagte aber nichts. Wie könnte Gabriel Whitmore der Todesfürst sein, wenn er Vorfahren hatte? Aber ganz gleich, ob er Tuoni war oder nicht, er hatte sich schon mehrfach verdächtig verhalten, und jetzt war ein weiterer Beweis, dass er in die Sache verwickelt war, ans Tageslicht gekommen. Wer war er wirklich, und inwiefern hatte er mit der Zerstörung zu tun, die der Sommerbaum anrichtete?

»Nur damit das klar ist«, vergewisserte sie sich, »in dem Buch geht es um die Geografie und das Fundament der Rookery?«

»Anscheinend.«

»Und mit dem Fundament...« Alice verstummte und sah zu Crowley, der ein nachdenkliches Gesicht machte.

Das Fundament der Rookery – damit waren doch sicherlich die Anker gemeint? Die beiden Steine und die beiden Bäume. Gab es wirklich ein Buch, mit dessen Hilfe die Nachkommen von Mielikki und Pellervoinen die Stadt retten könnten?

»Das habe ich dir doch schon erzählt, Süße«, sagte Bea. »Das Buch ist hier in dieser Bibliothek verbrannt.« Sie blickte sich um. »Unter anderem deswegen hat der Rektor gedroht, alle rauszuschmeißen, die hier drinnen mit einer Kerze erwischt werden. Sowohl das ursprüngliche Goring House in London als auch sein Nachfolger, Arlington House, sind abgebrannt. Man könnte sagen, auf diesem Ort liegt ein Fluch. Kein Wunder, dass er keine Risiken eingeht. Aber wie dem auch sei«, sie atmete tief durch, um sich zu beruhigen, und wandte sich wieder Alice zu, »das Buch, nach dem du suchst, heißt ›Natura Valde Simplex est et Sibi Consona‹. Ein echter Zungenbrecher. Ein komplettes Zitat zu einem Buchtitel zu machen ist schon eine schräge Idee.«

»Das Buch war hier, in dieser Bibliothek?«, fragte Crowley.

»Ja. Vor Hunderten von Jahren, aber die Bibliothek hier ist auch abgebrannt, mitsamt allen Büchern. Auch das, nach dem ihr sucht. Ob ihr es glaubt oder nicht, ich habe noch eine Kopie der Inventur von damals.«

»Warum kannst du dich überhaupt noch an den Titel dieses speziellen Buches erinnern?«, fragte Alice.

»Weil wegen seines Verlusts ein großer Aufschrei durch die Öffentlichkeit ging. Und ich bin Bibliothekarin, Liebes. Nenn es professionelles Interesse.«

Alice begegnete Crowleys Blick. Sie hatten einen leeren Umschlag mit dem lateinischen Titel. Sämtliche Seiten waren herausgerissen worden, aber sie waren nicht versengt. Wenn ein Vorfahre von Whitmore das Buch geschrieben hatte, stimmten die Gerüchte vielleicht. Möglicherweise hatte er noch ein Exemplar. Oder vielleicht hatte er die fehlenden Seiten. So oder so mussten sie herausfinden, was es damit auf sich hatte. Denn wenn es tatsächlich noch ein Exemplar des Buches gab und dieses die Informationen enthielt, die sie benötigten – dann könnte es die Rookery retten.

Es war schon weit nach Mitternacht, doch die Tür zu Haus Mielikki stand noch immer offen. Gedämpfte Musik drang durch den gewölbten Ast, der den Eingang bildete; ein Zeichen, dass das Clubhaus noch geöffnet hatte. Irgendwo mussten die Leute ja Trost suchen, dachte Alice. Ihr Blick war auf die Streifen Mondlicht gerichtet, die eine Leiter auf dem Bürgersteig formten und den Weg in die faszinierende Konstruktion aus Stein und Pflanzen beleuchteten. Die Blätter raschelten im Wind, als sich die Außenmauern mit dem Wechsel der Jahreszeiten wandelten.

»Hast du einen Plan?«, fragte Crowley, seine Stimme so nah, dass sich ihre Nackenhärchen sträubten.

Sie standen an der Ecke zur Angel Street und verhielten sich möglichst unauffällig, während sie ihre Optionen abwägten.

»Ich darf nicht in die Bar, bis ich meine Mitgliedschaft habe«, sagte sie, »also können wir nicht einfach was trinken gehen und uns durch das Gebäude zu Whitmores Büro schleichen.«

»Ich könnte versuchen, uns durch ein Portal reinzubringen«, meinte Crowley. »Aber die Türen sind bestimmt versperrt und zum Schutz vor Mitgliedern anderer Häuser alarmgesichert, also müssten wir einbrechen.«

Sie schüttelte entschieden den Kopf. »Wenn wir gewaltsam einbrechen und erwischt werden, kann ich meine Mitgliedschaft vergessen.« Als sie sich zu ihm umdrehte, stellte sie fest, dass er näher gekommen war, sodass sie den Kopf in den Nacken legen musste, um ihn anzusehen. »Wir waren schon mal hier«, erinnerte sie ihn mit einem schiefen Grinsen. »Unbefugtes Betreten ist für uns nichts Neues.«

»In der Tat«, sagte er und rieb sich das Kinn.

Doch diesmal war es anders; sie konnte ihre Mitgliedschaft nicht aufs Spiel setzen. Davon hing zu viel ab. Tilda hatte ihr gesagt, dass sie sich an den Sommerbaum binden musste. Als Mielikkis Nachfahrin hatte sie nur so eine Chance, die Rookery zu retten.

»Wollen wir es dann mit einer unauffälligeren Herangehensweise versuchen?«, schlug Crowley vor.

Sie nickte. »Meinst du, wir kommen damit durch, wenn wir uns dumm stellen? Wenn wir zum Beispiel einen Drink an der Bar bestellen, abgewiesen werden, weil wir keine Mitglieder sind, und … uns auf dem Weg nach draußen verlaufen?«

Wenn sie unterwegs jemandem begegneten, konnte Alice sie unsichtbar machen. Bei Tom war ihr das nicht gelungen, aber sie wusste, dass sie dazu in der Lage war, wenn sie genug Zeit hatte, sich vorzubereiten.

»Gehen wir«, murmelte sie und eilte über die Straße, bevor sie der Mut verließ. Auf dem Weg überlegte sie sich ein paar Ausreden für den Fall, dass sie entdeckt würden. Die plausibelste war, dass sie Cecil bitten wollte, sein Buch zu signieren, also durften sie sich auf keinen Fall erwischen lassen.

Entschlossen betrat sie Haus Mielikki, das von warmem natürlichem Licht beleuchtet war. Crowley vergewisserte sich mit einem raschen Blick, dass sie nicht beobachtet wurden, dann folgte er ihr in den Korridor und betrachtete voll Neugier die Wände aus Weidenästen.

»Ich habe mich immer gefragt, wie es hier drinnen aussieht«, sagte er, und im selben Moment krochen verschlungene Äste und Ranken aus beiden Seiten des Gangs, versperrten ihnen den Weg nach vorne und blockierten den Eingang, sodass sie dazwischen festsaßen.

»Mist«, murmelte Alice. Dann packte sie das Gestrüpp, das ihnen den Weg abschnitt, und ließ all ihre Frustration und Wut durch ihre Fingerspitzen fließen. Unter ihrem Griff verrotteten die Äste und zerfielen zu Asche. Sie stieg über die Überreste hinweg und wischte sich die Hände an der Hose ab.

»Nicht ganz das herzliche Willkommen, auf das wir gehofft haben«, sagte Crowley trocken und wollte ihr folgen, doch die Äste zogen sich erneut zusammen und schnitten ihnen den Weg ab. Crowley packte Alice am Arm und zog sie zurück, aber eine weitere Wand aus Ästen erhob sich direkt hinter ihnen, und wieder waren sie in der Mitte gefangen. Diese Falle war enger, das Gewicht der Äste drückte sie aneinander. Sie waren in die Wände eingehüllt wie in eine Decke.

Alice versuchte, sich mit dem Ellbogen etwas Platz zu verschaffen. »Wir haben wohl einen Alarm ausgelöst«, keuchte sie.

Schließlich gab sie den Versuch auf, sich zu befreien. Es hatte keinen Zweck; sie saßen fest. Aber deshalb konnte Haus Mielikki sie doch bestimmt nicht von den Aufnahmeprüfungen ausschließen – sie war nur durch den verdammten Eingang hereingekommen. Ihren Plan, in Whitmores Privatbibliothek einzudringen, machte es jedoch zunichte.

»Einbrüche sind wirklich nicht deine Stärke, oder?«, stieß Crowley hervor. »Dürfte ich vorschlagen, dass du einen anderen Karriereweg einschlägst? Meines Wissens bist du beim unbefugten Betreten noch jedes Mal erwischt worden.« Sein Atem streifte ihren Nacken, wenn er sprach, und plötzlich wurde sie sich seiner Nähe sehr bewusst.

Ihr Rücken presste sich an seine Brust, und sein Arm war direkt neben ihrem eingeklemmt, sodass sich ihre Hände leicht berührten. Und obwohl sie sich darauf konzentrieren sollte, dass sie sich in einer sehr misslichen Lage befanden, nahm sie nichts anderes wahr als seine Hand, die sich sachte an ihre drückte. Mehrere qualvolle Minuten standen sie stockstill, denn keiner von ihnen wusste, wie er mit der verzwickten Situation umgehen sollte.

Doch dann streifte sein Fingerknöchel ganz leicht ihren Handrücken. Eine so zarte Berührung, dass sie fast glauben konnte, sie habe sie sich nur eingebildet, hätte sie nicht solch ein elektrisierendes Gefühl in ihr ausgelöst. Crowley bewegte sich nicht, reagierte nicht weiter, als hätte die zärtliche Geste nichts mit ihm zu tun. Dann fühlte sie einen Finger, der sich zaghaft nach ihrer Hand ausstreckte – und dann noch einen. Alice stockte der Atem, als er seine Hand auf dem beengten Raum umdrehte und nach ihrer griff. Ihre Finger verflochten sich, fügten sich perfekt ineinander wie die Teile eines Puzzles, und einen Moment standen sie im magischen Licht des Korridors und hielten sich schweigend an den Händen.

»Was im Fluss passiert ist ...«, murmelte er.

Sie schluckte schwer. Der Kuss. Aber sie hatte doch nur versucht, ihn abzulenken.

»Hast du ...?«, begann er, doch plötzlich löste sich die Weidenwand um sie herum auf, und Alice taumelte vorwärts, sodass ihr seine Hand entglitt.

Crowley fasste sie an den Schultern und hielt sie aufrecht, als sich am Ende des Korridors eine Tür öffnete. Eine Tür, die sie nie zuvor gesehen hatte. Vor ihr stand Gabriel Whitmore und taxierte sie mit bohrendem Blick. Einen langen Moment musterte er sie stumm, dann nickte er.

»Ihr Freund gehört hier nicht her«, sagte er. »Schicken Sie ihn weg, dann können wir reden.«

31

»Wie ich sehe, haben Sie das Talent Ihrer Mutter für Theatralik geerbt.«

Alice stockte der Atem. »Wie lange wissen Sie es schon?«

Er lehnte sich auf seinem luxuriösen Ledersessel zurück und musterte sie über den imposanten, glattpolierten Tisch hinweg. »Erst ein paar Tage. Tilda hat es mir erzählt. Aber ich hätte schon früher darauf kommen müssen. Sie sehen ... ihr sehr ähnlich.«

Sie war dem Governor noch nie so nahe gewesen. Jetzt musterte sie ihn forschend, suchte nach ihren eigenen Gesichtszügen in seinen, irgendeinem Abbild ihrer selbst, konnte jedoch nichts entdecken. Er hatte sandblonde Haare, tiefblaue Augen, die keinerlei Ähnlichkeit mit ihren braunen hatten, und auch seine alabasterweiße Haut unterschied sich stark von ihren rosigen Wangen. Und seine Haltung – aufrecht und elegant, seine Statur stämmig und dennoch feingliedrig –, nichts davon hatte sie von ihm geerbt. Er konnte unmöglich ihr Vater sein.

»Warum haben Sie ...?« Unzählige Fragen schwirrten ihr im Kopf herum, doch sie bekam keine von ihnen zu fassen.

Er beugte sich vor, stützte die Ellbogen auf den Tisch und ließ das Kinn auf den Händen ruhen. Aus irgendeinem Grund verharrte ihr Blick auf seinen extravaganten Manschettenknöpfen. Jedenfalls war das besser, als ihm in die Augen zu sehen, die sie mit prüfendem Blick taxierten.

»Wo ist Ihre Nachtschwalbe?«, fragte sie, als ihr plötzlich bewusst wurde, dass sein Seelenvogel nirgends zu sehen war.

Neugier leuchtete in seinen Augen auf. »Sie sind eine Aviaristin wie Ihre Mutter? Sie hat mir beigebracht, meine Nachtschwalbe zu verbergen, als wir noch klein waren«, erklärte er.

Einen Moment war Alice sprachlos, während sich ihre Gedanken überschlugen. Leda war auch eine Aviaristin gewesen?

»Sie sind zusammen aufgewachsen?«, fragte sie entgeistert.

»Ja. Die Whitmores und Westergards waren Nachbarn.«

Alice blinzelte ihn völlig verdattert an. »Dann wart ihr nicht …« Sie stockte. »Sie sind definitiv *nicht* mein Vater, oder?«

Die Anspannung wich aus seinem Gesicht, und er musterte sie mitfühlend. »Nein, ich bin nicht Ihr Vater.«

Sie nickte, aber ihre Gedanken krachten gegen eine Mauer. Wenn das stimmte, was hatte es dann mit Ledas Nachricht auf sich? *Ich erinnere mich daran, dass ich nicht gelogen habe, als ich meinen Amtseid ablegte – obwohl ich ihn danach gebrochen habe. Die Häuser haben keine Ahnung, was wir getan haben, und wenn Gabriel mich je geliebt hat, wird er mir dieses letzte Geheimnis zugestehen.*

»Leda hat gesagt … Sie dachte …«, stammelte sie, dann hielt sie inne und holte tief Luft. *Er ist nicht mein Vater. Whitmore ist nicht Tuoni.* Das machte ihre Theorie zunichte, und einen Moment wusste sie überhaupt nicht, was sie denken sollte. Doch sie schob die Unsicherheiten weg und konzentrierte sich stattdessen auf die Dinge, die sie wusste.

»Sie haben Leda geliebt«, sagte sie. »Sie kannten ihr Geheimnis. Sie wussten davon, aber Sie haben es niemandem erzählt, weil Sie sie geliebt haben.«

Er wurde blass und versteifte sich sichtlich. »Ich war jung. Was hat Jugend für einen Sinn, wenn man sich nicht jeden Tag ein Dutzend Mal verliebt, in jedes hübsche Mädchen, das einem über den Weg läuft?« Er zwinkerte ihr zu, als wolle er sie auffordern, mit ihm über seine charmante Schwerenöter-Attitüde zu lachen. Doch sie lachte nicht.

»Ich habe Sie nach meiner ersten Prüfung aus dem Wald kommen sehen«, sagte sie und umklammerte die Armlehnen ihres Stuhls so fest, dass ihre Knöchel weiß hervortraten. »Sie haben sich davongestohlen, direkt bevor die Sirenen losgingen. Und ich habe Sie mit Tilda beim Sommerbaum gesehen, bevor es ein verheerendes Erdbeben gab.«

Whitmore bedachte sie mit einem grimmigen Blick. »Was wollen Sie damit andeuten?«

Was hatte sie noch zu verlieren? Er konnte ihr die letzte Prüfung wohl kaum verweigern, nur weil sie sich schlecht benahm. »Haben Sie irgendetwas mit dem Baum gemacht?«, fragte sie geradeheraus.

Er schlug auf den Tisch, sein Gesicht verzerrt vor bitterer Wut. »Ihre Mutter hat das alles zu verantworten«, brauste er auf. Dann erlangte er die Fassung wieder und ließ sich scheinbar gelassen auf seinem Stuhl zurücksinken.

Alice versuchte erneut, seine Nachtschwalbe ausfindig zu machen. »Leda hat die Probleme mit dem Sommerbaum verursacht? Aber sie ist schon seit zwanzig Jahren tot. Wie könnte sie …«

»›Richte keinen Schaden an‹ – der Eid des Hippokrates«, sagte er in leisem, beunruhigendem Ton. »Das ist einer der wichtigsten Grundsätze des Amtseids eines Chancellor. Aber Leda hat bewusst dagegen verstoßen.«

Alice schluckte schwer. »Was hat sie getan?«

Seine Augen wurden schmal. »Sind Sie sicher, dass ich das Bild, das Sie von ihr haben, zerstören soll?«

»Sagen Sie es mir«, brachte sie mit belegter Stimme heraus. »Bitte.«

»Also gut«, sagte er. »Ihre Mutter war eine Gardiner. Wussten Sie das?« Er legte eine Pause ein, um ihre Reaktion abzuwarten,

418

bevor er fortfuhr. »Der Sommerbaum wurde an einen Stein gebunden, der von Pellervoinen angelegt wurde.«

»An beide?«, hakte sie nach. »Den London und den Rookery
Stone?«

Er schwieg einen Moment. »Sieh an. Da hat jemand seine Hausaufgaben gemacht, was?«

»Ja«, sagte sie, ohne den Blick auch nur eine Sekunde von seinem Gesicht abzuwenden. »Und ich suche ein Buch, um meine
Recherchen zu vervollständigen. Der Titel ist ein lateinisches
Zitat von Sir Isaac Newton. Es ist vor über hundert Jahren verschwunden.«

Er musterte sie argwöhnisch. »Was Ihre Frage betrifft«, sagte er,
ohne auf ihre Bemerkung über das Buch einzugehen, »die Steine
wurden miteinander verknüpft, das ist richtig. Aber nur der Rookery Stone ist direkt mit dem Sommerbaum verbunden. Er sollte
als Gegengewicht dienen. Eine entgegengesetzte Kraft, die den
Sommerbaum daran hindern soll, unkontrolliert zu wachsen.«

Alice blieb die Luft weg, aber anscheinend bekam er nichts davon mit. Also gab es tatsächlich eine Verbindung. Der Rookery
Stone sollte den Baum in Schach halten. Er *musste* beschädigt worden sein.

Whitmore hielt einen Moment inne und fuhr sich mit dem Zei-
gefinger über die Lippen, tief in Gedanken versunken. »Als Gardiner oblag es Ihrer Mutter, die Verbindung zwischen dem Baum
und dem Stein aufrechtzuerhalten, wie es alle Gardiners und Westergards vor ihr getan hatten. Doch stattdessen … hat sie sie gekappt.«

Ungläubig starrte Alice ihn an, doch er begegnete ihrem Blick
seelenruhig. Er meinte es ernst. Kaltes Grauen ergriff sie. Leda
hatte die Verbindung zwischen der Rookery und London gekappt?
Sie hatte die Schutzvorrichtung entfernt?

»Aber nicht allein«, fuhr er fort. »Sie hatte Hilfe von Helena

Northam. Dann wurde Helena ermordet, und wenig später ist auch Leda umgekommen.«

Alice erstarrte. *O Gott.* Das hatte Leda in ihrem Tagebuch gemeint. Das war ihr schändliches Geheimnis.

»Also sollte ich ihre Fehler wiedergutmachen«, sagte Whitmore. »Genau wie sie schon in unserer Kindheit von mir erwartet haben, ihnen aus jedem Schlamassel herauszuhelfen, den sie sich selbst eingebrockt hatten. Ich beobachte die Miniaturnachbildung des Sommerbaums schon seit Jahren, und ich habe versucht, Zugang zum Rookery Stone zu bekommen, während ich darauf wartete, dass sich die Folgen ihrer Fehlentscheidungen zeigen. Und das tun sie nun.«

Alice' Gedanken rasten. »Sie ... Sie wissen, wo der Rookery Stone ist?«

»Ja. Aber dort kommt niemand hinein. Er befindet sich in einer der untersten Kammern der Abbey Library, hinter einer verborgenen Tür in einem der Korridore. Sie lässt sich nicht öffnen.«

Um ein Haar hätte sie ihm mehr verraten, als sie wollte, konnte sich aber gerade noch zurückhalten. Wusste er nicht, dass Crowley Helenas Sohn und Mariannes Neffe war und die Tür möglicherweise öffnen könnte? Wenn dem so war, sollte sie ihm nichts davon erzählen. Noch nicht. Solange sie seine Nachtschwalbe nicht sehen konnte, traute sie Whitmore nicht. Schon zu oft hatte sie ihre Leichtgläubigkeit bitter bereut.

»Ich kann helfen«, sagte sie. »Ich bin auch eine Gardiner. Ich habe eine Verbindung zum Sommerbaum – das konnte ich spüren.«

»Man wird Sie nicht einmal in die Nähe des Baums lassen«, entgegnete er grimmig. »Der Rat hat uns alle Privilegien entzogen. Haus Mielikki hat keinen Einfluss mehr auf den Sommerbaum.«

»Wie meinen Sie ...«

»Sie verwehren uns den Zugang«, sagte er. »Sie trauen uns nicht zu, unsere Pflicht zu erfüllen. Diese Narren. Niemand darf in die Abtei – weder unsere Leute noch sonst irgendjemand. Jetzt haben die Runner das Sagen.«

»Aber...« Alice dachte angestrengt nach. »Vielleicht kann ich trotzdem helfen. Das Verbot ist irrelevant, wenn ich...«

»Sie sind noch nicht einmal ein Mitglied unseres Hauses«, unterbrach er sie.

»Dann ziehen Sie die letzte Prüfung vor und lassen mich den Bindungstrank nehmen«, erwiderte sie. »Wenn ich eine Gardiner bin, ist das sowieso nur eine Formalität, oder? Besiegeln Sie meine Mitgliedschaft. Stärken Sie meine Verbindung zum Sommerbaum und lassen Sie mich das in Ordnung bringen.« Sie hielt einen Moment inne, um sich zu sammeln, dann fuhr sie ruhiger fort: »Tilda war der Ansicht, ich könne helfen. Lassen Sie es mich wenigstens versuchen.«

Er musterte sie nachdenklich. Dann stand er auf und ging zur Tür. »Warten Sie hier.«

Alice konnte nicht still sitzen. Vor aufgestauter Energie federte ihr Bein auf und ab, und sie trommelte unruhig mit den Fingern auf den Tisch.

Nach einer gefühlten Ewigkeit kam Whitmore mit einem Ordner zurück, reichte ihn ihr und bedeutete ihr, ihn zu öffnen. Darin befanden sich die herausgerissenen Seiten eines handgeschriebenen Buches.

»Dieses Buch hat den Schaden verursacht«, sagte er leise. »Leda hat sich so sehr dafür interessiert, und ich...« Er schluckte. »Ich habe es ihr gegeben, weil ich ihr immer gegeben habe, worum sie mich gebeten hat.« Sein Gesicht verfinsterte sich. »Darin fand sie ein Ritual, mit dem man die Verbindung trennen konnte. Keine genauen Anweisungen«, präzisierte er, »aber dass es möglich war. Das Buch hat mein Großonkel geschrieben. Es handelt von...«

»Ich weiß«, stieß Alice fassungslos hervor. »Ich habe den Einband des Buches, aus dem diese Seiten herausgerissen wurden.«

Whitmores Worte hallten ihr im Kopf nach, als sie Haus Mielikki wie in Trance verließ. Er war nicht ihr Vater, und Leda war für den Schaden verantwortlich, den der Sommerbaum angerichtet hatte. Leda und Helena, die Hüterinnen des Sommerbaums und des Rookery Stone hatten die Verbindung zwischen den beiden durchtrennt und alle beide ihren Eid gebrochen. Selbst kurz vor ihrem Tod hatten Leda noch schreckliche Schuldgefühle geplagt. Wie konnte sie so naiv sein zu glauben, dass die anderen Anker stark genug wären, die Sicherheit der Rookery zu gewährleisten? Alles, was sie getan hatte, um die Stadt zum Besseren zu verändern, war verloren, durch ihre eigennützige, leichtsinnige Tat zunichtegemacht. Wie hatte sie ein solches Risiko eingehen können?

Plötzlich hatte Alice den heftigen Drang, den Arbor Suvi mit eigenen Augen zu sehen. Den Baum und den Stein. Nun wusste sie, wo der Rookery Stone versteckt war. Sie warf einen Blick auf die Seiten in ihrer Hand – und bald würde sie auch wissen, was sie zu tun hatte.

Crowley starrte ins Feuer. Die tanzenden Flammen sprühten Funken und warfen dunkle Schatten auf sein Gesicht. Seine langen Beine hatte er vor sich ausgestreckt, seine Arme ruhten auf den Lehnen des ramponierten grünen Sessels in der Küche. Die Ärmel waren bis zu den Ellbogen hochgekrempelt, der oberste Hemdknopf geöffnet. In seiner Hand baumelte ein Glas Whisky.

»Warum, um alles in der Welt, haben sie das getan?«, murmelte er.

Im Vorbeigehen warf Alice einen Blick auf das prasselnde Kaminfeuer und setzte sich an den Tisch.

»Ich weiß es nicht«, antwortete sie, obwohl sie das Gefühl hatte, dass er mit sich selbst redete. So niedergeschlagen hatte sie Crowley noch nie erlebt. Sonst dachte er immer schon zwei Schritte voraus, doch jetzt wirkte er, als hätte er völlig den Halt verloren. Alice machte sich Sorgen um ihn.

»Crowley ...?«

Die Flammen spiegelten sich in seinen Pupillen wider. Geistesabwesend schwenkte er sein Glas, in dem sich noch ein letzter Rest Whisky befand.

»Unsere Mütter haben beschlossen, unsere Stadt zu zerstören – unsere Heimat. Das ergibt doch keinen Sinn. So viel zu den schönen Märchen, die sie mir erzählt hat.«

Er stürzte den Whisky in einem Zug hinunter und wischte sich mit dem Handrücken über den Mund, dann stand er abrupt auf, ging zur Spüle und stellte sein Glas daneben ab. Kurz ließ er die Ellbogen am Rand des Waschbeckens ruhen und vergrub das Gesicht in den Händen, dann seufzte er tief und richtete sich auf.

»Vielleicht«, sagte er bedächtig, »sollten wir die Rookery gar nicht retten. Vielleicht sollten wir sie niederbrennen lassen.« Mit einem letzten kummervollen Blick zu Alice verließ er das Zimmer. Als sich die Tür hinter ihm schloss, loderten die Flammen auf, und sie wich erschrocken zurück.

»Ich brauche deine Hilfe, Crowley«, rief sie ihm nach. »Wir müssen das in Ordnung bringen!«

Keine Antwort. Gedankenverloren starrte sie ins Feuer. Wie trennte man die Verbindung zwischen zwei Objekten? Waren der Arbor Suvi und der Rookery Stone durch etwas wie die Lichtschnur einer Nachtschwalbe verknüpft gewesen? Etwas Materielles, das sich durchschneiden ließ?

Ihr Blick senkte sich auf die Papiere auf ihrem Schoß. Whitmore hatte recht gehabt; sie enthielten keine genauen Anweisungen. Sie bestätigten nur, wie wichtig die Verbindung war, sowie den Aufenthaltsort des Rookery Stone. Wenn sie den Text richtig deutete, gab es unter der Abtei einen Raum, der unter den Sommerbaum führte. Dort befand sich der Rookery Stone, versteckt zwischen den Wurzeln des Baums.

Aber wie dem auch sei, sie brauchte Crowley in Bestform. Diese Aufgabe konnte sie nicht alleine bewältigen, selbst wenn sie es irgendwie schaffte, zu dem Baum zu gelangen. Zwei Vermächtnisse hatten diese Katastrophe herbeigeführt, also ließ sie sich auch nur mit zwei Vermächtnissen beheben.

32

»Die Stahlträger waren noch dran?«, fragte Jude zum dritten Mal.

»Ja«, bestätigte Alice. Als der Sommerbaum die Decke des Atriums durchbrochen hatte, waren die meisten der Stahlträger noch an ihrem Platz gewesen. »Zumindest waren sie vor einer Weile noch dran. Aber ich kann nicht garantieren, dass sie es immer noch sind.«

»Das ist schon in Ordnung«, sagte Jude und verstaute eine Dose voller Kugellager in der Reisetasche an seinem Rollstuhl. »Die Wasserrohre sind unser Plan B.«

»Sind sie nicht«, widersprach Sasha empört. »Sie sind unser Plan A.«

»Okay, da hast du recht«, stimmte er zu, um die nervöse Spannung zu lockern. »Sie sind *unser* Plan A, aber *mein* Plan B, wenn die Stahlträger schon heruntergestürzt sind.«

Sasha nickte und wandte sich ab, um ihren burgunderroten Mantel anzuziehen. Doch Alice bemerkte den bangen Ausdruck in ihrem Gesicht. »Bist du sicher, dass du das tun willst?«, erkundigte sie sich.

Sasha warf ihr ein steifes, abweisendes Lächeln zu. »Ach bitte. Ich bin dafür geboren. Unkontrollierbare Zerstörung ist mein zweiter Vorname.«

»Wohl eher der dritte«, warf Crowley in amüsiertem Ton ein.

»Sasha Marie-Antoinette Unkontrollierbare Zerstörung Hamilton. Das geht so leicht von der Zunge. Traditionelle Namen sind doch einfach die besten, nicht wahr?«

Bevor Sasha kontern konnte, wandte er sich an Jude. »Hast du alles, was du brauchst?«

»Ich glaube schon.«

Alice beobachtete Crowley aufmerksam. Diesen Ruf zu den Waffen hatte er gebraucht. Das Gefühl, etwas Sinnvolles unternehmen zu können, hatte ihn aus seiner Resignation gerissen.

»Die Kugellager sind aus magnetisiertem Stahl«, fuhr Jude fort. »Sie zu den Stahlträgern zu bringen ist kein Problem, aber wahrscheinlich könnte ich beim Schmelzen Hilfe gebrauchen.«

Crowley nickte und lächelte Alice beruhigend zu. »Ich suche mir eine geeignete Position auf dem Platz.«

Ihr Plan war relativ simpel: Zerstörung und Ablenkung. Alice musste irgendwie in die Abbey Library gelangen, und da alle Türen von Runnern bewacht wurden, blieb ihr nur der Haupteingang – der natürlich auch abgesperrt war. Vor so vielen Runnern konnte sie sich nicht tarnen – mehr als drei Nachtschwalben hatte sie noch nie zum Wegschauen bewegt.

Nur die Runner, die den Baum bewachten, hatten Zugang zur Abtei, und sie patrouillierten in Schichten. Um alle auf einen Schlag zu vertreiben, musste der Baum wachsen und das Gebäude beschädigen. In diesem Fall hatte Risdon seine Männer angewiesen, sofort alles zu evakuieren und sich in Sicherheit zu bringen. Und wenn die Runner die Flucht ergriffen, konnte sich Alice unbemerkt in die Abtei schleichen.

Doch sie konnte nicht warten, bis der Baum seinen nächsten Wachstumsschub hatte; sie hatten keine Ahnung, wie lange das dauern würde. Womöglich würden sie wochenlang warten und dennoch den richtigen Moment verpassen. Sasha hatte nur spöttisch gelacht, als sie von ihrem Plan, vorerst die weiteren Entwicklungen abzuwarten, gehört hatte, und ein gewagteres Vorgehen in den Ring geworfen: Der Baum musste nicht wirklich wachsen, die Runner mussten nur *glauben*, er täte es. Also würden sie Risdons Männern weismachen, der Baum hätte das Fundament der Abtei zerstört und drohe, sie zum Einsturz zu bringen.

Sie staffelten ihre Ankunft, um kein Aufsehen zu erregen. Crowley und Sasha überquerten die Straße als Erste und verschwanden durch die Tür des verlassenen Gebäudes gegenüber. August ging allein hindurch, und Alice und Jude folgten ihm wenig später.

Als sie sich näherten, erbebte die Treppe, die zur Eingangstür hinaufführte. Ein dumpfes Krachen ertönte, gefolgt vom Schaben von Stein auf Stein, als die Stufen sich neu positionierten. Der steile Winkel, in dem die Treppe anstieg, flachte ab, die umliegenden Pflastersteine stiegen an, und die untersten Stufen sanken tiefer, sodass eine Rampe entstand. Das war das Einzige, was Crowley dem Rat zugutehielt; vor etwa fünfzig Jahren hatten sie Haus Pellervoinen beauftragt, alle Treppen in der Rookery anzupassen, sodass sie barrierefrei waren. Die Stufen reagierten auf ein kleines Stück Kalkstein, das an Judes Rollstuhl befestigt war, und formten sich zu einer Rampe, wenn sich der Stein in der Nähe befand. So konnte Jude mit seinem Rollstuhl problemlos durch die offene Tür fahren. Alice zog sie hinter ihnen zu und fröstelte im schneidenden Wind, der durch die Leere fegte.

Plötzlich bekam sie Panik. »Ich glaube, wir haben die Kugellager auf dem ...«

»Ich habe die Kugellager«, versicherte ihr Jude mit einem beruhigenden Lächeln und klopfte auf die Tasche an seinem Rollstuhl. Sie brauchten die Kugellager als Druckpunkte, um die Stahlträger aus der Decke zu reißen.

»Denkst du, ich hätte meine …«

»Alice«, unterbrach er sie. »Öffne die Tür.«

Sie holte tief Luft. »Okay, okay, ja, die Tür«, murmelte sie, streckte die Hand aus und führte sich ihr Ziel vor Augen. Dreimal tastete sie in die leere Luft, dann bekam sie einen soliden Metallring zu fassen. Entschlossen ergriff sie ihn und drückte die Tür einen Spaltbreit auf. Schummriges Licht schimmerte durch die Lücke, und sie blickte sich rasch um, bevor sie die Leere verließ. Diesmal mussten sie über keine Treppe, und Jude folgte ihr unbehindert in eine stille Seitenstraße. Die anderen waren nirgends zu sehen.

»Du weißt, wo du hinmusst?«, fragte Alice. Plötzlich kam ihr das Ganze wie eine ganz schlechte Idee vor – es war eine Sache, das Risiko selbst auf sich zu nehmen, aber eine völlig andere, ihre Freunde darin zu verstricken. Schon bald würde es hier von Runnern wimmeln.

»Ja«, sagte er. »Und Sasha und August wissen auch, was sie zu tun haben. Sasha konzentriert sich auf die Hauptwasserleitungen, August auf die Abwasserkanäle.«

Nervös blickte sie die Straße hinauf. Ein lauter Knall ließ sie zusammenfahren, und als sie sich wieder Jude zuwandte, sah sie, dass er ein Fläschchen mit einer bernsteinfarbenen Flüssigkeit entkorkt hatte.

»Rosmarin und Weidenrinde«, erklärte er.

»Gegen die Schmerzen?«, fragte sie besorgt.

Er nickte und stürzte die Flüssigkeit in einem Zug hinunter. »Es war eine meiner schlechten Wochen«, sagte er und verstaute das leere Fläschchen wieder in der Seitentasche seines Rollstuhls.

»Jude, bist du sicher …?«

»Ist schon okay.«

»Aber …«

»Wenn wir zurück sind, nehme ich Mowbrays Lavendeltinktur«, sagte er. Sie zögerte, doch schließlich nickte sie und blickte wieder die Straße hinauf.

»Wusstest du, dass August denkt, er sei mit Bazalgette verwandt?«, fragte Jude.

Stirnrunzelnd starrte Alice in die Ferne, mit den Gedanken ganz woanders. »Bazal…« Sie stockte und wandte ihre Aufmerksamkeit wieder Jude zu. »Sorry, was hast du gesagt?«

»August denkt, er sei mit dem Architekten verwandt, der die Kanalisation der Rookery angelegt hat.«

»Das kann ich mir gut vorstellen«, erwiderte Alice trocken. »Seine Gedanken sind eine einzige Jauchegrube.«

Jude grinste sie an, und ihre Nervosität ließ nach.

»Danke«, sagte sie.

»Bist du bereit?«, erkundigte er sich.

»Nein.«

»Gut. Bereit zu sein wird sowieso überschätzt. In einer solchen Situation braucht man Adrenalin, eine schnelle Auffassungsgabe und eine noch schnellere Reaktionsgeschwindigkeit.«

Mit diesen Worten drehte Jude sich blitzschnell um und düste in die entgegengesetzte Richtung davon. Die Räder seines Rollstuhls drehten sich so schnell, dass sie zu verschwimmen schienen. Er war so plötzlich weg, dass sie ihm beinahe erschrocken hinterhergerufen hätte, doch sie biss sich auf die Zunge und eilte ihm mit gesenktem Kopf nach. Wo Jude die Straße überquerte und geradeaus weiterfuhr, bog sie jedoch nach rechts ab und ließ die Abbey Library links liegen.

Wie sie vermutet hatte, wimmelte es hier überall von Runnern. Hinter der Abtei lag der gepflasterte Hof, in den bis vor Kurzem eine große Glasplatte eingelassen gewesen war, doch das obere Drittel der Baumkrone des Arbor Suvi war durch die Decke des Atriums gebrochen und hatte sie in Stücke zerschmettert. Jetzt war eine Sicherheitssperre aus Metall um den Baum errichtet worden, die von Runnern mit finsterem Gesicht bewacht wurde. In der Nähe hatten sich kleine Gruppen von Schaulustigen versammelt und starrten den Baum beunruhigt an, während die Runner sie wachsam im Auge behielten.

Irgendwo nicht weit von hier gingen Jude und die anderen in Position; vielleicht beobachteten sie sie sogar gerade in diesem Moment. Am liebsten hätte sie nach ihnen Ausschau gehalten, denn ihre Freunde zu sehen würde sie sicher beruhigen. Aber damit hätte sie nur unerwünschte Aufmerksamkeit auf sich gezogen. Stattdessen wandte Alice sich von dem überfüllten Platz ab und lief entschlossen die Straße gegenüber der Absperrung hinunter. Genau wie Crowley gesagt hatte, fand sie etwa zwanzig Meter entfernt eine geeignete, unbenutzte Terrasse vor einem mit Brettern vernagelten Laden – *Horrocks Gartenbedarf*. Rasch verließ sie den Bürgersteig und tauchte in den Schatten unter. Und dort wartete sie.

Nervös fuhr Alice mit dem Finger über ihre unteren Backenzähne und suchte sie nach Bruchstellen ab. Sie biss schon seit mindestens einer Stunde so fest die Zähne zusammen, dass entweder ihr Kiefer oder ihr Zahnschmelz den Preis dafür bezahlen würde. Durch die unaufhörliche Anspannung hatte sich das flaue Gefühl in ihrem Magen zu Krämpfen gesteigert. Sie hatte das Gefühl, als würden ihre Innereien wie ein Spüllappen ausgewrungen. Lange würde sie das nicht mehr aushalten. Vielleicht wäre ihr die Warterei etwas leichter gefallen, wenn sie Gesellschaft gehabt hätte, aber stundenlang allein in der Dunkelheit zu stehen zehrte an ihren Nerven. Sie wollte hier weg; die Tür war vermodert, und in der Luft hing ein widerlicher Uringestank. Allerdings hatte sie es wahrscheinlich noch besser als August. Inzwischen kauerte er wahrscheinlich irgendwo unter ihr alleine in der Kanalisation. Vorausgesetzt Sasha und Crowley waren den Runnern entgangen, befanden sie sich auf der anderen Seite des Platzes, so nahe bei der Absperrung, wie sie sich heranwagen konnten, ohne entdeckt zu werden. Und Jude war auch nicht weit entfernt – sein Ziel lag am anderen Ende des Platzes, aber mit seinen magnetisierten Kugellagern konnte er im Gegensatz zu Sasha mehr oder weniger blind agieren.

Alice zog ihren Rollkragen über die Nase und atmete die warme, aber sauberere Luft ein, dann zog sie sich noch tiefer in die Schatten zurück und beobachtete die Leute, die an ihrem Versteck vorbeikamen. Obwohl sie die Augen offen hielt, sank sie in eine dumpfe Trance und war fast weggedämmert, als der Platz von einem lauten Krachen erschüttert wurde.

Jude! Ruckartig richtete sie sich auf und hastete auf den Bürgersteig. Die Leute, die gerade die Straße überquert hatten, waren mitten in der Bewegung stehen geblieben, und die Runner starrten einander irritiert an. Verwirrung, ein Gefühl der Lähmung lag in der Luft, aber noch kam keine Panik auf. *Noch einmal, Jude!* Ohne Zögern eilte sie los. *Nicht rennen,* ermahnte sie sich innerlich, denn Rennen würde nur Aufmerksamkeit erregen. Also zwang sie sich, gemessenen Schrittes weiterzugehen, und schlängelte sich zwischen den Umstehenden hindurch, bis sie den Rand des Platzes erreichte.

Sie war schon mit einem Fuß auf dem Bordstein, als erneut ein markerschütterndes Krachen ertönte. Alice zuckte zusammen und hielt sich die Ohren zu, als ein metallisches Quietschen die Luft zerriss, gefolgt von mehrfachem, dumpfem Donnern. Die letzten Überreste der zerbrochenen Glasdecke stürzten ein und regneten in die Abtei. Die Blätter des Sommerbaums erzitterten, die Äste ächzten … und blankes Chaos brach aus.

»Code Null, Code Null«, schrie ihr ein Runner zu.

Alice tat, als würde sie die Flucht ergreifen, machte aber kehrt, als er davonrannte, um seine Kollegen zu alarmieren. Überall hasteten Männer in marineblauen Uniformen herum. Die Umstehenden liefen auf die erstbeste Tür zu und schoben einander in ihrer Eile unsanft weg. Und inmitten der ganzen Aufregung platzten die Rohre unter der Straße, und Wasserfontänen schossen aus dem Boden. *Gut gemacht, August und Sasha* »Unkontrollierbare Zerstörung« *Hamilton.*

Kommt schon, beschwor Alice die Runner. *Evakuiert das Gebäude.* Sie hielt den Atem an, als eine Truppe Runner um die Abbey Library herumkam und über den Platz stürmte. *Na endlich!*

»Code Null!«, schrie eine uniformierte Frau, um sich trotz der in diesem Moment aufheulenden Sirenen Gehör zu verschaffen. »Räumt das Gebiet!« Sie eilte über die Straße und schickte die Leute weg, die vor Schreck erstarrt waren.

Alice rannte zur Abtei und warf einen letzten Blick über die Schulter. Niemand hatte die winzigen Kugellager bemerkt, die Jude über den Platz zur Krone des Sommerbaums rollen ließ. Sie unterdrückte ein Grinsen und rannte um die Ecke.

Am Eingang blieb sie kurz stehen. Die Runner waren gerade durch diese Tür geflohen, weil sie von Risdon die Anweisung bekommen hatten, das Gebäude zu evakuieren, wenn der Arbor Suvi wuchs. Aber was, wenn jemand seine Befehle ignoriert hatte? Kurz entschlossen straffte sie die Schultern und betrat die Abtei. Im Grunde spielte es keine Rolle, ob sich drinnen noch Runner befanden. Sie hatte nur diese eine Chance, und die würde sie nutzen.

Als sie die erste der schmalen Wendeltreppen erreichte, setzte sie sich auf die unterste Stufe und flüsterte in die Dunkelheit: »Kuu?«

Ihre Nachtschwalbe erschien mit einem nervösen Flattern.

»Vogelsicht«, sagte sie leise.

Ihre Sicht machte einen Satz, und ihr Körper geriet ins Wanken. Statt die Welt aus der Sicherheit ihres eigenen Schädels zu sehen, erblickte sie ihr physisches Ich aus Kuus erhöhter Perspektive. Mit einer kurzen Kopfbewegung in Richtung von Alice' Körper schwenkte Kuu zur Seite ab. Ihr schneller, gleichmäßiger Flug ließ die grob behauenen Wände verschwimmen, als sie um die Ecke bog. Von der Treppe zweigten dunkle Korridore ab, doch so weit durfte sich ihre Nachtschwalbe nicht von ihrem Körper entfernen. Schließlich wichen die Schatten dem Licht, und die Treppe mündete in das gigantische, hell erleuchtete Atrium. Kuu hielt sich zurück. Wild mit den Flügeln schlagend verharrte sie in der Luft wie eine Spinne an einem seidenen Faden und spähte um die Ecke. Im obersten Stockwerk befanden sich vier Runner. Auf der Treppe, die sich um den Baum wand, war die Luft rein, aber sie würden Alice sofort entdecken, wenn sie sich näherte. Vor dreien könnte sie sich wahrscheinlich verbergen, aber vier waren eine echte Herausforderung – und auf den anderen Etagen befanden sich womöglich noch mehr.

Kuu spähte erneut ins Atrium und prägte das Bild in Alice' Geist ein. Unter den Runnern herrschte Aufregung. Ein Streit war ausgebrochen, und einer der Männer drohte anscheinend zu gehen, während die anderen darauf bestanden zu bleiben.

Verdammt. Wenn er jetzt geht, wird er mich auf der Treppe entdecken.

Einer der Runner stand mit einem Felsbrocken in der Hand vollkommen still, einen grimmigen Ausdruck im Gesicht. Ein anderer lief unruhig hin und her und schnippte nervös mit den Fingern, wobei jedes Mal eine Flamme an seinem Daumen aufloderte. Ein dritter hielt einen Granitspeer umklammert und versuchte, den vierten festzuhalten, der offensichtlich die Flucht ergreifen wollte. In unregelmäßigen Abständen schlugen sie panisch um sich, als würden sie von einem Wespenschwarm angegriffen.

Alice' Nachtschwalbe blickte ruckartig auf. Die Stahlträger, die die Decke hielten, würden jeden Moment auseinanderbrechen.

Einer hatte sich bereits gelöst und war auf die Steinplatten unten im Hof gekracht – bestimmt war das die Ursache des ohrenbetäubenden Lärms, den sie auf dem Weg hierher gehört hatte. Die Runner nahmen an, der wachsende Baum hätte sie gelockert, aber eigentlich war das Judes Werk.

Er hatte Hunderte von Kugellagern auf das zerbrochene Glas zurollen lassen, und sie hatten sich in magnetisierten Klumpen an die Stahlträger geheftet. Richtig positioniert, mit Judes Willenskraft und Crowleys Feuermagie, hatten die Kugellager Druck auf die schwächsten Stellen in den Metallbalken ausgeübt und sie aus der Befestigung gerissen. Nicht alle – nur ein paar. Gerade genug, um den Runnern weiszumachen, der Sommerbaum hätte sie beschädigt. Gerade genug, um die Runner in die Flucht zu schlagen. Die anderen Stahlträger waren noch an ihrem Platz für den Fall, dass sich manche der Runner Risdons Befehlen widersetzten und zurückblieben, um den Baum zu bewachen – wie es diese vier getan hatten.

Beim letzten Rundflug sah Kuu, dass die Stahlträger nun glühten wie erhitztes Metall in einer Schmiede. *Phase zwei. Fast bereit.* Crowley und Jude hatten ihre Vermächtnisse kombiniert und eine sengende Hitze in die Kugellager geleitet – und die Hitze breitete sich aus. Alice musste schnell in Stellung gehen.

Lautlos glitt Kuu die Treppe hinauf, und die Schnur, die sie mit Alice verband, leuchtete heller, je näher sie ihr kam. Alice saß auf den Stufen, den Kopf an die Wand gelehnt, als Kuu auf ihrem Knie landete. Die Nachtschwalbe stieß Alice' Hand leicht mit dem Schnabel an, und Alice fuhr keuchend hoch, als ihr Geist in ihren Körper zurückkehrte. Liebevoll blickte sie auf Kuu hinab und tätschelte sie mit zittrigen Fingern, dann stand sie auf und eilte die Treppe hinunter.

An die Wand gedrückt spähte sie vorsichtig um die Ecke, um sich zu vergewissern, dass die Runner noch da waren, wo sie sie zuletzt gesehen hatte. Dann schweifte ihr Blick zu den glühend heißen Stahlträgern.

Die Luft knisterte, und Dunstschwaden senkten sich von der Decke herab. Alice' Puls raste. Der Moment der Entscheidung war gekommen. Wie erhofft sprangen die Runner erschrocken zurück. Doch der Dampf reichte nicht aus, erkannte Alice voller Entsetzen. War August und Sasha das Wasser ausgegangen?

Plötzlich ertönte ein ohrenbetäubendes Rauschen, dann brach eine Flutwelle durch die zerstörte Glasdecke. Wie ein Wasserfall ergoss sie sich vom Platz draußen über den Sommerbaum und die Stahlträger … und als sie auf das heiße Metall traf, verdunstete sie mit einem Schlag. Eine Dampfwolke rollte ins Atrium und verschleierte alles. In Sekundenschnelle war der gesamte Raum von einem dichten, undurchdringlichen Nebel erfüllt – perfekt, wenn man nicht gesehen werden wollte.

Sofort schritt Alice zur Tat, eilte aus ihrem Versteck, drückte sich flach ans Geländer und hielt nach den vier Runnern, die panisch schrien, und möglicher Verstärkung Ausschau.

Flink huschte sie zur Wendeltreppe und hielt einen Moment inne, um zu Atem zu kommen, dann rannte sie, das Geländer mit einer Hand fest umklammert, hinunter in den Hof.

Unten angekommen stieg sie vorsichtig über die unebenen, aus den Fugen geratenen Steinplatten hinweg. Ihre Füße sanken immer wieder in Risse und Löcher im Boden. Sich jetzt den Knöchel zu verstauchen wäre fatal. Sie musste sich die Möglichkeit einer schnellen Flucht offen halten, denn es konnte gut sein, dass die Runner um den Sommerbaum herum Fallen aufgestellt hatten.

Alice spürte, wie sich ihre Gedanken zu verflüchtigen begannen, sie lösten sich auf wie Dampf. Lächelnd legte sie den Kopf in den Nacken, als unzählige Glühwürmchen sie umschwirrten und ihr Gesicht wärmten. Ein ganzer Schwarm hing über ihr wie eine leuchtende Wolke. Waren sie eine der Fallen, mit denen die

Runner Eindringlinge abhalten wollten? Als Alice die Hand ausstreckte, kamen sie näher, und ihr Licht hinterließ glitzernde Spuren auf ihrer Haut. Für sie waren die Glühwürmchen keine Gefahr. Sie hatten ihr nie wehgetan, und das würden sie auch nie. Mielikkis Blut floss durch ihre Adern. Der Sommerbaum gehörte zu ihr, folglich mussten sie ihn nicht vor ihr beschützen. Kurz überlegte sie, ob sie die Macht hatte, ihnen Befehle zu erteilen – vielleicht, um die verbliebenen Runner zu vertreiben –, verwarf den Gedanken aber schnell. Die Lampyridae waren zu brutal. Als sie mit der Hand wedelte, flogen sie davon, und ihr grünliches Licht verlor sich im Nebel.

Vorsichtig schlich Alice zum Arbor Suvi und sah sich seine Wurzeln und den massigen Stamm genauer an. Sie suchte nach einer gekappten Schnur, irgendeinem Anzeichen einer abgerissenen Verbindung zum Rookery Stone. Etwas Ätherisches, Geisterhaftes oder …

Ihr Herz machte einen Satz, und einen Moment stockte ihr der Atem. Eine Schnur, so dünn, dass sie fast durchsichtig war, war an der Rückseite des Sommerbaums zu sehen. Sie wand sich durch das dichte Geäst. Alice traute ihren Augen kaum. Fasziniert von dem sanft pulsierenden Licht taumelte sie vorwärts und griff danach, ohne auf das Flattern weißer Flügel und das aufgeregte Kreischen eines Vogels über ihr zu achten. *Nicht jetzt, Kuu.*

Doch es war nicht Kuu.

Ein weißer Vogel, an dessen Bein ein leuchtender Strang hing, stieß aus der Dampfwolke herab. Schockiert starrte Alice ihn an und ließ die Arme sinken. Am Sommerbaum war eine Nachtschwalbe festgebunden. Die Schnur fesselte nicht den Arbor Suvi, sondern diesen Vogel. Eine weiße Nachtschwalbe, ihrer eigenen so ähnlich.

Wie in Trance streckte sie die Hand aus, um den Vogel zu streicheln. Sein Blick schweifte zu ihr, seine Augen wie polierte schwarze Murmeln glänzend. Die Schnur umschloss sein Bein und beleuchtete sein fahles Gefieder. Inmitten des grellen Lichts zog der Vogel Alice' Aufmerksamkeit auf sich und hielt ihren Blick fest. Um sie herum flackerte das Atrium und verschwand. Ihre Sicht verengte sich, und sie hatte das Gefühl, nach vorne zu fallen, in die abgrundtiefen schwarzen Augen des Seelenvogels. Sie sank in seinen Verstand, das Gewicht ihrer Anwesenheit zerstreute Erinnerungen. Bilder zogen vor ihrem inneren Auge vorbei, das Echo von Lachen, Schluchzen und Schreien verhallte in der Dunkelheit. Alice kniff die Augen zu und atmete tief durch. Als sie die Augen wieder aufmachte, fand sie sich ganz woanders wieder: in einer Erinnerung.

Aber wessen Erinnerung?

33

Alice erschauderte. Sie war jemand anders – nicht Alice –, und der Raum, in dem sie sich befand, war unerträglich heiß.

Die Kapelle war mit Seide und Rosen geschmückt. Er beobachtete sie. Den Chancellor. Lächelnd lobte sie die wunderschöne Dekoration, doch ihre Lippen dehnten sich etwas zu weit, und ihre Augen waren leicht glasig. Offensichtlich gefiel sie ihr in Wahrheit überhaupt nicht. Er lächelte in sich hinein. Aviaristen waren für gewöhnlich gute Lügner, aber sie bildete eindeutig eine Ausnahme von der Regel. Doch sie hatte recht. An den schlichten Säulen und Bogen der Kapelle wirkte die Seide protzig. Das überwölbte Hauptschiff hätte ein Blickfang sein können, aber dafür war es zu unscheinbar und reizlos. Ganz nach seinem Geschmack. Die simple, solide romanische Architektur des White Tower war ihm unendlich viel lieber als der prahlerische Barockstil der St Paul's Cathedral. Sein Blick wanderte über die von steinernen Bogen überspannte Empore. Die Kapelle war wunderschön in ihrer Einfachheit. Die Seide war ein kläglicher Versuch, den Raum opulent zu gestalten, seinen grundlegenden Charakter zu ändern.

Mit grimmiger Genugtuung strich er über eine der Rosen, die sich um die Säulen rankten, und die Blütenblätter verdorrten und fielen eine nach der anderen zu Boden, bis sie völlig kahl war. *Schon besser. Reduziere alles auf seine Essenz, dann bleibt nur die Wahrheit übrig.*

Da trat sie zwischen den Säulen hervor, die verwelkten Blüten-

blätter raschelten unter ihren Stiefeln, und er drehte sich überrascht um.

»Guten Abend«, sagte sie. »Ich bin Chancellor Westergard, und
ich muss Ihnen mitteilen, dass wir die Dekoration normalerweise
erst am *Ende* des jährlichen Banketts entfernen.« Mit einem amüsierten Glitzern in den Augen beugte sie sich vor und flüsterte
verschwörerisch: »Wenn Sie die Kapelle verschandeln, werden Sie
womöglich in den Kerker geworfen. Man sagt, der Chancellor ist
ein richtiger Ordnungsfanatiker.«

Sie zwinkerte ihm zu, und er musterte ihr schlichtes Kleid und
ihren schlichten Umhang. Die Amtskette um ihren Hals. Im Gegensatz zu den aufgeblasenen Aristokraten überall um sie herum,
die ihr nie das Wasser reichen könnten, war sie wunderschön in
ihrer Einfachheit. Ein Lächeln erschien auf seinem Gesicht.

Leda. An diesem Gedanken klammerte sich Alice fest. War das
eine Erinnerung an die Nacht, in der sich ihre leiblichen Eltern
kennengelernt hatten? Genau wie bei Reids Erinnerung an ihre
Adoption beobachtete sie die Szene als Schauspieler auf der
Bühne, nicht als Zuschauer. *Als Hauptdarsteller.* Dann löste sich die
Kapelle auf wie Sand, der von den Gezeiten fortgespült wurde,
und eine neue Erinnerung erhob sich unter ihren Füßen.

Schwanger. Nein. Das konnte nicht sein. Es war schlicht nicht
möglich.

Stumm vor Entsetzen starrte er sie an. Er hatte davon geträumt
zu *leben*, aber so … so musste sich sterben anfühlen.

»Hör mir zu«, flehte Leda, ergriff seine schlaffe Hand und legte
sie auf ihren Bauch. »Das ist ein Wunder. Du hast Leben erschaffen. Wir haben Leben erschaffen, Liebster – zusammen.«

Doch er zog seine Hand ruckartig zurück. Sie hatte ja keine
Ahnung. Dieses Baby, dieses Monster, würde sie zerstören. Und
das war allein seine Schuld. Er hatte sie dem Untergang geweiht.

»Ich werde das Kind behalten«, flüsterte sie. Dann, in nachdrücklicherem Ton: »Ich werde sie behalten. Mein ganzes Leben habe ich Chancen und Gefahren abgewogen und bin Risiken eingegangen, vor denen andere zurückgeschreckt wären. Ich habe alles für mein Amt gegeben und immer für andere gekämpft. Und jetzt gehe ich auch dieses Risiko ein. Sie ist ein Wunder, und sie wird wundersame Dinge vollbringen.«

Ihre Worte brachten seine steinerne Fassade zum Bröckeln, brachen ihn in Stücke und zermalmten die Fragmente seiner selbst. Sie hatten kein Leben erschaffen; sie hatten Tod erschaffen. Dieses Kind würde sie umbringen. Es war ein gieriges, hungriges Etwas. Sobald es in die Welt gelangte, würde es die einzige Wärmequelle verschlingen, die es finden konnte: Ledas Leben. In dem Moment, in dem es geboren wurde, würde es ihre Lichtschnur zerreißen. Sein erster Atemzug würde ihr letzter sein. Schuldgefühle und unsägliche Trauer höhlten ihn aus. Er hatte Leda einen Teil von sich gegeben, der sie vernichten würde.

Seine Liebe würde sie umbringen.

Sie durfte dieses Kind nicht behalten.

Der Raum löste sich auf, und Alice sah zu, wie Leda Westergards entschlossenes Gesicht verschwamm und langsam dahinschwand. Farben wirbelten um Alice herum, ein grelles Kaleidoskop, das sie völlig desorientierte. Benommen rang sie um Konzentration, als der Raum endlich zum Stillstand kam. Diesmal war es dunkel. Ledas Stimme, ein raues Flüstern in den Schatten.

»Bleib weg! Ich weiß, was du vorhast. Du wirst dieses Kind nicht töten – nicht, um mich zu retten!«

Er stürzte auf sie zu. »Leda, bitte«, flehte er. Die Verzweiflung bohrte sich unter seine Haut.

Mit einer raschen Handbewegung beschwor sie Ranken, die jäh zwischen den Pflastersteinen hervorschossen und ihn von den Füßen rissen. Seine Knie schlugen hart auf dem Asphalt auf.

Aber so einfach würde er nicht aufgeben. Das musste sie doch wissen. Er würde nicht aufgeben, bis er die Gefahr gebannt hatte, die wie ein Damoklesschwert über ihr hing. Das Kind musste sterben, selbst wenn Leda ihn dafür hasste. Er brauchte keine Vergebung. Er brauchte nur eins: dass sie weiterlebte.

Ihr Blick wurde sanfter. »Zwing mich nicht dazu«, sagte sie leise. »Zwing mich nicht, mich zwischen euch zu entscheiden.«

Er sah zu ihr auf, sein Gesicht ein Inbegriff tiefsten Elends. Er hatte keine Wahl. Verstand sie das denn nicht? Er hatte sein wahres Wesen aufgegeben. Alles, was ihn ausgemacht hatte, hatte er geopfert. Er konnte sie nicht auch noch verlieren, nachdem er so viele Lebensspannen auf sie gewartet hatte. Sie war das einzig Gute in dieser Welt; sie hatte ihren Platz hier verdient. Was hatte sein gestohlenes Leben für einen Sinn, wenn sie nicht mehr da war?

Leda versteifte sich, als sie seine Miene sah, dann nickte sie mit stählerner Entschlossenheit. »Also gut«, sagte sie. »Anscheinend bleibt mir nichts anderes übrig.«

Damit schlug sie ihm die Tür vor der Nase zu, und ihre Stimme wurde vom Wind davongetragen, der durch die Leere fegte.

Die Szene entglitt Alice. Sie wurde ihr unter den Füßen weggezogen, und eine neue Erinnerung nahm Gestalt an. Eine tickende Uhr in der Finsternis.

Er saß in der Dunkelheit seines Wohnzimmers und starrte ausdruckslos an die Wand. Fahles Mondlicht fiel zum Fenster herein und beleuchtete die Uhr an der Wand. Doch Zeit hatte keine Bedeutung mehr. Nichts war noch von Bedeutung. Sie war tot. Er hatte versagt, und nun war sie tot. Das Kind war irgendwo dort draußen. Vielleicht. Vielleicht war es auch tot. Vielleicht waren sie wieder vereint, und nur er war allein. Zurückgelassen. Gefangen.

Was sie getan hatte, war monströs. Doch das war er ebenso. Er würde sie nie wiedersehen. Dessen hatte sie ihn beraubt. Sie würden nie wieder vereint werden. Nicht einmal im Sulka-Moor; eine Konsequenz ihrer Entscheidung. Er saß hier bis in alle Ewigkeit

fest. Das musste Leda gewusst haben, doch sie hatte es wohl als
akzeptablen Preis gesehen, wenn sie damit ihr Kind retten konnte.
Sie hatte ihr eigenes Leben geopfert. Doch sie hatte ihm auch
seine Chance auf einen wahren Tod geraubt.

Er tippte sich an die Brust, doch seine Haut war taub. Verzweifelt schaute er sich um, suchte nach dem vertrauten Anblick seiner
Nachtschwalbe, doch auch sie war fort. Keine Leda. Keine Nachtschwalbe. Kein *itse*. Leda hatte sie ihm genommen und sie im Arbor Suvi eingesperrt. Balance. Einst hatte Pellervoinen ein Gegengewicht mit dem Zwilling des London Stone hier in der Rookery
geschaffen, doch diese Verbindung hatte Leda gekappt. Um für das
Gleichgewicht zu sorgen, die der Baum benötigte, hatte sie einen
Teil seiner Seele gestohlen und ihn dem Arbor Suvi als ewiges
Band angeboten: seine tödliche Seele, um das alles verzehrende
Leben zu neutralisieren, das aus Mielikkis Baum hervorströmte.

Die *itse*-Seele ging nach dem Tod ins Sulka-Moor ein. Ohne
die seine würde er niemals in sein Heimatland zurückkehren und
mit Leda wiedervereint werden. Er war in dieser Welt gefangen,
und sie würden bis in alle Ewigkeit getrennt bleiben. Seine einzige Hoffnung, daran etwas zu ändern, bestand darin, ihre Taten
rückgängig zu machen, seine Seele zu befreien und Leda zu folgen. Diesen Marionettenkörper zurückzulassen und sie im Sulka-
Moor aufzusuchen.

Abrupt stand er auf, und sein Blick fiel auf ein Buch im Regal,
das vom Mondlicht beschienen wurde. Er nahm es und las den
Titel voller verzweifelter Hoffnung. Dies war ihr Buch. Sie hatte
es immer mit sich herumgetragen wie eine Bibel. Wie viele ihrer
Geheimnisse mochte es preisgeben? Vielleicht würde es ihm verraten, wie sie ihre grausame Tat vollbracht hatte – und wie sie sich
rückgängig machen ließ.

Magellans Metaphysische Abhandlung: Sielun.

Sachte strich er über den Einband, den sie einst in Händen gehalten hatte. Leda hatte sich Expertenwissen über Magellan angeeignet. Sie hatte Zugang zu seinen privaten Aufzeichnungen gehabt – nicht wegen ihrer Position im Rat, sondern weil sie eine Westergard war und der Name nach wie vor Gewicht hatte. Jetzt benötigte er dieselben Fachkenntnisse. Er würde die Rookery nach Informationen über Magellan durchforsten. Und wenn er sie gefunden hatte, würde er Pläne schmieden, um seine Seele aus dem Baum zu befreien. Um im Sulka-Moor mit Leda wiedervereint zu werden. Um ihr zu vergeben und sie um Vergebung anzuflehen.

Alice' Hand rutschte vom weichen Gefieder der Nachtschwalbe, und mit einem Mal tauchte das Atrium wieder auf. Die Wände neigten sich, der Sommerbaum schwankte vor ihren Augen. Halt suchend streckte sie die Hand aus, aber es gab nichts, woran sie sich hätte festhalten können. Ihre Finger griffen ins Leere, und sie stürzte zu Boden. Die scharfen Kanten der Steinplatten gruben sich schmerzhaft in ihre Rippen. *Tief durchatmen. Tief durchatmen.* Alice zog die Beine an und vergrub das Gesicht in den Händen. *Tief durchatmen.*

Als sie schließlich aufblickte, war das Licht immer noch zu grell, zu penetrant. Sie sprang auf und spähte zum Sommerbaum hinauf. Wohin war die Nachtschwalbe verschwunden? Nirgends war auch nur eine Spur von ihr zu entdecken. Vielleicht kauerte sie auf einem Ast, getarnt durch das dichte Blätterdach, und beobachtete sie. Sie hatte den Seelenvogel nicht gerufen; er war von sich aus zu ihr gekommen.

Tuonis Nachtschwalbe.

Tuonis Nachtschwalbe war an den Arbor Suvi gebunden, weil ein Teil seiner Seele darin gefangen war. Bei dem Gedanken wurde sie blass und wich instinktiv einen Schritt zurück. Leda hatte ihre Verbindung zu Mielikki benutzt, um eine Seele an den Baum zu fesseln. Eine *Seele.*

Voller Entsetzen erkannte Alice die schreckliche Wahrheit:

443

Leda hatte das *für sie* getan. Tuoni war so fest entschlossen gewesen, Leda zu retten, dass er sein ungeborenes Kind töten wollte. Also hatte sie den gefährlichsten Teil von ihm eingesperrt, um Alice zu beschützen.

Kaltes Grauen ergriff Alice. Wenn der Rookery Stone das ursprüngliche Gegengewicht gewesen war und Leda ihn gegen Tuonis Seele eingetauscht hatte, dann musste sie davon ausgegangen sein, dass seine Macht über den Tod die Macht des Arbor Suvi über das Leben in Schach halten würde. Doch offensichtlich war irgendetwas schiefgegangen, denn der Baum wuchs unbehindert, zerstörte ganze Gebäude und Straßen und riss die Rookery entzwei.

Tuoni hatte seine Seele befreien wollen. Wenn die ursprüngliche Verbindung durchtrennt war, war der Preis das unkontrollierbare Wachstum des Sommerbaums. Bedeutete das, dass Tuonis Vorhaben geglückt war – zumindest zum Teil? Wo war er jetzt, und was hatte er in Magellans Aufzeichnungen gefunden? Was hatte …?

Alice stockte der Atem. Magellan … das Magellan-Institut. Tuoni war wild entschlossen gewesen, Ledas Spuren zu folgen, und sie hatten ihn zu Magellan geführt.

Alice erschauderte, plötzlich überkam sie eine heftige Übelkeit. Für wen hatte Reid in Wahrheit gearbeitet? War die Magellan Estate einfach Tuoni, der sich als wohlhabender Geldgeber ausgab? Reid hatte sich die Schuld an dem Unglück auf Crane Park Island gegeben. Hatte sie ihre Forschungsergebnisse zerstört, um genau das zu verhindern – weil Tuoni ihre Erkenntnisse benutzte, um seine Seele zu befreien?

34

Der Campus war totenstill, als Alice die Gärten Stunden später mit Tildas Büchern im Arm durchquerte. Die Äste der Maulbeerbäume schwankten im Wind; das einzige Anzeichen von Leben. Einige der Studenten und Angestellten, die hier wohnten, hatten die Universität verlassen, weil sie fürchteten, sie würde in einen Krater stürzen wie die Straßen an der Themse. Alice hatte Coram House, wenn sie wegwollte, aber dort war es auch nicht sicherer. Ihre Freunde hatten versucht, die Baustruktur des Hauses zu verstärken, als sie sich davongeschlichen hatte; sie hatte ihnen gesagt, sie brauche Zeit zum Nachdenken.

Zielstrebig lief sie am Sydenham Building vorbei zu ihrer Lieblingsbank im Hof. Es war fast Mitternacht, und der Mond verbarg sich hinter dichten grauen Wolken; es war dunkel, kalt und ruhig. In den Fenstern des Arlington Building brannte kein Licht. Wahrscheinlich hatte sich herumgesprochen, dass es einen weiteren Vorfall mit dem Sommerbaum gegeben hatte, und vor morgen würde bestimmt niemand merken, dass es nur ein falscher Alarm gewesen war.

Sie legte sich auf die Bank, drückte den Ordner an ihre Brust und blickte zum marmorierten Himmel hinauf. In der Rookery waren mehr Sterne zu sehen als in London – nicht weil sie wirklich zahlreicher waren, sondern weil es hier durch die schlechte Stromversorgung weniger Lichtverschmutzung gab. Sie suchte nach dem Polarstern, konnte ihn jedoch nicht finden.

Unwillkürlich erinnerte sie sich, wie ihr Dad ihr früher, als sie noch ein Teenager war, Sternenkonstellationen beizubringen versucht hatte. Besondere Aufmerksamkeit widmete er dabei Aquila, dem Adler, und Cygnus, dem Schwan; wenn Alice sie nicht sehen konnte, zeichnete er sie geduldig nach und schmückte sie mit Federn, Flügeln und Schnäbeln aus, um ihr zu zeigen, dass es Vögel aus Sternen gab und sie wunderschön waren. Doch sie hatte dem Pfad, den er mit dem Finger in den Himmel malte, nie folgen können, ganz gleich, wie oft er es auch versuchte.

»Es spielt keine Rolle, dass du meine Vögel nicht sehen kannst«, hatte er gesagt. »Ich weiß, dass sie da sind, direkt über mir, jede Nacht. Ich kann ihre Schönheit wertschätzen, aber ich kann sie auch ignorieren. Tagsüber kann ich sie überhaupt nicht sehen. Und nachts kann ich mich entscheiden, in den Garten zu gehen und sie zu bewundern, wenn ich es möchte. Ich habe die Wahl.«

Bald darauf hatte sie die Vögel, die sie nicht sehen wollte – die Nachtschwalben, die sie jeden wachen Moment verfolgten –, ausgeblendet. Natürlich hatte sie damals gedacht, sie wären nur Hirngespinste, doch ihr Dad hatte versucht, ihr wenigstens etwas Kontrolle über sie zu geben, etwas Handlungsfreiheit. Er hatte ihr immer die Zügel in die Hand gegeben, sie immer ermutigt, ihre eigenen Entscheidungen zu treffen. Zweifelsohne hatte sie ein paar schlechte getroffen, aber sie gehörten ihr und niemandem sonst. Er war immer stolz auf ihre Unabhängigkeit und ihren Eigensinn, auch wenn er hoffte, sie werde sie mit Vorsicht ausgleichen. Hier war sie nun also und lernte endlich, was er ihr beizubringen versucht hatte.

Alice setzte sich auf und schlang die Arme um sich. Der Maulbeerbaum im Zentrum des Hofs war gewachsen. Seine Beeren waren tiefrot und prall, das Blätterdach ein bisschen ausladender. Vielleicht würden alle Bäume in der Rookery von der Herrschaft des Sommerbaums profitieren. Wenn ihn niemand aufhielt, würde er womöglich alles verwüsten, aber in den Rissen konnte neues Leben aufblühen. Vielleicht würde die Natur wieder florieren, wie sie es einst getan hatte, bevor die Welt zubetoniert worden war. Haus Mielikki würde sich über die anderen erheben. Wenn sie überhaupt noch existierten.

Alice strich nachdenklich über den Bucheinband. Whitmores herausgerissene Seiten waren nützlich gewesen. Doch letztlich hatte sich das auf Lateinisch verfasste Buch als noch nützlicher erwiesen. Sie kannte den Autor nicht, doch manche der Anmerkungen waren offensichtlich neuer als andere – die Tinte war stellenweise dunkler. Anhand dieser Erkenntnis hatte sie ein paar Anmerkungen gefunden, die auf Englisch geschrieben waren. Hier und da ein paar Sätze, die näher auf einen Abschnitt eingingen. Die Ergänzungen waren, wie sie rasch erkannt hatte, in Ledas Handschrift verfasst. Sie hatte Ledas Botschaft und das Buch nebeneinandergelegt und die Form der Buchstaben verglichen. Die Mischung aus Schnörkeln und harten Kanten ließ keinen Zweifel zu. Ohne es zu wollen, hatte Leda eine Spur aus Brotkrumen hinterlassen, der sie folgen konnte.

Alice hatte Crowley die Anmerkungen gezeigt, doch er konnte weder den neuen noch den alten Text sehen. Letzten Endes war sie froh gewesen, dass er Ledas Worte nicht lesen konnte. Hätte er gewusst, was von ihr erwartet wurde, hätte er versucht, sie aufzuhalten. Er hätte versucht, sie zu retten.

Jäh stieg eine Erinnerung in ihr auf. Crowley, durchnässt und zitternd, die Arme fest um sie geschlungen. *Ich lasse dich nicht gehen.* Sie schluckte schwer und blickte zu den Sternen empor.

»Kuu?«, murmelte sie.

Ihre Nachtschwalbe erschien, flatterte zu ihr herunter und setzte sich auf ihren Schoß. Alice streichelte ihr weiches Gefieder und ignorierte den dicken Kloß in ihrem Hals, als sich der kleine Vogel in ihre Hand schmiegte. Die Lichtschnur an ihrem

Handgelenk pulsierte, was das sanfte Schimmern von Kuus Flügeln hervorhob.

Natur wird zu Stein, und Stein wird zu Natur. Diese Worte hatte Leda am Rand notiert. Alice blickte über die Wiese, wo der Beste-der-Besten-Wettbewerb stattgefunden hatte. Hier hatten Studenten von Haus Mielikki und Pellervoinen ihren Wettkampf ausgetragen. Die Mitglieder von Haus Pellervoinen hatten versucht, ein Stück Holz zu versteinern, indem sie seine Bestandteile durch Mineralien ersetzten. Um etwas zu versteinern, brauchte man Wasser und Hitze, aber keinen Sauerstoff. So ging Petrifikation unter normalen Umständen vonstatten. Ein Prozess, der in einer Welt ohne Magie Millionen von Jahren dauerte.

Baum und Stein mussten wieder verknüpft werden, um die zerbrochene Verbindung zwischen den Ankern zu reparieren. Auf eine Art vereinigt – zusammengeschweißt –, die kaum möglich schien. Ledas Anmerkungen waren hilfreich gewesen, aber Alice konnte sich nicht wirklich vorstellen, was sie tun sollte, oder wie. Es war einfach ... zu gigantisch. Sie konnte die einzelnen Teile sehen, aber nicht das große Ganze.

Wasser. Hitze. Kein Sauerstoff. Das Holz durfte nicht verrotten.

Alice ließ den Blick über Kuus Lichtschnur gleiten – so hell, so lebhaft. So warm, als sie sie berührte. Pure Macht und Energie. Hoffentlich genug, um die erforderliche Hitze zu erzeugen. Ihre Nachtschwalbe zwitscherte leise und schmiegte sich in ihre Hand, und Alice musste den Blick abwenden.

Mielikki hatte die Energie der Lichtschnur benutzt, um ihren Baum an Pellervoinens Stein zu binden. Und Alice würde ihrem Beispiel folgen. Sie würde die Verbindung zu ihrer Nachtschwalbe durchtrennen, um das Ritual abzuschließen. Kuu würde sie für immer verlassen. Und um ihre Seele daran zu hindern, zu entfliehen und erneut einen Unschuldigen zu töten – wie sie es am Marble Arch getan hatte –, würde sie ins Sulka-Moor gehen, ins

Reich der Toten, wo sie hingehörte – wo sie keinen Schaden anrichten konnte. Für immer.

»Alice? Bist du das?«

Erschrocken setzte sie sich auf und warf einen Blick über die Rückenlehne der Bank.

»Bea?«, murmelte sie, und ihre Nachtschwalbe verschwand, als die Bibliothekarin näher kam.

»Ich habe stundenlang nach dir gesucht«, sagte Bea, hörbar außer Atem. »Governor Whitmore will, dass du morgen deine letzte Prüfung ablegst. Das Timing ist beschissen, die ganze Sache sollte verschoben werden, aber er war hartnäckig.«

Alice nickte. Natürlich. Er war nicht nur hartnäckig, er war verzweifelt. Er dachte, sie könnte diesen Schlamassel in Ordnung bringen. Und das würde sie auch. Vielleicht würde sie unterdessen auch Tuoni ausfindig machen und sicherstellen, dass er der Rookery nie wieder gefährlich werden konnte. Sie schloss die Augen. Was für ein Fluch ihre Eltern für die Rookery waren. Doch jetzt war es an der Zeit, in ihre Seele einzutauchen und herauszufinden, welcher Teil von ihr stark genug war, die Stadt zu retten: Tuoni oder Mielikki.

»Löwenzahn?«, fragte Alice, während sie in zügigem Tempo die Edward Street entlangliefen. Die Atmosphäre in der Rookery hatte sich drastisch verändert. Überall liefen Leute umher, die Köpfe gesenkt, alle offenbar in Eile.

»Pass auf!«

Ein bärtiger, stämmiger Mann schwang einen prall gefüllten Koffer, der anscheinend sein gesamtes Hab und Gut enthielt, in Alice' Weg. Zwar konnte sie gerade noch ausweichen, aber die Ecke des Koffers traf sie am Fußknöchel.

»Im Singular«, stellte Bea klar, während sie zusahen, wie der Mann mit seinem schweren Koffer davoneilte. Flohen die Leute aus der Stadt? Aber wo würden sie Zuflucht suchen? In der Außenwelt bei den Beaks?

»*Ein* Löwenzahn«, erklärte Bea und kam zurück zum Thema. »Man nennt die Prüfung auch den Löwenzahn-Test.« Sie zupfte gedankenverloren an ihrer Kette. »Das ist eine unerwartete Wahl«, sagte sie und warf Alice einen kurzen Blick zu. »Ich sollte dir das nicht sagen, aber … Cecil hat mir erzählt, dass Whitmore die letzten Anträge auf Mitgliedschaft schnell durchdrücken will. Nur du und eine andere Kandidatin haben es in die letzte Runde geschafft.«

»Shobhna? Die Frau aus dem Knotweed Forest, wo die letzte Prüfung stattgefunden hat?«

Bea nickte. »Aber Cecil hatte den Eindruck, dass das Ganze für Whitmore eine reine Formalität ist – dass er die Prüfungen nur schnell zu Ende bringen will, weil das Haus schon mehr als genug um die Ohren hat. Ehrlich gesagt dachten wir beide, deshalb würde Whitmore eine leichte Prüfung für euch auswählen.«

Alice versuchte, sich nichts anmerken zu lassen. Das Timing war genau richtig. Die Prüfung war nur noch ein Mittel zum Zweck. Sie brauchte lediglich die letzte Portion vom Bindungstrank, um sich endgültig an den Baum zu binden, sodass sie sich ihm zu Ehren opfern konnte.

Bea gab einen missbilligenden Laut von sich, und Alice brauchte einen Moment, um den Anschluss wiederzufinden. »Dass Whitmore plötzlich eine Kehrtwendung macht und den Löwenzahn-Test auswählt – er hat sich eindeutig nicht für die einfache Option entschieden, und dennoch …«

»Löwenzahn klingt harmlos«, meinte Alice. »Worin genau besteht die Prüfung?«, fragte sie zaghaft und hielt den Atem an, während sie auf Beas Antwort wartete, denn sie fürchtete, sie hatte einen Fehler gemacht, der das Gespräch auf Toms Abwesenheit lenken würde. Wenn sie die Prüfung bestand, würde ein Fremder ihr den Bindungstrank verabreichen, nicht Tom. Er war in ihrer aller Gedanken präsent, aber niemand wollte über ihn reden. Bea kamen jedes Mal die Tränen, wenn sein Name fiel, und Alice brachte es nicht über sich, ihr von seinem Verrat zu erzählen.

Bea griff in die voluminöse Tasche ihres Hausmantels, wühlte eine Weile darin herum und holte schließlich ein Dutzend gelbe Pusteblumen heraus. »Hier. Dann kannst du unterwegs schon mal ein bisschen üben«, sagte sie, und Alice atmete erleichtert auf. »Es gibt einige Variationen, aber die Grundidee ist immer die gleiche. Du bekommst eine Pusteblume mit weißem, flauschigem Kopf und musst damit von der Start- bis zur Ziellinie laufen, ohne einen einzigen Samen zu verlieren. Sie muss am Ende des Laufs noch intakt sein, sonst fällst du durch.«

Einen Moment herrschte Schweigen. »Das ... klingt nicht sonderlich schwierig.«

Bea verzog das Gesicht. »Die Hindernisse, auf die du unterwegs stoßen wirst, sind gefährlich, vielleicht sogar tödlich. Und du musst dich ihnen stellen, ohne dass auch nur ein einziger Same davonfliegt. In dem Jahr, als ich meine letzte Prüfung gemacht habe, sind zwei Mädchen bei dem Test ums Leben gekommen: Eine ist in einem Sumpf ertrunken, die andere wurde von einem Felsbrocken erschlagen. Im nächsten Jahr sind alle drei Kandidaten umgekommen. Der letzte hat sich im Gestrüpp verheddert und wurde von den Dornen durchbohrt. Seine Familie hat Haus Mielikki bei den Runnern angezeigt.« Sie schüttelte den Kopf. »Das Haus war nicht haftbar, weil die meisten Familien die Risiken bereitwillig akzeptiert hatten, aber der Vorfall sorgte damals für viel Aufruhr. Danach hat Haus Mielikki die Prüfungen erweitert.«

Alice lief schneller. Je früher sie das Haus erreichten, desto eher konnte sie die Prüfung hinter sich bringen. »Gibt es einen Trick?«, fragte sie. »Um die Pusteblume daran zu hindern, sich aufzulösen?«

Beas Augen funkelten. »Natürlich gibt es einen Trick. Du beschleunigst ihren Lebenszyklus.« Sie zog eine Pusteblume in voller Blüte aus der Tasche und strich behutsam über ihren Kopf. Die gelben Blütenblätter zogen sich zusammen und schlossen sich zu einer grünen Knospe. Die Blätter verwelkten und fielen ab, und als sich die Knospe öffnete, blieben nur die flauschigen Flugsamen übrig.

»Pausiere ihr Wachstum, sodass sich die Knospe öffnet und der weiße Kopf zum Vorschein kommt, aber nicht vollständig. Hindere die Knospe daran, sich umzustülpen. Halte sie halb sichtbar, sodass die Samen an Ort und Stelle bleiben«, erklärte Bea und reichte Alice den Löwenzahn. »Je enger die Samen zusammengepfercht sind, desto unwahrscheinlicher ist es, dass sie durch eine unbedachte Handbewegung oder vom Wind weggeweht werden.« Sie lächelte grimmig. »Wenn du den Löwenzahn meisterst, musst du bei der Prüfung nur noch aufpassen, dass du nicht ertrinkst, verbrennst, erdrosselt, erstochen oder erschlagen wirst.«

Alice nahm eine der Blumen. »Oh«, murmelte sie, »ist das alles?«

Während sie Haus Mielikki von der anderen Straßenseite beobachtete, ließ sie bewusst zu, dass ihre Nervosität zunahm. Das Herz schlug ihr bis zum Hals, als sie tief Luft holte, sich vorstellte, wie die Magie durch ihre Adern knisterte. Jude hatte recht. Angespannte Nerven waren gut. Adrenalin war gut: eine evolutionäre Superkraft.

»Bea?«, fragte sie unvermittelt. »Vertraust du ihm? Whitmore, meine ich.«

Bea ließ sich Zeit mit ihrer Antwort. »Vor Jahren, lange bevor ich Haus Mielikki beitrat… In den frühen Neunzigern gab es einen Skandal wegen Haus Ilmarinens Verbindungen zur Stahlindustrie der Außenwelt – ein Abkommen, dass der Governor mit Thatcher geschlossen hatte. Wegen der unerlaubten Einmischung wurden Sanktionen gegen sie verhängt, und der Rat verbot ihnen, an den Wahlen teilzunehmen. Somit verloren sie ihre Stimme im Parlament. Das dauerte über ein Jahr an.« Sie runzelte die Stirn. »Es war Whitmore, der dafür plädierte, die Sanktionen aufzuheben und sie wieder wählen zu lassen.«

Alice starrte sie verdattert an – worauf wollte sie hinaus?

»Ohne Haus Ilmarinen fiel jede Wahl zugunsten von Mielikki und Ahti aus. Als langjährige Verbündete wählten sie immer zusammen. Doch Whitmore plädierte dafür, Ilmarinens Rechte wiederherzustellen, obwohl er wusste, dass damit die Dominanz seines Hauses bei den Wahlen beendet wäre. Dass es Haus Pellervoinen stärken und dem Chancellor wieder die ausschlaggebende Stimme geben würde. Doch er tat es trotzdem, weil er es für das Richtige hielt. Also… ja. Ich glaube, er hat sich als ehrenhaft erwiesen. Ich finde ihn nicht gerade sympathisch, aber ich vertraue darauf, dass er das Richtige tut.«

Alice nickte gedankenverloren. Auch Leda hatte ihm einst vertraut, als er sie geliebt und ihr Geheimnis über zwanzig Jahre bewahrt hatte.

Sie eilte über die Straße zu Haus Mielikki und warf nur einen flüchtigen Blick auf die Äste, die den Eingang bildeten, bevor sie das Gebäude betrat. Die schimmernde Decke leuchtete ihr den Weg.

Ein Mann erschien im Korridor, sein Schatten fiel über ihren Weg. Cecil Pryor. »Hallo, Alice«, sagte er und lächelte ihr beruhigend zu. »Sind Sie bereit?«

»So bereit, wie ich je sein werde«, antwortete sie.

Diesmal brachte er sie nicht in sein Büro. Mit einem feierlichen Nicken bedeutete er ihr, ihm zu folgen, und machte auf dem Absatz kehrt. Sie straffte die Schultern und eilte ihm nach.

»Das ist für Sie«, sagte Cecil und riss sie aus ihren Gedanken.

Sie nahm den Löwenzahn, den er ihr hinhielt, und eine vertraute Wärme breitete sich in ihrem Bauch aus. Geduldig wartete sie auf seine Anweisungen, die genauso lauteten, wie sie erwartet hatte. In ihrer Hand alterte der Löwenzahn zu einer flauschigen weißen Pusteblume, doch die grüne Knospe hielt die Flugsamen fest.

»Bringen Sie diese Blume intakt zur Tür, dann haben Sie die Prüfung bestanden«, sagte Cecil. »Wenn Sie es schaffen, wird Governor Whitmore an der Tür auf Sie warten und Sie mit der letzten Portion des Bindungstranks belohnen.«

Alice musterte ihn forschend. »Hat Shobhna die Prüfung schon abgelegt?«

Er wirkte überrascht. »Sie hat heute Morgen bestanden.«

»Gut«, sagte sie mit einem Nicken. »Das freut mich.«

Cecil hob die Hand, und einen Moment dachte sie, er wolle die Blume zurückhaben. Doch er lächelte, nahm ihre Hand und drückte sie ermutigend.

»Passen Sie auf sich auf, Alice«, sagte er, und seine Augen hinter den dicken Brillengläsern leuchteten.

Dann öffnete er eine Tür, und sie trat hindurch.

36

Lose Erde und abgebrochene Zweige knirschten unter ihren Stiefelsohlen, als sie auf der anderen Seite herauskam. Sie fand sich nicht in dem Hain wieder, in dem sich der Miniatursommerbaum befand, sondern in einem anderen Wald; schattig, die Luft vom frischen, erdigen Geruch der Natur durchdrungen. Über ihrem Kopf erstreckten sich Ahornbäume, Zedern, Buchen, Eichen, Kastanienbäume, sogar eine Eberesche, behangen mit unzähligen leuchtend roten Beeren – Bäume jeder Art und Form umringten sie. Ihre dichten Blätterdächer verbargen den Himmel, aber ihre so verschiedenen Stämme – krumm, schlank, massig, glatt, knorrig – trugen die Last mühelos. Alice wandte sich zur Tür um, doch sie und Cecil waren verschwunden.

Die Pusteblume fest in der Hand, lief sie los. Ihr Blick schweifte hin und her, auf der Suche nach Gefahr: ein plötzlich aufklaffender Abgrund, ein Sumpf – irgendetwas. Sie duckte sich unter einer Hainbuchenhecke hindurch, deren Blätter tief herabhingen wie bei einer Trauerweide. Obwohl es keinen Pfad gab, dem sie folgen könnte, wusste sie genau, in welche Richtung sie laufen musste; die Bäume schienen sie zu leiten, wiesen ihr den Weg mit ihren ausgestreckten Armen und flüsternden Blättern.

Alle ihre Sinne waren in Alarmbereitschaft. Nervös spähte sie in die Schatten, die den Waldboden sprenkelten, und umklammerte die Blume, sorgsam darauf bedacht, nicht zu schnell zu laufen, damit sich kein Same löste. Sie sah auf, um zu prüfen, ob Gefahr von oben drohte, doch außer den schwankenden, knarrenden Ästen konnte sie keine Bewegung ausmachen. Schließlich, während sie ungehindert weiterlief, wurde ihr klar, dass es keine Gefahr gab. Keinerlei Hindernisse in ihrem Weg. Keine umstürzenden Bäume, keine Felsbrocken, die plötzlich vom Himmel fielen, kein nasses Grab. Nur sie und die leisen Geräusche des Waldes, sein Atem in der Stille der Nacht.

Als sie auf eine kleine Lichtung kam, sah sie die Tür. Der Ast einer knorrigen Eiche wölbte sich zu Boden, und zwischen dem Ast und dem Stamm befand sich eine Tür aus schwarzem Holz, in die Umarmung des Baums eingepasst. Vorsichtig ging Alice um die Tür herum, doch sie führte nirgendwohin. Auf einem mit Schnitzereien verzierten Baumstumpf daneben stand ein Kelch, randvoll mit dem Bindungstrank. Die letzte Portion.

Alice trat einen Schritt zurück und blickte sich argwöhnisch um. War das eine Falle? Würde ein Angreifer aus dem Baum springen, sobald sie den Kelch an die Lippen hob?

»Hallo?« Ihre Stimme wurde von dem dichten Gestrüpp um sie herum gedämpft. »Governor Whitmore?«

Einen Augenblick hielt sie inne und lauschte angestrengt. Doch sie konnte nichts hören. Vielleicht hatte er ihr keine Fallen gestellt, weil er sie die Prüfung einfach schnell bestehen lassen wollte, ohne voreingenommen zu erscheinen. Der Ruf eines Hauses hing davon ab, ob die Auswahl der Mitglieder fair war. Doch niemand hatte gesehen, dass Alice ungehindert durch den Wald gelaufen war – und niemand sah, wie sie den Löwenzahn auf dem Baumstumpf ablegte und den Kelch nahm.

Sie neigte das hölzerne Gefäß und begutachtete die weizenfarbene Flüssigkeit, über deren Oberfläche goldene Reflexionen tanzten. Kurz zögerte sie. Hollys verängstigtes Gesicht tauchte vor ihrem inneren Auge auf – den Bindungstrank zu sich zu nehmen war genauso ein Test wie alles andere. Doch sie war eine Gardiner. In ihren Adern floss Mielikkis Blut. Und der Sommerbaum war bereits ein Teil von ihr. Sie blickte sich noch einmal um, hielt nach Whitmore oder Cecil Ausschau – irgendjemandem aus dem Haus, der dem Ritual hätte beiwohnen sollen. Doch die einzigen Anzeichen von Leben waren die Bäume über ihr und das Gras zu ihren Füßen.

Diese Gelegenheit wollte sie sich nicht entgehen lassen. Der Bindungstrank war hier – sie musste ihn nur trinken. Das war ihre Chance, die Rookery zu retten. Sich an den Sommerbaum zu binden und ihr Mielikki-Vermächtnis einzusetzen, um ihn zu kontrollieren. *Na los*, beschwor sie sich innerlich, *tu es einfach*.

Alice atmete tief durch, dann hob sie den Kelch an die Lippen und trank. Die Flüssigkeit wärmte ihre Kehle und ihre Brust, als sie sie hinunterstürzte. Einen Herzschlag lang geschah gar nichts. Dann begann sie, am ganzen Körper zu zittern, eine prickelnde Energie strömte durch ihre Arme, ihre Beine, ihre Adern. Ihr Blut kochte, jeder Partikel vibrierte und befeuerte ihre Sinne. Ihre Nervenenden kribbelten, als ständen sie unter Strom, und ein Gefühl von Vollständigkeit und purer Glückseligkeit durchflutete sie – wie Lichter in einem dunklen Haus, die eins nach dem anderen angingen, erleuchtete sie der Bindungstrank von innen, bis sie sich fühlte, als strahle sie buchstäblich vor Euphorie.

Alice starrte auf ihre Hände und spreizte die Finger. Sie pulsierten vor Energie, und sie lachte entzückt. Kurz entschlossen ließ sie sich auf die Knie sinken und presste die Hände ins Gras. Überall um sie herum sprossen Blumen aus dem Boden, Butterblumen wuchsen in den Lücken zwischen ihren Fingern, ein Ring aus Gänseblümchen, Schleierkraut und Chrysanthemen breitete sich rasch über den Waldboden aus.

Sie stand auf, doch das tiefe, rhythmische Pochen in ihrer Brust brachte sie ins Straucheln. Wann war ihr Herzschlag so laut geworden? Er füllte ihre Ohren und erzeugte ein klangvolles Echo in ihrem Innern. Auf die Knie gestützt, die Augen fest zugekniffen, versuchte sie, sich zu konzentrieren, während der Klang durch ihren Kopf schallte wie das Läuten einer Kirchenglocke. *Das ist nicht mein Herzschlag,* erkannte sie plötzlich. Sie wusste es – spürte es. Der Rhythmus ihres pumpenden Lebensblutes passte sich dem eines anderen an. *Der Herzschlag des Sommerbaums, im Gleichklang mit meinem.*

Als sie sich wieder aufrichtete, holte sie tief Luft und erlangte ein gewisses Maß an Kontrolle über diese merkwürdige neue Verbindung. Sie spähte zwischen den Bäumen hindurch, und wo sie vorher nur Schatten gesehen hatte, konnte sie jetzt jeden Grashalm und die Struktur der Rinde jedes Baums ausmachen. Sie sah alles. Sie war eins mit der Natur, und es war befreiend, berauschend und …

Ihr Lächeln verblasste. An dem Spiel von Licht und Schatten im Gebüsch gegenüber der schwarzen Tür war etwas falsch. Ein Schatten, wo keiner sein sollte. Vorsichtig schlich Alice näher. Im Unterholz verbarg sich etwas. Sie schnippte mit den Fingern, und die Äste und Zweige zogen sich zurück.

Gabriel Whitmore lag tot im Gras.

Einer seiner Arme lag lang ausgestreckt, und seine Krawatte hing schief. Sein Mund war schlaff, sein Gesicht schlohweiß, und seine blauen Augen starrten blicklos zu Alice empor. Blankes Entsetzen packte sie. *Was ist hier geschehen?*

Ein kalter Schauer lief ihr über den Rücken, und sie wich zurück. Wer immer das getan hatte – war er noch da? Fieberhaft versuchte sie, sich zu erinnern, wer noch Zugang zu diesem Prüfungsort haben könnte, doch sie konnte den Blick nicht von Whitmores glasigen Augen abwenden.

Ein Knacken im Gehölz hinter ihr ließ sie erstarren. Gab es hier wilde Tiere? Sie wirbelte herum, lauschte angestrengt den Geräuschen des Waldes, konnte aber kaum etwas hören. Das Rauschen der Blätter, hin und wieder das Knarren von Ästen, aber nichts von Bedeutung.

Doch da war es wieder. Ein lautes Knacken.

Mit angehaltenem Atem wartete sie, blickte sich um, machte sich bereit, beim kleinsten Anzeichen von Gefahr die Flucht zu ergreifen. Nichts. Sie atmete tief durch und ließ die Schultern kreisen, um die Muskeln in ihrem Rücken zu lockern, dann wandte sie sich zu der schwarzen Tür um, die in die Arme des Baums eingelassen war. Zeit zu gehen.

Knack.

Alice wirbelte herum.

Unter einer Ulme nicht weit von ihr entfernt stand Reuben Risdon. Verblüfft starrte sie ihn an. Er machte keine Anstalten, näher zu kommen. Stattdessen musterte er ihr Gesicht aus der Distanz.

»Was machen Sie…?«, begann sie, unterbrach sich aber, als er sich von dem Baum abstieß.

Instinktiv richtete sie sich auf, und ihre Hände ballten sich zu Fäusten. Risdon ging an ihr vorbei, sein schäbiger blauer Mantel bauschte sich hinter ihm. Alice sah zu, wie er in die Hocke ging, um Gabriels Leiche zu untersuchen, im Gesicht einen Ausdruck angestrengter Konzentration. Noch immer am Boden kauernd drehte er sich um und blickte zu ihr auf.

»Er war ein guter Mann«, sagte er und deutete auf den Leichnam. Mit einem tiefen Seufzen richtete er Whitmores Seidenkrawatte und strich sie glatt.

»Ist es nicht eine Straftat, einen Tatort zu verfälschen?«, fragte Alice in schroffem Ton.

»Ja«, sagte er schlicht. »Aber ich habe immer daran geglaubt, dass wir die Toten mit Würde und Respekt behandeln sollten. Missgönnst du ihm das?«

Alice antwortete nicht. Was hatte Risdon hier verloren? Was wollte er, und wo war er hergekommen?

»Was ist Ihrer Ansicht nach mit ihm passiert?«, fragte sie, in dem verzweifelten Versuch, irgendetwas Hilfreiches herauszufinden.

»Oh, ich glaube, er hat hier in diesem Wald den Tod gefunden«, sagte Risdon, und seine grauen Augen blitzten.

Irritiert runzelte sie die Stirn – das war doch offensichtlich –, während er Gabriel die Hand auf die Stirn legte … und innerhalb weniger Sekunden zerfiel der Leichnam zu Asche. Alice stockte der Atem, und sie wich instinktiv einen Schritt zurück.

»Asche zu Asche«, sagte Risdon, stand auf und wischte sich die Hände an seinem Mantel ab. »So sagt man doch, nicht wahr?«

»Was machen Sie hier?«, murmelte sie, doch die Worte wurden von den Alarmglocken in ihrem Kopf übertönt.

Seine geschwungenen Augenbrauen hoben sich ein kleines Stück. »Ich bin gekommen, um dir zu gratulieren.« Er warf einen Blick auf den Kelch, der umgekippt auf dem Baumstupf lag. »Du hast bestanden. Gönn mir doch bitte einen Moment des Stolzes.«

Stolz? Worauf sollte er stolz sein?

Alice ließ ihn keine Sekunde aus den Augen, sie wagte nicht einmal zu blinzeln aus Angst, er könnte plötzlich näher kommen. »Sagen Sie mir, was mit Gabriel Whitmore passiert ist«, stieß sie mit schwacher Stimme hervor.

Er taxierte sie mit bohrendem Blick. »Das habe ich dir doch schon gesagt, Alice. Er hat im Wald den Tod gefunden.«

Ihr blieb die Luft weg, so durchdringend musterte er sie. Ihre Kehle war wie zugeschnürt. Ihre Gedanken waren benebelt. Sie nahm nichts wahr außer ihrem eigenen Herzschlag, der laut in ihren Ohren hämmerte.

»Bist du … der Tod?«, flüsterte sie.

Er nickte, einen feierlichen Ausdruck im Gesicht. Einen langen Moment herrschte Schweigen, und als er die Stille schließlich brach, hatte sich etwas in der Atmosphäre verändert.

»Hallo, Alice«, sagte er sanft. »Bei unserer ersten Begegnung wurden wir einander nicht richtig vorgestellt – aber jetzt weiß ich, wer du bist.«

Sie schüttelte den Kopf und wich noch einen Schritt zurück. Ihre Hand hinter ihrem Rücken tastete verzweifelt nach der Tür.

»Weißt du, wer ich bin?«, fragte er.

»Reuben Risdon«, murmelte sie.

»Ja«, sagte er. »Und nein.«

Das konnte nicht sein. Es konnte einfach nicht sein.

Ihr Blick wanderte suchend über sein Gesicht. Das Gesicht des Mannes, der ihre beste Freundin getötet hatte, der sie vor Crowleys Lügen gewarnt hatte, der sie gebeten hatte, mit ihm zusammenzuarbeiten, der angeboten hatte, sie zu beschützen – und der sie zu einer Marionette des Todes gemacht hatte.

»*Tuoni*«, flüsterte sie. »*Du bist Tuoni?*«

36

„Es ist lange her, dass mich jemand so genannt hat.«

»Wie kannst du …?«, flüsterte Alice, und ihre Anspannung nahm so stark zu, dass sich ihr Schädel anfühlte, als würde er jeden Moment platzen. Sie schluckte und schüttelte den Kopf. »Warum bist du hier?«

»Ich wollte, dass du mich kennenlernst«, sagte er und musterte sie voller Neugier. »Vor dem Ende.«

»Bevor du deine Seele befreist und die Rookery zerstörst?«

Wie ist das möglich? Wie kann er Tuoni sein? Dieser Mann, den sie aus tiefstem Herzen hasste. Sie wollte wegrennen – weg von *ihm* –, doch ihre Beine waren bleischwer vor Entsetzen und Abscheu. Ihre Brust war zu eng, ein unsichtbares Gewicht drückte auf ihre Rippen und betäubte ihre Sinne.

»Nein.« Ein kleines, wehmütiges Seufzen entfuhr Risdon – Tuoni –, als er seine Aufmerksamkeit einer krummen Ulme zuwandte. »Bevor *du* meine Seele befreist und die Rookery zerstörst.«

Fassungslos starrte sie ihn an. Panik stieg in ihr auf, doch sie versuchte mit aller Macht, sie zu unterdrücken.

»Ich bin Mielikkis Erbin«, sagte sie. »Ich werde die Stadt nicht zerstören. Ich werde sie retten.«

Als er sich wieder zu ihr umdrehte, zeigte sich der Hauch eines Lächelns auf seinen Lippen. »Du bist meine Erbin. Du bist der Tod. Du nimmst Leben«, sagte er schlicht. »So bist du einfach. Die

Menschen sorgen sich, ob ihre Seele gut oder schlecht ist oder von Sünde befleckt. Aber deine Seele … ist der Tod. Gut oder schlecht spielt dabei keine Rolle. Der Tod holt jeden. Und genau wie der Tod kann deine Seele die Lichtschnur einer Nachtschwalbe durchtrennen. Das wusste deine Mutter, schon bevor du zur Welt kamst.«

»Ich habe sie angefleht«, sagte er, seine Stimme unerwartet sanft. »Ich habe sie gewarnt, dass du nicht anders können würdest. Neugeborene haben keine Kontrolle.« Er stockte und wandte sich kopfschüttelnd ab. »Du bist immer noch wie ein Neugeborenes, Alice. Das wusste ich in dem Moment, als ich deine Seele am Marble Arch entfliehen sah. Du hast die Kontrolle verloren.«

Er ging zurück zu der Ulme und strich über ihre Rinde. Mit wachsendem Entsetzen beobachtete Alice, wie Flammen aus seinen Fingerspitzen loderten und er eine Spur aus Feuer über das raue Holz zog. Was hatte er vor?

»Du gehörst zu Haus Ilmarinen?«, fragte sie leise. Das Haus des Feuers. Crowleys Haus.

»Wohl eher Haus Tuoni«, erwiderte er mit einem matten Lächeln, brach einen geschwärzten Ast ab und zerbröselte ihn zwischen den Fingern. »Allen vier Häusern liegt eine zerstörerische Kraft zugrunde. Feuer ist Tod.« Er neigte den Kopf zur Seite, ohne den Blick von ihr abzuwenden. »Wenn du deine Zeit damit verbracht hättest, dein wahres Wesen anzunehmen, statt dich ihm zu widersetzen, hättest du unvorstellbare Gaben in dir entdecken können.«

»Der Tod ist keine Gabe«, brauste sie auf. Ihre Augen blitzten vor Wut.

Er machte einen Schritt auf sie zu. »Aber das kann er sein«, sagte er in aufrichtigem Ton. »Unter gewissen Umständen kann er das gütigste Geschenk der Welt sein. Der Tod kann barmherzig sein.«

»Und rachsüchtig«, erwiderte sie aufgebracht. »Und grauenvoll. Und ungerecht. Und …«

»Ja.« Er nickte zustimmend. »Auch das.«

»Du hast meine beste Freundin umgebracht«, stieß sie hervor, und die Wut in ihrem Innern füllte sie vollständig aus.

»Du hast die einzige Frau umgebracht, die ich je geliebt habe«, entgegnete er, seine Stimme wie ein Peitschenschlag.

Alice zuckte zusammen, als hätte er sie geohrfeigt. »Ich war ein *Baby*«, sagte sie. »Das war nicht meine Schuld.«

Er seufzte. »Und der Tod deiner Freundin war auch nicht meine Schuld. Es war einfach notwendig.«

Notwendig. Denn wenn er keinen Weg gefunden hätte, Alice' Seele in ihren Körper zurückzuschicken, hätte sie die Rookery zerstört. Jen war für Alice' Sünden gestorben.

»Ich bin zum Mörder geworden, damit du keiner sein musst.«

»Aber das bin ich trotzdem«, erwiderte sie mit rauer Stimme. »Du hast es selbst gesagt. Ich habe Leda getötet. Das ist mein wahres Wesen.« Sie kniete sich hin, nahm den Löwenzahn vom Baumstumpf und sah zu, wie er in ihrer Hand verwelkte und zu Staub zerfiel. Den Blick auf Tuoni geheftet griff sie nach den untersten Ästen der Ulme. Die Rinde wurde rissig, begann zu bröckeln, und die Äste verrotteten.

»Tod«, sagte sie und wischte die Überreste an ihrer Jeans ab.

Die Anspannung in der Luft war fast greifbar, und sie verfielen in Schweigen – beobachteten einander, warteten ab, wer den ersten Zug machen würde. Mittlerweile hatte sich das Feuer über die Ulme ausgebreitet und sprang von einem Blatt zum nächsten über. Orangerotes Licht flackerte in ihren Augen.

»Mein Job im Magellan-Institut ...«, setzte sie an.

»Ich wollte dich dort haben«, sagte er. »Ich habe die Anzeige auf Sasha Hamiltons Schreibtisch hinterlassen. Mir war klar, dass sie dir davon erzählen würde.«

Alice' Magen krampfte sich zusammen, und plötzlich war ihr Mund staubtrocken. »Wann hat Reid erkannt, dass sie für dich arbeitet?«, fragte sie heiser.

Er lächelte. »Sie hat länger gebraucht, als ich erwartet hatte. Als ich sie drängte, ihren Fokus zu ändern, wurde sie misstrauisch.«

»Du wolltest wissen, ob die dreiteilige Seele wirklich existiert«, vermutete sie.

»Nein, natürlich nicht«, erwiderte er mit gequältem Gesicht. »Ich bin Tuoni. Ich kenne den Aufbau von Seelen. Catherine sollte recherchieren, wie man eine Seele teilt, ohne dass der Betroffene es merkt.«

Sie musterte ihn forschend. Der Feuerschein warf schaurige Schatten auf sein Gesicht.

»Und warum willst du das wissen?«, fragte sie, ihre Stimme kaum hörbar.

»Ich glaube, das weißt du bereits«, meinte er.

Das Hämmern ihres Herzens übertönte das Prasseln des Feuers, das die Äste über ihrem Kopf verzehrte. »Sag es mir.«

Er sah zu der brennenden Ulme und wieder zurück zu ihr. »Meine Nachtschwalbe hält meine Seele in dem Baum gefangen – und du kannst ihre Verbindung trennen.« Der Blick, den er ihr zuwarf, zeigte keine Gefühlsregung, als redeten sie über etwas völlig Belangloses. »Seelen sind überraschend zerbrechlich«, sagte er. »Ein Trauma kann sie schwächen. Und jedes Mal, wenn deine befreit wurde, hat sie den Strang, der meine Nachtschwalbe an den Sommerbaum bindet, weiter zersetzt.«

Alice verschlug es den Atem. Was wollte er damit sagen? Jedes Mal, wenn sie Kuu weggeschickt und ihre *itse*-Seele ausgesandt hatte, um sie vor einem Angreifer zu schützen, hatte sie ihre Seele freigelassen – das stimmte. Aber sie hatte sich nie weit entfernt. Das war bestimmt nur eine seiner Lügen.

»Tom hat für dich gearbeitet«, stieß sie mit belegter Stimme hervor.

Er nickte. »In gewisser Hinsicht. Er hat für Marianne gearbeitet, und alles, was Marianne tut, dient dem Todesfürsten.«

»Die Angriffe … dass meine Seele entkommen ist … Nichts davon ist in der Nähe des Sommerbaums passiert. Bis vor ein paar Tagen hatte ich die Nachtschwalbe nicht mal gesehen. Wie hätte ich sie …«

»Du konntest nicht anders«, sagte er. »Sobald du dich an den Baum gebunden hast, hast du einen Weg geschaffen. Eine direkte Verbindung zwischen deiner Nachtschwalbe, deiner Seele, und meinem Gefängnis.«

Plötzlich erinnerte sich Alice an ihr erstes Treffen mit Cecil und ihr Gespräch über den Bindungstrank. Er hatte es als Ehre dargestellt, die eigene Lebenskraft mit der Lebenskraft des Baums zu verbinden, aber für sie hatte das nach Knechtschaft geklungen. Die Mitglieder mussten im Umgang mit dem Baum höchste Vorsicht walten lassen, weil er allen Schaden auf sie übertrug. Die Macht, die er einem verlieh, war an Bedingungen geknüpft, sodass man keine andere Wahl hatte als zu gehorchen. Doch Cecil hatte gesagt, das sei eine Einbahnstraße. Die Mitglieder von Haus Mielikki konnten dem Baum nichts anhaben – sonst würde der Arbor Suvi jedes Mal, wenn jemand mit einer Verbindung zu ihm an Altersschwäche starb, Schaden nehmen. Aber so war es nicht. Der Baum war zu mächtig, als dass ihm solch geringfügiger Schaden etwas ausmachen würde.

»Nein«, sagte sie. »So wirkt der Bindungstrank doch nicht. Die Verbindung zwischen dem Baum und den Mitgliedern von …«

»Du bist kein Mitglied von Haus Mielikki«, sagte er sanft. »Du *bist* Haus Mielikki, genau wie deine Mutter vor dir. Die Verbindung zum Sommerbaum liegt dir im Blut.«

Erschüttert starrte sie ihn an. Die ganze Zeit hatte sie von den Kräften profitiert, die der Arbor Suvi ihr verliehen hatte, ohne zu merken, dass sie durch ihr Mielikki-Blut etwas von sich – dem Schaden, den sie nahm – an den Baum zurückgab?

»Jedes Mal, wenn du die Verbindung gestärkt hast« – er deutete mit einer Kopfbewegung auf den leeren Kelch – »hast du meine Fesseln gelockert.« Seine Lippen verzogen sich zu einem grimmigen Lächeln. »Neugeborene haben keine Selbstbeherrschung. Du hast meine Seele aus Ledas Falle befreit. Deinetwegen ist der Sommerbaum gewachsen. Und jetzt sind die Fesseln so schwach, Alice – du hast den letzten Bindungstrank zu dir genommen. Es ist an der Zeit. Ich will meine Seele zurück.«

Alice presste sich die Hände auf die Ohren, um seine Worte abzuhalten. Nein. Sie war Mielikkis Erbin. Sie würde die Rookery retten. So viele Menschen waren deswegen gestorben. So viele … waren ihretwegen …

Die Wahrheit traf sie mit solcher Wucht, dass sie ins Wanken geriet, als hätte ihr jemand ins Gesicht geschlagen. Er hatte recht. Sie war der personifizierte Tod. Sie hatte versucht, davor wegzurennen, aber es gab kein Entkommen vor ihrem wahren Wesen. So viele Menschen waren gestorben, weil sie es zu leugnen versucht hatte.

»Leda wird dir nie verzeihen«, murmelte sie nach langem Schweigen. »Wenn du zu ihr ins Sulka-Moor gehst, wird sie dir nicht verzeihen, dass du ihr Werk missbraucht hast, um die Rookery zu zerstören.«

»Das Risiko gehe ich ein«, sagte er. »Ich bin dieses Dasein leid. Bitte. Lass mich ruhen, Alice.«

Er schnippte mit den Fingern, und die Flammen loderten noch heller. Rauch wallte auf und hinterließ einen beißenden Geschmack in Alice' Kehle. Die Hitze war unerträglich, doch Alice regte sich nicht von der Stelle und sah schweigend zu.

Das Feuer sprang von einem Baum zum nächsten über, setzte die benachbarte Pappel in Brand … dann die Eiche … und die Hainbuche dahinter.

»Alice.« Tuonis müde Stimme übertönte das Tosen der Flammen. »*Lauf.*«

37

So schnell sie ihre Beine trugen, rannte sie durch das Unterholz. Das Feuer brauste unaufhaltsam durch die Bäume hinter ihr und verzehrte das dichte Blätterdach. Wabernde Rauchsäulen stiegen in den orangerot glühenden Himmel auf. Blätter verbrannten zu Asche. Verkohlte Äste wurden von dem flammenden Inferno davongeschleudert. Die Luft war von grauen Schwaden vernebelt, die wie Wolken über den Himmel zogen.

Alice hielt sich den Arm vors Gesicht, um es vor der sengenden Hitze zu schützen. Der Rauch legte sich wie eine Decke über den Waldboden und machte die sicheren Wege zwischen den Bäumen hindurch unkenntlich. Blind stolperte sie in ein Gehölz, wo die Bäume dicht an dicht standen. *Falsch abgebogen. Mist. Das Feuer kommt immer näher.* Sie machte auf dem Absatz kehrt, sah sich panisch nach einer Lücke um. Die Luft flimmerte vor Hitze, und ihre Augen brannten, doch sie lief weiter, an einer schwelenden Zeder vorbei. Spitze Äste schlugen ihr ins Gesicht und zerrten an ihren Haaren, doch sie rannte und rannte, so schnell sie konnte. Das Feuer hatte sie eingeholt. Es loderte zwischen den Bäumen und breitete sich immer weiter aus … *Ein Großflächenbrand.*

Glühende Asche regnete auf sie herab und landete im Gestrüpp zu ihren Füßen. Instinktiv sprang Alice zurück. Zu spät, denn im nächsten Moment fing das Reisig Feuer und steckte ihren Schnürsenkel in Brand. Hastig trat sie die Flammen mit dem anderen Fuß aus, doch von der Bewegung wurde ihr in ihrem benommenen Zustand schwindlig. Der Wald drehte sich um sie, ein verschmierter Fleck aus Gold und Orangerot auf einer dunklen Leinwand. *Flieh in die Schatten,* hörte sie Crowley in Gedanken rufen. *In den Schatten bist du sicher.* Schritt für Schritt kämpfte sie sich weiter. *Schatten. Finde die Schatten.*

»Es gibt keinen sicheren Ort für dich«, schrie Tuoni, um sich über das Knistern und Zischen der Flammen hinweg Gehör zu verschaffen.

Ein verbrannter Ast schlug direkt vor ihm auf, doch er kickte ihn achtlos weg und kam näher.

Das Feuer hatte die Bäume vollständig niedergebrannt und in geschwärzte Gerippe verwandelt. Die Flammen hatten ihre krummen Gliedmaßen amputiert, und ihre Überreste lagen verkohlt am Boden. Das Feuer verzehrte sie von innen, wie ein Parasit. Überall tanzende Flammen und dicker, beißender Rauch. Schweißperlen standen Alice auf der Stirn, und ihr Pulli klebte ihr auf der Haut. Die Luft war zu heiß zum Atmen. Argwöhnisch sah sie zu, wie er sich näherte, jederzeit bereit, die Flucht zu ergreifen.

»Sieh an«, sagte er. »Von Feuer lässt du dich nicht unterwerfen.«

Ihre Muskeln spannten sich an. Wortlos wischte sie sich den Schweiß von der Stirn.

»Du kämpfst unermüdlich um eine Stadt, die dich nicht einmal kennt. Du hast genauso viel Biss wie Leda.« Eine brennende Eberesche warf ihre Äste ab, und qualmendes Holz schlug auf dem Boden zwischen ihnen auf. »Ich glaube … in einem anderen Leben …«

Er schüttelte den Kopf und machte eine wegwerfende Handbewegung. Jäh loderte das Feuer wieder auf, die züngelnden Flammen nur wenige Zentimeter von ihrer Haut entfernt. Risdons in Schatten und Feuerschein gehülltes Gesicht blickte ihr durch das Inferno seelenruhig entgegen. Er war unversehrt. Das Feuer konnte ihm nichts anhaben. Er schnippte mit den Fingern, und die tosenden Flammen zogen sich um sie zusammen. Sie bekam keine Luft. Die sengende Hitze tat ihr in der Kehle weh und setzte ihre Lunge in Brand. Was wollte er? Sie bei lebendigem Leib verbrennen? Seine Wunden kauterisieren, indem er das Kind vernichtete, das nie hätte existieren sollen? Doch das würde Leda nicht zurückbringen. Dieser Angriff war sinnlos. Er würde nie ...

Ihre Gedanken machten jäh halt. Ein Angriff. Genau wie all die anderen. Toms Angriffe waren nicht sinnlos gewesen. Er hatte sie in Lebensgefahr gebracht, damit sie einen Teil ihrer Seele freiließ, um ihn aufzuhalten. Er hatte gewollt, dass sie sich wehrte. Er hatte gewollt, dass sie ihre Seele hochgehen ließ wie eine Bombe ... obwohl ihre Seele das Band zu seiner Nachtschwalbe durchtrennen würde. Endgültig. Alice erschauderte. Sie durfte Kuu nicht wegschicken. Diesmal würde ihre Seele sie nicht retten.

Sie ließ sich auf die Knie fallen, ihre tränenden Augen mit dem Arm gegen das Feuer abgeschirmt, und wühlte im heißen Unterholz, suchte verzweifelt nach etwas, das sie benutzen könnte – eine Waffe, irgendetwas ... – und fand einen dicken Ast, das eine Ende schwarz wie Kohle. Kurz entschlossen warf sie ihn nach Tuoni, doch als er auf das Feuer traf, zerfiel er zu Asche. Mit einem grimmigen Lächeln wischte Tuoni die Überreste weg. Fieberhaft zerbrach sie sich den Kopf nach anderen Optionen. *Was soll ich nur tun? Was soll ich nur tun?* Sie tastete nach etwas anderem, was sie nach ihm werfen könnte, zog ihre Hand jedoch mit einem Schmerzensschrei zurück, als sie ins Feuer griff. Es kam immer näher. *Denk nach.*

Wurzeln. Die Wurzeln waren unter der Erde. Vor dem Feuer verborgen. Ohne Zögern grub sie die Hände in die warme Erde. Aufregung, Hoffnung, Angst erfasste sie. Sie schloss die Augen, ignorierte das Zischen der Flammen nur wenige Zentimeter von ihr entfernt und konzentrierte sich ganz auf ihre Arme. Feuchter Schlamm bedeckte ihre Hände, verkrustete die feinen Linien in ihrer Haut. Ihre Finger bohrten sich tief in die Erde. Mielikkis Erde. Mielikkis Wald. Der Boden begann zu vibrieren. Partikel, die aneinanderstießen, eine Woge der Bewegung unter der Erdoberfläche. Schweiß – von der Hitze, von der Anstrengung – lief Alice in die Augen, doch sie bewahrte die Konzentration. *Jetzt.*

Außerhalb des Feuerrings brachen Wurzeln aus dem Boden. Erdklumpen regneten herab, mit solcher Wucht schossen sie hervor. Sie schlängelten sich durch das Unterholz, durch das Feuer. Die Flammen umzüngelten sie, doch sie glitten unaufhaltsam weiter, mit einem einzigen Ziel: Tuoni.

Eine wendige Ranke schlang sich um seine Knie und band seine Beine zusammen. Eine Wurzel wand sich um seine Brust. *Drück zu.* Auf ihren Befehl zog sie sich zusammen. Er spannte die Brustmuskeln an, um gegen den Druck anzukämpfen. Wie eine Spinne, die eine Fliege in ihrem Netz gefangen hatte, schlangen die Wurzeln ihre brennenden Arme um ihn und umschlossen ihn in einer festen Umarmung. Das Feuer um Alice geriet ins Stocken, und Hoffnung keimte in ihr auf.

Doch irgendwie schaffte Tuoni es, seine Arme zu befreien, und im nächsten Moment lösten sich die Wurzeln auf. *Nein!* Asche rieselte zu Boden wie Schnee. Auch Tuonis Haut und Haare waren damit bedeckt, sodass er aussah wie eine Statue. Er schnippte mit den Fingern, und das Feuer kam näher, zog einen immer engeren Kreis um sie und nahm ihr jede Fluchtmöglichkeit. Wut und Angst wallten in ihr auf, und sie riss die Hände aus der Erde. Ihre Haarspitzen kräuselten sich in der unerträglichen Hitze, die ihr entgegenschlug.

»Du hast zwei Optionen«, schrie Tuoni, um das Tosen der Flammen zu übertönen. »Kämpf gegen mich – nur so kannst du gewinnen. Oder stirb.«

Ihr Leben retten, indem sie ihre Seele aussandte, um ihn zu

bekämpfen … oder sterben, sodass ihre Seele direkt ins Sulka-Moor einging – in ihre natürliche Heimat, wo sie niemandem schaden konnte? Er irrte sich. Es gab nur eine Option. Sie würde ihre Seele nicht freilassen, um ihn anzugreifen und damit seine Fesseln zu lösen. Sie würde die Rookery nicht zerstören und die Leben all ihrer Bewohner aufs Spiel setzen; sie würde nicht gegen ihn kämpfen. Mit ihrem Tod machte sie auch seine einzige Chance, seine Seele zu befreien und wieder mit Leda vereint zu werden, zunichte. Ohne Leda hatte er nichts, wofür es sich zu leben lohnte. Doch Alice hatte etwas, wofür es sich zu sterben lohnte.

Die Entscheidung war gefallen.

Sie verdrängte alle Gedanken ans Kämpfen und kauerte reglos auf den Knien. Schweiß rann ihr den Nacken hinunter. *Denk nicht an das Feuer. Ignorier die Hitze.* Fieberhaft suchte sie nach etwas anderem, worauf sie ihre Aufmerksamkeit richten könnte, um sich abzulenken. Sie dachte an die Bilder, die sie in Geschichtsbüchern gesehen hatte, von den Opfern des Vulkanausbruchs in Pompeji, die von Asche bedeckt noch in derselben Haltung kauerten, in der sie gestorben waren. Würde Haus Mielikki diesen Wald komplett absperren, oder würden sie eines Tages die Tür öffnen und Alice hier genau in dieser Position vorfinden? Sie dachte an Jeanne d'Arc und Thomas Becket und Wilfred Owen, einen Dichter zur Zeit des Ersten Weltkriegs. Allesamt Märtyrer. Konnte auch sie das Märtyrertum für sich beanspruchen? Wie lautete noch gleich Owens berühmtestes Gedicht? *Dulce …*

Das Feuer umzüngelte ihre Stiefelsohlen, und sie zog die Beine an. Ihr Kopf schwankte benommen. *Kein Sauerstoff.*

Dulce et decorum est pro patria mori. Das war es. *Süß und ehrenvoll ist es, für sein Vaterland zu sterben.* Purer Sarkasmus von Owen. Doch nun würde sie ihm in diese Welt des Wahnsinns folgen. Nur würde nie jemand erfahren, was sie getan oder was sie geopfert hatte.

Für sie würde es keine blaue Plakette vor Coram House geben, keine von der Rookery verliehene Medaille, um ihre Liebsten mit Geschichten über ihre Tapferkeit zu trösten.

Sie dachte an ihre Eltern, die nie wieder ihre Stimme hören und die sich fragen würden, warum sie nicht nach Hause kam. Vielleicht würden sie annehmen, sie hätte ein aufregenderes Leben gefunden, als sie ihr bieten konnten – dass sie ihnen den Rücken gekehrt hatte, um ihrem glamourösen neuen Leben in der Rookery nachzugehen.

Sie dachte an Crowley. Crowley, der furchtbar wütend sein würde, weil sie gestorben war. Dass sie es hatte geschehen, dass sie sich hatte überlisten lassen. Dass sie ihn verlassen hatte. Und doch, hoffentlich auch stolz. Helenas und Ledas Taten hätten die Rookery beinahe zerstört. Und jetzt würde Alice' Tatenlosigkeit sie retten. Sie würde ihre Fehler wiedergutmachen.

Die Flammen schlugen bis zu ihren Wangen hoch, und Alice biss die Zähne zusammen, um nicht laut aufzuschreien. Etwas streifte ihren Hals, und sie zuckte zusammen in Erwartung weiterer Schmerzen. Doch ein sanftes Zwitschern an ihrem Ohr linderte ihre Angst. Kuu. Die Anspannung in ihrer Brust ließ nach, und mit einem erstickten Schluchzen streckte sie die Hand nach ihrem Seelenvogel aus. Kuu schmiegte sich an ihr Gesicht. Ihre weißen Flügel leuchteten hell, vom Feuer unberührt. Kuu war eine Nachtschwalbe, kein Phönix, und nichts konnte ihr etwas anhaben – weder Feuer noch sonst irgendetwas.

Herabfallende Glut brannte Löcher in Alice' Hose und versengte ihre Beine. Vor Schmerz sog sie scharf die Luft ein, und Kuu schlug unruhig mit den Flügeln.

»Bleib bei mir«, murmelte Alice. »Bleib bis zum Schluss bei mir.«

Tuoni stand auf der anderen Seite der Flammenwand wie ein Dämon aus der Hölle. Das Feuer kam immer näher und setzte ihren Ärmel in Brand. Panisch schlug sie es mit der Hand aus und drückte ihren Arm in die Erde, um den Schmerz zu lindern.

»Lass los«, sagte er. »Es ist nicht nötig, dass du für die Rookery stirbst. Sag deiner kleinen Nachtschwalbe, sie soll dich retten.«

Der pochende Schmerz in ihrem Arm brachte ihre Entschlossenheit ins Wanken. *Nein.* Sie biss die Zähne zusammen.

»Nachtschwalbe!«, rief er. »Ich rede mit dir. Ich war einst dein Meister. Du spürst meine Präsenz, oder? Du weißt, was ich bin.« Kuu hob ruckartig den Kopf, lauschte seinen Worten, und Alice entfuhr ein verzweifeltes Stöhnen. »Deine Aufgabe ist es, sie zu beschützen. Und die Welt vor ihr zu beschützen. Heute kannst du beides tun. Du musst keine Kompromisse eingehen.«

»Hör … Hör nicht auf ihn«, stieß Alice mühsam hervor.

»Du kannst sie retten, indem du von hier verschwindest«, sagte Tuoni. »Nicht ihre Seele wird die Rookery zerstören, sondern der Sommerbaum. Sie trifft keine Schuld. Dich trifft keine Schuld.«

Die Nachtschwalbe neigte den Kopf zur Seite, als denke sie über seine Worte nach. Konnte sie ihn wirklich verstehen?

»Kuu, nein«, flüsterte Alice. »Tu das nicht.«

»Rette sie«, sagte Tuoni.

Dann legte er die Hände aneinander, und das Feuer hüllte sie ein. Ihr Mund öffnete sich in einem stillen Schrei, und ihr Körper zuckte und wand sich, als ein unvorstellbarer Schmerz in Wogen über sie hereinbrach. Ein leises Wimmern entrang sich ihren fest aufeinandergepressten Lippen. Sie war nicht mehr fähig, einen klaren Gedanken zu fassen, irgendetwas anderes wahrzunehmen als ihre Höllenqualen.

Selbst die Augen zu öffnen kostete sie Mühe. Keuchend, die Wange flach auf den Boden gepresst, hielt sie nach ihrer Nachtschwalbe Ausschau, auf der Suche nach Trost. Die leuchtende Schnur um ihr Handgelenk war … zu dünn. Verzweifelt griff sie danach, um Kuu näher an sich zu ziehen. Doch das Feuer erfasste ihren Pulli, und die Lichtschnur entglitt ihren Fingern. Zitternd gab sie sich den Schmerzen hin.

Ein Blitzschlag fuhr ihr in den Rücken, und sie wich erschrocken zurück. *Kuu, nein!* Ihr Atem entwich aus ihrer brennenden Lunge – und mit ihm noch etwas anderes. Ihre Essenz – reine Energie und unbändige Finsternis – strömte aus ihrem Körper. Wie glitzernde Staubpartikel schwebte sie in der Luft, bar aller Gefühle bis auf eines: Hunger. Das stetige Pulsieren von Wärme in ihrer Nähe zog sie an, und sie streckte sich vor Sehnsucht weit aus. Wärme. Leben. Ganz nah. Sie griff danach… doch ein hell leuchtendes Band schwang in ihren Weg, hielt sie zurück. Jeder schimmernde Partikel ihrer Seele vibrierte. Eine Woge reinster Macht brandete auf und durchbrach die weiß strahlende Barriere… Eine Nachtschwalbe schrie… nicht ihre eigene. Nicht Kuu. Tuonis Nachtschwalbe – die Lichtschnur, die sie an den Sommerbaum band, war durchtrennt worden.

Dann wirbelten bleiche Flügel die Luft auf, und sie wurde zurückgeschleudert. Kuu kreischte, und Alice sank zurück… zurück… zurück in sich selbst.

Als sie die Augen öffnete, sah sie den Wald über sich, die Bäume verkohlt und rußbedeckt. Das Feuer war erloschen. Nichts mehr zu sehen von dem Inferno, das hier gerade noch gewütet hatte. Kein Feuer… kein Tuoni. Sie war vollkommen allein. Allein mit ihren Brandwunden und ihrer mit Blasen übersäten Haut. *Ich kann nicht hierbleiben. Ich muss… muss hier weg.* Als sie sich aufrichtete, entfuhr ihr ein schmerzerfüllter Schrei. Die Haut an ihrem Rücken spannte sich und riss auf. Ihre Arme zitterten, doch sie stemmte sich hoch und kam auf die Füße, als Kuu auf ihrer Schulter landete.

»Was hast du getan?«, flüsterte sie, und im selben Moment begann der Boden unter ihren Füßen zu grollen.

38

Haus Mielikki war menschenleer, als sie durch den Korridor stolperte und zur Tür hinausstürzte. Draußen brachen der Lärm der Stadt und der kalte Wind über sie herein, und sie geriet ins Wanken. Halt suchend griff sie nach der botanischen Wand des Hauses, und ihre Finger glitten durch die Lücken. Die ineinander verschlungenen Äste von Weiden, Kirsch- und Kastanienbäumen waren ständig in Bewegung, ihre Knospen blühten in Sekundenschnelle auf; ein Wechselspiel von Farben im Lauf der Jahreszeiten.

Doch unter Alice' Berührung verdorrten die Äste, und die Knospen gingen ein. Rosafarbene und weiße Blüten fielen zu Boden. Die Pflanzen verwelkten, ihr Wachstum endete abrupt, und die Äste ächzten unter dem Gewicht. Vor ihren Augen begann die Wand zu verrotten. Hastig zog sie die Hand zurück und taumelte auf bleischweren Beinen über die Straße.

Sie musste zu Coram House. Ihrer Zuflucht. Bevor der Sommerbaum ...

Die Pflastersteine unter ihren Füßen erzitterten. Mit einem Sprung rettete sie sich auf den Bürgersteig und sog scharf die Luft ein, als der Schmerz in ihrem Rücken wieder aufflammte. Anfangs war das Geräusch kaum hörbar, doch als sie die Straße hinunterhastete, wurde das Donnern einstürzender Mauern immer lauter, bis es sich zu einer ohrenbetäubenden Kakofonie steigerte.

Lauf zur Tür, in die Leere, flieh! Panisch stieß sie die Tür auf, doch genau in diesem Moment gab es eine gewaltige Erschütterung, und sie verlor das Gleichgewicht. Sie prallte mit der Schulter gegen eine Steinmauer, und einen Augenblick blieb ihr die Luft weg. Sie schüttelte den Kopf, um ihn zu klären, und stieß sich von der Mauer ab. Doch bevor sie durch die Tür rennen konnte, erbebte der gesamte Bürgersteig und sank mehrere Meter ab. Zwischen der Straße und dem Bürgersteig klaffte ein gähnender Abgrund auf, dem Alice nur um Haaresbreite entging. Irgendwie bekam sie den Türrahmen zu fassen und schleppte sich mit letzter Kraft in die Leere.

Voller Entsetzen sah sie zu, wie sich auf der Straße ein riesiger Krater auftat. Ziegel, Stein, Beton ... Das Loch verschlang alles und breitete sich immer weiter aus. Ein Erdfall. Der Baum ... Tuoni hatte seine Seele zurückerlangt, und der Baum wuchs unaufhaltsam. Das Fundament der Stadt würde nicht mehr lange halten. Die Rookery würde ...

In der Ferne schrillte eine Sirene.

Alice erschauderte und schlug die Tür zu, suchte Zuflucht in der Leere.

»Cygnus Street«, schrie sie und fixierte ihr Ziel vor ihrem geistigen Auge. Das verlassene Gebäude gegenüber Coram House, die schwarze, mit Flyern der Gemeinschaft der Bleichen Feder behängte Tür. Das Portal, durch das sie schon an so viele andere Orte gelangt war.

Erwartungsvoll tastete sie in der Dunkelheit, suchte nach der Tür, die sie nach Hause bringen würde. Finsternis umfing sie, und der eisige Wind zerrte an ihrer verbrannten Haut. Zu kalt. Er linderte die Schmerzen nicht, sondern verschlimmerte sie noch.

»Cygnus Street«, flehte sie. »Komm schon. Ich kann nicht ... Ich muss ...«

Sie war zu geschwächt, um klar zu denken. Also stand sie wie betäubt in der Dunkelheit, vollkommen verloren, ohne die geringste Ahnung, was sie jetzt tun sollte. Die Tür öffnete sich nicht. Sie versuchte es noch einmal, suchte nach der Klinke... Nichts. Hilflosigkeit und Frustration stiegen in ihr auf. *Ich will nur nach Hause. Bitte.*

»Cygnus Street«, flüsterte sie.

Nichts.

Sie presste die Finger auf die Augenlider, dachte angestrengt nach. Was sollte sie jetzt tun? Eine Straße weiter gab es noch eine andere Tür, mit der sie es versuchen könnte; einen alten Teeladen, der rund um die Uhr geöffnet hatte. Alice atmete zittrig ein und stellte sich den Eingang vor, die massive Holztür mit ihrer bronzefarbenen Plakette: *Caddison's Twenty-Four-Hours Tea Room.* Der metallene Türknauf tauchte aus der Dunkelheit auf, und Alice packte ihn, als könnte er jeden Moment wieder verschwinden. So schnell sie konnte, hastete sie durch die Tür und machte sich humpelnd auf den Weg nach Hause.

Als sie das Ende der Straße erreichte, spürte sie einen Stich zwischen den Rippen. Nicht mehr weit. Nur noch etwa fünfzig Meter, wenn sie um die Ecke... Sie blieb wie angewurzelt stehen. Ein unvorstellbares Grauen erfasste sie.

»Nein«, wimmerte sie leise. »Nein...«

Dann rannte sie los, trotz der Schmerzen. Vorbei an den vor Schreck erstarrten Leuten, die überall herumstanden, und denen, die sich auf der Suche nach Verschütteten durch die Trümmer kämpften. Vorbei an den zerstörten Überresten der Häuser, die ihr im letzten Jahr so vertraut geworden waren. Vorbei an dem gähnenden Abgrund, wo einst ihre Nachbarhäuser gestanden hatten. Vorbei an dem Riss im Fundament der Stadt, der das verlassene Gebäude, durch das sie so oft gereist war, verschlungen hatte. Coram House... Gott sei Dank! Es stand noch, obwohl die halbe Straße eingestürzt war. Was, wenn ihre Freunde...

Die Tür zu Coram House flog auf, bevor sie auch nur die Chance hatte zu klopfen. Vor ihr stand Crowley, sein Gesicht von Kummer gezeichnet. Eine tiefe Erleichterung durchströmte sie. Er war am Leben. Ehe sie reagieren konnte, zog er sie in die Arme und schlug die Tür hinter ihr zu.

»Wo warst du?«, rief er, das Gesicht in ihren Haaren vergraben, und drückte sie fest an sich. Als sie vor Schmerz zusammenzuckte, ließ er sie sofort los, einen entschuldigenden Ausdruck im Gesicht. »Ich dachte, du wärst …« Er verstummte abrupt, als er ihre versengte Kleidung sah. Mit besorgtem Blick nahm er sie in Augenschein. »Du bist verletzt.«

»Mein Rücken«, stieß sie hervor.

Er wollte sie genauer untersuchen, doch sie wandte sich ab.

»Was hast du …« Alle Farbe wich aus seinem Gesicht. »Brandwunden? Wie ist das passiert?«

Sie schüttelte den Kopf. »Das spielt keine Rolle. Crowley, die Straße draußen …«

»Weg«, murmelte er heiser.

Erst da bemerkte sie den Dreck in seinem Gesicht, den Splitt in seinen Haaren, sein schmutziges weißes Hemd, seine zerrissene Hose, die blutige Wunde an seinem Oberschenkel.

»Hilfe ist auf dem Weg«, erklärte er mit belegter Stimme. »Ich habe getan, was ich konnte. Vier Überlebende bisher, aber …« Seine Augen wurden glasig.

»Ich werde helfen«, sagte sie.

Sofort hatte sie wieder seine volle Aufmerksamkeit. »Nein. Du bist verletzt. Anscheinend hat sich die Lage beruhigt. Du solltest die Gelegenheit nutzen, um dich ein bisschen auszuruhen. Sind das Brandwunden von einem normalen Feuer?«

Sie zuckte die Achseln. »Wie man's nimmt.«

»Tut es sehr weh?« Er musterte sie besorgt. »Kann ich sie mir mal ansehen?«

»Ich habe den letzten Bindungstrank genommen. Ich denke, sie werden schnell heilen.«

Er wirkte nicht überzeugt. »*Ich* kann sie heilen.«

»Du bist beschäftigt«, erwiderte sie. »Das kann warten.«

»Sei nicht...«

»Der Bindungstrank«, sagte sie heiser. »Ich habe ihn genommen. Er wird helfen.« Ihre Haut brannte vor Schmerz, doch sie schenkte ihr keine Beachtung. Welches Recht hatte sie, sich zu beklagen, wenn so viele Leute dort draußen womöglich nie wieder...

»Sind Sasha und...«

»Sie helfen bei den Rettungs- und Aufräumarbeiten. Jude ist in seiner Schmiede und unterstützt die Helfer dort. Sasha und August sind vier Straßen entfernt.« Sein Gesicht wurde sanfter. »Lass mich deinen Rücken sehen.«

Alice schüttelte vehement den Kopf. »Das kann warten. Geh schon. Ich werde...« Sie verstummte.

Er zögerte, nickte dann aber. »Aber bitte, ruh dich aus. Schlaf ein bisschen, wenn du kannst.«

»Ich kann nicht schlafen, während da draußen Menschen...«

»Bitte, Alice«, sagte er, hörbar erschöpft. »Nur dieses eine Mal. Bitte diskutier nicht mit mir. Von dir abgesehen ist keiner von uns verletzt. Ruh dich aus, dann kannst du später besser helfen, falls...« Er unterbrach sich. Falls es noch ein Später gab.

Ohne ein weiteres Wort wandte er sich ab und eilte davon. Sie ließ sich auf die Treppe sinken und vergrub das Gesicht in den Händen.

»Schläfst du?«

»Nein«, murmelte sie und schlug die Augen auf. Zu ihrer Überraschung war es bereits dunkel. Mist. Wie lange war sie weg gewesen? Nachdem sie geduscht und den Dreck und Schweiß abgewaschen hatte, hatte sie sich nur einen Moment aufs Bett setzen wollen. »Nur um kurz zu verschnaufen, bevor sie Crowleys Anweisungen ignorieren und nach draußen gehen wollte, um zu helfen.

Es war unheimlich still.

»Wie viel Uhr ist es?«

»Zwei Uhr morgens«, antwortete Crowley. »Die Lage hat sich beruhigt, aber …«

»Wie viele Straßen haben wir verloren?«, fragte sie und setzte sich mühsam auf.

»Es wurden noch keine offiziellen Zahlen veröffentlicht.«

»Und inoffiziell?«

Sein Gesicht verfinsterte sich. »Viele. Halb Oxford Circus ist weg.«

Erschüttert ließ sie sich auf die Kissen zurücksinken. Die Baumwolle rieb an ihren Brandwunden, und sie gab einen leisen Schmerzenslaut von sich.

»Kann ich sie mir jetzt ansehen?«, fragte er.

Sie nickte.

Crowley wartete geduldig, während sie an den Rand des Betts rutschte. Nach kurzem Zögern knöpfte sie das Hemd auf, das er ihr geliehen hatte und streifte es ab, sodass er ihren Rücken sehen konnte. Bei dem Anblick stockte ihm der Atem. Sie hatte die wunde, mit Blasen übersäte Haut im Badezimmerspiegel gesehen. Sie war feuerrot und tat immer noch höllisch weh. Als das kühle Wasser darüber gelaufen war, hatte sie vor Schmerz geweint, und ihre Tränen hatten sich mit dem Duschwasser gemischt, das den Dreck von ihrer Haut spülte.

»Du hast gesagt, das könnte warten, aber Alice, das sind …« Er verstummte. »Wie ist das passiert?«, fragte er leise.

Stockend erzählte sie ihm alles, was sich seit ihrer Rückkehr in die Universität ereignet hatte. Sein Gesicht blieb wie versteinert, als sie ihm von Whitmores Tod und Risdon – Tuoni – erzählte, der ihr in einem der nur durch ein Portal erreichbaren Wälder in Haus Mielikki aufgelauert hatte.

Behutsam legte er ihr eine kühle Hand auf den Rücken, und sie zuckte zusammen. Doch unter seiner Berührung ließ der stechende Schmerz nach, und sie entspannte sich, während sie ihre Auseinandersetzung mit Tuoni schilderte. Bei der Erwähnung von Feuer versteiften sich seine Hände, und er hielt einen langen Moment inne, bevor er mit der Massage weitermachte. Kurz überlegte sie zu verschweigen, wie sie zum Wachstum des Sommerbaums beigetragen hatte, aber es sprudelte einfach mit allem anderen aus ihr heraus.

Während er ihren Rücken heilte, erzählte sie ihm von der verzweifelten Rettungsaktion ihrer Nachtschwalbe und was sie tun mussten, um den Sommerbaum und den Rookery Stone wieder aneinanderzubinden – um den Baum und die Stadt in Abwesenheit von Tuonis Seele zu stabilisieren. Doch sie bewahrte Stillschweigen über die Rolle, die sie dabei spielen musste, den letzten Schritt, den sie ganz allein würde gehen müssen. Er durfte nicht erfahren, was sie vorhatte. Wenn sie wenigstens noch diese kurze Zeit mit ihm verbringen konnte, um Kraft zu schöpfen, war das genug. Hier im Dunkeln zu sitzen und seine zärtliche Berührung auf der Haut zu spüren – diese Erinnerung war genug.

»Sag mir noch mal«, bat er, »was in dem Buch mit Ledas Anmerkungen über den letzten Schritt stand. Wie können wir sicher sein, dass es funktioniert hat?«

Sie versteifte sich unter seiner Berührung. Bildete sie sich das nur ein, oder lag in seiner Stimme eine leise Besorgnis?

»Natur wird zu Stein, und Stein wird zu Natur«, antwortete sie.

»Aber was bedeutet das?«, murmelte er. »Ist das nicht nur eine blumige Art zu sagen, dass Mielikkis Baum und Pellervoinens Stein wieder verbunden werden?«

»Ich glaube, es ist wörtlich gemeint«, sagte sie, während seine Finger über ihren Nacken glitten und innehielten. »Ich glaube, die Wurzeln des Sommerbaums müssen versteinert werden, damit er vollständig mit dem Rookery Stone verschmelzen kann. Beides …«, sie suchte nach den richtigen Worten, »… wird zum jeweils anderen.«

»Wenn wir das tun«, sagte er leise, »werden wir Zeuge von etwas, das nur Mielikki und Pellervoinen je gesehen haben. Nur wir beide und sie.«

Stille senkte sich über sie, und Alice zwang sich, sie nicht zu brechen. Sie würde ihre zaghafte Annäherung nicht aufs Spiel setzen, indem sie Crowley die Wahrheit sagte: dass sie nicht nur Zeuge eines historischen Ereignisses werden würde – sie würde ihre Verbindung zu ihrer Nachtschwalbe opfern, um es möglich zu machen. Und wenn sie getan hatte, was getan werden musste, würde ihre Seele zu gefährlich sein, um in der Rookery zu bleiben. Das Sulka-Moor war der einzige Ort, an dem sie keine Gefahr darstellte.

»Ich weiß, dass außerhalb dieses Zimmers – außerhalb dieses Hauses – Chaos herrscht«, sagte Crowley mit rauer Stimme. »Aber dieses eine Mal, nur diese eine Nacht, würde ich es gerne ausschließen.«

»Ich auch«, flüsterte sie. »Aber, Crowley …« Sie verstummte jäh, als seine warmen Lippen ihre nackte Schulter berührten.

Ihr Atem stockte. Jeder Gedanke in ihrem Kopf löste sich auf. All ihre Aufmerksamkeit richtete sich auf seinen Mund, der sachte einen Pfad über ihre Haut küsste. Seine Finger glitten ihren Rücken hinunter, begleitet von einem aufregenden Kribbeln, und sie erschauerte.

»Alice?«, raunte er.

Sie drehte sich zu ihm um. Ihre Blicke begegneten sich und hielten einander fest. Das unverhohlene Verlangen in seinen Augen brachte sie zum Erröten. Die Federn in der Matratze quietschten, als er sich näher zu ihr beugte, und seine dunklen Haare fielen ihm ins Gesicht. Sein warmer Atem streifte ihre Haut, und sie kam ihm auf halbem Weg entgegen. Seine Lippen drückten sich auf ihre; einmal, zweimal – keusche Küsse, um sich zu vergewissern, dass er ihr Einverständnis hatte. Alice strich ihm die Haare aus dem Gesicht, ließ ihre Hand in seinem Nacken ruhen und zog ihn an sich.

Mit einem überraschten Keuchen öffneten sich seine Lippen, als sie den Kuss vertiefte. Die Hitze, die zwischen ihnen pulsierte, flammte auf. Alice ließ sich zurücksinken und zog ihn mit sich, ohne ihren stürmischen, hungrigen Kuss auch nur eine Sekunde zu unterbrechen. Jetzt eroberte seine Zunge ihren Mund, erkundete ihn, während sie sich an seinen Hemdknöpfen zu schaffen machte. Sie drehte und zog, konnte sie aber nicht öffnen.

»Crowley«, brachte sie atemlos hervor, »ich bekomme deine verdammten Knöpfe nicht auf.«

Lachend drückte er ihr einen Kuss auf die Schläfe, dann zog er das Hemd über den Kopf und warf es beiseite. Im nächsten Moment hatte er ihren Mund wieder erobert. Ein lustvolles Stöhnen entrang sich ihren Lippen, als er seine Hand ihren Oberschenkel hinaufgleiten ließ und nach ihrer Unterwäsche griff. Ein Finger hakte sich um ihren Slip und zog sanft daran – doch der Saum riss, und er fluchte leise.

»Ich wollte eigentlich«, keuchte er, »etwas kultivierter vorgehen.«

Sie zog ihn an sich und küsste ihn innig, bevor sie die Hüfte anhob, sodass er den Slip herunterziehen konnte.

Er bewegte sich ihren Körper hinab, doch sie hielt ihn an den Armen fest.

»Nein«, raunte sie. »Ich will nicht warten.«

Crowleys Augen glitzerten in der Dunkelheit, seine Pupillen schwarz wie Tinte. Er küsste sie voller Leidenschaft, seine Zunge entzündete ein Feuer in ihrer Brust, während sie unter ihm wogte wie eine Welle. Sie wollte in ihm ertrinken. Tod durch Ertrinken war besser als der Tod, der ihr bevorstand. Sie schloss die Augen und verdrängte alle düsteren Gedanken. Nein.

Lass mir das, nur für heute Nacht. Bitte lass mir das.

Ihre Finger bewegten sich wie von selbst zu seinem Hosenknopf und öffneten ihn im Handumdrehen. Crowley richtete sich ein Stück auf, damit er ihr ins Gesicht sehen konnte. »Bist du sicher?«, raunte er.

Sie hob den Oberkörper an, um ihn zu küssen, und spreizte die Beine, drückte sich an ihn. Das war das Einzige, dessen sie sich voll und ganz sicher war. Ihrer Liebe zu ihm Ausdruck zu verleihen war alles, was sie brauchte.

Crowley ließ den Kopf sinken, sein warmer Atem strich über ihr Schlüsselbein. Er legte sich zwischen ihre Beine, und sie trieb ihn mit sanftem Ziehen und Drücken an. Endlich drang er in sie ein, und sie begannen, sich gemeinsam zu bewegen.

Ohne Worte versuchte sie, sich von ihm zu verabschieden – mit leisem Stöhnen und stockendem Atem –, und prägte sich alles an ihm genau ein, sodass sie wenigstens diese eine schöne Erinnerung hatte, die sie ins Totenreich mitnehmen konnte.

39

Nirgendwo waren Runner zu sehen. Die Wachen draußen waren verschwunden, und auch auf der Treppe war ihnen niemand begegnet. Vielleicht hatten sie ihre Posten zur gleichen Zeit verlassen wie ihr Kommandant, oder vielleicht flohen sie aus der Rookery wie so viele andere. Alice beschlich ein ungutes Gefühl, aber letztlich spielte das keine Rolle. Wenn die Runner ihnen eine Falle gestellt hatten, so blieb ihnen dennoch keine andere Wahl, als mit offenen Augen hineinzulaufen.

Glas knirschte unter ihren Füßen, als sie das verwüstete Atrium betrat. Kaltes, steriles Tageslicht flutete durch die zerbrochene Decke und warf schroffe Schatten an die Wand; die Umrisse von Trümmern, kaputten Regalen, hoch aufgetürmten Büchern und zerbrochenen Steinplatten. Alles war mit glitzernden Glassplittern bedeckt. So viel Zerstörung.

Alice blickte zu dem gigantischen Baum auf, betrachtete die Äste, die sich im Wind wiegten, und das ausufernde Blätterdach. Vorsichtig ging sie näher heran und kletterte über die Wurzeln, um seine raue Rinde zu streicheln. Ein Prickeln durchlief ihre Arme, und sie atmete zittrig aus. Sie schloss die Augen und stellte sich Tuonis Seele vor, die darin gefangen gewesen war wie ein Schmetterling unter einer Glasglocke. Doch jetzt war sie fort, genau wie seine Nachtschwalbe.

»Alice?«, murmelte Crowley.

Wie in Trance drehte sie sich zu ihm um und zog sich von dem Baum zurück. Crowley stand ein paar Meter entfernt und beobachtete sie besorgt. Einen langen Moment hielten sie Blickkontakt, dann gab sich Alice einen Ruck und holte Tildas Buch unter ihrem Arm hervor. Sie schlug es auf und widmete ihm ihre gesamte Aufmerksamkeit, drängte ihre Gefühle in den hintersten Winkel ihres Unterbewusstseins. Sie hatten eine Aufgabe zu erledigen.

»Der Korridor, aus dem ich Whitmore habe kommen sehen«, sagte sie und wandte sich um, »ist der da drüben.«

Alice warf noch einen Blick in ihr Buch. Darin befand sich ein handgezeichnetes Bild des Atriums, mit feinen Linien skizziert. Es zeigte einen kleinen, kreisförmigen, in sich geschlossenen Raum mit etwas in der Mitte, das sie bislang nicht hatte entschlüsseln können – doch jetzt erkannte sie es als den Rookery Stone.

Entschlossen marschierte sie auf den Korridor zu. Crowley folgte ihr dichtauf und stützte sie, als sie in ein Loch zwischen den zerbrochenen Steinplatten trat.

In dem schmalen Gang lagen überall Bücher herum, doch je tiefer sie hineingingen, desto weniger wurden es. Das Sonnenlicht reichte nicht weit genug, um das Ende des Korridors zu beleuchten. Die Wände zu beiden Seiten waren grob behauen und reflektierten das wenige Licht, das es bis hierher schaffte, so gut wie gar nicht, sodass sie buchstäblich im Dunkeln tappten.

»Ich kann versuchen, die Glühwürmchen zu rufen«, sagte Alice.

Aus den Augenwinkeln sah sie ein Flackern, und im nächsten Moment war Crowleys Gesicht von warmem Feuerschein erhellt. »Nicht nötig«, sagte er leise. In seiner ausgestreckten Hand hielt er einen Feuerball.

Er ließ das Licht über beide Wände wandern, suchte nach einer Öffnung, einer Tür – irgendeinem geheimen Eingang zu der Kammer, die ihre Vorfahren erbaut hatten. Dabei ging er hin und her, vor und zurück, kauerte sich auf den Boden und blickte dann wieder zur Decke auf. Es war ein qualvoll langsamer Prozess.

Ihr Atem füllte den engen Raum und trug noch zu der unerträglichen Wärme bei, die das Feuer und der Mangel an frischer Luft erzeugten. Crowley hatte die Ärmel hochgekrempelt, und sein oberster Hemdknopf war offen. Als er sich bückte, fielen ihm die Haare ins Gesicht. Er wischte sie sich aus den Augen, sorgsam darauf bedacht, mit der Flamme nicht zu nah an sein Gesicht zu kommen, doch kurz darauf hingen sie schon wieder herunter. Alice beugte sich vor, um ihm die Haare hinter die Ohren zu streichen, und im selben Moment blickte er zu ihr auf. Ein Lächeln erschien auf ihrem Gesicht, als sie sich unwillkürlich erinnerte, wie er ihr beim Mittsommernachtsfest die Blumenkrone aufgesetzt hatte – doch seine Augen wurden schmal, und sein Gesicht verfinsterte sich plötzlich.

»Dort«, sagte er und deutete auf die Wand hinter ihr.

Sie drehte sich um und sah sich den Stein genauer an, konnte im flackernden Feuerschein jedoch nichts erkennen.

»Nicht größer als ein Daumennagel«, sagte er, »und so oberflächlich, dass es fast unsichtbar ist. Pellervoinens Zeichen – von seinem Wandteppich.« Er beugte sich näher heran. »Oder?« Stirnrunzelnd starrte er an die Wand. »Könnte auch nur ein Kratzer sein, der beim Anlegen des Korridors zurückgeblieben ist.«

Crowley drückte die Handflächen aneinander, und das Feuer erlosch. Im Dunkeln spürte sie, wie er mit den Händen suchend über die Wand strich. Dann stieß er ein Keuchen aus, das ihr einen Schauer über den Rücken jagte.

»Ich kann es fühlen«, flüsterte er. »Genau hier.«

Ein Funken strahlend weißes Licht loderte an der Steinwand auf. Wie gebannt sah Alice zu, wie sich ein weiterer winziger Lichtpunkt zu dem ersten gesellte, dann noch einer und noch einer, bis es Tausende waren.

»Was ist das?«, fragte sie voll Ehrfurcht.

Er schüttelte den Kopf. »Keine Ahnung.«

Die Lichtpunkte wurden immer größer und heller, bis sie ein deutlich erkennbares Muster bildeten. Licht strömte durch die Umrisse einer Tür. Sie hörten das unverkennbare Schaben von Stein auf Stein, und die Tür schwang auf.

Crowley streckte die Hand nach Alice aus, doch sie lief bereits auf die Tür zu. Rasch blickte sie sich um, dann trat sie über die Schwelle. Auf der anderen Seite erwartete sie ein weiterer Korridor, der schräg abfiel.

»Bist du sicher?«, fragte Crowley.

»Ja«, antwortete sie ohne Zögern und machte sich auf den Weg in die Dunkelheit. Hier drin war es kein bisschen heller. Genau genommen erschienen ihr die Schatten sogar noch tiefer. Doch sie streckte die Hände zu beiden Seiten aus und tastete sich an den Wänden entlang.

»Ich kann kein Feuer machen«, sagte Crowley frustriert. »Ich glaube, Pellervoinen und Mielikki haben es irgendwie geschafft, alle anderen Vermächtnisse hier unten zu blockieren.«

Alice antwortete nicht. Die Hitze und Energie, die sie brauchte, um den letzten Schritt des Rituals auszuführen, würde nicht von einem mit Ilmarinens Magie beschworenen Feuer kommen, sondern von ihrem Lichtstrang – er hatte eine viel größere Macht.

Schweigend gingen sie weiter, folgten einem mäandernden Weg unter dem Baum und dem Hof hindurch, bis sie schließlich in einen weitläufigen Raum kamen, in dem ihre Schritte ein Echo erzeugten. Dies war die Kammer aus ihrem Buch. Nur waren die Wände, anders als auf der Zeichnung, von Wurzeln überwuchert. Der Sommerbaum hatte sich um die Wände und Decke der Kammer geschlungen. Seine Wurzeln schlängelten sich über den Boden, verschwanden unter dem Stein und stiegen an einer anderen Stelle wieder auf wie zwei Stoffstücke, die zusammengenäht worden waren. Wenn Mielikki und Pellervoinen sich wirklich geliebt hatten, so war dieser Raum, in dem ihre Vermächtnisse untrennbar miteinander verschmolzen waren, der deutlichste Beweis für ihre Liebe.

»Die Lampyridae!«, warnte Crowley.

»Sie werden dir nichts tun«, versicherte ihm Alice, als ein Schwarm der sanft glühenden Käfer auf ihn zuschwirrte. Ihr Licht erhellte sein Gesicht, und er streckte voller Ehrfurcht die Hand aus und sah zu, wie sie sich wie kleine grüne Flammen darauf niederließen. Einen Moment später flogen sie davon, schwebten träge in der Luft und beleuchteten die Kammer mit ihrem schaurig schönen Licht.

»Das ist der Rookery Stone«, sagte Alice und schob sich vorsichtig an einer Wurzel vorbei, um die Mitte des Raums zu begutachten. Der Stein lag in einem Nest aus Wurzeln. Der Boden darunter war feucht. Grundwasser?

»Er sieht genauso gewöhnlich aus wie der London Stone«, meinte sie.

Crowley schüttelte den Kopf, einen Ausdruck des Erstaunens in den Augen. »Nein«, stieß er hervor. »Kannst du es nicht sehen?«

»Was denn?«

»Die Lichtfäden«, flüsterte er und streckte die Hand aus, als wolle er den Stein streicheln, hielt aber abrupt inne. Er schluckte schwer, dann marschierte er los, den Blick auf irgendetwas gerichtet, das Alice nicht sehen konnte. Nach kurzem Zögern berührte er die Wand am anderen Ende der Kammer.

»Ich glaube, hier ist eine Tür«, sagte er. »Kannst du das Licht wirklich nicht sehen?«

Sie schüttelte den Kopf.

»Spuren von blauem Licht«, murmelte er leise, »die den Stein umgeben. Sie sind nur schwach erkennbar – aber sie führen zu dieser Wand, da bin ich mir sicher. Wenn hier eine Tür ist, führen sie vermutlich zu einem Weg aus der Kammer hinaus – vielleicht in die Leere.«

Alice nickte. Sie starrte den Rookery Stone an, versuchte angestrengt zu sehen, was Crowley sah – aber für sie war er nicht mehr als ein pockennarbiger Monolith, noch kleiner als der London Stone und somit noch weniger beeindruckend.

Sie ging näher heran und betrachtete die Wurzeln, in die er eingebettet war – sonst hielt ihn nichts, gab es keinerlei Verbindung. In diesem Raum, der vollständig aus der Verbindung zwischen Mielikki und Pellervoinen geschaffen war, erschien ihr das seltsam. Aber natürlich hatten Leda und Helena die Verbindung getrennt. Vor ein paar Jahrzehnten hatte es hier mit Sicherheit noch ganz anders ausgesehen.

Als Alice zurücktrat, knirschte etwas unter ihren Füßen. Sie bückte sich danach; ein abgebrochener Gesteinsbrocken, der eine Maserung hatte wie Holz. Ihr Atem stockte, und sie sah sich die Wurzeln, in denen der Stein lag, noch einmal genauer an. Sie waren … zerbrochen. Die Spitzen waren grau, überhaupt nicht wie Holz. Sie warf noch einen Blick auf den Stein in ihrer Hand und ließ ihn fallen.

»Sie haben die Verbindung mit Gewalt durchbrochen«, sagte sie zu Crowley. »Die Wurzeln waren an den Spitzen versteinert, und sie haben sie einfach abgebrochen. Ich bezweifle, dass irgendjemand anderes als Mielikkis und Pellervoinens Erben die Macht hätten, ihre Verbindung zu brechen, aber …«

Crowley kam näher und sah ihr fest in die Augen, als wolle er ihr Mut machen. »Bist du bereit?«, fragte er.

»Ja«, sagte sie und legte das Buch auf den Boden. Sie wusste, was sie zu tun hatte, obwohl sie nicht sicher war, welche Folgen das haben würde. In dem Buch war vage erwähnt, was Mielikki getan hatte, aber nicht, warum. Das hatte Alice sich selbst zusammenreimen müssen. Um normales Holz zu versteinern, musste es

tot sein, aber nicht verrottet. Doch Mielikki hatte nicht danach
gestrebt, ihren eigenen Baum zu töten. Stattdessen hatte sie die
Wurzeln des Arbor Suvi verdorren lassen. Ein riskantes Vorgehen,
das Alice Angst gemacht hätte, wenn die Rookery nicht schon so
instabil gewesen wäre, dass sie nichts mehr zu verlieren hatten.
Wenn sie nichts unternahmen, würde sie völlig zerstört werden.
Auf diese Weise gab es zumindest Hoffnung.

»Versuch, den Rookery Stone fest im Griff zu behalten«, sagte
Alice. »Ich glaube, er wird dich erkennen.«

Crowley nickte und ging vor dem Stein in Position. Ihr Plan
hatte eine Symmetrie. Sie würde Mielikkis Baum zum Verdorren
bringen, und er würde Pellervoinens Magie hineinleiten. Zusammen könnten sie die Wurzeln versteinern, doch um das Ritual abzuschließen, war ein letzter Energiestoß nötig …

Alice atmete zittrig ein, ging zur nächstgelegenen Wurzel und
ließ sich davor auf die Knie sinken, dann nickte sie Crowley zu
und presste die Hand darauf.

Eine Woge reiner Energie durchflutete ihren Arm, überkam
sie mit solcher Wucht, dass sie beinahe das Gleichgewicht verlor.
Ihr ganzer Körper pulsierte vor Magie, wie sie sie noch nie gespürt hatte. Ihre Knochen vibrierten, ihre Nervenenden standen
unter Strom, und ihr Blut sang. Das war pures Leben und Wachstum, wild und unbezähmbar. Irgendetwas bewegte sich knarrend.
Die Wurzeln hatten sich abgesenkt und umschlangen den Rookery
Stone mit ihren hölzernen Armen, während Crowley versuchte,
seine Verbindung zu dem Stein aufrechtzuerhalten.

Alice schloss die Augen und zwang sich, sich einzig und allein
auf die raue Rinde unter ihren Fingern zu konzentrieren. Sie
stellte sich vor, wie die Macht des Sommerbaums unter ihrer Berührung dahinschwand, und drängte sie zurück. Die Wurzel fest
umklammert beschwor sie sie mit der Kraft ihres Willens zu verdorren. *Sie darf nicht verrotten.*

Als sie die Augen öffnete, wurde ihr bang ums Herz. Die Wurzel war noch genauso fest und voller Leben wie zuvor. Mit zusammengebissenen Zähnen richtete sie sich auf den Knien auf, um noch mehr Druck auszuüben. *Na los, verdorre*, befahl sie. *Schrumpf zusammen.*

.Nichts geschah.

Schweiß bedeckte ihre Stirn, als sie es noch einmal versuchte. Und noch mal. Doch nichts funktionierte.

»Ich verstehe das nicht«, murmelte sie ratlos. Das war Mielikkis Baum. Alice war eine Wyndham, und eine Westergard, und auch eine Mielikki. Sie hatte sich an den Sommerbaum gebunden.

»Ich bin nicht stark genug.« Resigniert zog sie sich von der Wurzel zurück, ließ sich auf die Fersen sinken und starrte mit ausdruckslosem Blick auf ihre Hände. »Ich bin nicht Mielikki, und … ich habe nicht ihre Macht.«

Einen qualvoll langen Moment herrschte Schweigen, dann räusperte sich Crowley. »Du hast eine andere Macht, Alice.«

Alarmiert wandte sie sich zu ihm um. »Das kann ich nicht riskieren«, sagte sie. »Ich versuche, den Sommerbaum auszudörren. Ich will ihn nicht umbringen.«

Leise, zaghaft erklärte sie: »Ich habe die ganze Zeit versucht, diese Instinkte zu unterdrücken. Jemand anderes zu sein – jemand, der Mielikkis Gabe würdig ist.«

Crowley sah ihr fest in die Augen und lächelte. »Hör auf zu versuchen, jemand anderes zu sein«, sagte er sanft. »Sei einfach Alice Wyndham.«

Völlig entgeistert starrte sie ihn an. Er hatte ja keine Ahnung, was er da sagte – worum er sie bat.

»Das ist zu gefährlich«, protestierte sie. »Du könntest verletzt werden. Ich kann es nicht kontrollieren, das hat Tuoni selbst gesagt.«

»Ich vertraue dir«, sagte Crowley schlicht.

»Aber das solltest du nicht!«, brauste sie auf.

»Ich vertraue dir.«

Alice wandte sich ab, denn sie konnte ihm nicht in die Augen sehen. Eine Bewegung am Rand ihres Blickfelds ließ sie erschrocken zusammenfahren, doch es war nur Kuu. Sie streckte die Hand nach ihrer Nachtschwalbe aus, und der kleine weiße Vogel flog nahe an sie heran, als suche er bei ihr Schutz.

»Schon okay«, sagte sie und legte so viel Überzeugung wie möglich in ihre Stimme, um ihre eigene Angst zu vertreiben. Lächelnd streichelte sie ihre Nachtschwalbe, die sich aufplusterte und nach ihren Fingern pickte, als wolle sie sie ermutigen.

Alice atmete tief durch, schloss die Augen und versuchte, sich zu erden. Das Gefühl von Kuus weichem Gefieder an ihrer Wange beruhigte sie etwas, doch gleichzeitig beschlich sie ein kaltes Grauen. Konnte sie diese Kraft wirklich kontrollieren?

»Kuu«, flüsterte sie und öffnete die Augen. »*Los.*«

Mit einem lauten Schrei schwenkte Kuu nach links ab und flog davon. Je weiter sie sich entfernte, desto schwächer leuchtete der Strang, der sie mit Alice verband. Schon bald war ihre Nachtschwalbe nur noch ein geisterhafter Schemen, der durch die Luft sauste. Die dünner und dünner werdende Schnur erzitterte, und im selben Moment durchschoss ein scharfer Schmerz ihre Brust. Ächzend krümmte sie sich zusammen und zwang sich, in das Gefühl hineinzuatmen. Sie hatte gerade ihre Konzentration wiedererlangt und richtete sich auf, als ein Blitz in ihren Rücken fuhr. Ihr Mund öffnete sich mit einem erstickten Keuchen, und *etwas* entfloh. Wirbelnde, glitzernde Lichtpartikel strömten aus ihr heraus. Ihre Seele. Sie pulsierte vor Energie. Sie *war* pure Energie: eine Ansammlung vibrierender Atome, die sich unaufhörlich bewegten und aneinanderstießen, auf der Suche nach Wärme, nach etwas, das sie verzehren konnten … *Nicht Crowley. Bitte nicht Crowley.* Als sie höher stieg, überkam sie ein unwiderstehliches Verlangen. Dieser Hunger. Diese Kälte …

Und dann … ein Puls von Leben. Kräftig, energisch und so wundervoll warm. Wogen unvorstellbarer Macht, die nach ihr riefen. Sie griff danach, und unter ihrer Berührung wurden sie schwächer.

Doch die Quelle dieser Macht, der Arbor Suvi, durfte nicht verrotten.

Die Wärme zog sie an. Unfähig, ihr zu widerstehen, bewegte sie sich darauf zu und legte sich über die Wurzeln wie ein giftiges Gas. Wie hungrig sie war …

Halt! Das genügt!

Alice erschauderte. Die glitzernden Partikel ihrer Seele verharrten einen Moment reglos in der Luft. Ihre Nachtschwalbe stieß einen Schrei aus und schoss auf sie zu, einen entschlossenen Ausdruck in den Augen. Instinktiv wich Alice zurück, alle Partikel kamen zusammen und zogen sich ins Zentrum zurück. *Zurück. Zurück.*

Im nächsten Moment öffneten sich ihre Augen, und sie sank nach vorne, konnte sich aber mit den Händen abfangen. Auf den kalten Steinboden gestützt atmete sie zittrig durch, dann rappelte sie sich auf. Sie war wieder sie selbst. Vollständig. Materiell. Sie hatte ihre Seele ausgeschickt und sie wieder zurückgeholt. Sie hatte sie kontrolliert, und Crowley …

»Alles okay?«, fragte sie, und plötzlich stieg Panik in ihr auf. »Crowley?«

Mit einem erstickten Keuchen wich er vom Rookery Stone zurück, kroch auf sie zu und schloss sie in die Arme. »Alice«, raunte er. »Sieh doch. Wir haben es geschafft.«

Zusammen sahen sie voll Staunen zu, wie die Wurzeln des Sommerbaums verdorrten. Doch anstatt zu Staub zu zerfallen, verhärteten sie sich, wo die knorrigen Gliedmaßen des Baums sich um den Rookery Stone schlangen, und verschmolzen mit dem Monolithen. Die Wurzeln versteinerten vor ihren Augen, in Sekundenschnelle wurde die Rinde grau und körnig.

»Die Wurzeln«, murmelte Crowley, »sie werden zu Stein.«

Alice streckte ihre zitternde Hand aus und strich über die Oberfläche des Steins. Ein wohliges Prickeln durchströmte ihren Arm, und sie keuchte überrascht auf. Dieses Gefühl kannte sie genau.

»Mielikkis Magie steckt im Rookery Stone«, sagte sie.

»Und Pellervoinens Magie fließt durch den Sommerbaum«, fügte Crowley mit Blick auf die versteinerten Wurzeln hinzu.

Natur wird zu Stein, Stein wird zu Natur.

Eine Weile saßen sie in ehrfürchtiger Stille zusammen, während die Glühwürmchen durch den Raum schwirrten und das Spektakel mit ihrem sanften Licht erleuchteten. Das war das Gegengewicht. Deshalb sollte der Sommerbaum nicht wachsen – weil seine Wurzeln inaktiv waren. Ein Baum, dem Leben entzogen, und ein Stein, dem Leben eingehaucht worden war.

Alice blickte auf. Kuu hockte auf ihrer Schulter, ihre Lichtschnur pulsierte hell. *Ich musste meine Nachtschwalbe nicht opfern.* Aus irgendeinem Grund war die Energie der Lichtschnur nicht notwendig gewesen.

»Jetzt kann ich die Lichtfäden sehen«, sagte sie freudestrahlend. *Kuu ist in Sicherheit.*

Um den Rookery Stone zog sich ein Geflecht von Fäden aus Licht, wie ein leuchtendes Spinnennetz. Und Crowley hatte recht – sie führten zur Wand der Kammer und endeten dort.

»Ich glaube, das sind die Fäden, die die Anker aneinanderbinden«, sagte Crowley. »Sie reichen wahrscheinlich hinter diese Wand und durch die Leere bis zum London Stone.«

Kaum hatte er seine Vermutung geäußert, da begannen die Fäden zu zucken. Ihr Licht verblasste zu einem matten Schimmern. Wo die versteinerten Wurzeln und der Rookery Stone aufeinandertrafen, bildeten sich Risse. Die Verbindung drohte zu brechen.

»*Nein*«, stieß Alice hervor.

Über ihnen begannen die Wurzeln des Sommerbaums – die

nicht versteinerten, die von der Decke hingen – zu beben und ächzen. Die Steinwände erzitterten, und Kies regnete auf sie herab.

»Öffne die Tür!«, schrie Alice, um das markerschütternde Donnern überall um sie herum zu übertönen. »Die Fäden, die die Anker aneinanderbinden – sie brauchen Zugang zur Leere! Wir sind noch nicht fertig!«

Sichtlich verwirrt rappelte sich Crowley auf, befolgte ihre Anweisungen aber ohne Zögern. Er rannte zur Wand und tastete sie nach einer Tür ab, die er nicht sehen konnte.

Alice hob ruckartig den Kopf. Ihre Nachtschwalbe flatterte über ihrer Schulter, das kräftige Schlagen ihrer Flügel wirbelte die Luft auf. Mit einem dicken Kloß im Hals wandte Alice sich wieder Crowley zu, denn sie konnte Kuu nicht in die Augen sehen.

Ein Klicken ertönte, und im nächsten Moment glitt ein Teil der Wand rumpelnd auf wie eine Tür. Dahinter klaffte die Leere auf. Ein schneidender Wind wehte durch die Kammer, scheuerte ihnen die Haut wund und peitschte ihnen die Haare ums Gesicht. Crowley stieß die Tür weiter auf, damit die verblassenden Lichtfäden hinausgelangen konnten, doch der Wind war so stark, dass er mitgerissen wurde. In letzter Sekunde konnte er sich am Türrahmen festklammern, hatte jedoch Mühe, sich in die Kammer zurückzukämpfen.

Alice warf ihm einen raschen Blick zu, dann wandte sie ihre Aufmerksamkeit wieder dem Rookery Stone zu. Trotz der offenen Tür wurden die Fäden kein bisschen heller. Sie brauchten nicht nur Zugang zu den anderen Ankern – dem London Stone und der Miniaturnachbildung des Sommerbaums im Oxleas Wood. Der Rookery Stone drohte zu versagen, durch seine beschädigte Verbindung zum Sommerbaum war seine Magie eingedämmt. So war er nicht stark genug, um sich an die anderen Anker zu binden. Alice machte einen Schritt auf den von Wurzeln umschlungenen

Stein zu. Die Risse breiteten sich immer weiter aus. Bald würde er auseinanderbrechen. Die Versteinerung würde nicht mehr lange halten.

»Es tut mir leid, Kuu«, flüsterte sie und streckte die Hand nach ihrer Nachtschwalbe aus.

Kuu schmiegte sich in ihre Hand, ihr Gefieder vom Licht der Schnur um Alice' Handgelenk erleuchtet.

»Alice!«, schrie Crowley von jenseits der Tür. »Was tust du da?!«

Ihr Herz wurde schwer. »Das ist die letzte Zutat«, rief sie ihm zu. »Du konntest es nicht wissen, und ich konnte es dir nicht sagen. Es ist mehr Energie nötig, um das Ritual abzuschließen. Um die Verbindung zu festigen.« Sie wandte sich zu ihm um. »Es braucht etwas, das alles zusammenbindet. Die Lichtschnur einer Nachtschwalbe.«

Genau wie der Tod einst ihre Lichtschnur benutzt hatte, um sie wieder an ihren Seelenvogel zu binden, sodass sie das Gleiche für Baum und Stein tun konnte.

Einen kurzen Moment schien Crowley sie nicht zu verstehen. Dann weiteten sich seine Augen, und der Kummer in seinem Gesicht zerriss ihr das Herz.

»Nicht *deine* Lichtschnur«, schrie er, seine Stimme rau vor Entsetzen, während er fieberhaft versuchte, zurück in die Kammer zu gelangen. »Alice, warte!«

Ein freudloses Lächeln erschien auf ihrem Gesicht. »Damals an der Universität hast du gesagt, dass du mir nur das Beste wünschst.« Ihre Kehle war wie zugeschnürt. »Das wünsche ich dir auch. Ich hoffe, daran wirst du dich erinnern.«

Ohne ein weiteres Wort wandte sie sich von der Tür ab. Crowleys von unbändiger Wut und Schmerz erfüllter Schrei war über das Tosen des Windes zu hören.

»Benutz meine!«, brüllte er verzweifelt. »Alice! Benutz meine!«

Bemüht, die Geräusche seines Kampfes gegen den Sturm der

Leere auszublenden, kniete sich Alice mit Kuu auf ihrer ausgestreckten Hand vor den Rookery Stone.

Der kleine Vogel pickte nach der Lichtschnur an ihrem Handgelenk, doch sie schüttelte den Kopf.

»Noch nicht«, murmelte sie. »Durchtrenn sie, wenn ich sie um den Stein gewickelt habe.«

Gehorsam hielt Kuu inne und blickte zu ihr auf. In ihren Augen sah Alice sich selbst widergespiegelt, und ihr Atem stockte. Letztendlich hatten sie sich aneinander gewöhnt, ja mehr noch, sie hatten sich angefreundet. *Die bleiche Nachtschwalbe und die Tochter des Todes.* Alice streichelte den gefiederten Kopf ihrer Freundin mit einem traurigen Lächeln. Doch das war nun vorbei.

Sie ergriff die Lichtschnur, um sie um das Geflecht aus schimmernden Fäden und die Verbindungsstelle zwischen den Wurzeln des Arbor Suvi und dem Rookery Stone zu schlingen.

Doch da durchschnitt eine barsche Stimme die Luft.

»Warte.«

Es war nicht Crowleys Stimme.

Als sie sich umdrehte, gefror ihr das Blut in den Adern.

Reuben Risdon – Tuoni – stand in der Tür, ein Messer in der Hand.

40

Alice sprang auf. Wut wallte in ihr auf, und sie starrte ihn mit zornig blitzenden Augen an, als er die Kammer betrat. »Was willst du?«, fauchte sie.

Tuoni machte eine Bewegung, als wolle er sich auf sie stürzen, und sie wich instinktiv zurück. Ihr Herz hämmerte. Doch stattdessen schlenderte er langsam durch den Raum, und sie ließ ihn keine Sekunde aus den Augen, wütend auf sich selbst, dass sie sich von ihm hatte einschüchtern lassen.

Er machte sich nicht die Mühe, über die Wurzeln zu klettern, die von der Decke hingen und sich aus den Steinwänden schlängelten. Bei seiner Berührung zerfielen sie zu Staub, und er bewegte sich mit Leichtigkeit zu der offenen Tür am anderen Ende der Kammer.

»Alice, lauf!«, schrie Crowley, der es fast geschafft hatte, sich in den Raum zurückzukämpfen.

»Dummer Junge«, sagte Tuoni mit einem grimmigen Lächeln. Er machte eine wegwerfende Handbewegung, und mit einem Aufschrei verlor Crowley den Halt. Blitzschnell griff Tuoni in die Leere und zog die Tür zu, sodass Crowley draußen festsaß. Dann wandte er sich Alice zu.

»Ich bin sicher, er findet einen Weg nach Hause«, sagte er und ließ das Messer zwischen seinen Fingern wirbeln.

»Was willst du?«, fragte sie erneut.

Er hielt das Messer an der Spitze der Klinge hoch. »Erkennst du das?«

Im ersten Moment hatte sie keine Ahnung, was er meinte, doch dann krampfte sich ihre Brust zusammen, und eine Welle purer Wut erfasste sie. Das war Judes Messer. Das Messer, das Risdon – nein, der Todesfürst selbst – benutzt hatte, um Jen die Kehle aufzuschlitzen.

»Das habe ich als Souvenir aufbewahrt«, sagte er. »Als Andenken an die Nacht, in der du herausgefunden hast, dass du mir gehörst. Die Nacht, als ich herausgefunden habe, wozu du fähig bist.«

Alice zitterte vor Wut, ihr Gesicht eine Maske der Verbitterung.

Er warf das Messer in ihre Richtung, und es blieb schlitternd vor ihren Füßen liegen.

»Ich will, dass du mich damit tötest.«

Erschüttert starrte sie ihn an. »*Was?*«

Er wandte sich ab, um die von der Decke herabhängenden Wurzeln zu studieren, deren Spitzen versteinert waren – und die anderen, noch organischen Wurzeln, die sich durch die Mauern der Kammer wanden.

»Ich habe jetzt meine Seele«, sagte er, »und ich will ins Sulka-Moor zu Leda.« Ruckartig drehte er sich zu ihr um. »Schick mich ins Totenreich, Alice. Schick mich nach Hause.«

Sie konnte kaum glauben, was er da sagte. Das einzige Gefühl, das er je in ihr ausgelöst hatte, war Hass, doch sie hatte noch nie – niemals – absichtlich jemandem das Leben genommen.

Mörder.

»Ich bin es leid, Alice«, sagte er. »Du hast mir Leda genommen.« Während er sprach, ließ er die Hände über die Wurzeln in den Wänden wandern, und sie gingen unter seiner Berührung zugrunde; ein Häufchen Staub auf dem Boden war das Einzige, was von ihnen übrig blieb. Fast sofort begann die Decke zu beben, und

Steinchen regneten auf sie herab, als würde die Kammer jeden Moment einstürzen.

»Du hast mir Leda genommen«, murmelte er erneut, »und ich habe so lange gebraucht, um dir zu verzeihen. Aber jetzt bin ich so weit.« Er warf ihr einen flüchtigen Blick zu. »Monster zeugen Monster. Ich habe niemanden, dem ich die Schuld geben könnte, außer mir selbst.«

Er strich über eine weitere Wurzel, und sie löste sich ebenfalls auf. Die Wand erzitterte, von ihrem Verschwinden noch weiter destabilisiert.

»Hör auf!«, rief Alice, die Hände zu Fäusten geballt.

»Bring mich doch dazu«, erwiderte er mit einem kalten Lächeln und griff nach einer weiteren.

Kurz entschlossen ging sie in die Hocke und legte ihre Hände auf eine der noch lebenden Wurzeln. Mielikkis Vermächtnis durchflutete sie, brachte ihren gesamten Körper zum Vibrieren. Mit einer Ruhe, die sie selbst überraschte, ließ sie ihren Willen in die Wurzel fließen und bewahrte selbst dann die Konzentration, als ein tiefes Grollen in der Kammer widerhallte. Ein Schaben und Kratzen war zu hören, als Alice die Wurzeln von draußen in den Raum dirigierte. Sie schlängelten sich durch die Löcher, die Tuonis Zerstörungen hinterlassen hatten, und stützten die Wände.

»Deine Freundin mit den roten Haaren«, sagte Tuoni in aalglattem Ton, »vielleicht finde ich sie ja im Moor ...«

Alice zuckte zusammen und umklammerte die Wurzeln in ihrer Hand reflexartig fester. Als ihre Hände sich zusammenballten, taten die Wurzeln es ihnen gleich. Sie schlangen sich um Tuoni, pressten ihn an die Wand, sodass er sich nicht mehr regen konnte. Er machte keine Anstalten, sie verwesen zu lassen. Stattdessen warf er ihr ein höhnisches Lächeln zu, sein Gesicht durch die ineinander verschlungenen Wurzeln des Sommerbaums gerade noch sichtbar.

»Vielleicht werden Jen und ich …«

Die Wurzeln zogen sich noch fester zusammen, erdrückten ihn in ihrem Griff, und er stieß ein schmerzerfülltes Ächzen aus. Doch er lächelte immer noch. Alice erhob sich auf wackligen Beinen und ging auf ihn zu. Sie hatte erwartet, dass er einfach festsaß und deshalb nicht mehr gegen seine Fesseln ankämpfen konnte. Doch dann sah sie, dass seine Brust blutüberströmt war.

»Wie …?« Kaltes Grauen erfasste sie.

Die Wurzeln … Das dünne, spitze Ende einer der Wurzeln hatte sich von hinten durch seine Brust gebohrt. Wie eine Nadel, die Fleisch durchstieß.

»Aber ich wollte nicht …« Sie stockte, als ihr die Wahrheit dämmerte. *Das war ich. Ich habe das getan. Nicht mit meiner Seele. Mit bloßen Händen. Mit Mielikkis Vermächtnis, nicht mit Tuonis.*

»Alice«, murmelte er.

Schockiert starrte sie ihn an. Er versuchte, eine Hand durch die Wurzeln zu schieben – doch er hatte keine Kraft mehr, und das Blut sammelte sich, schneller und schneller, zu einer Lache am Boden. Zitternd vor Verwirrung und Schuldgefühlen ergriff Alice die Wurzeln und zog sie auseinander, um ihn zu befreien, doch er hielt sie zurück. Er lächelte sie an – das erste aufrichtige Lächeln, das er ihr schenkte – und griff durch die Lücke.

Seine zitternde Hand strich zärtlich über ihre Wange.

»Gutes Mädchen«, sagte er leise. »Jetzt nimm meine Nachtschwalbe und benutz ihre Lichtschnur.«

Sie blickte ihm forschend ins Gesicht. Deshalb war er hier; um ihr seine Nachtschwalbe zu geben. Um sie zu zwingen, sie zu nehmen. Sie nickte, und ihre Augen füllten sich mit Tränen, als er ein leises Seufzen ausstieß und seine weiße Nachtschwalbe in die Kammer flatterte. Sein Körper sackte leblos in sich zusammen, und seine Nachtschwalbe flog davon, die Lichtschnur lose von ihrem Bein baumelnd.

Bevor sie sich zu weit entfernen konnte, griff sich Alice den Strang. Er schimmerte in ihrer Hand, Perlen glitzernden Lichts waberten durch sie hindurch wie Öl durch Wasser.

»Kuu?«, flüsterte Alice.

Ihre Nachtschwalbe flatterte von ihrer Schulter und schoss auf Tuonis Seelenvogel zu, den Schnabel weit geöffnet. Mit einer eleganten Bewegung durchtrennte sie das andere Ende der Lichtschnur. Tuonis Nachtschwalbe blinzelte und begegnete einen Moment ihrem Blick, dann verschwand sie in den Schatten, etwas Leuchtendes in den Klauen.

Alice hielt den Atem an, und ihr Blick fiel auf die Schnur in ihrer Hand, deren Licht mit jeder Sekunde, die sie vergeudete, schwächer wurde. Doch sie wusste nicht, was sie tun sollte. In Tildas Buch stand zwar, *was* zu tun war, aber nicht, wie sie dabei vorgehen musste. Frustration und Panik stiegen in ihr auf. Wenn sie diese Chance vertat, die Tuoni ihr gegeben hatte, würde sie doch ihre eigene Lebensenergie opfern müssen.

Da flog Kuu zu ihr herab – der Luftzug ihrer flatternden Flügel streifte angenehm kühl über ihr Gesicht – und nahm das andere Ende von Tuonis Lichtschnur in ihren Schnabel.

Alice schluckte den dicken Kloß in ihrem Hals hinunter, als Kuu sich in die Lüfte erhob und die Kammer umkreiste. Immer schneller schwang sie sich zwischen den Wurzeln hindurch, und die lose hinter ihr herflatternde Schnur hinterließ eine glitzernde Spur aus Licht. Dann zog der kleine Vogel den Kopf ein, machte sich lang und ging in den Sturzflug. Durch die Wurzeln, die von der Decke herabhingen, schoss Kuu auf den Rookery Stone und die beinahe erloschenen Lichtfäden zu, wirbelte um sie herum, schwang sich nach links und rechts, zog immer engere Kreise. Bis sie schließlich auf dem Stein landete und ihn sicherheitshalber noch kräftig pickte. Mit wild pochendem Herzen ging Alice zu ihr, um sich ihr Werk aus der Nähe anzusehen.

Kuu hatte die Schnur nicht nur um den Rookery Stone, die Wurzeln und die Lichtstränge, die in die Leere führten, geschlungen. Sie waren mit ihr *verschmolzen*. Und die Risse verschwanden allmählich … Alice wagte kaum zu atmen. Was hatte das zu bedeuten? Hatte Kuu …?

Grelles Licht durchflutete den Raum, und Alice taumelte rückwärts und stürzte. Instinktiv streckte sie die Hände aus, um den Sturz abzufangen, landete jedoch hart auf dem Steinboden. Die Fäden um den Rookery Stone, die gerade noch schwach geschimmert hatten, leuchteten nun blendend hell. Weiß statt Blau raste die Linien entlang, strömte auf die Tür zur Leere zu. Als das Licht darauf traf, leuchtete die geschlossene Tür kurz auf, dann fiel sie in sich zusammen. Eine Staubwolke stieg auf, wurde jedoch sofort vom eisigen Wind weggefegt, der in die Kammer wehte.

Alice starrte auf das dunkle Rechteck in der Wand, und ihr einziger Wunsch war, ihn zu sehen.

Wo bist du, Crowley?

Und dann war er da, seine vertraute Gestalt tauchte im Türrahmen auf, seine Haare vom Wind zerzaust.

»Alice«, stieß er hervor.

Einen Herzschlag lang bewegte sich keiner von ihnen von der Stelle. Dann eilte er durch den Raum und schlang die Arme um sie, drückte sie fest an sich.

»Ohne dich gibt es nichts Gutes auf der Welt«, murmelte er mit tränenerstickter Stimme. »Ich lasse dich nie wieder gehen.«

Am Boden trafen die versteinerten Wurzeln des Sommerbaums und der Rookery Stone in einem schimmernden, marmorartigen Glanz zusammen. Die Verbindung zwischen ihnen war vollständig – keine Unvollkommenheiten, keine Risse. In stillem Staunen sah Alice zu, wie Kuu durch den Raum glitt, ihre Lichtschnur hell leuchtend. Unversehrt. Vollständig.

Epilog

Es lief nicht gut. Das war das erste offizielle Treffen der beiden Frauen, und Alice bereute ihre Entscheidung, sie miteinander bekannt zu machen, schon jetzt. Sasha und Bea hatten noch kein Wort zueinander gesagt.

»Möchte irgendjemand noch Tee?«, erkundigte sie sich und sah Jude um Unterstützung flehend an, doch er war zu beschäftigt damit, Bea mit prüfendem Blick zu mustern.

»Kann ich am Tisch rauchen?«, fragte August und holte eine selbstgedrehte Zigarette heraus.

»Nein«, antworteten Sasha und Bea wie aus einem Mund. Dann wurden ihre Augen schmal, und sie starrten einander argwöhnisch an.

»Rauchen ist in unserer Mietvereinbarung ausdrücklich verboten«, sagte Crowley. »Du darfst weder in der Küche noch in deinem Zimmer rauchen.« Er bedachte August mit einem strengen Blick. »Wie du genau weißt.«

August fuhr sich mit der Hand durch seine strubbligen blonden Haare und streckte die Beine unter dem Tisch aus. »Dann ist es ja gut, dass ich noch nie in meinem Zimmer geraucht habe, oder?«

»Ja«, sagte Crowley. »Allerdings war ich sehr enttäuscht, dass du die Regeln so schamlos missachtest, Sasha.«

Sie warf ihm einen bösen Blick zu. »Ich rauche nicht.«

»Merkwürdig«, sinnierte Crowley. »Ich habe dein Bettlaken auf dem Wäscheständer gesehen. Mit kleinen Brandflecken von einer glimmenden Zigarette übersät.«

Sasha stieß ein entsetztes Keuchen aus, und Alice wagte es nicht, vom Tisch aufzusehen, aus Sorge, ihren Zorn auf sich zu ziehen.

»O Gott«, sagte Bea voller Mitgefühl. »Du musst dich nicht für deinen grauenhaften Männergeschmack schämen, Liebes. Ich bin mal mit Geraint Litmanen ausgegangen, schlimmer geht's nicht.«

Mit einem amüsierten Kopfschütteln wandte Alice sich ab und begegnete Crowleys Blick. Er starrte sie direkt an, mit einer Intensität, die ihr einen wohligen Schauer über den Rücken jagte. Als er ihr schelmisch zugrinste, sah sie hastig weg. Unter dem Tisch streiften seine Finger die ihren.

»Das ist der Beginn einer wunderbaren Freundschaft«, sagte Bea und stieß Sasha mit dem Ellbogen an. Die eisige Atmosphäre zwischen ihnen war in Anbetracht der neu entdeckten Gemeinsamkeiten, was furchtbare Männer betraf, dahingeschmolzen.

»Hey«, protestierte August. »Ist Sexismus in unserer Mietvereinbarung nicht auch verboten?«

»Ich bin nicht sicher, ob man das Sexismus nennen kann«, sagte Jude und griff nach seiner Teetasse. »Wohl eher Misandrie.«

»Kannst du das auch fürs Fußvolk übersetzen?«, fragte August.

Sasha seufzte. »Du darfst nicht so große Wörter benutzen, wenn du mit ihm redest«, sagte sie zu Jude und warf August ein schadenfrohes Grinsen zu.

»Misandrie bedeutet Hass auf Männer«, erklärte Jude.

»Nicht alle Männer«, sagte Bea und lächelte ihm kokett zu.

Alice stockte der Atem, als Crowleys Hand in ihre glitt, und sie hielt ihre ineinander verschränkten Hände im Schoß wie ein Geheimnis. Als August Jude in eine lebhafte Debatte über sexistische Bemerkungen verwickelte und Bea ihn unterbrach, um Jude nach seinen Lieblingsbüchern zu fragen, lächelte Alice in sich hinein. Das fühlte sich wirklich wie ein *Zuhause* an. Ihr Leben war nicht perfekt – und sie auch nicht –, aber sie hatte immer noch ihren Job an der Universität, als Assistentin einer sehr zerknirschten Vivian Reid. Sie hatte immer noch ihre Seele, erfreute sich guter Gesundheit, und ihre Eltern waren in Irland, in Sicherheit …

Der Tisch vibrierte, und Alice runzelte irritiert die Stirn. »Habe ich mir das nur eingebildet, oder …«

Augusts Tabakdose hüpfte über die hölzerne Oberfläche, und er schnappte sie sich mit einem lauten Fluchen. Als auch die Teller und Teetassen zu wackeln begannen, sprang er auf.

»Was, zum Teufel …?«

Die Körnchen im Holz bewegten sich wie Sand im Wind, und Crowley umfasste Alice' Hand fester, als sie an die Oberfläche stiegen und sich zu Wörtern formten.

»Eine Botschaft von Haus Mielikki«, sagte Bea. »Lies sie vor, Liebes. Was steht da?«

Alice Wyndham – willkommen in Haus Mielikki.

»Sie sind ein bisschen spät dran, oder?«, seufzte Bea. »Du hast den letzten Bindungstrank schon vor Tagen genommen. Sie sollten dir ein eingerahmtes Zertifikat schicken.«

»Ich nehme an, sie waren beschäftigt«, sagte Alice. Sie warf Bea einen nachdenklichen Blick zu, doch ihre Augen glitzerten schelmisch. »Hat schon mal jemand die Mitgliedschaft abgelehnt, nachdem er bestanden hat?«

Am Tisch brach helle Aufregung aus, und sie lachte. Doch die Idee ging ihr nicht aus dem Kopf. Haus Mielikki und Haus Tuoni; sie war ein rechtmäßiges Mitglied von beiden. Crowley war Mitglied eines Hauses, gehörte aber eigentlich zu einem anderen. Warum musste es so schwarz-weiß sein?

Vielleicht sollte es ein Haus geben, das Nekromanten wie August und Eris Mawkin aufnahm, die ihr Vermächtnis aus Angst vor strafrechtlicher Verfolgung durch den Rat verbargen. Ein Haus, das die Tochter von Tuoni und ihre tödlichen Gaben akzeptierte. Wenn Leda diese Chance gehabt hätte, hätte sie dann nicht etwas noch Radikaleres und Mutigeres getan, wie beispielsweise ihr eigenes Haus zu gründen? Das System der vier Häuser zu zerschlagen? Vielleicht sogar ein Haus für all jene zu eröffnen, die nirgendwohin gehörten – Hämomanten und Nekromanten und all jene, deren Vermächtnis nicht stark genug war, um einem der Häuser beizutreten? Menschen, die sich deshalb nutzlos und unerwünscht fühlten? Ein Haus der Außenseiter?

Sie lächelte und griff nach ihrer Teetasse. Haus Mielikki und Haus Tuoni – warum sollte sie nicht zu beiden gehören können?

Danksagung

Ganz besonders danke ich Bella Pagan, der besten Lektorin der Welt – mit deinen brillanten Adleraugen und deinem unerschöpflichen Vorrat an Ideen bist du mir immer eine große Hilfe! Mein ewiger Dank geht an die wundervolle Jemima Forrester: Ohne dich wäre all das Gute, das ich als Schriftstellerin erlebt habe, nicht möglich gewesen. Vielen, vielen Dank an Pan Macmillan, Tor, Goldmann, Eksmo, Agave, Argo und David Higham, die Alice und die Rookery zum Leben erweckt und mit so viel Engagement unterstützt haben! Danke an Penelope Killick, Becky Lloyd, Georgia Summers, Emma Winter, Charlotte Wright, Natalie Young, Claire Eddy, Diana Gill, Desirae Friesen, Kristin Temple und Toby Selwyn – ihr seid fabelhaft! Danke auch an Emma Coode für ihre sehr hilfreichen Einblicke, an Matthew Garrett und Neil Lang für die wunderschönen Cover und an Jamie-Lee Nardone und Stephen Haskins. Ihr seid PR-Legenden und die besten Reiseführer, die ich mir für die Comic-Con hätte wünschen können.

Ein RIESIGES Dankeschön außerdem an all die Leser und Blogger, die *Soulbird* unterstützt haben! Mit Worten kann ich unmöglich ausdrücken, wie viel mir das bedeutet. Eine Geschichte zu schreiben ist, als würde man in die Leere rufen – man weiß nie, ob jemand zuhört oder nicht –, aber euch zu haben, die ihr nicht nur zugehört, sondern zurückgerufen habt, bedeutete für mich ein wundervolles Willkommen in der Buchwelt. Ihr seid fantastisch!

The Rookery in einer Pandemie zu schreiben hat sich manchmal angefühlt, als würde man an Deck der Titanic Geige spielen, während sie untergeht – nur hat man die Melodie vergessen und Billy Zane hat gerade den Violinbogen geklaut (wahrscheinlich, um ihn als Ruder zu benutzen). Vielen Dank an meine Familie, die mich mit Rettungswesten versorgt hat: an David, für unzählige Tassen Tee und die Motivation, die mir den Antrieb für diese Reise gegeben haben, und an Pippa und Chris Davies, die tollsten Eltern und meine größten Fans. An meine wundervollen Jungs, Seb und Archie Hewitt, deren »Ermutigungsumarmungen« unbezahlbar waren. Ihr seid das Einzige, was ich je erschaffen habe, das schon beim ersten Entwurf perfekt war, und ich liebe euch beide über alles und bis in alle Ewigkeit! Das Beste daran, ein Buch zu veröffentlichen, ist, dass ich das in gedruckter Form sagen kann, sodass die Nachricht immer irgendwo da draußen sein wird. Ich bin so unendlich stolz auf euch.

Das Zweitbeste an diesen beiden Büchern war, dass ich meine beiden betagten Westies Bo und Ruby darin verewigen konnte. Beim Schreiben saßen sie auf meinem Schoß, aber jetzt jagen sie zusammen Regenbogen. Die besten guten Mädchen.

Danke an die Savvies, die eine fantastische Quelle der Information und Unterstützung waren. Schreiben ist ein seltsames Geschäft, und es ist von unschätzbarem Wert, andere Leute zu kennen, die denselben Weg beschreiten.

Wenn ihr so weit gekommen seid … hört euch bitte das Lied an, zu dem Alice und Crowley auf dem Mittsommernachtsfest tanzen. Loitumas *Ievan Polkka* ist ein wahres Wunder – ich habe es von der ersten Sekunde an geliebt, und ich hoffe, euch geht es genauso.

Zu guter Letzt … #ThankYouNHS

---

* An Billy Zane: Bitte sehen Sie nach Möglichkeit von einer Klage wegen übler Nachrede ab, ich habe nur Witze gemacht.